팡세

Pensées

세계문학전집 83

팡세

Pensées

블레즈 파스칼

이환 옮김

민음사

옮긴이 서문

파스칼이 죽은 지 근 3세기 반이 지났다. 그동안 그의 『팡세』만큼 널리 읽힌 고전도 드물다. 그러나 파스칼만큼 오해와 곡해를 받아온 사상가도 드물 것이다. 그 주요한 원인 중의 하나는 텍스트의 숙명적인 불완전성에 있다. 그는 자신이 오래전에 구상했던 '기독교 호교론'을 완성하지 못한 채 900여 개의 단편들만을 남겼기 때문이다. 그리하여 파스칼이 죽은 후 처음으로 『팡세』가 출판되었을 때(1670년)부터 그것은 갖가지 요인들로 인해 본래의 텍스트와는 거리가 먼, 극히 불완전하고 왜곡된 것일 수밖에 없었으며 이 형태는 근 2세기에 걸쳐 큰 변화 없이 유지되어 왔다. 그뿐만 아니라 그가 속해 있었던 장세니슴(얀선주의)[1]에 대한 박해와 뒤이은 18세기 계몽주의 시대의 냉대 속에서 파스칼은 흔히 비판과 야유의 대상으로 환기되는 것이 고작이었다. 그러나 19세기 중엽에 이르러 그에 대한 관심이 차츰 일기 시작했고 이 관심은 『팡세』의 텍스트에 대한 체계적인 연구로 이어졌다. 20세기에 들어와 몇몇 괄목할 만한 연구들이 파스칼의 텍스트 및 사상에 대한 이해를 전적으로 새롭게 하기에 이르렀다. 오늘날 우리는 적어도 파스칼이 죽을 때 남겨놓은 상태 그대로의 텍스트를 대할 수 있게 되었고 그 속에서 파스칼의 참모습을 찾아볼 가능성을 갖게 되었다고 할 수 있다.

여기 또 하나의 『팡세』 번역판이 나오는 것도 이런 의미에서 정당화될 수 있고 또 뜻이 있다. 우리가 채택한 원본은 라퓌마(L. Lafuma)판[2]으로서 그것은 최근까지의 문헌학적 연구 결과에 바탕을 두고 새로이 편찬된 것이기에 우리는 그 안에서 파스칼의 진정한 의도에 한 발 더 다가설 수 있다. 『팡세』의 편찬 및 라퓌마판의 특징에 관해서는 작품 해설 안에서 상세히 설명했으므로 이 자리에서는 언급을 피하려 한다. 다만 이 편찬의 문제는 『팡세』의 경우 숙명적으로 제기될 수밖에 없는 매우 중요한 문제라는 점을 강조하고 싶으며 독자들이 작품 해설 안에서 이 부분을 주의 깊게 참고해 주기를 당부한다. 이것을 정확히 이해하는 것은 파스칼의 사상을 이해하는

---

1) Jansenism. 네덜란드 신학자 얀선이 창시한 교리로, 17~18세기에 프랑스 교회에 큰 논쟁을 일으켰다.
2) 파스칼에 심취한 루이 라퓌마(Louis Lafuma, 1890~1964)가 당시 오리지널에 가깝다고 생각한 사본을 토대로 작업한 팡세. 1947년 출간했고, 1951년 개정했다.

데 매우 유익한 첫걸음이기 때문이다.

독서의 편의를 위해 이 자리에서 다음 몇 가지를 밝혀둔다.

1. 각 단장의 번호는 라퓌마판의 일련번호이며 뒤이은 ( ) 안의 숫자는 브랑슈빅판의 번호이다. 종래 널리 보급되었던 브랑슈빅판과의 대조의 편의를 위해 이를 덧붙였다.

2. 본문 중 고딕체로 표시된 부분은 파스칼 자신이 밑줄을 친 부분이다.

3. 본문 중에 나온 라틴어 원문에 대해서는 서체를 달리하여 번역된 문장으로 실었고, 파스칼이 쓴 원문은 각주에 별도로 실었다. 성서 인용 중에서 빠진 부분은 ( )로 표시했다.

4. 성서 인용을 표시하는 데 있어 되도록 간결하게 하여 장, 절 등을 생략했고 ……기(記), ……서(書), ……복음 등도 생략했다. 가령, 「창세기」는 「창세」로, 「로마서」는 「로마」로, 「마가복음」은 「마가」로 표시했고, 3장 5절은 3:5로 표시했다.

5. 각주 가운데 몽테뉴라 한 것은 몽테뉴의 『수상록』을 가리키며, 권, 장을 생략하고 숫자만으로 표시했다.

6. 인용된 성서 번역은 주로 현행 우리말 성서를 따랐으나 경우에 따라 개인적인 번역을 시도한 곳도 있다.

7. Jansenisme은 우리나라에서 '얀선주의'로 표기되고 있으나 이것은 주로 프랑스에서 문제가 되었으므로 프랑스어 발음대로 '장세니슴'으로 표기한다. Janseniste도 마찬가지로 '장세니스트'로 옮기되 Jansenius는 본명 Jansen을 따라 '얀선'으로 옮긴다.

끝으로 라뛰마판 『팡세』의 출판을 기꺼이 수락해 주신 민음사 박맹호 사장님께 깊이 감사드리고 싶다. 이미 1970년대에 박 사장은 졸저 『파스칼 연구』를 출판해 줌으로써 나의 연구에 아낌없는 지원을 보내주신 바 있다. 사실 『팡세』는 내가 그 당시에 번역했던 것인데 근 30년이 지난 지금 대대적으로 수정을 가할 필요성을 통감하고 있던 터였다. 차제에 이 기회가 주어진 것은 나에게는 더없는 행운이 아닐 수 없다. 파스칼을 공부하는 사람들에게 조금이라도 완벽에 가까운 『팡세』의 번역을 남기는 것은 포기할 수 없는 꿈이다. 완벽까지는 아직도 멀었지만 이 꿈을 일부라도 이룰 수 있게 도와주신 데 대해 감사드린다. 그리고 편집에서 출간에 이르기까지 수고를 아끼지 않은 박상순 주간과 김현숙 씨에게도 깊은 감사를 드린다. 나의 서툰 컴퓨터 작업으로 인해 수고가 배가되었을 것으로 짐작되기에 더욱 고맙기만 하다.

번역에 사용한 원문 대본을 밝히면 다음과 같다.

Pensees, presentees par Louis Lafuma, J. Delmas et Cie, 3e edition, 1960.

2003년 8월
이환

차례

1부

머리말

1-(105) 어떤 일에 대해 타인의 판단을 물을 때 우리가 이 질문을 제시하는 방식에 따라 그의 판단을 왜곡하지 않기란 얼마나 어려운 일인지! 누군가가 "내가 보기에 그것은 훌륭하다, 그것은 모호하다" 혹은 이와 유사한 의견을 말하기라도 하면 그것은 상대방의 상상력을 이 판단으로 이끌어가거나 아니면 반대의 방향으로 자극하게 된다. 차라리 아무 말도 하지 않는 편이 더 낫다. 그래야만 상대방은 있는 그대로, 다시 말해 그 당시의 상태대로, 그리고 우리가 만들어내지 않은 다른 상황들이 작용한 데 따라 판단할 것이다. 적어도 우리가 덧붙인 것은 아무것도 없을 터이다──다만 우리가 잠자코 있을 때 이 침묵에 사람들이 부여하고 싶어지는 의미나 해석에 따라, 또는 그 사람이 관상가라면 우리 얼굴의 표정과 모양새 그

리고 목소리의 음색으로 추측하는 바에 따라, 이 침묵이 그 나름의 영향을 미치지 않는 것은 아니겠지만. 하나의 판단을 그 본래의 자리에서 떨어뜨리지 않기란 이다지도 어렵다. 아니, 그보다도 판단은 이토록 허약하고 불안정하다.

2-(274) 우리의 모든 이성적 사고는 결국 감정에 굴복하는 것으로 귀착된다.

그런데 환상은 감정과 유사하면서도 반대되는 것이어서 사람들은 상반되는 이 둘을 구별하지 못한다. 어떤 사람은 자기 감정을 환상이라고 말하는가 하면, 또 다른 사람은 자기의 환상을 감정이라고 말한다. 하나의 기준이 있어야만 한다. 이성이 기준으로 자처하지만 이성은 어느 방향으로나 휘어진다. 그래서 기준이 없다.

3-(29) 문체. 자연스러운 문체를 대할 때 사람들은 크게 놀라고 기뻐한다. 한 작가를 만나리라 기대했는데 뜻밖에도 한 인간을 만나는 것이다. 반대로 훌륭한 안목을 가진 사람들이 한 권의 책을 보면서 인간을 만나리라 기대했는데 한 작가를 만나게 되면 크게 놀란다. 당신은 인간으로서보다 시인으로서 말했다.[1] 자연은 모든 것, 심지어 신학까지도 말할 수 있다는 것을 자연에서 배우는 사람들은 참으로 자연을 영화롭게 한다.

---

1) "Plus poetice quam humane locutus es"[페트로니우스(Petronius), 『사티리콘(Satyricon)』, 90].

4-(22) 내가 어떤 새로운 것도 말하지 않았다고 말하지 말라. 소재들의 배열이 새로운 것이다. 사람들이 공치기를 할 때 쌍방이 치는 공은 같다. 그러나 어느 한쪽이 공을 더 잘 보낸다.

차라리 내가 옛말들을 사용했다고 내게 말해주면 좋겠다. 그리고 같은 말들이 다르게 배열되면 다른 생각들을 만들어내는 것처럼, 같은 생각들은 다르게 배열되어도 다른 담론 체계를 만들어낼 수 없기라도 하는 것 같다.

5-(9) 사람을 유익하게 꾸짖고 그의 잘못을 깨우쳐주려고 할 때는 그가 어떤 방향에서 사물을 보는가를 관찰할 필요가 있다. 왜냐하면 그 방향에서 보면 대체로 옳기 때문이다. 그리고 그에게 옳은 점은 인정하되 그것이 어떤 면에서 틀렸는가를 보여주어야 한다. 그는 이에 만족을 느낄 것이다. 왜냐하면 자기가 틀린 것이 아니라 단지 모든 면을 보지 못했다는 사실을 알게 되기 때문이다. 그런데 사람들은 모든 것을 보지 못하는 데는 화내지 않지만 틀렸다는 말은 듣기 싫어한다. 아마도 그 이유는 본래 사람은 모든 것을 볼 수 없고 또 그가 사물을 바라보는 그 방향에서는 본래 틀리는 법이 없기 때문이 아닐까, 감각이 인지하는 것들은 항상 진실된 것이므로.

6-(10) 일반적으로 사람은 타인의 머릿속에서 생겨난 이유보다 자신이 발견한 이유에 의해 더 잘 납득한다.

7-(252) ……왜냐하면 자신을 잘못 알아서는 안 된다. 우리는 정신이면서 또 그만큼 자동 기계다. 그러므로 설득에 사용되는 수단은 증명만이 아니다. 증명된 사물이란 얼마나 적은가! 증명은 오직 이성만을 설득한다. 습관이야말로 가장 강력하고 가장 신뢰받는 증명을 이룬다. 습관은 자동 기계를 기울게 하고 자동 기계는 무의식중에 정신을 이끌어간다. 내일 해가 뜨고 또 우리는 죽을 것이라고 그 누가 증명했는가. 그런데 이보다 더 확실한 믿음이 어디 있는가. 그러므로 우리를 그렇게 믿게 하는 것은 습관이다. 수많은 기독교도를 만드는 것도 습관이고 튀르키예인, 이교도, 직업, 군인 등을 만드는 것도 습관이다(기독교도는 신앙을 받아들이면서 이교도보다 한 가지 더 세례를 거친다). 결국, 정신이 일단 어디에 진리가 있는지를 본 다음에는 습관에 의지함으로써 시시각각 우리에게서 빠져나가려는 이 확신 속에 흠뻑 빠져들고 물들어야 한다. 왜냐하면 증명을 항상 머릿속에 간직한다는 것은 번거로운 일이기 때문이다. 더 쉬운 믿음, 즉 습관의 믿음을 획득해야 한다. 습관은 억지도 기교도 이론도 없이 사물을 믿게 하고 우리의 모든 기능을 이 믿음으로 기울게 함으로써 우리의 마음은 자연스럽게 그 속에 빠져들어 간다. 오직 확신의 힘만으로 믿을 때 자동 기계가 그 반대의 것을 믿게 되면 확신만으로 충분하지 않다. 그러므로 우리의 두 부분을 믿게 해야 한다. 즉 일생에 단 한 번 보기만 하면 되는 이유에 의해 정신을, 그리고 습관에 의해 자동 기계를 믿게 하되 이것이 반대의 것으로 기울지 않도록 해야 한다. 내 마음을 기울게 하소서, 주여.[2]

이성의 움직임은 완만하고 수많은 관점에서, 그리고 수많은 원리 위에서 이루어진다. 이 원리들은 항상 눈앞에 현존해야 하는데 이성은 이 모든 것들을 간직할 수 없으므로 으레 몽롱해지거나 갈팡질팡한다. 감정은 이렇게 움직이지 않는다. 감정은 순식간에 발동하고 늘 움직일 태세가 되어 있다. 따라서 우리의 믿음을 감정 안에 두어야 한다. 그렇지 않으면 항상 비틀거릴 것이다.

8-(19) 한 작품을 만들 때 최후로 깨닫는 것은 무엇을 제일 먼저 써야 할지를 아는 일이다.

9-(276) 로안네 씨[3]는 말했다. "이유는 나중에 내게 찾아온다. 처음에는 무슨 이유인지도 모르고 어떤 일에 기뻐하기도 하고 화내기도 한다. 그런데 나를 화나게 한 것은 나중에야 발견하는 바로 그 이유 때문이다." 그러나 나는 나중에 발견한 이유 때문에 화난 것이 아니라 화났기 때문에 그 이유를 발견했다고 생각한다.

---

2) "Inclina cor meum Deus"(「시편」, 119:36, 옮긴이 사역).
3) 아르튀스 구피에, 로안네 공작(Artus Gouffier, Duc de Roannez, 1627 ~1696). 파스칼이 가까이 지냈던 명문 귀족으로서 후일 파스칼에 의해 기독교로 회심한다.

서론

10-(197) 관심을 가져야 할 일들을 무시해 버릴 만큼 무감각하다는 것, 우리와 가장 관련이 깊은 문제에 대해 무감각해지는 것.

11-(194) ……그들은 종교를 공격하기 전에 적어도 그들이 공격하는 종교가 무엇인지를 알기 바란다. 만약 이 종교가 신을 명확히 볼 수 있고 또 신을 가리는 일 없이 드러난 모습으로 소유하고 있다고 자랑한다면, 그렇게 명백하게 신을 보여 주는 것이 이 세상에 아무것도 없다는 말은 이 종교에 대한 공격이 되는 셈이다. 그러나 종교가 이와 반대로, 인간은 암흑 속에서 신을 멀리하고 또 신은 인간이 알지 못하도록 숨어 있으며 그래서 성서 안에서 바로 숨어 계시는 하느님[4]이라는 이

름으로 불린다고 말한다면, 그리고 또 다음 두 가지 사실, 즉 신은 진정으로 신을 찾는 사람들에게는 자기를 알아볼 수 있도록 교회 안에 뚜렷한 표적들을 만들어놓았다는 것과, 오직 진정으로 신을 찾는 자 외에는 볼 수 없도록 그것들을 숨겨놓았다는 것을 밝히기에 이 종교가 똑같이 주력한다면, 진리의 추구를 게을리한다고 공언하면서 아무것도 자신들에게 진리를 보여주지 않는다고 그들이 외친다고 해서 무슨 이득이 있겠는가. 왜냐하면 그들이 지금 처해 있는 불명료, 그리고 교회에 대한 공격의 구실로 삼고 있는 이 불명료성은 실은 교회가 주장하는 사실들 중의 하나를 또 하나의 것과 관계없이 확립하고 있을 뿐이고, 교회의 주장을 파괴하기는커녕 오히려 견고하게 만들고 있기 때문이다.

그러므로 종교를 공박하기 위해서는 모든 힘을 다해 도처에서, 심지어는 교회가 연구해 보라고 제시하는 것 중에서도 찾아보았지만 만족을 얻지 못했다고 외쳐야 한다. 만약 이들이 이렇게 말한다면 교회의 주장 하나를 반박하는 셈이다. 그러나 나는 이성적인 사람이라면 아무도 이렇게 말할 수 없다는 점을 여기에 밝히고 싶다. 아니, 그렇게 말한 사람은 하나도 없었다고 감히 단언한다. 이런 생각을 가진 사람이 어떻게 행동하는지를 우리는 잘 알고 있다. 그들은 성서 안의 한 권을 읽는 데 몇 시간을 들였거나, 신앙의 진리에 관해 어떤 성직자에게 문의했거나 하면 지식을 얻기 위해 대단한 노력이라

---

4) "Deus absconditus"(「이사야」, 45:15).

도 한 것처럼 생각한다. 그리고 책과 사람들 가운데에서 찾아봤지만 헛된 일이었다고 자랑삼는다. 그러나 진실로 나는 누차 말한 바 있는 것을 다시 한번 그들에게 말해주고 싶다, 이와 같은 태만은 참을 수 없다고. 여기서 문제는 그런 식으로 행동해도 무방할, 제삼자의 사소한 이해에 관한 것이 아니다. 그것은 바로 우리 자신, 우리의 전 존재에 관한 것이다.

영혼의 불멸은 우리에게 그토록 중대하고 그토록 깊이 우리와 관련되었기에 모든 의식을 잃지 않고서는 그것이 무엇인지를 아는 데 도저히 무관심할 수 없다. 우리의 모든 행동과 사고는 영원의 행복을 바랄 수 있느냐 없느냐에 따라 전혀 다른 길을 밟게 되므로 우리의 궁극의 목적이 될 이 지점을 바라보고 규제하지 않는 한 단 한 걸음도 분별 있고 사려 있는 걸음을 내디딜 수 없다.

이렇듯 우리의 제일의 관심과 제일의 의무는 우리의 모든 행위가 결부된 이 문제를 밝히는 일이다. 이것이 또한 아직 확신이 없는 사람들 중에서 전력을 다해 알려고 힘쓰는 사람과, 전혀 괴로워하지도 않고 무관심하게 살아가는 사람을 내가 극단적으로 구별하는 이유이기도 하다.

이 회의(懷疑) 안에서 진지하게 고민하고 그것을 불행 중 최대의 불행으로 여기며 그것에서 벗어나려고 어떤 일도 마다하지 않는 가운데 이 문제의 탐구를 그들의 가장 주요하고 진지한 임무로 아는 사람들에 대해서는 나는 다만 동정을 느낄 따름이다.

그러나 인생의 이 마지막 종말을 생각하지도 않은 채 인생을 보내는 사람들, 납득할 만한 빛을 그들 자신 속에서 발견할 수 없다는 단 한 가지 이유로 다른 곳에서 찾기를 게을리하고, 또 이 의견이 과연 쉽게 믿어버리는 그 단순함 때문에 대중이 받아들이는 그런 종류의 것인지 혹은 그 자체로는 아무리 불명료해도 매우 견고하고 확실한 근거를 가지고 있는지 깊이 있게 검토하는 것을 게을리하는 사람들에 대해서는 나는 전혀 다른 방식으로 생각한다.

그들 자신, 그들의 영생, 그들의 전 존재가 관련된 문제에 대한 이 무관심은 나에게 측은한 마음을 일으키기보다 나를 분노하게 한다. 이것은 나를 경악시키고 소름 끼치게 한다. 나에게는 하나의 괴물이다. 내가 이렇게 말하는 것은 어떤 영적 신앙의 경건한 열성에서가 아니다. 오히려 반대로 나는 인간적 이기심의 원리에서, 그리고 자애(自愛)의 관점에서 이런 생각을 가져야 한다고 말하고 싶다. 이 점에 대해서는 가장 무지한 사람들이 생각하는 것을 살펴보기만 해도 충분하다.

그렇게 고상한 정신의 소유자가 아니더라도 이 세상에는 진정한 영속적인 만족이 없고, 우리의 모든 쾌락은 단지 공허할 뿐이고, 우리의 불행은 한도 끝도 없으며, 결국은 우리를 시시각각 위협하는 죽음이 머지않아 우리를 영원히 멸하거나 불행하게 만들 끔찍한 필연 속으로 어김없이 몰아넣으리라는 점은 쉽사리 이해할 수 있다.

이보다 더 현실적인 것은 없고 이보다 더 가공할 것은 없다. 멋대로 허세를 부려보라, 세상의 아무리 아름다운 인생도 이 죽음이 기다리고 있다. 이에 대해 깊이 생각해 보기 바란다.

그리고 이 세상에서는 오직 내세의 희망 가운데 행복이 있고, 오직 그곳에 가까이 감으로써만 행복을 누릴 수 있으며, 전적인 영생의 확신을 가진 사람에게는 불행이 없는 것같이 영생의 아무런 빛도 없는 사람에게는 행복이 없다는 점이 과연 확실하지 않은지 말해보기 바란다.

그러므로 이 회의 안에 있는 것은 정녕 커다란 불행이다. 그러나 이 회의 안에 있을 때 추구하는 것은 적어도 필수적인 의무다. 이렇듯 회의하면서도 추구하지 않는 사람은 몹시 불행하고 또 몹시 불의(不義)하다. 하물며 그 안에서 평안과 만족을 누리고 이것을 공언할 뿐만 아니라 끝내는 이 상태를 자신의 기쁨과 허영의 이유로 삼는 데 대해서는 그렇게 해괴한 인간을 무슨 말로 형용해야 할지 나는 모르겠다.

사람들은 어디서 이런 생각들을 갖게 되는 것일까. 구원받을 길 없는 비참만을 기다린다면 어떤 기쁨의 이유를 발견한다는 것인가. 꿰뚫어 볼 수 없는 암흑 속에 처해 있다면 어떤 허영의 이유가 있으며 또 이런 논리가 이성적인 인간에게 통용될 수 있는 것은 어찌 된 일인가.

"누가 나를 이 세상에 태어나게 했는지, 이 세계는 무엇이고 나는 무엇인지 나는 모른다. 나는 모든 일에 대해 끔찍한 무지 속에 있다. 나는 내 육체, 내 감각, 내 정신이 무엇인지, 내가 말하는 것을 생각하고 모든 일과 자신에 대해 성찰하는, 그러나 나머지 다른 것들과 마찬가지로 그 자신도 알지 못하는 나의 이 부분이 무엇인지 모른다."

"나는 나를 에워싼 이 우주의 무시무시한 공간들을 본다.

그리고 광막한 우주의 한구석에 매달린 자신을 발견할 뿐, 무슨 이유로 다른 곳이 아닌 이곳에 내가 위치하고 있는지, 무슨 이유로 나에게 허용된 이 짧은 시간이 나를 앞선 모든 영원과 나를 뒤이을 모든 영원 사이에서 다른 시점이 아닌 바로 이 시점에 지정되었는지 모른다. 어느 곳을 둘러보아도 보이는 것은 오직 무한뿐이고 이 무한은 다시는 돌아오지 않을 한순간 지속될 뿐인 하나의 원자, 하나의 그림자와도 같은 나를 덮고 있다. 내가 아는 모든 것은 내가 곧 죽으리라는 사실, 그러나 그 무엇보다도 내가 모르는 것은 이 피할 수 없는 죽음 그 자체다."

"나는 어디서 왔는지 모르는 것처럼 어디로 가는지도 모른다. 다만 알고 있는 것은 이 세상을 떠나면 영원히 허무 아니면 성난 신의 손에—이 두 조건 중 어느 것에 영원히 갇히게 될지 모르는 채—떨어지리라는 사실뿐이다. 이것이 바로 결함과 불확실로 가득 찬 나의 상태다. 이 모든 것에서 나는, 내게 다가올 일이 무엇인지 굳이 알려고 할 것 없이 인생의 나날을 보내야 한다고 결론짓는다. 혹시 회의하는 가운데 어떤 빛을 발견할 수 있을지도 모른다. 그러나 구태여 이것을 위해 애쓰거나 이것을 찾아 한걸음이라도 내딛고 싶지는 않다. 그리고 이 일로 자기를 괴롭히는 사람들을 멸시로 대하면서(그 어떤 확신을 그들이 얻는다 해도 이것은 자랑보다는 절망의 이유가 될 것이다) 나는 아무런 대비도 두려움도 없이 일대 모험을 시도할 것이고 미래의 내 상태의 영원성 따위는 불확실한 대로 순순히 죽음으로 이끌려갈 것이다."

그 누가 이렇게 떠벌리는 자를 친구로 갖기를 원하겠는가. 그 누가 이 사람을 자신의 일을 의논할 상대로 택하겠으며, 그 누가 고통을 당할 때 이 사람에게 구원을 청하겠는가. 끝으로 이 사람에게 인생의 어떤 일을 맡길 수 있겠는가.

진정, 이렇게 사리에 어긋난 인간들을 적으로 갖는 것은 종교로서는 영광스러운 일이다. 그리고 그들의 반대는 종교에게 조금도 해롭지 않으므로 오히려 종교의 진리를 입증하는 데 도움이 된다. 왜냐하면 기독교 신앙은 대체로 다음 두 가지 사실, 즉 인간성의 타락과 예수 그리스도의 구속(救贖)을 확립할 뿐이기 때문이다. 그런데 나는 그들이 성스러운 소행으로 구속의 진리를 밝히는 데 도움이 되지 않는다면 적어도 그들의 빗나간 생각으로 인간성의 타락을 입증하는 데 놀랍도록 유익하다고 주장한다.

인간에게 자신의 상태만큼 중요한 것은 아무것도 없고 영원만큼 두려운 것도 없다. 그러므로 자신의 존재의 파멸과 영원한 불행의 위험에 대해 무관심한 사람이 있다면 이것은 결코 자연스러운 일이 아니다. 그들은 다른 모든 문제에 대해서는 전혀 딴판이 된다. 극히 사소한 일에 이르기까지 두려워하고 미리 챙기고 느낀다. 그런데 일자리를 잃었거나 명예를 훼손당한 듯한 느낌 때문에 몇 날 몇 밤을 분노와 절망 속에서 보내는 바로 그 사람이 죽음에 모든 것을 잃는다는 사실을 알면서도 불안도 동요도 느끼지 않는다. 같은 마음속에 그리고 같은 때에 극히 사소한 일에 대한 예민함과 극히 중대한 일에 대한 야릇한 무감각을 보는 것은 참으로 망측스러운 일이다.

이것은 불가해한 마법이고 초자연적 마비이며, 이것을 야기하는 원인이 어떤 전능한 힘이라는 사실을 나타낸다.

단 한 사람도 그 안에 있을 수 있으리라고 믿기지 않는 이 상태 안에 있는 것을 영광으로 삼기 위해서는 마땅히 인간성 안에 기묘한 전도가 있어야 한다. 그러나 경험에 의하면 이런 사람들은 너무나도 많다. 그래서 만약 그 안에 끼어드는 대부분의 사람들이 자기를 위장하고 있을 뿐 실제로는 그렇지 않다는 사실을 우리가 모른다면 이것은 매우 놀라운 일이다. 그들은 이렇게 무모한 짓을 행하는 것이야말로 이 세상의 가장 멋진 태도라는 말을 들어왔다. 그들이 멍에를 벗어던졌다고 부르는 것 그리고 그들이 모방하려고 시도하는 것은 바로 이것이다. 그러나 이런 따위로 존경을 얻으려는 것이 얼마나 잘못된 생각인지를 그들에게 보여주는 것은 어렵지 않다. 감히 말하지만 세상 사람들 사이에서도 그렇다. 이들은 사물에 대해 건전하게 판단하며 자신을 정직하고 충실하고 공정하게 보이고 친구에게 유익한 봉사를 할 수 있음을 보여주는 것이야말로—왜냐하면 인간은 자신에게 이로운 것만을 자연적으로 추구하기 때문에—성공할 수 있는 유일한 길임을 알고 있다. 그렇다면 누군가가 자기는 멍에를 벗어던졌다거나, 자기의 행위를 굽어보는 신이 있음을 믿지 않는다거나, 자기를 행위의 유일한 주인으로 생각하고 그것에 대해 자기에게만 책임을 진다고 말하는 것을 듣는다고 해서 우리에게 무슨 이익이 있겠는가. 그는 이렇게 함으로써 앞으로 우리가 그를 깊이 신뢰하고 삶의 모든 필요에 따라 위안과 충고와 도움을 그에게 바랄 것이라고 생각하는가. 우리의 영혼은 한낱 바람과 연기일 뿐이라고 말함으로써, 더욱이 득의양양하고 만족스러운 어조로 말함으로써 우리를 크게 기쁘게 했다고라도 생각하는가. 도대체 이것이 유쾌하게 말할 일인가. 오히려 반대로 이 세상의 가장 서글픈 일로 응당 서글프게 말할 일이 아닌가.

만약 그들이 이 문제를 진지하게 생각해 본다면, 그들은 그것이 너무나도 큰 착각이고 양식에 어긋나며 성실에 상반되고 그들이 추구하는 멋과는 모든 면에서 동떨어져 있어서 그들을 추종할 성향이 있는 사람들을 타락으로 인도하기보다 오히려 바로잡을 힘이 있다는 사실을 깨달을 것이다. 자, 그들에게 종교를 의심하는 그들의 생각과 이유를 설명하게 해보자. 그들이 말하는 이유는 참으로 빈약하고 속된 것이어서 오히려 우리는 반대의 주장을 믿게 될 것이다. 이들을 향해 어느 날 누군가가 매우 적절하게 한 말이 바로 이것이었다. "만약 당신들이 그런 식으로 계속 이야기한다면 실로 당신들은 나를 회심하게 할 것이오." 과연 그의 말은 옳았다. 왜냐하면 이처럼 경멸할 만한 자들을 친구로 갖게 되는 그런 생각들 속에 자기가 있다는 사실을 발견할 때 그 누가 두려워하지 않겠는가.

이렇듯, 이런 생각을 가장하고 자신의 본성을 억압함으로써 실은 그지없이 어리석은 인간이 되어버리는 이들은 매우 불행하다. 만약 마음속 깊은 곳에 더 많은 빛을 갖지 않는 것 때문에 괴로워한다면 이것을 숨기지 말아야 한다. 이것을 공언하는 것은 수치가 아니다. 수치는 단지 빛을 전혀 갖지 않은 데 있다. 신 없는 인간의 비참이 무엇인지를 모르는 것보다 정신의 극도의 결함을 드러내는 것은 없다. 영원을 약속하는 진리를 원치 않는 것보다 마음의 그릇된 성향을 나타내는 것은 없다. 신에 대해 허세 부리는 것보다 비열한 짓은 없다. 그렇다면 이런 불신은 참으로 그렇게 할 수 있을 만큼 사악하게 태어난 자들에게나 넘겨주자. 기독교도가 될 수 없다면 최소한 성실한 인간이라도 되라. 그리고 이치에 합당하다고 부를 수 있는 사람은 다음 두 종류밖에 없다는 점을 인정하라. 신을 알기에 마음을 다하여 신을 공경하는 사람들과, 신을 모르기에 마음을 다하여 신을 찾는 사람들.

그러나 신을 알지도 않고 또 찾지도 않은 채 살아가는 사람들에 대해서는 그들 자신이 스스로 돌볼 만한 가치가 없다고 판정하는 만큼 타인의 배려를 받기에도 합당치 않다. 그리고 그들을 그들의 어리석음 속에 내버려 둘 정도로 경멸하지 않으려면 그들이 경멸하는 종교의 모든 사랑이 있어야만 한다. 그러나 이 종교는 그들이 살아 있는 한 그들의 마음을 밝히는 은총의 빛을 받을 능력이 있음을 항상 인정하라고 명한다. 또한 그들이 머지않아 우리보다 더 신앙으로 충만해질 수도 있고 이와 반대로 우리가 현재 그들이 처한 맹목에 떨어질 수도 있다고 생각하게 한다. 따라서 우리는 만약 우리가 그들의 처지에 있으면 해주기를 바랄 것을 그들을 위해 해야 하고 또 그들에게 스스로에 대한 연민의 정을 갖고 과연 빛을 발견할 수 없는지 시험 삼아 적어도 몇 걸음 내딛게 권유할 필요가 있다. 그들은 다른 데서 그처럼 무익하게 보내는 시간의 일부분이라도 이것을 읽는 데 사용해야 한다. 아무리 반감을 품고 있다

해도 아마 무엇인가 얻을 것이고 적어도 큰 손해는 없을 것이다. 그러나 전적인 성실성과 진리를 탐구하려는 진정한 희구를 가진 사람들에 대해서는 나는 그들이 만족을 얻고 이처럼 성스러운 종교의 증거들에 확신을 얻게 되기를 바란다. 나는 그 증거들을 여기 수집했는데 대체로 다음과 같은 순서를 따랐다.

12-(195) 기독교의 증거들을 다루기 전에 나는 인간에게 그처럼 중대하고 그처럼 밀접히 관련된 일의 진실성을 추구하는 데 무관심한 채 살아가는 사람들이 부당하다는 점을 지적할 필요가 있다고 생각한다.

그들의 모든 착란 중에서도 그들에게 광기와 맹목을 가장 잘 납득시킬 수 있는 것은 아마도 이 착란이며, 양식(良識)의 일별로서 그리고 자연적 감정으로 가장 용이하게 그들을 항복시킬 수 있는 것도 이 착란 속에서이다. 왜냐하면 의심할 바 없이 우리의 삶은 한순간에 불과하고 죽음의 상태는 어떤 성질의 것이건 영원하기 때문이다. 따라서 우리의 모든 행동과 사고는 이 영원의 상태에 따라 극히 상이한 길을 택하는 만큼 우리의 최후의 목적이 될 이 지점을 바라봄으로써 우리의 발걸음을 규제하지 않고서는 양식 있고 분별 있는 걸음을 내디딜 수 없기 때문이다.

이보다 더 명백한 사실은 아무것도 없다. 그리고 이성의 원리에 비추어볼 때 사람들이 다른 길을 택하지 않는다면 그들의 행동이 전적으로 부조리하다는 사실도 명백하다. 그러

28

니 인생의 이 종말 따위에는 아랑곳없이 살아가며 반성도 불안도 없이 자기의 성향과 쾌락에 몸을 맡기고 마치 영원을 생각하지 않음으로써 영원을 말살할 수 있기라도 한 듯 단지 이 순간의 행복만을 생각하는 자들을 이 관점에서 판단하기 바란다.

그러나 이 영원은 존재한다. 그리고 이 영원의 문을 여는 죽음, 시시각각 그들을 위협하는 죽음은 머지않아 그들을 영원히 파멸하거나 불행하도록 운명지어진 끔찍한 필연 속에 어김없이 빠뜨릴 것이다——이 두 영원 중 어느 것이 그들에게 준비되어 있는지 모르는 가운데.

여기 가공할 결과를 가져올 회의가 있다. 그들은 영원한 비참이라는 위험에 처했다. 그런데 마치 그렇게 할 가치가 없는 일이기라도 한 듯, 이들은 그것이 너무나도 경박한 마음으로 민중이 받아들이는 의견과 같은 것인지 혹은 그 자체로는 모호하지만 매우 견고한 기반을——비록 숨겨진 것이라 해도——가지고 있는지를 검토하는 데 소홀하다. 그래서 그들은 그곳에 진실이 있는지 허위가 있는지, 그 증거들에 힘이 있는지 결함이 있는지를 모른다. 그들은 눈앞에 보고 있으면서도 주시하기를 거부한다. 그리고 이 무지 속에서, 만약 불행이 있다면 이 불행 속에 빠져 들어가기 위해 필요한 모든 일을 다 하고 죽을 때를 기다려 이것을 시험해 보되 그러면서도 이 상태에 만족하고 이것을 공언하고 끝내는 자랑삼아 보자는 속셈이다. 이 문제의 중대성을 진지하게 생각할 때 이다지도 해괴한 행위에 대해 어찌 혐오를 느끼지 않을 수 있겠는가.

이 무지 속에서 평안을 누린다는 것은 흉측한 일이다. 그리고 그 안에서 인생을 보내는 자들에게 그들의 삶을 보여줌으로써 그 무도함과 어리석음을 깨닫게 하여 자신들의 광기 앞에서 당황하게 만들어야 한다. 왜냐하면 그들은 자기가 무엇인지 모르는 무지 속에서, 굳이 빛을 찾으려 하지도 않은 채 살기를 선택할 때 그것에 대한 그들의 핑계는 '나는 모른다'는 것이다.

13-(229) 이것이 바로 내가 보고 나를 괴롭히는 문제이다. 나는 사방을 둘러본다. 그런데 보이는 것은 오직 암흑뿐이다. 자연은 회의와 불안의 씨가 아닌 어떤 것도 나에게 제공하지 않는다. 만약 신을 나타내는 어떠한 것도 보이지 않는다면 나는 부정(否定)으로 마음을 정할 것이다. 만약 도처에 창조주의 표적을 볼 수 있다면 나는 믿음 속에 안식할 것이다. 그러나 부정하기에는 너무나도 많은 것을, 그리고 확신하기에는 너무나도 적은 것을 보니 나는 얼마나 개탄할 상태에 있는가. 그 안에서, 만약 신이 있어 자연을 뒷받침하고 있다면 자연이 신을 명확히 드러내 보여주거나, 아니면 자연이 보여주는 신의 표적들이 거짓이라면 그것들을 깨끗이 지워버리기를, 그리고 어느 편을 택할지 알 수 있도록 자연이 모든 것을 말하거나 아니면 아무 말도 하지 않기를 나는 몇백 번이나 원했는지 모른다. 이와는 반대로 내가 처한 상태에서 내가 무엇인지 또 무엇을 해야 하는지도 모르는 나는 나의 신분도 의무도 모른다. 내 마음은 진정한 선이 어디 있는지를 알고 그것을 따르기를

온전히 바란다. 영원을 위해서라면 나에게는 어떤 것도 지나치게 비싼 것은 아니다.

신앙 가운데 그처럼 무심하게 살아가고 또 나라면 전혀 다르게 사용할 은혜를 그처럼 잘못 사용하는 사람들을 보면 나는 부러운 생각마저 든다.

14-(560) 우리는 아담의 영광의 상태도, 그의 죄의 본질도, 그 죄가 우리 안에 전해져 내려온 전승도 이해하지 못한다. 이것은 우리와는 전혀 다른 본성의 상태에서 일어났던 일이고 또 현재의 우리 능력의 상태를 넘어서는 일이다.

이 모든 것을 우리가 안다 해도 현재 상황에서 벗어나는 데는 아무 소용이 없다. 우리가 알아야 할 중요한 점은 우리가 비참하고 타락했으며 신에게서 떠났지만 예수 그리스도에 의해 구속되었다는 사실이다.

이렇듯 타락과 구속(救贖)의 두 증거는 종교에 대한 무관심 속에서 살아가는 불신자들과, 화해할 수 없는 종교의 적(敵)인 유대인들로부터 추출된다.

15-(194) 이편과 저편에 대해 동정심을 가져야 한다. 그러나 한편에 대해서는 사랑에서 태어난 동정을, 다른 편에 대해서는 경멸에서 태어난 동정을 가져야 한다.

그들을 경멸하지 않으려면 정녕 그들이 경멸하는 종교 안에 있어야 한다.

그것은 결코 멋이 아니다.

이것은 그들에게 할 말이 아무것도 없다는 점을 보여준다. 그들을 경멸해서가 아니라 그들이 상식이 없기 때문이다. 신이 그들을 감동시켜야 한다.

이런 종류의 인간들은 아카데미스트(회의론자들)이고 에코리에(모방자들)이다. 내가 아는 한 가장 악한 인간 유형이다.
당신들은 나를 회심시킬 것이다.

신을 알지 않고는 행복이 없고 신에게 가까이 갈수록 행복해지며 따라서 궁극의 행복은 신을 확실히 아는 것, 그리고 신에게서 멀어질수록 불행해지고 따라서 궁극의 불행은 그 반대를 확신하는 데 있다는 점은 의심의 여지가 없다.

그러므로 회의하는 것은 불행한 일이다. 그러나 회의 안에서 추구하는 것은 필수적인 의무다. 따라서 회의하면서도 추구하지 않는 사람은 불행과 불의를 동시에 겸하고 있다. 만약 이런 처지에서도 즐겁고 오만한 자가 있다면 나는 이렇게 해괴한 인간을 무슨 말로 형용해야 할지 모른다.

한곳에서 기적들이 이루어지고 한 민족에게 신의 섭리가 나타나는 것으로 충분하지 않은가.

그러나 인간은 너무나도 변질된 나머지 마음속에서 이것을 기쁨으로 삼기까지 한다는 것은 확실하다.

이것은 기쁨으로 말할 일인가. 이것은 마땅히 비통하게 말할 일이다.

여기 이렇게 머리를 치켜들고 만족과 자랑으로 삼을 주제가 있다……. 그러니 즐거워하자. 두려움도 불안도 없이 살자, 그리고 어차피 불확실하다면 그냥 죽음을 기다리자. 우리가 어떻게 되리라는 것은 그때 가보면 알 일이다. 나는 그 결말을 볼 수가 없다.

소위 멋진 태도는 친절한 마음을 갖지 않게 되고, 착한 연민은 타인에 대해 친절을 베풀게 된다.

죽어가는 사람이 육체의 쇠약과 죽음의 고통 속에서 전능하고 영원한 신과 맞선다면 이것이 과연 용기인가.

내가 그런 상태에 있을 때 누군가가 나의 어리석음을 동정하고 내 뜻을 어겨서라도 거기서 나를 건져주는 호의를 베푼다면 나는 얼마나 행복할까!

이것을 괴로워하지도 않고 그렇다고 사랑하지도 않는다면 이것은 극도의 결함을 가진 정신과 극도의 사악한 의지를 나타낸다.

어떤 해결책도 없이 비참만을 기다린다면 무슨 기쁨의 이유가 있겠는가! 어떤 위안자도 바랄 수 없는 절망 속에 무슨 위안이 있겠는가!

그러나 종교의 영광을 가장 거역하는 듯이 보이는 사람들도 다른 사람들에게는 무익하지 않을 것이다. 우리는 그것으로 최초의 논증을 성립할 것이다. 즉 이런 종류의 맹목은 자연적인 것이 아니므로 그 안에 초자연적인 무엇인가 있다. 그리고 그들의 광기가 그들 스스로 자신의 행복을 거스르게 만들었다면 적어도 다른 사람들에게는 그처럼 개탄스러운 실례와 그처럼 동정할 만한 광기의 두려움을 보여줌으로써 이들을 보호하는 데 도움이 될 것이다.

과연 그들은 자신들에 관련된 모든 일에 무감각할 만큼 확고부동한가. 그렇다면 재산이나 명예를 상실한 상태 속에서 그들을 시험해 보자. 아니! 이것은 마법이다…….

내가 이렇게 생각하는 것은 편협한 신앙심에서가 아니라 인간의 마음이 만들어진 방식에 의해서이다. 신앙심과 초연함의 열의에 의해서가 아니라 순전히 인간적인 원리 그리고 이기심과 자애심의 움직임에 의해서이다. 그리고 또 인생의 모든 불행 끝에 시시각각 우리를 위협하는 피할 수 없는 죽음이 머잖아 [영원히 소멸되거나 불행해지는] 가공할 필연 속에 우리를 몰아넣는다는 사실을 확실히 아는 것은 우리의 마음을 뒤흔들어 놓을 만큼 절실한 일이기 때문이다.

세 가지 상태.

이것에 대해 그것은 이성의 표시라고 말해서는 안 된다.

이것은 그 소식이 거짓임을 확실히 알게 된 사람이 할 수 있는 모든 일이다─그렇다고 해도 그는 기쁨이 아니라 실의 속에 있어야 하겠지만.

이보다 더 중요한 것은 아무것도 없다. 그런데 사람들은 이것만을 소홀히 한다.

우리의 상상력은 항상 현재를 생각하는 나머지 현재를 지나치게 확대하고 또 영원을 생각하지 않는 탓으로 영원을 너무나도 축소한다. 그래서 영원을 허무로 만들고 허무를 영원으로 만든다. 이 모든 것은 우리 자신 속에 너무나도 생생한 뿌리를 가지고 있기에 우리의 모든 이성도 이것을 막을 수가 없고 또…….

나는 그들이 공격하는 신앙의 기반, 즉 인간의 본성은 타락 속에 있다는 것을 그들 자신으로써 확인해 주고 있는 것이 사실 아니냐고 그들에게 묻고 싶다.

16-(560) ……이렇듯 전 우주는 인간에게 그가 타락했거나 아니면 구속되었다고 가르친다. 모든 것은 인간에게 그의 위대함 또는 그의 비참함을 가르친다. 신에게 버림받는 것은 이방인들 가운데 나타나고 신에게 보호받는 것은 유대인들 가운데 나타난다.

17-(556) ……그들은 자기들이 모르는 것을 모독한다. 기독교는 두 가지 요점으로 성립된다. 이 점을 아는 것이 사람들에게 똑같이 중요하듯, 이 점을 모르는 것은 똑같이 위험하다. 그리고 이 둘의 표시를 주신 것은 다 같이 신의 자비에서 비롯된다.

그럼에도 그들은 이 둘 중 하나를 결론지어야 한다는 이유로 또 하나의 것이 존재하지 않는다고 결론짓는다. 신이 한 분 뿐이라고 말한 지혜로운 사람들은 박해받았고 유대인들은 증오를 샀으며 기독교인들은 더 심하게 당했다. 이들은 자연의 지혜에 따라, 만약 땅 위에 참된 종교가 있다면 모든 것의 움직임은 마땅히 그 중심을 향하듯 이 종교를 향해야 한다는 사실을 깨달았다. 사물들의 모든 움직임은 종교의 확립과 위대함을 그 목표로 삼아야 한다. 사람들은 종교가 우리에게 가르치는 것과 일치된 감정을 마음속에 가져야 한다. 끝으로 이 종교는 만물이 향하는 중심과 목적이 됨으로써 그 원리를 아는 사람은 특수하게는 인간의 모든 본성을, 일반적으로는 온 세계의 움직임을 설명할 수 있어야 한다.

그런데 이 기반 위에서 그들은 기독교를 모독할 구실을 찾고 있다. 그들이 기독교를 잘 모르기 때문이다. 기독교가 단순히 위대하고 전능하고 영원한 유일신을 공경하는 것으로 성립되었다고 그들은 상상한다. 이것은 다름 아닌 이신론(理神論)인데, 기독교와는 동떨어진 것이며 정반대의 무신론과 다르지 않다. 그리고 이로부터 그들은 이 종교는 참된 것이 아니라고 결론짓는다. 왜냐하면 모든 사물이 이것을 확립하는 데 협력하는 것을 볼 수 없고 신은 인간에게 가능한 모든 명증(明證)으로 스스로를 나타내지 않기 때문이라고 한다.

이신교를 반박하기 위해서라면 원하는 대로 결론지어도 좋다. 그러나 이것은 기독교를 반박하기 위해서는 아무런 결론도 되지 않는다. 기독교는 본래 구속자(救贖者)의 신비로 성립된 것인데, 이 구속자는 인간성과 신성의 두 본성을 자신 안에 결합해 인간을 죄의 타락에서 구하고 그의 신성(神性) 가운데 하느님과 화평하게 했다.

그러므로 기독교는 두 진리를 다 함께 가르친다. 즉 인간이 결합될 수 있는 신이 있다는 점과, 그러나 인간의 본성 가운데 이에 합당하지 않게 만드는 타락이 있다는 점이다. 사람들이 이 사실을 둘 다 아는 것은 똑같이 중요하다. 그리고 자신의 비참을 모르고 신을 아는 것이나, 이 비참에서 인간을 구하는 구속자를 모르고 자신의 비참을 아는 것은 똑같이 위험하다. 그중 하나만을 알면 신은 알되 자신의 비참을 모르는 철학자의 오만에 떨어지거나, 구속자 없이 자신의 비참을 아는 무신론자의 절망에 빠진다.

이렇듯 이 두 가지 사실을 아는 것은 인간에게 똑같이 필요한 일이고 신이 우리에게 이것들을 가르쳐준 것은 똑같이 그의 자비에 의해서이다. 기독교는 그렇게 하고 있다. 기독교는 바로 이것으로 성립된다.

이 점에 관해 세계의 움직임을 검토하고 과연 모든 사물들이 이 종교의 두 사실의 확립을 지향하는지 아닌지 살펴보기 바란다. 즉 예수 그리스도가 만물의 목적이고 만물이 지향하는 중심이라는 것, 이것을 아는 자는 모든 사물의 이유를 안다.

길 잃은 사람들은 단지 이 둘 중 하나를 보지 못하기 때문에 그리 된 것이다. 그러므로 사람들은 자신의 비참을 모르고도 신을 알 수 있고 신을 모르고도 자신의 비참을 알 수 있다. 그러나 신과 자신의 비참을 동시에 알지 못하면 예수 그리스도를 알 수 없다.

그렇기 때문에 나는 신의 존재나 삼위일체, 영혼의 불멸 그리고 이런 종류의 어떤 것도 자연적 논리로써 증명하려고 여기서 꾀하지 않을 것이다. 완고한 무신론자들을 설득할 이유를 자연 속에서 발견할 만큼 내게 힘이 있다고 생각되지 않기 때문만은 아니다. 오히려 이런 지식은 예수 그리스도 없이는 무익하고 헛되기 때문이다. 가령 누군가가 수의 비례는 비물질적인 영원한 진리이고 이른바 신이라 불리는 근본 원리에 의존한다고 확신하게 되었다 해도 나는 그가 자신의 구원을 향해 크게 앞서 나갔다고는 보지 않는다.

기독교의 신은 단순히 기하학적 진리나 원소들의 질서를 창조한 신은 아니다. 이것은 이교도들이나 에피쿠로스학파의 몫이다. 이 신은 또 인간의 생명과 재산을 다스리고 경배하는 자들에게 일련의 행복한 세월을 허락하는 신도 아니다. 이것은 유대인들의 몫이다. 그러나 아브라함의 하느님, 이삭의 하느님, 야곱의 하느님, 기독교인들의 하느님은 사랑과 위로의 신, 그가 사로잡은 자들의 영혼과 마음을 충만하게 하는 신, 이들의 내면 속에 자신들의 비참과 신의 자비를 느끼게 하는 신, 이들의 영혼 깊은 곳에서 결합되는 신, 이들의 영혼을 겸허와 기쁨과 신뢰와 사랑으로 채우고 이들이 신 이외의 다른 목적을 가질 수 없게 하는 신이다.

예수 그리스도 밖에서 신을 찾고 자연 속에서 머뭇거리는 모든 사람들은 만족할 만한 어떤 빛도 발견하지 못하거나 아니면 중보자(仲保者) 없이 신을 알고 섬길 방도를 창안하기에 이르러 결과적으로는 무신론이나 이신론에 떨어진다. 기독교는 이 둘을 거의 동일하게 혐오한다.

예수 그리스도가 없다면 세계는 존속하지 않을 것이다. 세계는 이미 파괴되었거나 아니면 지옥으로 변했을 것이기 때문이다.

만약 세계가 인간에게 신을 가르치기 위해 존속한다면 신성(神性)은 이론의 여지없이 도처에서 빛날 것이다. 그러나 세계가 존속하는 것은 오직 예수 그리스도에 의해서이고 또 예수 그리스도를 위해서, 그리고 사람들에게 그들의 타락과 구속을 가르치기 위해서이므로 그 안의 모든 것은 이 두 진리의 증거들을 확연히 드러낸다.

그 안에서 나타나는 것은 신성의 전적인 결여도, 신성의 명백한 존재도 아니다. 반대로 숨은 신의 존재이다. 모든 것은 이 특징을 지닌다.

자연을 아는 자만이 단지 비참해지기 위해 이것을 아는 것일까. 자연을 아는 자만이 유일하게 불행한 자일까.

그가 아무것도 보지 못해서는 안 된다. 그가 그것을 소유한다고 믿을 만큼 보아서도 안 된다. 다만 그것을 상실했음을 깨달을 만큼만 보아야 한다. 왜냐하면 상실했다는 것을 깨닫기 위해서는 보아야 하고 또 보지 못해야 하기 때문이다. 자연이 놓여 있는 상태는 바로 이런 것이다.

그가 어느 편을 택하거나 나는 그를 그 안에 편안히 있게 하지 않을 것이다…….

18-(419) 나는 그가 어느 편에서도 편안히 있는 것을 용인하지 않을 것이다. 그리고 그가 기반도 편안함도 없이…….

19-(243) 경전(經典)의 필자가 신을 증명하기 위해 결단코 자연을 이용하지 않았다는 것은 경탄할 일이다. 모두가 신을 믿게 하려고 한다. 다윗, 솔로몬 등은 "진공은 없다, 그러므로 신은 있다"라고 결코 말하지 않았다. 그들은 뒤이어 나타난 가장 지혜로운 사람들보다 더 지혜로웠음이 분명하다. 이들은 모두 자연을 사용했다. 이것은 매우 중요한 일이다.

20-(198) 하찮은 일에 대한 인간의 예민함, 가장 중대한 일에 대한 무감각, 이것은 기묘한 전도(轉倒)의 표시이다.

21-(196) 이 사람들은 가슴이 없다.
사람들은 이들을 친구로 삼지 않을 것이다.

22-(193) 가장 작은 일들은 경시하고 가장 큰 일들은 믿지 않는 사람들에게는 어떤 일이 일어날까?[5]

23-(191) 그 자가 다른 사람을 비웃는단 말인가. 도대체 비웃어야 할 사람은 누구인가. 그런데도 이 사람은 그를 비웃지 않고 동정한다.

---

5) "Quid fiet hominibus qui minima contemnunt, majora non credunt?" 피에르 샤롱(Pierre Charron, 1541~1603), 『지혜』, II, 5의 6을 참조하라——"인간의 이성은 중간적 사물에 한정되어 있으며, 작은 것을 경시하고 큰 것에는 놀라고 두려워한다."

1편

순서⁶⁾

24-(596) 온 땅 위에 널리 불리는 「시편(詩篇)」.

누가 마호메트를 증언하는가. 마호메트 자신이다. 예수 그
리스도는 자기를 증언하는 무의미한 일을 원하지 않는다.⁷⁾

증인들의 자격은 그들이 항상 그리고 어느 곳에나 있어야
하고 또 비참할 수밖에 없도록 만든다. 그(마호메트)는 혼자다.

25-(227) **대화에 의한 구성.** "나는 무엇을 해야 합니까. 나는

---

6) 1편의 표제어 '순서(ordre)'는 저자가 구상하고 있는, 호교론을 담게 될
작품의 전체 구도 또는 형태를 의미한다. 흔히 '질서'라고 번역되지만 여기
서는 작품의 질서를 말하는 것으로 차라리 '구성'이라는 말에 더 가깝다.
일단 '순서'라는 말을 택했지만 곳에 따라 '구성', '질서'로도 표현한다.
7) "만일 내가 나를 위하여 증언하면 내 증언은 참되지 [않다]"(「요한」, 5:31).

어디서나 암흑만을 봅니다. 나는 아무것도 아니라고 생각해야 할까요? 신이라고 생각해야 할까요?"

26-(244) 만물은 변하고 연달아 이어진다.――당신은 잘못 생각하고 있소, 이것은……

"그래! 당신 자신은 하늘과 새들이 신을 증명한다고 말하지 않는단 말이오?――그렇소.――당신의 종교가 그렇게 말하지 않는다는 것이오?――그렇소. 왜냐하면 신에게서 이 빛을 받은 사람들에게는 이것이 어떤 의미에서 진실이겠지만 대부분의 사람들에게는 거짓이기 때문이오."

27-(184) 신을 찾도록 인도하기 위한 편지.

그리고 철학자들, 회의론자와 독단론자들 가운데서 신을 찾게 할 것, 이들은 신을 찾는 사람들을 괴롭게만 할 뿐이다.

28-(247) 순서. 한 친구에게 신을 찾도록 인도하기 위한 편지. 그는 대답할 것이다, "하지만 찾아본들 내게 무슨 소용이 있소? 아무것도 나타나지 않소." 그럼 그에게 대답하리라, "절망하지 마시오." 그는 다시 대답하기를, 그 어떤 빛이라도 발견한다면 좋으련만, 다름 아닌 이 종교에 따르면 설사 발견했다고 믿는다 해도 아무 소용이 없다고 하니 차라리 찾지 않는 게 낫다고 할 것이다. 이에 대한 답은, 기계.[8]

---

8) 이것은 자동 기계를 의미한다. 단장 7을 참조.

29-(60) 1부: 신 없는 인간의 비참.

2부: 신을 믿는 인간의 복됨.

다시 말해,

1부: 본성이 타락했다는 것. 본성 그 자체로.[9]

2부: 구속자가 있다는 것. 『성서』로.

30-(248) 기계 작용으로 증거가 유용하다는 것을 지적하는 편지.
신앙은 증거와는 다르다. 증거는 인간적인 것이고 신앙은
신의 선물이다. 오직 의인은 믿음으로 말미암아 살리라.[10] 신이 인
간의 마음속에 넣어주는 것은 믿음이고 증거는 흔히 수단이
다, 믿음은 들음에서 난다.[11] 그러나 믿음은 마음속에 있으며
나는 안다가 아니라 나는 믿는다[12]라고 말하게 한다.

31-(602) 순서. 유대인들의 모든 상황에서 명확하고 이론의
여지가 없는 것을 볼 것.

32-(291) '불의(不義)에 관하여'라는 편지에서 논할 수 있
는 것은, 가령 모든 것을 소유하는 장자들의 우스꽝스러움.
"친구여, 당신은 산 이편에서 태어났다. 그러므로 당신 형이 모

---

9) 본성 그 자체로 본성의 타락을 밝힌다는 뜻. 그 아래의 언급도 마찬가지
로 『성서』로 구속자가 있다는 것을 밝힌다는 뜻이다.

10) "Justus ex fide vivit"(「로마」, 1:17).

11) "Fides ex auditu"(「로마」, 10:17).

12) scio: "나는 안다", credo: "나는 믿는다".

든 것을 소유하는 것이 옳다."

"당신은 왜 나를 죽이는가?"

33-(167) 인간의 비참한 삶이 이 모든 것의 기초가 되었다. 그들은 이것을 원했으므로 위락을 택했다.

34-(246) 순서. '신을 찾아야 한다'는 편지에 뒤이어 '장애물을 제거하라'는 편지——이것은 다름 아닌 '기계'에 관한 논의다——기계를 준비하고 또 '이성으로 추구하라'는 편지를 쓸 것.

35-(187) 구성. 사람들은 종교를 멸시한다. 종교를 혐오하고 종교가 진실일까 두려워한다. 이 점을 고치기 위해서는 먼저 종교가 이성에 어긋나지 않음을 밝히는 것에서 시작해야 한다. 경외할 만한 가치가 있으므로 마땅히 존중하는 마음을 갖게 한다.

다음으로 종교가 사랑할 만한 것임을 보여주고 선한 사람들에게 그것이 진실이기를 소망하게 한다. 그런 후에 종교가 사실상 진실임을 보여준다.

종교는 경외할 만하다, 인간을 제대로 이해했으므로.

종교는 사랑할 만하다, 참된 행복을 약속하므로.

36-(241) 순서. 지금까지 내가 잘못 생각했고 그래서 기독교가 진실하다는 사실을 알게 될까 두렵다. 그 두려움은 기독교가 진실하다는 믿음이 잘못된 생각은 아닐까 하는 두려움보다 훨씬 더 크다.

37-(442) 인간의 참된 본성, 참된 선, 참된 덕, 참된 종교는 그 인식을 각기 분리할 수 없다.

38-(290) 종교의 증거들. 도덕, 교리, 기적, 예언, 표징.

39-(421) 나는 인간을 찬양하기로 결정한 사람들과 인간을 비난하기로 결정한 사람들 그리고 위락을 즐기기로 한 사람들을 다 같이 비난한다. 내가 인정할 수 있는 것은 오직 신음하면서 추구하는 사람들뿐이다.

40-(74) 인간의 학문과 철학의 어리석음에 관한 편지.
'위락' 이전에 이 편지.
사물의 원리를 깨달은 자는 행복하도다……[14]

---

13) 이 표시는 파스칼 자신이 분류한 것과 엮은이가 미분류의 단장들 안에서 임의로 이 항목 안에 편입한 것을 구분한다. 즉 이 표시 이후의 단장들은 후자에 속한다.
14) "Felix qui potuit"(베르길리우스, 『전원시』, I, 6의 2). 몽테뉴, III, 10에서

행복을 유지할 수 있는 유일한 길은 아무것에도 놀라지 않는 것.[15]

몽테뉴 안에 기록된 280종의 최고선.

41-(494) 참된 종교는 위대와 비참을 가르쳐야 하고 자신에 대한 존경과 멸시, 사랑과 증오로 인도해야 한다.

42-(449) 순서. '타락'에 뒤이어 이렇게 쓸 것, "이 상태 안에 있는 모든 사람이, 거기서 즐거워하는 자나 괴로워하는 자나 이것을 아는 것은 옳다. 그러나 모두가 구속(救贖)을 보는 것은 옳지 않다."

43-(562) 이 지상에 있는 모든 것이 인간의 비참이나 신의 자비로움, 신이 없는 인간의 무력이나 신을 믿는 인간의 능력을 나타낸다.

44-(373) 피로니즘(회의주의).[16] 여기서 나는 질서 없이 내 생각들을 적어나갈 것이다. 그렇다고 계획 없는 혼돈 속에서 적지는 않을 것이다. 이것이 곧 진정한 질서이고 이 질서는 무질서 자체로 내 목적을 표시할 것이다.

만약 내가 이 주제를 질서 있게 다룬다면 이 주제를 너무나

인용했다.

15) "Felix nihil admirari"(호라티우스, 『서한집』, I, 6의 1).

16) 단장 70의 주 29) 참조.

도 영예롭게 할 것이다, 나는 그것이 그런 질서를 가질 수 없음을 밝히기 원하므로.

45-(21) 질서. 자연의 모든 진리는 각각 그 자체에 있다. 기교는 어떤 것들을 다른 것들 안에 포함하는 것이다. 그러나 이것은 자연스럽지 않다. 각각은 그 자체의 자리를 간직한다.

46-(20) 질서. 무엇 때문에 나는 도덕을 여섯이 아니라 넷으로 분류하려는 것일까? 무엇 때문에 덕을 넷으로, 둘로, 하나로 내세우려 할까? 무엇 때문에 '자연을 따르라'보다 근신하고 참아라[17]이어야 하는가? 혹은 또 플라톤처럼 "자신의 개인적 일들을 공정하게 수행하라"이거나 아니면 다른 방식이어야 하는가?
　——그러나 모든 것은 한마디 말 속에 포함되어 있다고 당신은 말할 것이다.——그렇다. 그러나 이것은 설명하지 않으면 소용없다. 반대로 설명하기라도 하면 다른 모든 교훈들을 포함하고 있는 이 교훈이 열리자마자 그것들이 풀려 나와 당신이 피하려 했던 최초의 혼돈 상태를 이룬다. 이렇듯 모든 것이 하나 안에 포함되었을 때는 마치 상자 속에 있을 때처럼 숨겨지고 쓸모없으며 그것들이 모습을 드러낼 때는 어김없이 본래의 혼돈을 이룬다. 자연은 어떤 것도 다른 것 속에 포함시키지 않고 모든 것을 각각 만들어냈다.

_____

17) "abstine et sustine." 스토아주의자들의 격언이다.

47-(61) 질서. 나는 이 담론을 다음과 같은 질서에 따라 할 것이다. 즉 모든 종류의 신분의 공허와 보통 사람들의 삶의 공허를 보여주고, 다음으로 회의주의와 스토아주의의 철학적 삶의 공허를 보여준다. 그러나 이 질서는 그대로 지켜지지 않을 것이다. 나는 질서가 무엇인지 그리고 그것을 깨달은 사람이 얼마나 드문지 조금은 알고 있다. 인간의 어떤 학문도 이 질서를 지키지 못한다. 성 토마스도 지키지 않았다. 수학은 질서를 지키지만 그 깊이로는 쓸모가 없다.

48-(62) 1부의 서문. 자아의 인식을 논한 사람들에 대해 말하고, 처량하고 권태롭게 만드는 샤롱[18]의 분류와 몽테뉴의 혼란에 대해 이야기할 것. 몽테뉴가 [직선적인] 방법의 결함을 피하기 위해 주제에서 주제로 비약했고 멋을 부렸다는 점을 말할 것.

자신을 그리려고 한 그의 시도는 얼마나 어리석은가! 그것도 무심코 자기의 원칙과 어긋나게 행하는 것이 아니다──사실 이런 실수는 누구나 하게 마련인데 그는 자신의 원칙에 따라 애당초 주요한 계획에 따라 그렇게 했다. 왜냐하면 우연히 실수로 어리석은 말을 하는 것은 흔한 결점이다. 그러나 계획적으로 그렇게 말하는 것은 참을 수 없는 일이다. 더욱이 말하기를…….

---

18) 피에르 샤롱(Pierre Charron, 1541~1603). 16세기 후반의 신학자로서 몽테뉴의 영향을 받아 『지혜의 책(Le Livre de la Sagesse)』을 썼다.

49-(242) 2부의 서문.

이 문제를 논한 사람들에 대해 말할 것.

이들이 얼마나 대담하게 신에 대해 말하려고 시도하는지를 보면 경탄스럽다.

불신자들을 향한 담론 1장은 자연의 조화로 신을 증명하는 것이다. 만약 그들의 담론이 신도들을 위한 것이라면 나는 이 계획에 대해 놀라지 않을 것이다. 마음속에 깊은 신앙을 간직하고 있는 사람들은 존재하는 모든 것이 다름 아닌 그들이 섬기는 신의 피조물임을 이내 깨달을 것이 확실하기 때문이다. 그러나 마음속에서 이 빛이 사라졌기에 그것을 되살려 보려고 노력하는 사람들과, 믿음도 은총도 없이 단지 자신들의 모든 빛으로 이 지식에 다다르기 위하여 자연에서 보이는 게 무엇이든 찾아 헤매지만 오직 혼미와 암흑만을 발견하는 사람들을 향해서 말한다. 그들을 에워싼 사물들 가운데 가장 작은 것을 보기만 하면 되고 그곳에서 신을 명백히 볼 것이라고 한다면, 그리고 이 중대한 문제의 모든 증거로서 고작 달이나 유성의 운행을 보여주고 이런 설명으로 완전히 증명했다고 주장한다면 이것은 우리 종교의 증거들이 지극히 보잘것없다고 믿을 만한 이유를 그들에게 주는 것과 다르지 않다. 이론상으로나 경험상으로 보기에, 그들이 우리 종교를 경멸하게 하는 데 이보다 더 적절한 것은 없다.

신이 창조한 만물을 더 깊이 아는 『성서』는 이에 대해 그런 신으로 말하지 않는다. 반대로 신은 숨은 신이라고 말한다. 그리고 본성이 타락한 이후로 신은 인간을 맹목 속에 내버려 두었고, 오직 예수 그리스도를 의지하지 않고는 이 맹목에서 벗어날 수 없다고 말한다. 예수 그리스도 밖에서는 신과의 어떤 교제도 불가능한 것이다. 아버지를 안 자는 아들과, 아들이 아버지를 보여주고자 하신 자 외에 아무도 없다.[19]

　신을 찾는 자들은 신을 보게 되리라고 『성서』가 여러 곳에서 말할 때 우리에게 가르쳐주는 것은 바로 이것이다. 빛을 말할 때 그것은 '한낮의 빛과 같은' 것은 아니다. 대낮에 빛을 찾고 바다에서 물을 찾는 자가 그것들을 발견하리라고 말하지 않는다. 이렇듯, 신의 증명은 자연 속에서 이렇게 드러나는 것이어서는 안 된다. 그러므로 『성서』는 다른 곳에서 말하기를, 참으로 당신은 숨어 계시는 하느님이시다.[20]

---

19) "Nemo novit Patrem nisi Filius, et cui voluerit Filius revelare"(「마태」, 11:27).
20) "Vere tu es Deus absconditus"(「이사야」, 45:15).

2편

헛됨[21]

50-(133) 따로 있을 때는 웃기지 않은 닮은 두 얼굴이 함께 있으면 서로 닮은 것 때문에 웃긴다.

51-(338) 그래도 참된 기독교인들은 어리석은 일임에도 이에 복종한다. 그들이 어리석음을 존중하기 때문이 아니라 인간을 벌하기 위해 그들을 이 어리석음에 복종하게 하신 신의 질서를 존중하기 때문이다. 모든 것이 헛됨이로다.[22] 피조물이 허무한 데 굴복하는 것은 자기 뜻이 아니요 오직 굴복하게 하시는 이

---

21) 이것은 vanite를 번역한 말인데 파스칼은 '헛됨', '공허'라는 의미와 함께 '허영'이라는 뜻으로도 사용한다. '헛됨'이 성서적 의미와 일치한다는 점도 유의할 필요가 있다.

22) "Omnis cretura subjecta est banitati"(「전도」, 3:19).

로 말미암음이라. 그 바라는 것은 피조물도 썩어짐의 종 노릇 한 데서 해방되어 하느님의 자녀들의 영광의 자유에 이르는 것이니라.[23] 이렇듯, 성 토마스는 성 야고보가 부자들을 위해 마련된 좋은 '자리'에 대해,[24] 만약 그들의 행동이 신이 보기에 합당하지 않다면 종교의 질서에서 벗어나는 것이라고 말한다.

52-(410) 마케도니아 왕 페르세우스, 파울루스 아이밀리우스. 사람들은 페르세우스가 자결하지 않은 것에 대해 비난했다.[25]

53-(161) 헛됨. 이 세상이 헛되다는 명백한 사실을 사람들은 너무나도 모르고 있기에 가령 권세 영화를 좇는 것은 어리석은 짓이라고 말하면 무슨 묘한 뜻밖의 이야기가 되어버린다. 참으로 기가 막힐 일이다.

54-(113) 변덕스러움과 기괴함. 오직 스스로 노동하며 사는 것과, 세계 최강국을 통치하는 것은 정반대되는 일이다. 이 둘이 튀르키예 왕의 인격 속에 결합되어 있다.

55-(955) 한 자락의 두건이 2만 5,000명의 수도승들을 무

---

23) "Liberabitur"(「로마」, 8:20-21). 파스칼이 말하는 '어리석음'이 『성서』의 이 부분에서는 '허무한 것(vanite)'으로 표현된다.
24) "만일 너희 회당에 금가락지를 끼고 아름다운 옷을 입은 사람이 들어오고…… 여기 좋은 자리에 앉으소서 하고……"(「야고보」, 2:2).
25) 단장 221 참조.

장시킨다.

56-(318) 그는 하인 넷을 거느리고 있다.

57-(292) 그 사람은 강 건너편에 살고 있다.

58-(381) 사람은 너무 젊으면 올바르게 판단하지 못하고 너무 늙어도 마찬가지이다.

충분히 생각하지 않거나 지나치게 생각하면 고집을 피우고 또 열중한다.

작품을 쓰고 난 직후에 그것을 들여다보면 여전히 작품에 대한 선입관에 사로잡혀 있다. 너무 오랜 시간이 지나면 그 안으로 들어가지 못한다.

그림을 너무 멀리서 보거나 너무 가까이에서 볼 때도 마찬가지이다. 적절한 자리는 오직 불가분의 한 점이 있을 뿐이다. 그 외의 점은 너무 멀거나 가깝거나 높거나 낮다. 그림에 있어서는 원근법이 이 점을 결정해 준다. 그러나 진리와 도덕에 관해서는 누가 그것을 정해주겠는가.

59-(367) 파리들의 힘, 그것들은 싸움에서 승리하고 우리의 정신 활동을 방해하며 우리의 육체를 갉아먹는다.

60-(67) 학문의 헛됨. 외적 사물에 관한 지식은 고난을 당할 때 도덕의 무지를 위로하지 못할 것이다. 그러나 도덕의 지

식은 외적 학문의 무지를 항상 위로할 것이다.

61-(127) 인간의 상태: 불안정, 권태, 불안.

62-(308) 왕들은 으레 근위병과 북 치는 고수들과 사관들 그리고 인간에게 존경과 두려움을 일으키는 모든 것들을 거느린다. 그런 습관 탓으로 이따금 이 동반자들 없이 혼자 있을 때에도 왕들의 얼굴은 신하들의 마음속에 존경과 두려움을 불러일으킨다. 왜냐하면 왕의 신분과, 항상 왕의 모습에 결부된 시종들을 머릿속에서 분리시키지 못하기 때문이다. 이와 같은 효과가 습관에서 유래된다는 점을 모르는 세상 사람들은 이것이 어떤 타고난 능력에서 유래한다고 생각한다. 그래서 "왕의 용안에는 신적인 기품이 서려 있고……" 운운한다.

63-(330) 왕의 권력은 민중의 이성과 우매함에 기초하는데, 우매함에 보다 더 많이 기반을 두고 있다. 이 세상의 가장 위대하고 중요한 일은 인간의 결함을 그 기반으로 삼고 있다.
그런데 이 기반이야말로 놀랍도록 견고하다. 왜냐하면 민중이 모자라다는 점보다 확실한 것은 없기 때문이다. 건전한 이성에 기반을 둔 것은 그 기초가 매우 잘못 세워진 셈이다, 가령 지혜를 숭배하는 것처럼.

64-(354) 항상 앞으로 전진하는 것만이 인간의 천성이 아니다. 전진이 있는가 하면 후퇴도 있다.

열병에는 오한도 있고 열기도 있다. 오한은 열기와 마찬가지로 열이 높다는 것을 나타낸다.

여러 세기를 거쳐 인간이 만들어내는 것들도 이와 마찬가지이다. 이 세상의 선의와 악의도 대체로 이와 같다. 변화는 대개 귀인을 즐겁게 한다.[26]

65-(436) 결함. 사람들이 하는 모든 활동은 재물을 얻기 위해서이다. 그러나 그들은 재물을 정당하게 소유하고 있다고 내세울 근거도 없고──왜냐하면 그들은 단지 사람들의 엉뚱한 상상만을 가지고 있기 때문에──또 재물을 확실하게 소유할 힘도 없다. 지식도 이와 같다, 병이 이것을 앗아가기 때문에. 우리는 진리도 선도 이룰 수가 없다.

66-(156) 무기 휴대를 금지당하자 목숨을 버리는 사나운 민족.[27] 그들은 평화보다 죽음을 더 사랑한다. 그런가 하면 전쟁보다 죽음을 더 사랑하는 사람들도 있다.

모든 사상은 생명보다 중히 여겨질 수도 있다.[28] 사상에 대한 애착은 그처럼 강하고 자연스러워 보인다.

67-(320) 우리는 배를 지휘할 사람으로 배를 탄 사람 중에

---

26) "Plerumque gratae principibus vices"(호라티우스의 『시가』). 몽테뉴, I, 42에서 인용했다.

27) "Ferox gens, nullam esse vitam sine armis rati"[티투스 리비우스(Titus Livius), 『로마사』, 34, 17]. 몽테뉴, I, 14에서 인용했다.

28) "모든 사상은 목숨과도 바꿀 만큼 강하다"(몽테뉴, I, 14).

서 가장 훌륭한 가문의 사람을 택하지는 않는다.

68-(149) 사람들은 지나가는 마을에서는 군이 존경받으려고 마음 쓰지 않는다. 그러나 잠시라도 머물러야 할 때는 그렇게 되려고 마음을 쓴다. 얼마 동안이나? 헛되고 연약한 우리가 체류하는 동안.

69-(317-2) 헛됨. 존경의 의미는 "부자유를 참는다는 것"이다.

70-(374) 나를 가장 놀라게 하는 것은 모든 사람이 자신의 결함에 놀라지 않는다는 점이다. 그들은 진지하게 행동하고 각자 자신의 신분을 따른다. 그렇게 하는 것이 관례이므로 그것을 따르는 것이 옳다고 생각해서가 아니라 사람마다 이치와 정의가 어디 있는지 명백히 알고 있기라도 한 듯 그렇게 하고 있는 것이다. 사람들은 어느 때고 실망을 맛보게 마련인데 그때마다 그들은 가소로운 겸손으로 자신들의 실수라고 생각하며, 항상 체득하고 있다고 자랑하는 기교(지식)의 잘못으로는 보지 않는다. 그러나 세상에는 회의론자가 아닌 이런 사람들이 많이 있어서, 회의주의[29]의 영예를 위해, 인간이란 터무

---

29) 여기 '회의주의'는 피론주의(pyrrhonisme)를 옮긴 말이다. 파스칼은 그리스의 극단적인 회의론자 피론(Pyrrhon)에서 유래된 '피론주의'를 그대로 사용하는데 당시에는 scepticisme보다 이 말이 더 일반적으로 통용되었던 것으로 보인다. 다른 곳에서도 pyrrhonisme은 '회의주의'로, pyrrhonien은

니없는 생각들을 곧잘 꾸며낼 수 있음을 보여주는 것은 가상한 일이다. 왜냐하면 인간은 자연적이고 피할 수 없는 결함을 지닌 존재가 아니라 오히려 반대로 자연적인 지혜를 지닌 존재라고 감히 믿기도 하기 때문이다.

회의론자가 아닌 사람들이 존재한다는 사실보다 회의주의를 북돋아 주는 것은 없다. 만약 모두가 회의론자들이라면 그들의 주장은 틀렸을 것이다.

71-(376) 이 학파[30]는 동조자들보다 적들에 의해 더 강화된다. 인간의 결함은 이것을 아는 사람보다 모르는 사람 가운데 더 잘 나타나기 때문이다.

72-(117) 구두 뒤축. "아! 멋지게 만들어졌군. 참 재주 있는 직공이야! 저 병사는 얼마나 담대한지!" 이것이 우리의 선호(選好)와 직업 선택의 근원이다. "저 사람은 잘도 마시는군! 이 사람은 통 마시지 못해!" 사람을 절주가(節酒家)와 주정꾼, 병사, 겁쟁이 등등으로 만드는 것은 바로 이런 평가이다.

73-(164) 이 세상의 헛됨을 깨닫지 못하는 사람들이야말로 그들 자신이 참으로 헛되다.

그러니 그 누가 이것을 깨닫지 못하겠는가——소란과 위락

'회의주의자' 또는 '회의론자'로 번역하겠다.
30) 피론주의 또는 회의주의 학파.

과 미래에 대한 생각 속에 온통 빠져 있는 젊은이들이라면 몰라도. 그러나 이들에게서 위락을 빼앗아 보라. 그들이 권태로 시들어가는 모습을 당신들은 보게 될 것이다. 그들은 그것이 무엇인지 모르면서도 허무를 느낄 것이다. 자신을 바라보아야 하고 또 자신을 망각할 수도 없게 되자마자 견딜 수 없는 비애 속에 빠져드는 것은 정녕 불행한 일이니까 말이다.

74-(158) 직업. 영예의 매력은 너무나도 강력해서 사람들은 그것이 결부되어 있다면 무엇이든, 심지어 죽음까지도 사랑한다.

75-(71) 너무 많은, 너무 적은 술. 그에게 술을 주지 말라. 그는 진리를 발견하지 못한다. 술을 너무 많이 주어보라. 이것도 마찬가지다.

76-(141) 사람들은 한 개의 공과 한 마리의 토끼를 쫓기에 여념이 없다. 이것은 왕들의 오락이기도 하다.

77-(134) 원래의 대상은 조금도 찬양받지 않는데, 닮았다는 이유로 찬양받는 그림이란 얼마나 공허한 것인가!

78-(69) 두 무한, 중간. 너무 빨리 읽거나 너무 천천히 읽으면 아무것도 이해하지 못한다.

79-(207) 그 얼마나 많은 왕국이 우리를 모르고 있는가!

80-(136) 하찮은 일이 우리를 위로한다, 하찮은 일이 우리를 괴롭히기 때문에.

81-(82) 상상력. 이것은 인간 안에 지배적인 부분이고 오류와 허위의 주관자이며 더욱이 항상 기만하지 않기에 그만큼 더 기만적인 능력이다. 왜냐하면 만약 상상력이 허위의 확실한 기준이 된다면 진리의 확실한 기준도 될 것이기 때문이다. 그러나 이 능력은 대체로 허위이기가 일쑤지만 참[眞]에 대해서나 거짓[僞]에 대해서나 똑같은 표시를 나타냄으로써 자신의 본성을 음폐한다.

나는 바보들에 대한 이야기가 아니라 가장 지혜로운 사람들에 대해 말하고 있다. 사실 바로 이들 가운데서 상상력은 가장 큰 설득력을 발휘한다. 이성이 제아무리 아우성쳐도 소용없다. 이성은 사물에 가치를 부여하지 못한다.

이성의 적이고 또 이성을 통제하고 지배하기를 즐기는 이 오만한 능력은 모든 일에서 자기가 얼마나 능력 있는가를 나타내기 위해 인간 안에 제2의 본성을 만들었다. 상상력으로 인간은 행복해지고 불행해지기도 하며, 건강해지고, 허약해지기도 하고, 부유해지고, 가난해지기도 한다. 상상력은 이성을 믿게 하고 의심하게 하고 부정하게 한다. 감각을 마비시키기도 하고 느끼게도 한다. 상상력으로 어리석어지고 현명해지기도 한다. 그리하여 상상력이 이성과는 다른 방식으로 자기 주인들의 마음을 완전히 만족시키는 것보다 더 우리를 화나게 하는 일은 없다. 상상력을 영리하게 발휘하는 사람들은 이성을 잘 활용하는 사람들보다 훨씬 더 자기만족을 느낀다. 그들은 당당하게 사람들을 내려다보며 대담하고 자신 있게 논쟁하고, 이성적인 사람들은 두려움과 의혹을 가지고 이에 대응한다. 그래서 그들의 밝은 얼굴은 청중의 의견을 유리하게 이끌어간다. 그만큼 자기를 현자라고 상상하는 사람들은 같은 종류의 심판자들에게 호감을 사게 된다. 상상은 어리석은 자를 영리하게 만들지는 못해도 행복하게는 만든다. 추종자들을 다만 비참하게 만들 뿐인 이성과는 반대로 상상력은 영광으로 감싸고 이성은 치욕으로 덮는다.

이 상상력이 아니라면 도대체 무엇이 인간에게, 작품에, 법에, 귀족에게 명성을 부여하고 존중과 존경심을 부여하겠는가. 땅 위의 모든 재물도 상상력의 동의가 없다면 얼마나 부족한 것이 되겠는가!

당신은 모든 사람에게 경외심을 강요하는 존경할 만한 노령의 저 법관에 대해 말하기를, 그는 맑고 숭고한 이성에 의해 스스로를 다스리며 사물을 판단하는 때는 그 진상을 따를 뿐 어리석은 자들의 상상력만을 해치는 헛된 정황 따위는 개의치도 않는다고 하지 않겠는가. 견고한 이성을 뜨거운 자비심으로 더 굳건히 하면서 열성적인 신앙심을 지니고 지금 설교장으로 들어가는 이 법관을 보라. 이제 그는 모범적인 존경심으로 설교를 들을 준비가 되어 있다. 이때 설교자가 나타났는데 그는 천성적으로 쉰 목소리에다 얼굴 생김새는 괴상하고 또 이발사가 면도질을 잘못했을 뿐만 아니라 설상가상으로 화장까지 엉망으로 했다고 가정해 보자. 이 설교자가 아무리 위대한 진리를 선포한다 해도 단언하지만 이 원로께서는 근엄한 모습을 잃고 말 것이다.

이 세상의 가장 위대한 철학자가 필요 이상으로 넓은 널빤지 위에 서 있는데, 만약 그 밑에 낭떠러지가 있다면 아무리 그의 이성이 안전을 보장한다 해도 그의 상상력이 그를 휩쓸어 가고 말 것이다. 이런 생각만 해도 창백해지고 진땀을 흘릴 사람도 적지 않다.

나는 상상력의 작용을 낱낱이 열거하고 싶지는 않다.

고양이나 쥐를 보는 것, 또는 탄(炭)이 부스러지는 소리 따위가 이성을 교란시킨다는 것을 그 누가 모르는가. 목소리의 음색은 가장 현명한 사람들에게도 영향을 미치고 연설이나 시의 효과를 변화시킨다.

애정이나 미움은 정의의 모습을 바꿔놓는다. 미리 많은 보수를 받은 변호사는 자기가 변호할 소송을 얼마나 더 정당한 것으로 생각하겠는가! 그의 대담한 몸짓은 이 외양에 속은 재판관들에게 이 소송을 얼마나 더 유리하게 보이게 하겠는가! 바람 따라 어느 방향으로나 나부끼는 가소로운 이성이여!

거의 상상력의 충동에 의해서만 흔들리는 인간의 거의 모든 행동들을 열거라도 하고 싶다. 왜냐하면 이성은 양보할 수밖에 없고 또 가장 지혜로운 이성도 상상력이 도처에 무모하게 도입한 것들을 자신의 원리로 삼고 있기 때문이다.

[오직 이성만을 따르려고 하는 사람은 어리석은 자로 판명

될 것이다. 누구나 기꺼이 그렇게 하기 때문인데 사람들은 상상적인 것으로 인정된 행복을 위해 온종일 수고해야 하고 또 잠이 이성의 피로에서 우리를 풀어주면 지체 없이 뛰쳐 일어나 환영을 좇으며 이 세계의 주인인 상상력의 영향을 받으러 나아가야 한다. 이것은 오류의 한 원리이다. 그러나 이것이 전부가 아니다.]

[인간이 이 두 능력을 결합한 것은 잘한 일이다, 설사 이 화해에서 훨씬 더 유리한 것은 상상력이라 하더라도. 왜냐하면 둘이 싸우면 상상력이 전적으로 이성을 압도할 것이기 때문이다. 이성이 상상력을 완전히 정복하는 일은 결단코 없다, 오히려 그 반대의 경우가 일쑤이다.]

우리의 법관들은 이 비밀을 잘 알고 있었다. 그들의 붉은 법의, 털 고양이같이 몸을 휘감은 담비 모피, 그들이 재판하는 법정, 백합꽃, 이 모든 근엄한 장치들은 응당 필요했다. 그리고 의사들이 긴 가운과 덧신을 걸치지 않았다면 또 박사들이 사각모를 쓰고 사방으로 넓게 퍼진 의복을 입지 않았다면 그들은 결코 사람들을 속이지 못했을 것이다. 사람들은 이처럼 당당한 외양에 오금을 못 쓴다. 만약 법관들이 진정한 법을 가지고 있고 또 의사들이 참된 의술을 가지고 있다면 사각모 따위는 그들에게 필요 없을 것이고 이 지식의 위엄은 그 자체로써 충분히 존경받을 것이다. 그러나 그들은 단지 상상의 지식만을 가지고 있기 때문에 자신들이 상대하는 상상력에 작용할 헛된 장치들을 이용할 필요가 있으며 실제로 그렇게 함으로써 존경심을 끌어모은다. 다만 군인들만은 이렇게 변장하지 않는다. 그들의 역할은 더 본질적인 것이기 때문이다. 그들은 힘으로 서고 다른 사람들은 가면으로 선다.

그렇기에 우리 왕들은 이런 가장(假裝)을 추구하지 않았다. 그들은 왕임을 나타내기 위해 특별한 옷차림으로 꾸미지 않았다. 그들이 거느리는 것은 단지 위병들과 극창(戟槍)…… 오직 왕들만을 위해 손과 힘을 가지고 있는 무장한 군대, 앞에서 행진하는 나팔과 북, 그들을 에워싼 군단, 이 모든 것은 가장 견고한 자도 간담을 서늘케 한다. 왕은 특별한 의상이 없다. 단지 힘을 가지고 있다. 찬란한 궁전 안에서 4만의 근위병으로 둘러싸인 튀르키예 왕을 한 인간으로 보기 위해서는 참으로 순화된 이성을 가져야만 한다.

우리는 변호사가 법의를 걸치고 머리에 모자를 쓰고 있는 것만 보아도 그의 능력에 대해 유리한 견해를 갖지 않을 수 없다.

상상력은 모든 것을 마음대로 처분한다. 그것은 미(美)를 만들고 정의를 만들고 또 행복을 만든다. 이 행복이야말로 이 세상의 모든 것이다. 나는 『세계를 지배하는 여론에 관하여』[31]라는 책을 기꺼이 읽고 싶다. 내가 아는 것은 제목뿐이지만 이 제목만으로 많은 책들과 견줄 만하다. 나는 이 책을 알지 못해도 그것에 동의한다──그 안의 잘못된 부분은 제외하고.

우리를 필연적인 오류로 인도하기 위해 일부러 주어진 듯이

---

31) Dell'opinione regina del mondo. 파스칼은 이 책을 '상상력'에 결부시킨다. 저자는 불분명하지만 플로시(C. Flossi)의 저서 또는 에라스뮈스의 『우신예찬』 중 한 표제가 아닌가 추측된다.

보이는 기만적 능력의 결과는 대체로 이런 것들이다. 이 외에도 우리에게는 오류의 다른 원리들이 있다.

오래된 인상들만이 우리의 판단을 그르치는 것은 아니다. 새로움의 매력도 같은 힘이 있다. 사람들이 유년 시절의 그릇된 인상을 따른다고, 혹은 새로운 인상만을 경솔하게 좇는다고 서로 다투는 것은 이런 이유에서이다. 그 누가 올바른 중간을 지키는가. 어디 나타나서 증명해 보라. 아무리 그것이 유년 시절부터 자연스럽게 보였더라도 교육이나 감각에 의해 그릇된 인상으로 취급되지 않을 원리는 세상에 하나도 없다.

"상자 속에 아무것도 보이지 않는다면 그 상자는 비어 있다고 어려서부터 생각해 온 탓에 당신은 진공 상태가 가능하다고 믿었다. 이것은 습관에 의해 굳어진, 감각의 착각이며 학문은 마땅히 이것을 수정해야 한다."라고 말하는 사람이 있다. 이에 대해 다른 사람은 "학교에서 진공은 없다고 가르친 탓에 당신의 상식은 망가졌다. 이 잘못된 가르침을 받기 전에는 당신의 상식이 그처럼 명확하게 진공을 깨달았으므로 이제 당신의 제1의 본성에 의거하여 이 잘못을 바로잡아야 한다."라고 말한다. 그렇다면 누가 속였는가. 감각인가, 교육인가.

우리는 오류의 또 다른 원리를 가지고 있다. 다름 아닌 병이다. 병은 우리의 판단과 감각을 해친다. 중한 병이 감각을 현저하게 손상한다면 가벼운 병도 그 정도만큼 작용한다는 것을 나는 의심치 않는다.

우리 자신의 이익도 우리를 기분 좋게 눈멀게 하는 신기한 도구이다. 아무리 공정한 사람이라도 자신의 소송에 재판관이 되는 것은 금지되어 있다. 이 자애심에 빠지지 않으려고 반대로 그지없이 불공정했던 사람들을 나는 안다. 지극히 정당한 사건에 패소하는 가장 확실한 방법은 가까운 친척들에게 사건을 부탁하는 것이다.

정의와 진리는 매우 날카로운 끝과 같아서 우리의 도구들은 그것에 정확히 닿기에는 너무 무디다. 어쩌다 닿기라도 하면 끝을 으스러뜨리고 그 주변을 더듬으며 진실보다 허위를 짚는다.

[그러니 인간이란 참 희한하게 만들어진 존재라 그 어떤 진리의 올바른 원리도 없는 대신 허위의 탁월한 원리들을 여럿 가지고 있다. 이제 그것이 얼마나 되는지 살펴보자. 그러나 오류의 가장 흥미로운 원인은 감각과 이성 사이의 전쟁이다.]

82-(83) 기만적 능력에 관한 장을 여기서부터 시작해야 한다. 인간은 은총 없이는 지워지지 않는 자연적 오류로 가득 찬 존재일 뿐이다. 아무것도 그에게 진리를 보여주지 않는다. 모든 것이 그를 기만한다. 이성과 감각, 이 진리의 두 원리는 각기 진실성을 결여하고 있을 뿐만 아니라 상호 간에 기만한다.

감각은 그릇된 외양으로 이성을 기만한다. 그리고 감각은 정신에게 가한 것과 똑같은 기만을 이번에는 정신으로부터 당한다. 정신이 복수하는 것이다. 정신의 정념들은 감각을 혼란에 빠뜨리고 감각에 그릇된 인상을 준다. 그것들은 서로 경쟁하듯 속이고 농락한다.

그러나 이 이질적인 기능들 [사이에] 우연히 그리고 이해의 부족으로 야기되는 오류 외에도……

83-(163) 헛됨. 사랑의 원인과 결과——클레오파트라.

84-(172) 우리는 결코 현재에 매달리지 않는다. 우리는 마치 오는 것이 너무 더디기라도 한 듯, 그리고 그 걸음을 재촉하려는 듯 미래로 앞서나간다. 또 우리는 마치 사라지는 것이 너무 빠르기라도 한 듯 과거를 정지시키기 위해 그것을 되살린다. 우리는 너무나도 경솔하기에 우리의 것이 아닌 시간 속에서 방황하며 우리에게 주어진 유일한 시간에는 전혀 신경 쓰지 않는다. 또 우리는 너무나도 공허하기에 있지 않은 시간에 사로잡혀 현존하는 유일한 시간을 아무 생각 없이 피한다. 현재는 흔히 우리에게 상처를 주기 때문이다. 현재는 우리를 고통스럽게 하기 때문에 우리는 그것을 눈에 띄지 않는 곳에 숨겨둔다. 그리고 현재가 즐거울 때는 사라져 가는 것을 보고 아쉬워한다. 우리는 이것을 미래에 의해 지탱하려고 노력하고 또 우리가 도달하리라는 아무 보장도 없는 한때를 위해 우리의 능력으로 할 수도 없는 일들을 안배하려고 궁리한다.

각자 자기의 생각을 살펴보라. 우리 생각이 온통 과거 또는 미래에 사로잡혀 있음을 깨닫게 될 것이다. 우리는 거의 현재를 생각하지 않는다. 혹 생각한다면 미래를 사용하기 위한 빛을 빌려오기 위해서일 뿐이다. 현재는 결코 우리의 목적이 아니다. 과거와 현재는 우리의 수단이고 단지 미래만이 우리의 목적이다. 따라서 우리는 사는 것이 아니라 살기를 바라고 있

다. 그리고 항상 행복하려고 준비하고 있으니 결코 행복해질
수 없다는 것은 불가피한 사실이다.

85-(366) 이 세상에서 가장 고매한 법관이라도 주위의 사
소한 소음에 이내 흔들리지 않을 만큼 초연한 정신을 유지하
기란 힘들다. 그의 생각을 방해하기 위해서 포성까지 필요 없
다. 바람개비나 도르래 소리면 충분하다.

　지금 그의 추리가 잘되지 않는다고 놀라지 말라. 파리 한
마리가 귓전에서 윙윙거리고 있다. 올바른 결정을 내리지 못
하게 하는 데 이것만으로 충분하다. 만약 그가 진리를 발견할
수 있기를 바란다면 그의 이성을 망가뜨리고 뭇 도시와 왕국
을 다스리는 그의 힘찬 지성을 어지럽히는 저 벌레를 쫓으라!
오오, 가소로운 신! 오오, 그지없이 가소로운 영웅이여![32]

86-(132) 내 생각에 카이사르는 세계 정복을 즐기기에는
너무 늦었던 것 같다. 이런 즐거움은 아우구스투스나 알렉산
드로스에게 적합했다. 이들은 가로막기 힘든 젊은이들이었다.
그러나 카이사르는 아마도 더 성숙했을 것이다.

87-(305) 스위스인들은 귀족이라 불리면 화를 낸다. 그리
고 높은 직위를 맡기에 합당하다고 인정받기 위해 자기가 순
수한 평민임을 입증한다.

---

32) "O ridicolossimo heroe!"

88-(239, 154) "왜 나를 죽이려 하오? 당신이 유리한데. 나는 무기를 가지고 있지 않소.──무슨 소리! 당신은 강 저편에 살고 있지 않소? 친구여, 당신이 이편에 산다면 나는 살인자가 될 것이고 이렇게 당신을 죽이는 것은 부당할 것이오. 허나 당신은 저 건너편에 살고 있기 때문에 나는 용사가 되고 내가 하는 일은 정당하오."

89-(388) 양식. 그들은 이렇게 말할 수밖에 없다, "당신들은 성실하게 행하지 않는다, 우리는 지금 잠을 자지 않는다 등등." 이 오만한 이성이 창피를 당하고 애원하는 꼴을 얼마나 보고 싶은지! 이런 말은 자기의 권리를 도전받고 이것을 지키기 위해 무기와 힘으로써 대항하는 사람의 말은 아니다. 이 사람은, 성실하게 행하지 않는다고 장난삼아 말하는 것이 아니라 이 불성실을 힘으로써 벌하려는 것이다.

* *

90-(162) 인간의 헛됨을 완전히 알고 싶은 사람은 사랑의 원인과 결과를 살펴보기만 하면 된다. 그 원인은 이른바 '그무엇인지 알 수 없는 것'(코르네유)[33]이고 그 결과는 끔찍하다.

---

33) "때때로 우리가 표현하지 못하는 무엇인지 알 수 없는 성질이 우리를 기습하고 사로잡고 사랑하게 한다"[코르네유, 『메데(Medee)』, II, 6].

사람들이 알아볼 수 없을 만큼 하찮은 '그 무엇인지 알 수 없는 것'이 온 땅과 왕들과 군대와 전 세계를 뒤흔든다.

클레오파트라의 코, 만약 좀 더 낮았더라면 지상의 모든 표면은 달라졌을 것이다.

91-(404) 인간의 가장 저속한 속성은 영예를 추구하는 것이다. 그러나 바로 이것이 우월성의 표시이기도 하다. 왜냐하면 인간은 지상의 그 어떤 것을 소유하고 어떤 건강과 기본적인 안락을 누린다 해도 사람들의 존경을 받지 못하면 만족을 모르기 때문이다. 인간은 이성을 매우 높이 평가하고 있으므로 지상에서 그 어떤 이점을 가졌다 해도 인간의 이성 가운데 유리한 자리를 차지하지 못하면 만족하지 않는다. 이것이야말로 이 세상의 가장 훌륭한 자리이며 어떤 것도 그를 이 욕망에서 돌아서게 할 수 없다. 이 욕망은 인간의 마음에서 가장 말살하기 힘든 특성이다.

인간을 극도로 경멸하고 짐승과 비교하는 사람들도 역시 칭찬받고 인정받기를 원하며 결국 그들 자신의 생각으로 인해 스스로 모순에 빠진다. 무엇보다도 더 강력한 그들의 본성은 이성이 그들의 저속성을 납득시키는 것보다 더 강력하게 인간의 위대성을 납득시킨다.

92-(76) 학문을 지나치게 깊이 연구한 사람들을 반박할 것. 데카르트.

93-(153) 함께 사는 사람들에게 존경받고 싶은 욕망에 관하여. 자존심은 우리의 비참이나 실수와 같은 것들 가운데서도 우리의 마음을 너무나도 자연스럽게 차지한다. 우리는 기꺼이 목숨이라도 버린다, 사람들이 그 이야기를 해주기만 한다면.

허영: 도박, 사냥, 방문, 연극, 명성의 거짓된 영속.

94-(150) 허영은 사람의 마음속에 너무나도 깊이 뿌리박혀 있어서 병사도 상것도 요리사도 인부도 자기를 자랑하고 자기를 찬양해 줄 사람들을 원한다. 심지어 철학자도 찬양자를 갖기 원한다. 이것을 반박해서 글쓰는 사람들도 훌륭히 썼다는 영예를 얻고 싶어 한다. 이것을 읽는 사람들은 읽었다는 영광을 얻고 싶어 한다. 그리고 이렇게 쓰는 나도 아마 그런 바람을 가지고 있는지 모른다. 그리고 아마도 이것을 읽을 사람들도…….

95-(333) 당신이 자기들에게 별로 존경을 표시하지 않는 것을 불평하면서 자기들을 존경하는 지체 높은 사람들의 예를 늘어놓는 사람들을 당신은 만나본 일이 없는가. 이에 대해 나라면 대답할 것이다, "그 사람들을 탐복시킨 당신의 진가를 보여주시오. 그럼 나도 존경하리다."

96-(401) 영예. 짐승들은 서로 칭찬하지 않는다. 말은 자기 짝을 칭찬하지 않는다. 말이 달릴 때 그들 사이에 경쟁심이 없어서가 아니라 결과가 없기 때문이다. 왜냐하면 마구간에서

가장 둔하고 흉한 모양의 말이라고 해서 다른 말에게 귀리를 양보하지는 않는다, 사람들이 그렇게 해주기를 바라는 것처럼. 말의 특성은 그 자체로 충족된다.

97-(436의 2) 인간의 모든 활동은 재물을 갖는 데 있다. 그러나 인간은 재물을 정당하게 소유할 근거도 없고 확실하게 소유할 힘도 없다. 학문도 쾌락도 마찬가지이다. 우리에게는 진리도 행복도 없다.

98-(390) 오오! 이 얼마나 어리석은 말들인가! "신은 정죄하기 위해 세계를 창조했겠는가. 이렇게 연약한 인간들에게 그처럼 많은 것을 요구하겠는가, 운운." 회의주의는 이 병에 대한 약이고 이런 공허한 생각을 깨버린다.

99-(100) 자애심과 인간적 자아(自我)의 본질은 자기만을 사랑하고 자기만을 생각하는 데 있다. 그러나 어찌하겠는가. 그는 자기가 사랑하는 이 대상이 결함과 비참으로 가득 찬 것을 막지 못할 것이다. 그는 위대하기를 원하지만 못난 자신을 본다. 그는 행복하기를 원하지만 불행한 자신을 본다. 그는 완전하기를 원하지만 불완전으로 가득 찬 자신을 본다. 그는 뭇 사람의 사랑과 존경의 대상이 되기를 원하지만 자신의 결함이 그들의 혐오와 경멸만을 받아 마땅하다는 것을 안다. 이렇듯 궁지에 빠진 인간의 마음속에는 상상할 수 있는 한 가장 의롭지 못하고 가장 죄악적인 정념이 태어난다. 왜냐하면

자기를 책망하고 자기의 결함을 인정하게 하는 이 진실에 대해 극도의 증오심을 품게 되기 때문이다. 그는 이 진실을 말살해 버리고 싶어 할 것이다. 그러나 진실 그 자체를 파괴할 수 없기 때문에 그는 진실에 대한 자신의 인식과 타인의 인식 가운데서 가능한 한 이것을 파괴한다. 다시 말해 자기의 결함을 타인에게나 자기에게나 숨기는 데 온갖 주의를 기울이며 타인이 이 결함을 그에게 보여주거나 그들 자신이 보는 현장을 참지 못한다.

결함으로 가득 차 있다는 것은 틀림없이 불행한 일이다. 그러나 결함으로 가득 차 있으면서 그것들을 인정하지 않으려는 것은 더 큰 불행이다. 왜냐하면 의식적인 환각이라는 불행을 더하기 때문이다. 우리는 타인이 우리를 속이는 것을 원치 않는다. 그들이 우리에게서 받기에 합당한 것 이상으로 평가받기를 바라는 것은 옳지 않다고 생각한다. 그렇다면 우리가 그들을 속이고 또 우리가 받기에 합당한 것 이상으로 평가받고 싶어 하는 것도 옳지 않다.

이렇듯 우리가 실제로 지닌 불완전과 부덕만을 그들이 지적할 때 결코 우리에게 해를 끼치지 않는다는 것은 분명하다. 그 원인이 그들에게 있지 않기 때문이다. 오히려 그들은 우리를 이롭게 하고 있다. 이 불완전을 모르는 불행에서 우리를 건져주는 데 기여하고 있으니 말이다. 그들이 우리의 결함을 알고 또 우리를 경멸한다고 해서 우리는 화를 내서는 안 된다. 그들이 있는 그대로의 우리를 인식하고 또 우리가 경멸받을 만할 때 우리를 경멸하는 것은 정당하기 때문이다.

이것이야말로 공정성과 정의로 가득한 마음에서 응당 태어날 감정이다. 그렇다면 전혀 반대되는 경향을 우리의 마음속에서 발견할 때 우리는 뭐라 말할 것인가. 왜냐하면 우리가 진실과, 진실을 말하는 사람들을 혐오하고, 우리에게 유리하게 그들이 기만당하기를 바라고, 또 우리가 있는 그대로의 우리보다 더 높이 인정받고 싶어 하는 것은 사실이 아닌가 말이다.

여기 나를 소름 끼치게 하는 예가 하나 있다. 가톨릭교는 자신의 죄를 누구에게나 차별 없이 고백하라고 명하지 않는다. 다른 모든 사람들에게는 숨겨도 좋다고 인정한다. 단 한 사람의 예외가 있는데, 이 사람에게는 마음속까지 열고 사실 그대로의 자신의 모습을 보이라고 명한다. 가톨릭교가 진실을 밝히라고 우리에게 명하는 것은 오직 이 한 사람에 대해서뿐이며, 한편 이 사람은 비밀을 지키는 범할 수 없는 의무를 짐으로써 이 진실은 그의 안에서 마치 없는 것같이 되어버린다. 이보다 더 자비롭고 부드러운 것을 상상할 수 있겠는가. 그런데도 인간은 너무나도 타락하여 이 계율을 가혹하다고 생각하는 것이다. 이것이 유럽의 많은 국가들로 하여금 교회에 반항하게 한 주요한 원인 중의 하나이다.

모든 사람들에 대해 행하는 것이 마땅하거늘——왜냐하면 사람을 속이는 것이 옳다는 말인가?——단 한 사람에게만 하라고 명하는 것조차 나쁘다고 생각하는 것을 보면 인간의 마음이란 이 얼마나 불의하고 부조리한가!

진실에 대한 혐오에는 갖가지 정도가 있다. 그러나 이 혐오가 누구에게나 어느 정도 있다는 점은 확언할 수 있다. 왜냐하면 이것은 자애심과 떼어놓을 수 없기 때문이다. 타인을 책망해야만 할 위치에 있는 사람들이 상대방의 감정을 상하지 않게 갖가지 우회적이고 부드러운 표현을 택하는 이유는 바로 이 그릇된 조심성 때문이다. 그들은 우리의 결함을 축소해야 하고 이것을 변명하는 척해야 하며 칭찬과 함께 사랑과 존경의 표시를 섞어야 한다. 이 모든 사실만으로도 이 약이 자애심에 쓰디쓴 것임에는 변함이 없다. 자애심은 가능한 한 그 최소량을 취하되 항상 불쾌감을 가지며 또 왕왕 이 약을 제공하는 사람들에 대해 남모를 원한을 품는다.

사람들이 우리의 사랑을 받음으로써 이익을 얻을 때 우리에게 불쾌감을 주는 역할을 수행하는 것에서 멀어지는 이유는 바로 이 때문이다. 그들은 우리가 바라는 대로 우리를 대해준다. 진실을 혐오하기에 진실을 덮어주고 아첨받기를 바라기에 아첨하며 속임당하기를 바라기에 속인다.

출세의 길을 여는 행운의 단계마다 우리가 진실에서 더욱더 멀어지는 것은 바로 이 때문이다. 왜냐하면 사람들은 사랑을 받으면 유리해지고 반감을 사면 불리해지는 그런 인물들의 비위를 거슬리는 것을 더욱더 두려워하기 때문이다. 어떤 왕이 전 유럽의 웃음거리가 되고도 자기만은 이것을 모를 수도 있다. 나는 조금도 놀라지 않는다. 진실은 듣는 사람에게는 유익하지만 말하는 사람에게는 해롭다, 미움을 사기 때문에. 그런데 왕과 함께 사는 사람들은 그들이 섬기는 왕의 이익보다 자신들의 이익을 더 소중히 여긴다. 따라서 자기를 해치면서까지 왕의 이익을 도모할 생각은 조금도 하지 않는다.

이런 불행은 분명히 신분이 높을수록 더 크고 더 일반적이다. 그러나 신분이 낮다고 해서 예외는 아니다. 왜냐하면 사람들의 사랑을 받는 데에는 항상 이익이 따르기 때문이다. 이렇듯 인간의 삶은 영원한 환각일 뿐이다. 서로를 속이고 피차 아첨하기만 한다. 우리에 대해 우리의 면전에서 마치 우리가 없을 때처럼 말하는 사람은 아무도 없다. 인간 사이의 결합이란 오직 이 상호 기만 위에 서 있을 뿐이다. 만약 자기가 없는 자리에서 친구가 자기에 대해 말하는 것을 알게 된다면 설사 그가 진실하게 사사로운 감정 없이 말했다 해도 존속할 우정은 거의 없을 것이다.

그러니 인간은 자신 안에서나 타인에게나 위장이고 기만이고 위선일 뿐이다. 그는 타인이 자기에게 진실을 말해주기를 원치 않는다. 그는 타인에게 진실을 말하기를 피한다. 정의와 이치에서 이토록 동떨어진 이 모든 성향들은 인간의 마음속에 천성적인 뿌리를 가지고 있다.

100-(275) 인간은 종종 상상을 심정으로 착각한다. 그리고 회심할 생각을 하자마자 벌써 회심했다고 믿는다.

3편

비참

101-(429) 짐승들에게 복종하고 그것들을 섬기기까지 하는 인간의 비천함.

102-(112) 변덕스러움. 사물에는 갖가지 성질이 있고 정신에는 갖가지 성향이 있다. 왜냐하면 정신에 제공되는 어떤 것도 단순하지 않고 또 정신은 어떤 대상도 단순하게 대하지 않기 때문이다. 우리가 같은 일에 대해서 울기도 하고 웃기도 하는 것은 이 때문이다.

103-(111) 변덕스러움. 사람들은 인간을 대할 때 보통의 오르간을 치는 것처럼 생각한다. 인간은 사실상 오르간이긴 하지만 괴이하고 변덕스럽고 변화 많은 오르간이다. [그 파이프

는 음계의 순서대로 배열되어 있지 않다.] 보통의 오르간만을 칠 줄 아는 사람은 이 인간 오르간으로 화음을 만들지 못할 것이다. 어디에 [음반들이] 있는지 알아야 한다.

104-(181) 우리는 너무나도 불행하기에 어떤 일을 즐길 때에도 혹시 잘못되지나 않을까 걱정하는 조건하에서만 즐긴다. 실제로 숱한 일들이 그렇게 될 수 있고 또 수시로 그렇게 된다. 그 반대의 불행을 걱정하지 않고 행복을 즐기는 비결을 발견한 [사람]은 요점을 찾은 셈이다. 그것은 계속적인 움직임이 된다.

105-(379) 지나친 자유는 좋지 않다. 필요한 모든 것을 갖는 것은 좋지 않다.

106-(332) 압제(壓制)는 자신의 범주를 넘어 보편적으로 지배하려는 욕망으로 성립된다.
강한 것, 아름다운 것, 재능 있는 정신, 경건한 것 등은 각기 다른 범주를 가지고 있다. 각각의 것은 자기 안에서 군림하고 다른 곳에 미치지 않는다. 그런데 그것들은 이따금 서로 만난다. 강한 것과 아름다운 것이 어리석게도 누가 지배자가 될지를 다툰다. 그들의 지배권은 각기 다르기에 하는 말이다. 서로를 이해하지 못하면서 어디서나 지배하려는 것이 바로 그들의 오류이다. 실은 어떤 것도 그렇게 할 수 없다. 권력도 그렇게 못 한다. 권력은 학자들의 왕국에 대해 아무것도 하지 못한다. 오직 외적 행동에 대해서만 지배자가 된다.

압제. ……그러니 다음과 같은 말은 그릇되고 폭군적이다. "나는 아름답다, 그러므로 나를 두려워해야 한다. 나는 강하다, 그러므로 나를 사랑해야 한다. 나는……." 또 이렇게 말하는 것도 마찬가지로 그릇되고 폭군적이다. "그는 강하지 않다, 그러므로 나는 존경하지 않겠다. 그는 학식이 없다, 그러므로 나는 두려워하지 않겠다."

압제는 어떤 길을 통해서만 얻을 수 있는 것을 다른 길을 통해 얻으려는 것이다. 우리는 각기 상이한 가치에 상이한 의무를 부여한다. 즉 즐거움에는 사랑의 의무를, 힘에는 두려움의 의무를, 지식에는 신뢰의 의무를. 우리는 마땅히 이런 의무들을 지녀야 하고 또 이것을 거부하는 것은 옳지 않다.

107-(296) 전쟁을 일으켜 그 많은 사람들을 죽여야 하는지, 그 많은 스페인인들을 죽음으로 몰고 갈 것인지를 결정해야 할 때 이것을 판단하는 사람은 단 한 사람이고 더욱이 이 일에 이해관계가 있는 사람이다. 아무 관련도 없는 제삼자가 할 일인데 말이다.

108-(294) "진실로 법은 공허하다. 인간은 법을 위반할테니 그들을 속이는 편이 더 낫다."

……인간은 통치하고자 하는 세계의 체제를 어떤 기반 위에 세울 것인가. 각 개인의 변덕 위에? 그 얼마나 큰 혼란을 일으키겠는가! 정의 위에? 인간은 정의를 알지 못한다.

만약 정의를 알고 있었다면 인간 세계에서 통용되는 모든 격언들 중 가장 일반적인 것, 즉 각자 자기 나라의 풍습을 따르라는 격언 따위를 만들지는 않았을 것이다. 진정한 정의의 빛은 모든 백성을 복종시켰을 것이고, 입법자들은 법의 모형으로 이 불변의 정의 대신 페르시아인이나 독일인의 공상과 변덕스러운 생각들을 취하지는 않았을 것이다. 기후가 변하는 데 따라 그 성질도 변하는 정의나 불의를 보는 대신, 지상의 모든 국가에서 또한 시대를 초월하여 불변의 정의가 수립되었을 터이다. 위도 3도의 차이가 모든 법을 뒤엎고 자오선 하나가 진리를 결정짓는다. 수립된 지 몇 해 만에 기본법이 바뀐다. 법에는 기한이 있고 사자자리 안으로 진입한 토성이 한 범죄의 기원을 알린다. 한 줄기의 강이 가로막는 가소로운 정의여! 피레네산맥 이편에서는 진리, 저편에서는 오류!

정의는 이와 같은 습관에 있지 않고 모든 나라에 공통된 자연법 안에 있다고 그들은 공언한다. 만약 인간의 법을 심은 터무니없는 우연이 그 법 가운데서 단 하나라도 보편적인 것을 만났더라면 틀림없이 그들은 자신들의 주장을 한사코 굽히지 않을 것이다. 그러나 가소롭게도 인간의 변덕은 너무나도 다양해서 보편적인 법은 아예 존재하지도 않는다. 절도, 불륜, 자식과 부모 살해, 이 모든 것이 덕행으로 간주되던 때도 있었다. 어떤 사람이 강 너머에 살고 있고 그의 왕이 우리 왕과 싸운다는 이유로 그 사람과 나와는 아무 다툼이 없는데도 나를 죽일 권리가 그에게 있다는 것보다 더 우스꽝스러운 일이 어디 있는가. 틀림없이 자연법은 있을 것이다. 그러나 이 타락한 희한한 이성이 모든 것을 타락시켰다. 우리의 것은 하나도 없다. 우리의 것이라고 부르는 것은 습관이 만들었을 뿐이다.[34] 원로 원과 국민의회의 결의에 의해 죄가 정해진다.[35] 우리는 옛날에 죄로 고생했다. 지금은 법으로 고생한다.[36]

이런 혼란 때문에 어떤 사람은 법의 본질은 입법자의 권위라고 말하는가 하면 또 어떤 사람은 통치자의 편의라고도 하고 현재의 관습이라고도 한다. 이 마지막 주장이 가장 확실하다. 오직 이성만을 따를 때 그 자체로 정당한 것은 하나도 없다. 모든 것은 시간과 더불어 흔들린다. 관습은 받아들여졌다는 그 하나의 이유만으로 전적으로 공정한 것이 된다. 이것이 곧 그 권위의 신비로운 기반이다. 관습을 그 기원으로 되돌려 놓는 사람은 그것을 파괴하고 말 것이다. 잘못을 시정하려는 법보다 잘못되기 쉬운 것은 없다. 법이 옳기 때문에 복종하는 사람들은 실은 그들이 상상하는 정의에 복종하는 것이지 법의 본질에 복종하는 것이 아니다. 법은 전적으로 그 자체로 압축되어 있다. 법은 곧 법일 뿐 그 이상의 아무것도 아니다. 법의 근거를 살피려고 하는 사람은 그것이 너무나도 미약하고 하찮은 것임을 발견할 것이다. 그래서 인간의 상상력의 경

---

34) "Nihil amplius nostrum est; quod nostrum dicimus, artis est"[키케로, 『종말에 관하여(De Finibus)』, V, 21에서 부정확하게 인용]. 몽테뉴, II, 12.

35) "Ex senatus consultis et plebiscitis crimina exercentur"(세네카, 『서한집』, 95). 몽테뉴, III, 1에서 인용했다.

36) "Ut olim vitiis, sic nunc legibus laboramus"(타키투스, 『연대기』, III, 25). 몽테뉴, III, 12에서 인용했다.

이를 보는 데 익숙하지 않은 사람은 이 법이 불과 1세기 만에 그처럼 커다란 광채와 존경을 차지한 것을 보고 놀랄 것이다. 반란을 일으키고 국가를 전복시키는 방법은 기존의 관습들을 그 기원까지 파고들어 감으로써 그것들이 권위도 정의도 없다는 사실을 드러냄으로써 그것들을 마구 뒤흔들어 놓는 데 있다. 혹자는 "부당한 관습이 폐기한 국가의 기본적이고 원초적인 법으로 되돌아가야 한다."라고 말한다. 그러나 이것은 모든 것을 잃게 할 확실한 장난이다. 이 저울대에서 옳은 것이라고는 하나도 없다. 그러나 대중은 쉽사리 이런 말에 귀를 기울인다. 그들은 속박을 깨닫자마자 이내 그것을 벗어던진다. 이렇게 되면 권력자들은 그것을 이용해 민중을 파멸시키고 기존의 관습에 대한 호기심 많은 검토자들을 파멸시킨다. 그렇기 때문에 입법자 가운데 가장 현명한 사람은 민중의 행복을 위해 이따금 그들을 속일 필요가 있다고 말했다. 그리고 어떤 훌륭한 정치가는 민중은 그 근원이 되는 진리를 모르므로 기만당하는 편이 낫다[37]라고 했다. 민중이 찬탈의 진실을 냄새 맡아서는 안 된다. 법은 일찍이 이유 없이 도입되었지만 이제 정당한 것이 되었다. 만약 법이 조만간 끝장나기를 원하지 않는다면 이것이 정당하고 영원한 것임을 보여주고 그 기원을 감출 필요가 있다.

---

37) "Cum veritatem qua liberetur ignoret, expedit quod fallatur"(아우구스티누스, 『신국론』, IV, 27에서 부정확하게 인용). 몽테뉴, II, 12.

109-(309) 법. 유행이 즐거움을 만드는 것같이 법도 만들었다.

110-(177) [세 접대자] 영국 왕, 폴란드 왕, 스웨덴 여왕과 가까이 지냈던 사람이 이 세상에 은신처나 피난처가 없을 것이라고 생각했겠는가.

111-(151) 영예. 찬사는 어려서부터 모든 것을 그르친다. 아아! 참 잘도 말했다! 아아! 참 그 애는 잘도 했구나! 정말 얌전도 하지! 등등.

이와 같은 욕구와 영예의 자극을 전혀 받지 않은 포르루아얄(학교)의 아이들은 무기력 속에 빠진다.

112-(295) 내 것, 네 것. "이 개는 내 것이야." 이 가엾은 아이들은 이렇게 말했다.──양지 쪽의 이 자리는 내 것이야. 이것이 온 땅 위에서 벌어진 찬탈(簒奪)의 시초이고 양상이기도 하다.

113-(115) 다양성. 신학은 하나의 학문이다. 그러나 또 동시에 얼마나 많은 학문을 이루는가. 인간은 하나의 전체다. 그러나 이것을 해부하면 머리, 심장, 위, 혈관들, 각각의 혈관, 혈관의 각 부분, 혈액, 혈액의 체액이 아닌가.

한 도시와 한 마을은 멀리서 보면 하나의 도시이고 하나의 마을이다. 그러나 가까이 갈수록 그것은 집, 나무, 기와, 잎,

풀, 개미, 개미의 다리가 되고 끝없이 이어진다. 이 모든 것이 촌락이라는 이름으로 총괄된다.

114-(326) 불의. 법은 정당하지 않다고 민중에게 말하는 것은 위험하다. 그들이 법에 복종하는 이유는 오로지 법이 정당하다고 믿기 때문이다. 그러므로 법은 법이기 때문에 복종해야 한다는 것도 동시에 말해줄 필요가 있다. 마치 상전에게 복종하는 것은 그들이 옳아서가 아니라 단지 상전이기 때문인 것같이. 이렇게 하면 모든 반란은 예방된다――민중에게 이것을 납득시키고 또 [이것이] 법의 참뜻이라는 것을 보여줄 수만 있다면 말이다.

115-(897) 불의. 법은 법을 집행하는 사람을 위해서가 아니라 법으로 통치받는 사람을 위해 주어진다. 이것을 민중에게 가르쳐주는 것은 위험하다. 그래도 민중은 당신들을 너무나도 신뢰하고 있다. 그 사실을 알리는 것은 민중에게 해가 될 리 없고 또 당신들에게도 유익할 것이다. 그러므로 이것을 공표할 필요가 있다. 너의 양이 아니라 내 양을 치라.[38] 당신들은 나에게 먹이를 공급해 주어야 한다.

116-(205) 내 생애의 짧은 기간이 그 전과 후의 영원 속에 흡수되는 것을 볼 때, 내가 지금 차지하고 있는 눈앞에 보이는

---

38) "Pace oves meas, non tuas"(「요한」, 21:16).

작은 공간이 내가 모르고 또 나를 모르는 무한대의 공간 속에 흡수되는 것을 볼 때, 나는 저곳이 아닌 이곳에 있는 나를 바라보며 공포에 떨고 놀란다. 왜냐하면 저곳이 아닌 이곳에, 다른 시간이 아닌 이 시간에 있어야 할 아무런 이유도 없기 때문이다. 누가 나를 이곳에 태어나게 했는가. 누구의 명령과 행동으로 이 장소와 이 시간이 나에게 지정되었는가. (악인의 소망은 바람에 날리는 가는 양털과 같고 폭풍에 흩어지는 거품과 같고 바람에 불리는 연기와 같고) 하루 머무른 길손의 추억과 같다.[39]

117-(174, 2) 비참. 욥과 솔로몬.

118-(165, 2) 만약 우리의 상태가 진정 행복하다면 이런 생각에서 굳이 마음을 돌릴 필요가 없을 것이다.

119-(405) 모순. 모든 비참과 균형을 이루게 하는 자존심. 인간은 자신의 비참을 숨긴다. 그렇지 않고 비참을 드러내 보일 때는 이것에 대한 깨달음을 자랑삼는다.

120-(66) 자기 자신을 알아야 한다. 이것이 진실을 찾는 데 유용하지 않다면 적어도 자신의 삶을 규제하는 데는 유용하다. 이보다 더 옳은 일은 없다.

---

39) "Memoria hospitis unius diei praetereuntis"(『구약외경』, 「솔로몬의 지혜」, 5:15).

121-(110) 현재의 쾌락이 거짓이라는 느낌, 아직 경험하지 못한 쾌락의 공허를 모르는 무지──이것이 변덕스러움의 원인이다.

122-(454) 불의. 그들은 타인에게 해를 끼치지 않으면서 자신들의 욕망[40]을 만족시킬 다른 방도를 발견하지 못했다.

123-(389) 「전도서」는 신 없는 인간이 모든 것의 무지 속에 그리고 피할 수 없는 불행 속에 있음을 보여준다. 왜냐하면 원하면서도 행할 수 없다는 것은 불행한 일이기 때문이다. 그런데 인간은 행복하기를 원하고 또 진리를 확인하기를 원한다. 그러나 그는 알 수도 없고 알고 싶은 욕망을 버릴 수도 없다. 심지어 회의하지도 못한다.

124-(73) [그러나 아마도 이 문제는 이성의 범위를 넘어서는지도 모른다. 그러니 이성이 자기의 능력에 속하는 사물들에 대해 어떤 일들을 했는지 검토해 보자. 만약 이성 고유의 관심이 가장 진지하게 노력하게 한 무엇인가가 있다면 그것은 바로 최고선의 탐구이다. 그렇다면 유능하고 통찰력 있는 사람들이 최고선을 어디에 설정했는지, 과연 그들의 의견이 일치했는지를 살펴보자.

---

40) 이것은 concupiscence를 번역한 말인데, 이 말에는 기독교적 의미도 함축되어 있다. 이 경우 '사욕(邪慾)' 또는 '정욕'으로 번역된다.

어떤 사람은 최고선이 덕(德)에 있다고 하고 또 어떤 사람은 쾌락에 있다고 한다. 어떤 사람은 자연을 따르는 데 있다고 하고 또 어떤 사람은 진리 안에 있다고 한다――사물의 원리를 깨달은 자는 행복하다.[41] 또 다른 사람은 전적인 무지 안에, 또 다른 사람은 나태 안에 그리고 또 다른 사람들은 겉모습에 현혹되지 않는 것에, 또 다른 사람은 아무것에도 놀라지 않은 것에,――아무것에도 놀라지 않는 것은 행복을 얻고 유지할 수 있는 유일한 길.[42]――그리고 철저한 회의론자들은 그들의 마음의 평정(平靜), 회의, 영원한 미결 상태에 최고선을 두고, 또 더 현명한 다른 사람들은 제아무리 염원해도 최고선을 발견할 수 없다고 한다. 이만하면 얻을 만큼 얻은 셈이다!

다음 글을 '법' 다음으로 옮길 것.

이 훌륭한 철학이 그렇게 오래도록 집중적인 연구를 통해 그 어떤 확실한 결과도 얻지 못한 것이 아닌지 검토해 봐야만 한다. 적어도 영혼은 그 자신만은 알고 있을지도 모른다. 영혼의 실체에 대해 그들은 어떻게 생각하고 있는가.[43] 395쪽.

영혼의 위치를 알아내는 데 있어 그들은 더 성공적이었는가. 395쪽.

영혼의 기원, 수명, 죽음에 대해 그들은 무엇을 발견했는가.

---

41) "Felix qui potuit rerum cognoscere causas." 단장 40의 주 14)를 참조하라.
42) "nihil mirari prope res una quae possit facere et servare beatum," 단장 40의 주 15)을 참조하라.
43) 여기 표시된 숫자들은 파스칼이 사용한 1652년판 몽테뉴 『수상록』의 쪽수를 나타낸 것이다.

399쪽.

그렇다면 영혼의 문제는 아직도 그들의 미약한 지력(智力)으로 파악하기에는 너무나 고상한 대상인가. 그렇다면 영혼을 물질에까지 낮추어 보자. 영혼이 생명력을 불어넣는 그 자신의 육체가 무엇으로 구성되어 있는지, 그리고 그가 바라보며 자기 뜻대로 움직이게 하는 다른 육체들이 무엇으로 구성되어 있는지를 아는지 살펴보자. 아무것도 모르는 것이 없는 저 위대한 독단론자들은 이에 대해 무엇을 알아냈는가. 이 의견들 중에서 (어느 것이 진실인지 신은 안다.)[44] 393쪽.

만약 이성이 합리적이라면 아마도 이것으로 충분할 것이다. 이성은 아직 어떤 확고한 것도 발견할 수 없었다고 고백하는 한 합리적이다. 그러나 이성은 그렇게 할 수 있다는 희망을 아직 버리지 않고 있다. 아니, 반대로 이 탐구에 여느 때나 다름없이 열을 올리고 또 이 정복에 필요한 힘이 자신 안에 있다고 확신한다. 그러니 결말을 지어야 한다. 그리고 이성의 능력을 그 결과로 검토한 다음 그 자체로 재인식하자. 이성이 과연 진리를 붙잡을 힘과 장악력을 가지고 있는지 알아보자.]

**

125-(437) 우리는 진리를 원한다. 그러나 우리 안에서 불

_____

44) "Harum sententiarum"[키케로, 『투스쿨룸 논쟁(Tusculanes)』, I, 11].

확실만을 본다.

우리는 행복을 추구한다. 그러나 비참과 죽음만을 발견한다.

우리는 진리와 행복을 희구하지 않을 수가 없다. 그러나 우리는 진리도 행복도 이룰 수가 없다.

이러한 욕구가 우리에게 주어진 것은 우리를 벌하기 위해서이고 동시에 우리가 어디서 전락했는지를 느끼게 하기 위해서이다.

126-(174) 비참. 솔로몬과 욥은 인간의 비참을 가장 잘 알았고 가장 잘 표현했다, 전자는 가장 행복한 사람으로서, 후자는 가장 비참한 사람으로서. 전자는 경험을 통해 쾌락의 헛됨을 알았고, 후자는 불행의 실체를 알았다.

127-(414) 사람들은 필연적으로 미쳐 있다. 그래서 미치지 않은 것도 다른 형태의 광기라는 점에서 미친 것과 같다.

128-(171) 비참. 우리를 비참에서 위로해 주는 유일한 것은 위락(慰樂)이다. 그러나 위락이야말로 우리를 가장 비참하게 하는 것이다. 왜냐하면 우리 자신을 생각하지 못하게 주로 가로막고 우리를 모르는 사이에 파멸시키는 것이 바로 위락이기 때문이다. 위락이 없으면 우리는 권태를 느낄 것이고 이 권태는 우리가 거기서 빠져나올 더 확실한 방도를 찾게 할 것이다. 그러나 위락은 우리를 즐겁게 하며 모르는 사이에 죽음에 이르게 한다.

129-(399) 사람은 의식이 없으면 불행하지 않다. 무너진 집은 비참하지 않다. 비참한 것은 인간뿐이다. 나는 그의 진노의 채찍 아래 환난을 당한 사람이로다.[45]

130-(441) 나로서는 이렇게 고백하겠다——기독교가 이 원리, 즉 인간의 본성이 타락했고 완전히 신을 잃어버렸다는 것을 밝히자마자 눈이 뜨이고 도처에서 이 진리의 표시를 볼 수 있었다고. 본래 자연은 어디서나, 인간 안에서나 밖에서나 잃어버린 신과 타락한 본성을 보여주도록 되어 있기 때문이다.

131-(406) 자존심은 모든 비참과 균형을 이루고 또 비참을 휩쓸어 간다. 여기 기이한 괴물이 있고 너무나도 명백한 방황이 있다. 자신의 위치에서 추락한 그는 불안해하며 자존심을 찾는다. 모든 사람들이 하고 있는 것은 바로 이것이다. 누가 그것을 발견했는지 보자.

132-(439) 타락한 본성. 인간은 자신의 존재를 이루는 이성을 따라 행동하지 않는다.

133-(90) 흔히 보는 일은 설사 그 원인을 모른다 해도 놀라지 않는다. 그러나 일찍이 본 일이 없는 것은 경이로 생각한다. 키케로.[46]

---

45) "Ego vir videns"(「예레미야애가」, 3:1).
46) "Quod crebro videt non miratur, etiamsi cur fiat nescit; quod ante non viderit, id si evenerit, ostetum esse censet"[키케로, 『숭고함에 관하여(De

-(87)-583. 그는 이제 큰 노력을 기울여 어리석은 말을 하려고 한다. 플리니우스.[47]

상상에 지배받는 사람보다 더 불행한 일이 있기라도 한 듯.[48]

134-(408) 악은 행하기 쉽고, 악은 무수히 있다. 선은 거의 하나뿐이다. 그러나 어떤 종류의 악은 선이라고 불리는 것만큼이나 찾아보기 힘들다. 그래서 이 특성 때문에 종종 이 특수한 악은 선으로 간주된다. 이 악을 실현하기 위해서는 선과 마찬가지로 영혼의 비상한 위대함까지도 필요하다.

135-(85) 우리의 마음을 가장 크게 사로잡는 것들, 가령 소유하고 있는 약간의 재산을 숨기려는 따위의 일은 아무것도 아닐 때가 있다. 그것은 우리의 상상력이 산더미같이 확대시킨 무(無)이다. 상상의 방향이 바뀌면 우리는 쉽사리 이 사실을 발견한다.

136-(102) 악 중에는 다른 악에 의해서만 우리에게 붙어 있는 것들이 있다. 그래서 기둥을 제거하면 나뭇가지처럼 없

---

divin)』, II, 27]. 몽테뉴, II, 30에서 인용된 것이다.
47) "Nae iste magno conatu magnas nugas dixerit"[테렌티우스, 『자학하는 자(Heautontimoroumenos)』, III, 5, 8]. 몽테뉴, III, 1에서 인용. 583은 1652년 판 『수상록』의 쪽수이다.
48) "Quasi quidquam infelicius sit homine cui sua figmenta dominatur"(플리니우스, 『박물지』, II, 7). 몽테뉴, II, 12에서 인용되었다.

어진다.

137-(407) 간악함은 자기편에 정당성이 있을 때 오만해지
고 찬란한 광채 속에 정당성을 펼쳐 보인다.

준엄함이나 엄격한 선택이 참된 선에 도달하지 못하고 끝
내 자연을 따르는 것으로 되돌아와야 할 때 이 준엄함은 이
복귀로 인해 오만해진다.

138-(84) 상상력은 변덕스러운 평가로써 우리의 정신을
가득 채울 정도로 작은 것을 확대하고 터무니없는 오만으로
자기 기준에 맞을 때까지 큰 것을 축소한다, 가령 신에 대해
서 말할 때처럼.

139-(173) 일식(日蝕)은 불행의 징조라고 그들은 말한다.
왜냐하면 불행은 흔한 것이고 따라서 불행이 흔히 일어나면
예언도 흔히 들어맞기 때문이다. 만약 일식이 행복의 징조라
고 말한다면 그들은 자주 거짓말하게 될 것이다. 그들은 행복
을 극히 드문 천체들의 만남에 결부시킨다. 그래서 이런 예언
이 빗나가는 일은 매우 드물다.

140-(186) (이교도에 대해) 교화가 아니라 공포를 사용하면 압
제로 보일 것이다. 아우구스티누스, 『서한집』, 48 또는 49, 4권.[49] 거

---

49) "Ne si terrerentur et non docerentur, improba quasi dominatio

짓을 배척하는 글, 콘센티우스에게.[50]

141-(455) 자아(自我)는 가증스러운 것이오. 미통,[51] 당신은 자아를 가리고 있는데 그렇다고 자아를 제거할 수는 없소. 그러므로 당신은 여전히 가증스럽소.──천만에. 우리가 하는 것처럼 모든 사람들에게 친절하게 대하면 우리를 증오할 이유가 없으니까 말이오.──그건 그렇소, 자아 안에서 자아로 인한 불쾌감만을 증오한다면.

그러나 만약 자아가 의롭지 않고 모든 것의 중심이 되기 때문에 증오한다면 나는 여전히 자아를 증오할 것이오.

한마디로 자아에는 두 가지 성질이 있소. 자아는 모든 것의 중심이 되려고 하는 점에서 그 자체가 의롭지 않고, 타인을 예속시키려는 점에서 그들에게 불쾌감을 주오. 왜냐하면 각각의 자아는 모든 타인들의 적이고 그들에 대해 폭군이 되고 싶어하기 때문이오. 당신은 자아에서 불쾌를 제거하지만 불의를 제거하지는 않소.

그러므로 자아의 불의를 증오하는 사람들에게 자아를 사랑스러운 것으로 만들지는 못하오. 다만 그 안에서 더 이상 적을 발견하지 않는 불의한 사람들에게만 자아를 사랑할 만한 것으로 만들 뿐이오. 이렇듯 당신은 여전히 불의하고 단지 불

---

videretur."

50) Contra mendacium ad Consentium.
51) 다미앵 미통(Damien Mitton, 1618~1690). 파스칼이 가까이 교제했던 당대의 저명한 문인이자 사교계의 명사이다.

의한 사람들만을 기분 좋게 할 뿐이오.

142-(214) 불의. 오만이 필연과 결부될 때 그것은 극도의
불의가 된다.

143-(109의 2) 자연은 어떤 상태에서도 항상 우리를 불행
하게 만들므로 우리의 욕망은 하나의 행복한 상태를 우리에
게 그려 보여준다. 왜냐하면 이 욕망은 우리의 지금의 상태에,
우리가 있지 않은 상태의 즐거움을 덧붙이기 때문이다. 그래
서 이 즐거움에 도달한다 해도 우리는 그것으로 행복해지지
않을 것이다, 이 새로운 상태에 알맞은 다른 욕망들을 또 품
을 테니까.
　이 일반적 명제를 각각의 경우에 적용해야 한다.

144-(109) 사람은 건강할 때, 만약 병에 걸리면 어떻게 할
까 하고 기이하게 여긴다. 그러나 병에 걸리면 기꺼이 약을 먹
는다. 고통이 그렇게 시키는 것이다. 그때 사람은 건강이 주었
던 오락이나 산책의 욕망을 더 이상 갖지 않게 된다. 이것들은
병이 요구하는 것과 양립할 수 없는 것들이다. 자연은 현상태
에 적합한 정열과 욕망을 준다. 우리의 마음을 어지럽히는 것
은 자연이 아니라 우리가 우리 자신에게 주는 두려움뿐이다.
이 두려움은 지금의 우리의 상태에, 우리가 갖지 않은 상태의
욕망들을 덧붙이기 때문이다.

145-(448) [미통은] 본성이 타락했고 인간이 도의를 거스른다는 점을 잘 안다. 그러나 왜 인간이 더 높이 날지 못하는지는 모른다.

146-(372) 내 생각을 적어나갈 때 이따금 그 생각이 내게서 빠져나갈 때가 있다. 그러나 이런 일은 내가 줄곧 잊어버리곤 하는 내 결함을 되새기게 한다. 이것은 내가 잊어버린 생각만큼이나 교훈적이다, 나는 내 허무를 알기만을 원하니까.

147-(124) 우리는 사물들을 다른 면에서 볼 뿐만 아니라 다른 눈으로 본다. 우리는 애당초 그것들을 같은 것으로 보지 않으려고 한다.

148-(175) 우리는 우리 자신을 너무나도 모른다. 그래서 건강할 때 죽어간다고 생각하는 사람들이 있는가 하면 죽음이 임박했을 때 건강하다고 생각하는 사람들도 있다, 열병이 다가오고 농창이 생기려는 것을 모르기 때문에.

149-(108) 아무리 자기가 말하는 것과 이해관계가 없다 해도 이것으로 그들이 거짓말하지 않는다고 자신 있게 결론지어서는 안 된다. 단순히 거짓말하기 위해 거짓말하는 사람도 더러 있으니 말이다.

150-(456) 이 어찌된 판단의 착란인가! 이 착란으로 인해

다른 모든 사람들 위에 자기를 세우지 않는 사람은 아무도 없고 또 자기 자신의 재물, 자신의 행복과 수명의 영속을 다른 사람들의 것보다 더 사랑하지 않는 사람은 아무도 없다!

151-(258) 각자는 자기를 위해 하느님을 만든다.[52]
혐오스럽다.

152-(212) 유전(流轉). 인간이 소유한 모든 것이 떠내려감을 느끼는 것은 끔찍한 일이다.

153-(88) 자기가 먹칠한 얼굴을 보고 무서워하는 아이들, 이들은 아이들이다. 그러나 어렸을 때 그처럼 허약했던 성격이 나이를 먹었다고 해서 강해질 수가 있는가. 생각이 달라졌을 뿐이다.

발전에 의해 완성되는 모든 것은 발전에 의해 망한다. 약했던 모든 것은 결코 절대적으로 강해질 수 없다. 그는 성장했다, 그는 변했다, 라고 말해봤자 소용없다. 그는 여전히 같은 사람이다.

154-(101) 만약 모든 사람이 자기들에 대해 서로 말하는 것을 안다면 이 세상에는 거의 친구가 없으리라는 점을 나는 사실이라고 믿는다. 가끔 남이 말한 것을 경솔하게 고자질함

---

52) "Unusquisque sibi Deum fingit"(『구약외경』, 「솔로몬의 지혜」, 15:8, 16).

으로써 싸움이 야기되는 것을 보아도 알 수 있다. "차라리 나는 말하겠다, 모든 사람은……."

155-(351) 정신이 이따금 도달하는 이 비상한 능력은 정신의 안에서 계속 항상 유지될 수는 없다. 정신은 단지 그 자리에 껑충 뛰어오를 뿐이다. 그것도 왕좌에서처럼 영속적이 아니라 단 한순간뿐이다.

156-(165) 사유. 모든 일에 나는 평안을 찾았다.[53) 우리의 상태가 진정 행복하다면 행복해지기 위해 굳이 이런 생각에서 마음을 돌릴 필요는 없을 것이다.

---

53) "In omnibus requiem quaesivi"(『구약외경』, 「솔로몬의 지혜」, 24:11).

4편

권태와 인간의 본질적 특성

157-(152) 자존심. 호기심은 허영일 뿐이다. 대개의 경우 알려고 하는 이유는 단지 그것을 이야기하기 위해서이다. 그렇지 않으면 바다를 건너 여행하지는 않을 것이다, 이 여행에 대해 아무 말도 하지 않는 것이라면 그리고 그 이야기를 나눌 희망도 없이 단지 보는 즐거움만을 위해서라면.

158-(126) 인간의 묘사——예속, 독립하려는 욕구, 결핍.

159-(128) 애착을 느꼈던 일을 그만둘 때 사람들은 울적해진다. 여기 가정 안에서 즐겁게 살고 있는 사람이 있다. 그가 마음에 드는 한 여자를 만나 대엿새를 즐겁게 놀았다고 하자. 만약 그가 그전의 일로 돌아간다면 그는 비참할 것이다. 이보

다 더 흔한 일은 없다.

* *

160-(131) 권태. 열정도, 할 일도, 오락도, 집착하는 일도 없이 전적인 휴식 상태에 있는 것처럼 인간에게 참기 어려운 일은 없다. 이때 인간은 허무, 버림받음, 부족함, 예속, 무력, 공허를 느낀다. 이윽고 그의 마음 밑바닥에서 권태, 우울, 비애, 고뇌, 원망, 절망이 떠오른다.

161-(417) 인간의 이중성은 너무나도 명백해서 우리에게 영혼이 둘 있다고 생각한 사람들도 있다. 그들이 보기에, 영혼이 하나라면 그 터무니없는 오만에서 끔찍한 절망으로 그처럼 갑작스럽게 변화할 수는 없을 것 같기 때문이다.

162-(94) 인간의 본성은 전적으로 자연이다, 모든 짐승들.[54] 인간이 자연적인 것[55]으로 만들지 못하는 것은 하나도 없다. 없애지 못하는 자연적인 것도 없다.

---

54) "omne animal." 「창세」, 7:14와 『구약외경』, 「벤시락의 지혜」, 13:18을 참조했다.
55) 여기서는 '천성적인 것'으로 이해하면 된다. '자연'도 인간을 비롯한 모든 피조물들이 태어나면서부터 지닌 '천성(적인 것)'이라는 뜻으로 쓰인다.

163-(129) 우리의 본성은 움직임에 있다. 전적인 휴식은
죽음이다.

164-(457) 사람은 제각기 자신에게 하나의 전체이다. 그가
죽으면 그에게서는 모든 것이 죽기 때문이다. 사람마다 자기가
모든 사람에 대해 전체라고 생각하는 것은 바로 이런 이유에
서이다. 자연을 우리의 기준에서가 아니라 자연 자체로서 판
단해야 한다.

165-(94, 2) 인간은 본래 모든 짐승들[56]이다.

166-(359) 우리가 덕(德)을 행하며 우리를 지탱할 수 있는
것은 우리 자신의 힘 때문이 아니라 두 개의 상반된 부덕(不
德)이 균형을 이루기 때문이다. 그것은 마치 맞부는 두 바람
사이에 우리가 똑바로 서 있는 것과 같다. 어느 한쪽의 부덕
을 제거해 보라, 우리는 다른 부덕 속에 떨어진다.

167-(323) 나는 무엇인가.
어떤 사람이 행인들을 보기 위해 창가에 서 있는데 내가 그
곳을 지나간다면 그는 나를 보기 위해 창가에 서 있다고 말할
수 있을까? 아니다. 그는 유독 나만을 염두에 둔 것이 아니다.
그렇다면 누군가를 그 사람의 미모 때문에 사랑하는 사람이

_____

56) omne animal.

있다면 그는 그를 사랑하는 것일까? 아니다, 만약 천연두가 그를 죽이지는 않고 그 사람의 아름다움만을 죽인다면 그를 사랑하지 않게 될 테니까.

만약 나의 판단력, 나의 기억력 때문에 나를 사랑하는 사람이 있다면 그는 나를 사랑하는 것일까? 아니다. 나는 나 자신을 잃지 않고도 이 특성들은 잃을 수 있으니까. 그렇다면 육체 안에도 정신 안에도 있지 않은 이 나는 어디에 있는가. 그리고 이 특성들은 사라질 수 있으므로 그것들이 나를 구성한다고 말할 수는 없지만 그렇다고 이 특성들이 없다면 어떻게 육체나 정신을 사랑할 수 있겠는가. 한 인간의 영혼의 실체를 추상적으로, 그 안에 있는 특성과는 상관없이 사랑할 수 있단 말인가. 이것은 있을 수도 없고 또 옳지도 않다. 그러므로 인간은 그 누구를 사랑하는 것이 아니라 단지 특성만을 사랑한다.

그렇다면 지위나 직책으로 인해 존경받는 사람들을 경멸해서는 안 된다, 인간은 단지 빌려온 특성들로 인해 사랑하므로.

168-(118) 다른 모든 재능들을 규제하는 주된 재능.

169-(147) 우리는 우리 안에 그리고 우리 고유의 존재 안에 지닌 삶에 만족하지 않는다. 우리는 타인의 관념 속에서 하나의 상상적 삶을 살기를 바라고 이것을 위해 그럴듯하게 보이려고 노력한다. 우리의 상상적 존재를 아름답게 꾸미고 보존하려 애쓰며 실제의 존재는 소홀히 한다. 그리고 혹시 마음

의 평정이나 관용이나 충성심을 갖게 되면 이 덕목들을 우리의 상상적 존재에 결부시키기 위해 사람들에게 알리기를 서두르며, 우리에게서 분리해서라도 또 하나의 존재에 덧붙이려고 한다. 용감하다는 명성을 얻기 위해서라면 기꺼이 겁쟁이라도 될 것이다. 상상적 존재 없이는 실제의 존재에 만족할 수 없고 또한 상상적인 것과 실제의 것을 빈번히 교환하는 것은 우리 고유의 존재가 얼마나 허무한 것인지를 보여주는 커다란 증거이다! 자기의 명성을 지키기 위해 목숨을 버리지 않는다면 그는 수치스러운 자가 될 테니까.

5편

현상의 이유

170-(317) 존경은 "부자유를 참으라"는 뜻이다. 겉으로는 헛된 일 같지만 실은 매우 정당하다. 이것은 "만약 당신에게 필요하다면 기꺼이 부자유를 참겠습니다. 당신에게 아무 소용이 없을 때에도 그렇게 하고 있으니까요."라고 말하는 것과 같다. 그 외에도 존경은 지체 높은 사람들을 구별하기 위한 것이기도 하다. 그런데 만약 존경이 안락의자에 앉는 편안함을 의미한다면 사람은 그 누구라도 존경할 것이고 따라서 구별하지 못할 것이다. 그러나 부자유를 참는 일이기에 쉽게 구별한다.

171-(299) 보편적이고 유일한 규칙은, 일반적인 영역에서 보면 한 나라의 법이고, 그 외의 영역에서 보면 다수이다. 이

것은 어디서 유래하는가. 다수 안에 있는 힘으로부터이다.

그리고 다른 데서 힘을 얻는 왕들이 대신들 다수의 의견을 따르지 않는 것은 여기서 비롯된다.

아마도 소유의 평등은 옳다. 그러나 힘으로 정의에 복종하도록 강요할 수 없었으므로 힘에 복종하는 것을 정의가 되게 했다. 정의를 힘 있는 것으로 만들 수 없었으므로 힘을 정의로 만든 것이다. 그래서 정의와 힘이 결합해 평화를 이루었다. 이 평화야말로 최고선이다.

172-(271) 지혜는 우리를 어린이로 돌아가게 한다. 만일 너희가 마음을 돌이켜 어린아이같이 되지 않으면 하늘나라에 들어가지 못하리라.[57]

173-(327) 세상 사람들은 사물을 올바르게 판단한다. 그들은 인간의 참된 상태인 무지(無知) 속에 있기 때문이다.

인간의 지식은 서로 맞닿은 두 극단을 가지고 있다. 첫 번째 극단은 태어나면서부터 모든 사람에게 자리 잡은 본래의 순전한 무지이다. 또 하나의 극단은 위대한 정신의 소유자들이 도달하는 무지이다. 그들은 인간이 알 수 있는 모든 것을 편력한 다음 자신은 아무것도 모른다는 것을 깨닫고 결국 출발했을 때와 같은 무지 상태의 자신을 발견한다. 그러나 이것은 현명한 무지이다. 그 중간에 본래의 무지에서 벗어났지만

---

57) "Nisi efficiamini sicut parvuli"(「마태」, 18:3).

또 하나의 무지에 이르지 못한 자들이 있는데, 이들은 이 습득한 지식을 피상적으로만 알면서 모든 것에 통달한 체한다. 이자들이 세상을 어지럽히고 모든 것을 그릇되게 판단한다.

민중과 식자들이 세상을 돌아가게 한다. 이 식자들은 민중을 멸시하지만 스스로 멸시당한다. 이들은 만사를 잘못 판단하지만 세상 사람들은 올바르게 판단한다.

174-(79) [데카르트——"이것은 형상과 운동으로 이루어진다"고 대충 말해야 한다, 사실이 그러니까. 그러나 그것들이 무엇인가를 말하고 또 기계를 만드는 것은 우스꽝스럽다. 왜냐하면 이것은 무용하고 불확실하고 고된 일이기 때문이다. 설사 그것이 사실이라 해도 모든 철학이 단 한 시간의 노고에라도 합당하다고는 생각하지 않는다.]

175-(878) 극도의 권리는 극도의 불의(不義)이다.[58]

다수(多數)는 최선의 길이다. 다수는 명백하고 복종시킬 힘을 가지고 있기 때문이다. 그러나 가장 무지한 사람들의 의견이다.

만약 그렇게 할 수만 있었다면 사람들은 힘을 정의의 손에 맡겼을 것이다. 그러나 힘은 손으로 만질 수 있는 분명한 특성이라 마음먹은 대로 다루어지지 않는 데 반해, 정의는 마음대

---

58) "Summum jus, summa injuria." 푸블리우스 테렌티우스 아페르(Publius Terentius Afer, BC 185~?BC 159), 『자학하는 자』, IV, 5에서 인용한 것을 재인용했다.

로 처분할 수 있는 정신적 특성이므로 사람들은 정의를 힘의 수중에 넘겼다. 이렇듯 사람들은 따르지 않을 수 없는 것을 정의라고 부른다.

여기서부터 검(劍)의 권리가 생긴다. 검은 실제적인 권리를 부여하기 때문이다. (12번째 「프로뱅시알」의 끝부분.)

그렇지 않으면 한편에는 폭력을, 또 한편에는 정의를 볼 것이다.

그들이 말하는 소위 정의를 내세워 힘에 대항한 프롱드 난이 불의(不義)가 되는 것은 이런 이유에서이다. 교회에서는 그렇지 않다. 그곳에는 참된 정의는 있어도 폭력은 없기 때문이다.

176-(297) 진정한 법.[59]——우리는 이제 진정한 법을 가지고 있지 않다. 만약 그것이 있었다면 그 나라의 풍습을 따르는 것을 법의 기준으로 삼지는 않았을 것이다.

그리고 사람들은 정의를 발견할 수 없었으므로 힘을 발견했다 등등.

177-(307) 대법관은 근엄하고 갖가지 장식품을 걸치고 있다. 그의 지위가 가짜의 것이기 때문이다. 왕은 그렇지 않다. 그는 힘을 가지고 있고 상상 따위는 필요가 없다. 법관, 의사

---

59) "Veri juris"[키케로, 『의무론(De Officis)』, III, 17]. 몽테뉴, III, 1에서 인용했다.

등은 상상력에만 의존한다.

178-(302) ……이것은 힘의 결과이지 관습의 결과가 아니다. 새로 고안하는 능력을 가진 사람은 드물기 때문이다. 대다수의 사람들은 추종하기만을 원한다. 그리고 새로운 것을 고안해 영예를 얻으려는 창안자들에게 이 영예를 주기를 거부한다. 만약 그들이 끝내 영예를 얻으려 하고 독창적이지 못한 사람들을 경멸하면 이들은 가소로운 이름을 그들에게 주고 매질을 가할 것이다. 그러므로 이런 간사한 지식을 뽐내지 말거나 혼자서 만족하고 있어야 한다.

179-(315) 현상의 이유. 이것은 희한한 일이다. 비단옷을 입고 일고여덟 명의 하인을 거느린 사람을 내가 존경하는 것을 바라지 않는 사람들이 있다! 만약 내가 그에게 경의를 표하지 않는다면 그는 나를 매질할 것이다. 저 옷차림, 이것은 힘이다. 훌륭한 장구를 걸친 말이 다른 말과 비교될 때와 마찬가지이다. 몽테뉴는 우습게도 거기에 어떤 차이가 있는지를 보지 못하고 사람들이 그 차이를 발견하는 것을 이상히 여기고 그 이유를 알려고 한다. 그는 말했다, "참으로 어떻게 이런 일이 일어났을까?"

180-(337) 현상의 이유. 단계. 민중은 훌륭한 가문의 사람들을 존경한다. 반식자(半識者)들은 이들을 경멸하고 가문은 개인의 우월이 아니라 우연(偶然)이 베푼 우월이라고 말한다.

식자들은 이들을 존경한다. 민중과 같은 생각에서가 아니라 배후의 숨은 생각에서이다. 지식보다 종교적 열의를 더 많이 가진 독실한 신자들은 훌륭한 가문의 사람들이 존경받을 만한 이유가 있다 해도 이들을 멸시한다. 신앙이 그들에게 주는 새로운 빛에 따라 사람을 판단하기 때문이다. 그러나 완전한 기독교도들은 더 높은 다른 빛에 따라 이들을 존경한다. 이렇듯 사람이 빛을 갖는 데 따라 의견들은 정(正)에서 반(反)으로 계속 이어져 나간다.

181-(336) 현상의 이유. 배후의 숨은 생각을 가져야 하고, 설사 민중처럼 말은 하더라도 이 생각으로 만사를 판단해야 한다.

182-(335) 현상의 이유. 그러므로 모든 사람이 환각 속에 있다고 말하는 것은 옳다. 민중의 의견은 그 자체가 건전하다 해도 그들의 머릿속에서는 그렇지 않기 때문이다. 그들은 진리가 있지 않은 곳에 진리가 있다고 생각한다. 진리는 정녕 그들의 의견 안에 있지, 그들이 생각하는 곳에 있지 않다. 귀족들을 존경해야 한다는 것은 옳다. 그러나 출생이 실제적으로 우월하다는 등등의 이유에서가 아니다.

183-(328) 현상의 이유. 정(正)에서 반(反)으로의 계속적인 반전.
우리는 인간이 본질적이지 않은 것들을 존중한다는 사실

로써 인간의 공허함을 보여주었다. 이것으로 이 모든 의견들을 무너뜨렸다.

다음으로 우리는 이 모든 의견들이 매우 건전하고 따라서 이 모든 공허한 생각들도 매우 확실한 기반을 가지고 있는 만큼 민중은 사람들이 말하는 것처럼 그렇게 공허한 존재가 아니라는 사실을 보여주었다. 이렇듯, 우리는 민중의 의견을 깨뜨린 의견을 다시 깨뜨렸다.

그러나 이제 이 최후의 명제를 깨뜨려야 하며, 민중의 의견은 매우 건전하다 해도 그들의 공허함은 여전히 진실이라는 점을 밝혀야 한다. 민중은 진리가 있는 곳에서 진리를 깨닫지 못하기 때문이고, 진리가 없는 곳에 진리를 둠으로써 그들의 의견은 항상 매우 그릇되고 불건전하기 때문이다.

184-(313) 민중의 건전한 의견. 최대의 재난은 내란이다. 만약 사람들이 재능에 대해 보상받기를 원한다면 내란은 피할 수 없다. 왜냐하면 누구나 보상받기에 합당하다고 주장할 테니 말이다. 세습권으로 승계한 어리석은 사람 때문에 일어날지도 모를 재난은 그렇게 큰 것도, 또 확실한 것도 아니다.

185-(316) 민중의 건전한 의견. 몸치장을 하는 것은 그렇게 헛된 일은 아니다. 왜냐하면 자기를 위해 일하는 사람이 많다는 것을 나타내기 때문이다. 그는 머리 모양으로 몸종, 향료사 등을 거느리고 있음을 나타낸다. 흉장(胸章)과 금실과 은줄 등에 의해…… 그런데 돌보는 종들이 많다는 것은 단순한 허

세도 아니고 단순한 장식도 아니다.

종들이 많으면 많을수록 그는 더 강하다. 몸치장을 하는 것은 자신의 힘을 과시하는 수단이다.

186-(329) 현상의 이유. 인간의 결함은 사람들이 수많은 미(美)를 만들어내는 원인이다. 가령, 비파를 잘 연주할 줄 [모르는] 것은 단지 우리의 결함 때문에 불행이 된다.

187-(334) 현상의 이유. 정욕과 힘은 우리가 하는 모든 행위의 원천이다. 정욕은 자발적인 행위를, 힘은 타의적인 행위를 하게 한다.

188-(80) 절름발이는 우리를 화나게 하지 않는데 절름발이 정신이 우리를 화나게 하는 것은 어떤 이유에서인가. 절름발이는 우리가 똑바로 걷는 것을 인정하지만 절름발이 정신은 저는 것은 바로 우리라고 말하기 때문이다. 그게 아니라면 우리는 동정할 뿐 화내지는 않을 것이다.

에픽테토스[60]는 더 힘 있게 묻는다. "누군가가, 당신은 머리가 아프다, 라고 우리에게 말해도 우리가 화내지 않는 것은 무엇 때문인가? 그런데 우리가 잘못 생각하고 있다거나 잘못 선택한다고 말하면 우리는 왜 화를 내는가?"

---

60) Epiktētos(55?~135?). 로마의 저명한 스토아 철학자. (스토아철학은 흔히 극기 또는 금욕주의로 번역된다.)

그 이유는 이렇다──우리가 머리가 아프지 않고 또 절름발이가 아니라는 점은 매우 확실하다. 그러나 우리가 진실을 택했는지에 대해서는 그다지 자신이 없다. 그래서 두 눈으로 똑똑히 본다는 이유 외에는 확신의 근거가 없기 때문에 만약 다른 사람이 그의 두 눈으로 반대의 것을 보면 우리는 그만 어리둥절해지고 놀라게 된다. 하물며 수많은 다른 사람들이 우리의 선택을 조롱함에 있어서랴. 왜냐하면 우리는 자신의 지식을 수많은 타인들의 지식보다 더 소중히 여겨야 하기 때문인데 이것은 대담하고도 벅찬 일이다. 절름발이에 관한 견해에 있어서는 이런 모순은 없다.

189-(536) 인간은 바보라는 말을 되풀이해서 들으면 그렇게 믿도록 되어 있다. 또 자기 자신에게 그렇게 말해도 스스로 그렇다고 믿는다. 오직 인간만이 내적 대화를 하기 때문이다. 이 대화를 올바르게 규제하는 것은 대단히 중요하다. 악한 교제는 선한 행실을 더럽힌다.[61] 우리는 가능한 한 침묵해야 하고 또 우리가 아는 바 진리 되신 신과 대화해야 한다. 이렇게 함으로써 우리는 진리 되신 신을 스스로에게 납득시킨다.

190-(467) 현상의 이유. 에픽테토스. "당신은 머리가 아프다."고 말하는 사람들. 그것은 같은 이야기가 아니다. 사람은 건강에 대해서는 확실히 알지만 정의에 대해서는 그렇지 않

---

61) "Corrumpunt mores bonos colloquia prava"(「고린도전」, 15:33).

다. 실제로 그의 정의는 터무니없다.

그럼에도 그는 "우리가 할 능력이 있거나 아니면 그럴 능력이 없다."고 말하면서 정의를 증명한 것처럼 생각했다. 그러나 우리의 마음을 규제할 힘이 우리에게 없다는 점을 그는 깨닫지 못했다. 더욱이 기독교인이 존재한다는 사실에서 이런 결론을 내리는 오류를 저질렀다.

191-(324) 민중은 매우 건전한 의견을 가지고 있다. 가령, 이런 것들이다.

1. 위락을 택하고 또 짐승을 잡기보다 사냥 그 자체를 택한 것. 반식자(半識者)들은 이것을 비웃고 이것으로 세상 사람들의 어리석음을 지적하며 의기양양해한다. 그러나 민중은 자신들이 미처 깨닫지 못한 이유에서 옳다.

2. 사람을 귀족의 신분이나 재산과 같은 외양으로 구별하는 것. 저들은 이것이 얼마나 불합리한지를 지적하며 의기양양해한다. 그러나 이것은 매우 합리적이다(식인종은 어린 왕을 비웃는다).

3. 뺨을 맞으면 모욕을 느끼고 또 그토록 명예를 희구하는 것. 그러나 이것은 명예에 수반되는 중요한 이득으로 인해 매우 바람직하며 뺨을 맞고도 이에 반격하지 못한 사람은 치욕과 궁핍에 시달릴 것이다.

4. 불확실한 것을 위해 수고하는 것. 바다로 나아가고 널빤지 위를 건너가는 것.

192-(298) 정의, 힘. 정의에 복종하는 것은 옳고 더 강한 것에 복종하는 것은 필연이다. 힘없는 정의는 무력하고 정의 없는 힘은 폭력이다. 힘없는 정의는 반대에 부딪힌다, 왜냐하면 사악한 자들이 항상 존재하기 때문에. 힘없는 정의는 규탄받는다. 그러므로 정의와 힘이 함께 있어야 한다. 그렇기 위해서는 정의가 강해지거나 강한 것이 정의로워야 한다.

정의는 논란의 대상이 되지만 힘은 매우 용이하게 식별되고 논란의 여지도 없다. 그래서 사람들은 정의에 힘을 부여할 수가 없었다. 힘이 정의에 반대하고 그것을 불의라고 말하며 또 바로 자신이 정의라고 말했기 때문이다. 이렇듯, 인간은 정의를 강하게 할 수 없었으므로 강한 것을 정의로 만들었다.

193-(322) 귀족 신분은 큰 이득이다. 열여덟 살에 성공의 길이 열리고 이름이 알려지고 존경받는다. 다른 사람 같으면 쉰 살이 되어서나 그렇게 인정받을 수 있었을 것이다. 수고 없이 30년을 덕 본다.

**

194-(89) 습관은 곧 우리의 본성이다. 신앙에 길든 사람은 이것을 믿고 지옥을 두려워할 수밖에 없게 되고 다른 것을 믿지 않는다. 왕을 두려운 사람으로 믿는 데 길든 사람은…… 등등.

그렇다면 우리의 정신이 수, 공간, 운동을 보는 데 길든 나머지 이것을, 오직 이것만을 믿는다는 사실을 그 누가 의심하겠는가.

195-(325) 몽테뉴의 생각은 잘못이다. 그는 관습을 따르는 것은 단지 그것이 관습이기 때문이지 합리적이거나 정당하기 때문이 아니라고 한다. 그러나 민중은 정당하다고 믿는 단 하나의 이유로 관습을 따른다. 그렇지 않으면 아무리 그것이 관습이라 해도 따르지 않을 것이다. 사람들은 오직 이성과 정의에만 복종하고 싶어 하기 때문이다. 관습은 이런 것들 없이는 독재로 받아들여질 것이다. 그러나 이성과 정의의 지배도 쾌락의 지배 못지않게 폭군적이다. 이 모든 것은 인간에게 자연적인 원리들이다.

그러므로 법이기 때문에 법이나 관습을 따르는 것은 좋은 일이다. 그러나 인정할 만한 참되고 정당한 법은 하나도 없고 우리로서는 전혀 알 길도 없으며 따라서 받아들여진 것을 따라야만 한다는 점을 깨닫는 것은 좋은 일이다. 이렇게 함으로써 우리는 법과 관습을 결코 버리지 않게 될 것이다. 그러나 민중은 이런 이론을 수용하지 못한다. 그리고 진리는 발견될 수 있고 또 법과 관습 속에 있다고 믿기 때문에 그것들을 믿으며 그것들이 오래 지속되어 왔다는 사실로써 진리의 증거로 삼는다(그리고 진리와는 상관없는 권위의 증거로는 보지 않는다). 이렇듯 민중은 법과 관습에 복종한다. 그러나 이것들이 아무 가치도 없다는 것이 밝혀지자마자 그들은 이내 반항하게 마련이다. 그것들을 어떤 면에서 관찰해 보면 아무 가치도 없다는 사실이 모든 면에서 드러난다.

196-(331) 우리는 플라톤이나 아리스토텔레스를 으레 학자들의 풍성한 옷차림으로만 상상한다. 이들도 선량한 사람이었고 남들처럼 친구와 담소하기도 했다. 그리고 『법학』이나 『정치학』의 집필을 즐길 때에도 오락 삼아 한 것이었다. 이것은 그들의 생애 중에서 가장 철학자답지 않고 또 가장 편안한 시기였다. 가장 철학자다운 시기는 단순하고 조용하게 살 때였다.

그들이 정치에 대해 쓴 것은 마치 정신병원의 규칙을 만들기 위한 것과 같았다.

또 그들이 대단히 중요한 일에 대해 말하는 척한 것은 그들이 상대한 광인(狂人)들이 왕이나 황제라도 된 것처럼 생각한다는 사실을 알았기 때문이다. 가능한 한 가장 화(禍)가 적게 미치도록 그들의 광기를 억제하기 위해 그들의 원리를 따랐던 것이다.

197-(303) 세계를 지배하는 여왕은 사람들의 생각이 아니라 힘이오. ─그러나 생각이 곧 힘을 사용하는 여왕이오. 힘이야말로 생각을 만들어내오. 우리의 견해로는 유연함은 좋은 것이오. 왜냐고? 줄 위에서 춤을 추려는 사람은 혼자일 테니까. 그런데 나는 이것을 좋지 않다고 말하는 사람들을 모아 더 강한 당파를 만들 것이오.

198-(312) 법은 확립되어 있는 그 무엇이다. 그러므로 이미 확립된 우리의 모든 법은 따질 것 없이 필연적으로 옳다고 인정되어야 한다, 이미 확립된 것이므로.

199-(452) 불행한 사람들을 동정하는 것은 사욕(邪慾)과 싸우는 것이 아니다. 반대로 이렇게 우정을 표시하고 아무것도 주는 것 없이 친절하다는 평판을 얻을 수 있어서 사람들은 몹시 만족스러워한다.

200-(311) 사람들의 생각과 상상(想像) 위에 세워진 권력은 한동안 지배하며 또 이 권력은 온화하고 자발적이다. 힘으로 세워진 권력은 항상 지배한다. 이렇듯 사람들의 생각은 세계의 여왕과 같지만 힘은 세계의 폭군이다.

201-(301) 무슨 이유로 다수(多數)를 따르는가. 그들이 더 정당하기 때문인가? 아니다. 힘이 더 강하기 때문이다.

무슨 이유로 옛 법과 옛 의견을 따르는가? 더 건전하기 때문인가? 아니다. 그것은 유일한 것이고 그래서 의견 대립을 뿌리째 제거해 주기 때문이다.

202-(96) 자연의 현상을 증명하기 위해 옳지 않은 이유를 내세우는 데 길들었을 때는 정당한 이유가 발견되어도 사람들은 이것을 인정하려 하지 않는다. 끈으로 결박된 혈관의 아랫부분이 왜 부풀어 오르는가를 설명하는 혈액순환에 대해

사람들이 제기한 사례가 그런 경우이다.

203-(176) 크롬웰은 전 기독교계를 유린하려고 했다. 만약 작은 모래알이 그의 수뇨관에 생기지 않았더라면 왕가는 멸망하고 크롬웰 일가는 영원토록 권세를 누렸을지 모른다. 로마까지도 그의 발아래 떨기 시작했었다. 그러나 작은 모래알이 그 자리에 생겨나 크롬웰은 죽었고 그의 일가는 몰락했으며 모든 것은 평화를 찾았고 왕은 복위했다.

204-(306) 공국(公國), 왕국, 행정직은 실제적이고 필연적인 것이므로(힘이 모든 것을 재배하기 때문에) 어디서나, 어느 때나 존재한다. 그러나 어떤 특정한 사람을 그 지위에 오르게 하는 것은 사람의 우연한 생각이므로 그것은 영속적인 것도 아니고 변하게 마련이다 등등.

205-(393) 신과 자연의 모든 법을 포기하고 스스로 법을 만들어 이것을 정확하게 지키는 사람들이 이 세상에 있는데 이것은 보기에 우스꽝스러운 일이다. 예컨대 마호메트의 병사들, 도적들, 이교도들 등등. 논리학자도 마찬가지다.

이들이 그렇게 정의롭고 성스러운 한계를 넘어선 것을 보면 이들의 방종은 아무런 한계도, 제한도 없는 것 같다.

206-(122) 시간은 고통과 분쟁을 진정시킨다. 사람이 변하기 때문이다. 이제 같은 사람이 아니다. 해를 끼친 자나 해를

입은 자나 더 이상 같은 사람이 아니다. 마치 화나게 했다가 2세대 후에 다시 만나는 민족과 같다. 프랑스인인 것은 틀림없지만 같은 프랑스인은 아니다.

207-(304) 어떤 사람들이 다른 사람들에 대해 갖는 존경심을 고정시키는 끈은 일반적으로 필연의 끈이다. 왜냐하면 모든 사람이 지배하길 원하지만 모두가 할 수는 없고 몇 사람만이 할 수 있으므로 거기에 상이한 계급이 생길 수밖에 없기 때문이다.

그러니 지금 눈앞에서 계급이 형성되기 시작하는 것을 바라본다고 상상해 보자. 틀림없이 그들은 더 강한 편이 더 약한 편을 억압하고 마침내 지배적인 당파가 생길 때까지 싸울 것이다. 그러나 일단 결판이 나면 싸움이 계속되는 것을 원치 않는 지배자들은 그들의 수중에 있는 힘이 그들 마음대로 계승되도록 명령한다. 한편에서는 국민들의 투표에 맡기는가 하면 다른 한편에서는 세습 등등의 방법에 의존한다.

상상력이 바로 여기서 자신의 역할을 수행하기 시작한다. 그때까지는 순전한 힘이 그 일을 한다. 이제부터는 상상력에 의해 힘이 어떤 당파, 프랑스에서는 귀족, 스위스에서는 평민 속에서 유지되어 간다.

사람의 존경심을 특정한 사람들에게 결부시키는 끈은 상상력의 끈이다.

208-(320) 세상의 가장 불합리한 것이 인간의 착란으로

인해 가장 합리적인 것이 된다. 한 나라의 통치를 위해 여왕의 장남을 선택하는 것보다 비합리적인 것이 어디 있는가. 배를 지휘할 사람으로 가장 훌륭한 가문의 사람을 선택하지는 않는다. 이 법은 우스꽝스럽고도 부당하다. 그러나 사람은 지금도 그렇고 항상 그럴 것이므로 이 법은 합리적이고 정당한 것이 된다. 왜냐하면 누구를 선택한단 말인가. 가장 덕 있고 가장 학식 있는 사람인가? 그렇게 되면 우리는 즉각 난투극을 벌일 것이다, 누구나 이 덕 있고 학식 있는 사람이 바로 자기라고 주장할 테니까. 그러니 이 자격을 무엇인가 이론의 여지 없는 것에 결부시키자. 그것은 왕의 장남이다. 이것은 명백하고 논란의 여지가 없다. 이성(理性)은 이보다 더 잘할 수가 없다, 내란이야말로 최대의 재난이므로.

6편

위대

209-(342) 만약 어떤 동물이 본능으로 하는 것을 이성으로 한다면, 또 먹이를 사냥하고 자기 짝들에게 먹이를 찾았거나 놓쳤다고 알리기 위해 본능으로 나타내는 것을 이성으로 말한다면, 그보다 더 마음이 끌리는 일에 대해서도 그렇게 할 것이다. 가령, "이 밧줄이 날 아프게 하는데 내 입이 닿지 않아. 이것 좀 물어뜯어 주게."라고 말하는 따위.

210-(403) 위대. 현상의 이유는 인간의 위대를 나타낸다──사욕에서 그처럼 훌륭한 질서를 이끌어낸 점에서.

211-(343) 앵무새의 주둥이. 앵무새는 부리가 아무리 깨끗해도 계속 닦는다.

212-(339의 2) 우리 안에서 쾌락을 느끼는 것은 무엇인가. 손인가, 팔인가, 살인가, 피인가. 이것이 비물질적인 그 무엇이 틀림없다는 사실을 사람들은 알게 될 것이다.

213-(392) 회의주의를 반박하여. [그러므로 사람이 이것들을 정의하려고 하면 오히려 모호하게 만든다는 것은 야릇한 일이다. 우리는 시도 때도 없이 이것들에 대해 말하고 있다.] 우리는 모든 사람이 이것들을 같은 방식으로 인식한다고 가정하는데 실은 아무 근거 없이 이렇게 가정하는 것이다. 왜냐하면 우리는 어떤 증거도 가지고 있지 않기 때문이다. 사람들이 이 말들을 같은 경우에 적용하고 또 한 물체가 자리를 옮기는 것을 두 사람이 보고 그때마다 같은 말로 같은 대상을 표현하며 물체가 움직였다고 서로 말한다는 것을 나는 잘 안다. 그래서 사람들은 이 적용의 일치에서 관념의 일치라는 강력한 추측을 이끌어낸다. 그러나 이 논법은 설사 긍정적일 가능성이 많다 하더라도 결정적 확신을 가지려 할 때 결코 납득할 만한 것은 못 된다. 왜냐하면 상이한 추정에서도 종종 동일한 결론을 이끌어낸다는 것을 우리는 알기 때문이다.

적어도 문제를 복잡하게 만드는 데는 이것으로 충분하다. 그렇다고 이것이 우리에게 이런 사물들에 대해 확신을 갖게 해주는 자연적 명료성을 전적으로 말살하지는 않는다. 플라톤 학파라면 자신 있게 주장했을지도 모르지만 이것은 명료성을 흐리게 하고 독단론자들을 혼란에 빠뜨리며 회의(懷疑)의 도당들을 영광스럽게 한다. 그 모호한 모호성과 불확실한 어둠으로 성립된 회의론자들을 말이다. 우리의 회의적 사고로도 이 어둠 속의 그 모든 명료성을 지워버릴 수 없고 또 우리의 자연적 지식으로도 그 모든 암흑을 몰아낼 수 없다.

214-(283) 우리는 이성에 의해서뿐만 아니라 심정에 의해서도 진리를 안다. 우리가 기본 원리를 아는 것은 이 후자의 방법에 의해서이다. 그래서 이 일에 전혀 관련이 없는 이성이 그것을 반박하려고 해봤자 헛된 일이다. 그것만을 목적으로 삼는 회의론자들은 헛수고를 하는 셈이다. 우리는 우리가 꿈꾸고 있지 않다는 것을 안다. 아무리 우리가 이성적으로 그것을 증명할 능력이 없다 해도 이 무력함은 우리 이성의 결함을 결론지를 뿐, 그들이 주장하는 대로 우리의 모든 인식의 불확실성을 의미하지는 않는다. 왜냐하면 공간, 시간, 운동, 수 등이 존재한다는 것과 같은 기본 원리들에 대한 인식은 우리의 추리가 주는 어떤 인식에 못지않게 확실하기 때문이다. 사실이성이 의지해야 하는 것은 바로 이와 같은 심정과 본능의 인식이며, 이성은 자신의 모든 추론을 이 인식 위에 세우고 있는 것이다. (심정은 공간에 세 차원이 있고 수가 무한하다는 것을 느낀다. 그다음에 이성은 한 편이 다른 편의 두 배가 되는 두 개의 평방수는 없다고 증명한다. 원리는 느껴지고 명제는 결론으로 도출되며 설사 길은 다를지라도 다 같이 확실하게 이루어진다.) 그러므로 이성이 기본 원리들을 받아들일 수 있게 그것들을 증명해 달라고 심정에게 요구한다면, 이성이 증명하는 모든 명제들을 받아들일 수 있게 심정이 그것들을 느끼게 해달라고 이성에게

요구하는 것만큼이나 무익하고 우스꽝스러운 일이다.

그러므로 이 무력함은 모든 것을 판단하려는 이성을 낮추는 데에만 이용해야 하며, 마치 진리를 알게 하는 것이 이성밖에 없는 것처럼 우리의 확신을 반박하는 데 사용해서는 안 된다. 오히려 이성을 전혀 필요로 하지 않고 모든 것을 본능과 심정으로 인식할 수 있다면 얼마나 좋았을까! 그러나 자연은 이 복을 우리에게 허락하지 않았다. 아니, 이런 종류의 인식은 극소수밖에 주어지지 않았다. 그 외의 모든 것은 오직 논증을 통해서만 얻어진다.

그렇기 때문에 심정의 직관을 통해 신에게서 종교를 받은 사람들은 진정 행복하며 참으로 올바른 신앙을 갖고 있다. 그러나 종교 없는 사람들에게 우리는 논증을 통해 줄 수밖에 없으며 신이 심정의 직관을 통해 주실 때까지 기다려야 한다. 이것 없이는 신앙은 한낱 인간적인 차원일 뿐이며 구원에 도움이 되지 않는다.

215-(339) 나는 손, 발, 머리가 없는 사람을 생각할 수 있다(머리가 발보다 더 필요하다고 가르치는 것은 경험뿐이니까). 그러나 나는 사유(思惟) 없는 인간은 생각할 수 없다. 그는 돌이거나 짐승일 것이다.

216-(344) 본능과 이성, 두 본성의 표시.

217-(348) 생각하는 갈대. 나의 존엄성은 공간이 아니라 나

의 사유를 제한하는데서 찾아야 한다. 많은 땅을 소유한다고 해서 내가 더 많이 갖게 되지는 않을 것이다. 공간으로써 우주는 한 점처럼 나를 감싸고 삼켜버린다. 사유로써 나는 우주를 감싼다.

218-(397) 인간의 위대함은 자신이 비참하다는 사실을 아는 데 있다. 나무는 자기가 비참하다는 것을 모른다. 분명 자신이 비참함을 아는 것은 비참하다. 그러나 자신이 비참하다는 사실을 안다는 사실 자체가 곧 위대함이다.

219-(349) **정신의 비물질성.** 자신의 정념을 억제한 철학자들, 그 어떤 물질이 그렇게 할 수 있었는가.

220-(398) 이 모든 비참이 바로 그의 위대를 증명한다. 이것은 대영주의 비참이고 폐위된 왕의 비참이다.

221-(409) **인간의 위대.** 인간의 위대는 너무나도 명백한 것이어서 심지어 그의 비참에서도 이것을 이끌어낼 수 있다. 왜냐하면 동물에게는 본성인 것을 우리는 비참이라고 부르기 때문이다. 이것으로 우리가 알 수 있는 점은, 인간의 본성이 오늘날 동물의 본성과 같은 것으로 보아 한때 인간 고유의 더 뛰어난 본성에서 인간이 전락했다는 사실이다.

왜냐하면 폐위된 왕이 아니고서 그 누가 왕이 아닌 것을 불행하게 여기겠는가. 사람들은 파울루스 아이밀리우스[62]가 집정관을 그만둔 것을 불행으로 생각했겠는가. 도리어 그가 집정관이 되었던 것을 행운으로 생각했다. 왜냐하면 그는 종신 집정관이 될 수 있는 신분이 아니었기 때문이다. 그러나 왕위에서 쫓겨난 페르세우스를 사람들은 너무나도 불행하게 여긴 나머지——그의 신분은 평생 왕족이었으므로——그가 목숨을 부지하는 것을 기이하게 여겼다. 그 누가 입이 하나밖에 없는 것을 불행하게 여기겠는가. 그리고 그 누가 눈이 하나밖에 없는 것을 불행하게 여기지 않겠는가. 우리는 세 개의 눈을 갖지 않았다는 이유로 괴로워하지 않을 것이다. 그러나 눈이 하나도 없을 때는 위로받지 못한다.

222-(402) 인간은 사욕 안에서도 위대하다, 사욕에서 하나의 놀라운 규범을 끌어낼 수 있었고 또 자비의 한 모형을 만들어냈다는 점에서.

＊＊

223-(400) 인간의 위대. 우리는 인간의 정신을 매우 위대하다고 생각하기 때문에 그것으로 인해 우리가 멸시당하거나 정신이 존중받지 못하면 참지 못한다. 인간의 모든 행복은 이 존

---

62) 루키우스 아이밀리우스 파울루스(Lucius Aemilius Paullus, ?~BC 216). 기원전 3세기의 로마 정치인으로 집정관에 올랐던 사람. 같은 이름의 아들도 역시 집정관이었다.

중에 있다.

224-(277) 심정은 이성이 모르는 자체의 논리를 가지고 있다. 우리는 수많은 일에서 이것을 알 수 있다. 심정은 자기가 열중하는 데 따라 자연스럽게 보편적 존재를 사랑하거나 아니면 자연스럽게 자기 자신을 사랑하게 된다고 나는 생각한다. 그리고 자신의 선택에 따라 전자 또는 후자에 대해 냉담해진다. 당신은 전자를 버리고 후자를 택했다. 당신이 자신을 사랑하는 것은 논리적인가.

225-(278) 신을 느끼는 것은 심정이지 이성이 아니다. 이것이 곧 신앙이다. 이성이 아니라 심정에 느껴지는 하느님.

226-(146) 분명히 인간은 생각하기 위해 만들어졌다. 이것이 그의 모든 존엄성이고 모든 가치이다. 그의 모든 의무는 올바르게 생각하는 데 있다. 그런데 사유의 순서는 자신으로부터, 그리고 자신의 창조자와 그의 목적으로부터 시작된다.

그러나 사람들은 무엇을 생각하고 있는가. 결코 이것을 생각하지 않는다. 단지 춤추고 비파를 타고 노래 부르고 시를 짓고 구슬 따는 놀이를 위해 달리고 등등의 것을 생각하며 서로 싸우고 왕이 되기를 꿈꾼다 — 왕이 되는 것이 무엇이고 인간이 무엇인지는 생각하지도 않으면서.

227-(411) 우리를 무찌르고 우리의 목을 짓누르는 그 모든

비참을 바라보는데도 불구하고 우리는 억누를 수 없는, 우리를 끌어올리는 하나의 본능을 가지고 있다.

228-(369) 기억은 이성의 모든 활동을 위해 필요하다.

229-(353) 극도의 용맹과 극도의 인자함을 가졌던 에파미논다스[63]처럼, 용맹성과 같은 어떤 과도한 덕(德)이 그 반대 되는 과도한 덕을 함께 가지고 있지 않으면 나는 이것을 찬양하지 않소. 그렇지 않으면 위로 올라가지 않고 아래로 내려가니까요. 사람이 자신의 위대함을 보여주는 것은 어떤 극단에 도달함으로써가 아니라 동시에 두 극단에 닿을 때 그리고 양자의 중간을 충분히 채울 때요.──그러나 이것은 아마도 한 극단에서 다른 극단으로 옮겨가는 정신의 민첩한 움직임일 뿐이고 불붙은 불등걸처럼 단지 한 점 안에 있을 것이오.──그렇소. 하지만 이것이 정신의 넓이를 표시하지 않는다면 적어도 정신의 민활성을 표시하오.

230-(341) 리앙쿠르[64]의 곤들매기와 개구리에 관한 이야기. 그것들은 항상 그렇게 움직인다. 절대 다르게 움직이지도 않고 어떤 정신적인 일을 하는 표시도 없다.

---

63) Epaminondas. 기원전 4세기경의 테베의 장군이자 정치인.
64) 리앙쿠르 백작(Le Duc de Liancourt). 종교에 귀의하여 포르루아얄(장세니스트파)의 열렬한 지지자가 되었다.

231-(340) 계산기는 동물이 하는 그 어떤 것보다 사유에 가까운 결과를 낳는다. 그러나 동물처럼 의지가 있다고 말할 만한 것은 아무것도 없다.

232-(365) 사유(思惟). 인간의 모든 존엄성은 사유에 있다. 그러나 이 사유란 무엇인가. 그 얼마나 어리석은가!

그러므로 사유는 그 본성으로는 경탄할 만하고 비길 데가 없다. 그것이 멸시받을 만하다면 무엇인가 야릇한 결함을 가지고 있어야 한다. 사실 사유는 그보다 더 가소로운 것이 없을 만큼 결함을 가지고 있다. 본성으로서는 얼마나 위대한가! 그 결함으로서는 얼마나 저속한가!

233-(346) 사유는 인간의 위대를 이룬다.

7편

상반된 것들

234-(423) 상반된 것들. 인간의 저속과 위대를 제시한 다음. 이제 인간은 자기의 가치를 정당하게 인식하기 바란다. 인간은 자신을 사랑하라, 자신 안에 선을 이룰 수 있는 본성이 있으므로. 그러나 그 안에 있는 저속까지도 사랑해서는 안 된다. 인간은 자신을 경멸하라, 이 능력이 공허한 것이므로. 인간은 자신을 증오하고 자신을 사랑하라. 인간은 자신 속에 진리를 알고 행복을 누릴 능력은 가지고 있으되 영속적인 혹은 만족할 만한 진리는 가지고 있지 않다.

그래서 나는 인간에게 진리를 발견하려는 욕구를 갖도록 유도하고 또 자신의 인식이 정념으로 인해 얼마나 흐려졌는가를 알고 이 정념에서 벗어나 진리를 발견할 수 있는 곳에서 찾을 준비를 갖추도록 인도하고 싶다. 나는 그가 선택할 때 사욕이 그를 눈멀게 하지 않도록, 그리고 일단 선택한 다음에는 그의 걸음을 가로막지 않도록, 인간의 마음을 제멋대로 결정짓는 사욕을 그가 마음속으로 증오하기를 간절히 바란다.

235-(148) 온 땅 위에, 심지어 우리가 죽은 후에 태어날 사람들에게까지 알려지고 싶어 할 만큼 우리는 오만하다. 그런가 하면 주위의 대여섯 사람들에게 칭찬받는 것으로 기뻐하고 만족을 느낄 만큼 공허하다.

236-(418) 인간에게 그의 위대를 밝히지 않고 그가 얼마나 짐승과 동등한지를 보여주는 것은 위험하다. 인간에게 그의 저속을 밝히지 않고 그의 위대를 지나치게 보여주는 것도 위험하다. 그중 어느 것도 알려주지 않는 것은 더 위험하다. 그러나 둘을 다 보여주는 것은 매우 유익하다.
인간은 자신을 짐승과 같다고 생각해서도 안 되고 또 천사와 같다고 생각해서도 안 되며, 둘 다 몰라서도 안 된다. 둘 다 알아야 한다.

237-(416) P.-R.[65]에서 위대와 비참. 비참은 위대로 귀결되고 위대는 비참으로 귀결되므로 어떤 사람들은 비참을 위대의 증거로 이용할수록 그만큼 더 비참의 결론을 내리는가 하

---

65) '포르루아얄(Port-Royal)'의 약자. 파스칼은 포르루아얄에서 자신의 '기독교 호교론'의 개요를 설명하기 위해 강연한 일이 있었는데(1658년 가을), 이 단장은 강연을 준비하기 위한 것으로 보인다.

면, 또 다른 사람들은 비참에서 위대를 도출해 낸 그만큼 더 강하게 위대를 결론지었다. 그래서 한편에서 위대를 밝히기 위해 진술한 모든 것은 다른 편에서는 비참을 결론짓기 위한 논거로 이용될 뿐이었다, 사람은 높은 곳에서 떨어지면 떨어질수록 더 비참하기 때문에. 그리고 다른 편에서는 그 반대의 결론을 내렸다. 그들은 서로 끝없는 원을 그리며 상호 관련을 맺고 있다. 인간이 얼마나 빛을 지녔는지에 따라 인간 안에서 위대와 비참을 발견하게 된다는 점은 확실하기 때문이다. 한마디로 인간은 자기가 비참하다는 것을 안다. 따라서 그는 비참하다, 실제로 그렇기 때문에. 그러나 그는 진정 위대하다, 자신이 비참하다는 것을 알기 때문에.

238-(157) 모순, 즉 우리의 존재에 대한 무관심, 공허한 것을 위해 죽어감, 우리의 존재에 대한 혐오.

239-(125) 상반된 것들. 인간은 천성적으로 쉽게 믿는가 하면 의심이 많고, 소심한가 하면 통이 크다.

240-(94) 우리의 자연적 원리란 게 습관화된 원리가 아니고 무엇인가. 어린아이들에게는, 마치 동물들의 먹이 사냥과 같이, 조상들의 습관에서 물려받은 원리들이 아닌가.

다른 습관들은 다른 자연적 원리들을 우리에게 줄 것이다. 이것은 경험으로 알 수 있다. 그리고 습관에서 없앨 수 없는 원리들이 있다면 자연에 반대되는 습관의 원리들도 있다. 이것들은 본성에서도 또 제2의 습관에서도 지워지지 않는다. 이 것은 모두 성향에 달려 있다.

241-(93) 아버지는 자식들의 자연적 애정이 사라지지 않을 까 두려워한다. 사라질지도 모를 이 본성이란 도대체 무엇인가.

습관은 제2의 본성이다. 그것은 제1의 본성을 파괴한다. 그 러나 본성이란 무엇인가. 습관은 왜 본성적인 것이 되지 못하 는가.

나는 이 본성도, 마치 습관이 제2의 본성인 것같이, 단지 제1의 습관에 불과한 것이 아닌지 몹시 두렵다.

242-(415) 인간의 본성은 두 방식으로 고찰된다. 하나는 인간의 목적에 따른 관점인데, 이때 인간은 위대하고 비길 데 없다. 다른 하나는 대중(大衆)에 따른 관점인데, 가령 말이나 개의 본성을 그 경주나 공격 본능[66]을 대중이 보고 판단하는 경우이다. 이때 인간은 비천하고 무가치하다. 인간에 대해 상 이한 판단을 내리게 하고 철학자들을 논쟁하게 하는 두 가지 길은 이런 것이다.

왜냐하면 한편은 다른 편의 가정을 부인하고, "인간은 그런 목적을 위해 태어나지 않았다, 그의 모든 행동은 이에 어긋나 니까."라고 말하는가 하면, 반대편에서는 "인간은 그런 저속한 행동을 할 때 그 목적에서 벗어난다."고 말하기 때문이다.

---

66) et animum arcendi.

243-(396) 두 가지가 인간에게 그의 본성에 관한 모든 것을 가르친다. 본성과 경험.

244-(116) 직업. 사유. 모든 것은 하나이고 모든 것은 다양하다. 인간의 본성 안에 얼마나 많은 본성들이 있는가! 얼마나 많은 직업들이 있는가! 그리고 이 모든 것은 그 어떤 우연의 장난에 의해서인가! 사람들은 각기 칭찬하는 것을 듣고 이것을 선택한다. 잘빠진 구두 뒤축!

245-(420)
그가 자만하면 나는 그를 낮추고
그가 낮아지면 나는 그를 추어올린다.
그리고 계속해서 그와 반대로 말을 한다,
마침내 그 자신이
불가해한 괴물임을 깨달을 때까지.

246-(434) 회의론자들의 강점은 (사소한 것은 제쳐놓고) 다음과 같다. 즉 신앙과 계시를 떠나서는 이 원리들의 진실성을 우리가 마음속에서 자연스럽게 느낀다는 점 외에는 아무런 확신도 없다는 것이다. 그런데 이 자연스러운 느낌은 이 원리들의 진실성을 납득시킬 수 있는 증거는 아니다. 왜냐하면 인간을 창조한 것이 선한 신인지 악마인지 또는 우연인지에 대해 신앙 외에는 아무런 확실성도 없는 만큼 우리에게 주어진 이 원리들이 우리의 기원에 따라 과연 진리인지 허위인지 또

는 불확실한 것인지 의심스러워지기 때문이다.

　그뿐만 아니라 잠을 자는 동안에도 깨어 있다고 실제로 굳
게 믿는 점으로 보아 아무도 자기가 깨어 있는지 잠들어 있는
지 신앙을 떠나서는 확신할 수가 없다. 우리는 (꿈속에서) 공
간과 형상들과 운동을 보고 있다고 생각하는가 하면, 시간이
흐르는 것을 느끼고 이 시간을 잰다. 그리고 결국은 깨어 있
을 때와 똑같이 행동한다. 그래서——우리 자신이 인정하는 것
같이 인생의 절반은 이 잠 속에서 보내게 되는데 그 안에서는
어떤 것이 보이든 그때 우리의 모든 생각들은 환각이기 때문
에 우리는 아무런 진실의 관념도 갖지 않은 셈이지만——우리
가 깨어 있다고 생각하는 인생의 또 다른 절반도 혹시, 처음
의 잠과는 약간 다르더라도, 실은 깨어나게 되는 또 하나의 잠
이 아닌지 그 누가 알겠는가.

　[그리고 또 여럿이 모여 꿈을 꿀 때 그 꿈이 우연히도 일치
한다면——이것은 흔히 있는 일이다——그리고 이때 누군가가
혼자 깨어 있다면 사람들이 상황이 뒤바뀌었다고 생각하리라
는 것을 누가 의심하겠는가. 끝으로, 우리가 꿈꾸는 것을 꿈꾸
고 하나의 꿈에 또 하나의 꿈을 쌓아올리는 것처럼 인생 그
자체도 하나의 꿈에 불과하고 그 위에 다시 다른 꿈들이 겹쳐
지며 결국 우리는 죽을 때가 되어서야 그것에서 깨어나는 것
이다. 이렇게 살아가는 동안 우리는 자연적인 잠 속에서처럼
진리의 원리도, 선의 원리도 소유하지 못한다. 우리를 뒤흔드
는 갖가지 상념들은 우리의 꿈속에서 일어나는 시간의 흐름
이나 공허한 망상들과 흡사한 환각일 뿐인지도 모른다.]

이것이 쌍방의 주요한 강점이다.

나는 습관, 교육, 풍속, 나라 그리고 그와 유사한 다른 것들의 영향에 대해 회의론자들이 내세우는 반론과 같은 사소한 것들은 제외시킨다. 이 모든 것은 비록 공허한 기반 위에서 독단적으로 논하기만 하는 대다수의 보통 사람들을 사로잡는다 해도, 회의론자들의 극히 작은 입김에도 뒤집혀 버리고 만다. 충분히 납득이 가지 않으면 그들의 책을 펴보기만 하면 된다. 곧바로 납득하게 될 것이다, 아마도 지나칠 정도로.

나는 독단론자들의 유일한 강점에 주목하려 한다. 즉 성실하고 진실되게 말할 때 사람은 자연적 원리들을 의심할 수 없다는 것이다.

이를 반박해 회의론자들은 본성의 기원까지 포함한 우리의 기원의 불확실성을 내세운다. 이에 대해 독단론자들은 세상이 시작된 이래 아직도 답변을 계속하고 있다.

인간들 사이에 벌어진 싸움은 이런 것이다. 그 안에서 각자는 거취를 결정해 독단론이 아니면 회의론 그 어느 편엔가 필연적으로 가담해야 한다. 왜냐하면 중립을 지키려는 사람은 뛰어난 회의론자가 될 것이기 때문이다. 이 중립이야말로 이 무리의 본질이다. 그들을 반대하지 않는 사람들은 훌륭하게 그들의 편이 된다. 그들은 그들 자신의 편도 되지 않는다. 그들은 모든 일에 중립적이고 무관심하고 유보적이며 그들 자신에 대해서도 예외가 아니다.

그렇다면 이 상태에서 인간은 어떻게 할 것인가. 모든 것을 회의할 것인가. 깨어 있는지, 꼬집히는지, 불태워지는지도 회의

할 것인가. 회의하는 것도 회의할 것인가. 자기가 존재하는 것도 회의할 것인가. 우리는 거기까지는 갈 수 없다. 실로 완벽한 회의론자는 일찍이 존재하지 않았다고 나는 단언한다. 자연이 무력한 이성을 지탱해 그렇게까지 극단을 달리지 못하게 견제한다.

그렇다면 반대로 인간은 확실하게 진리를 소유한다고 말할수 있는가. 조금만 추궁해도 진리의 아무런 근거도 제시하지못하고 잡은 것을 놓아버릴 수밖에 없는 그런 사람들이 말이다.

그러니 인간이란 그 어떤 괴수(怪獸)인가! 그 어떤 진기함, 괴물, 혼돈, 모순의 주체이자 경이인가! 만물의 심판자이자 저능한 벌레, 진리의 수탁자이자 불확실과 오류의 시궁창, 우주의 영광이자 쓰레기!

그 누가 이 뒤얽힌 혼돈을 풀겠는가.

[확실히 이것은 독단론, 회의론 그리고 인간의 모든 철학을 초월한다. 인간은 인간을 넘어선다. 그렇다면 회의론자들이 그처럼 소리 높여 외친 것을 인정하자. 즉 진리는 우리의 능력 안에 있지도 않고 우리의 사냥감도 아니다, 진리는 땅 위에 있지 않다, 그것은 하늘의 소유이며 신의 품 안에 있다, 오직 신이 계시하기를 원할 때만 인간은 그것을 알 수 있을 뿐이다. 그러므로 창조 전부터 존재한, 계시된 진리로부터 우리의 참된 본성을 배우자.]

자연은 회의론자들을 꺾고 이성은 독단론자들을 꺾는다. 오오, 자연적 이성으로 자신의 참된 신분이 무엇인지를 찾는 인간들이여, 그대들은 무엇이 될 것인가. 그대들은 이 학파들 중 어느 것도 피할 수 없고 어느 것에도 머물 수 없다.

그러므로 오만한 자여, 그대는 자신이 얼마나 역설적인 존재인가를 깨달으라! 무력한 이성이여, 머리 숙이라. 어리석은 자연이여, 침묵하라. 인간이 무한히 인간을 넘어선다는 것을 배우라. 그리하여 그대들이 모르는 자신의 참된 신분을 그대들의 주(主)에게서 배우라. 신의 말씀을 들으라.

왜냐하면 결국 인간이 타락하지 않았다면 순결함 속에서 확실히 진리와 행복을 누릴 것이고, 인간이 애초에 타락하기만 했다면 그는 진리와 행복에 대한 아무런 관념도 없었을 것이기 때문이다. 그러나 불행한 우리, 우리의 신분 안에 위대가 전혀 없느니보다 더 불행한 우리는 행복의 관념을 가지고 있으되 이에 도달할 수가 없고, 진리의 영상을 느끼되 오직 허위만을 소유하고 있다. 절대로 모르는 것도, 또 확실히 아는 것도 불가능한 것을 보면 우리가 완전한 상태에 있었으나 불행히도 그 상태에서 전락했다는 것은 그만큼 명백하다.

그러나 우리의 인식에서 가장 동떨어진 이 신비, 다름 아닌 죄의 계승이라는 신비 없이는 우리 자신에 대해 어떤 인식도 가질 수 없다는 것은 참으로 놀라운 일이다!

왜냐하면 최초의 인간이 범한 죄가 그 근원에서 너무나도 멀리 떨어져 있기에 이에 가담할 수 없을 것 같은 사람들까지도 죄인이 된다고 말하는 것보다 우리의 이성에 더 충격을 주는 일은 아마도 없을 것이기 때문이다. 이 계승은 불가능하게 보일 뿐만 아니라 극히 부당한 것으로도 생각된다. 의지도 없는 어린아이를 그가 태어나기 6,000년 전에 범해진, 따라서 전혀 그가 관련되었을 리 없는 한 죄 때문에 영원히 정죄(定罪)하는 것보다 우리의 초라한 정의의 규칙에 더 어긋나는 일이 있겠는가 말이다. 확실히 이 교리보다 더 가혹하게 우리의 마음을 거스르는 것은 없다. 그러나 그 무엇보다도 불가해한 이 신비가 없으면 우리는 우리 자신에 대해 불가해한 것이 되고 만다. 우리의 신분을 푸는 실마리는 이 심연 깊숙이에 비밀을 간직하고 있다. 그리하여 인간은 이 신비 없이는, 이 신비가 인간에게 불가해한 것 이상으로 불가해한 것이 된다.

신이 우리 존재의 난해함을 우리 자신이 이해하지 못하도록 그 실마리를 닿을 수 없을 만큼 높은 곳, 아니 차라리 낮은 곳에 숨겨둔 것은 여기에 기인한다. 그래서 우리가 진정으로 우리를 알 수 있는 것은 이성의 오만한 움직임에 의해서가 아니라 오히려 이성의 순박한 복종에 의해서이다.

종교의 범할 수 없는 권위 위에 확고히 자리 잡은 이 기반들은 똑같이 불변하는 신앙의 두 진리가 있음을 우리에게 가르쳐준다. 그중 하나는 인간이 창조의 상태 또는 은총의 상태에서는 모든 자연 위에 세워지고 신과 같이 되어 그의 신성(神性)에 참여할 수 있었다는 것이고, 다른 하나는 타락과 죄의 상태에서는 인간이 이 상태에서 전락하여 짐승과 같이 되었다는 것이다. 이 두 명제는 똑같이 견고하고 확실하다.

성서는 여러 곳에서 명백하게 선언하고 있다. 내가 (……) 사람의 아이들과 함께 있음을 기뻐했느니라.[67] 나의 영을 만민에게 부어주리니.[68] 너희는 신들이다[69] 등등. 또 다른 곳에서 말하기를, 모든 육체는 풀이다.[70] 사람은 생각 없는 짐승에 비교되고 짐승과 같이 되었도다.[71] 내가 심중에 이르기를 인생의 일에 대하여. 「전도」, 3장.[72]

[이로써 인간은 은총이 있으면 신과 같이 되어 그의 신성에 속하고, 은총이 없으면 짐승과 같은 존재로 여겨진다는 것이 명백하게 드러난다.]

**

247-(438) 만약 인간이 신을 위해 지어지지 않았다면 왜 신 안에서만 행복한가.

만약 인간이 신을 위해 지어졌다면 왜 그토록 신을 거역하는가.

248-(424) 종교의 인식에서 나를 가장 멀어지게 할 것 같았던 이 모든 상반된 것들이 나를 가장 빨리 진정한 종교로 인도해 갔다.

---

67) "Deliciae meae esse cum filiis hominum"(「잠언」, 8:31).
68) "Effundam spiritum meum super omnem carnem"(「요엘」, 2:28).
69) "Dii estis"(「시편」, 81:6).
70) "Omnis caro foenum"(「이사야」, 40:6).
71) "Homo assimilatus est jumentis insipientibus, et similis factus est illis"(「시편」, 48:13).
72) "Dixi in corde meo de filiis hominum"(「전도」, 3:18).

249-(413) 정념에 대해 이성이 벌이는 이 내면의 전쟁은 평화를 염원하는 사람들을 두 파로 나누었다. 한편에서는 정념을 버리고 신이 되기를 원했고, 또 한편에서는 이성을 버리고 야수가 되기를 원했다(데 바로[73]의 경우). 그러나 어느 편도 완전히 그렇게 할 수는 없었다. 그래서 이성은 계속 남아 정념의 비속과 불의를 규탄하며 정념에 빠져든 사람들의 평화를 어지럽히는가 하면, 정념은 이것을 버리려는 사람들 속에서 계속 활동하고 있다.

250-(588의 2) 상반된 것들. 이 종교의 무한한 지혜와 어리석음.

251-(70) 자연은 ……할 수 없다. [자연은 우리를 중간에 위치시켰기 때문에 저울의 한쪽을 바꾸면 다른 쪽도 바뀐다. "나는 행동하고 짐승들은 달린다."[74] 이것을 보면 우리의 머릿속에는 한쪽에 닿으면 그 반대쪽에도 닿도록 장치된 기계가 있는 것이 아닌가 하는 생각이 든다.]

252-(443) 위대, 비참. 사람은 얼마나 더 많은 빛을 지녔는지에 따라 더 많은 위대와 비속을 인간 안에서 발견한다.

---

73) 데 바로(Des Barreaux). 무신론자로서 극도로 방탕하게 살았으나 중병에 걸린 후로 신앙과 경건한 삶으로 돌아갔다.
74) "Je fesons, zoa trekei." Je fesons은 단수 Je에 복수 동사 fesons이 결부된 것이고, 그리스어 zoa trekei는 복수 주어에 단수 동사가 결부된 것이다.

보통 사람들.

더 위에 있는 사람들.

철학자들.

그들은 보통 사람들을 놀라게 한다.

기독교인들은 철학자들을 놀라게 한다.

그러므로 사람들이 빛을 더 많이 갖는 만큼 더 알게 되는 것을 종교는 근본적으로 알고 있을 뿐임을 보고 그 누가 놀라겠는가.

253-(412) 인간 내면에서 벌어지는 이성과 정념 사이의 전쟁.

만약 인간이 정념 없이 이성만을 가졌다면……

만약 인간이 이성 없이 정념만을 가졌다면……

그러나 둘 다 가졌기 때문에 인간은 싸우지 않을 수 없다, 어느 한 편과 싸움으로써만 다른 한 편과 평화를 유지할 수 있으므로. 이렇듯 인간은 항상 분열되고 자기 스스로를 거역한다.

254-(97) 모든 인생에게 가장 중요한 일은 직업의 선택이다. 우연(偶然)이 그것을 좌우한다.

습관이 석공, 군인, 기와장이를 만든다. "그 사람은 훌륭한 기와장이야."라고 사람들은 말한다. 그리고 군인에 대해서는 "정말 정신 나간 사람들이야."라고 말한다. 그런가 하면 또 어떤 사람들은 반대로 "전쟁보다 위대한 것은 없어. 나머지 사람들은 졸장부들이야.''라고 말한다. 어렸을 때 사람들이 어떤 직업은 찬양하고 그 외의 것들은 멸시하는 말을 계속 듣는 가운데 직업을 선택한다. 인간은 자연적으로 덕을 사랑하고 어리석음을 미워하기 때문이다. 바로 이런 말들이 마음을 정하게 할 것이다. 단지 적용에 있어서 사람들은 실수를 저지른다.

습관의 힘은 이다지도 큰 것이어서 자연이 단순히 인간으로 만들어낸 것을 가지고 인간은 모든 신분을 만들었다.

왜냐하면 어떤 지방은 온통 석공들인가 하면 또 다른 지방은 온통 군인들 등등이기 때문이다. 아마도 자연은 그렇게 획일적이지는 않을 것이다. 그러므로 이렇게 만드는 것은 습관이다, 습관이 자연을 속박하기 때문에. 그러나 자연은 종종 습관을 이기기도 하며, 좋고 나쁜 모든 습관에도 불구하고 인간을 자신의 본능 속에 머물게 한다.

255-(377) 겸허한 담론도 뽐내는 사람들에게는 오만의 이유가 되고, 겸허한 사람들에게는 겸허의 이유가 된다. 이렇듯 회의주의의 담론도 긍정하는 사람에게는 긍정의 이유가 된다. 겸허에 대해 겸허하게 말하는 사람은 드물다. 순결에 대해 순결하게 말하는 사람은 드물다. 회의주의에 대해 회의적으로 말하는 사람도 드물다. 우리는 거짓, 이중성, 모순일 뿐이며 우리 자신에게도 우리를 숨기고 우리를 변장한다.

256-(81) 정신은 자연스럽게 믿고 의지는 자연스럽게 사랑한다. 그래서 믿고 사랑할 진정한 대상이 없으면 그릇된 것에

집착해야만 한다.

257-(358) 인간은 천사도 아니고 짐승도 아니다. 불행하게
도 천사가 되려는 자가 짐승이 된다.

258-(180) 신분이 높은 사람이나 낮은 사람이나 같은 사건
들, 같은 불만, 같은 열정을 가지고 있다. 다만 전자는 바퀴 위
쪽에 위치하고, 후자는 중심 가까이에 위치한다. 그래서 후자
는 같은 운동에 의해서도 덜 흔들린다.

259-(215) 위험 안에서가 아니라 위험 밖에서 죽음을 두려
워한다, 인간이어야 하므로.

260-(532) 성서는 모든 신분의 사람들을 위로하고 또 모든
신분의 사람들을 겁먹게 하기 위해 필요한 구절들을 갖추어
놓았다.
   자연도 자연적이고 정신적인 두 무한(無限)으로써 같은 일
을 한 듯하다. 왜냐하면 우리의 오만을 끌어내리고 또 우리의
추악함을 끌어올리기 위해 우리는 위와 아래, 더 유능한 것과
덜 유능한 것, 더 높은 것과 더 비참한 것을 항상 가질 것이기
때문이다.

261-(386) 만약 우리가 밤마다 똑같은 꿈을 꾼다면 이 꿈
은 우리가 날마다 보는 사물만큼이나 우리에게 작용할 것이

다. 만약 어떤 직공이 매일 밤 열두 시간 동안 왕이 된 꿈을 꾸는 것이 확실하다면 그는 매일 밤 열두 시간 동안 직공이 된 꿈을 꾸는 왕만큼이나 행복하리라고 나는 생각한다.

만약 우리가 밤마다 원수에게 쫓기고 이 괴로운 환영에 시달리는 꿈을 꾼다면, 또 여행을 할 때처럼 잡다한 용무 가운데 하루하루를 보내는 꿈을 꾼다면 우리는 실제로 그런 경우를 당할 때와 마찬가지로 괴로움을 느낄 것이고 또 잠자는 것을 두려워할 것이다──마치 그런 불행 속에 실제로 빠져 들어가는 것이 겁날 때 잠에서 깨어나는 것이 두려워지는 것처럼. 사실 그것은 현실의 경우와 거의 같은 고통을 줄 것이다.

그러나 꿈이란 꿈은 다 다르고 또 같은 꿈도 변하기 때문에 그 속에서 보는 것은 평상시에 보는 것보다는 덜 충격을 준다. 깨어 있을 때 보는 것은 연속성이 있기 때문인데 그렇다고 조금도 변하지 않을 만큼 연속적이지도 않고 한결같지도 않다. 다만 변화가 덜 급격할 뿐이다, 하기야 여행할 때처럼 드물게나마 그런 변화가 없는 것은 아니지만. 이때 사람들은 "꿈꾸는 것 같다."고 말한다, 인생이란 약간 덜 변덕스러운 꿈이니까.

262-(580) 자연은 그것이 신의 영상임을 나타내기 위해 완전성을 가지고 있고 또 신의 영상일 뿐임을 나타내기 위해 결함을 가지고 있다.

263-(490) 인간은 공(功)을 이루는 데 길이 들지 않고 오직 이루어진 공을 보고 보상하는 데만 길들어 있는 탓으로 신에

대해서도 그들 자신의 기준대로 판단한다.

264-(145) [단 한 가지 생각이 우리의 마음을 채운다. 우리는 두 가지 일을 동시에 생각하지 못한다. 그중 좋은 것이 우리를 사로잡는다, 신을 따라서가 아니라 세상을 따라서.]

8편

위락

265-(170) 만약 인간이 행복하다면 위락을 덜 즐길수록 더 행복할 것이오, 성인들이나 신처럼.——옳은 말이오. 그러나 위락으로 즐거워할 수 있는 것도 행복이 아닌가요?——아니오. 왜냐하면 위락은 다른 데서 그리고 밖에서 오기 때문이오. 그래서 그것은 무엇엔가 종속되어 있고 따라서 수많은 돌발적인 일들로 인해 방해받게 마련이오, 피할 수 없는 고통을 안겨주는 그런 일들에 의해서 말이오.

266-(169) ……이 숱한 비참에도 불구하고 인간은 행복하기를 바라고 또 행복하기만을 바란다. 그리고 또 행복하기를 바라지 않을 수도 없다. 그러나 어떻게 할 것인가. 진정 행복하기 위해서는 죽지 않고 영원히 살 수 있어야 한다. 그러나 이

것이 불가능하자 인간은 이것을 생각하는 것을 스스로 막기로 작정했다.

267-(168) 위락. 사람은 죽음과 비참과 무지를 치유할 수 없으므로 자기의 행복을 위해 이것들을 생각하지 않기로 작정했다.

268-(469) 나는 내가 존재하지 않았을 수도 있다고 느낀다, 나의 자아는 나의 사유(思惟)로 성립되어 있으므로. 그래서 생각하는 이 자아는 만약 내가 생명을 얻기 전에 어머니가 죽었더라면 존재하지 않았을 것이다. 그러므로 나는 필연적인 존재는 아니다. 나는 영원하지도 또 무한하지도 않다. 그러나 자연에는 영원하고 무한한 필연적 존재가 있다는 것을 나는 잘 안다.

269-(139) 위락. 인간들의 갖가지 소란과, 궁정이나 전쟁터에서 겪는 위험과 고통을——바로 여기서 수많은 다툼과 정념과 대담하고 왕왕 그릇된 계획 등등이 태어나지만——이따금 관찰하게 되었을 때 나는 인간의 모든 불행은 단 한 가지 사실, 즉 그가 방 안에 조용히 머물러 있을 줄 모른다는 사실에서 유래한다고 종종 말하곤 했다. 살아가기에 충분한 재물을 가진 사람이 만약 자기 집에 기꺼이 머물 수만 있다면 거기서 나와 바다로 나아가거나 요새를 공격하러 나서지는 않을 것이다. 도시 안에 틀어박혀 있는 것이 진저리나는 일이 아니라면

그처럼 비싼 값으로 군직을 사지는 않을 것이다. 그리고 자기 집에 즐겁게 머물 수 없다는 단 한 가지 이유 때문에 사람들은 대화와 도박의 놀이를 찾아 나선다.

그러나 더 깊이 생각해 보고 또 우리의 모든 불행의 원인을 알고 난 후 그것이 어떤 이유에서인지를 찾아내려고 했을 때 나는 매우 실제적인 이유가 있다는 것을 깨달았다. 그 이유는 무력하고 죽을 수밖에 없는 우리들의 삶의 조건, 그리고 그것을 깊이 생각할 때면 그 어떤 것도 우리를 위로할 수 없을 만큼 비참한 우리의 타고난 불행이라고 할 수 있다.

그 어떤 신분을 상상해 보아도 우리가 소유할 수 있는 모든 행복을 한곳에 모은다면 왕위야말로 이 세상의 가장 훌륭한 자리가 될 것이다. 그런데 이 왕이 모든 만족을 누릴 수 있는 상황이라고 가정해 보자. 만약 그에게 위락이 없다면, 그리고 그가 자기를 바라보고 자신의 존재에 대해 생각하도록 내버려 둔다면 이 맥빠진 행복은 그를 지탱하지 못할 것이고 또 그는 언제 일어날지 모를 반란, 끝내는 피할 수 없는 병고와 죽음 등 그를 위협하는 이 모든 것들과 필연적으로 마주칠 것이다. 그 결과 위락이라 불리는 것이 없다면 그는 불행하며, 놀고 즐기는 가장 미천한 신하보다 더 불행할 것이다.

[그러므로 인간의 유일한 행복은 자신의 조건을 생각하는 것에서 마음을 돌리는 데 있다. 이것을 생각할 여유를 주지 않는 어떤 활동에 의해서나 아니면 사람의 마음을 사로잡을 즐겁고 새로운 정열, 도박, 사냥, 흥미를 끄는 관극, 결국 위락이라 일컬어지는 것에 의해서 말이다.]

도박, 여인들과의 대화, 전쟁, 높은 지위 등이 그처럼 추구되는 것은 이런 이유에서이다. 그 안에 과연 행복이 있는 것도 아니고 또 진정한 행복이 도박에서 따는 돈이나 뒤쫓는 토끼 안에 있다고 생각하는 것도 아니다. 사람들은 그런 것이 선물로 주어진다면 원치도 않을 것이다. 사람들이 찾는 것은 우리에게 우리의 불행한 조건을 생각하게 하는 맥빠지고 평온한 관습적 삶이 아니고 또 전쟁의 위험이나 직무의 노고도 아니다. 오히려 그런 생각에서 마음을 돌아서게 하고 우리의 기분을 전환시키는 소란, 바로 이것이다.

짐승을 잡는 것보다 짐승을 쫓는 것을 더 좋아하는 이유.

사람들이 그처럼 소란과 법석을 즐기는 것은 여기에서 비롯된다. 이런 이유로 감옥살이는 참으로 끔찍한 형벌이고, 고독의 즐거움은 이해할 수 없는 것이다. 그리고 왕의 신분이 지극한 행복이 되는 가장 큰 이유도 결국 이것이며, 왕의 기분을 끊임없이 전환시키고 모든 종류의 즐거움을 맛보게 하려고 사람들이 힘쓰는 이유도 이것이다.

왕은 오직 그를 즐겁게 하고 그 자신을 생각하지 못하게 하는 일에 전념하는 사람들로 둘러싸여 있다, 비록 왕이라 해도 자기를 생각하면 불행하기 때문에.

인간이 행복해지기 위해 고안할 수 있었던 모든 것은 바로 이런 것이다. 이에 대해 철학자연하는 사람들이 있어, 돈으로 사는 것이라면 원치도 않을 토끼를 온종일 쫓아다니는 것은 참으로 불합리하다고 생각한다면 그들은 우리의 본성을 전혀 모르고 있는 것이다. 이 토끼가 죽음과 비참을 보지 못하게 우리를 보호해 주지는 않는다. 그러나——우리의 마음을 그것들로부터 돌아서게 하는——사냥은 우리를 보호해 준다.

피로스왕이 그 숱한 고초를 겪으면서 얻으려 했던 휴식을, 지금 곧 취하라고 사람들이 권고했을 때 이 권고는 적지 않은 반대에 부딪혔다.

[한 사람에게 휴식하라고 말하는 것은 행복하게 살라는 말과 같다. 이것은 완전히 행복한 조건, 유유히 바라보아도 아무런 고뇌의 이유도 없는 조건을 가지라고 권하는 것과 같다. 그에게 권하기를……. 그러므로 이것은 본성을 이해하지 못하는 것이다.]

[그렇기에 자신의 상태를 본성적으로 느끼는 사람들은 무엇보다도 휴식을 피하고 또 소란을 찾기 위해 안 하는 일이 없다. 그렇다고 그들에게 진정한 행복은 ……라는 것을 깨닫게 하는 어떤 본능이 없는 것은 아니다. 헛됨, 이것을 다른 사람들에게 보여주는 즐거움.]

[그러므로 그들을 비난하는 것은 옳지 않다. 그들이 소란을 단지 하나의 위락으로 추구할 뿐이라면 소란을 찾는 것은 그들의 잘못이 아니다. 마치 찾는 물건을 얻으면 그것으로 틀림없이 행복해질 수 있을 것처럼 이것을 추구하는 데 잘못이 있다. 그들의 추구가 헛됨을 비난하는 것도 이 점에서는 일리가 있다. 결국 이 모든 일에서 비난하는 자나 비난받는 자나 인간의 진정한 본성을 모르고 있다.]

이렇듯 열렬히 추구한다고 해서 그것이 만족을 주지는 못할 것이라고 사람들이 비난하는 경우가 있다——깊이 생각해 보고 나서 당당히 이렇게 대답한다고 해보자──우리가 그 안에서 추구하는 것은 우리 자신을 생각하는 것에서 우리 자신의 마음을 돌아서게 하는 격렬하고 열띤 활동뿐이고, 또 그렇기 때문에 우리를 매혹하고 강하게 끌어당기는 대상을 택한다고. 그러면 비난하던 사람들은 반박할 말을 잃을 것이다. 그러나 그들은 자기 자신을 모르기 때문에 이렇게 답하지 않는다. 그들은 자기가 추구하는 것이 짐승이 아니라 단지 사냥감을 쫓는 사냥 자체라는 것을 모른다.

춤, 발을 어디에 옮길지를 생각해야 한다.──귀족은 사냥을 고상한 즐거움, 왕자다운 즐거움이라고 진심으로 생각한다. 그러나 사냥개를 돌보는 그의 하인은 그렇게 생각하지 않는다.

그들은 이 직책을 얻고 나면 기꺼이 휴식할 것이라고 생각하지만 그들의 지칠 줄 모르는 욕심의 본성을 깨닫지 못한다. 그들은 진정으로 안식을 추구한다고 믿고 있지만 실은 소란만을 찾고 있는 것이다.

그들은 내밀한 본능을 가지고 있다. 이 본능은 그들이 위락과 밖에서의 활동을 찾도록 충동하는데, 이것은 그들이 끊임없는 불행 속에 있다는 의식에서 비롯된다. 그러나 그들은 또 하나의 내밀한 본능을 가지고 있다. 이 본능은 인간의 최초 본성이 지녔던 위대성에서 남겨진 것으로, 행복이 오직 휴식 안에 있고 소란 속에 있지 않다는 것을 깨닫게 한다. 이 상반된 두 본능에서 그들 안에 어떤 혼란된 계획이 태어난다. 그들의 마음속 깊은 곳에 눈에 띄지 않게 숨어 있는 이 계획은 그들을 충동하여 소란을 통해 안식으로 향하게 하며 당면한 몇 가지 어려움을 극복함으로써 안식의 문을 열 수만 있다면 그들이 누리지 못한 만족이 찾아오리라고 늘 상상하게 한다.

인생은 온통 이렇게 흘러간다. 사람들은 장애물과 싸우면서 안식을 찾는다. 그러나 이 장애물을 극복한 다음에는 안식이 낳는 권태로 인해 이 안식이 참을 수 없게 된다. 그래서 거기서 빠져나와 소란을 구걸해야 한다. [소란과 위락 없이는 어떤 신분도 행복할 수 없고, 어떤 위락이건 즐기고 있을 때에는 모든 신분이 행복하다. 그러나 자기를 생각하는 것에서 마음을 전환시키는 것으로 성립되는 이 행복이 과연 무엇인지 판단하여 보라.]

왜냐하면 인간은 지금 겪고 있는 불행 아니면 우리를 위협하는 불행을 생각하기 때문이다. 그리고 어디를 향해서나 충분히 방비되어 있을 경우에도 권태는 그 고유한 권위로써, 그것이 자연적 뿌리를 내리고 있는 마음속 깊은 곳에서 나와 그 독으로 정신을 가득 채우고야 만다. 이렇듯 인간은 너무나도 불행하기 때문에 아무런 권태의 원인 없이도 그의 구조의 고유한 상태로 인해 권태를 느낄 것이다. 인간은 또한 너무나도 공허하기 때문에 권태의 수많은 본질적 원인들로 가득 차 있으면서도, 가령 당구나 공치기 따위 극히 하찮은 일도 그를 즐겁게 하기에 충분하다.

"그러나 이 모든 일에 무슨 목적이 있는가?"라고 당신은 반문할지 모른다. 다음 날 친구들 사이에서 자기가 남보다 더 잘친 것을 자랑하려는 목적이다. 이렇듯, 지금까지 아무도 풀지 못했던 수학 문제를 푼 것을 학자들에게 보이기 위해 서재 안에서 땀을 흘리는 사람들이 있는가 하면, 한 요새를 점령한 것을 자랑하기 위해 그지없이 위험한 일을 감행하는 사람들도 수없이 있다. 이것도 내 생각에는 역시 어리석은 짓이다.

끝으로 어떤 사람들은 이 모든 일을 밝히기 위해 죽도록 고생하는데, 이렇게 함으로써 더 현명해지기 위해서가 아니라 단지 그것을 안다는 것을 과시하기 위해서이다. 이들이야말로 무리 중에서 가장 어리석은 자들이다. 왜냐하면 이들은 알면서도 여전히 어리석기 때문인데, 만약 다른 사람들이 이것을 알았다면 그들은 더 이상 어리석게 굴지는 않았으리라 생각할 수도 있다.

어떤 사람이 매일 약간의 도박을 하면서 시름 없이 나날을 보내고 있다. 이 사람에게 매일 아침 노름하지 않는다는 약속으로 하루 벌 만큼의 돈을 주어보라. 당신은 그를 불행하게 만들 것이다. 혹 이렇게 말할 사람이 있을지 모른다, 그가 찾는 것은 재미이지 벌이가 아니라고. 그렇다면 돈을 걸지 않고 노름을 시켜보라. 그는 열중하지 않을 것이고 권태를 느낄 것이다. 그러므로 그가 추구하는 것은 재미만도 아니다. 맥빠진 열기 없는 놀이는 권태롭다. 필요한 것은 열중하는 것, 그리고 노름하지 않는 조건으로 받는 것이라면 원치도 않을 그것을 도박에서 따면 행복할 것이라고 상상함으로써 자신을 기만해야 한다. 이것은 정열의 대상을 하나 만들기 위한 것이고, 자기가 만든 이 대상에 대해 그의 욕망과 분노와 두려움을 불태우기 위한 것이다, 마치 어린아이들이 자기가 먹칠한 얼굴을 보고 겁에 질리는 것같이.

불과 몇 달 전에 외아들을 잃은 저 사람, 소송과 분쟁에 시달려 오늘 아침에도 그처럼 마음 산란했던 저 사람이 지금은 말끔히 잊고 있으니 어찌된 일인가. 놀라지 마시라. 그는 여섯 시간 전부터 개들의 맹렬한 추적을 받고 있는 산돼지가 어디로 통과하는지를 지켜보는 데 열중하고 있다. 그 이상의 것이 필요 없다. 인간은 제아무리 슬픔에 넘쳐 있더라도 만약 그를 어떤 위락으로 끌어들이는 데 성공하기만 하면 그동안은 행복해진다. 그리고 인간이 그 아무리 행복하더라도 만약 위락이 없고 또 권태가 번지는 것을 막아줄 어떤 열정이나 오락에 열중하지 않는다면 그는 이내 처량하고 불행해질 것이다.

위락 없이는 기쁨이 없고, 위락이 있으면 슬픔이 없다. 그리고 신분 높은 사람들이 행복한 것은 그들을 즐겁게 해주는 많은 사람들을 거느리고 있고 또 그런 상태를 유지할 힘을 가지고 있기 때문이다.

잘 생각해 보라. 총감, 대법관, 법원장이 되는 것은 아침부터 많은 사람들이 도처에서 몰려와 하루 단 한 시간도 자기를 생각할 틈을 주지 않는 그런 지위에 오르는 것이 아니고 무엇인가. 그렇기 때문에 그들은 왕의 총애를 잃고 그들의 시골 집으로 되돌아가게 되면, 그곳에 재물도 있고 또 필요에 따라 그들의 시중을 들어줄 하인들이 있어도 비참하고 처량한 신세를 면치 못할 것이다. 아무도 그들이 자기를 생각하는 것을 막아주지 않기 때문이다.

270-(142) 위락. 왕위는 그 자리를 차지한 사람에게는 자기의 모습을 바라보기만 해도 행복을 느끼게 할 만큼 그 자체로서 위대하지 않은가. 보통 사람들처럼 왕의 마음을 그런 생각에서 돌릴 필요가 있는가. 한 인간을 행복하게 만들기 위해서는 그의 시선이 자신 안의 불행을 보지 못하게 하고 그의 모든 생각을 춤을 잘 추려는 관심으로 채우면 된다는 것을 나는 잘 알고 있다. 그렇다면 왕의 경우도 마찬가지일까. 왕도 자신의 위용을 바라보는 것보다 이 헛된 오락에 열중하는 것이 더 행복할까. 그렇다면 왕의 마음에 그보다 더 만족스러운 어떤 것을 줄 수 있다는 말인가. 왕으로 하여금 그를 에워싼 장엄한 영광을 관망하며 조용히 즐기게 하는 대신 가락에 맞추어 발을 옮기거나 [공]을 능숙하게 치는 일에 그의 마음이 열중하게 하는 것은 왕의 기쁨을 방해하는 것이 되지 않겠는가. 어디 한번 시험해 보자. 왕이 아무런 감각의 만족도, 아무런 정신의 관심사도 또 수행원도 없이 홀로 남아 유유히 자신을 생각하도록 놓아두어 보자. 그렇게 되면 위락 없는 왕이 비참으로 가득 찬 인간에 불과하다는 사실을 우리는 볼 것이다. 그렇기 때문에 사람들은 용의주도하게 이것을 피하고, 왕들의 주변에는 어김없이 수많은 사람들이 우글거린다. 이들은 왕의 직무에 뒤이어 오락이 따르게 하고 틈이 생기기만 하면 왕에게 즐거움과 놀이를 제공하여 조금도 빈틈이 없도록 힘쓰는 것이다. 다시 말해 왕은 혼자가 되지 않게, 그리고 자기를 생각하는 상태에 놓이지 않게 세심하게 주의하며 보살피는 사람들로 둘러싸여 있다. 비록 왕일지라도 자기를 생각하면 비

참해지리라는 것을 그들은 알기 때문이다.

이 모든 일에 대해 나는 기독교도인 왕을 기독교도로서가 아니라 단지 왕으로서 이야기하고 있다.

271-(166) 위락. 위험 없는 죽음을 생각할 때보다 죽음 그 자체를 생각하지 않을 때 죽음을 더 견디기 쉽다.

272-(143) 위락. 사람은 어려서부터 자기의 명예와 재물과 친구 그리고 또 친구들의 명예와 재물을 돌봐야 하는 의무를 진다. 사람은 갖가지 용무와 언어의 습득과 훈련에 시달린다. 그리고 자기의 건강과 명예와 재물, 또 친구들의 재물이 좋은 상태에 있지 않으면 자기가 행복할 수 없고 그중 하나라도 잘못되면 불행해진다는 것을 배운다. 그리하여 날이 새자마자 그들을 소란 떨게 하는 직무와 일들을 그들에게 떠맡긴다. "이렇게 해서 그들을 행복하게 하다니 참으로 묘한 방법이다. 그들을 불행하게 만드는 데 이보다 더 좋은 방법이 있을까?"라고 당신은 말할지 모른다. 뭐라고? 더 좋은 방법이라고? 그들에게서 이 모든 일거리를 걷어가기만 하면 된다. 그렇게 되면 그들은 자기를 바라볼 것이고 자기가 어떤 존재인지, 어디서 와서 어디로 가는지를 생각할 테니까 말이다. 그러니 아무리 그들에게 일거리를 맡기고 마음을 다른 데로 돌리게 해도 지나치지 않다. 이것이 또한 그들을 위해 그 많은 일들을 준비한 다음에도 잠시 쉴 틈만 생기면 즐기고 놀고 항상 전적으로 열중하는 데 이 여가를 사용하라고 권하는 이유이기도 하다.

인간의 마음이란 이 얼마나 공허하고 오물로 가득 차 있는가.

**

273-(130) 소란. 한 병사나 한 농부 등등이 자기가 하는 고된 일에 불만을 품을 때, 그들을 아무 일도 하지 않게 놓아두어 보라.

274-(137) 모든 개별적인 활동들을 일일이 살펴보지 않고도 위락이라는 명칭 아래 총괄하기만 하면 된다.

275-(140) [아내와 외아들의 죽음에 그처럼 애통해하고 그커다란 분쟁으로 번민하던 이 사람이 지금은 슬퍼하지도 않고 또 괴롭고 불안한 생각에서 이렇게 깨끗이 벗어난 것은 어찌된 일인가. 놀랄 필요는 없다. 상대방이 방금 공을 쳐 넘겼고 그래서 그는 그 공을 받아쳐야 한다. 그는 1점을 따기 위해 지붕에서 내려오는 공을 맞히는 데 열중하고 있다. 당장 처리해야 할 다른 일이 있는데 어찌 자신의 괴로움 따위를 생각할 수 있겠는가. 여기 위대한 정신을 독차지하고 다른 모든 생각을 머리에서 지워버리기에 합당한 관심사가 있다! 우주를 알고 모든 사물을 판단하고 일국을 통치하기 위해 태어난 이 사람이 한 마리 토끼를 잡으려는 일념으로 충만하다! 그러나 만

약 이렇게 자신을 낮추지 않고 늘 긴장을 유지하려 한다면 그것은 인간을 초월하려는 행위이므로 그는 더 어리석은 자가 될 것이다. 결국 그는 한 인간일 뿐이다. 다시 말해 그가 할 수 있는 것은 작고도 크고, 전부이자 무(無)다. 그는 천사도 아니고 짐승도 아니다. 오로지 인간이다.]

276-(135) 싸움보다 더 우리를 즐겁게 하는 것은 아무것도 없다. 승리가 아니라 싸움 말이다. 사람들이 보고 싶어 하는 것은 동물들의 싸움이지 패자에게 맹렬히 달려드는 승자가 아니다. 그들은 승리의 종말이 아니라면 도대체 무엇을 보려고 했던가. 그러나 이 종말이 오자마자 진저리가 난다. 오락에서도 그렇고 진리의 탐구에서도 그렇다. 우리는 논쟁에서 의견들의 대결을 보기 원한다. 그러나 발견된 진리를 바라보는 것은 조금도 달갑지 않다. 이 진리를 즐겁게 인식시키기 위해서는 그것이 논쟁에서 태어나는 것을 보여줄 필요가 있다. 마찬가지로 정념에서도 상반된 둘이 서로 충돌하는 것을 보는 데 즐거움이 있다. 한편이 상대편을 지배할 때 그것은 난폭함일 뿐이다. 우리는 사물을 추구하는 것이 아니라 사물의 추구를 추구한다. 그렇기에 연극에서 두려움 없는 만족스러운 장면은 아무 가치도 없다, 희망 없는 극단적 불행도, 야수적인 애욕도, 준엄한 가혹함도.

277-(138) 사람들은 자연스럽게 기와장이가 되고 그 어떤 직업에도 종사한다, 단 방 안에 있는 것은 제외하고.

9편

철학자들

278-(466) 에픽테토스가 완전하게 길을 알았을 때 사람들에게 말했다, "당신들은 잘못된 길을 가고 있다."고. 그는 다른 길이 있음을 보여준다. 그러나 그는 그 길로 인도하지 않는다. 그것은 신이 원하는 것을 원하는 길인데, 오직 예수 그리스도만이 이 길로 인도한다: 길, 진리.[75]

279-(509) 철학자들. 자기 자신을 모르는 사람에게, 자신으로부터 신에게로 가라고 외치는 것은 참으로 희한한 일이다. 자기를 아는 사람에게 그렇게 말하는 것도 희한한 일이다.

---

75) "Via, veritas"(「요한」, 14:6).

280-(463) [예수 그리스도 없이 신을 알고 있는 철학자들을 반박하여]

철학자들. 그들은 신만이 사랑과 찬양을 받기에 합당하다고 믿으면서 스스로가 사람들의 사랑과 찬양을 받기를 원했다. 그들은 그들 자신의 타락을 모른다. 만약 그들이 신을 사랑하고 찬양하려는 마음으로 충만된 것을 느끼고 그 가운데 커다란 기쁨을 발견한다면 그들 자신을 선한 사람으로 평가해도 좋다. 그것은 다행한 일이다! 그러나 만약 마음속에 자신의 혐오스러움을 발견하고도 스스로 사람들의 존경을 받고 싶어 하는 성향밖에 없다면, 그리고 굳이 강요하지는 않더라도 사람들에게 자기들을 사랑함으로써 행복해질 수 있다고 믿게 하는 것만이 최고의 완성이라고 한다면, 이 완성은 끔찍한 것이라고 나는 단언한다. 무슨 일인가! 그들은 신을 알았으면서도 사람들이 오로지 신을 사랑하기만을 희구하지 않았을 뿐만 아니라 사람들이 그들에게 매달리기를 바랐던 것이다! 그들은 사람들의 자발적인 행복의 대상이 되려고 했다!

281-(464) 철학자들. 우리는 우리를 밖으로 몰아내는 사물들로 가득 차 있다.

우리의 본능은 우리의 행복을 밖에서 찾아야 한다고 느끼게 한다. 우리의 정념은 이것을 자극할 만한 대상이 나타나지 않을 때에도 밖으로 우리를 몰아낸다. 외부의 사물들은 그 자체로 우리를 유혹하고 우리가 그것들을 생각하지 않을 때에도 우리를 불러낸다. 그러니 철학자들이 "당신 안으로 돌아가면 그 안에서 당신의 행복을 발견할 것이다.”라고 말해봤자 소용없다. 사람들은 이들을 믿지 않는다. 이들을 믿는 자는 가장 공허하고 가장 어리석다.

282-(360) 스토아학파가 제창하는 것은 참으로 어렵고 참으로 공허하다!

스토아학파는 주장한다, 드높은 예지에 이르지 못한 사람들은 모두가 어리석고 부도덕하다, 마치 기슭 가까이 물속에 빠져 있는 사람같이.[76)]

283-(461) 세 정욕[77)]은 세 학파를 만들었다. 철학자들은 단지 이 세 정욕 가운데 하나를 따랐을 뿐이다.

284-(350) 스토아학파. 그들은 결론짓기를, 사람은 이따금 할 수 있는 일이면 항상 할 수 있고 또 명예욕은 그것에 사로

---

76) 스토아주의의 한 비유로서, 강기슭에서 가까운 곳이나 먼 곳이나 물속에 빠져 있기는 마찬가지라는 뜻. 즉 덕(德)은 절대적인 것이므로 덕에 이르지 못한 모든 것은 부덕이고 타락이라는 스토아 윤리의 기본 개념을 말한다. 스토아주의의 한 비유로서, 강기슭에서 가까운 곳이나 먼 곳이나 물속에 빠져 있기는 마찬가지라는 뜻. 즉 덕(德)은 절대적인 것이므로 덕에 이르지 못한 모든 것은 부덕이고 타락이라는 스토아 윤리의 기본 개념을 말한다.

77) 이것은 concupiscence를 번역한 말인데, 많은 경우에 ‘사욕’으로 번역되었으나 여기서는 기독교적(성서적) 의미로 쓰인 것이므로 성서의 용어대로 ‘정욕’으로 번역한다. 세 정욕은 “육신의 정욕, 안목의 정욕, 이생의 자랑(오만)”으로 각각 육(肉), 지(知), 의(意)와 관련된다.

잡힌 사람들에게 무엇인가를 훌륭히 할 수 있게 하므로 다른 사람들도 그렇게 할 수 있을 것이라고 말한다. 이것은 건강한 상태가 흉내 낼 수 없는 열병의 움직임이다.

에픽테토스는 견실한 기독교도들이 있다는 사실에서 누구나 그렇게 될 수 있다고 결론짓는다.

* *

285-(525) 철학자들은 인간의 두 상태에 적합한 마음가짐을 가르치지 않았다.

그들은 순전한 위대의 감정을 고취했다. 그것은 인간의 상태가 아니다.

그들은 순전한 비속의 감정을 고취했다. 그것은 인간의 상태가 아니다.

필요한 것은 본성에서가 아니라 참회에서 생겨나는 비속의 감정이고, 그것은 그 안에 머물기 위해서가 아니라 위대함으로 나아가기 위해서이다. 또 필요한 것은 사람의 공로에서가 아니라 은총에서 생겨나는 위대의 감정이고, 비속의 감정을 통과한 다음이어야 한다.

286-(465) 스토아학파는 말한다. "당신들 자신 안으로 돌아가라. 당신들이 평안을 찾을 곳은 바로 그곳이다." 그러나 이것은 진실이 아니다.

다른 사람들은 말한다, "밖으로 나가라. 위락을 즐기면서 행복을 찾으라." 그러나 이것은 진실이 아니다. 병이 찾아온다.

행복은 우리 밖에도, 우리 안에도 있지 않다. 그것은 신 안에 있고 우리 밖에도, 우리 안에도 있다.

287-(395) 본능, 이성. 우리는 증명할 능력이 없다. 어떤 독단론도 이 무능력을 극복할 수 없다. 우리는 진리의 관념을 가지고 있다. 어떤 회의론도 이 관념을 물리칠 수 없다.

288-(220) 영혼의 불멸을 논하지 않은 철학자들의 그릇됨. 몽테뉴 안에 나타난 그들의 딜레마의 그릇됨.

289-(378) 회의주의. 극도의 정신은 극도의 결함과 마찬가지로 어리석음으로 비난받는다. 중간(中間) 외에 좋은 것은 아무것도 없다. 이렇게 결정한 것은 다수이며 그들은 어느 극단으로든 여기서 이탈하는 자를 꾸짖는다. 나는 군이 고집 부릴 생각은 없으며 나를 중간에 위치시킨다면 쾌히 이에 동의한다. 그러나 낮은 끝에 있게 되는 것은 사양한다. 그것이 낮아서가 아니라 끝이기 때문이다. 왜냐하면 높은 끝에 위치시키려는 것도 나는 똑같이 사양할 테니까. 중간에서 벗어나는 것은 인간성에서 벗어나는 것이다.

인간 정신의 위대함은 중간에 머물 줄 아는 데 있다. 위대함은 중간에서 벗어나는 데 있기는커녕 거기서 벗어나지 않은 데 있다.

290-(375) [나는 살아오면서 오랫동안 하나의 정의가 있다고 믿어왔다. 이 점은 내 생각이 틀리지 않았다. 신이 우리에게 주고자 하는 계시에 따라 그것은 엄연히 존재하기 때문이다. 그러나 나는 그렇게 생각하지는 않았다. 바로 이 점에 내 잘못이 있었다. 나는 우리의 정의가 본질적으로 정의이고 또 내가 정의를 판단할 충분한 능력을 가지고 있다고 믿었기 때문이다. 그러나 나는 올바르게 판단하지 못하는 경우를 수없이 경험했고 그래서 마침내는 나 자신을 그리고 타인들을 의심하기에 이르렀다. 나는 모든 나라와 사람들이 쉽게 변하는 것을 보았다. 그리하여 진정한 정의에 대한 판단을 여러 번 수정한 다음 우리의 본성이 부단한 변화일 뿐임을 깨달았다. 그 후로 나는 변하지 않았다. 만약 변한다면 나는 내 의견을 확증하게 될 것이다.

독단론으로 돌아온 회의론자, 아르세실라.[78]

291-(387) [참된 증명이 있다는 것은 가능할지도 모른다. 그러나 이것은 확실하지 않다. 그러므로 모든 것이 불확실하다는 것은 확실하지 않다는 사실 외의 다른 어떤 것도 나타내지 않는다, 회의주의의 영광을 위해.]

292-(219) 영혼이 죽느냐 영생하느냐에 따라 도덕에 전적

---

78) Arcesila. 기원전 3세기경, 피론의 회의주의를 플라톤 철학에 도입하여 신아카데미 학파를 창설했다.

인 차이가 생긴다는 것은 의심의 여지가 없다. 그럼에도 불구하고 철학자들은 이것과 상관없이 그들의 도덕을 이끌어냈다. 그들은 한 시간을 보내는 문제로 토론한다.

플라톤, 기독교로 인도하기 위해.

293-(394) 회의주의자들, 스토아주의자들, 무신론자들 등등의 모든 원리는 진실되다. 그러나 그들의 결론이 틀렸다, 반대의 원리들도 역시 진실된 것이므로.

294-(391) 대화. 거창한 말: 종교, 나는 그것을 부인한다.

대화. 회의주의는 종교에 도움이 된다.

295-(432) 회의주의는 진실된 것이다. 왜냐하면 사람은 예수 그리스도 이전에는 자기가 어디서 왔는지, 자기가 위대한지 비속한지 몰랐기 때문이다. 위대하다고 말한 사람이나 비속하다고 말한 사람은 실은 아무것도 몰랐으며 이유 없이 우연히 추측했을 뿐이다. 나아가서는 어느 한쪽을 배제함으로써 그들은 항상 오류를 범했다.

너희가 알지 못하고 찾는 것을 종교가 너희에게 알려준다.[79]

296-(51) 완강한 회의론자.

---

79) "Quod ergo ignorantes quaeritis, religio annuntiat vobis." 「사도행전」, 17:23의 바울의 말을 상기하라.

297-(78) 무용하고 불확실한 데카르트.

298-(385) 회의주의. 이 지상의 모든 것은 각기 일부분은 진실이고 일부분은 허위이다. 본질적인 진리는 그렇지 않다. 그것은 전적으로 순수하고 전적으로 진실하다. 그런 혼합은 이 진리를 더럽히고 파괴한다. 순수하게 진실한 것은 아무것도 없다. 그러므로 순수한 진실이라는 의미에서는 아무것도 진실하지 않다. 사람들은 살인이 나쁘다는 것은 진실이라고 말할 것이다. 그렇다, 우리는 악과 허위를 잘 알고 있으니까. 그러나 무엇이 바람직하다고 하겠는가? 순결인가? 나는 아니라고 말하겠다, 세상이 끝날 테니까. 그럼 결혼인가? 아니다, 절제는 더 좋다. 살인하지 않는 것인가? 아니다, 왜냐하면 끔찍한 혼란이 일어날 것이고 악인들이 선량한 사람들을 다 죽일 테니까. 살인하는 것인가? 아니다, 그것은 자연을 파괴한다. 우리는 진리도 선도 부분적으로만, 그리고 악과 허위가 섞인 것으로만 가지고 있다.

10편

최고선

299-(361) 최고선. 최고선에 관한 논쟁. 그대가 자신과 자신에게서 나온 행복에 만족하기 위하여.[80] 거기에는 모순이 있다, 그들은 결국 자살을 권하고 있으니까. 마치 페스트에서처럼 그것에서 해방되는 삶이란, 오오! 얼마나 복된 삶인가!

300-(425) 2부. 신앙 없는 인간은 진정한 선(善)도 의(義)도 알수 없다. 사람은 모두 행복을 추구한다. 이것은 예외가 없다. 여기에 사용되는 방법이 그 아무리 다를지라도 그들은 한결같이 이 목적을 향해 나아간다. 어떤 사람들을 전쟁터로 나가게

---

80) "Ut sis contentus temetipso et ex te nascentibus bonis." 얀선의 『아우구스티누스』 안에 인용된 세네카의 『루키리우스에게 보내는 서한』의 한 구절이다.

하는 것이나 또 다른 사람들을 나가지 않게 하는 것은 양자가 다 같이 가지고 있는 동일한 염원 때문이다. 다만 이 염원은 두 가지 경우에 각기 다른 견해를 수반한다. 의지는 이 목적을 향한 것이 아니면 조금도 움직이지 않는다. 이것이야말로 모든 인간의 모든 행위의 원동력이다. 심지어 목매다는 사람들까지도.

그럼에도 그처럼 오랜 세월이 흐르도록 모두가 끊임없이 갈구하는 이 지점에 신앙 없이 도달한 사람은 아무도 없다. 누구나가 탄식한다. 왕도 신하도, 귀족도 평민도, 노인도 청년도, 강자도 약자도, 유식한 자도 무식한 자도, 건강한 자도 병든자도, 모든 나라, 모든 시대, 모든 연령 그리고 모든 신분의 사람들이.

그처럼 계속적이고 한결같고 오랜 경험은 우리의 노력으로는 행복에 도달하지 못하는 우리의 무능력을 우리에게 충분히 납득시켰어야 한다. 그러나 실제 예는 별로 우리를 가르쳐주지 못한다. 그사이에 미묘한 차이가 없을 만큼 완전히 일치하는 경험은 없으며 그래서 우리는 이번만은 지난번처럼 기대에 어긋나지 않을 것이라고 기대한다. 이렇듯 현재는 우리에게 만족을 주지 않으므로 경험은 우리를 속여 불행에서 불행으로, 마침내는 불행의 영원한 극치라 할 죽음으로까지 이끌어간다.

그렇다면 이 열망과 무능력이 우리에게 외치는 것은 무엇인가. 한때 인간에게는 참된 행복이 있었지만 지금은 이 행복의 공허한 표지와 흔적만이 남아 있다는 것, 또 인간은 자기를 에워싼 모든 것으로 이 공허를 채워보려고 헛되이 노력하며 현존하는 사물에서 얻을 수 없는 구원을 부재하는 사물에서 구하려고 하지만, 이 무한한 심연은 오직 무한하고 불변하는 존재, 즉 신에 의해서만 채워질 수 있으므로 이런 사물에는 구원의 능력이 없다는 것이 아니고 무엇이겠는가.

신만이 인간의 진정한 선이다. 그러나 인간이 신을 떠난 후로 기묘하게도 자연 속의 그 어떤 것도 신을 대신하게 되었다—별, 하늘, 땅, 원소, 식물, 배추, 부추, 짐승, 곤충, 송아지, 뱀, 열병, 흑사병, 전쟁, 기근, 악덕, 간음, 불륜 등. 그리고 인간이 참된 선을 상실한 후로 모든 것이 똑같이 선으로 보일 수 있는 것이다. 심지어 자살까지도, 신과 이성과 자연 모두에 그토록 거역하는 것인데도 말이다.

어떤 사람들은 참된 선을 권력 속에서 찾는가 하면 어떤 사람들은 호기심과 학문 속에서, 또 어떤 사람들은 쾌락 속에서 찾는다. 실제로 참된 선에 가장 접근한 다른 사람들도 있다. 이들은 만인이 갈구하는 보편적 선은 한 개인만이 소유할 수 있는 특수한 것, 그리고 그것을 나누어 가질 때는 그 소유자가 소유하는 부분을 즐김으로써 얻는 만족보다 소유하지 못하는 부분의 결핍 때문에 더 많은 괴로움을 겪는 그런 부류에 속하지는 않을 것이라고 생각한다. 그들은 진정한 선은 누구나가 손실도, 시기도 없이 동시에 소유할 수 있고 아무도 자기의 의사에 반해 잃어버릴 수 없어야 한다고 이해했다. 그리고 그들의 이론에 의하면 이 염원은 모든 사람의 마음속에 필연적으로 있고 또 인간이 그것을 가지지 않을 수가 없는 만큼 그것은 인간에게 자연스러운 것이고, 그래서 결론짓기를…….

＊＊

301-(426) 참된 본성을 상실하자 모든 것이 그의 본성이
된다, 마치 참된 선을 잃고 모든 것이 그의 선이 되는 것같이.

302-(544) 기독교의 신은 영혼에게, 신이 그의 유일한 선이
고 그의 모든 평안은 신 안에 있으며 그의 유일한 기쁨은 신
을 사랑하는 데 있다는 것을 느끼게 한다. 그리고 동시에 영
혼을 붙잡고 영혼이 온 힘을 다하여 신을 사랑하지 못하게 가
로막는 장애물들을 증오하게 한다. 영혼을 속박하는 자애심
과 타락은 신에게는 참을 수 없는 것들이다. 이 신은 영혼을
타락시키는 자애심의 뿌리를 인간의 영혼이 가지고 있으며 신
만이 이것을 치유할 수 있다는 것을 느끼게 한다.

303-(74의 2) 철학자들의 280종의 최고선.

304-(363) 원로원과 시민 투표에 의해 죄가 정해진다.[81] 세네카.
철학자에 의해 이야기되지 않은 어리석은 일은 하나도 없다.[82] 키

---

81) "Ex senatus-consultis et plebiscitis scelera exercentur"(세네카, 『루키리우
스에게 보내는 서한』, 15). 몽테뉴, III. 1에서 인용.
82) "Nihil tam absurde dici potest quod non dicatur ab aliquo

케로, 『숭고함에 대하여』.

어떤 특정한 의견에 경도된 그들은 스스로가 인정하지 않는 것을 옹호하도록 강요당하고 있다.[83] 키케로.

우리는 모든 극단적인 것에 괴로움을 당하는 것같이 극단에서도 괴로움을 느낀다.[84] 세네카.

각자에게 가장 적합한 것은 각자에게 가장 자연스러운 것이다.[85] 키케로.

자연은 그들에게 먼저 이 제한을 주었다.[86] 『농경시』.

예지는 많은 가르침을 요하지 않는다.[87]

부끄럽지 않은 것도 많은 사람들의 칭찬을 받으면 부끄러워지기 시작한다.[88]

---

philosophorum. Divin"(「키케로, 『숭고함에 대하여』, 2, 58). 몽테뉴, II, 12에서 인용.

83) "Quibusdam destinatis sententiis consecrati quae non probant coguntur defendere"(키케로, 『투스쿨룸 담론』), 몽테뉴, Ⅱ, 2에서 부정확하게 인용.

84) "Ut ominum rerum sic litterarum quoque intemperantia laboramus"(세네카, 『서한집』, 106). 몽테뉴, III, 12에서 인용.

85) "Id maxime quemque decet, quod est cujusque suum maxime"(키케로, 『의무론』, 1, 31). 몽테뉴, III, 12에서 인용.

86) "Hos natura modos primum dedit"[베르길리우스, 『농경시(Georgica)』, 2, 2]. 몽테뉴, I, 30에서 인용.

87) "Paucis opus est litteris ad bonam mentem"(세네카, 『서한집』, 106). 몽테뉴, III, 12에서 인용.

88) "Si quando turpe non sit, tamen non est non turpe quum id a multitudine laudetur"[키케로, 『종말에 관하여(De fin)』, 15]. 몽테뉴, II, 16 참조.

이것이 내 방법이다. 당신은 당신 마음대로 하라.[89] 테렌티우스.

305-(462) 참된 행복의 추구. 보통 사람들은 행복을 재물과 외적인 행복, 아니면 적어도 위락 속에 둔다. 철학자들은 이 모든 것의 공허함을 지적하고 그들이 둘 수 있는 곳에 두었다.

306-(422) 참된 선을 헛되이 찾아 싫증이 나고 피곤해지는 것은 좋은 일이다, 구세주에게 손을 뻗기 위하여.

307-(182) 골치 아픈 사건 속에서도 항상 희망을 가지고 일이 잘 풀려나가는 것을 즐기는 사람들은, 만약 일이 잘못되는 것에 대해서도 상심하지 않는다면 이 사건에서 패하는 것을 오히려 즐기는 것이 아닌지 의심받을 만하다. 그들이 희망의 구실을 발견하고 기뻐하는 것은 실은 그것에 관심을 가지고 있음을 보이기 위해서이고 사건에서 패자가 되는 기쁨을, 마치 희망으로 인해 갖게 된 듯이 가장한 기쁨으로 덮어 감추기 위해서이다.

308-(488) ……그러나 신이 근원(根源)이 아니라면 종극(終極)이 되는 것도 불가능하다. 사람은 눈을 높은 곳에 돌리지

---

89) "Mihi sic usus est, tibi ut opus est facto. fac. Ter"(테렌티우스, 『자학하는 자』, I, 1, 28). 몽테뉴, I, 28 참조.

만 그는 모래 위에 몸을 의지한다. 그래서 땅은 꺼지고 사람은 하늘을 바라보면서 쓰러질 것이다.

11편

포르루아얄에서

309-(430) P.-R.에서[90] (불가해성을 설명한 다음, 서두) 인간
의 위대와 비참은 그처럼 명백한 것이므로 참된 종교는 인간
안에 위대의 대원리와 비참의 대원리가 있다는 점을 기필코
가르쳐야 한다.

그리고 또 이 놀라운 상반된 것들을 충분히 설명해야 한다.

인간을 행복하게 하기 위해서 참된 종교는 신이 있다는 것
과 인간은 신을 사랑해야 한다는 것, 그리고 우리의 유일한
행복은 신 안에서 사는 것이고 우리의 유일한 불행은 신을 멀
리하는 것임을 보여주어야 한다. 이 종교는 우리가 신을 알고

---

90) 단장 237의 주 65) 참조. 이 단장은 포르루아얄에서의 강연의 내용, 파
스칼의 호교론의 윤곽을 짐작하게 한다.

사랑하는 것을 가로막는 암흑으로 가득 차 있다는 것을, 그리고 우리의 의무는 신을 사랑하라고 명하지만 정욕이 우리를 신으로부터 돌아서게 하므로 결국 우리는 불의로 가득 차 있다는 것을 알고 있어야 한다. 이 종교는 우리가 신과 우리 자신의 선에 대해 품고 있는 이 반항심을 설명해 주어야 한다. 이 관점에서 세계의 모든 종교를 검토해 보고 이 조건들을 만족시킬 만한 다른 종교가 기독교 외에 또 있는지 보기 바란다.

우리 안에 있는 선을 선의 전부로 제시하는 철학자들은 어떠한가. 그것은 참된 선인가. 그들은 우리의 불행에 대한 구원을 발견했는가. 인간을 신과 동등한 자리에 올려놓은 것은 인간의 오만을 고친 것이 되겠는가. 우리를 짐승과 동등하게 만든 사람들, 그리고 모든 행복, 아니 영원 안에서까지도 지상의 쾌락을 우리에게 제공한 마호메트 교도들은 우리의 정욕에 대한 치유책을 가져다주었는가. 그렇다면 어떤 종교가 오만과 정욕을 고칠 방도를 가르쳐주겠는가. 요컨대 어떤 종교가 우리에게 우리의 선과 우리의 의무, 이 의무를 외면하게 하는 우리의 결함과 이 결함의 원인, 그리고 이 결함을 고칠 수 있는 구원과 이것을 얻을 수 있는 방도를 가르쳐줄 것인가.

다른 모든 종교는 그렇게 하지 못했다. 하느님의 지혜가 하는 일이 무엇인지 알아보자.

이 지혜는 말씀하신다. "인간들아, 인간에게서 진리도 위로도 기대하지 마라. 너희들을 지은 것은 나고 너희들이 무엇인지를 가르쳐줄 수 있는 것도 나뿐이다. 그러나 너희들은 이

제 내가 너희들을 창조했던 그 상태에 있지 않다. 나는 신성하고 죄 없고 완전한 인간을 창조했고 빛과 지혜로 충만하게 했다. 나는 인간에게 나의 영광과 경이로움을 전했다. 그때 인간의 눈은 신의 위용을 보았다. 그때 인간은 그를 눈멀게 하는 암흑 속에 있지 않았고 그를 괴롭히는 죽음과 비참 속에 있지 않았다. 그러나 인간은 이 엄청난 영광을 지니고 있을 수가 없어 오만에 떨어지고 말았다. 그는 자기가 스스로의 중심이 되고 나의 도움으로부터 독립하기를 원했다. 그는 나의 지배에서 벗어났으며, 자기의 행복을 자기 안에서 찾으려는 욕망으로 나와 동등해지려고 했으므로 나는 그가 제멋대로 하게 내버려 두었다. 그리고 그에게 복종하던 피조물들을 반항하게 해 그의 원수로 만들었다. 그 결과 오늘날 인간은 동물과 동등해졌고 나에게서 너무나 멀리 떨어진 나머지 창조주의 희미한 빛은 오직 한 가닥 남아 있을 뿐이다. 그만큼 그의 모든 인식은 지워졌거나 어지럽혀졌다! 감각은 이성에서 독립해 왕왕 이성을 지배하고 인간을 쾌락의 추구로 몰고 갔다. 모든 피조물들은 그를 괴롭히거나 유혹하며 힘으로 굴복시키는 것이 아니면 회유로 매혹함으로써 그를 지배한다. 이 매혹에 의한 지배야말로 더 두렵고 더 해롭다.

"오늘날 인간이 처해 있는 상태는 이와 같다. 그들에게는 최초의 본성이 누렸던 행복의 무력한 본능이 남아 있다. 그리고 제2의 본성이 된 맹목과 정욕의 비참 속에 빠져 있다."

"너희들은 여기 내가 밝힌 원리로써, 모든 사람을 놀라게 했고 또 여러 의견으로 갈라서게 만든 이 상반된 것들의 원인을 깨달을 수 있다. 이제 그 많은 비참의 시련도 지워버리지 못하는 위대와 영광의 모든 움직임을 관찰해 보라. 그리고 이 움직임의 원인이 또 하나의 본성 안에 있는 것이어야 하는지 알아보라."

포르루아얄에서. 내일을 위해(활유법). "아아, 인간들아, 너희들의 비참에 대한 구원을 너희 안에서 찾는 것은 헛된 일이다. 너희들의 모든 지혜의 빛은 진리도 선도 결코 너희 안에서 발견할 수 없음을 아는 데 도달할 뿐이다. 철학자들은 이것을 너희들에게 약속했지만 이루지 못했다. 그들은 너희들의 참된 선이 무엇인지, 참된 상태가 무엇인지 모른다. 그들이 알지도 못하는 불행을 어떻게 치유해 줄 수 있었겠는가. 너희들의 주된 병은 너희를 신으로부터 갈라놓은 오만이고 너희를 땅에 매어두는 정욕이다. 그런데 그들이 한 일은 이 병 중 하나를 자라게 하는 것뿐이었다. 그들이 신을 목표로 제시한 것은 단지 오만을 단련하기 위해서였다. 그들은 너희들의 본성이 신을 닮고 신과 합치된다고 믿게 한 것이다. 한편 이 주장의 공허를 깨달은 자들은 너희들의 본성이 짐승의 본성과 같다고 설명함으로써 너희들을 또 다른 낭떠러지로 밀어 넣었으며, 짐승들의 몫인 정욕 안에서 행복을 찾도록 인도했다.

이것은 너희들의 불의를 고칠 방도가 아니다. 이 현자들은 이 불의를 알지도 못했다. 오직 나만이 너희들이 무엇인지를 깨닫게 할 수 있다……."

아담. 예수 그리스도.

만약 당신들이 신과 결합한다면 이것은 자연에 의해서가

아니라 은총에 의해서다.

만약 당신들이 자기를 낮춘다면 이것은 자연에 의해서가 아니라 참회에 의해서다.

이와 같이 이 이중의 능력은…….

당신들은 창조되었을 때의 상태에 있지 않다.

이 두 상태가 명시된 만큼 당신들은 이것을 시인하지 않을 수 없다. 당신들의 움직임대로 따르고 당신들 자신을 관찰해 보라. 그리고 그 안에 두 본성의 생생한 특징들을 발견할 수 없는지 살펴보라.

이토록 많은 상반된 것들을 단일한 주체 속에서 발견할 수 있겠는가.

——불가해한 일이라고? 불가해한 것이라고 해서 다 존재하지 않는 것은 아니다. 가령 무한수. 유한(有限)과 동일한 무한.

——신이 우리와 연합되는 것은 믿을 수 없다고? 이런 생각은 인간의 비속만을 보는 데에서 기인한다. 그러나 당신들이 진정으로 이런 생각을 품고 있다면 내가 한 것만큼 저 멀리까지 그 생각을 따라가 보라. 그리고 우리는 사실상 너무나도 비속하기 때문에 과연 신의 자비가 우리에게 그와의 교제를 가능하게 할 수 없는지 우리로서는 알 수 없다는 것을 시인하라. 왜냐하면 자기를 그토록 무력한 존재로 의식하는 이 짐승이 무슨 이유로 신의 사랑을 측정하고 자기의 기분대로 한정시킬 권리를 갖게 되는지 알고 싶어지니 말이다. 인간은 신이 누구인지 전혀 모르기 때문에 자기가 무엇인지도 모른다. 그리고 자기 자신의 상태를 보고 혼란스러워진 나머지 그는 신과 교

제할 능력을 신이 인간에게 줄 수 없다고 감히 말한다.

그러나 나는, 신은 인간에게 그를 사랑하고 그를 아는 것 외에 무엇을 요구하느냐고 그에게 묻고 싶다. 그리고 또 인간이 자연적으로 사랑하고 인식하는 힘을 가지고 있다면 어찌하여 신이 자기를 알게 하고 사랑하게 할 수 없다고 믿느냐고 묻고 싶다. 적어도 인간은 자기가 존재하고 또 무엇인가를 사랑한다는 것은 틀림없이 안다. 그렇다면 만약 인간이 자기가 처해 있는 암흑 속에서도 그 무엇인가를 보고, 또 지상의 사물들 속에서도 어떤 사랑의 대상을 발견한다면, 신이 그의 본질의 빛을 다소나마 그에게 밝혀줄 때 어찌하여 신이 우리와 교제하기를 원하는 그 방법으로 우리가 신을 알고 사랑하는 것이 불가능하다는 것인가. 그러므로 이런 종류의 추론에는 아무리 표면적으로는 겸손 위에 서 있는 듯이 보일지라도 실은 참을 수 없는 오만이 틀림없이 그 안에 깃들어 있다. 이 겸손은, 우리가 스스로 자신을 알 수 없고 오직 신에게서만 이 점을 배울 수 있다고 우리에게 고백하는 것이며, 이것이 아니라면 진실하지도 정당하지도 않다.

"나는 너희들이 이유 없이 나에 대해 믿음을 갖게 할 생각이 없고 또 강압으로 너희들을 굴복시키려고도 하지 않는다. 나는 또 모든 것을 다 설명하려고도 하지 않는다. 다만 이 상반된 것들을 조화시키기 위해 납득시킬 만한 확실한 증거로써 내가 누구인지를 너희들에게 명확하게 보이기를 원하고 또 너희들이 거부할 수 없는 경이와 증거로써 권위를 얻게 되기를 원한다. 그 후에, 내가 가르치는 것이 진실인지 아닌지 너

희들 자신으로서는 알 수 없다는 것 외에 이것을 거부할 아무
런 이유가 없을 때, 너희들이 이것을 믿게 되기를 바란다."

　"신은 인간을 대속하고 신을 찾는 자들에게 구원의 길을 열
기를 원했다. 그러나 인간은 이에 합당치 않게 되었으므로, 꼭
베풀어야 할 이유도 없는 자비로써 신이 어떤 사람들에게는
허락하는 것을 다른 사람들에게는 그들의 완고함으로 인해
거부하는 것은 정당한 일이다. 만약 신이 가장 완고한 자들의
고집까지도 꺾으려고 했다면 신의 본질에 관한 진리를 그들이
의심할 수 없을 만큼 명확하게 나타냄으로써 그렇게 할 수 있
었을 것이다──마치 이 세상 최후의 날에 죽은 자도 부활하
고 어떤 눈먼 사람도 볼 수 있을 만큼 격렬한 번갯불과 천지
의 진동과 함께 그가 나타날 때처럼.

　신은 이런 방식으로가 아니라 조용한 강림으로 나타나기를
원했다. 많은 사람들이 스스로 신의 관용에 합당치 않게 되었
으므로, 신은 그들이 원하지도 않은 선을 박탈한 채로 그들
을 내버려 두기를 원했다. 그러므로 신이 분명하게 신적인 방
법으로, 그리고 모든 사람들을 절대적으로 납득시킬 수 있는
방법으로 나타나는 것은 옳지 않다. 그러나 진지하게 신을 찾
는 사람들에게도 보이지 않을 만큼 숨겨진 방법으로 나타나
는 것도 옳지 않다. 신은 이들에게는 완전히 알려지기를 원했
으며, 이렇듯 마음을 다하여 찾는 자들에게는 명확하게 나타
나는 반면 마음을 다하여 피하는 자들에게는 숨고자 했으므
로 자신에 대한 인식의 정도를 조절한 것이다. 그래서 그를 찾
는 자들에게는 보이되 찾지 않는 자들에게는 보이지 않는 신

의 표시를 주었다.

　오직 보기만을 바라는 자들에게는 충분한 빛이 있고, 이와 반대되는 마음을 가진 자들에게는 충분한 어둠이 있다."

＊＊

　310-(288) 신이 숨어 있는 것을 불평하는 대신 신이 그토록 자기를 나타내 보인 것을 신에게 감사해야 한다. 그리고 신이 이다지도 성스러운 신을 알기에 합당하지 않은 오만한 현자들에게 자신을 드러내지 않은 것을 신에게 감사해야 한다.

　두 부류의 사람들이 신을 안다. 겸손한 마음을 가지고 또 높거나 낮거나 그 어떤 정도의 정신을 가졌거나 기꺼이 자기를 낮추는 사람들, 또는 그 어떤 반대에 부딪혀도 진리를 볼 수 있을 만큼 충분한 정신을 가진 사람들.

　311-(478) 우리가 신을 생각하려고 할 때 우리의 마음을 돌아서게 하고 다른 것을 생각하도록 유혹하는 것은 없는가. 이 모든 것은 악이고 우리와 함께 태어났다.

　312-(427) 인간은 어느 자리에 자기를 두어야 할지 모른다. 인간은 분명히 길을 잃었고 본래의 있을 자리에서 추락했으나 그 자리를 찾지 못한다. 꿰뚫어 볼 수 없는 암흑 속에서 불안을 안고 헛되이 그것을 사방으로 찾아 헤맨다.

313-(477, 606) 우리가 다른 사람들의 사랑을 받기에 합당하다는 것은 거짓이고, 그렇게 되려고 원하는 것은 옳지 않다. 우리가 이성적이고 공평무사하게 태어났다면 그리고 우리 자신과 타인을 잘 안다면 이런 성향을 우리의 의지에 부여하지 않았을 것이다. 그러나 우리는 이 성향을 가지고 태어났다. 그러므로 우리는 태어나면서부터 불의하다, 모든 것이 자기를 향하고 있으니까. 이것은 모든 질서에 어긋나며 우리는 마땅히 전체를 향해야 한다. 자기를 향한 성향은 전쟁, 정치, 경영, 인간 개개의 육체에 관한 모든 무질서의 시초이다. 그러므로 인간의 의지는 타락한 것이다.

만약 자연적, 시민적 공동체의 각 지체(肢体)가 전체의 행복을 지향한다면 공동체 그 자체도 공동체의 지체가 되어 있는 더 보편적인 다른 전체를 향해야 한다. 그러므로 우리는 전체를 향해야 한다. 그러므로 우리는 태어나면서부터 불의하고 타락했다.

우리의 종교를 제외하고 어떤 종교도 인간이 죄 안에서 태어났다고 가르치지 않았다. 어떤 철학 학파도 이것을 말하지 않았다. 그러므로 어떤 것도 진실을 말하지 않았다.

기독교를 제외하고 어떤 학파도 어떤 종교도 지상에 계속 존재하지 않았다.

314-(199) 쇠사슬에 묶인 한 무리의 사람들을 상상해 보라. 모두가 사형선고를 받았는데 그중 몇몇이 매일 다른 사람들이 보는 앞에서 교살당한다. 남은 사람들은 동료들의 운명

에서 자기의 운명을 읽으며 고뇌와 절망 속에서 서로를 바라보며 자기 차례를 기다린다. 이것이 인간 조건의 모습이다.

315-(557) 그러므로 모든 것이 인간에게 그의 상태를 가르쳐준다는 것은 진실이다. 그러나 이 말은 올바르게 이해할 필요가 있다. 왜냐하면 모든 것이 신을 나타낸다는 것은 사실이 아니고 또 모든 것이 신을 숨긴다는 것도 사실이 아니기 때문이다. 그러나 신이 자기를 시험하는 자들에게는 스스로를 숨기고 그를 찾는 자들에게는 스스로를 나타낸다는 것은 모두 진실이다. 왜냐하면 인간은 신에 합당하지 않고 또 동시에 신에 합당하기 때문이다. 인간의 타락으로 인해 합당하지 않고 인간의 최초의 본성으로 인해 합당하다.

316-(558) 우리의 이 모든 암흑에서 결론지을 수 있는 것은 우리의 자격 없음 외에 그 무엇인가.

317-(586) 만약 어둠이 전혀 없다면 인간은 자기의 타락을 느끼지 못할 것이다. 만약 빛이 전혀 없다면 인간은 구원을 바라지 않을 것이다. 그러므로 신이 어느 정도 숨어 있고 또 동시에 어느 정도 드러내 보이는 것은 우리에게 정당할 뿐만 아니라 유익하다. 자기의 비참을 모르고 신을 아는 것이나 신을 모르고 비참을 아는 것은 둘 다 위험하기 때문이다.

318-(769) 이교도들의 회심은 오직 메시아의 은총에 맡겨

졌다. 유대인들은 그들과 그토록 오래 맞서 싸웠으나 성공하지 못했다. 솔로몬과 예언자들이 그들에 대해 말한 모든 것은 소용이 없었다. 플라톤과 소크라테스와 같은 현자들도 이것을 납득시키지 못했다.

319-(559) 만약 신이 전혀 나타나지 않았다면 이 영원한 결여는 모호한 것이 될 것이고, 그래서 모든 신성(神性)의 부재(不在)와 연결되기도 하고 또 인간이 신을 알 수 없는 무자격과도 연결될 것이다. 그러나 신은 항상은 아니더라도 때때로 나타남으로써 이것은 모호함을 제거해 준다. 신은 단 한 번이라도 나타나면 영원히 존재한다. 그러므로 여기서 결론지을 수밖에 없는 것은 신은 존재하고 또 인간들이 신에게 합당하지 않다는 것이다.

320-(574) 위대. 종교는 너무나도 위대하므로 그것이 모호하다고 해서 힘써 찾으려는 노력을 하지 않는 자들에게 이 종교가 주어지지 않는 것은 정당하다. 찾으면 발견할 수 있는 종교라면 대체 무엇을 불평한단 말인가.

321-(575) 모든 것은, 성서의 불명료한 것들까지도, 선택받은 사람들에게는 득이 된다. 이들은 신적인 명료함으로 인해 불명료를 존중하기 때문이다. 그리고 모든 것은, 명료한 것들까지도, 다른 사람들에게는 해가 된다. 이들은 깨닫지 못하는 불명료로 인해 이것들을 비방하기 때문이다.

322-(202) [신앙이 없음을 괴로워하는 사람들을 보면 신이 그들에게 빛을 주지 않은 것을 알 수 있다. 그러나 다른 사람들을 보면 그들을 눈멀게 하는 신이 있음을 알 수 있다.]

323-(445) 원죄(原罪)는 사람들에게는 어리석음이다. 그러나 이것은 어리석음으로 주어졌다. 그러므로 이 교리에 합리성이 결여된 것에 대해 나를 비난해서는 안 된다. 나는 합리성이 없는 것으로 교리를 제시하기 때문이다. 그러나 이 어리석음은 인간의 모든 지혜보다 더 지혜롭다. (하느님의 미련한 것이) 사람보다 지혜 있고 (하느님의 약한 것이 사람보다 강하니라.)[91] 왜냐하면 이 어리석음이 없다면 인간이라는 존재는 무엇이란 말인가. 인간의 모든 상태는 이 지각할 수 없는 한 점에 의지하고 있다. 그렇다면 어떻게 그의 이성으로 이것을 깨달을 수 있었겠는가, 이것은 이성에 어긋나는 것이고 따라서 그의 이성은 자신의 방법으로 이것을 만들어내기는커녕 그것이 제시되면 멀리 물러서 버리니까 말이다.

324-(857) 밝음, 어둠. 만약 진리가 눈에 보이는 표적을 가지고 있지 않다면 너무나도 불명료했을 것이다. 교회와 눈에 보이는 집회 가운데 항상 있어온 것은 하나의 놀라운 표적이다. 교회 안에 단 하나의 주장만이 있었다면 너무나도 명료했을 것이다. 그 안에서 항상 존재해 왔던 것이 곧 진리이다, 진

---

91) "Sapientius est hominibus"(「고린도전」, 1:25).

리야말로 그 안에서 항상 있어왔고 거짓은 그렇지 않았으니까.

325-(230) 신이 있다는 것도 불가해하고, 신이 없다는 것
도 불가해하다. 영혼이 육체와 함께 있다는 것도, 우리에게 영
혼이 없다는 것도 불가해하다. 세계가 창조된 것도, 창조되지
않은 것 등등도. 원죄가 있다는 것도, 없다는 것도.

12편

서두

326-(229) 이성을 따른다고 공언하는 불신자들은 이성에 대해서는 아마도 놀랄 만큼 강할 것이다. 그렇다면 그들은 무슨 말을 하고 있는가.

"짐승도 사람처럼, 튀르키예인도 기독교도처럼 죽고 사는 것을 당신들은 보지 않는가. 그들도 우리처럼 그들의 의식, 그들의 예언자, 그들의 학자, 그들의 성자, 그들의 성직자들을 가지고 있다, 운운" 하고 그들은 말한다. (이것은 성서와 반대되는 주장인가. 성서도 이렇게 말하고 있지 않은가.)

만약 당신들이 진리를 알려는 마음이 별로 없다면 이것으로 편안하게 휴식하기에 충분하다. 그러나 진심으로 진리를 알고 싶다면 이것으로는 충분하지 않다. 자세하게 살펴보아야 한다. 그것이 철학의 문제라면 그것으로 족할지 몰라도 전 존재가 걸려 있는 여기서는…….

그럼에도 이런 식으로 가볍게 생각해 본 다음 재미있게 놀고 등등.

설사 종교가 이 불명료성을 설명해 주지 않는다 해도 이 종교에 대해 알아보아야 한다. 아마도 종교는 우리에게 그것을 가르쳐줄 것이다.

327-(211) 우리가 우리와 닮은 사람들과 교제하면서 안식하는 것은 우스운 일이다. 우리처럼 비참하고 우리처럼 무력한 그들은 우리를 돕지 않을 것이다. 사람은 죽을 때 혼자일 것이다. 그러므로 혼자인 것처럼 행동해야 한다. 그렇다면 호화스러운 집들을 짓겠는가. 그는 주저 없이 진리를 추구할 것이다. 만약 그렇게 하기를 거부한다면 그는 진리의 추구보다 사람들의 존경을 더 중히 여긴다는 것을 나타낸다.

328-(213) 우리와 지옥 또는 천국, 이 둘 사이에는 생명이 있을 뿐이다, 이 세상에서 가장 연약한 생명이.

329-(238) 결국 당신이 나에게 약속하는 것은 사람들의 환심을 사려고 헛되이 애쓰는, 게다가 확실한 고통이 수반되는 자애심의 10년(왜냐하면 10년이 주어진 몫이니까)이 아니고 무엇인가.

330-(237) 여러 가지 경우. 이 여러 가지 가정에 따라 세상

에서 다르게 살아야 한다.

1. 여기서 영원히 사는 경우,

2. [영원히 사는지 아닌지 불확실한 경우-],

3. [영원히 살지 않는 것이 확실한 경우-],

4. [영원히 살지 않는 것이 확실하고, 오래 사는 것이 불확실한 경우,——그릇된 가정.],

5. 오래 살지 않는 것은 확실하고 한 시간조차 이곳에 존재할지 불확실한 경우.

이 마지막 가정이 우리의 것이다.

331-(281) 심정, 본능, 원리들.

332-(190) 진리를 추구하는 무신론자들을 동정할 것, 그들은 매우 불행하지 않은가 말이다. 신 없음을 자랑하는 자들을 통렬히 비난할 것.

333-(225) 무신론은 이성의 힘을 보여준다, 그러나 다만 어느 정도까지만.

334-(236) 배분(配分) 이론에 의하면 당신은 당연히 진리를 추구하는 일에 힘써야 한다. 왜냐하면 진정한 원리이신 신을 섬기지 않고 죽으면 당신은 끝장이기 때문이다. "그러나 내가 그를 섬기기를 원했다면 그는 그 뜻을 표시해 나에게 남겨놓았을 것이다."라고 당신은 말한다. 과연 그렇게 했다. 그런데

당신이 그것들을 거들떠보지 않는다. 그러니 그것들을 찾아라, 그럴 만한 가치가 있다.

335-(204) 만약 생애의 일주일을 바쳐야 한다면 백년도 바쳐야 한다.

336-(257) 세 부류의 사람들만이 있다. 신을 발견한 다음 신을 섬기는 사람들, 신을 발견하지 못했기에 온 힘을 다해 신을 찾는 사람들, 신을 찾지도 발견하지도 않은 채 살아가는 사람들. 첫째 사람들은 합리적이고 행복하고, 마지막 사람들은 불합리하고 불행하다. 중간 사람들은 불행하지만 합리적이다.

337-(221) 무신론자들은 완전히 명백한 것을 말해야 한다. 그런데 영혼이 물질이라는 것은 완전히 명백하지는 않다.

338-(189) 불신자들에 대해서는 동정하는 것으로 시작할 것, 그들은 그들의 상태로 인해 매우 불행하다. 그들을 욕하는 것이 그들에게 유익할 때만 그렇게 해야 한다. 그렇지 않으면 이것은 그들을 해친다.

339-(200) 여기 감옥에 갇힌 한 사람이 있다. 자기에 대해 판결이 내려졌는지 모르고 있지만 이것을 아는 데에는 한 시간의 여유밖에 없다. 그런데 판결이 내려진 것을 알게 되면 그것을 철회하게 하는 데 그 시간이면 충분하다. 이런 경우 그

가 판결이 내려졌는지 알려고 하는 대신 카드놀이에 이 시간을 낭비한다면 이것은 자연에 어긋난 일이다. 그러므로 인간이 ······하는 것은 초자연적인 일이다. 이것은 신의 손에 의한 형벌이다.

이렇듯 신을 찾는 사람들의 열의만이 신을 증명하지는 않는다. 신을 찾지 않는 사람들의 맹목도 신을 증명한다.

340-(218) 서두. 감옥. 코페르니쿠스의 주장을 깊이 연구하지 않는 것은 괜찮다고 생각한다. 그러나 이것은······!

영혼이 죽는지 영생하는지를 아는 것은 삶 전체에 중대한 문제이다.

341-(210) 연극에서 다른 모든 것이 아무리 아름다울지라도 최후의 막은 피로 물든다. 결국 머리 위에 흙을 끼얹고 그것으로 영원히 끝난다.

342-(183) 우리는 절벽이 보이지 않게 무엇인가로 앞을 가린 다음 그곳을 향해 태연하게 달려간다.

**

343-(233) 무한. 무. 우리의 정신은 육체 안에 던져져 있고 그 안에서 수, 시간, 공간을 발견한다. 정신은 이것들에 대해

논하고 이것들을 자연, 필연이라 부른다. 그리고 그 외의 것을 믿지 못한다.

무한에 하나를 더해도 조금도 무한을 증가시키지 않는다. 무한한 길이에 한 자를 더해도 마찬가지다. 유한은 무한 앞에서 소멸되고 순전한 무가 된다. 우리의 이성도 신 앞에서 마찬가지이고 우리의 정의도 신의 정의 앞에서 그러하다.

우리의 정의와 신의 정의 사이의 불균형은 1과 무 사이만큼 크지는 않다.

신의 정의는 신의 사랑만큼 큰 것이어야 한다. 그런데 버림받은 자들에 대한 정의는 선택받은 자들에 대한 사랑만큼 크지 않고 또 덜 충격을 주는 것이어야 한다.

우리는 무한이 있다는 것은 알아도 그 본질은 모른다. 수(數)가 유한하다는 것은 거짓이라고 우리가 알고 있는 만큼 수의 무한이 있다는 것은 진실이다. 그러나 그것이 무엇인지는 모른다. 그것을 홀수라 해도 잘못이고 짝수라 해도 잘못이다, 하나를 더한다고 해서 무한의 본질이 달라지지 않기 때문이다. 그러나 이것은 하나의 수이고 모든 수는 짝수이거나 홀수이다(모든 유한의 수가 그렇다는 것은 진실이다). 이렇듯 우리는 신이 무엇인지는 몰라도 신이 존재한다는 것은 충분히 알 수 있다.

진실 그 자체가 아닌 진실된 사물들이 그처럼 많은 것을 보면 혹시 본질적 진리라는 것이 없는 것은 아닌지?

그러므로 우리는 유한한 것의 존재와 본질을 안다, 우리도 마찬가지로 유한하고 넓이를 가지고 있기 때문이다. 우리는 무한한 것의 존재는 알지만 그 본질은 모른다, 우리처럼 넓이는 있어도 우리처럼 한계는 없기 때문이다. 그러나 우리는 신의 존재도 본질도 모른다, 신은 넓이도 한계도 없기 때문이다.

그러나 우리는 신앙으로 그의 존재를 알고 영광으로 그의 본질을 안다. 그런데 나는 어떤 사물의 본질을 모르고도 그 존재를 알 수 있다는 것을 이미 밝혔다.

이제는 자연의 빛을 따라 이야기해 보자.

만약 신이 있다면 그는 무한히 불가해하다, 신은 부분도 한계도 없으므로 우리와 아무 관련이 없기 때문이다. 따라서 우리는 신이 누구인지 또 존재하는지 알 수가 없다. 그렇다면 누가 감히 이 문제를 해결하려 나서겠는가. 신과 아무 관련도 없는 우리는 아니다.

그렇다면 그 누가 기독교인들이 자신들의 믿음을 설명하지 못한다고 비난하겠는가. 이들은 설명할 수 없는 종교를 믿는다고 스스로 공언하고 있는데 말이다. 이들은 종교를 세상에 제시하면서 하나의 어리석음, "(……하느님은 전도의) 미련한 것으로 (믿는 자들을 구원하시기를 기뻐하셨도다)"[92]라고 선언한다. 그래도 당신은 그들이 종교를 증명하지 않는다고 탓하는가! 만약 그들이 종교를 증명한다면 그들은 약속을 어기는 셈이 될 것이다. 그들이 분별을 저버리지 않는 것은 오직 증명을 저버림으로써이다.

"옳은 말이오. 그러나 이것은 종교를 그렇게 제시하는 사람

---

92) "stultitiam"(「고린도전」, 1:21).

들의 변명이 되고 또 이유 없이 선전한다는 비난을 막아줄 수는 있어도 종교를 받아들이는 사람들의 변명이 되지는 않소."

그렇다면 이 점을 검토해 보고, "신이 있다 혹은 없다."고 말해보자. 그러나 어느 편에 우리는 기울어지는가. 이성은 이 일에 아무 결정도 내리지 못한다. 무한한 혼돈이 우리를 갈라놓는다. 이 무한한 거리가 끝나는 곳에서 내기가 행해지고 겉이나 안이 나온다. 어느 쪽에 당신은 걸겠는가. 이성에 의해서는 어느 쪽에도 걸 수 없다. 이성에 의해서는 둘 중 어느 것을 버릴 수도 없다.

그렇다면 어느 한쪽을 택한 사람들을 잘못이라고 비난하지 마라, 당신은 이 일에 대해 아무것도 모르니까 말이다.

"아니오. 내가 그들을 비난하는 것은 어느 한쪽을 선택한 것이 아니라 선택 그 자체요. 겉을 택한 자나 안을 택한 자나 똑같은 잘못을 저질렀고, 둘 다 잘못이오. 옳은 것은 전혀 걸지 않는 것이오." 그렇다. 그러나 걸지 않을 수 없다. 이것은 마음대로 할 수 있는 일이 아니다. 당신은 이미 배에 올라 타 있는 것이다. 그러니 어느 쪽을 택할지 생각해 보자. 어차피 선택해야만 한다면 당신에게 이익이 가장 적은 것이 무엇인지 알아보자. 당신이 잃을 것은 둘, 진리와 선이고, 걸 것은 둘, 당신의 이성과 의지, 당신의 지식과 행복이며, 당신의 본성이 피할 것은 둘, 오류와 불행이다. 당신의 이성은 필연적으로 선택해야만 하므로 어느 하나를 택했다고 해서 해를 입지 않는다. 여기 한 문제는 해결되었다. 그러나 당신의 행복은? 신이 있다는 패를 택한 다음 득과 실을 저울질해 보자. 다음 두 경우를

194

생각해 보자. 만약 당신이 이긴다면 모든 것을 얻게 되고, 당신이 지는 경우에도 당신은 아무것도 잃지 않는다. 그러니 주저하지 말고 신이 있다에 걸어라.

"이건 희한한 일이오! 그래, 걸어야 하오. 하지만 너무 많은 것을 거는 게 아닌지."

어디 생각해 보자. 득과 실의 확률이 같을 때 한 생명으로 두 생명을 얻을 뿐이라고 해도 당신은 걸 수 있다. 그러나 만약 셋을 얻는다면 당신은 걸어야 한다(당신은 내기를 꼭 해야 할 처지에 있으므로). 그리고 당신이 내기를 하지 않을 수 없을 때 득과 실의 확률이 같은 내기에서 세 생명을 얻기 위해 한 생명을 걸지 않는다면 당신은 경솔한 사람이 될 것이다. 그런데 여기 영원한 생명과 행복이 있다. 그렇다면 무한한 확률 중에서 단 하나만이 당신의 것일 경우에도 당신이 둘을 얻기 위해 하나를 거는 것은 이치에 맞는 일이 될 것이다. 그리고 당신이 내기를 해야만 할 때 무한한 확률 중에서 단 하나만을 가질 수 있는 내기에서 세 생명을 얻기 위해 하나를 거는 것을 거부한다면 그릇된 행동이 될 것이다, 만약 무한히 행복한 무한한 삶을 얻을 수 있다면 말이다. 그러나 여기 얻어야 할 무한히 행복한 무한한 삶이 있고, 유한한 수의 실(失)의 확률에 비해 득(得)의 확률은 하나이며, 당신이 거는 것은 유한하다. 이렇게 되면 전혀 내기가 아니다. 무한을 얻을 수 있고 또 득의 확률에 대해 실의 확률이 무한이 아니라면 그런 내기는 어디서나 조금도 망설일 이유가 없다. 모든 것을 내던져야 한다. 이렇듯 내기를 해야만 할 때 허무를 잃는 것과 동일한 확률로 무한을 얻기 위해 생명을 내놓지 않고 오히려 그것을 보존하는 것은 이성을 포기하지 않고는 할 수 없다.

왜냐하면 내기에서 따게 될지는 불확실하고 대신 거는 것은 확실하다고 말해봤자, 또 우리가 내놓는 것의 확실성과 따는 것의 불확실성 사이의 무한한 거리는 확실하게 거는 유한한 것과 불확실한 무한을 동등하게 만든다고 말해봤자 아무 소용도 없기 때문이다. 사실은 그렇지가 않다. 도박하는 사람들은 모두 불확실하게 얻기 위해 확실하게 건다. 그런데 불확실하게 유한한 것을 얻기 위해 확실하게 유한한 것을 걸어도 이성에 어긋나지 않는다. 거는 것의 확실성과 얻는 것의 불확실성 사이에 무한한 거리 같은 것은 없다. 이것은 틀린 생각이다. 사실은 득(得)의 확실성과 실(失)의 확실성 사이에 무한이 있다. 그러나 득의 불확실성은 득과 실의 확률비에 따라 거는 것의 확실성과 비례한다. 득과 실 쌍방에 같은 확률이 있을 때 승부가 대등하게 진행되는 것은 이런 이유에서이다. 그때 거는 것의 확실성은 얻는 것의 불확실성과 비등해진다. 그 사이에 무한한 거리가 있다는 것은 당치도 않다. 이렇듯 득과 실의 확률이 같은 내기에서 유한을 걸고 무한을 얻으려 할 때 우리의 제안은 무한한 힘을 갖는다. 이것은 설득력이 있다. 만약 인간이 어떤 진리를 붙잡을 능력이 있다면 이것이야말로 바로 그 진리다.

"나는 이것을 인정하고 시인하오. 하지만 혹시 내기의 내막을 들여다볼 방법은 없는지?" 있다. 성서 그리고 기타 등등.

"그렇소. 그러나 나는 두 손이 묶이고 입이 막혀 있소. 내기를 하라고 내게 다그치지만 나는 자유로운 몸이 아니오. 사람들은 나를 놓아주지도 않고 또 나라는 사람은 원래 믿을 수 없게 만들어져 있소. 그래, 나보고 어떻게 하란 말이오?"

옳은 말이다. 그러나 당신이 믿지 못하는 것은 당신의 정욕 때문이라는 것만은 적어도 알아야 한다. 이성이 당신을 믿음으로 인도하는데도 당신은 믿지 않기 때문이다. 그러므로 신의 존재를 증명할 증거를 늘림으로써가 아니라 당신의 정욕을 억제함으로써 깨닫도록 힘써야 한다. 당신은 신앙으로 나아가기를 바라지만 그 길을 모른다. 당신은 불신에서 치유되기를 바라고 그 치유책을 찾고 있다. 그렇다면 당신처럼 묶여 있었으나 지금은 그들이 가진 모든 것을 거는 사람들에게서 배워라. 그들은 당신이 따르고 싶어 하는 길을 알고 있고 또 당신이 고치기를 원하는 병에서 치유된 사람들이다. 그들이 시작한 그 방법을 따르라. 그것은 마치 믿는 것처럼 모든 일을 행하는 것이다. 성수(聖水)를 받고 미사를 드리고 등등. 이것은 자연스럽게 당신을 믿게 하고 또 당신을 바보로 만들 것이다.

"아니, 이것이야말로 내가 두려워하는 것이오." 무엇 때문에? 당신은 무엇을 잃는단 말인가.

그러나 이것이 곧 신앙으로 인도한다는 것을 당신에게 보여주기 위해서인데, 이것은 당신에게 가장 큰 장애물이 되는 정욕을 억제해 줄 것이다.

담론의 끝. 그런데 이것을 선택함으로써 당신에게 어떤 손해가 있는가. 당신은 충실하고 정직하고 겸손하고 은혜를 알고 자비로워지며 성실하고 참된 친구가 될 것이다. 진실로 당신은 타락한 쾌락에도 영화로움에도 향락에도 빠지지 않을 것이다. 그 대신 다른 것들을 얻지 않겠는가.

나는 당신에게 말하겠다——당신은 이 세상의 삶 속에서 득을 보게 되고, 당신이 이 길을 걸어가는 걸음걸음마다 확실하게 얻을 가능성이 얼마나 크고 거는 것이 얼마나 무가치한지를 알게 되며, 결국은 확실하고 무한한 것을 얻되 이것을 위해 아무것도 내놓지 않은 내기를 했다는 것을 깨달을 것이라고.

"아아! 이 이야기는 나를 열광시키고 내 마음을 사로잡는군요 등등."

만약 이 이야기가 마음에 들고 설득력 있게 여겨진다면 바라건대 이것을 말한 사람이 그 전과 후에 무릎 꿇고, 자신의 모든 것을 복종시키는 무한하고도 불가분의 존재자에게, 당신도 당신 자신의 행복과 이 존재자의 영광을 위해 모든 것을 복종시키도록 기도드렸다는 것을, 그리고 힘은 이렇게 자신을 낮춤으로써 얻어진다는 것을 알아주기 바란다.

344-(231) 당신은 신이 무한하고 불가분의 존재일 리가 없다고 생각하는가?——그렇다.——그렇다면 무한하고 불가분(不可分)의 존재를 당신에게 보여주겠다.

그것은 무한한 속도로 사방으로 움직이는 점(點)이다.

왜냐하면 그것은 모든 지점에서 하나이고 또 각 지점에서 전체이기 때문이다.

당신에게 전에는 불가능하게 보였던 자연의 이 현상이, 당신이 아직 모르고 있는 그 외의 일들도 가능할 수 있음을 깨닫게 해주기 바란다. 당신이 지금까지 알게 된 것에서, 이제 아무것도 알아야 할 것이 남아 있지 않다고 결론짓지 말고, 반대로 알아야 할 것이 무한히 있다고 결론지어라.

345-(203) 헛된 일의 유혹은 좋은 것을 흐리게 하고 사악함의 발동은 때묻지 않은 감각을 타락시킨다.[93] 정욕이 해를 끼치지 않도록 목숨이 일주일밖에 남지 않은 것처럼 하자.

346-(234) 오직 확실한 것을 위해서만 하고 다른 아무것도 하지 않는다면 종교를 위해서는 아무것도 해서는 안 될 것이다, 종교는 확실한 것이 아니니까. 그러나 불확실한 것을 위해 사람들은 얼마나 많은 일을 하는가, 항해를 하고 전쟁을 하고! 그러므로 아무 일도 해서는 안 된다고 나는 말하겠다, 아무것도 확실하지 않으니까. 그러나 종교에는 우리가 내일 살아 있으리라는 것보다 더 많은 확실성이 있다고 나는 말하겠다, 우리가 내일을 맞이하리라는 것은 확실하지 않지만 우리가 내일을 맞이하지 않으리라는 것은 확실히 있을 수 있는 일이기 때문이다. 종교에 대해서는 그렇게 말할 수 없다. 종교가 존재한다는 것은 확실하지 않다. 그러나 종교가 확실히 존재하지 않을 수도 있다고 그 누가 감히 말하겠는가.
　그런데 내일을 위해 그리고 불확실한 것을 위해 일할 때 사람은 합리적으로 행동한다, 이미 증명된 배분 법칙에 따라 불

---

93) "Facinatio nugacitatis"(『구약외경』, 「솔로몬의 지혜」, 4:12).

확실한 것을 위해 활동해야 하므로.

성 아우구스티누스는 사람들이 불확실한 것을 위해 바다에서, 전쟁터에서 활동하는 것을 보았다. 그러나 사람들이 그렇게 해야 한다는 것을 입증하는 배분의 법칙은 보지 못했다. 몽테뉴는 사람들이 불완전한 정신에 화를 내는 것을 보았고 또 습관이 무슨 일이든 할 수 있다는 것을 보았지만 이 현상의 이유는 보지 못했다.

이들은 모두 현상은 보았지만 원인은 보지 않았다. 이들은 원인을 발견한 사람들에 비하면 마치 정신을 가진 사람들에 대해 눈만 가진 사람들과 같다. 현상은 감각으로 느껴지지만 원인은 오직 정신에게만 보이기 때문이다. 그리고 이 현상들이 설사 정신에게 보인다 할지라도 이 정신은 원인을 꿰뚫어 보는 정신에 비하면 마치 육체적 감각이 정신에 대비되는 것과 같다.

347-(121) 자연은 끝없이 같은 일을 되풀이하기 시작한다, 해[年], 날[日], 시간 그리고 공간도 마찬가지이고, 수(數)도 끝과 끝이 연결되고 이어진다. 이렇게 해서 일종의 무한과 영원이 형성된다. 그렇다고 이것들 안에 무한하고 영원한 것이 있는 것은 아니다. 다만 이 유한한 것들이 무한히 증식된다. 이렇듯 내 생각으로는 무한한 것은 그것들을 증식시키는 수(數)뿐인 것 같다.

348-(232) 무한한 운동. 무한한 운동, 모든 것을 채우는

점, 휴지(休止)의 순간. 즉 양(量) 없는 불가분의 무한한 무한.

349-(239) 반론. 자신의 구원을 바라는 사람들은 그 점에서 행복하다. 그러나 그 대신 지옥의 두려움을 가지고 있다.

답. 지옥을 두려워해야 할 이유를 더 많이 가지고 있는 사람은 누구인가. 지옥이 있는지를 모르는, 그래서 만약 있다면 확실히 그 저주를 받을 사람인가, 아니면 지옥이 있다는 어떤 확신을 가지고 있는, 그래서 실제로 있다면 구원받을 희망을 가지고 있는 사람인가.

350-(240) "내가 신앙을 가졌다면 나는 지체 없이 쾌락을 버릴 텐데."라고 그들은 말한다. 나는 당신들에게 말하겠다, "당신들이 쾌락을 버리면 이내 신앙을 갖게 될 것이다."라고. 그런데 시작은 당신부터다. 할 수만 있다면 내가 당신들에게 신앙을 주고라도 싶다. 나는 그렇게 할 수가 없고, 따라서 당신들이 말하는 것의 진실을 시험해 볼 수도 없다. 그러나 당신들은 능히 쾌락을 버릴 수 있고 그래서 내가 하는 말의 진위를 시험해 볼 수 있다.

351-(262) 미신——그리고 정욕.

마음의 거리낌——나쁜 욕망.

나쁜 두려움.

두려움, 신을 믿는 데서 오는 두려움이 아니라 신이 있는지 없는지를 의심하는 데서 오는 두려움. 좋은 두려움은 신앙에서 오고──잘못된 두려움은 의심에서 온다. 좋은 두려움은 희망에 결부된다, 그것은 신앙에서 태어나고 또 사람은 자기가 믿는 신에 희망을 두기 때문이다──나쁜 두려움은 절망에 결부된다, 사람은 믿지 않은 신을 두려워하기 때문에. 전자는 신을 잃을까 두려워하고, 후자는 그를 만날까 두려워한다.

13편

이성의 복종과 이용

352-(269) 이성의 복종과 이용, 참된 기독교는 이것으로 성립된다.

353-(224) 성찬 등등을 믿지 않은 이 어리석음을 나는 얼마나 혐오하는지! 복음이 진실되다면, 예수 그리스도가 신이라면 여기에 무슨 문제가 있겠는가.

354-(812) 만약 기적이 없었다면 나는 기독교도가 되지 않았을 것이라고 성 아우구스티누스는 말했다.

355-(268) 복종. 복종해야 할 때 복종하고 회의해야 할 때 회의하고 확신해야 할 때 확신해야 한다. 이렇게 하지 않는 사

203

람은 이성의 힘을 깨닫지 못한 사람이다. 이 세 원리에 어긋나는 사람들이 있는데, 이들은 증명이 무엇인지를 모르기에 모든 것을 증명할 수 있다고 확신하거나, 복종할 경우를 모르기에 모든 것을 회의하거나, 판단해야 할 경우를 모르기에 모든 것에 복종하거나 한다.

회의주의자, 기하학자, 기독교도. 회의, 확신, 복종.

356-(696) 간절한 마음으로 말씀을 받고 이것이 그러한가 하여 날마다 성경을 상고하므로.[94]

357-(185) 만물을 사랑으로 다스리는 신의 인도하심은 종교를 이성에 의해 정신 가운데, 그리고 은총에 의해 심정 가운데 두는 데 있다. 그러나 종교를 힘과 위협으로 정신과 심정 안에 심으려는 것은 종교가 아니라 공포를 심는 것이다, 종교가 아니라 공포를.[95]

358-(273) 만약 모든 것을 이성에 복종시킨다면 우리의 종교는 아무런 신비로운 것도 초자연적인 것도 없을 것이다.

359-(270) 성 아우구스티누스: 이성은 마땅히 복종해야 할

---

94) "Susceperunt verbum cum omni avididate, scrutantes Scripturas, si ita se haberent"(「사도행전」, 17:11).

95) "terrorem potius quam religionem"(출처 미상). 아마도 이슬람교를 반박한 그로티우스의 『기독교 진리』, 6, 2의 요약인 듯하다.

경우가 있다고 판단하지 않는 한 결코 복종하지 않을 것이다.

360-(563) 지옥에 떨어진 자들이 당할 낭패 중의 하나는
그들이 기독교를 규탄하는 데 사용했던 그들 자신의 논리로
써 그들이 정죄되는 것을 보는 일일 것이다.

361-(261) 진리를 사랑하지 않는 사람들은 이 진리에 대해
반대하는 소리가 있고 또 그것을 부인하는 사람들이 많다는
것을 구실로 삼는다. 이렇듯 그들의 잘못은 오직 진리나 자비
를 사랑하지 않는 데 기인한다. 그래서 그들은 용서받지 못
했다.

362-(384) 반론(反論)은 진리의 나쁜 표시이다.
어떤 확실한 것들이 반대되는가 하면,
어떤 허위의 것들이 반대 없이 받아들여진다.
반론이 허위의 표시가 되지 않고 또 무반론이 진리의 표시
가 되지도 않는다.

363-(747, 2) 영속성의 장 속에서 두 종류의 인간을 보라.

364-(256) 참된 기독교인은 드물다. 신앙에 있어서도 그렇
다는 말이다. 믿는 사람은 많지만 미신에 의해서이다. 믿지 않
는 사람도 많지만 방종에 의해서이다. 이 둘 사이에 있는 사람
은 드물다.

나는 참된 믿음의 습관 속에 있는 사람들과, 심정의 직관으로 믿는 사람들을 이 속에 포함시키지 않는다.

365-(838) 예수 그리스도는 기적을 행했고 뒤이어 사도들과 초대(初代)의 수많은 성자들도 기적을 행했다. 왜냐하면 아직 예언이 성취되지 않았고 또 그들에 의해 성취되어 가는 중이었으므로 기적 외에 증거하는 것이 없었기 때문이다. 온 백성이 메시아를 믿게 되리라는 예언이 널리 알려져 있었다. 그렇다면 백성들의 회심이 없었다면 이 예언은 어떻게 성취되었겠는가. 그리고 백성들은 메시아를 증거하는 이 최후의 결과를 보지 않고서 어떻게 메시아를 믿었겠는가. 그러므로 예수가 죽고 부활하고 온 백성들을 믿게 하기 전에는 모든 것이 성취된 것이 아니다. 그래서 이 기간 동안에 기적이 필요했다. 지금은 유대인들과 맞서기 위해 더 이상 기적이 필요없다, 성취된 예언은 하나의 영속적인 기적이므로.

366-(255) 신앙심은 미신과 다르다.
미신에 이르도록 신앙심을 고수하는 것은 그것을 파괴하는 것이다.
이단자들은 우리에게 이 미신적인 복종을 비난하는데, 이것은 우리에게 비난하는 바로 그것을 그들이 행하는 것과 같다…….
성체(聖體)가 보이지 않는다는 이유로 성체를 믿지 않는 불신.

명제들[96]을 믿는 미신. 신앙 등등.

367-(272) 이 이성의 부인보다 이성에 더 합치되는 것은
없다.

368-(253) 두 극단: 이성을 배제하는 것과 이성만을 인정
하는 것.

369-(811) 기적이 없었다면 예수 그리스도를 믿지 않아도
죄가 되지 않았을 것이다.
보라 내가 거짓을 말하는가를.[97]

370-(265) 신앙은 감각이 말하지 않는 것을 말한다. 그러
나 감각이 보는 것과 반대되는 것은 아니다. 신앙은 그 이상의
것이지 반대되는 것은 아니다.

371-(947) 당신들은 교회에 대한 민중의 신뢰를 남용하여
그들을 믿게 한다.

372-(254) 지나친 순종 탓으로 사람들을 책망해야 하는
것은 드문 일이 아니다. 이것은 불신과 마찬가지로 자연적인

---

96) 얀선의 저서 『아우구스티누스』에서 추출된 「5개 명제」를 가리킨다. 예
수회는 이것을 이단으로 규정함으로써 이들 사이의 갈등은 더욱 격화되었다.
97) "Videte an mentiar"(「욥」, 6:28).

부덕(不德)이고 또 해롭다. 미신.

373-(267) 이성의 최후의 한걸음은 자기를 초월하는 무한한 사물들이 있다는 것을 인정하는 것이다. 이것을 아는 데까지 이르지 않는다면 그 이성은 허약할 뿐이다.

자연적 사물들도 이성을 초월한다면 하물며 초자연적 사물에 대해서는 뭐라 말할 것인가.

* *

374-(260) 권위. 어떤 이야기를 들었다는 것이 당신의 믿음의 기준이 된다는 것은 어림없는 일이다. 그래서 당신은 전혀 듣지 않은 것 같은 상태에서가 아니면 아무것도 믿지 않아야 한다.

당신을 믿게 하는 것은 당신 자신에 대한 당신의 동의, 그리고 타인들의 이성이 아니라 당신의 이성이 내는 지속적인 목소리이다.

믿는다는 것은 이다지도 중요하다!

서로 반대되는 수많은 것들도 진실일 수 있다.

오래된 것이 믿음의 기준이라면 옛날 사람들은 기준이 없었다는 것인가.

만약 전체적 동의가 기준이라면, 사람들이 죽어 없어질 때는?

거짓된 겸손은 오만이다.

막을 올려라.

아무리 발버둥쳐도 소용없다 ── 만약 믿거나 부정하거나 회의하거나 해야 한다면.

그렇다면 우리는 기준이 없는 것일까.

우리는 동물에 대해, 그것들이 할 일을 한다고 판단한다.

인간들을 판단할 기준은 없는 것일까.

인간이 부인하고 믿고 회의하는 것은 마치 말이 달리는 것과 같다.

죄를 짓는 자들에 대한 징벌, 잘못된 생각.

375-(99) 의지로 하는 행동과 그 외의 모든 행동 사이에는 보편적이고 본질적인 차이가 있다.

의지는 믿음의 주된 기관(器官)들 중의 하나다. 의지가 믿음을 만드는 것이 아니라 사물은 이것을 바라보는 측면에 따라 진실 또는 거짓이 되기 때문이다. 어느 하나를 다른 것보다 더 좋아하는 의지는 자기가 보기 싫어하는 사물의 성질들을 바라보지 못하게 정신을 돌려세운다. 이렇듯 이성은 의지와 보조를 맞추어 의지가 좋아하는 측면을 바라보기 위해 멈춘다. 그리고 거기서 본 것에 따라 판단한다.

376-(279) 믿음은 신의 선물이다. 이것이 논리의 선물이라고 우리가 말한다고 생각하지 말라. 다른 종교들은 자신들의 신앙에 대해 이렇게 말하지 않는다. 이 종교들은 신앙에 이르

기 위해 논리만을 제시하는데, 논리는 결코 신앙으로 인도하지 않는다.

377-(345) 이성은 주인보다 더 강압적으로 우리를 다스린다. 주인을 거역하면 불행해지지만 이성을 거역하면 바보가 되기 때문이다.

378-(561) 우리 종교의 진리를 납득시킬 두 가지 방법이 있다. 하나는 이성의 힘이고 다른 하나는 말하는 사람의 권위이다. 사람들은 후자를 사용하지 않고 전자를 사용한다. 사람들은 "이것을 믿어야 한다. 이것을 말하는 성서는 성스러운 것이니까"라고 말하지 않고, 이러이러한 이유로 믿어야 한다고 말한다. 이것은 빈약한 논리다, 이성이란 모든 것에 대해 휘어 구부러지므로.

379-(604) 인간의 상식과 본성에 어긋나는 단 하나의 지식이 인간들 속에 영원히 존속한 유일한 지식이다.

14편

신을 증명하는 이 방법의 우월성

380-(547) 예수 그리스도에 의한 신. 우리는 오직 예수 그리스도에 의해서만 신을 안다. 이 중보자(仲保者) 없이는 신과의 모든 교제가 끊어진다. 예수 그리스도에 의해 우리는 신을 안다. 예수 그리스도 없이 신을 알고 신을 증명한다고 주장한 사람들은 무력한 증거만을 가지고 있다. 그러나 예수 그리스도를 증명하기 위해 우리는 예언을 가지고 있는데 이것들은 견고하고도 명백한 증거들이다. 이 예언이 이루어지고 사건을 통해 그 진실성이 입증된 이상 그것들은 이 진리의 확실성, 따라서 예수 그리스도의 신성(神性)을 증명한다. 예수 그리스도 안에서 그리고 그에 의해 우리는 신을 안다. 이것을 떠나서 성서 없이, 원죄 없이, 약속되고 강림한 필연의 중보자 없이 우리는 절대적으로 신을 증명할 수 없고 올바른 원리도 올바른

도덕도 가르칠 수 없다. 그러나 예수 그리스도에 의해 또 예수 그리스도 안에서 우리는 신을 증명하고 도덕과 원리를 가르친다. 그러므로 예수 그리스도는 인간의 진정한 신이다.

그러나 우리는 이와 동시에 우리의 비참을 안다. 이 신은 다름 아니라 우리의 비참을 치유해 주시는 분이기 때문이다. 이렇듯 우리는 우리의 불의를 앎으로써만 신을 올바르게 알 수 있다.

그러므로 자기의 비참을 모르고 신을 안 사람들은 신을 영화롭게 하지 않고 자기를 영화롭게 했다.

이 세상이 자기 지혜로 하느님을 알지 못하므로 전도의 미련한 것으로 믿는 자들을 구원하시기를 기뻐하셨도다.[98]

381-(543) 서문. 신에 대한 형이상학적 증명은 사람들의 논리에서 너무나도 멀고 또 너무나도 복잡해서 별로 감명을 주지 않는다. 혹시 그것이 어떤 사람들에게 도움이 될 경우에도 이 증명을 보고 있는 동안뿐이며 그들은 한 시간 후에는 혹시 속지 않았나 두려워한다.

그들은 호기심으로 발견한 것을 오만으로 잃었다.[99]

이것은 예수 그리스도 없이 얻은 신의 인식이 만들어내는 것으로, 중보자 없이 알게 된 신과 중보자 없이 교제하자는

---

98) "Quia…… non cognovit per sapientiam…… placuit Deo per stultitiam praedicationis salvos facere"(「고린도전」, 1:21).

99) "Quod curiositate cognoveri[n]t superbia amiserunt"(아우구스티누스, 『설교집』, 141).

것이다.

이와 반대로 중보자에 의해 신을 알게 된 사람들은 자신의 비참을 안다.

382-(549) 예수 그리스도 없이 신을 아는 것은 불가능할 뿐만 아니라 무익하다. 그들은 신에게서 멀어지지 않고 신에게로 가까이 갔다. 그들은 자기를 낮추지 않고 오히려……

우리를 더 훌륭하게 하는 것도 우리를 더 나쁘게 만든다. 만약 이것을 자기의 능력으로 생각한다면.[100]

383-(527) 자신의 비참을 모르고 신을 아는 것은 오만을 낳는다.

신을 모르고 자신의 비참을 아는 것은 절망을 낳는다.

예수 그리스도를 아는 것은 그 중간이다. 그 안에서 신과 우리의 비참을 동시에 만나기 때문이다.

---

100) "Quo quisque optimus eo pessimus, si hoc ipsum, quod optimus sit, abscribat sibi"(베르나르, 『설교집』, 84).

15편

인간을 아는 지식에서 신을 아는 지식으로

384-(98) **오류로 이끌어가는 편견.** 모든 사람들이 방법만을 연구하고 목적을 전혀 생각하지 않는 것을 보면 개탄스럽다. 사람마다 자기 신분에 따르는 책임을 어떻게 다할까를 생각하지만 신분과 조국의 선택은 운명에 맡긴다.

그 많은 튀르키예인, 이단자, 불신자들이 각자 이것이 최선이라는 말을 들었다는 단 하나의 이유로 조상들의 뒤를 따르는 것을 보면 가엾어진다. 또 이런 이유로 사람마다 열쇠공, 군인 등등의 신분을 택하게 된다.

그래서 미개인들에게 프로방스 따위는 아무 쓸모도 없다.

385-(208) 어찌하여 내 지식은 한정되어 있는가. 내 키는? 그리고 내 수명은 천년이 아니라 백년인가? 자연이 나에게 그

런 수명을 주고 다른 수(數)보다 이 수를 택한 것은 무슨 이유에서인가. 무한 속에서는 어떤 것도 다른 것보다 더 탐낼 만한 것이 없으니 굳이 다른 것을 제쳐놓고 이것을 택할 이유란 없으니까 말이다.

386-(37) 모든 것을 조금씩. [사람이 모든 것에 대해 알 수 있는 것 전체를 앎으로써 보편적이 되는 것은 불가능하기 때문에 모든 것을 조금씩 알아야 한다. 왜냐하면 한 가지 일의 전체를 아는 것보다 모든 것을 조금씩 아는 것이 훨씬 더 좋기 때문이다. 이 보편성이야말로 가장 멋지다. 둘을 겸할 수 있다면 더할 나위 없지만 어차피 선택할 바에는 전자를 택해야 한다. 세상 사람들은 이것을 알고 또 그렇게 한다, 그들은 종종 훌륭한 판단자이기에.]

387-(86) [나는 게걸대는 사람이나 먹으면서 헐떡거리는 사람을 보면 왠지 싫어진다. 기분(氣分)은 얕잡을 수 없는 힘을 가지고 있다. 우리는 그것에서 무슨 이득을 얻는가. 그 힘이 자연적이라는 이유로 그것을 따르는 것인가. 아니다. 반대로 우리는 이에 저항하는……]

388-(163의 2) [사랑의 원인이 무엇이고 그 결과가 무엇인지를 고찰하는 것보다 인간의 공허를 더 잘 보여주는 것은 없다. 전 세계가 그것 때문에 변했으니 말이다(클레오파트라의 코).]

389-(693) H. 5.[101] 인간의 맹목과 비참을 보면서, 침묵하는 전 우주를 바라보고 또 아무 빛도 없이 홀로 내던져져 마치 우주 한구석에서 미아가 되기라도 한 듯 누가 그 자리에 자기를 두었는지, 무엇을 하려고 왔는지, 죽어서는 무엇이 될지도 모를뿐더러 어떤 인식도 불가능한 인간을 바라보면서, 나는 잠든 사이에 황막하고 끔찍한 섬으로 실려가 눈을 떠보니 어디에 자기가 있는지도 모르고 또 거기서 빠져나올 방도도 없는 사람처럼 공포에 휩싸인다. 그리고 이다지도 비참한 상태에 대해 인간이 어떻게 절망에 빠지지 않는지 참으로 놀랍기만 하다. 나는 내 주위에 유사한 본성을 가진 다른 사람들을 본다. 나는 그들에게 나보다 더 많이 알고 있느냐고 물어본다. 그들은 아니라고 대답한다. 그리고 이 비참한 미아들은 주위를 둘러본 다음 무엇인가 즐거운 것을 발견하기라도 하면 그것에 매달리고 집착했다. 나는 이런 것에 애착을 느낄 수가 없었다. 그리고 눈에 보이는 것 외에 다른 것이 있다는 사실이 얼마나 확연한가를 생각하며, 혹시 신이 자신의 표시를 남기지는 않았는지 찾았다.

나는 상반된, 따라서 단 하나를 제외하고 모두가 거짓된 여러 종교들을 본다. 종교마다 각기 고유의 권위로 믿음을 요구하고 불신자들을 위협한다. 그래서 나는 그 점 때문에 종교를 믿지 않는다. 누구나 그렇게 말할 수 있고 누구나 예언자라 칭

---

101) H는 homme의 약자로서, '인간에 대한 탐구'의 장을 표시한 것으로 보인다.

할 수 있다. 그러나 기독교를 보면 거기에는 예언이 있다. 이것은 누구나 할 수 있는 일이 아니다.

390-(72) H. 9. 인간의 불균형. [자연적 지식이 우리를 인도하는 것은 바로 여기다. 만약 이 지식들이 진실되지 않다면 인간에게는 어떤 진실도 있을 수 없다. 만약 그것들이 진실하다면 인간은 어떤 방법으로든 자기를 낮추어야 할 커다란 겸손의 이유를 그 안에서 발견할 것이다.

그리고 인간은 이것을 믿지 않고는 존재할 수 없으므로 자연을 한층 깊이 탐구하기에 앞서 한번 진지하게 그리고 마음껏 자연을 관찰하고 또 자기 자신도 바라보기 바란다. 그리고 거기에 어떤 균형이 있는지를 알고……]

그러므로 인간은 전 자연을 그 높고 충일한 위용 가운데 관망하고 자기를 에워싼 낮은 사물들에서 눈을 먼 곳으로 돌리기 바란다. 우주를 밝히는 영원한 등불처럼 걸려 있는 저 찬란한 빛을 보라. 지구는 이 천체가 그리는 커다란 궤도에 비하면 한 점과 같은 것으로 나타남을 보라. 그리고 또 이 커다란 궤도 자체도 천공을 떠도는 뭇 천체들이 포용하는 궤도에 비하면 극히 미세한 한 끝자락에 불과한 것임을 보고 놀라기 바란다.

그러나 우리의 시야가 거기서 멈추면 상상력이 이것을 넘어서게 하라. 자연이 제공하기보다 오히려 상상력이 받아들이기에 더 지칠 것이다. 눈에 보이는 모든 세계는 자연의 광대한 품 안에서 한갓 지각할 수도 없는 한 점일 뿐이다. 어떤 상념도 이 광대한 자연에 가까이 다가가지 못한다. 우리가 상상할 수 있는 공간 저편까지 그 아무리 우리의 관념을 부풀려 본들 소용없다. 사물들의 실체에 비하면 우리가 낳는 것은 단순한 원자에 불과하다. 그것은 도처에 중심이 있고 원주(圓周)는 어디에도 없는 무한한 구체(球体)이다. 요컨대 우리의 상상력이 이 상념 속에서 갈피를 잡지 못한다는 것은 신의 전능하심을 감지하게 하는 가장 큰 표시이다.

인간은 이제 자신으로 돌아와 존재하는 것에 비해 자기가 무엇인지를 생각해 보라. 자연의 외떨어진 변경 한구석에서 길 잃은 자기를 보고 이 비좁은 감방, 다시 말해 이 우주 속에서 지구와 왕국들과 도시들과 자신을 각기 올바른 가치대로 평가하기를 배우라. 무한 속에서 인간이란 무엇인가.

그러나 이에 못지않게 놀라운 또 하나의 경이(驚異)를 인간에게 보여주기 위해 그가 아는 한 가장 미세한 것을 찾아보게 하라. 한 곰팡이 벌레의 작은 몸속에서 비교할 수 없을 만큼 더 작은 부분들, 관절을 가진 다리, 다리 속의 혈관, 혈관 속의 혈액, 혈액 속의 체액, 체액 속의 방울, 방울 속의 체기(体氣) 등을 그로 하여금 보게 하라. 이 최후의 대상을 또다시 분할함으로써 인간이 이것들을 받아들이는 데 인간의 사고력을 소진시키며 마침내 그가 도달할 수 있게 된 최후의 대상이 지금 우리의 논의의 대상이라고 하자. 이것이야말로 자연의 최소의 단위라고 그는 생각할 것이다. 나는 그 안에서 새로운 심연을 그에게 보여주고 싶다. 그에게 눈에 보이는 우주뿐만 아니라 자연에 대해 상상할 수 있는 광대무변의 것을 이 축소된 원자의 울타리 안에 그려 보이고 싶다. 그는 그 안에서 무수한 우주, 보이는 세계와 동일한 비율로 각기 하늘과 유성과 지구를 가지고 있는 무수한 우주를 보기 바란다. 그리고 그 지상에서 뭇 짐승들을 보고 마침내 곰팡이 벌레를 보며 그 속에서 앞서 발견했던 모든 것을 재발견하기 바란다. 그리고 또 다른 것들 가운데서 끝도 휴식도 없이 동일한 것을 발견함으로써 그는 끝내 이 경이 속에서, 광대(廣大)함으로 인해 놀라웠던 전자의 경이에 못지않게 미소(微小)함으로 인해 놀라운 이 경이 속에서 정신을 잃고 말 것이다. 왜냐하면 우주 속에서, 실은 이것도 전체의 품 안에서는 눈에 띄지도 않겠지만, 감지할 수도 없었던 우리의 육체가 이제는 도달할 수 없는 무(無)에 비하면 하나의 거인, 하나의 세계, 아니 하나의 전체임을 보고 그 누가 경탄하지 않겠는가.

이렇게 자기를 관찰하는 사람은 자기에 대해 두려움을 느낄 것이다. 그리고 자연이 그에게 부여한 부피로 인해 무한과 허무 두 심연 사이에 걸려 있는 자신을 바라보며 이 경이 앞에서 전율할 것이다. 그의 호기심은 경탄으로 변함으로써, 그는 오만하게 이것을 탐구하기보다 오히려 침묵 속에서 관망하려는 마음으로 기울어질 것이라고 나는 생각한다.

왜냐하면 결국 인간이란 자연 속에서 무엇인가. 무한에 비하면 허무, 허무에 비하면 전체, 허무와 전체 사이에 걸려 있는 중간자이다. 양극(兩極)을 이해하는 데서 무한히 동떨어진 인간에게는 사물의 종극도 그 근원도 다 같이 헤아릴 수 없는 비밀 속에 숨겨져 있다. 인간은 그가 빠져나온 허무도, 그 안에 삼켜지는 무한도 다 같이 보는 것이 불가능하다.

그렇다면 인간은 사물의 종극도 근원도 알지 못하는 영원한 절망 속에서 단지 사물들의 중간의 [어떤] 외양을 보는 것 외에 무엇을 할 수 있겠는가. 만물은 허무에서 나와 무한을 향해 나아간다. 그 누가 이 놀라운 움직임을 따라가겠는가. 이 경이의 창조자는 이것들을 안다. 다른 누구도 알 수 없다.

이 두 무한을 바라보지 않은 탓으로 인간은 마치 자연과 어떤 균형을 유지하고 있기라도 한 듯 외람되게 자연의 탐구에 나섰다. 그들이 그 대상만큼이나 무한한 오만으로 사물의 근원을 이해하고 이것에서부터 만물을 아는 데까지 이르려 한 것은 기묘한 일이다. 이러한 계획은 자연과 같이 무제한의 능력이나 오만이 없으면 정녕 꿈꿀 수도 없기 때문이다.

사람은 교육을 받으면, 자연이 그 자신의 상(像)과 창조자의 상을 모든 사물에 아로새겼으므로 모든 것이 이중으로 자연의 무한성을 지니고 있다는 것을 깨닫는다. 그래서 우리는 모든 학문이 탐구의 범위에 있어 무한하다는 것을 안다. 왜냐하면 가령, 기하학에는 제시해야 할 무한한 명제가 무한히 있다는 것을 그 누가 의심하겠는가. 이 명제들은 그것들의 원리의 수(數)와 복잡성에 있어서도 무한하다. 왜냐하면 최후의 것으로 제시하는 명제도 실은 그 자체로써 지탱되는 것이 아니라 다른 명제에 의지하고 있고, 또 이 명제는 다시 다른 명제를 기초로 삼고 있어서 결코 궁극의 것이 될 수 없음을 그 누가 모르겠는가. 그러나 물질계에서 그 성질상 무한히 분할될 수 있는 것이라도 우리의 감각이 그 이상 아무것도 인지하지 못할 때 이것을 불가분의 점이라 부르는 것처럼, 우리는 이성에게 그렇게 보이는 것을 궁극의 것으로 정한다.

지식의 이 두 무한 중에서 대(大)의 무한은 한결 쉽게 감지된다. 모든 것을 안다고 주장하는 사람이 드문 것은 이 때문이다. "나는 모든 것에 대해 이야기하겠다."고 데모크리토스는 말했다.

그러나 무한정 작은 것은 훨씬 더 보기 어렵다. 철학자들은 차라리 그것에 도달하겠노라고 장담했지만 바로 여기서 모두 실패했다. 이렇게 해서 '사물의 원리', '철학의 원리'[102]와 같은 흔해 빠진 제목들 그리고 그와 비슷한 제목들이 생겨났다. 겉으로는 덜하지만 저 눈부신 『알고 있는 모든 것에 관하여』[103]라는 제목에 못지않게 화려한 책들이다.

사람들은 사물의 둘레를 포용하는 것보다 중심에 도달하는 것이 더 쉽다고 자연스럽게 생각한다. 눈에 보이는 세계의 넓이는 분명히 우리를 초월한다. 그러나 작은 사물들을 초월하는 것은 우리 자신이기 때문에 우리는 더 용이하게 이것을 파악할 수 있다고 생각한다. 그러나 무에 도달하기 위해서는 전체에 도달하는 것 못지않은 능력이 필요하다. 어느 경우에도 무한한 능력이 필요하다. 그리고 사물의 궁극의 원리를 깨달은 사람은 무한을 아는 데까지 이를 수 있다고 나는 믿는다. 하나는 또 하나에 의존하고 또 그것으로 인도한다. 이 양

---

102) 데카르트의 『철학 원리』를 가리키는 것으로 보인다.
103) De omni scibili. 피코 델라 미란돌라가 1486년 로마에서 공개하려고 했던 900편의 논문집 표제.

극단은 서로 멀리 떨어진 나머지 맞닿고 결합되며 신 안에서, 오직 신 안에서 다시 만난다.

그러니 우리의 한계를 알자. 우리는 그 무엇이되 전체는 아니다. 우리가 존재로써 소유하고 있는 것은 무(無)에서 태어나는 기본 원리들을 인식하지 못하게 한다. 또한 우리 존재의 왜소함은 우리에게 무한을 보지 못하게 한다.

우리의 지능은 우리 육체가 자연의 공간 속에서 차지하는 것과 동일한 자리를 지적 사물의 세계에서 차지한다.

우리는 모든 점에서 제한되어 있으므로 양극 사이에 중간을 유지하는 이 상태는 우리의 모든 능력 가운데 나타난다. 우리의 감각은 어떤 극단의 것도 느끼지 못한다. 지나친 소음은 귀 멀게 하고 지나친 빛은 눈멀게 하며 지나치게 멀거나 지나치게 가까운 거리는 잘 보지 못하게 한다. 이야기가 지나치게 길거나 지나치게 짧으면 뜻이 흐려지고 지나친 진실은 우리를 놀라게 한다[나는 0에서 4를 빼면 0이 남는다는 것을 이해 못 하는 사람들을 안다]. 기본 원리들은 우리에게 지나치도록 자명하다. 지나친 쾌락은 괴로움이 되고 음악에서 지나친 화음은 불쾌감을 준다. 그리고 지나친 은혜는 화나게 한다. 우리는 빚을 갚는 것 이상으로 더 많은 것을 갖기 원한다. 은혜는 이것을 갚을 수 있다고 생각하는 한에서 고맙다. 지나치면 감사는 원망으로 변한다.[104] 우리는 극도의 뜨거움도 극도의 차가

---

104) "Beneficia eo usque laeta sunt dum videntur exsolvi posse; ubi multum antevenere, pro gratia odium redditur"(타키투스, 『연대기』, 4, 18). 몽테뉴, III, 8에서 인용.

움도 감지하지 못한다. 극단적인 성질의 것들은 우리의 적이고 지각되지도 않는다. 우리는 그것들을 더 이상 느끼지 못하고 고통을 받는다. 너무 젊거나 너무 늙어도 이성이 방해받고 교육이 지나치거나 부족해도 마찬가지다. 결국 극단적인 사물들은 우리에게는 없는 것이나 다름없고 우리도 그것들에 대해 존재하지 않는다. 그것들이 우리에게서 빠져나가거나 우리가 그것들에게서 빠져나간다.

이것이 우리의 진정한 상태다. 우리가 확실히 알 수도 없고 완전히 무지할 수도 없는 이유는 이것 때문이다. 우리는 항상 정처 없이 떠다니며 한끝에서 또 한끝으로 떠밀려 광막한 중간을 표류한다. 어느 끝엔가 우리를 비끄러매 고정시킬 수 있으리라 생각하면 그 끝은 흔들리며 우리를 떠나간다. 그래서 뒤쫓아 따라가면 잡히지 않고 우리에게서 빠져나가 영원히 도주한다. 어떤 것도 우리를 위해 멈추지 않는다. 이것이 우리 본래의 상태이자 우리의 성향과 가장 반대되는 상태이다. 우리는 어떤 견고한 기반, 최후의 변함없는 근거를 발견하고 그 위에 무한에까지 뻗어 오를 탑을 세우기를 열망한다. 그러나 우리의 모든 기초는 무너지고 대지는 심연에 이르도록 입을 벌린다.

그러니 확신과 견고함을 찾지 말자. 우리의 이성은 변화무쌍한 외관에 끊임없이 기만당하고, 아무것도 유한을 두 무한 사이에 고정시키지 못한다, 유한을 둘러 삼키고 또 피하는 두 무한 사이에.

이것을 잘 깨닫기만 하면 사람들은 각자 자연이 정해준 상태 안에서 조용히 머물 것이라고 나는 생각한다. 우리의 몫으로 주어진 이 중간이 언제나 양극에서 멀리 떨어져 있다면, [누군가]가 사물에 대해 더 많은 지식을 가졌다고 해서 그게 무슨 대수겠는가. 그가 그런 지식을 가졌다면 좀 더 높은 자리에서 내려다볼 것이다. 그러나 종극(終極)에서는 여전히 한없이 멀지 않은가. 그리고 우리의 수명은 십 년이 더 연장되더라도 영원 안에서는 똑같이 미미한 것이 아닌가.

이 무한에서 보면 모든 유한은 동등하다. 무슨 이유로 인간이 자신의 상상력을 어떤 특정한 유한 위에 세우는지 나는 알 수가 없다. 우리를 유한과 비교하는 것만으로도 우리는 고통을 느낀다.

인간이 먼저 자신을 탐구하면 그는 그 이상 나아가는 것이 얼마나 불가능한지를 알게 될 것이다. 어떻게 부분이 전체를 알 수 있다는 것인가.──하지만 적어도 그가 균형을 이루고 있는 부분들만이라도 알고 싶어 할 것이다. 그러나 이 세상의 부분들은 매우 긴밀하게 상호 관련되고 연결되어 있기 때문에 다른 부분들 혹은 전체를 모르고 한 부분을 아는 것은 불가능하다고 나는 생각한다.

가령, 인간은 그가 알고 있는 모든 것과 관련되어 있다. 그는 자기를 두기 위한 장소, 지속하기 위한 시간, 살기 위한 운동, 자신을 구성하기 위한 원소들, [자기를] 양육하기 위한 열과 음식, 숨 쉬기 위한 공기 등이 필요하다. 그는 빛을 보고 물체를 지각한다. 결국 모든 것은 그와 관련을 맺고 있다. 그러므로 인간을 알려면 어떻게 해서 그가 생존하기 위해 공기를 필요로 하는지를 알아야 한다. 그리고 공기를 알려면 어떻게 공기가 인간의 생명과 이런 관계를 가지는지 등등.

불은 공기 없이는 존속하지 못한다. 그러므로 하나를 알기 위해서는 다른 하나를 알아야 한다.

이렇듯 모든 것은 결과이자 원인이고, 도움 받으면서 돕고, 간접적이고 직접적인 관계를 맺고 있다. 그리고 또 가장 멀고 가장 상이한 것들도 연결하는 자연적이고도 감지할 수 없는 연관으로 서로를 지탱하고 있으므로, 나는 전체를 모르면 부분을 알 수 없을 뿐만 아니라 부분을 개별적으로 알지 못하면 전체를 아는 것도 불가능하다고 생각한다.

[사물들 그 자체나 혹은 신 안에 깃든 영원성은 우리의 짧은 인생을 다시 놀라게 할 것이다. 자연의 확고하고 변함없는 부동성도 우리 안에서 일어나는 계속적인 변화와 비교하면 우리에게 동일한 느낌을 줄 것이다.]

사물을 인식하지 못하는 우리의 무능력에 결정타를 가하는 것이 있다. 사물들은 단일한 것인데 우리는 종류가 다른 상반된 두 성질, 즉 정신과 육체로 구성되어 있다는 것이다. 우리 안에서 울림을 내는 부분이 정신적인 것 외의 다른 것일 수 없기에 말이다. 그리고 우리를 단순히 육체적인 존재라고 주장한다면, 물질이 물질 자체를 인식한다고 말하는 것은 도저히 생각할 수 없으므로 이것은 우리가 사물을 인식하는 것을 더욱더 어렵게 만들 것이다. 물질이 어떻게 물질 자체를 인식하는지를 아는 것은 우리에게는 불가능한 일이다.

이렇듯, 우리가 단순히 물질이라면 우리는 아무것도 알 수 없을 것이고, 정신과 물질로 구성되었다면 정신적인 것이든 물질적인 것이든 단일한 사물은 완전히 알 수 없을 것이다.

거의 모든 철학자들이 사물의 관념을 혼동하여 물질적인 것을 정신적으로, 또 정신적인 것을 물질적으로 말하는 것은 이런 이유에서이다. 그들은 무모하게도 물질은 밑을 지향한다, 물질은 물질의 중심을 그리워한다, 물질은 파괴를 무서워한다, 물질은 진공을 두려워한다, 물질은 성질, 공감, 반감을 [가지고] 있다고 말한다. 이러한 성질들은 오직 정신에만 속한 것들이다. 그리고 정신에 대해서는 마치 어떤 장소에 있기라도 한 듯 생각하여, 한 자리에서 다른 자리로 움직이는 운동성을 부여한다. 이것은 오직 물질에만 있는 속성이다.

우리는 순수한 사물들의 관념을 받아들이는 대신 우리가 지닌 성질로써 그것들을 채색하고 또 우리가 보는 모든 단일한 사물들에 우리의 복합적인 존재를 새겨 넣는다.

우리가 모든 사물을 정신과 물질로 합성시키는 것을 볼 때, 이 혼합은 우리에게 매우 이해하기 쉬우리라고 그 누가 생각하지 않겠는가. 그러나 이것이야말로 가장 이해하기 어려운 것이다. 인간은 자기 자신에 대해 자연 중에서 가장 불가사의한 존재이다. 인간은 육체가 무엇인지, 더더구나 정신이 무엇인지 알 수 없으며, 하나의 육체가 어떻게 하나의 정신과 결합될 수 있는지는 그 무엇보다도 알 수 없기 때문이다. 이것이야말로 난해한 문제의 극치이다. 그러나 바로 이것이 그의 고유한 존재이다. 정신이 어떻게 육체에 결합되었는지 인간은 알 수 없다. 그러나 이것이 곧 인간이다.[105]

끝으로 우리의 결함에 대한 증명을 완전히 매듭짓기 위해 마지막으로 다음 두 가지 고찰로…….

391-(347)　H. 3. 인간은 자연에서 가장 연약한 한 줄기 갈대일 뿐이다. 그러나 그는 생각하는 갈대이다. 그를 박살내기 위해 전 우주가 무장할 필요가 없다. 한 번 뿜은 증기, 한 방울의 물이면 그를 죽이기에 충분하다. 그러나 우주가 그를 박살낸다 해도 인간은 그를 죽이는 것보다 더 고귀할 것이다. 인간은 자기가 죽는다는 것을, 그리고 우주가 자기보다 우월하다는 것을 알기 때문이다. 우주는 아무것도 모른다.

그러므로 우리의 모든 존엄성은 사유(思惟)로 이루어져 있다. 우리가 스스로를 높여야 하는 것은 여기서부터이지, 우리가 채울 수 없는 공간과 시간에서가 아니다. 그러니 올바르게 사유하도록 힘쓰자. 이것이 곧 도덕의 원리이다.

392-(206)　이 무한한 공간의 영원한 침묵이 나를 두렵게 한다.

393-(517)　위로받아라! 당신이 기대해야 할 것은 당신에게서 오는 위로가 아니다. 반대로 당신에게서 아무것도 기대하지 않음으로써 위로를 기대해야 한다.

---

105) "Modus quo corporibus adhaerent spiritus comprehendi ab hominibus non potest, et hoc tamen homo est"(아우구스티누스, 『신국론』, 21, 10). 몽테뉴, II, 12에서 인용.

* *

394-(431) 다른 누구도 인간이 가장 훌륭한 피조물이라는 것을 알지 못했다. 어떤 사람들은 인간의 우월성의 실체를 잘 이해했는데, 그들은 인간이 자신에 대해 천성적으로 품고 있는 저속한 감정들을 비굴함이나 배은망덕으로 생각했다. 또 다른 사람들은 이 저속함이 얼마나 실제적인가를 잘 깨달았는데, 이들은 인간이 똑같이 천성적으로 품는 위대의 감정을 가소로운 오만으로 간주했다.

한편에서는 말하기를, 당신들의 눈을 들어 신을 보라, 당신들이 닮은, 그리고 그를 찬양하도록 당신들을 창조한 신을 바라보라, 당신들은 신과 같이 될 수 있고, 그를 따르기를 원한다면 지혜가 당신들을 그와 동등하게 만들 것이라고 한다. "머리를 들어라, 자유로운 인간들이여!"라고 에픽테토스는 말했다. 그런가 하면 또 다른 편에서는 말하기를, 천한 벌레와 같은 당신들은 눈을 낮추어 땅을 보라, 그리고 당신들의 동반자인 짐승을 보라고 한다.

그러니 인간은 무엇이 되겠는가. 신과 동등해지겠는가, 짐승과 동등해지겠는가. 이 얼마나 끔찍한 거리인가. 그러니 우리는 무엇이 될 것인가. 이 모든 것을 통해, 인간은 길 잃고 방황하며, 본래의 자리에서 추락하여, 불안스럽게 이 자리를 찾건만 다시는 되찾을 수 없다는 것을 그 누가 깨닫지 못하겠는가. 그렇다면 누가 그 자리로 인도할 것인가. 가장 위대한 인간들도 그렇게 하지 못했다.

395-(660) 정욕은 우리에게 자연스러운 것이 되었고, 그래서 우리의 제2의 본성을 이루었다. 이렇듯 우리 안에는 두 본성이 있다. 하나는 좋고 하나는 나쁘다. 신은 어디 있는가. 당신들이 있지 않은 곳에 있다. 그리고 신의 나라는 당신들 안에 있다. 랍비들.

396-(245) 믿는 데는 세 가지 방법이 있다. 즉 이성, 습관, (신의) 감화. 유일하게 이성을 가진 기독교는 신의 감화 없이 믿는 사람들을 진정한 신도로 인정하지 않는다. 그렇다고 이성과 습관을 배제하는 것은 아니다. 오히려 반대로 사람은 증거 앞에 그의 정신을 열어야 하고, 습관에 의해 믿음을 공고히 할 필요가 있다. 그러나 겸손한 마음으로 신의 감화에 자기를 내맡겨야 한다. 이것만이 진정하고 유효한 결과를 낳는다. (그리스도께서 나를 보내심은 …… 복음을 전케 하려 하심이니 말의 지혜로 하지 아니함은) 그리스도의 십자가가 헛되지 않게 하려 함이라.106)

---

106) "Ne evacuetur crux Christi"(「고린도전」, 1:17).

15편의 2

(이 항목은 파스칼에 의해 설정되었으나 그 안에 분류된 단장은 없다.)

16편

다른 종교들의 허위성

397-(595) 권위 없는 마호메트.

따라서 그의 이론들은 그 자체의 힘만 있으므로 매우 힘 있는 것이어야 할 것이다.

그렇다면 그는 무슨 말을 하는가. 자기를 믿어야 한다고 말한다.

398-(489) 다른 종교들의 허위성. 그들은 증인이 없다. 이 사람들은 증인이 있다. 신은 다른 종교들에게 이런 표적이 있으면 제시해 보라고 도전한다. 「이사야」, 43:9, 44:8.

399-(489) 만약 모든 것에 단 하나의 원리와 단 하나의 목적이 있다면 모든 것은 이 존재에 의해 있고, 모든 것은 이 존

재를 위해 존재한다. 그러므로 진정한 종교는 이 존재만을 찬양하고 이 존재만을 사랑하라고 가르쳐야 한다. 그러나 우리는 알지 못하는 존재를 찬양할 수 없고 또 우리가 아닌 다른 존재를 사랑할 수도 없으므로 이 의무를 가르치는 종교는 우리의 무능력도 가르쳐야 하고 또 이것을 고칠 방법도 제시해야 한다. 종교는 한 사람에 의해 모든 것을 잃었고 신과 우리의 관계가 끊어졌다는 것을, 그리고 한 사람에 의해 이 관계가 회복되었다는 것을 가르친다.

우리가 태어나면서부터 그토록 신의 사랑에 거스르는 것을 보면, 그런데 이 사랑이 그토록 필요한 것을 보면, 우리가 죄인으로 태어났거나 아니면 신이 의롭지 않아야 할 것이다.

400-(235) 그들은 사실은 보았지만 원인은 보지 못했다.[107]

401-(597) 마호메트에 대한 반박. 『코란』을 마호메트가 쓰지 않았다는 사실은 「마태복음」을 마태가 썼다는 사실만큼이나 분명하다. 복음서는 여러 세기에 걸쳐 많은 저자들에 의해 인용되어 왔기 때문이다. 켈수스나 포르피리오스 같은 적들조차도 이것을 부인하지 않았다.

『코란』은 성 마태를 선한 사람이었다고 기록하고 있다. 마호메트는 거짓 예언자였다. 그는 악한 자들을 선한 사람이라 부

---

107) "Rem viderunt, causam non viderunt." 아우구스티누스, 『펠라기우스에 대한 논박』에서 인용한 것이다. 인간의 비참만을 보고 원죄에까지 이르지는 못한 키케로를 비난한 말이다.

르거나 혹은 그들이 예수 그리스도에 대해 말한 것에 동의하지 않았기 때문이다.

402-(435) 이 신적인 지식이 없었을 때, 사람들은 그들에게 남겨진 과거의 위대에 대한 내적 감정 속에서 스스로를 높이거나, 아니면 현재의 비속함을 보고 스스로를 낮추거나 하는 것 외에 무엇을 할 수 있었겠는가.

왜냐하면 그들은 전적인 진리를 보지 못함으로써 완전한 덕에 도달할 수 없었기 때문이다. 어떤 사람들은 본성을 타락하지 않은 것으로 생각하고, 또 어떤 사람들은 본성을 치유할 수 없는 것으로 생각함으로써 모든 악덕의 두 원천이라 할 오만 아니면 나태를 피할 수가 없었다. [그들은] 무기력으로 인해 이 악덕에 빠져들거나, 오만으로 인해 그것에서 빠져나오거나 [할] 수밖에 없었기 때문이다. 그들은 인간의 우월성을 자각했으나 타락을 몰랐으며 그 결과 나태는 피했어도 오만에 빠졌는가 하면, 한편 본성의 결함을 깨달았으나 그 존엄성을 몰랐으며 그 결과 허영은 피했어도 절망에 사로잡혔다.

이로부터 스토아파와 에피쿠로스파, 독단론자들과 회의론자들 등 갖가지 학파가 유래했다.

오직 기독교만이 이 두 악덕을 고칠 수 있었다. 지상의 지혜로써 하나를 가지고 다른 하나를 물리침으로써가 아니라 복음의 단순함으로써 둘을 다 물리친 것이다. 왜냐하면 기독교는 의로운 사람들에게—기독교는 이들을 신성에 참여하는 데까지 드높여 준다—이 숭고한 상태에서도 살아 있는 동안은 비참과 죽음과 죄에 그들을 예속시키는 모든 타락의 근원을 그들이 가지고 있다고 가르치기 때문이다. 그리고 가장 불경건한 사람들에게도 구속자(그리스도)의 은총을 받을 수 있다고 소리 높여 외친다. 이렇듯, 기독교는 은총으로 의로워진 사람들에게는 두려움을 주고 정죄된 사람들에게는 위안을 줌으로써 만인에게 공통된 은총과 죄라는 이중의 능력을 통해 두려움과 희망을 극히 공정하게 조절한다. 그래서 이성이 단독으로 할 수 있는 것보다 무한히 강하게 사람을 낮추되 절망에 빠뜨리지 않는가 하면, 본성의 오만이 할 수 있는 것보다 무한히 사람을 높이되 교만에 이르게 하지 않는다. 이로써 오직 기독교만이 오류와 부덕에서 벗어나 사람들을 가르치고 치유할 수 있다는 것을 잘 보여준다.

그렇다면 이 거룩한 하늘의 지혜를 믿고 찬양하는 것을 그 누가 거부할 수 있겠는가. 왜냐하면 우리가 우월성의 지울 수 없는 특징들을 우리 안에서 느낀다는 것은 불보다 더 명확한 일이 아닌가. 그리고 시시각각 우리의 개탄스러운 상태의 갖가지 결과들을 경험하는 것도 역시 진실이 아닌가.

그렇다면 이 혼돈과 끔찍한 혼란은 항거할 수 없을 만큼 강한 음성으로 이 두 상태의 진실을 외치는 것이 아니고 무엇이 겠는가!

403-(599) 예수 그리스도와 마호메트의 차이. 마호메트는 예언되지 않았다. 예수 그리스도는 예언되었다.

마호메트는 사람들을 죽였으나, 예수 그리스도는 자기를 믿는 사람들이 목숨을 바치게 했다.

마호메트는 읽는 것을 금했지만, 사도들은 읽으라고 명했다.

결국 이것은 너무나도 상반된 것이어서 마호메트가 인간적으로 흥(興)하는 길을 택했다면 예수 그리스도는 인간적으로 망(亡)하는 길을 택했다. 그래서 마호메트가 흥했으므로 예수 그리스도도 능히 흥할 수 있었다고 결론짓는 대신, 마호메트가 흥했으므로 예수 그리스도는 망해야 했다고 말해야 한다.

404-(451) 모든 사람들은 자연적으로 서로 미워한다. 사람들은 사욕을 공공 이익에 봉사하도록 가능한 한 이용했다. 그러나 이것은 가장(假裝)일 뿐이고 또 사랑의 허상(虛像)이다, 왜냐하면 그 본질은 증오일 뿐이니까.

405-(453) 사람들은 사욕에서 정치, 도덕, 법의 희한한 규칙들을 이끌어내고 정립했다. 그러나 실은 이 추악한 인간의 뿌리, 이 악한 본성[108]은 가려졌을 뿐이다, 제거되지 않았다.

406-(528) 예수 그리스도는 오만 없이 우리가 다가가 절망 없이 그 밑에 우리를 낮출 수 있는 신이다.

407-(551) 입맞춤보다 매질당하기에 합당해도 나는 두렵지 않

---

108) "이는 사람의 마음의 계획하는 바가 어려서부터 악함이라"(「창세」, 8:21)의 "figmentum malum"에서 빌린 표현이다.

다, 사랑하기 때문에.[109]

408-(491) 참된 종교는 그의 신을 사랑하도록 요구하는 것을 특징으로 삼아야 한다. 이것은 극히 정당한 일이다. 그런데 어떤 종교도 이것을 명하지 않았다. 우리의 종교는 이것을 명했다.

이 종교는 또 정욕과 무력함을 알고 있어야 한다. 우리의 종교는 이것을 알았다.

이 종교는 또 이것들을 치유할 방법을 제시했어야 한다. 그 중 하나는 기도다. 어떤 종교도 신에게 그를 사랑하고 따르게 해달라고 구하지 않았다.

409-(433) 인간의 모든 본성을 이해한 다음. 한 종교가 참된 것이 되기 위해서는 우리의 본성을 알고 있어야 한다. 위대와 비속을 알고 또 이것들의 이유를 알고 있어야 한다. 기독교를 제외하고 그 어떤 종교가 이것을 알았는가.

410-(493) 참된 종교는 우리의 의무와 우리의 무력함(오만과 정욕)을 가르치고 그 치유책(겸손과 금욕)을 가르친다.

411-(650) 표징(標徵)에는 명백하고 설득력 있는 것들도 있

---

109) "Dignior plagis quam osculis non timeo quia amo"(성 베르나르, 『설교집』, 2:11).

지만 다소 억지스러운 그래서 이미 다른 데서 설득당한 사람들에게만 증거가 되는 것들도 있다. 이것들은 계시록에 나오는 것들과 흡사하다. 그러나 이것들은 전혀 확실성이 없다는 차이가 있다. 그래서 그들이 자기들의 표징이 우리의 어떤 표징만큼 확실한 근거를 가지고 있다고 한다면 이보다 더 부당한 일은 없다. 왜냐하면 그들은 우리의 어떤 표징과 같은 설득력이 없기 때문이다.

그러므로 승부는 대등하지 않다. 한 면에서 유사하다는 이유로 양자를 동일시하거나 혼동해서는 안 된다, 다른 면에서는 전혀 다른 것이니까. 명료하게 드러난 것들이 신적인 것일 때 그것들은 불명료한 것들도 존중하게 하기에 합당하다.

[이것은 마치 그들 사이에서 불명료한 말을 사용하는 사람들과도 같다. 그 말을 이해하지 못하는 사람들은 그 안에서 엉뚱한 뜻만을 받아들일 것이다.]

412-(598) 나는 마호메트 가운데 모호하고 신비로운 뜻으로 해석될 수 있는 것에 의해서가 아니라 명료한 것, 천국 그리고 그 나머지 것들에 의해 사람들이 그를 판단하기를 바란다. 그가 우스꽝스러운 것은 바로 이 점에서다. 그러므로 그의 명료한 것들이 우스꽝스럽다면 그의 불명료한 것들을 신비로 해석하는 것은 옳지 않다.

『성서』는 그렇지 않다. 나는 『성서』에도 마호메트의 경우처럼 기묘하게 불명료한 부분이 있다는 것을 인정한다. 그러나 『성서』에는 경탄할 만큼 명료한 부분이 있고 또 성취된 명료한 예언들이 있다. 따라서 승부는 대등하지 않다. 불명료라는 점에서만 유사하고 이 불명료를 존중하게 하는 명료함에 있어서는 그렇지 않은 양자를 혼동하고 동일시해서는 안 된다.

413-(251) 가령 이교(異教)와 같은 다른 종교들은 더 대중적이다. 그것들은 외면을 중시하기 때문이다. 사려 깊은 사람들을 위한 것은 아니다. 순수하게 정신적인 종교는 사려 깊은 사람들에게는 적합할지 몰라도 대중에게는 유익하지 않다. 오직 기독교만이 외면과 내면이 섞여 있어 모든 사람들에게 적합하다. 기독교는 민중을 내면으로 높이고, 오만한 자들을 외면으로 낮춘다. 그리고 이 두 가지가 없으면 완전하지 않다. 왜냐하면 민중은 글의 정신을 깨달아야 하고, 지식 있는 사람들은 그들의 정신을 글에 복종시켜야 하기 때문이다.

414-(468) 다른 어떤 종교도 자기를 증오하라고 가르치지 않았다. 그러므로 다른 어떤 종교도 자기를 증오하고 진실로 사랑할 만한 존재를 찾는 사람들에게 만족을 주지 못한다. 이들은 스스로를 낮춘 신의 종교에 대해 한 번도 들어본 적이 없었더라도 지체 없이 이 종교를 받아들일 것이다.

＊＊

415-(628) 유대인들의 고대 유물. 한 책과 다른 책 사이에

는 얼마나 큰 차이가 있는가! 그리스인들이 『일리아드』를 쓴 것이나 이집트인들과 중국인들이 그들의 역사를 쓴 것에 대해 나는 놀라지 않는다. 이것들이 어떻게 태어났는지를 보기만 하면 된다. 이 전설적 역사가들은 그들이 쓴 이야기들과 같은 시대의 사람들이 아니다. 호메로스는 한 편의 소설을 써서 소설로 내놓았고 그것은 소설로 받아들여졌다. 아무도 트로이나 아가멤논이 황금 사과처럼 존재하지 않았다는 것에 대해 의심하지 않았기 때문이다. 따라서 그는 역사가 아니라 단지 오락물을 쓰려고 했던 것이다. 호메로스는 그의 시대에 글을 쓴 유일한 사람이었고, 그 작품의 아름다움은 이것을 영원한 것으로 만들었다. 모든 사람이 이것을 배우고 이것에 대해 이야기한다. 그것을 잘 알아야 하고 누구나 암송한다. 400년이 지나면 이야기의 증인들은 살아남지 않는다. 아무도 자기의 지식으로 그것이 꾸며낸 이야기인지 역사인지 알지 못한다. 단지 조상으로부터 들었을 뿐이고 그래서 진실로 받아들여진다.

동시대의 것이 아닌 모든 역사, 가령 시빌라의 책,[110] 헤르메스 트리스메기스토스의 책[111] 그리고 사람들의 신임을 얻은 수많은 책들은 거짓이고 세월이 흘러가면서 거짓으로 판명된다. 동시대의 저자들은 그렇지 않다.

한 개인이 만들어 사람들에게 제공한 책과, 한 민족이 직접

---

110) 무녀 시빌라의 『신탁집』.
111) 이집트 사제들에 의해 보존된 42권의 책.

만드는 책에는 커다란 차이가 있다. 책이 민족만큼이나 유구하다는 것은 의심할 수가 없다.

416-(594) 중국사에 대한 반박. 멕시코의 사가들. 다섯 개의 태양, 그중 최후의 태양은 불과 800년 전의 것이다.

한 민족에 의해 받아들여진 책 혹은 한 민족을 만들어내는 책의 차이.

417-(479) 신이 있다면 오직 그만을 사랑해야 하고, 덧없는 피조물들을 사랑해서는 안 된다. 「솔로몬의 지혜」에서처럼[112] 불신자들은 신이 없다는 것만을 논리의 근거로 삼는다. "사실이 그렇다면 피조물을 즐기자"고 말한다. 이것은 최악의 것이다. 그러나 사랑해야 할 신이 있다면 그들은 이런 결론이 아니라 그 반대의 결론을 내렸을 것이다. 이것이야말로 지혜로운 사람들의 결론이다. "신이 있다, 그러므로 피조물을 즐기지 말자."

그러므로 우리를 피조물에 집착하도록 부추기는 모든 것은 악이다. 왜냐하면 이것은 우리가 신을 알 때 그를 섬기지 못하게 방해하고, 우리가 신을 모를 때 그를 찾지 못하게 방해하기 때문이다. 그런데 우리는 정욕으로 가득 차 있고 따라서 악으로 가득 차 있다. 그러므로 우리 자신과, 신 외의 것에 우리가 집착하게 하는 모든 것을 증오해야 한다.

112) "자 오너라. 그리고 여기 있는 것들을 즐기고 젊었을 때처럼 피조물들을 이용하자"(『구약외경』, 「솔로몬의 지혜」, 2:6).

418-(492) 자기 안의 자애심과 자기를 신으로 만들려고 충동하는 이 본능을 증오하지 않는 사람은 참으로 눈먼 자이다. 의(義)와 진리에 이다지도 어긋난 것은 아무것도 없음을 그 누가 깨닫지 못하겠는가. 왜냐하면 우리가 그렇게 되기에 합당하다는 것은 거짓이고, 또 모두가 같은 것을 원하고 있으므로 그렇게 되는 것은 옳지 않을뿐더러 불가능하기 때문이다. 따라서 이것은 우리가 가지고 태어난 명백한 불의이고, 우리가 벗어날 수 없는, 그러나 꼭 벗어나야 할 불의이다.

그럼에도 불구하고 어떤 종교도 이것이 죄라는 것도, 우리가 이 죄 가운데 태어났다는 것도, 그리고 이것에 저항해야 했다는 것도 가르치지 않았고 또 이것을 치유할 방법을 제시할 생각도 하지 않았다.

419-(589) 기독교가 유일한 종교가 아니라는 것에 대해. 이것이 기독교가 참된 종교가 아니라고 믿게 하는 이유가 된다는 것은 당치도 않다. 아니 반대로, 기독교가 참됨을 보여주는 것은 바로 이것이다.

420-(259) 보통 사람들은 생각하고 싶지 않은 것을 생각하지 않을 힘을 가지고 있다. "메시아를 예언하는 구절들을 생각하지 마라"고 유대인은 자식에게 말했다. 우리 시대의 사람들도 흔히 그렇게 말한다. 많은 사람들의 경우 그릇된 종교들은, 아니 참된 종교까지도 이와 같이 보존된다.

그러나 이렇게 생각하는 것을 스스로 막을 힘이 없고 또 금하면 금할수록 더 생각하는 사람들도 있다. 이들은 그릇된 종교를 내던진다. 그리고 주장하는 것이 확실하다고 생각되지 않으면 참된 종교까지도 버린다.

421-(593) **중국의 역사.** 증인들이 목 졸려 죽기까지 하는 그런 역사만을 나는 믿는다.

[모세와 중국, 이 둘 중 어느 것이 더 믿을 만한가.]

이것을 대략적으로 보는 것이 문제는 아니다. 나는 그 안에 사람들을 눈멀게도 하고 눈뜨게도 할 만한 것이 있다고 당신들에게 말하겠다.

이 한마디로써 나는 당신들의 모든 논리를 무찌른다. "그러나 중국은 모호한 데가 있다"고 당신들은 말한다. 나는 대답하겠다. "중국은 모호한 데가 있지만 찾아내야 할 명확한 것도 있다, 그것을 찾아라."

이렇듯 당신들이 말하는 것은 하나의 의도를 위한 것이고 다른 의도에 반대되는 것은 아무것도 없다. 이렇듯 이것은 유익할지언정 해가 되지는 않는다.

그러므로 상세히 살펴보아야 한다. 책상 위에 자료들을 가져다 놓아야 한다.

422-(487) 그 신앙 가운데 신을 만물의 원리로 경배하지 않는 종교, 그 도덕 가운데 유일한 신을 만물의 목표로 사랑하지 않는 종교는 다 거짓이다.

17편

사랑할 만한 종교

423-(774) 모든 사람을 위한 예수 그리스도. 한 민족을 위한 모세.

아브라함 가운데 축복받은 유대인들: "너를 축복하는 자들을 내가 축복하리라."[113] 그러나 "그의 자손으로써 모든 백성들이 축복받으리라".[114] "(이스라엘 중에 보존된 자를 돌아오게 할 것은) 오히려 경한 일이라"[115] 등등.

"이방을 비추는 빛이요."[116]

"여호와는 아무 나라에게나 이같이 행치 아니하셨나니"[117]라고

---

113) 「창세」, 12:3.
114) 「창세」, 22:18.
115) "Parum est ut"(「이사야」, 49:6).
116) "Lumen ad revelationem gentium"(「누가」, 2:32).

다윗은 율법에 대해 말했다. 그러나 예수 그리스도에 대해서는 이렇게 말해야 한다. "모든 나라에 이렇게 행하셨으니"[118] "오히려 경한 일이라" 등등. 「이사야」. 그러므로 보편적이 된 것은 예수 그리스도부터이다. 교회도 신도들만을 위해 제사를 드린다. 예수 그리스도는 모든 사람을 위해 십자가의 제사를 드렸다.

424-(747) 육적인 유대인과 이교도는 비참을 지니고 있고, 기독교도도 마찬가지다. 이교도는 구속자가 없다, 그들은 이것을 바라지도 않으니까. 유대인들에게도 구속자가 없다, 그들은 헛되이 바라고 있다. 오직 기독교도에게만 구속자가 있다. (영속성을 보라.)

** **

425-(590) 종교에 대해서는 진지해야 한다. 참된 이교도, 참된 유대인, 참된 기독교도.

426-(780) 예수 그리스도는 절대로 듣지 않고 정죄하지는 않았다. 유다에게, "친구여, 네가 무엇을 하려고 왔느냐?"[119] 혼례복이 없는 사람에게도 마찬가지였다.

---

117) "Non fecit taliter omni nationi"(「시편」, 147:20).
118) "Fecit taliter omni nationi."
119) "Amice, ad guid venisti?"(「마태」, 26:50).

427-(450) 만약 자기가 오만과 야심과 정욕과 결함과 비참과 불의로 가득 차 있다는 것을 깨닫지 못한다면 그는 눈먼 사람이다. 만약 그것을 알고도 구원받기를 원하지 않는다면 ……이런 사람에 대해서는 뭐라 말할 것인가.

그렇다면 인간의 결함을 그처럼 잘 알고 있는 종교에 대해 존경의 마음과, 그처럼 간절하게 바라는 구원을 약속하는 종교가 진실된 것이기를 갈망하는 마음 외에 무엇을 가질 수 있겠는가.

428-(798) 복음서의 문체는 여러 가지로 경탄스럽다. 그중에서도 특히 예수 그리스도를 처형한 자들과 적들에 대해 전혀 비난하지 않은 점에서 그렇다. 유다나 빌라도나 그 어떤 유대인들에 대해서도 적대시하는 복음서 기록자는 한 사람도 없었기 때문이다.

만약 복음서 기록자들의 이 겸손이 그처럼 아름다운 성질의 수많은 특징들과 함께 하나의 꾸밈에 지나지 않는다면 그리고 단순히 주목을 끌기 위한 꾸밈이었다면 설사 그들 자신이 감히 이것을 지적하지 않았더라도 필경 그들의 유익을 위해 그들에게 지적해 줄 친구들을 가졌을 것이다. 그러나 꾸밈없이 그리고 전적으로 사심 없는 마음으로 그렇게 행했으므로 누구에게도 이것이 눈에 띄지 않았던 것이다. 나는 이런 일들 중에 아직까지 지적되지 않은 것이 꽤 있다고 생각하는데, 이것이야말로 냉정하게 일이 이루어졌다는 증거이다.

429-(615) 아무리 말해도 소용없다. 기독교에는 무엇인가 놀라운 것이 있다고 고백해야 한다. "그것은 당신이 그 안에서 태어났기 때문이다"라고 사람들은 말할 것이다. 당치도 않다. 그런 이유 때문에 오히려 나는, 혹시라도 이 선입관이 나를 현혹시키지나 않을까 경계한다. 그러나 내가 그 안에서 태어나긴 했어도 나는 기독교가 과연 그렇다고 인정하지 않을 수 없다.

18편

종교의 기반과 반론에 대한 반박

430-(570) 표징의 장 안에 있는, 표징(表徵)의 원인에 관한 것을 기반의 장에 덧붙여야 한다. 즉 예수 그리스도의 초림이 예언된 이유는 무엇인지, 그리고 그 강림의 방법에 대해서는 왜 모호하게 예언되었는지.

431-(816) 믿지 않는 사람들이 가장 쉽게 믿어버린다. 그들은 모세의 기적은 믿지 않는 대신 베스파시아누스의 기적[120]은 믿는다.

---

120) 황제 베스파시아누스가 눈먼 여자의 눈에 침을 발라 고쳐주었다는 이야기를 가리킨다.

432-(789) 예수 그리스도가 사람들 가운데서 알려지지 않았던 것처럼 진리도 외관에서는 아무 차이 없이 보통의 의견들과 섞여 있다. 이와 같이 성체도 보통의 빵 안에 있다.

433-(523) 모든 신앙은 예수 그리스도와 아담으로 성립된다. 모든 도덕은 정욕과 은총으로 성립된다.

434-(223) 부활과 처녀 출산에 반대하여 그들은 무슨 할 말이 있는가. 사람이나 짐승을 낳는 것이 다시 낳는 것보다 더 어려울 게 무엇인가. 만약 그들이 어떤 종류의 짐승을 한 번도 본 일이 없었다면 그것들이 서로 짝 없이 태어났는지 분간할 수 있겠는가.

435-(751) 예언자들은 예수 그리스도에 대해 뭐라 말하는가. 그는 명백하게 신일 것이라고 말하는가. 아니다. 오히려 그는 참으로 숨어 있는 신이다, 사람들은 그를 부인할 것이다, 그가 바로 그 사람이라고 생각하지 않을 것이다, 그는 걸리는 돌이 되어 많은 사람이 걸려 넘어질 것이다 등등이라 말했다. 그렇다면 명확성이 결여되었다고 우리를 비난하지 말라, 우리는 이것을 공언하고 있으니까.

"그러나 모호한 것들이 있다"고 사람들은 말한다. 그런데 이것이 없다면 아무도 예수 그리스도에 넘어지지 않을 것이다. 이것은 예언자들의 확실한 의도 중의 하나다, "이 백성의 마음을 둔하게 하여……."[121]

436-(444) 사람들이 가장 위대한 지식으로써 알 수 있었던 것을 이 종교는 아이들에게까지 가르친다.

437-(430, 2) 이해할 수 없다고 해서 존재하지 않는 것은 아니다.

438-(511) 만약 인간은 신과 교제할 만한 자격을 갖기에는 너무나도 보잘것없다고 말하고 싶다면, 그렇게 판단하기 위해서는 정녕 위대해야 한다.

439-(566) 만약 신이 어떤 사람들을 눈멀게 하고 또 어떤 사람들을 눈뜨게 하고자 원했다는 것을 원리로 삼지 않는다면, 우리는 신의 역사에 대해 아무것도 이해하지 못한다.

440-(786) 예수 그리스도가 자기가 나사렛 사람이고, 또 요셉의 아들임을 부인하지 않는 이유는 악인들을 맹목 속에 버려두기 위해서다.

441-(581) 신은 이성보다 의지를 다스리기를 원한다. 완전한 명확성은 이성에게는 유익하되 의지에는 해로울 것이다. 오만을 꺾어야 한다.

---

121) "Excaeca……"(「이사야」, 6:10).

442-(771) 예수 그리스도는 명확하게 보는 자를 눈멀게 하고 눈먼 자에게는 빛을 주며, 병자는 고치고 성한 자는 죽게 하며, 죄인은 회개하게 하여 의롭게 만들고 의인이라고 여기는 자는 그들의 죄 속에 두며, 가난한 자는 채워주고 부자는 빈털털이가 되게 하려고 왔다.

443-(578) 선택받은 자들을 눈뜨게 하기에 충분한 밝음이 있고, 그들을 겸손하게 하기에 충분한 어둠이 있다. 버림받은 자들을 눈멀게 하기에 충분한 어둠이 있고, 그들을 정죄하고 용서받지 못하게 하기에 충분한 밝음이 있다. 성 아우구스티누스, 몽테뉴, 「스봉」.[122]

『구약성서』 안에서 예수 그리스도의 계보는 다른 수많은 불필요한 계보들과 뒤섞여 있어서 식별할 수가 없다. 만약 모세가 예수 그리스도의 조상만을 기록했다면 너무나도 명료했을 것이다. 만약 예수 그리스도의 계보를 기록하지 않았다면 그것은 충분히 불명료했을 것이다. 그러나 결국 자세히 살펴보는 사람은 예수 그리스도의 계보를 다말, 룻 등이 있어 충분히 알아볼 수 있다.

이 제사를 명한 사람들은 그것이 무용하다는 것을 알고 있었다. 그것이 무용하다고 선언한 사람들마저 이 제사를 드리는 것을 멈추지 않았다.[123]

---

122) 몽테뉴, II, 12, 「레이몽 스봉 변론」 중의 아우구스티누스라는 뜻인 듯.
123) 「히브리」, 5:12 참조.

원리. 모세는 지혜로운 사람이었다. 그러므로 그가 이성으로 자신을 다스렸다면 이성에 직접적으로 어긋나는 일은 아무것도 하지 않았을 것이다.

이렇듯, 모든 명백한 약점들도 힘이 된다. 가령, 성 마태와 성 누가의 두 계보. 이것이 협의해서 이루어지지 않았다는 것보다 더 명백한 일이 어디 있겠는가.

444-(795) 만약 예수 그리스도가 단지 이 세상을 거룩하게 하기 위해 왔다면 성서 전체와 모든 것은 이 목적을 지향했을 것이고, 불신자들을 설득하는 일도 매우 쉬웠을 것이다. 만약 예수 그리스도가 단지 사람들을 눈멀게 하기 위해 왔다면 그의 행위는 혼란스러웠을 것이고, 우리는 불신자들을 납득시킬 아무 방도도 없었을 것이다. 그러나 이사야가 말했듯이 그는 거룩한 피할 곳, 거치는 돌[124]로 왔으므로 우리는 불신자들을 설득할 수 없고 그들은 우리를 설득하지 못한다. 그러나 바로 이것으로써 우리는 그들을 설득한다. 예수 그리스도가 행하는 모든 일에는 어느 편에도 확신을 주는 것이 없다고 우리는 말하기 때문이다.

445-(645) 표징. 신은 그의 백성들에게서 소멸할 재물을 빼앗으려고 했으므로, 그것이 무능 때문이 아님을 보여주기 위해 유대 민족을 만들었다.

---

124) "in sanctificationem et in scandalum"(「이사야」, 8:14).

446-(510) 인간은 신에 합당하지 않지만 신에 합당해질 수 없는 것은 아니다.

신이 비참한 인간과 연합하는 것은 합당하지 않지만 신이 비참에서 인간을 구하는 것이 불합당하지는 않다.

447-(705) 증거. 예언과 그 성취. 예수 그리스도보다 앞서 있었던 일, 뒤에 있었던 일.

448-(765) 상반된 것들의 근원. 십자가의 죽음에 이르기까지 자기를 낮춘 하느님, 자기의 죽음으로 죽음을 이긴 메시아. 예수 그리스도 안의 두 본성, 두 강림, 인간 본성의 두 상태.

449-(585) 신이 스스로 숨기를 원했음. 만약 단 하나의 종교만이 있다면 신은 그 안에 명확히 나타날 것이다.

만약 우리의 종교에만 순교자가 있었다면 역시 마찬가지일 것이다.

신이 이와 같이 숨어 있다면 신이 숨어 있다고 말하지 않는 모든 종교는 참된 것이 아니다. 그리고 그 이유를 설명하지 않는 모든 종교는 사람을 가르칠 수 없다. 우리의 종교는 이 모든 것을 한다. 진실로 주님은 스스로 숨어 계시는 하느님이시니이다.[125]

---

125) "Vere tu es Deus absconditus"(「이사야」, 45:15).

450-(601) [우리 신앙의 기반.] 이교도의 종교는 기반이 없다. [지금은. 옛날에는 말하는 신탁이 있어 그것으로 기반을 삼았다고 한다. 그러나 이것을 보장해 주는 책은 어떤 것들인가. 이 책들은 저자의 덕으로 인해 과연 믿을 만한가. 이 책들은 결코 훼손되지 않았다고 확신할 수 있을 만큼 정성을 다해 보존되었는가.]

마호메트교의 기반은 『코란』과 마호메트이다. 그러나 이 세상 최후의 희망이 되어야 할 이 예언자는 과연 예언되었는가. 그는 스스로 예언자로 일컬어지기를 원한 모든 사람들에게서는 찾아볼 수 없는 그 무엇을 가졌는가. 그 자신이 어떤 기적을 행했다고 말했는가. 그의 전승(傳承) 그대로 어떤 신비를 가르쳤는가. 어떤 도덕과 어떤 복을?

유대교는 성서의 전승과 민족의 전승을 각기 다르게 취급해야 한다. 유대교의 도덕과 복은 민족의 전승이라는 측면에서 가소롭다. 그러나 성스러운 [책]의 전승이라는 측면에서는 경탄할 만하다[그리고 이것은 종교 전체가 마찬가지다. 기독교의 모습은 성서 안에서와 결의론자(決疑論者)들에게는 전혀 다르기 때문에]. 그 기반은 경탄스럽다. 이것은 이 세상에서 가장 오래된 책이고 가장 진실된 것이다. 그런데 마호메트는 자기 책을 존속시키기 위해 읽지 못하게 한 데 반해 모세는 자기 책을 존속시키기 위해 모든 사람에게 읽으라고 명했다.

우리 종교는 또 하나의 신성한 종교를 단지 그 기반으로 삼고 있을 만큼 신성하다.

451-(228) 무신론자들의 반론: "그러나 우리에게는 아무 빛도 없다."

* *

452-(565) 그러므로 종교의 불명료함 자체 속에서, 종교에 대해 우리가 가지고 있는 하찮은 지식 가운데, 그리고 종교를 아는 데 대한 우리의 무관심 속에서 종교의 진리를 인정하라.

453-(559, 2) 영원한 존재자는 한번 존재하면 영원히 존재한다.

454-(201) 모든 반론은 어느 편의 것이건 그들 자신에게로 되돌아갈 뿐 결코 종교를 해치지 않는다. 불신자들이 말하는 모든 것은……

455-(863) 사람은 그 누구나 하나의 진리만을 따르면 따를 수록 그만큼 더 위험한 잘못을 저지른다. 그들의 잘못은 어떤 허위를 따른 것이 아니라 또 하나의 다른 진리를 따르지 않은 데 있다.

456-(428) 신을 자연으로 증명하는 것이 무능의 표시라 해도 그 때문에 성서를 경멸하지 마라. 이 상반된 것들을 인

식한 것이 능력의 표시라면 그것으로 성서를 존중하라.

457-(577) [저속함]. 신은 택함을 받은 자들의 행복을 위해 이 민족의 우둔함을 이용했다.

458-(622) 천지 창조가 차츰 과거가 되어 멀어지기 시작하자 신은 같은 시대의 유일한 역사가를 준비했고, 한 민족에게 이 책의 수호를 맡겼다. 이것은 이 역사가 세계에서 가장 진실한 것이 되게 하고 또 모든 사람이 꼭 알아야 할 유일한 것을 이 책에서 배우며 오직 이 책에서만 알 수 있게 하기 위해서였다.

459-(289) 증거들.─1 기독교. 그처럼 자연에 어긋난 것임에도 그처럼 확고하고 그처럼 조용하게 그 자체로 수립된 그 성립에 의해.─2 기독교도들의 마음의 청결함과 고결함과 겸손.─3 성서의 여러 경이들.─4 특히 예수 그리스도.─5 특히 사도들.─6 특히 모세와 예언자들.─7 유대 민족.─8 예언.─9 영속성. 어떤 종교도 영속성이 없었으므로.─10 모든 것을 설명하는 교리.─11 이 율법의 성스러움.─12 세상 사람들의 행위에 의해.

그런 후에, 인생이 무엇이고 종교가 무엇인지를 생각하면서 마음속으로 이 종교를 따르고 싶어질 때 이 마음의 움직임을 거부하지 않아야 한다는 것은 명백하다. 그리고 이것을 따르는 사람들을 경멸할 이유가 전혀 없다는 것은 확실하다.

460-(567) 상반되는 두 논리. 여기서부터 시작해야 한다. 그렇지 않으면 아무것도 이해하지 못하고, 또 모든 것이 이단이다. 나아가 각각의 진리가 끝날 때 반대되는 진리를 상기할 것을 덧붙여야 한다.

461-(576) 교회에 대한 세상 사람들의 일반적인 행동. 신은 눈멀게도 하고 눈뜨게도 하기를 원했으므로. 이 예언들이 신에게서 왔다는 것을 사건이 입증한 만큼 그 외의 것도 믿어야 한다. 이로써 우리는 세계의 질서를 다음과 같이 본다.

천지 창조와 대홍수의 기적이 잊히자 신은 모세의 율법과 기적 그리고 특별한 일들을 예언하는 예언자들을 보내주었다. 그리고 지속적인 기적을 준비하기 위해 신은 여러 예언과 그 성취를 준비한다. 그러나 예언은 의심받을 수도 있으므로 그것들을 의심의 여지없게 만들고자 했다 등등.

462-(862) 교회는 항상 상반되는 오류들에 의해 공격받아 왔다. 그러나 지금처럼 동시에 공격받은 일은 일찍이 없었다. 교회가 수많은 오류로 인해 더 큰 고통을 당한다면 반면에 이 오류들이 서로를 파괴하는 이점을 누리기도 한다.

교회는 양측에 대해 개탄한다. 그러나 교회 분립으로 인해 칼뱅주의자들에 대해 더 많이 개탄한다.

대립된 양측의 여러 사람들이 잘못 생각하고 있는 것은 확실하다. 그들을 깨우쳐주어야 한다.

신앙은 서로 대립하는 듯 보이는 여러 진리들을 포용한다.

웃을 때, 울 때 등등.[126] 답하라. 답하지 마라.[127]

그 원천은 예수 그리스도 안에서 두 본성이 결합한 데 있다.

마찬가지로 두 세계(새 하늘과 새 땅의 창조, 새 생명과 새 죽음, 같은 이름이면서 이중적인 모든 것).

끝으로, 의인(義人)들 안의 두 사람(왜냐하면 이들은 두 세계이며, 예수 그리스도의 지체이자 그림자이기 때문이다. 그래서 그들에게는 어떤 호칭도 적합하다. 의인이나 죄인, 죽은 자나 산 자, 산 자나 죽은 자, 선택된 자나 버림받은 자 등등). 그러므로 서로 배타적인 듯하면서도 놀라운 차원에서 공존하는 수많은 진리들과 신앙과 도덕이 있다.

모든 이단의 원천은 이 진리 중 몇 개를 배제하는 데 있다.

그리고 이단자들이 우리에게 내세우는 모든 반론은 우리의 진리 중 어떤 것들을 모르는 데 그 원천이 있다.

그리고 상반된 두 진리 사이의 관계를 이해하지 못하고 한 진리의 용인은 다른 진리의 배제를 포함한다고 믿음으로써, 그들은 하나를 고집하고 다른 하나를 배척하며 우리를 반대자로 간주한다. 그런데 이 배제야말로 그들이 이단이라는 이유이다. 그리고 또 하나의 것을 우리가 간직한다는 것을 모르는 그 무지가 그들의 반론을 야기한다.

첫째 예: 예수 그리스도는 신이자 인간이다. 아리우스파는, 그들이 양립할 수 없다고 믿는 이 둘을 조화시킬 수 없어서

---

126) 「전도」, 3:4 참조.

127) "Responde. Ne respondeas"(「잠언」, 26:4-5).

예수는 인간이라고 말한다. 이 점에서 그들은 가톨릭이다. 그러나 그들은 예수가 신이라는 것을 부인한다. 이 점에서 그들은 이단이다. 그들은 우리가 예수의 인성(人性)을 부인한다고 주장한다. 이 점에서 그들은 무지하다.

둘째 예: 성체(聖體)에 관하여. 우리는 빵의 실체가 변화했고 주(主)의 몸의 실체로 변질되었으므로 예수 그리스도가 사실상 그 안에 현존한다고 믿는다. 이것이 한 진리이다. 또 하나의 진리는 이 성체가 십자가와 영광의 상징이고 또 이 양자의 기념이라는 것이다. 서로 대립된 듯이 보이는 이 두 진리를 포용하는 것이 곧 가톨릭 신앙이다.

오늘의 이단은 이 성체가 예수 그리스도의 현존과 그의 상징을 동시에 포함하고 또 그것이 제물이자 제물의 기념이라는 것을 이해하지 못하므로 한 진리를 용인하면 바로 이 이유로써 다른 진리를 배제해야 한다고 믿는다.

그들은 이 성체가 상징이라는 점만을 고집한다. 이 점에서는 조금도 이단이 아니다. 그들은 우리가 이 진리를 배척한다고 생각한다. 성체를 상징이라고 말하는 교부들의 말을 근거로 그처럼 많은 반박을 우리에게 가하는 것은 이 때문이다. 결국 그들은 예수의 현존을 부인하는데, 바로 이 점에서 그들은 이단이다.

셋째 예: 면죄부.

그러므로 이단을 방지하는 가장 손쉬운 방법은 진리 전부를 가르치는 것이다. 그리고 그들을 반박하는 가장 확실한 방법은 진리 전부를 공표하는 것이다. 왜냐하면 이단자들은 무엇을 말하고 있는가 말이다.

어떤 생각이 교부의 것인지를 알기 위해서……

463-(583) 사악한 자들은 진리를 알고 있어도 자신들의 이익과 관련 있을 때만 이것을 지지한다, 그 외의 경우에는 이 진리를 버린다.

464-(568) 반론. 명백히 성서에는 성령의 감화를 받아 쓰이지 않은 것들로 가득 차 있다.—답. 그것들은 조금도 신앙을 해치지 않는다.—반론. 그러나 교회는 모든 것이 성령에 의한 것이라고 정했다.—답. 두 가지로 답하겠다. [하나는] 교회는 그런 결정을 내린 일이 없다. 또 하나는 설사 교회가 그렇게 결정했더라도 그것은 정당화될 수 있다.

465-(899) 성서의 구절들을 오용하고 또 자기의 오류를 두둔하는 듯한 구절을 발견한 것을 자랑삼는 자들에 대하여. 저녁 예배의 모임, 수난주일, 왕을 위한 기도.

다음의 말들의 설명: "나와 함께하지 않는 자는 나를 거역하는 자다."[128] 또 다른 말들: "너희를 거역하지 않는 자는 너희와 함께하는 자다."[129] 어떤 사람은 "나는 거역하지도 않고 함께하지도 않는다."고 말하는데, 그에게 대답해야 할 것은……

---

128) 「마태」, 12:30.
129) 「마가」, 9:39.

466-(737) 그래서 나는 모든 다른 종교들을 거부한다.

그것으로써 나는 모든 반론에 대한 답변을 발견한다.

그처럼 순수한 신이 순결한 마음을 가진 사람들에게만 자기를 나타내는 것은 옳다.

그래서 이 종교는 내가 사랑할 수 있고 또 그처럼 신성한 도덕으로 이미 충분한 권위를 가지고 있다고 나는 생각한다. 그러나 나는 그 이상의 것을 본다.

인간의 기억이 지속된 이래로 여기 어떤 민족보다도 오랜 한 민족이 존속했다는 것은 사실이라고 나는 생각한다.

사람들은 보편적인 타락 속에 있지만 한 구속자가 오실 것이라고 그들에게 계속해서 예고되었다.

이렇게 예고한 것은 한 사람이 아니라 무수한 사람들이었고 특별히 지음을 받은 한 민족 전체가 4,000년 동안 예언했으며 그들의 책은 400년 동안 널리 퍼뜨려졌다.

이 책을 살펴보면 볼수록 나는 그 안에서 더 많은 진리를 발견한다. 한 민족 전체가 그가 오기 전에 그를 예언하고, 한 민족 전체가 그가 온 후에 그를 경배한다. 앞에 있었던 일과 뒤에 일어난 일, 그리고 그가 오기 전에 있었던 유대인의 회당, 끝으로 우상도 왕도 없고, 비참하고, 예언자도 없는 그들, 그를 따랐지만 모두 그의 적이 됨으로써 우리에게 이 예언의 진정성을 증거하는 훌륭한 증인이 된 그들. 바로 이 예언 속에 그들의 비참과 맹목이 예언되어 있었던 것이다.

가공할 만한 그리고 예언된 유대인들의 암흑.

너희는 대낮에도 더듬으리라.[130]

이 책을 글 모르는 자에게 주어도 읽을 줄 모른다 하리라.[131]

왕홀(王笏)은 아직도 외지의 첫 번째 찬탈자의 손에 쥐어져 있다.

예수 그리스도가 강림했다는 소문.

나는 그 권위와 존속과 영속성과 도덕과 행위와 영향력 등등에 있어서 전적으로 신성한 최초의 위엄 있는 종교를 찬양한다.

이렇듯 나는 나의 구주(救主)에게 두 팔을 내민다. 그는 4,000년 동안 예언된 끝에 예언된 때와 모든 상황 가운데 이 땅 위에 내려와 나를 위해 고난받고 죽임을 당했다. 그의 은총에 의해 나는 그에게 영원히 결합되리라는 희망 가운데 평안한 죽음을 기다린다. 그러나 나는 그가 나에게 주고자 한 복 안에서나, 나를 위해 내게 보내온 불행 안에서나 기쁨으로 살아간다. 그의 본을 따라 참고 견디라고 그가 가르치는 그 불행 속에서도.

467-(741) 세계에서 가장 오래된 두 권의 책을 쓴 사람은 모세와 욥이다. 한 사람은 유대인이고 또 한 사람은 이방인인데, 둘 다 예수 그리스도를 그들의 공통된 중심과 목적으로 바라본다. 모세는 아브라함, 야곱 등에 대한 신의 약속과 그의 예언을 말했고 욥은 이렇게 말했다. "나의 말이 곧 기록되었

---

130) "Eris palpans in meridie"(「신명」, 28:29).
131) "Dabitur liber scienti litteras, et dicet: 'Non possum legere'"(「이사야」, 29:22).

으면…… 내가 알거니와 나의 구속자가 살아 계시니" 등등.[132]

468-(217) 한 상속자가 집의 재산 증서를 발견한다. 이 사람은 "이것은 아마 가짜일 거야."라고 말하고 그것들을 검토해 살펴보는 것을 소홀히 하겠는가.

469-(588) 우리의 종교는 지혜롭고도 어리석다. 지혜로운 것은 가장 깊은 지식을 가지고 있기 때문이고 기적, 예언 등의 가운데 가장 견고한 기반을 두고 있기 때문이다. 또 어리석은 것은 이 모든 것이 우리 종교를 믿게 하는 것은 아니기 때문이다. 이것들은 종교를 믿지 않는 사람들을 정죄하게 하되, 우리 종교 안에 있는 사람들을 믿게 하지는 않는다. 그들을 믿게 하는 것은 십자가다. "그리스도의 십자가가 헛되지 않게 하려 함이라."[133]

그래서 지혜와 표적을 지녔음에도 성 바울은 지혜로도 표적으로도 오지 않았다고 말한다. 그는 사람들을 믿게 하려고 왔기 때문이다. 그러나 단지 설득하려고 온 사람들은 지혜와 표적으로 왔다고 말한다.

470-(805) 두 기반, 하나는 내면적이고 또 하나는 외면적이다. 은총과 기적, 둘 다 초자연적이다.

---

132) "Quis mihi det ut……, Scio enim quod redemptor meus vivit"(「욥」, 19:23-25).

133) "ne evacuata sit crux"(「고린도전」, 1:17).

471-(222) 무신론자들. 어떤 이유로 그들은 부활할 수 없다고 말하는가. 태어나는 것과 부활하는 것, 없었던 것이 생기는 것과 있던 것이 다시 있게 되는 것 중 어느 것이 더 어려운가. 존재를 갖는 것이 존재로 되돌아오는 것보다 더 어려운가. 습관은 전자를 쉽게 생각하게 하고, 그런 습관이 없으면 후자가 불가능하다고 생각하게 만든다. 통속적인 판단 방법이여!

처녀는 왜 아이를 낳을 수 없다는 것인가. 암탉은 수탉 없이도 알을 낳지 않는가. 겉모양으로 이 알과 다른 알을 구별할 수 있는가. 그리고 암탉은 수탉처럼 (알의) 태점(胎點)을 만들 수 없다고 누가 우리에게 말하는가.

472-(285) 종교는 모든 종류의 정신에 맞추어져 있다. 어떤 부류의 사람들은 단지 그 성립에 대해서만 주목한다. 이 종교는 그 성립만으로도 자신의 진리를 증명하기에 충분하다. 다른 사람들은 사도들에게까지 거슬러 올라간다. 가장 유식한 사람들은 세상의 시초에까지 이른다. 천사들은 더 잘, 그리고 더 먼 데서부터 종교를 본다.

＊＊

473-(815) 기적을 부인하면서 합리적으로 믿는다는 것은 불가능하다.

474-(263) "기적을 보면 내 신앙이 강해질 텐데."라고 사람들은 말한다. 기적을 보지 않을 때 사람들은 이렇게 말한다.

논리(論理)는 멀리서 보면 우리의 시야를 한정짓고 있는 듯이 보인다. 그러나 그 한계에 다다르면 우리는 그 너머를 보기 시작한다. 우리 정신의 자유자재한 움직임을 가로막는 것은 아무것도 없다. 사람들은 말하기를, 어떤 예외가 없는 규칙은 없고 또 어떤 면에서 결함을 드러내지 않는 보편적 진리는 없다고 한다. 지금 이 문제에 예외를 적용시켜, "이것은 항상 진리는 아니다. 따라서 이것이 진리가 아닐 경우도 있다."고 말할 근거를 갖기 위해서는 진리가 절대적으로 보편적일 수 없다는 것으로 충분하다. 다만 이것이 그런 예외 중의 하나라는 것을 보여주기만 하면 된다. 그런데 언젠가 이것을 발견하지 못한다면 우리는 매우 서툴거나 불행해질 것이다.

475-(833) 기적. 민중은 당연히 그렇게 결론짓는다. 그러나 당신들이 그 이유를 설명해야 한다면…….

규칙에 대해 예외를 적용하는 것은 난처한 일이다. 예외에 대해서는 오히려 엄격해야 하고 또 반대해야 한다. 그러나 규칙에는 확실히 예외가 있으므로 엄격하게 판단해야 하되 공정해야 한다.

476-(830) 예언은 모호했다. 이제는 그렇지 않다.

477-(817) 표제: 기적을 보았다고 말하는 수많은 거짓말쟁이

는 믿고, 사람을 영원히 살게 하거나 젊게 만들 비결을 가지고 있다고 말하는 자들은 아무도 믿지 않는 이유는 무엇인가. 특효약을 가졌다고 말하는 그 많은 사기꾼들을 그토록 믿고 심지어 생명을 그들에게 맡기기까지 하는 것은 어떤 이유에서일까 하고 생각해 본즉, 이 세상에 과연 그런 약들이 실제로 있다는 것이 그 진짜 이유임을 나는 알았다. 왜냐하면 만약 진짜 약이 없다면 그 많은 가짜들이 있을 수 없고 또 이것을 그처럼 신용할 까닭도 없을 테니까 말이다. 만약 어떤 병에도 약이 없었다면 그리고 모든 병이 불치의 것이었다면, 사람들은 그런 약을 줄 수 있다고 생각하지 못했을 것이고. 하물며 치료약을 가졌다고 뽐내는 자들을 그 많은 사람들이 믿었을 리 만무하다. 마찬가지로 누군가가 죽는 것을 막을 수 있다고 자랑한다면 아무도 그를 믿지 않을 것이다, 그런 예는 하나도 없었으니까. 그러나 세상에는 가장 위대한 사람들도 인정하는 확실한 약이 많기 때문에 사람들은 이것을 신용하게 되었고, 있을 수 있음을 알게 되자 그것으로 있다는 결론을 내린 것이다. 사람들은 흔히 "이것은 있을 수 있다. 그러니까 있다."라고 추리하기 때문이다. 개개의 효과에 확실한 것이 있는 만큼 전반적으로 부정될 수는 없는 것이다. 그래서 개개의 효력 중 어떤 것이 진실된 것인지 판별하지 못하는 일반 사람들은 전부를 믿어버린다. 이렇듯, 달[月]의 그 많은 그릇된 작용들을 사람들이 믿는 것은, 가령 만조와 같이 진실이 있기 때문이다.

예언, 기적, 해몽, 마법 등등에 있어서도 마찬가지다. 이것들에 진실된 것이 전혀 없었다면 사람들은 아무것도 믿지 않았을 테니 말이다. 그러므로 거짓된 기적이 그처럼 많은 것으로 보아 참된 것이 없다고 결론지을 것이 아니라, 반대로 거짓된 기적이 있기에 참된 것이 확실히 있고, 또 거짓된 기적이 있는 것은 오직 참된 기적이 있다는 이유에서 비롯되었다고 결론지어야 한다.

종교에 대해서도 이와 같이 추론해야 한다. 참된 종교가 없었다면 사람들이 거짓된 종교를 생각했을 리 만무하기 때문이다. 이에 대해, 미개인들에게도 종교가 있다는 반론이 있다. 그러나 이에 대해서는 홍수, 할례(割禮), 성 안드레의 십자가 등에서 드러난 것처럼 그들이 참된 종교에 대해 들었기 때문이라고 답하겠다.

478-(818) 거짓된 기적, 거짓된 계시, 마법 등이 그렇게 많은 것은 어떤 이유에서일까 하고 생각해 본즉, 그 진짜 원인은 세상에는 그중 진실된 것들이 있기 때문이라는 것을 나는 알게 되었다. 왜냐하면 참된 기적이 없었다면 그 많은 거짓된 기적도 없었을 것이고, 참된 계시가 없었다면 그 많은 거짓된 계시도 없었을 것이기 때문이다. 이 모든 것이 없었다면 사람들이 이것을 생각해 내는 것은 불가능했을 것이고, 하물며 그 많은 사람들이 이것을 믿는 것은 더더욱 불가능했을 테니 말이다. 그러나 참으로 위대한 진실들이 있었고 또 위대한 사람들이 이것을 믿었으므로 이로부터 영향을 받아 거의 모든 사람들이 거짓된 것도 믿을 수 있게 된 것이다.

이렇듯, 거짓된 기적이 그렇게 많으므로 참된 기적은 없다고 결론지을 것이 아니라 반대로 거짓된 기적들이 이렇게 많으므로 참된 기적이 있다고 말해야 한다. 그리고 거짓된 것이 있는 것은 단지 참된 것이 있기 때문이고, 마찬가지로 거짓된 종교는 단지 참된 종교가 있기 때문에 존재하는 것이라고 말해야 한다.

이에 대해, 미개인들도 종교를 가지고 있다는 반론이 있다. 그러나 그것은 성 안드레의 십자가, 홍수, 할례 등에서 드러난 것처럼 그들이 참된 종교에 대해 들었기 때문이다. 그것은 인간의 정신이 진실된 것에 의해 이쪽으로 기울어졌으므로 바로 이 때문에 ……의 모든 거짓된 것들도 받아들이게 된 데 기인한다.

19편

표징적 율법

479-(647) 율법은 표징(表徵)이었다.

480-(657) 표징들. 유대와 애굽 두 민족은 모세가 만난 두 사람에 의해 명백히 예언되었다. 즉 애굽인은 유대인을 구타하고, 모세는 이에 대해 보복하여 애굽인을 죽이며, 유대인은 은혜를 저버린다.[134)

481-(674) 표징적인 것들. "이 산에서 네게 보인 본을 좇아 모든 것을 지으라."[135)] 이것에 대해 성 바울은, 유대인들은 하

---

134) 「출애굽」, 2:11-14 참조.
135) 「히브리」, 8:5 참조.

늘의 것들을 그렸다고 말한다.

482-(653) 표징들. 예언자들은 허리띠, 수염, 불에 탄 머리카락 등의 표징들로 예언했다.[136]

483-(681) 표징적인 것들. 부호(符號)의 열쇠, (아버지께) 참으로 예배하는 자들.[137]——(아버지께) 보라, 세상 죄를 지고 가는 어린양이로다.[138]

484-(667) 표징적인 것들. 검, 방패라는 용어들. 능한 자여 (칼을 허리에 차고……)[139]

485-(900) 성서의 뜻을 가르치려고 하면서 그것을 성서에서 얻지 않는 자는 성서의 적이다. 아우구스티누스, 『기독교 교리론』.[140]

486-(648) 두 가지 오류: 1 모든 것을 문자 그대로 취하는 것. 2 모든 것을 영적으로 취하는 것.

---

136) 「다니엘」, 3:1 이하 참조.
137) "Veri adoratores"(「요한」, 4:23).
138) "Ecce agnus Dei qui tollit peccata mundi"(「요한」, 1:29).
139) "Potentissime"(「시편」, 45:3).
140) Aug. d. d. Ch.

487-(679) 표징들. 예수 그리스도는 성서를 깨달을 수 있도록 그들의 정신을 열었다.

커다란 두 계시는 다음과 같다. 1 모든 것은 표징으로써 그들에게 일어났다, 참 이스라엘 사람.[141] 참 하늘의 빵. 2 십자가에 이르기까지 자기를 낮추신 하느님. 예수 그리스도는 영광으로 들어가기 위해 고난을 겪어야 했다. "그는 죽음으로써 죽음을 이기시리라."[142] 두 번의 강림.

488-(649) 너무나 큰 표징들에 반대하여 말하는 것.

489-(758) 신은 메시아를 선한 자들이 알 수 있게 하고 악한 자들이 알 수 없게 하려고 이렇게 예언했다.

만약 메시아의 강림 방식이 명확하게 예언되었다면 악한 자들에게도 전혀 모호함이 없었을 것이다.

만약 시기가 모호하게 예언되었다면 선한 자들에게도 모호함이 있었을 것이다. [그들의 선한 마음으로는] 가령 닫힌 '멤'[143]이 600년을 의미한다는 것을 깨달을 수 없었을 것이기 때문이다. 그런데 그 시기는 명확하게, 그리고 그 방식은 표징들로 예언되어 있다.

이렇게 함으로써 악한 자들은 약속된 복(福)을 물질적으로

---

141) "vere Israelitae, vere liberi"(「요한」, 1:47.); "참으로 자유로운"(「요한」, 8:36).
142) 「히브리」, 2:14.
143) mem. 히브리어 알파벳의 열세 번째 글자.

생각하여 시기가 명확하게 예언되었는데도 방황하고, 선한 자들은 방황하지 않는다.

왜냐하면 약속된 은혜에 대한 해석은 자기가 좋아하는 것을 '복'이라 부르는 마음에 달려 있지만, 약속된 시기에 대한 해석은 조금도 마음에 달려 있지 않기 때문이다. 이렇듯, 시기에 대해서는 명확하고 복에 대해서는 모호한 이 예언은 오직 악한 자들만을 속인다.

490-(662) 육적인 유대인들은 그들의 예언 가운데 예언된 메시아의 위대도 비천도 깨닫지 못했다. 그들은 예언된 메시아의 위대에 있어서 그를 오해했다. 가령 메시아는 다윗의 자손이지만 그의 주(主)라고 예언할 때나, 또 메시아는 아브라함보다 전에 있었고 아브라함은 그를 보았다고 말할 때가 그렇다. 그들은 메시아의 위대성을 믿지 않았으므로 그가 영원하다는 것을 몰랐다. 그들은 말하기를, "메시아는 영원히 살아 계시는데 이 사람은 자기가 죽을 것이라고 말한다"[144]라고 했다. 그러므로 그들은 메시아가 죽는 것도, 영원한 것도 믿지 않았다. 그들은 메시아 가운데 단지 육적인 위대만을 찾았다.

491-(684) 모순. 우리는 서로 어긋나는 우리의 모든 것들을 일치시킴으로써 비로소 하나의 훌륭한 모습을 그릴 수 있다. 상반되는 것들을 일치시키지 않고 단지 일치하는 특징들만을

_____

144) 「요한」, 12:34.

따르는 것으로는 충분하지 않다. 한 저자의 뜻을 이해하기 위해서는 모든 상반된 구절들을 일치시킬 필요가 있다.

이렇듯, 성서를 이해하기 위해서는 상반된 모든 구절들이 그 안에서 일치되는 하나의 의미를 가져야 한다. 서로 일치되는 몇 개의 구절에만 적용되는 의미를 갖는 것으로는 충분치 않다. 상반되는 구절들까지도 일치시키는 의미를 가져야 한다.

모든 저자는 상반되는 구절들을 일치시키는 하나의 뜻을 가지고 있거나 아니면 전혀 뜻을 가지고 있지 않다. 성서나 예언자들에 대해서는 이렇게 말할 수 없다. 그들에게는 너무나도 훌륭한 의미가 있었다. 그러므로 상반되는 모든 것들을 일치시키는 하나의 의미를 찾아야 한다.

그러므로 참된 의미는 유대인들의 의미가 아니다. 예수 그리스도 안에서 상반되는 모든 것들은 일치된다.

유대인들은 호세아가 예언한 왕국과 공국의 단절[145]과 야곱의 예언[146]을 일치시키지 못할 것이다.

만약 율법, 제사, 왕국을 실재하는 것으로 여긴다면 우리는 모든 구절들을 일치시키지 못한다. 그러므로 이것들은 필연적으로 표징일 수밖에 없다. 그렇지 않으면 한 저자, 한 책, 아니 때로는 한 장(章)의 구절조차도 일치시키지 못할 것이다. 이 사실은 저자의 뜻이 무엇이었는지를 너무나도 잘 나타낸다. 가령 「에스겔」 20장에서 사람은 신의 계명 가운데 살리라

---

145) 「호세아」, 3:4 참조.
146) 「창세」, 49:10 참조.

고 말하면서[147] 또 그 안에서 살지 않으리라고 말하는[148] 경우가 그러하다.

492-(728) 신이 선택한 곳인 예루살렘 밖에서는 제물을 바치는 것이 허락되지 않았고, 또 다른 곳에서 10분의 1을 먹는 것도 허락되지 않았다. 「신명」 14:23, 15:20, 16:2, 7, 11, 15.

호세아는 그들이 왕도, 군주도, 제사도, 우상도 없이 지낼 것이라고 예언했다. 예루살렘 밖에서 정당한 제사를 드릴 수 없게 됨으로써 오늘날 이 예언은 성취되었다.

493-(685) 표징들. 만약 율법과 제사가 진리 그 자체라면 이 진리가 신을 기쁘게 하고 마음 상하게 하지 않아야 마땅하다. 만약 이 율법과 제사가 표징이라면 그것들은 기쁘게도 하고 마음 상하게도 해야 한다.

그런데 성서 전체를 통해 이것들은 기쁘게도 하고 마음 상하게도 한다.

율법은 바뀌고 제사도 바뀔 것이다, 그들은 율법도 왕도 제사도 없을 것이다, 새 언약을 맺고 율법은 새로워질 것이다, 그들이 받은 계명은 좋은 것이 아니다, 그들의 제물은 가증스럽고 신은 그런 것을 바라지 않았다, 라고 적혀 있다.

이와는 반대로, 율법은 영원히 지속될 것이다, 이 언약은 영

---

147) 「에스겔」, 20:13 참조.
148) 「에스겔」, 20:25 참조.

원할 것이다, 제사도 영원하고 왕권은 결코 그들을 떠나지 않을 것이다, 왕이 오기까지는 그들을 떠나지 않아야 하기 때문에, 라고 적혀 있기도 하다.

이 모든 구절들은 이것이 실재임을 나타내는가? 아니다. 그렇다면 표징임을 나타내는가? 아니다. 그것은 실재 아니면 표징이라는 것을 나타낸다. 그러나 앞의 여러 구절들은 실재를 부인함으로써 그것들이 단지 표징임을 드러낸다.

이 모든 구절들 전체가 실재의 것이라고 말할 수는 없다. 그런데 이 모두가 표징이라고 말할 수는 있다. 그러므로 이것들은 실재가 아니라 표징을 말하고 있다.

창세로부터 죽임을 당한 어린양은 영원한 제물을 판단한다.[149)]

494-(678) 표징들. 초상화는 부재와 현존, 유쾌함과 불쾌함을 가지고 있다. 실재는 부재와 불쾌를 배제한다.

율법과 제사가 실재인지 표징인지를 알기 위해서는 예언자들이 이에 대해 말할 때 그들의 관심과 생각을 이것들에 한정시켜 단지 묵은 언약만을 보았는지, 아니면 그 언약이 그림으로 나타내는 어떤 다른 것을 보았는지를 살펴볼 필요가 있다. 사람들은 그림 속에서 상징된 사물을 보기 때문이다. 그러기 위해서는 예언자들이 어떻게 말했는지를 검토해 보기만 하면 된다.

---

149) "Agnus occisus est ad origine mundi"(「요한계시록」, 13:8)라는 말은 영원한 제물(sacruificium!)이라는 말의 뜻을 판단하게 한다는 뜻. 유대인들에게 명한 제사는 이 영원한 제사의 표징일 뿐이라는 의미이다.

율법은 영원하리라고 말할 때 그들은 변할 것이라고 말했던 언약에 대해 이야기하려 한 것인가. 그리고 제사 등에 대해서도 마찬가지로…….

부호는 이중의 의미를 가지고 있다. 우리가 어떤 중요한 편지를 뜻하지 않게 입수했는데, 그 안에서 명확한 의미를 발견했지만 들리는 말로는 그 의미가 가려지고 모호하여 편지를 보고도 보지 못하고 알고도 알 수 없도록 의미가 숨겨져 있을 때, 우리는 그것이 이중의 의미를 가진 부호라는 것 외에 무슨 생각을 더 할 수 있겠는가. 그리고 문자 그대로의 의미에서 명백히 상반된 것들을 발견할 때는 더욱더 그러하지 않겠는가.

예언자들은, 이스라엘은 항상 신의 사랑을 받을 것이고 율법은 영원하리라고 분명하게 말했다. 그리고 또 자신들이 하는 말의 의미를 사람들이 깨닫지 못할 것이고 그 의미는 가려져 있다고도 했다.

부호를 우리에게 드러내 보여주고 숨은 의미를 깨우치도록 가르쳐주는 사람들을, 특히 그들이 끌어내는 원리가 진정 자연스럽고 명료할 때, 우리는 얼마나 존경해야 하겠는가! 예수 그리스도와 그의 사도들이 한 일이 바로 이것이다. 사도들은 봉인을 뜯었고, 그리스도는 휘장을 찢고 정신을 보여주었다. 그들은 이것을 위해 인간의 적은 정념이고, 구속자는 영적이며, 그의 지배도 영적이라고 우리에게 가르쳐주었다. 또 두 번의 강림이 있을 것인데, 하나는 오만한 자들을 낮추기 위한 비천한 강림이고, 다른 하나는 낮아진 자들을 높이기 위한 영광의 강림이며, 예수 그리스도는 신이자 인간이라고 가르쳤다.

495-(757) 제1의 강림의 때는 짐짓 예고되어 있지만 제2의 강림의 때는 그렇지 않다. 첫 번째 강림은 숨겨져야 했지만 두 번째 강림은 찬란하고 너무나도 명백한 것이어서 그의 원수들까지도 인정해야 할 것이기 때문이다. 그러나 처음에는 눈에 띄지 않게, 그리고 성서를 깊이 상고하는 사람들만이 알 수 있게 강림해야 했다.

496-(762) 그의 적 유대인들은 어떻게 할 수 있었는가. 만약 그를 받아들인다면 그들은 메시아 대망(待望)의 언약을 위탁받은 자들이 그를 받아들였으므로 이 영접으로 인해 그가 메시아임을 증명하게 되고, 또 그를 거부하면 이 거부로써 그를 증명하게 된다.

497-(686) 상반된 것들. 메시아가 올 때까지의 왕권——왕도 없고 군주도 없고.
영원한 율법——바뀐 율법.
영원한 언약——새 언약.
좋은 율법——나쁜 계명. 「에스겔」, 20장.150)

498-(746) 유대인들은 크고 찬란한 기적에 익숙해져 있었다. 그래서 홍해나 가나안 땅의 커다란 사건들을 메시아가 할 위대한 일들의 축소판 같은 것으로 생각했기 때문에 그들은

---

150) 「에스겔」, 20:11 참조.

모세의 기적도 이에 비하면 한갓 견본에 지나지 않는다고 생각할 그런 찬란한 기적을 기다렸다.

499-(677) 표징은 부재와 현존, 유쾌함과 불쾌함을 지니고 있다.
이중의 의미를 가진 부호. 명백한 것과 그 안에 의미가 숨겨져 있다고 일컬어지는 것.

500-(719) 예언자들이 영원한 왕이 올 때까지 왕권은 결코 유대를 떠나지 않으리라고 예언했을 때, 사람들은 그들이 민중에게 아첨하려고 이렇게 말했을 것이고, 헤롯왕에 이르러 그들의 예언이 거짓임이 판명되었던 것이라고 생각할지 모른다. 그러나 예언자들의 의미는 이런 것이 아니며 오히려 그와는 반대로 이 현세의 왕국이 종말을 고하리라는 것을 그들이 잘 알고 있었음을 나타내기 위해, 유대인들은 많은 날 왕도 없고 군주도 없을 것이라고 그들은 말했다.[151]

501-(680) 표징들. 이 비밀이 일단 밝혀진 이상 이것을 보지 않는다는 것은 있을 수 없다. 이 관점에서 『구약성경』을 읽어보기 바란다. 그리고 제물이 실재였는지, 아브라함의 혈연이 신의 사랑의 참된 원인이었는지, 약속의 땅이 참된 평안의 땅이었는지 살펴보기 바란다. 그렇지 않다. 그러므로 이것들은

---

151) 「호세아」, 3:4 참조.

표징이었다.

마찬가지로 정해진 모든 의식과, 사랑을 목적으로 하지 않는 모든 계명들을 살펴보라. 그것들이 표징임을 알게 될 것이다.

그러므로 이 모든 제사와 의식은 표징이 아니라면 어리석은 것들이다. 그런데 어리석은 것으로 판정하기에는 너무나도 드높은 명료한 것들이 있다. 예언자가 그들의 눈을 『구약』 안에 멈추게 했는지, 아니면 그 안에서 다른 것을 보았는지 알아보자.

502-(683) 표징들. 글은 죽인다.[152]

모든 것은 표징으로 나타났다.

그리스도는 고통을 당해야 했다.

스스로를 낮추신 하느님. 이것이 성 바울이 주는 부호다.

마음의 할례, 참된 단식, 참된 제물, 참된 성전, 이 모든 것이 영적이어야 함을 예언자들은 지적했다.

썩는 고기가 아니라 썩지 않는 고기.

"너희는 참으로 자유하리라."[153] 그러므로 또 하나의 자유는 자유의 표징일 뿐이다.

"나는 하늘의 참떡이니라."[154]

503-(692) 인간에게는 그를 신에게서 돌아서게 하는 정욕

---

152) "의문(글)은 죽이는 것이요, 영은 살리는 것이니라"(「고린도후」, 3:6).
153) 「요한」, 8:36 참조.
154) 「요한」, 6:35와 41 참조.

외에 다른 적이 없고 ……도 아니며, 또 그에게는 신 외에 다른 복이 없고 기름진 땅이 복이 아님을 올바르게 깨달은 사람들이 있다. 인간의 행복은 육체 안에 있고 불행은 관능의 쾌락에서 멀어지게 하는 것에 있다고 믿는 자들이 있다면, 이 쾌락을 마음껏 즐기고 탐닉하다 죽으라. 그러나 마음을 다하여 신을 찾고, 신을 보지 못하는 것만을 슬퍼하며, 오직 신을 소유하려는 욕구만을 품고, 신에게서 그를 돌아서게 하는 자들만을 원수로 여기며, 이 원수들에게 둘러싸여 지배되는 것을 괴로워하는 사람들이 있다면, 그들은 위로받으라. 나는 그들에게 복된 소식을 전한다. 그들에게는 구주가 있다. 나는 그들에게 신이 있다는 것을 보여주되 다른 사람들에게는 보여주지 않을 것이다. 나는 원수들의 손에서 구할 메시아가 약속되어 있고 또 이 메시아는 적으로부터가 아니라 죄로부터 그들을 구원하기 위해 이미 오셨다는 점을 보여줄 것이다.

다윗이 메시아는 그의 백성을 원수들로부터 구하리라고 예언한 것을, 사람들이 육적으로 해석하여 애굽 사람들에게서 구원받을 것이라고 생각할 수도 있다. 그렇다면 나는 이 예언이 성취된 것을 입증하지 못할 것이다. 그러나 이것은 죄로부터의 구원이라고 생각할 수도 있다. 왜냐하면 진실로 애굽 사람들이 원수가 아니라 죄가 원수이기 때문이다. 그러므로 이 원수라는 말은 모호하다.

그러나 실제로 그가 이사야[155]나 그 외의 사람들과 마찬가

---

155) 「이사야」, 43:25 참조.

지로 메시아는 죄로부터 구하리라고 다른 곳에서 말하고 있다면, 모호함은 제거되고 이중의 의미를 가진 원수라는 말은 죄라는 단일한 의미로 귀착된다. 만약 다윗이 죄를 머릿속에 생각하고 있었다면 그는 원수라는 말로써 충분히 그것을 표현할 수 있었겠지만 원수를 생각하고 있었다면 죄로써 그것을 표현하지는 못했을 것이기 때문이다.

그런데 모세와 다윗과 이사야는 같은 말을 사용했다. 그렇다면 그들이 같은 의미를 가지고 있지 않았다고 누가 말하겠으며, 또 다윗이 원수를 말했을 때 분명했던 죄라는 의미가, 모세가 원수를 말했을 때의 의미와 같지 않다고 누가 말하겠는가.

다니엘은 (9장[156]에서) 백성을 적들의 속박에서 구원해 달라고 기도한다. 그러나 이때 그는 죄를 생각하고 있었으며 이것을 표시하기 위해, 천사 가브리엘이 그에게 나타나 말하기를, 소원은 받아들여졌고 70주만 기다리면 된다, 그 후에 백성은 죄에서 풀려나고 죄는 끝을 고하며 성자 중의 성자이신 구주는 영원한 의(義), 율법의 의가 아닌 영원한 의를 가져올 것이라고 했다고 말한다.

504-(670) **표징들.** 유대인들은 다음과 같은 현세적인 생각 속에서 늙어갔다. 즉 신은 그들의 조상 아브라함과 그의 몸과 그가 낳은 소생들을 사랑했다. 그리고 이를 위해 그들을 번식

---

156) 「다니엘」, 9:21-24 참조.

시키고, 다른 모든 민족들과 구별하여 뒤섞이는 것을 허락하지 않았다. 그들이 애굽에서 고난을 당할 때 신은 그들을 위해 커다란 기적을 일으켜 구원했다. 광야에서는 만나로 그들을 양육했고, 매우 기름진 땅으로 그들을 인도했다. 그들에게 왕들과 훌륭한 성전을 주어 그곳에서 짐승을 제물로 바치고 그 피를 흘리게 함으로써 정결하게 했다. 끝으로 신은 그들을 온 세상의 지배자로 만들기 위해 장차 메시아를 보낼 것이며, 그가 땅 위에 올 때를 예언했다.

세상 사람들이 이 육적인 착란 속에서 해를 거듭하던 끝에 예수 그리스도는 예언된 때에 왔으나 그들이 기다렸던 광채 속에 나타나지는 않았다. 그래서 그들은 그가 바로 메시아라고 생각하지 않았다. 예수가 죽은 후 성 바울이 나타나 사람들에게 가르쳤다. 이 모든 것들은 표징으로 이루어졌고 하늘 나라는 육에 있지 않고 영에 있다, 인간의 원수는 바빌론 사람들이 아니라 그들의 정욕이다, 신이 기뻐하시는 것은 손으로 만든 성전이 아니라 맑고 겸손한 마음이다, 육체의 할례는 무익하고 마음의 할례가 필요하다, 모세는 그들에게 하늘의 떡을 주지 않았다 등등.

그러나 신은 이 모든 것을 이에 합당치 않은 백성에게는 보여주기를 원치 않았으나 그럼에도 이것들을 믿을 수 있게 예언하고자 했으므로 그 시기는 명확하게 예언했으되, 그것들을 때로는 명확하게 그러나 더 많게는 표징으로 나타냄으로써, 표징하는 사물들을 사랑하는 사람은 그것들에 집착하게 하고 표징된 것들을 사랑하는 사람은 그 안에서 이것들을 볼 수 있게 했다.

신의 사랑에 이르지 않는 모든 것은 표징일 뿐이다.

성서의 유일한 목표는 사랑이다.

유일한 선을 향하지 않는 모든 것은 표징이다. 왜냐하면 단 하나의 목표만이 있으므로 고유한 말로써 그것에 인도하지 않는 것은 다 표징이기 때문이다.

이와 같이 신은 이 유일한 사랑의 가르침을 다양하게 표현하여 다양성을 추구하는 우리의 호기심을 만족시킨다, 항상 우리의 유일한 필요로 인도하는 이 다양성으로써. 왜냐하면 필요한 것은 단 하나인데 우리는 다양성을 사랑하기 때문이다. 그래서 신은 유일한 필요로 인도하는 이 다양한 것들로써 둘을 다 만족시킨다.

유대인들은 표징하는 사물들을 너무 사랑하고 기다린 나머지 실재의 것이 예언된 때와 방식에 따라 나타났을 때 이것을 알아보지 못했다.

랍비들은 신부의 유방과 또 그들이 표방하는 유일한 목적을 나타내지 않는 모든 것을 현세적인 행복의 표징으로 간주한다.

그리고 기독교인들은 성찬까지도 그들이 향하는 영광의 표징으로 간주한다.

505-(545) 예수 그리스도는 사람들에게 다음과 같이 가르친 것 외에 다른 일을 하지 않았다. 즉 너희들은 자기 자신을 사랑했다, 너희들은 노예, 눈먼 자, 병자, 불행한 자, 죄인이었

으며, 나는 너희들을 해방시키고 눈뜨게 하고 축복하고 치유해야만 했다, 이것은 너희들이 자신을 증오하고 또 십자가의 비참과 죽음을 통해 나를 따름으로써 이루어질 수 있다.

506-(687) 표징들. 본래 참되신 신의 말씀은 문자대로는 그릇된 것일 경우에도 영적으로는 진실되다. 내 우편에 앉으라.[157] 이것은 문자대로는 그릇된 것이다. 그러므로 영적으로는 진실되다.

이런 구절들은 신을 마치 인간들에 대해 말하듯 표현하고 있다. 그래서 위의 구절은 사람이 누군가를 자기 오른편에 앉힐 때 갖는 의도를 신이 갖는다는 의미일 뿐이다. 그러므로 이것은 신의 의도를 드러내는 것이지 그 실행 방식을 드러내는 것은 아니다.

"신은 너의 향의 향기를 받으시고 그 상으로 기름진 땅을 주시리라"고 쓰인 경우도 마찬가지다. 누군가가 당신의 향을 기뻐하고 그 상으로 기름진 땅을 주려고 할 때 갖는 의도를 신도 당신에 대해 갖는다는 말이다. 당신은 누군가가 향을 바치는 사람에 대해 갖는 것과 같은 마음을 [신]에 대해 가졌기 때문이다.

노를 발하신다.[158] '질투의 하느님'[159] 등도 마찬가지다. 왜냐하면 신의 일들은 형언할 수 없으므로 달리 표현될 수가 없기

---

157) "Sede a dextris meis"(「시편」, 110:1).
158) "Iratus est"(「이사야」, 5:25).
159) 「출애굽」, 20:5 참조.

때문이며, 교회는 지금도 이런 표현들을 사용한다. 예컨대 여호와가 네 문의 빗장을 견고히 하시고[160] 등.

성서가 우리에게 계시하지 않은 의미를 성서에 부여하는 것은 허용되지 않는다. 이사야의 닫힌 '멤'이 600년을 의미한다는 것은 계시되지 않았다. 그리고 어미의 '차데'[161]와 '불완전한 해'[162]가 신비한 의미를 가지고 있다고 전해지지도 않았다. 그러므로 그렇게 말하는 것은 허용되지 않는다. 하물며 이것을 화금석과 같은 것이라고 말하는 것은 더더구나 안 된다. 그러나 예언자들 자신이 그렇게 말하는 만큼 문자 그대로의 의미는 진실된 것이 아니라고 우리는 말하겠다.

507-(745) 쉽게 믿지 못하는 사람들은 유대인들이 믿지 않는다는 것을 이유의 하나로 삼는다. "이것이 그렇게 명백하다면 왜 그들은 믿지 않는가."라고 사람들은 말한다. 그리고 유대인들이 믿기를 거부한 예 때문에 방해받는 일이 없도록 그들이 차라리 믿었더라면 하고 바라기까지 한다. 그러나 그들이 거부했다는 사실이야말로 우리의 믿음의 기반이다. 만약 그들이 우리 편에 섰다면 우리는 믿기가 더 어려웠을 것이다. 그렇게 되면 우리는 더 큰 구실을 갖게 되었을 테니 말이다.

---

160) "Quia confortavit seras"(「시편」, 147:13).
161) tsade. 히브리어 알파벳의 열여덟 번째 글자.
162) he deficientes. 히브리어 알파벳 다섯 번째 글자. deficientes는 '결여된' '불완전한'이라는 뜻의 라틴어. 이런 말들에 신비한 의미를 부여한 것은 『탈무드』 학자들이다.

유대인이 예언된 일들에 대해서는 열렬히 관심을 갖게 하고, 또 그 일들이 성취되는 데 대해서는 강한 적개심을 갖게 만든 것은 경탄할 일이다.

508-(642) 『신약』과 『구약』 두 『성서』를 동시에 증명함. 두 성서를 일거에 증명하기 위해서는 한 성서의 예언들이 다른 성서 안에서 성취되었는지 보기만 하면 된다.

예언을 검토하려면 그것들을 이해해야 한다.

만약 예언에 하나의 의미만이 있다고 생각한다면 메시아는 결코 오지 않은 것이 확실하기 때문이다. 그러나 이중의 의미가 있다면 그가 예수 그리스도로서 오신 것은 확실하다.

그러므로 모든 문제는 예언이 이중의 의미를 가지고 있는지를 알아보는 데 있다.

성서가 예수 그리스도와 사도들이 부여한 이중의 의미가 있다는 증거는 아래와 같다.

1. 성서 자체에 의한 증거.

2. 랍비들에 의한 증거. 모세스 마이모니데스[163]는 성서는 두 면을 가지고 있고, 예언자들은 오직 예수 그리스도에 대해서만 예언했다고 말한다.

3. 카발라[164]에 의한 증거.

4. 랍비들 자신이 성서에 부여하는 신비적 해석에 의한 증

---

163) 모세스 마이모니데스(Moses Maimonides, 1135~1204). 에스파냐 코르도바 출생의 유대계 철학자, 신학자, 의학자.
164) 『구약성서』에 대한 유대인들의 신비적 해석을 가리킨다.

거들.

5. 랍비들의 원리에 의한 증거. 즉 이중의 의미가 있다, 공덕(功德)에 따라 영광스럽기도 하고 비천하기도 한 모습으로 메시아는 두 번 강림했다, 예언자들은 메시아에 대해서만 예언했다——율법은 영원하지 않고 메시아에 이르러 바뀔 것이다——그때가 오면 사람들은 홍해를 기억하지 않을 것이고 유대인과 이방인은 서로 섞일 것이다.

6. [예수 그리스도와 사도들이 우리에게 주는 열쇠에 의한 증거.]

509-(643) a. 표징들. 「이사야」, 51장. 홍해, 속죄의 상징. 인자가 땅에서 죄를 사하는 권세가 있는 줄을 너희에게 알게 하려 하노라 하시고 (……) 일어나라.[165]

신은 눈에 보이지 않는 성스러운 것으로 성스러운 백성을 만들고 영원한 영광으로 그들을 채울 수 있음을 나타내기 원하여 눈에 보이는 것들을 만들었다. 자연은 은총의 표상이므로 신은 은총의 은혜 가운데 마땅히 행하는 일들을 자연의 사물들 가운데 행했다. 이것은 신이 눈에 보이는 것을 능히 할 수 있는 만큼 눈에 보이지 않는 것도 할 수 있음을 사람들이 판단할 수 있게 하기 위해서이다.

그러므로 신은 이 백성을 홍수에서 건졌고 아브라함에게서

---

165) "Ut sciatis quod filius hominis habet potestatem remittendi peccata, tibi dico:Surge"(「마가」, 2:10-12).

태어나게 했다. 또 이 백성을 원수들의 손에서 구했고 평안 속에 있게 했다.

신의 목적은 홍수에서 건져내고 한 민족을 아브라함에게서 태어나게 하여 기름진 땅에 인도하려는 것이 아니었다.

그리고 은총조차도 영광의 표징일 뿐이다. 은총은 궁극의 목적이 아니기 때문이다. 율법은 은총을 표징하고, 은총 그 자체는 [영광]을 표징한다. 은총은 영광의 표징이고 원리 또는 원인이다.

사람들의 일상생활은 성자들의 생활과 유사하다. 그들은 다 같이 자기들의 만족을 추구한다. 다만 만족을 어느 대상에 두는가가 다를 뿐이다. 그들은 이것을 가로막는 것들 등등을 원수라 부른다. 이렇듯 신은 눈에 보이는 것들에 대한 힘을 나타냄으로써 보이지 않는 은혜를 베푸는 힘을 드러냈다.

510-(691) 엉뚱한 이야기를 하는 두 사람 중 한 사람은 같은 무리 속에서나 통하는 이중의 뜻을 가진 말을 사용하고, 또 한 사람은 하나의 뜻만을 가진 말을 사용한다고 하자. 이 때 이 내막을 모르는 누군가가 두 사람이 이런 방식으로 이야기하는 것을 듣는다면 그는 이것에 대해 같은 판단을 내릴 것이다. 그러나 그 후에 남은 이야기에서 한 사람은 천사 같은 말을 하고 또 한 사람은 여전히 진부하고 속된 말을 한다면 그는 판단하기를, 한 사람은 신비롭게 말하고 또 한 사람은 그렇지 않다고 할 것이다. 전자는 그런 엉뚱한 소리를 할 수가 없고 따라서 신비로울 수 있음을 보여주었고, 후자는 신비로

울 수 없고 따라서 엉뚱한 소리를 할 수 있음을 충분히 보여 주었기 때문이다.

『구약』은 암호다.

**

511-(794) 예수 그리스도가 자신의 증거를 앞선 예언에서 끌어내는 대신 명확한 방식으로 오지 않은 것은 무엇 때문인가.

자신을 표징으로 예언하게 한 것은 무엇 때문인가.

512-(644) **표징들.** 신은 한 성스러운 민족을 만들어 이들을 다른 모든 민족과 분리하고 원수로부터 건져내어 평안한 땅에 두기를 원했으므로, 그렇게 하겠다고 약속했고 또 예언자들을 통해 그의 강림의 때와 방식을 예언했다. 그러나 선택받은 사람들의 희망을 공고히 하기 위해 신은 항상 그들에게 그 영상을 보여주었으며 그들의 구원에 대한 신의 권능과 뜻을 끊임없이 보장해 주었다. 인간이 창조되었을 때 아담은 그 증인이었고 여인에게서 구세주가 태어난다는 약속의 수탁자였기 때문이다. 당시 사람들에게 천지 창조는 아직 오래전 일이 아니었으므로 그들은 그들이 창조되었고 타락했음을 잊어버렸을 리 없었다.

아담을 본 사람들이 수명을 다했을 무렵 신은 노아를 보내어 기적으로써 그를 구하고 온 땅을 물에 잠기게 했다. 이 기적은 신이 세상을 구할 능력이 있다는 것과, 이 구원을 이루고 약속한 구세주를 여인의 자손으로 태어나게 할 뜻이 있다는 것을 충분히 나타내는 것이었다.

이 기적은 [사람들의] 희망을 공고히 하기에 충분했다.

홍수에 대한 기억이 사람들 사이에 아직도 생생하고 노아도 아직 살아 있었을 때 신은 아브라함에게 약속을 주었고, 셈이 아직 살아 있었을 때 신은 모세를 보냈다 등등.

513-(572) 사도들이 사기꾼이었다는 가설.──시기는 명확하게, 방식은 애매하게.──표징의 다섯 증거.

$$2{,}000년 \left\{ \begin{array}{l} 1{,}600년 \ 예언자들. \\ 400년 \ 사방으로 \ 분산됨.^{166)} \end{array} \right.$$

514-(676) 이 책이 유대인들에게 이해하지 못하도록 가려져 있는 것은 악한 기독교도들과 자기를 미워하지 않는 모든 사람들에게도 마찬가지다. 그러나 참으로 자기를 미워할 때 사람들은 이 책을 이해하고 예수 그리스도를 알게 될 준비가 얼마나 훌륭히 되어 있는가!

---

166) 1,600년에 걸쳐 예언자들이 나타나 메시아를 예언했고, 400년 동안 유대인들은 사방으로 흩어져 그를 세상에 널리 알렸다는 뜻(단장 556 참조).

515-(688) 나는 '멤'[167]이 신비적이라고 말하지 않는다.

516-(682) 「이사야」, 1:21. 선에서 악으로의 변화. 신의 복수.「이사야」, 10:1; 26:20; 28:1.

기적.「이사야」, 33:9; 60:26; 43:13.

「예레미야」, 11:20-21; 17:9. 다시 말해 누가 그의 사악한 마음을 아는가, 그 사악함은 이미 알려져 있는데 말이다.「예레미야」, 17:10; 18:18; 17:17; 7:14, 겉으로 행하는 제사에 대한 충성. 7:22-24, 본질적인 것은 겉으로 행하는 제사가 아니다. 11:13-14.

「이사야」, 44:20-23; 44:23-24; 54:8; 63:12, 14, 16-17; 64:17.

「예레미야」, 2:35; 4:22-27; 5:4-6, 29-31; 6:16-17. 수많은 교리들, 23:15-17.

517-(659) **표징들.**『구약』이 단지 표징일 뿐이고 또 예언자들이 지상의 행복을 통해 다른 행복을 의미했다는 것을 증명하기 위하여.

첫째로, 이것은 신의 뜻에 합당하지 않을 것이다.

둘째로, 그들의 말은 매우 명료하게 현세적인 복을 약속한다. 그러나 그들은 그 말이 불명료하고 그 의미는 조금도 이해되지 않을 것이라고 말한다. 이로써 알 수 있는 것은 그 숨겨진 의미는 그들이 명확하게 설명했던 그 뜻이 아니고, 그들은

---

167) 단장 489의 주 143) 참조.

다른 제물, 다른 구세주 등에 대해 이야기하려고 했다는 사실이다. 그들은 세계의 종말에 이르러서야 그 뜻을 알게 될 것이라고 말한다. 「예레미야」, 30장의 끝.

제2의 증거는, 그들의 말이 상반되고 서로 파괴하는 만큼 만약 율법이나 제물이라는 말로써 모세의 것과는 다른 것을 의미하지 않았다고 가정한다면 거기에는 명백하고도 확실한 모순이 있게 된다는 것이다. 그러므로 같은 장 안에서도 이따금 모순되는 말을 함으로써 그들은 다른 것을 의미했다.

그런데 한 저자의 의미를 이해하려면…….

518-(571) 표징의 이유. [그들은 한 육적인 민족을 보존하고 이들이 영적인 언약의 수탁자가 되게 해야만 했다.] 메시아에 대한 믿음을 주기 위해서는 선행하는 예언들이 있어야 했고, 또 이 예언들은 의심받지 않는 근면하고 충직하고 열성적이고 온 땅에 알려진 사람들에 의해 보존되어야 했다.

이 모든 것을 성취하기 위해 신은 이 육적인 민족을 택하여 메시아를 구세주로, 그들이 사랑하는 육적인 행복의 분배자로 예고하는 예언을 그들에게 위탁했다. 그래서 이 민족은 그들의 예언자에 대해 비상한 열정을 품었고 또 그들의 메시아를 예고한 책을 모든 사람들이 볼 수 있게 했으며, 메시아가 오되 그들이 온 세계에 펼쳐 보여준 책 속에 예고된 방식대로 온다고 모든 민족에게 다짐했다. 그러나 이 민족은 수치스럽고 가난한 메시아의 강림에 실망해 그의 가장 잔인한 원수가 되고 말았다. 그 결과 이 민족은 우리를 전혀 의심의 여지없이 이롭게 하고 있으며, 그들의 율법과 예언자에 대해 가장 충실하고 열렬한 이 민족은 이 책을 온전하게 보존하고 있는 것이다.

그리하여 자신들에게 걸리는 돌이 되었던 예수 그리스도를 버리고 십자가에 못 박은 바로 그 사람들이 예수 그리스도에 대해 증언하며 그가 버림받고 멸시받으리라고 예고하는 책을 보존하고 있는 것이다. 결국 이 민족은 예수를 거부함으로써 그가 예수임을 나타냈으며, 예수는 그를 받아들인 의로운 유대인들에 의해서나 그를 거부한 불의한 유대인들에 의해서나 다 같이 메시아임이 증명된 것이다. 이 두 가지 일은 다 예언되어 있었다.

예언이 하나의 숨은 뜻을 가지고 있는 것은 바로 이 때문이다. 이 민족이 원수가 되었다는 말의 영적인 의미는 그들이 친구가 되었다는 말의 육적인 의미 밑에 숨겨져 있는 것이다. 만약 영적인 의미가 드러나 보였다면 그들은 이것을 사랑할 수 없었을 것이다. 그리고 이것을 받아들일 수 없었으므로 그들의 책과 의식을 보존하려는 열성도 갖지 않았을 것이다. 만약 그들이 이 영적인 약속을 사랑하고 메시아가 오실 때까지 온전히 보존했다면 그들의 증언은 힘없는 것이 되었을 것이다, 그들은 메시아의 친구가 되었을 테니까.

이런 이유로 영적인 뜻이 숨겨진 것은 다행한 일이었다. 그러나 한편 그 뜻이 완전히 숨겨짐으로써 전혀 나타나지 않았더라면 이것은 메시아의 증거가 될 수 없었을 것이다. 그럼 실제로 어떻게 이루어졌는가. 그 영적인 의미는 많은 구절에서 현세적인 것 안에 숨겨졌는가 하면, 어떤 구절에서는 극히 명확하게 나타나 있다. 그 외에도 강림의 때와 세계의 상태는 해보다도 밝게 예언되어 있다. 그리고 곳에 따라서는 이 영적 의미가 너무나도 명확하게 설명되어 있어서, 정신이 육체에 굴복할 때 육체로 인해 눈멀게 되는 것과 같은 맹목에 떨어지지 않는 한 이것을 깨닫지 않을 수가 없다.

신이 어떻게 행했는지는 이상과 같다. 그 의미는 많은 곳에서 다른 뜻으로 덮여 있고, 몇몇 곳에서 드물게 드러나 있다. 그러나 뜻이 숨겨진 곳은 모호해서 이중의 뜻으로 해석될 수 있어도, 드러나 있는 곳은 하나의 뜻만을 가지고 있으며 오직 영적인 의미에만 적합하다.

그래서 이것은 오류로 이끌어갈 수 없었으며, 이것을 잘못 이해할 수 있었던 것은 그토록 육적인 한 민족뿐이었다.

왜냐하면 복이 풍성하게 약속되었을 때 이것이 참된 복임을 깨닫지 못하게 방해한 것은 그들의 탐욕이 아니고 무엇이 겠는가, 복을 지상의 의미로 결정짓게 한 그 탐욕 말이다. 그러나 오직 신 안에서 복을 누리기를 원한 사람들은 그 복을 오로지 신에게로 돌렸다. 요컨대 인간의 의지를 가르는 두 원리, 즉 탐욕과 신의 사랑이 있기 때문이다. 그렇다고 탐욕이 신 안에서 믿음과 함께할 수 없는 것도 아니고, 또 사랑이 지상의 복과 함께할 수 없는 것도 아니다. 단지 탐욕은 신을 이용하여 세상을 즐기고, 사랑은 그 반대이다.

그런데 궁극의 목적이 사물에 이름을 부여한다. 우리가 이 목적을 향해 나아가는 것을 가로막는 모든 것은 원수라고 불린다. 그러므로 피조물은 그것이 아무리 좋은 것이라 해도 의인(義人)을 신에게서 돌아서게 하면 의인의 원수가 된다. 신 자신도, 사람들의 탐욕을 방해할 때는 이들의 원수가 된다.

이렇듯 원수라는 말은 궁극의 목적에 달려 있으므로 의로운 사람은 이 말로써 그들의 정념을 의미했고, 육적인 사람들은 바빌론인을 의미했다. 이렇듯 이 말들은 의롭지 않은 사람들에게만 불명료했다.

이사야가 말한 것도 바로 이것이다, 율법을 내가 택한 자들 안에 봉하라.[168] 그리고 예수 그리스도는 거치는 돌[169]이 되리라고 한 것도. 그러나 "그로 말미암아 실족하지 않는 자는 복이 있도다".[170]

호세아의 마지막 구절도 완벽하게 말했다, "지혜로운 자 어디 있는가. 내가 말하는 것을 그는 들으리라. 의로운 자도 이를 들으리라. 여호와의 길은 곧은 길이나 악한 자는 비틀거리리라".[171]

519-(675) ……비틀거리리라. 그러나 어떤 사람들을 눈멀게 하고 어떤 사람들을 눈뜨게 하기 위해 만들어진 이 언약은 바로 눈멀게 한 사람들 가운데 다른 사람들이 알아야 할 진리를 표시해 두었다. 왜냐하면 그들이 신에게서 받은 눈에 보

---

168) "Signa legem in electis meis"(「이사야」, 7:16).
169) 「이사야」, 8:14 참조.
170) 「마태」, 11:6.
171) 「호세아」, 14:9.

이는 복이 너무나도 크고 신성한 것이어서, 신이 보이지 않는 복과 메시아를 그들에게 능히 주실 힘이 있다는 점이 명백히 나타났기 때문이다.

왜냐하면 자연은 은총의 표상이고, 보이는 기적은 보이지 않는 기적의 그림자이기 때문이다. 너희로 (……) 알게 하리라 네게 말하노니 일어나라.[172]

이사야는, 속죄는 홍해를 건너는 것과 같으리라고 말한다.[173]

그러므로 신은 애굽과 바다에서의 탈출, 왕들의 패배, 만나, 아브라함의 전 계보로써 그가 능히 구할 수 있고 하늘에서 떡을 내릴 수 있는 등등의 힘을 보여주었다. 그래서 원수인 이 백성은 그들이 알지 못하는 동일한 메시아의 표징이자 형상이 된다.

그러므로 신은 이 모든 것이 표징일 뿐이라는 것, 그리고 "참으로 자유하리라",[174] "참 이스라엘 사람", "참 할례",[175] "하늘의 참 떡"[176] 등의 것이 무엇인지를 우리에게 가르쳐주었다.

이 약속 가운데 각자는 마음속 깊은 곳에 간직하고 있는 것, 즉 현세적인 복 아니면 영적인 복, 신 아니면 피조물을 발견한다. 그러나 차이가 있다. 그 안에서 피조물을 찾는 사람들은 과연 찾는 것을 발견하되 그것들을 사랑하지 말라는 금지

---

172) "Ut sciatis (……) tibi dico: Surge"(「마가」, 2:10-11).
173) 「이사야」, 51:10-11 참조.
174) 「요한」, 8:36.
175) 「로마」, 2:28-29.
176) 「요한」, 6:32.

와, 신만을 섬기고 신만을 사랑하라는──이것은 같은 것이지만──명령에 대한 모순과 마주치며, 결국 메시아는 그들을 위해 오지 않았던 것이다. 이에 반해 그 안에서 신을 찾는 사람들은 신만을 사랑하라는 계명과 함께 신을 발견하되 아무런 모순도 없으며, 메시아는 그들이 구하는 행복을 주기 위해 예언된 때에 오신 것이다.

이렇듯 유대인들은 기적과 예언을 가지고 있었고, 그것들이 성취되는 것을 보았다. 그리고 그들의 신앙의 교리는 신만을 섬기고 사랑하는 것이었고 또 영원한 것이었다. 이렇듯 이 교리는 참된 종교의 모든 특징을 구비하고 있었으며, 과연 참된 종교였다. 그러나 유대인들의 교리와 유대인들의 율법의 교리는 구별할 필요가 있다. 유대인들의 교리는 기적과 예언과 영속성을 가지고 있었지만 참된 것은 아니었다. 신만을 섬기고 신만을 사랑한다는 또 하나의 요건을 갖추지 않았기 때문이다.

520-(646) 유대인들의 회당은 멸망하지 않았다, 표징이었으므로. 그러나 단지 표징이었기 때문에 예속 상태에 떨어졌다. 표징은 진리가 나타날 때까지 존속해, 교회가 약속한 그림 속에 혹은 현실 속에 항상 보일 수 있게 했다.

521-(651) 종말론자, 선아담인류론자,[177] 천년지복론자들[178]

---

177) 아담 이전에 인간이 존재했다고 믿는 사람들. 「로마」, 5:12-14 참조.
178) 지복의 천년 후 세계의 종말이 온다고 주장하는 사람들. 「계시록」, 20:4 참조.

의 터무니없는 주장 등등.——성서를 근거로 터무니없는 설을 주장하려는 자는 가령 다음과 같은 것에 근거를 둘 것이다.

"이 세대가 지나기 전에 이 일이 다 이루어지리라"[179]고 적혀 있다. 이에 대해, 이 세대를 뒤이어 다른 세대가 오고 끊임없이 계속될 것이라고 나는 말하겠다.

「역대하」에는 솔로몬과 왕이 각기 다른 사람이었던 것처럼 이야기되고 있다.[180] 나는 같은 두 사람이었다고 말하겠다.

522-(669) 우리의 부족함 때문에 표징을 바꾼다.

523-(656) 아담, 오실 자의 표상.[181] 하나를 만들기 위해 여섯 날, 또 하나를 만들기 위해 여섯 세대. 아담을 만들기 위해 모세가 표시한 엿새는 예수 그리스도와 교회를 만들기 위한 여섯 세대의 형상일 뿐이다. 만약 아담이 죄를 짓지 않았다면 그리고 예수 그리스도가 오지 않았다면 단 하나의 언약, 단 하나의 인간 세대만이 있었을 것이고, 창조는 일시에 완성된 것으로 표시되었을 것이다.

524-(766) 표징들. 구세주, 아버지, 제사장, 제물, 양식, 왕, 어진 사람, 입법자, 수난자, 가난한 자, 한 민족을 만들어 인도하고 부양하고 그의 땅으로 이끌어갈 사람……

---

179) 「마태」, 24:34.
180) 「역대하」, 1:14 참조.
181) "forma futuri"(「로마」, 5:14).

525-(664) 표징적인 것. 신은 유대인들의 정욕을 이용하여 그들을 [바로 이 정욕에 구원을 가져다준] 예수 그리스도에게 봉사하게 했다.

526-(663) 표징적인 것. 탐욕만큼 신의 사랑과 흡사한 것은 없고, 또 이만큼 반대되는 것도 없다. 이렇듯 자기의 탐욕을 만족시키는 갖가지 복으로 가득 찬 유대인들은 기독교도들과 매우 흡사하기도 하고 또 반대되기도 했다. 그리고 이런 방법으로 그들은 꼭 가져야만 했던 두 가지 특징을 지니고 있었다. 즉 메시아를 표징하기 위해 메시아와 일치되고, 또 의심스러운 증인이 되지 않기 위해 완전히 반대되는 것.

527-(666) 현혹 ……깊은 잠.[182] 이 세상의 형적(形跡).[183]

만찬. 네 먹는 양식.[184] 우리의 양식.[185]

그 원수들은 티끌을 핥을 것이라.[186] 죄인은 땅을 핥는다. 다시 말해 지상의 쾌락을 사랑한다.

『구약』은 앞날의 기쁨의 표징들을 담았고, 『신약』은 이에 이르는 방법을 담고 있다.

표징들은 기쁨이었고, 방법은 회개였다. 그런데도 유월절의

---

182) "Somnum suum"(「시편」, 76:6).

183) "Figura hujus mundi"(「고린도전」, 7:31).

184) "Comedes panem tuum"(「신명」, 8:9).

185) "Panem nostrom"(「누가」, 11:3).

186) "Inimici Dei terram lingent"(「시편」, 72:9).

어린양을 들판의 상추와 함께 먹었다, 쓴 나물을 곁들여 함께 먹었다.[187]

나는 온전히 면하게 하소서.[188] 예수 그리스도는 죽기 전에는 거의 혼자만이 순교자였다.

528-(519) 「요한」, 8장: "많은 사람이 믿더라. 그러므로 예수께서 자기를 믿은 유대인들에게 이르시되 너희가 내 말에 거하면 참된 내 제자가 되고 진리를 알지니 진리가 너희를 자유케 하리라. 저희가 대답하되 우리는 아브라함의 자손이라 남의 종이 된 적이 없거늘."[189]

제자와 참된 제자 사이에는 큰 차이가 있다. 진리가 그들을 자유케 하리라고 그들에게 말해보면 알 수 있다. 만약 그들이 우리는 자유로우며 악마의 예속에서 벗어날 힘이 있다고 대답하면 그들은 과연 제자일지는 몰라도 참된 제자는 아니기 때문이다.

529-(782) "죽음에 대한 승리."[190]

"사람이 온 천하를 얻고도 자기 영혼을 잃으면 무엇이 유익하리오."[191]

---

187) "cum amaritudinibus"(「출애굽」, 12:8.)
188) "Singularis sum ego donec transeam"(「시편」, 141:10).
189) "Multi crediderunt in eum. Dicebat ergo Jesus: 'Si manseritis……
VERE mei discipuli eritis et VERITAS LIBERABIT VOS.' Responderunt:
'Semen Abrahae sumus, et nemini servimus unquam'"(「요한」, 8:30-33).
190) 「고린도전」, 15:55.
191) 「누가」, 9:25.

"누구든지 자기 영혼을 지키려 하면 잃을 것이오."[192]

"내가 온 것은 율법을 폐하러 함이 아니라 이것을 완전케 하려 함이다."[193]

"어린 양들은 세상의 죄를 제거하지 못했으나 나는 죄를 지고 가는 어린양이다."[194]

"모세는 너희에게 하늘의 떡을 주지 않았다.[195] 모세는 너희를 사로잡힘에서 구하지 않았고 너희를 진실로 자유케 하지 않았다."[196]

530-(673) 너는 삼가 이 산에서 네게 보인 양식대로 할지니라.[197]

그러므로 유대인들의 종교는 메시아와 진리의 유사성을 기반으로 세워졌다. 그리고 메시아의 진리는 바로 그것의 표징이었던 유대인들의 종교에 의해 알려졌다.

유대인들 안에서 진리는 단지 표징으로 나타났다. 하늘에서는 진리가 드러난다.

교회 안에서 진리는 덮여 있고, 표징과의 관계에 의해 식별된다.

표징은 진리에 따라 만들어졌고, 진리는 표징에 따라 식별

---

192) 「요한」, 9:24.
193) 「마태」, 5:17.
194) 「요한」, 1:29.
195) 「요한」, 6:32.
196) 「요한」, 8:36.
197) "Fac secundum exemplar quod tibi ostensum est in monte"(「출애굽」, 25:40).

되었다.

531-(671) 여러 민족과 왕을 정복하도록 부름받은 유대인들은 죄의 노예였다. 섬기고 복종하는 것을 사명으로 아는 기독교도들은 자유로운 아들들이다.[198]

532-(665) 신의 사랑은 표징적인 교훈이 아니다. 표징을 제거하고 진리를 세우기 위해 오신 예수 그리스도가, 전에 있었던 사랑의 실재를 제거하기 위해 단지 사랑의 표징만을 세우려고 왔다고 말한다면 이것은 끔찍한 일이다.
"만약 빛이 암흑이라면 암흑은 무엇이 되겠는가."[199]

533-(661) 모든 신비로운 교리 중에서 유독 회개만이 유대인들에게 명확하게, 그리고 선구자 요한에 의해 선포되었다. 그리고 그 후 다른 교리들이 선포되었다──각 개인과 온 세상에서 이 순서가 지켜져야 함을 나타내기 위하여.

534-(658) 20 V. 병든 영혼의 상태를 나타내는 복음서의 표징들은 병든 육체들이다. 그러나 몸 하나로는 아무리 병들었다 해도 병든 상태를 나타내는 데 충분하지 않기에 여러 몸이 필요했다. 그래서 귀머거리, 벙어리, 장님, 중풍 환자, 죽은

---

198) 「로마」, 6:20, 8:15-16 참조.
199) 「마태」, 6:23.

나사로, 마귀 들린 자가 나온다. 이 모든 것이 병든 영혼 속에 함께 있는 것이다.

535-(654) 저녁 식사와 야식의 차이.

신에게는 말과 의도가 다르지 않다, 신은 진실이기 때문에. 말과 결과도 다르지 않다, 신은 전능하시기 때문에. 수단과 결과도 다르지 않다, 신은 지혜로우시기 때문에. 베르나르,『하느님의 보내심을 받은 것에 관한 최후의 강화(講話)』.[200]

아우구스티누스,『신국론』.[201] 이 규칙은 일반적이다. 즉 신은 모든 것을 할 수 있다. 단, 죽거나 속거나 거짓말하는 것과 같이, 만약 그런 일을 하면 전능일 수가 없는 것을 제외하고.

진실을 확인하기 위해 몇몇 복음서 기자들. 그들의 불일치는 유익하다.

최후의 만찬 후에 성찬식. 표징 후에 진리.

예루살렘의 멸망. 예수가 죽은 지 40년 후, 세계 멸망을 보여주는 표징.

예수는 사람으로서 또는 사자(使者)로서 알지 못한다,「마태」, 24:36.

유대인과 이방인들에 의해 정죄된 예수.

두 아들들로 표징된 유대인과 이방인들. 아우구스티누스,『신국론』.[202]

---

200) ult. sermo in Missus. 「누가」, 1:26 참조.
201) de Civ. Dei, V. 10., 5:10.
202) De Civit., XX, 29., 20:29.

20편

랍비의 교리

536-(635) 랍비 교리의 연보(쪽수는 『푸기오』[203]에서 인용된 것이다).

27쪽, 라베이누 하카도쉬,[204] 『미슈나』 또는 구전 율법 또는 제2율법의 저자.

『미슈나』의 주해(340년): 그중 하나는 『시프라』[205]

『바라예토트』[206]

---

203) 『믿음의 검(Fugio fidei)』을 가리킨다. 히브리어 학자였던 요셉 드 보이젠이 1651년에 발간한 책으로서, 그때까지는 원고 상태로 있었다.

204) 라베이누 하카도쉬(R. Hakadosch, 2세기경). 라베이누 하카도쉬는 '우리의 거룩한 랍비'라는 뜻으로, 2세기경 라베이누 하카도쉬로 불린 여후다 하나시(135~217)는 『미슈나』를 집대성했다.

205) Siphra. 레위기 주석.

206) Barajetot. 『미슈나』에는 포함되지 않지만 중요한 자료들.

『탈무드 히에로솔』[207]

『토세프타』[208]

랍비 오사이아 라바[209]에 의한 『미슈나』의 주해 『베레시트 라바』[210]

『베레시트 라바』와 『바르 나크호니』[211]는 섬세하고 상냥하고 역사적이며 신학적인 논술이다. 같은 저자가 『라보트』[212]라고 불리는 책들도 저술했다.

『탈무드 히에로솔』이 나온 지 백 년 후(440년), 랍비 아쉬[213]에 의해 전 유대인들의 동의를 얻어 『바빌론 탈무드』[214]가 편찬되었다. 유대인들은 그 안에 포함된 모든 것을 기필코 지켜야만 한다.

랍비 아쉬에 의한 부록은 『게마라』,[215] 즉 『미슈나』의 주해라고 일컬어진다.

그리고 『탈무드』는 『미슈나』와 『게마라』를 다 같이 포함한다.

---

207) Talmud Hierosol. 『예루살렘 탈무드』.

208) Tosiphtot. 구전으로 전해지는 내용 중에 『미슈나』를 보완할 수 있는 부분을 정리해 『탈무드』에 포함시킨 해설들을 가리킨다.

209) R. Osaia Rabah. (?~350?). 4세기에 『미슈나』에 관한 해설을 쓴 유대인 학자.

210) Bereschit Rabah. 랍비 오사이아 라바가 쓴 『미슈나』 해설.

211) Bar Nachoni.

212) Rabot.

213) R. Ashi(352~427). 4~5세기에 활약한 아모라임(유대인 학자) 중 한 사람.

214) Talmud babylonique.

215) Gemara. 『미슈나』가 쓰인 후 2세기 반에 걸쳐 주해서인 『게마라』가 쓰였다.

537-(446) 원죄에 관하여. 유대인들에 의한 원죄의 방대한 전승.

「창세」 8장[216])에 있는, 사람의 마음의 성분은 어려서부터 악하다, 라는 말에 관하여.

『랍비 모세 하다르샨』[217]): 이 악한 누룩은 인간이 만들어질 때부터 그 안에 들어 있었다.

『마세쉐트 수카』[218]): 악한 누룩은 성서에서 일곱 개의 명칭을 가지고 있다. 그것은 악, 포피, 불결, 원수, 치욕, 돌 같은 마음, 북풍이라 불린다. 이 모든 것은 인간의 마음속에 숨겨지고 새겨진 사악함을 의미한다.

『미드라슈 테힐림』[219])도 같은 말을 한다. 그리고 신이 인간의 선한 본성을 악한 본성으로부터 구하시리라고 말한다.

이 사악함은 「시편」, 37편[220])에 적혀 있는 것처럼 날마다 인간을 향해 새로운 힘을 발휘한다. "하느님을 거역하는 자가 의인을 엿보며 죽일 기회를 찾건만 여호와는 그를 버려두지 않으시리라." 이 사악함은 현세에서는 사람의 마음을 유혹하고 내세에서는 이 마음을 고발할 것이다. 이 모든 것은 『탈무드』 안에 있다.

「시편」 4편[221]): "너희는 떨어라. 그리하면 범죄하지 않으리

---

216) 「창세」, 8:21.
217) R. Moshe haddarshan. 11세기 초에 프랑스에서 활약한 유대인 랍비.
218) The Massechet Succa. 『미슈나』에서 안식일과 절기를 다루는 세데르 모에드(Seder Moed)의 여섯 번째 소주제.
219) Misdrach Tehilim. 고대 랍비들의 「시편」 주석.
220) 「시편」, 37:32.
221) 「시편」, 4:4.

라"에 대한 『미드라슈 테힐림』. 너희는 떨며 너희들의 정욕을 겁에 질리게 하라. 그리하면 정욕은 너희를 죄로 인도하지 않으리라. 또 「시편」 36편[222]: "하느님을 거역하는 자가 마음속에 말하기를, 여호와를 두려워함이 내 앞에 없을지어다"에 대해. 즉 인간 본래의 사악함이 믿지 않는 자에게 이렇게 말했다.

『미드라슈 엘 코헬레트』[223]: "가난하고 지혜로운 아이는 앞날을 예측할 줄 모르는 늙고 어리석은 왕보다 훌륭하다."[224] 아이는 덕이고 왕은 인간의 사악함이다. 그것이 왕이라 불리는 것은 모든 지체들이 복종하기 때문이고, 늙었다는 것은 어린아이 때부터 노년에 이르기까지 인간의 마음속에 있기 때문이다. 또 어리석다는 것은 인간이 전혀 예측하지 못하는 [멸망]의 길로 그를 이끌어가기 때문이다.

같은 말이 『미드라슈 테힐림』 안에도 있다.

「시편」 35편[225]: "주여, 내 모든 뼈가 당신을 찬양하리이다, 당신은 가난한 자를 폭군의 손에서 구하시는 까닭에"에 대한 『베레쉬트 라바』. 악의 싹보다 강한 폭군이 어디 있는가. 그리고 「잠언」 25장[226]: "만일 네 원수가 굶주리면 먹을 것을 주라"에 대해. 즉 만약 악의 싹이 굶주리면 「잠언」 9장에서 말

---

222) 「시편」, 36:1.
223) Misdrach el Kohelet. 『미드라슈 전도서』.
224) 「전도」, 4:13.
225) 「시편」, 35:10.
226) 「잠언」, 25:21.

하는 지혜의 빵을 주라. 만약 목마르면 「이사야」 55장에서 말하는 물을 주라.

『미드라슈 테힐림』도 같은 말을 한다. 성서가 여기서 적이라 한 것은 악의 누룩을 의미하고, 그에게 이 빵과 물을 주는 것은 그의 머리 위에 뜨거운 탄(炭)을 쌓아 모으는 것과 같다고 말한다.

「전도서」 9장[227]): "큰 왕이 작은 성읍을 공격했다"에 대한 『미드라슈 엘 코헬레트』. 큰 왕은 악의 누룩을 말하고, 성읍을 에워싼 커다란 병기들은 유혹을 의미한다. 여기에 가난하고 지혜로운 사람, 즉 덕이 나타나 성읍을 구했다.

또 「시편」 41편[228]): "가난한 자들을 돕는 자는 복 있도다"에 대해.

또 「시편」 78편[229]): "영은 사라지고 다시는 돌아오지 않는다"에 대해. 여기서 어떤 사람들은 영혼의 불멸에 대해 잘못된 생각을 가질 이유를 찾아냈다. 그러나 이 영은 악의 누룩으로써 죽음에 이르기까지 인간을 떠나지 않되 부활할 때는 돌아오지 않는다는 뜻이다.

또 「시편」 16편.

랍비 교리의 원리. 두 명의 메시아.

---

227) 「전도」, 9:14.
228) 「시편」, 41:1.
229) 「시편」, 78:39.

21편

영속성

538-(690) 영속성. "하느님은 그들의 마음에 할례를 행하시리라"와 같은 다윗이나 모세의 말은 그들의 정신을 판단할 수 있게 한다. 그 밖의 모든 말들이 모호해서, 과연 철학적인지 기독교적인지 의심스러워진다 해도 결국 이런 종류의 말 하나가 모든 것을 결정짓는다. 마치 에픽테토스의 말 한마디가 그 외의 모든 것을 반대의 것으로 결정짓는 것과 같다. 그때까지는 모호함이 지속되지만 그 후로는 그렇지 않다.

539-(614) 만약 법을 종종 필요에 따라 변화시키지 않는다면 국가는 멸망할 것이다. 그러나 종교는 결코 이것을 허용하지 않았고 또 그렇게 하지도 않았다. 그렇기에 이런 조정이나 아니면 기적이 필요한 것이다. 굽힘으로써 자기를 유지하는 것

은 신기한 일이 아니다. 그리고 이것은 본래 자신을 보존하는 것도 아니다. 그렇게 해도 결국은 완전히 멸망하고 만다. 천년 동안 지속된 나라는 없다. 그러나 이 종교가 영원히 자신을 보존하되 굽히지 않았다는 것은 신적인 일이다.

540-(613) **영속성.** 인간은 신과 교제하는 영광스러운 상태에서 비애와 회한과 신으로부터 유리된 상태로 추락했으나 이 삶이 끝나면 강림하실 메시아에 의해 복위될 것이라고 믿는 이 종교는 땅 위에 항상 있어왔다. 모든 것이 흘러갔어도 모든 것의 존재 목적인 이 종교는 존속했다.

인간은 태초에는 온갖 종류의 혼란 속에 휩쓸려 있었다. 그러나 에녹이나 라멕, 그 밖의 사람들과 같은 성자들이 있어 태초부터 약속된 그리스도를 끈기 있게 기다렸다. 노아는 인간의 사악함이 절정에 달하는 것을 보았다. 노아는 자기 자신이 표징이었던 메시아에 대한 소망을 갖고 자신의 세계를 구하기에 합당한 인물이었다. 아브라함은 우상숭배자들로 둘러싸여 있었다. 그때 신은 메시아의 비밀을 그에게 알렸고 그는 멀리서 메시아를 경배했다. 이삭과 야곱의 시대에 추악함이 온 땅 위에 퍼졌다. 그러나 이 성자들은 믿음 속에서 살았다. 그리고 야곱은 죽음을 앞두고 자손들을 축복하면서 말을 이을 수조차 없는 감격으로 외쳤다, "오, 나의 하느님, 당신이 약속하신 구주를 기다리나이다." 나는 주의 구원을 기다리나이다.[230]

---

230) "Salutare tuum expectabo, Domine"(「창세」, 49:18).

애굽 사람들은 우상숭배와 마법에 더럽혀졌다. 신의 백성까지도 이에 이끌려 그들을 모방했다. 그러나 모세와 다른 몇몇 사람들은 보이지 않는 신을 믿었고, 신이 그들을 위해 예비한 영원한 선물을 바라보며 신을 섬겼다.

그리스인, 그리고 뒤이어 로마인들은 거짓 신들의 지배를 받았다. 시인들은 수백의 각기 다른 신학을 만들어냈고, 철학자들은 수천의 각기 다른 학파로 갈라졌다. 그러나 유대의 중심에는 선택된 사람들이 있어 그들만이 아는 메시아의 강림을 예언했다.

마침내 세상이 끝날 때에 메시아가 오셨다. 그 후 하고많은 종파 분열과 이단들이 생겨났고 숱한 나라들이 멸망했으며 모든 일에 수많은 변화들이 있었다. 그러나 항상 경배를 받아왔던 신을 경배하는 이 교회는 단절됨이 없이 존속했다. 그리고 놀랍고 비할 데 없고 참으로 신적인 것은 항상 존속한 이 종교가 항상 공격받아 왔다는 사실이다. 이 종교는 몇천 번이나 전체적 파멸의 위기에 직면했었다. 그러나 이런 상태에 처할 때마다 신은 그의 권능의 비상한 발동으로 이 종교를 되살리셨다. 놀라운 것은 이 종교가 폭군들의 강압에 꺾이거나 휘지 않고 자신을 지켜왔다는 점이다. 왜냐하면 법을 필요에 굴복시킴으로써 한 국가가 살아남는 것은 신기한 일이 아니다. 그러나…… (몽테뉴 책 안의 동그라미 표시를 볼 것).[231]

---

231) 몽테뉴, I, 13의 끝부분을 가리키는 것으로 보인다. 운명은 때때로 법을 바꾸지 않을 수 없는 긴급한 상황을 야기하는데 이때 나라의 멸망보다 국법을 꺾는 것이 낫다는 내용의 글이다.

541-(616) 영속성. 메시아에 대한 믿음은 계속되었다. 아담의 이야기는 노아와 모세의 시대에는 아직 새로운 소식이었다. 그 후 예언자들은 다른 일을 끊임없이 예언함으로써 메시아를 예언했다. 사람들의 목전에서 이따금 예언된 사건들이 일어났는데 이것은 이 예언자들의 사명이 진실하다는 것을, 따라서 메시아에 관한 그들의 약속이 진실하다는 것을 나타냈다. 예수 그리스도는 기적을 행했고 사도들도 기적을 행하여 이교도들에게 믿음을 주었다. 이로써 모든 예언은 성취되었고 메시아는 영원히 입증되었다.

542-(655) 여섯 세대, 여섯 세대의 여섯 조상, 여섯 세대 초기의 여섯 경이(驚異), 여섯 세대 초기의 여섯 동녘.[232]

543-(605) 본성과 이성과 우리의 쾌락에 반대하는 종교만이 항상 존재해 왔던 유일한 종교이다.

544-(867) 만약 고대 교회가 또 오류에 빠져 있었다면 교회는 몰락했을 것이다. 지금은 교회가 오류에 빠져 있다 해도 사정이 같지 않다. 왜냐하면 교회는 고대 교회에서 물려받은 전승과 믿음의 탁월한 지침을 가지고 있기 때문이다. 그리하여 고대 교회에 대한 이 복종과 이 교회와의 합치가 힘을 발

---

232) 세계의 역사를 천지 창조의 6일에 준하여 여섯 시기로 나눈 것인데, 아우구스티누스의 『마니교도를 반박하는 창세기론(De Genesi contra Manechaeos)』(Ⅰ, 23)에 의거한 것으로 보인다.

휘하며 모든 것을 바로잡아 준다. 그러나 고대 교회는 지금 우리가 그것을 상상하고 바라보는 것처럼 장래의 교회를 상상하고 바라보지는 않았다.

545-(609) 모든 종교에는 각기 두 종류의 사람들이 있다. 이교도 중에는 짐승을 경배하는 자들과 자연 종교 안의 유일신을 경배하는 사람들이 있고, 유대인 중에는 육적인 자들과 옛 율법 안에서 기독교도였던 영적인 사람들이 있다. 또 기독교도 중에는 새 율법 안에서 유대인이라 할 비속한 자들이 있다. 육적인 유대인은 육적인 메시아를 기다렸고, 비속한 기독교도는 신이 그들에게 신을 사랑하는 것을 면제해 주었다고 믿는다. 참된 유대인과 참된 기독교도는 신을 사랑하게 하는 메시아를 찬양한다.

546-(607) 비속한 신자들을 보고 유대교를 판단하는 사람은 이 종교를 잘못 알게 될 것이다. 유대교는 성서와 예언자들의 전승 가운데 나타나 보인다. 이 예언자들은 그들이 율법을 문자 그대로 이해하지 않았음을 충분히 밝혔다. 이렇듯 우리의 종교는 복음서와 사도들과 전승 안에서 보면 신성을 갖추었다. 그러나 이 종교를 잘못 대하는 사람들에게는 우스꽝스럽다.

육적인 유대인에 의하면 메시아는 지상의 위대한 왕이어야 한다. 육적인 기독교도에 의하면 예수 그리스도는 우리에게 신을 사랑하는 계명을 면제해 주고 또 우리가 참여하지 않고도 모든 것을 이루는 성사(聖事)를 우리에게 주려고 왔다. 이 두 부류 모두 기독교도, 유대교도 아니다.

참된 유대인과 참된 기독교도는 그들에게 신을 사랑하게 하고 이 사랑으로 그들의 원수를 무찌르게 하는 메시아를 항상 기다렸다.

547-(689) 모세는(「신명」, 30장)[233] 신이 그들의 마음에 할례를 행하여 그들이 신을 사랑할 수 있게 할 것이라고 약속한다.

548-(608) 육적인 유대인은 기독교도와 이교도 사이에 중간에 위치한다. 이교도는 신을 모르고 이 세상만을 사랑한다. 유대인은 참된 신을 알고도 세상만을 사랑한다. 기독교도는 참된 신을 알고 이 세상을 사랑하지 않는다. 유대인과 이교도는 같은 복을 사랑한다. 유대인과 기독교도는 같은 신을 안다.

유대인은 두 종류가 있다. 하나는 이교적 감정만을 가진 사람들이고, 다른 하나는 기독교적 감정을 가진 사람들이다.

**

549-(630) 그들이 예언자를 갖지 않게 된 후의 마카베오.[234]

---

233) 「신명」, 30:6.
234) 기원전 2세기경, 예루살렘을 통치한 일가로 시리아 왕의 폭정에 항거하여 유대인의 종교적 자유를 위해 투쟁한 것으로 알려져 있다. 『구약외

예수 그리스도 이후의 마소라.[235]

550-(617) 영속성. 다음의 일들을 생각해 보기 바란다. 태초부터 메시아에 대한 대망(待望) 또는 경배가 끊임없이 있어 왔고, 자기의 백성을 구할 구속자가 태어나리라는 계시를 신에게서 받았다고 말하는 사람들이 있었고, 아브라함이 뒤이어 나타나 자기가 낳을 자식에게서 메시아가 태어나리라는 계시를 받았다고 공표했고, 야곱이 그의 아들 열둘 중 유다에게서 그가 태어나리라고 공표했고, 뒤이어 모세와 예언자들이 나타나 메시아가 오실 시기와 형태를 선언하며 그들이 소유하고 있는 율법은 메시아의 법의 준비에 불과한 것으로 그때까지 존속하되 메시아의 법은 영원히 지속할 것이며 이로써 그들의 율법 또는 그것이 약속한 메시아의 법은 항상 땅 위에 있을 것이라고 말했고, 과연 그것은 영원히 지속되었으며 마침내 예수 그리스도가 예언된 모든 상황 속에 임했다. 이것은 놀라운 일이다.

551-(621) 천지 창조와 홍수가 끝나고 또 세계를 더 이상 파괴할 일도, 재창조할 일도, 그리고 이 커다란 자기의 표적들을 주어야 할 일도 없게 되자, 신은 한 민족을 땅 위에 세우기 시작했다. 이 민족은 메시아가 그의 영으로 만들 백성에 이르

경』,「마카베오」, 5장 참조.
235) 히브리어로 '전승(傳承)'이라는 뜻. 히브리어 『구약』의 올바른 해석을 위한 원전 비판의 결과를 수록한 것.

기까지 존속하도록 특별히 만들어졌다.

552-(620) 유대 민족의 이점. 이 고찰에 있어서 유대 민족은 그들 가운데 나타난 놀랍고도 기묘한 수많은 일들로 먼저 나의 주목을 끈다.

나는 먼저 이 민족이 전적으로 형제들로 구성되었음을 본다. 다른 모든 민족들이 무수한 가족들의 집합으로 형성된 데 반해 이 민족은 그토록 기이하게도 번성했지만 한 사람으로부터 나왔고 따라서 모두가 같은 혈육이요 서로가 지체이므로 [그들은] 강력한 한 단일 가족 국가를 이루고 있다.

이 가족 또는 민족은 사람이 아는 한 가장 오래되었다. 이 민족에 대해 특별한 경의를 품게 하는 것은 바로 이것이라고 나는 생각한다. 특히 우리가 행하는 이 고찰에 있어서 그러하다. 왜냐하면 만약 신이 그 어느 때나 인간들에게 자신의 뜻을 전하려 했다면 우리가 그 전승을 알기 위해 의지해야 할 곳은 바로 이 민족이기 때문이다.

이 민족은 단지 오랜 역사만으로 주목할 만한 것은 아니다. 그 기원으로부터 오늘에 이르기까지 끊임없이 지속된 영속성에서도 그러하다. 훨씬 후에 나타난 그리스, 이탈리아, 스파르타, 아테네, 로마와 그 밖의 민족들은 이미 오래전에 소멸했는데 비해, 이 민족은 그토록 오랫동안 존속해 왔기 때문이다. 그리고 역사가들이 입증하는 바와 같이, 또 사물의 자연적 질서로 미루어 쉽게 판단할 수 있는 바와 같이, 그들을 멸망시키려고 강력한 왕들이 수없이 시도했음에도 불구하고 그들은 이처럼 긴 세월 동안 존속해 왔다(또 이 존속은 예언되어 왔다). 그리고 그들의 역사는 태초부터 오늘에 이르기까지 펼쳐져 있어 그 지속 가운데 우리의 모든 역사의 지속을 내포하고 있다. [그들의 역사는 사실 우리의 모든 역사를 훨씬 앞서 있는 것이다.]

이 민족을 다스리는 율법은 이 세상에서 가장 오래되고 또 가장 완전한 것이며 한 국가에서 중단됨이 없이 계속 보존된 유일한 것이다. 이것은 요세푸스[236]가 『아피온에 대한 반박』에서, 유대인 필론이 여러 곳에서 훌륭히 밝히고 있는 사실이다. 그 안에서 이들은, 이 율법이 너무나도 오래된 것이어서 법이라는 명칭조차도 천 년 후에나 가장 오랜 민족들에게 알려질 정도였다고 지적하고 있다. 그래서 호메로스는 그 많은 나라들의 역사를 썼지만 이 말을 사용하지 않았다. 이 율법은 한 번 읽어만 보아도 그 완전성을 쉽게 판단할 수 있다. 우리는 그 안에서 큰 지혜와 공정성과 분별로써 모든 일에 대비하고 있음을 볼 수 있고, 또 그리스와 로마의 가장 오랜 입법자들도 이 율법을 다소 알고 있어서 그들의 주요한 법을 그것으로부터 빌려오기도 했다. 이것은 '12계율'[237]이라 불리는 법률과 요세푸스가 열거하는 다른 증거들로도 분명히 드러난다.

그러나 동시에 이 율법은 신앙생활에서는 모든 법 중에서 가장 엄격하고 가장 가혹한 것으로, 이 민족을 의무에 복종시

---

236) 플라비우스 요세푸스(Flavius Josphus, 37?~100?). 유대의 저명한 역사가.
237) 아테네에 '12계율'은 없다. 아마도 그로티우스를 기억나는 대로 인용한 듯하다.

키기 위해 수천의 고통스러운 세부적인 규칙들을 부과하되 위반하면 극형에 처하기도 했다. 그리하여 이렇게 반항적이고 성급한 민족에 의해 이 율법이 그 오랜 세기 동안 변함없이 유지되어 왔다는 것은 참으로 놀라운 일이다. 그사이에 다른 모든 나라들은 그들의 법을, 극히 지키기 쉬운 것이었음에도 종종 바꾸곤 했다.

세계 최초의 이 법을 담고 있는 책은 그 자체가 세계에서 가장 오래된 것이다. 호메로스나 헤시오도스, 그 밖의 사람들의 책도 이 책보다 육칠백 년 후에나 나왔다.

553-(631) 유대인들의 성실성. 그들은 사랑과 충성으로 이 책을 보존한다. 그 안에서 모세는 언명한다, 저들은 평생토록 신의 은혜를 저버렸고 내가 죽은 후에는 한층 더할 것임을 나는 알고 있지만, 나는 하늘과 땅을 불러 저들에 대항하여 증인을 삼거니와 나는 저들에게 가르칠 만큼 충분히 [가르쳤다]고.

또 그는, 마침내 신은 저들에게 진노하여 저들을 땅 위의 모든 백성들 사이로 흩어지게 하고, 저들이 자신들의 신이 아닌 다른 신을 섬김으로써 그를 진노케 한 것같이 신은 자기의 백성이 아닌 다른 백성들을 불러들임으로써 저들을 분노케 할 것이다, 그리고 신은 자기의 모든 말이 영원히 보존되고 또 자신의 책이 저들에 대항하여 증거로 사용되도록 언약의 궤속에 보존되기를 원하신다고 선언한다.

이사야도 같은 말을 한다, 30:8.

554-(610) 참된 유대인과 참된 기독교도는 하나의 같은 종교만을 가지고 있음을 밝히기 위하여. 유대인의 종교는 본질적으로 아브라함의 부성(父性), 할례, 제물, 의식, 언약의 궤, 성전, 예루살렘, 끝으로 모세의 율법과 언약으로 성립된 것같이 보였다.

나는 말한다.

이 종교는 이 중 어느 것으로도 성립되지 않았고 단지 신의 사랑으로 이루어졌으며 신은 다른 모든 것을 물리치셨다.

신은 아브라함의 후손을 받아들이지 않으실 것이다.

유대인들도 신을 욕되게 하면 이방인같이 신의 벌을 받을 것이다. 「신명」, 8:19.: "만일 너희가 하느님을 잊고 다른 신들을 좇아 섬기면 너희에게 증거하거니와 너희도 정녕 망하리라. 여호와께서 너희 앞에서 멸망케 하신 민족들같이 너희도 망하리라."

이방인들도 신을 사랑하면 유대인같이 받아들여질 것이다.

「이사야」, 56:3.: "이방인은, '여호와는 나를 받아들이지 않으시리라'고 말하지 말라. 여호와께 연합한 이방인들은 그를 섬기고 그를 사랑하리라. 나는 그들을 나의 성스러운 산으로 인도하고 그들에게서 제물을 받으리라, 나의 집은 기도의 집이니라."

참된 유대인들은 그들의 공덕이 아브라함에게서가 아니라 신에게서 온 것이라 생각했다.

「이사야」, 6:16.: "당신은 참으로 우리의 아버지시라. 아브라함은 우리를 모르고 이스라엘은 우리를 인정치 아니했어도 당신은 우리 아버지시오 우리의 구속자시라."

모세 자신도 신은 사람들을 받아들이지 않으시리라고 그들에게 고했다,

「신명」, 10:17.: "내가 말하노니 신은 사람도 제물도 받지 아니하신다."

안식일은 단지 표적이었다. 「출애굽」, 31:13. 그리고 애굽 탈출의 기념으로, 「신명」, 5:15. 그러므로 더 이상 필요하지 않다, 애굽을 잊어야 하므로.——할례는 단지 표적이었다, 「창세」, 17:11. 그러므로 사막에 있을 때는 할례를 행하지 않았다, 다른 민족들과 혼동될 우려가 없었으므로. 그리고 예수 그리스도가 오신 후에는 더 이상 필요하지 않다.

마음의 할례를 명했다. 「신명」, 10:16, 「예레미야」, 4:4.: "마음에 할례를 행하라. 너희 마음의 가죽을 베고 다시는 굳어지지 마라. 너희의 하느님 여호와는 크고 능하고 두려운 신이시오 사람을 외모로 보지 않으시니라."

신은 언젠가 이를 행하리라 말씀하셨다. 「신명」, 30:6.: "하느님은 네 마음과 네 자손들의 마음에 할례를 베푸시어 너로 하여 마음을 다하여 하느님을 사랑하게 하시리라."

마음의 할례를 받지 않은 자는 심판을 받으리라. 「예레미야」, 9:26.: "하느님은 할례를 받지 않은 백성들과 이스라엘의 모든 백성을 심판하시리라, 이들은 마음의 할례를 받지 않았으므로."

외면은 내면 없이는 아무 이득도 없다. 「요엘」, 2:13.: 너희는 옷을 찢지 말고 마음을 찢고 너희 하느님께로 돌아오라.[238] 등등. 「이사야」, 63:3-4 등. 신에 대한 사랑을 「신명기」 전체가 권유

하고 있다.

「신명」, 30:19.: "내가 하늘과 땅을 불러 증인을 삼으리니, 내가 죽음과 삶을 네 앞에 두었은즉 네가 생명을 택하고 네 하느님을 사랑하고 그에게 순종하라. 그는 네 생명이시니라."

이 사랑이 없으면 유대인들도 그들의 죄로 인해 버림받고 그 대신 이교도들이 택함을 받으리라. 「호세아」, 1:10,

「신명」, 32:20.: "그들의 마지막 범죄를 보고 내 얼굴을 그들에게서 숨기리라. 그들은 사악하고 불성실한 백성이니라. 그들이 신의 것이 아닌 것들로 나를 진노케 했으니 나도 나의 백성이 아닌 백성으로, 그리고 지식도 지혜도 없는 백성으로 그들이 시기하게 하리라." 「이사야」, 65:1.

이 세상의 복은 거짓이며 참된 복은 신과 하나 되는 데 있다. 「시편」, 145:15.

그들의 제사를 신은 기뻐하지 않는다. 「아모스」, 5:21.

유대인들의 제사를 신은 기뻐하지 않는다. 「이사야」, 66:1-3, 1:11. 「예레미야」, 6:20. 다윗, 나를 긍휼히 여기소서.[239] —— 선한 사람들로부터도, 저들도 그렇게 바라나이다.[240] 「시편」, 49:8-14.

신은 단지 그들이 악하고 모진 탓으로 이것(제사)을 정했다. 「미가」, 6:6-81에 훌륭하게. 「열왕기상」, 15:22. 「호세아」, 6:6,

신은 이교도들의 제물은 받고 유대인들의 제물에서는 마음을 돌릴 것이다. 「말라기」, 1:11,

---

238) "Scindite corda vestra."
239) "Miserere."
240) "Expectavi."

신은 메시아로써 새 언약을 세우고 묵은 것은 버릴 것이다. 「예레미야」, 31:31.: 내가 그들에게 좋지 않은 율례와 능히 살지 못할 규례를 주었다.[241] —「에스겔」 20:25.

묵은 일들은 잊힐 것이다. 「이사야」, 43:18-19, 65:17-18.

언약의 궤는 이제 기억되지 않을 것이다. 「예레미야」, 3:15-16.

성전은 버려질 것이다. 「예레미야」, 7:12-14.

제물은 폐기되고 다른 순결한 제물이 세워질 것이다. 「말라기」, 1:11절. 아론의 사제직은 폐기되고 멜기세덱의 직이 메시아에 의해 세워질 것이다, 「시편」, 하느님은 말씀하셨다.[242]

이 사제직은 영원할 것이다. 위와 같은 절.

예루살렘은 버려지고 로마가 받아들여질 것이다, 「시편」, 하느님은 말씀하셨다.[243]

유대인의 이름은 폐기되고 새 이름이 주어질 것이다. 「이사야」, 65:15.

이 마지막 이름은 유대인의 이름보다 더 좋고 영원할 것이다. 「이사야」, 56:5.

유대인들은 예언자도 없고(「아모스」),[244] 왕도 군주도 제물도 우상도 없게 될 것이다,

그러나 유대인들은 영원히 민족으로 존속할 것이다, 「예레미야」, 31:36.

---

241) "Mandata non bona"(「에스겔」, 20:25).

242) Dix Dominus.

243) Dixit Dominus.

244) 「아모스」 7:9을 가리키는 듯하다.

555-(619) 나는 기독교가 앞선 또 하나의 종교 위에 세워진 것을 본다. 그리고 내가 사실이라고 믿는 것은 다음과 같다.

여기서 나는 모세와 예수 그리스도와 사도들의 기적에 대해서는 이야기하지 않겠다. 먼저 이것들은 설득력이 있어 보이지 않기 때문이고, 또 나는 오로지 명명백백하고 그 누구도 의심을 품을 수 없는 이 종교의 기반을 여기서 분명히 보여주기만을 원하기 때문이다.

우리는 세계 여러 곳에서 다른 모든 민족들과 분리된, 유대인이라 불리는 한 특별한 민족을 본다. 이것은 확실하다.

그러므로 나는 세계 여러 곳에서, 그리고 모든 시대에 종교의 창시자들을 본다. 그러나 이 종교들은 나를 만족시킬 도덕도, 나를 납득시킬 증거도 없으며 따라서 나는 마호메트의 종교도 중국의 종교도 고대 로마인들의 종교도 애굽인들의 종교도 단 하나의 이유로 인해 똑같이 거부했을 것이다. 그중 어느 것도 다른 것에 비해 더 많은 진리의 증거를 가지고 있지도 않고 또 나를 필연적으로 결심하게 할 만한 것도 전혀 없는 만큼, 이성이 어느 한쪽으로 더 많이 기울어질 수 없기 때문이다.

그러나 여러 시대에 풍습과 신앙이 변덕스럽고 기이하게 변화한 자취들을 살펴볼 때 나는 세계 한구석에 지상의 모든 민족들과 분리된, 그중에서도 가장 오랜 특별한 한 민족, 우리가 가지고 있는 가장 오랜 역사보다 수세기나 앞선 역사를 가진 한 민족을 발견한다.

그리하여 나는 이 번성한 위대한 민족이 한 사람에게서 나와 유일한 신을 섬기고, 또 신에게서 받았다고 그들이 말하는 한 율법에 의해 인도되는 것을 본다. 그들은 주장한다, 그들이야말로 신이 자신의 비밀을 보여주신 유일한 민족이며, 모든 인간은 타락하여 신의 은총을 잃었고 모두 그들의 감각과 그들의 고유한 정신에 내맡겨졌다, 바로 이 때문에 종교와 풍습에 있어 인간들 사이에 기괴한 착란과 끊임없는 변화가── 그들의 행동 가운데 흔들림 없는 태도를 견지하는 대신──일어났다, 그러나 신은 다른 민족들을 영원히 이 암흑 속에 버려두지 않을 것이고 만인을 위해 구세주가 나타나실 것이다, 그들은 바로 사람들에게 이 구세주를 알리기 위해 세상에 존재하고 있다, 그들은 이 위대한 강림의 선구자와 전령이 되기 위해 그리고 모든 민족들이 이 구세주를 기다리는 가운데 그들과 하나 되도록 호소하기 위해 특별히 만들어졌다, 라고.

이 민족과의 만남은 나를 놀라게 하며 또 이것은 주목할 만한 가치가 있다고 나는 생각한다.

그들이 신에게서 받았다고 자랑하는 이 율법을 살펴보고 나는 과연 훌륭하다고 인정한다. 이 율법은 모든 법 중 최초의 것이고, 그래서 그리스인들 사이에 법이라는 말이 사용되기 대략 천 년 전에 벌써 그들은 이것을 받아 끊임없이 지켜왔다. 그리고 이 세계의 최초의 법이 가장 완벽하다는 것은 기이한 일이다. 아테네 12계율에서도 볼 수 있듯이 가장 위대한 입법자들이 그들의 법을 여기서 빌려오기도 했다. 이 아테네의 계율은 그 후 로마인들에게 채택되었는데, 이것은 요세푸스나 그 밖의 사람들이 이 문제를 충분히 논하지 않았더라도 쉽게 입증할 수 있다.

556-(618)　이것은 실제로 일어난 일이다. 모든 철학자들이
여러 학파로 갈라져 있는 동안, 세상 한구석에 가장 오래된 민
족에 속하는 사람들이 있어 이렇게 외치고 있다──온 세계
는 오류에 빠져 있고, 신이 그들에게 진리를 계시했으며, 이 진
리는 땅 위에 영원히 존재하리라고. 과연 다른 모든 학파들은
단절되었으나 이 진리는 영원히 존재한다, 4,000년 전부터.

　그들은 조상으로부터 다음과 같이 전승받았음을 공언한
다──인간은 신과의 교제에서 전락하여 신에게서 완전히 유
리되었으나 신은 그들을 구원하리라고 약속했다, 이 교리는
땅 위에 영원히 존속할 것이고 그들의 율법은 이중의 뜻을 가
지고 있으며, 그들은 1,600년 동안 그들이 예언자라고 믿은 사
람들이 있었고, 이들은 구원의 때와 형태를 예언했다.

　400년 후 이들은 사방에 흩어졌다, 예수 그리스도의 강림
이 사방에 널리 선포되기 위하여.

　예수 그리스도는 예언된 때, 예언된 형태대로 오셨다.

　그 후 유대인들은 사방으로 흩어져 저주 속에 있으나 존속
하고 있다.

557-(630)　유대인들의 진실성. 그들에게 더 이상 예언자가
없게 된 후로, 마카베오.

　예수 그리스도가 오신 후, 마소라.

　"이 책은 너희에게 그 증거가 되리라."[245]

손상된 끝 글자.

명예에 반(反)하여 진실되고 또 이것을 위해 죽는 것. 이것은 세상에 유례 없는 일이고 또 본성 가운데 그 뿌리가 있지도 않다.

558-(581)

559-(750) 만약 유대인들이 모두 예수 그리스도에 의해 믿음을 갖게 되었다면 우리는 의심스러운 증인만을 갖게 될 것이다. 또 만약 그들이 전멸당했다면 우리는 전혀 증인이 없었을 것이다.

560-(766) 예수 그리스도. 직무. 그는 택함을 받아 거룩하고 선택된 위대한 백성을 홀로 세워야 했다. 그들을 인도하고 먹이고 평안과 성결의 땅으로 이끌어가야 했다. 또 이 백성을 신 앞에 거룩하게 하고 그들을 신의 성전으로 만들며 신과 화해하게 하고 신의 노여움에서 구하여 인간의 마음을 명백하게

---

245) 「이사야」, 30:8.

지배하는 죄의 구속에서 해방시켜야 했다. 또 이 백성에게 율법을 주어 이것을 그들의 가슴속에 새기며 그들을 위해 스스로를 신에게 바쳐 그들을 위한 희생물이자 티 없는 제물이 되고 몸소 제사장이 되어야 했다. 자기의 몸과 피를 바치되 또 빵과 술을 신에게 바쳐야 하므로……

(그러므로) 세상에 임하실 때 (이르시되 하느님이 제사와 예물을 원치 아니하시고 오직 나를 위하여 한 몸을 예비하셨도다.)[246]

"돌 하나도 돌 위에."[247]

앞에 있었던 일과 뒤에 일어난 일. 존속하면서 방황하는 모든 유대인들.

561-(859) 침몰하지 않는다는 보장이 있을 때 폭풍이 휘몰아치는 배 안에 있는 것은 즐거운 일이다.

교회를 괴롭히는 박해는 이런 종류의 것이다.

562-(858) 교회의 역사는 정확히 진리의 역사라고 불려야 한다.

563-(612) 「창세」, 17장, 내가 내 언약을 나와 너와 네 후손의 사이에 세워서 영원한 언약을 삼고 너와 네 후손의 하느님이 되리라…….[248]

---

246) "Ingrediens mundum"(「히브리」, 10:5-7).
247) 「창세」, 17:7.
248) "Statuam pactum meum inter me et te foedere sempiterno…… ut sim

그런즉 너는 내 언약을 지키고.[249]

564-(632) 에스라에 관하여. 전설, 책들이 성전과 함께 불태워졌다는 것. 마카베오에 의하면 거짓이다, '예레미야는 그들에게 율법을 주었다.'[250]

전설, 그가 모든 것을 외워서 읊었다는 것. 요세푸스와 에스라는, 그가 책을 읽었다고 기록했다.[251] 바로니우스, 「연대기」, 180쪽. 책이 소실되고 에스라에 의해 재편되었다는 점을 「에스라 4서」 외에는 고대 히브리인들 중 아무도 가르치는 사람이 없다.[252]

전설, 그가 문자를 바꿔놓았다는 것.

필론, 「모세전(傳)」에서: 옛날 율법이 기록되었을 때의 말과 글은 70인역(譯)이 이루어질 때까지 그대로였다.[253]

70인에 의해 번역되었을 때 율법은 히브리어로 되어 있었다고 요세푸스는 말한다.

안티오쿠스와 베스파시아누스의 치하에 사람들은 성서를 폐하려고 했고 또 예언자가 한 사람도 없었지만 그렇게 하지 못했다. 바빌론 사람들의 치하에는 아무런 박해도 없었고 또 예

Deus tuus"(「창세」, 17:7).

249) "Et tu ergo custodies pactum meum"(같은 글, 9절).

250) 「마카베오」, 2:2 참조.

251) 요세푸스, 『유대 고대사』, 11, 5와 「에스라 2서」, 8:8 참조.

252) "Nullus penitus Hebraeorum antiquorum reperitur qui tradiderit libros periisse et per Esdram esse restitutos, nisi in IV Esdrae."

253) "in Vita Moysis: Illa lingua ac character quo antiquitus scripta est lex sic permansit usque ad LXX"(요세푸스, 『유대 고대사』, 12:2).

언자도 그렇게 많았는데 성서를 태우게 내버려 두었겠는가⋯⋯

요세푸스는 ⋯⋯을 참지 못하는 그리스인들을 비웃는다.

테르툴리아누스: 심한 홍수로 파손된 책을 (노아가) 성령에 의해 복원할 수 있었던 것같이 바빌론의 침략으로 예루살렘이 멸망했을 때 유대의 책을 에스라가 회복했다.[254]

노아가 홍수로 잃어버린 에녹의 책을 영으로써 재현할 수 있었던 것처럼 에스라는 포로 생활 중에 잃어버린 성서를 재현할 수 있었다고 그는 말한다.

"느부갓네살 치하에 백성은 포로가 되고 율법의 책은 불살라졌으나⋯⋯ (신은) 레위족의 사제 에스라에게 성령을 내리사 앞서 있었던 예언자들의 말을 남김없이 다시 복원하게 하고 모세를 통해 내린 율법을 백성 앞에 다시 세우셨다."[255] 그는 이것을 인용하여, 70인이 성스러운 책을 번역하는 데 있어 사람들이 경탄할 정도의 일률성을 보여주었다는 것은 믿을 수 없는 일이 아님을 증명한다. 그는 성 이레나이우스에게서 이것을 인용했다.

성 힐라리우스는 「시편」의 서문에서 에스라가 「시편」을 정리했다고 말한다.

---

254) "Perinde potuit abolefactam eam violentia catalysmi in spiritu rursus reformare, quemadmodum et Hierosolymis Babylonia expugnatione deletis, omne intrumentum judaicae litteraturae per Esdram constat restauratum"(테르툴리아누스, 1권, 「연인들의 의상에 관하여」).

255) 본문에는 그리스어로 인용되어 있다. 에우세비오스의 『교회사』, 5:8에서의 인용인데, 파스칼은 뒤이어 라틴어 번역을 덧붙이고 있다.

이 전승[256)]의 기원은 「에스라 4서」 14장에서 비롯된다. "모든 사람이 처음부터 끝까지 같은 말로 이것을 인용하고 있는 것으로 보아 사람들이 신을 찬미하고 성스러운 책을 믿었다는 것을 알 수 있다. 그러므로 사람들은 성스러운 책이 성령으로 설명되고 신이 이 일을 행하셨다는 것이 놀라운 일이 아님을 안다. 느부갓네살 치하에 백성이 포로가 되고 책이 불태워졌어도 70년 후 유대인들은 고국으로 돌아갔으며 뒤이어 페르시아 왕 아르타크세르크세스의 시대에 신께서 레위족의 사제 에스라에게 명을 내리사 앞서 있었던 예언서의 말을 남김없이 되살리게 하시고, 모세를 통해 내리신 율법을 백성 앞에 다시 세우셨다."[257)]

565-(633) 에스라의 전설을 반박하여, 「마카베오 2서」, 2. 요세푸스, 『유대 고대사』, 2, 1. 고레스는 이사야의 예언을 이유로 백성을 석방했다. 유대인들은 고레스 치하의 바빌론에서 평온하게 소유물을 가지고 있었다. 따라서 그들은 분명히 율법을 가지고 있었을 것이다.

요세푸스는 에스라에 관한 모든 이야기 가운데 이 복원에 대해서는 한마디도 하지 않는다. 「열왕기하」, 17:27.

---

256) 이 전승은 「에스라 4서」에 적혀 있는데, 에스라가 포로 생활 중에 불태워진 책을 성령의 인도로 재현했다는 내용이다. 이야기는 『성서』의 진정성을 흔드는 것으로 가톨릭교회는 에스라의 마지막 책들을 부인했고 파스칼도 이 입장을 지지했다. '에스라의 전설'로 표현된 것은 바로 이것을 가리킨다.
257) 이 긴 인용문은 원문, 즉 라틴어로 수록되어 있다.

566-(634) 만약 에스라의 전설이 믿을 만하다면 이 책이 성스러운 책이라는 것을 믿어야 한다. 왜냐하면 이 전설은 오직 70인의 권위를 말하는 사람들의 권위 위에 그 기반을 두고 있기 때문인데, 이 권위는 책이 성스러운 것임을 나타낸다.

그러므로 만약 이 전설이 진실된 것이라면 이것으로써 우리는 우리의 몫을 갖게 되고 그렇지 않을 때는 다른 곳에서 그 몫을 갖는다. 이렇듯 모세 위에 세워진 우리 종교의 진실을 파괴하려는 사람들은 그것을 공격하는 바로 그 권위로써 이 종교를 확립하게 된다. 이렇듯 우리의 종교는 이 섭리에 의해 영원히 존속한다.

22편

모세의 증거

567-(626) 다른 동그라미.[258] 족장들의 장수(長壽)는 지난
일들의 역사를 사라지게 하기는커녕 오히려 보존하는 데 기
여했다. 조상들의 역사를 이따금 잘 알지 못하는 것은 그들과
함께 살지 않았거나 철이 들 나이가 되기 전에 종종 그들이
죽었기 때문이다. 그런데 사람들이 그렇게 오래 살았을 때 자
손들은 그들의 아비들과 오래 살 수 있었다. 그리고 오랫동안
그들과 이야기를 나누었다. 그런데 이들이 조상들에 관한 이
야기 외에 무슨 말을 주고받았겠는가. 모든 이야기는 결국 조
상 이야기로 되돌아왔을 테니까. 그들은 일상의 담화를 대부

---

258) 몽테뉴,『수상록』속에(2, 18: 664쪽) 표시된 것으로 보인다. 단장 540의
끝에도 동일한 표시가 있다.

분 차지하는 연구, 학문, 예술 따위가 없었다. 이래서 이 시대 사람들은 계보의 보존에 각별한 주의를 기울였다.

568-(587) 기적들과, 순결하고 티 없는 성자들과 학자들, 위대한 증인들과 순교자들, 세워진 왕들(다윗)과 혈통으로 왕족이었던 이사야 등에게 그처럼 위대한 이 종교, 지식에서 그처럼 위대한 이 종교는 그 모든 기적들과 예지를 펼쳐 보여준 다음 이 모든 것을 부인한다. 그리고 이 종교는 지혜도 표적도 없고 단지 십자가와 어리석음을 가지고 있다고 말한다.

왜냐하면 이 표적과 지혜로써 당신들의 신뢰를 차지하기에 합당하고 또 그것들의 본질을 당신들에게 증명해 보인 사람들이, 지혜도 표적도 없는 십자가의 어리석음의 능력 외에는 그 중 어떤 것도 우리를 변화시킬 수도 없고 또 우리에게 신을 알고 사랑할 수 있게 하지 못하며, 이 능력이 결여된 표적으로는 결코 그렇게 하지 못한다고 선언하고 있기 때문이다.

이렇듯 우리의 종교는 실제적인 원인으로 보면 어리석고, 그곳으로 인도하는 예지로 보면 지혜롭다.

569-(624) 모세의 증거. 무엇 때문에 모세는 사람들의 수명을 그렇게 길게 늘리고 세대를 그렇게 줄이려는 것일까.

일을 모호하게 만드는 것은 긴 햇수가 아니라 세대의 많은 뒤바뀜이기 때문이다. 왜냐하면 진실은 단지 사람들이 바뀌는 데 따라 변질되기 때문이다. 그러나 모세는 일찍이 사람이 상상할 수 있는 가장 기념비적인 두 가지 일, 즉 창조와 홍수를 손에 닿을 정도로 가까이 두었다.

570-(204, 2) 만약 일주일을 바쳐야 한다면 전 생애도 바쳐야 한다.

571-(703) 율법을 보존하기 위해 예언자들이 있었을 때 백성들은 냉담했다. 그러나 예언자들이 없어진 후로는 열성이 뒤를 이었다.

572-(629) 요세푸스는 그의 민족의 수치를 숨긴다.
모세는 그 자신의 수치를 숨기지 않고 또……
(여호와께서 그 신을) 그 모든 백성에게 주사 모두 선지자 되게 하시기를 원하노라.[259]
그는 백성들에게 지쳐 있었다.

573-(625) 셈은 라멕을 보았고 라멕은 아담을 보았는데, 셈은 또 야곱을 보았고 야곱은 모세를 본 사람들을 보았다. 따라서 홍수와 창조는 사실이다. 이것을 올바르게 이해하는 사람들 사이에서 이 사실은 결정적이다.

574-(702) 율법에 대한 유대 민족의 열성, 특히 예언자가 없어진 후부터.

---

259) "Qui mihi det ut omnes prophetent"(「민수」, 11:29).

23편

예수 그리스도의 증거

575-(283) 질서. 성서에 질서가 없다는 반론에 대하여. 심정은 그 자신의 질서가 있다. 이성도 그 자신의 질서가 있는데 이것은 원리와 증명에 의한 것이다. 심정은 다른 질서를 가지고 있다. 사람은 사랑의 원인을 질서 있게 제시함으로써 사랑받아야 함을 증명하지 않는다. 이것은 우스꽝스러운 일일 것이다.

예수 그리스도, 성 바울은 이성의 질서가 아니라 사랑의 질서를 가지고 있다. 그들은 가르치지 않고 낮추기를 원했기 때문이다. 성 아우구스티누스도 마찬가지다. 이 질서는 주로 목적과 관련된 각각의 문제에 대한 탈선적 논의로 성립되어 있는데, 이것은 이 목적을 항상 나타내기 위해서이다.

576-(742) 복음서는 예수 그리스도의 탄생에 이르러서야

성모의 동정(童貞)에 대해 말한다. 모든 것을 예수 그리스도와의 관련하에서.

577-(786) 예수 그리스도가 비천함(이 세상에서 칭하는 비천함의 의미로) 속에 있는 나머지, 국가의 중대사만을 기록하는 역사가들이 거의 그를 알아보지 못했다.

578-(772) 성스러움. 나의 영을 만민에게 (부어주리라.)[260] ――모든 백성들이 불신과 정욕에 빠져 있었다. 이때 온 땅이 신의 사랑으로 타올랐고 왕후들은 영화를 버리고 처녀들은 순교를 당한다. 이 힘은 어디서 오는가. 메시아가 왔기 때문이다. 이것이 곧 그의 강림의 결과이자 증거이다.

579-(809) 기적들의 배합.

580-(799) 한 직공이 부(富)에 대해 말하고, 한 검사가 전쟁과 왕국 등에 대해 말한다. 그러나 부자는 부에 대해 잘 말하고 왕은 방금 그가 수여한 커다란 하사품에 대해 담담하게 말한다. 그리고 신은 신에 대해 잘 말한다.

581-(743) 예수 그리스도의 증거.
무엇 때문에 「룻기」는 보존되었는가.

---

260) "Effundam spiritum meum"(「요엘」, 2:28).

다말의 이야기[261]는 무엇 때문에?

582-(638) 예수 그리스도의 증거. 70년 후에 석방된다는 보
장과 함께 포로가 된 것은 진정으로 포로가 된 것이 아니다.
그러나 지금 그들은 아무 희망도 없이 포로가 되었다.
　신은, 비록 그들을 세상 끝까지 흩어지게 했을지라도 그들
이 율법에 충실하기만 하면 한곳으로 모으리라고 그들에게
약속했다. 그들은 지금 율법에는 매우 충실하지만 여전히 억
압받고 있다.

583-(763) 유대인들은 예수 그리스도가 신인지 시험해 봄
으로써 그가 사람임을 보여주었다.

584-(764) 교회는 예수 그리스도가 사람이라는 것을 부인
하는 사람들에게 그가 사람임을 보여주는 데 있어, 그가 하느
님임을 보여주는 것만큼이나 어려움을 겪었다. 겉으로 나타나
는 것들은 똑같이 강력했다.

585-(793) 육체에서 정신에 이르는 무한한 거리는 정신에
서 사랑에 이르는 무한히 더 무한한 거리를 표징한다. 사랑은
초자연적이기 때문이다.
　지상의 영화의 모든 찬란함도 정신의 탐구에 종사하는 사

---

261) 「창세」, 38:29 참조.

람들에게는 아무런 광채도 없다.

정신적인 사람들의 위대는 왕, 부자, 장군, 이 모든 육적인 사람들에게는 보이지 않는다.

신의 지혜가 아니고서는 아무 가치도 없는 지혜의 위대는 육적인 사람에게도, 정신적인 사람에게도 보이지 않는다. 이것들은 각기 종류가 다른 세 질서이다.

위대한 정신의 소유자들은 그들의 권세, 그들의 찬란함, 그들의 위대함, 그들의 승리, 그들의 광채를 가지고 있고 육적인 위대를 전혀 필요로 하지 않는다. 이 육적인 위대는 이 모든 것과 아무 관련도 없다. 그들은 눈이 아니라 정신에 보이며 이것으로 충분하다.

성자들은 그들의 권세, 그들의 찬란함, 그들의 승리, 그들의 광채를 가지고 있고 육적인 또는 정신적인 위대를 전혀 필요로 하지 않는다. 이것들은 이 모든 것과 아무 관련도 없다. 왜냐하면 이 육적인 또는 정신적인 위대는 여기에 덧붙이지도 않으며, 여기에서 덜어내지도 않기 때문이다. 그들은 신과 천사들에게 보이며 육체에도 지식을 탐내는 정신에도 보이지 않는다. 그들은 신으로 족하다.

아르키메데스는 (지상의) 찬란함이 없었어도 똑같이 존경받을 것이다.[262] 그는 눈에 보이는 싸움을 벌이지 않았고 다만 모든 정신에게 새로운 발견들을 제공했다. 오오! 그는 정신에

---

262) 아르키메데스는 당시 아리스토텔레스의 권위를 무색하게 할 정도로 과학의 천재로 추앙받기 시작했다. 이 글에서 '찬란함'이라고 표현된 것은 그가 왕가의 혈통임을 시사한 것이다.

대해 얼마나 찬란했는가!

예수 그리스도는 재물도, 지식의 외적 업적도 없었지만, 자신만의 성스러운 질서를 가졌다. 그는 새로운 발견도 하지 않았고 지배하지도 않았으며, 다만 겸손하고, 오래 참고, 신 앞에 거룩하고 거룩하고 거룩하며,[263] 악마에게는 두려운 존재였고, 아무 죄도 없었다. 오오! 지혜를 알아보는 심정의 눈에는 얼마나 위대한 위엄과 놀라운 위용 속에 오셨는가!

아르키메데스는 비록 왕이긴 했어도 그의 기하학의 저술 속에서 왕 행세를 하는 것은 부질없는 일이었을 것이다.

우리 주 예수 그리스도도 그의 성스러움의 세계에서 빛나기 위해 왕의 신분으로 오는 것은 부질없는 일이었을 것이다.

예수 그리스도의 비천한 신분에 대해 마치 그것이 그가 오셔서 보여주려고 한 위대와 같은 선상에 있기라도 한 듯 눈살을 찌푸리는 것은 우스운 일이다. 바라건대 그의 위대를 그의 생애, 그의 고난, 그의 비천, 그의 죽음, 제자들을 택함, 그들에게 버림받음, 은밀한 부활 그리고 그 외의 것들 가운데 보라! 이때 그의 위대가 얼마나 큰지를 보게 됨으로써 그 안에 있지도 않은 비천에 눈살을 찌푸릴 까닭은 없을 것이다.

그러나 마치 정신적인 위대는 존재하지 않기라도 한 듯 육적인 위대만을 찬양하는 사람들이 있는가 하면, 지혜 안에 무한히 더 높은 위대가 존재하지 않기라도 한 듯 정신적인 위대만을 찬양하는 사람들도 있다.

---

263) "거룩하다 거룩하다 거룩하다 만군의 여호와여……"(「이사야」, 6:3).

모든 물체와 하늘, 별, 땅, 땅 위의 왕국들은 정신의 가장 작은 것에도 미치지 못한다. 정신은 이 모든 것을 알고 또 자신을 알지만 물체는 아무것도 모르기 때문이다.

모든 물체들의 총화, 모든 정신들의 총화 그리고 그것들의 모든 소산은 사랑의 가장 작은 움직임에도 미치지 못한다. 이것은 무한히 더 높은 질서에 속한다.

모든 물체를 합친다 해도 사람은 그것으로 작은 생각 한 토막도 만들어내지 못할 것이다. 이것은 불가능한 일이며 다른 질서에 속한다. 모든 물체들과 정신들에게서 사람은 참된 사랑의 움직임 하나도 끌어내지 못할 것이다. 이것은 불가능한 일이며 다른 초자연적 질서에 속한다.

586-(797) 예수 그리스도의 증거. 예수 그리스도는 중대한 일들을 너무나도 단순하게 말했기 때문에 마치 그것들을 생각하지 않았던 것처럼 보인다. 그러나 너무나도 명확하게 말했기 때문에 사람들은 그가 어떤 생각을 했는지를 잘 알 수 있다. 이 소박함과 명확함의 결합은 경탄스럽다.

587-(801) 예수 그리스도의 증거. 사도들이 사기꾼이었다는 가설은 참으로 맹랑하다. 이 설을 자세히 살펴보라. 열두 사람이 예수 그리스도가 죽은 후 한자리에 모여 그가 부활했다고 선전할 음모를 꾸민다고 상상해 보라. 그들은 이렇게 함으로써 모든 권력과 대적하게 된다. 인간의 마음은 이상하게도 경박함, 변심, 감언이설, 재물의 유혹에 쉽게 기울어지는 경향이

있다. 만약 이들 중 한 사람이라도 이 모든 유혹에 의해, 또 나아가서는 투옥이나 고문, 죽음의 위협으로 인해 조금이라도 변심했었다면 그들은 파멸했을 것이다. 이 점을 유의하라.

588-(640) 유대 민족이 이처럼 오랜 세월 존속하고 또 끊임없이 비참한 것을 보는 것은 놀라운 일이며 특별히 주목할 만한 일이다. 예수 그리스도를 증거하기 위해 이 민족이 존속하는 것과, 그를 십자가에 못 박은 탓으로 비참하게 되는 것은 그의 증거를 위해 다 필요하다. 비참한 것과 존속하는 것이 비록 상반된다 할지라도 그들은 비참함에도 불구하고 항상 존속한다.

589-(697) 예언된 것을 읽으라―성취된 것을 보라―성취될 것을 보라.[264]

590-(569) 정경(正經). 교회 초기에는 이단적인 것들이 정전(正典)을 입증하는 데 기여한다.

591-(639) 느부갓네살이 유대 민족을 잡아갔을 때 왕권이 유대 민족에게서 박탈되었다고 백성들이 믿을까 두려워서, 그들이 그곳에 있는 것은 잠시 동안이고 그렇게 있다가 곧 다시 복귀할 것이라는 예언이 그들에게 사전에 주어졌다. 그들은

---

264) "Prodita lege.―Impleta cerne.―Implenda collige"(출처 미상).

항상 예언자들에 의해 위로받았고 왕들의 통치도 계속되었다. 그러나 두 번째 파멸에는 복귀의 약속도 예언자도 왕도 위안도 희망도 없다. 왕권이 영영 박탈되었기 때문이다.

592-(752) 모세는 먼저 삼위일체와 원죄와 메시아를 가르친다.

다윗, 위대한 증인. 선하고 너그러운 왕, 아름다운 영혼, 지혜로운 정신, 힘 있는 왕. 그는 예언하고 그의 기적은 이루어진다. 이것은 한이 없다.

그에게 허영심이 있었다면 자기가 곧 메시아라고 말하기만 하면 되었다, 예수 그리스도에 대해서보다 그에 대한 예언들이 더 명확했으니까.

성 요한도 마찬가지다.

593-(800) 예수 그리스도 안에 완전히 영웅적인 영혼을 그처럼 완벽하게 그릴 수 있도록 그 누가 복음서 기자들에게 이 영혼의 특성들을 가르쳐주기라도 했는가? 어찌하여 죽음의 고뇌 속에서 그를 연약하게 그리고 있는가? 그들은 의연한 죽음을 그릴 줄 모른단 말인가. 천만의 말이다. 바로 같은 성 누가는 성 스데반의 죽음을 예수 그리스도의 죽음보다 더 씩씩하게 그리고 있지 않는가 말이다.

그러므로 그들은 죽음의 필연이 찾아올 때까지는 두려워할 줄 아는 사람으로, 그 후에는 진정 강한 사람으로 예수 그리스도를 그린다.

그러나 그들이 예수를 고뇌에 빠진 모습으로 그릴 때는 예수 자신이 고뇌에 빠져 있을 때이다. 그러나 사람들이 그를 괴롭힐 때 그는 진정 강하다.

594-(710) 유대인들의 왕과 성전에 대한 열성(요세푸스와 유대인 필론의 카이우스에게).[265]

다른 어떤 민족이 이런 열성을 가졌는가. 그들은 이 열성을 가져야만 했다.

예수 그리스도가 올 시기와 세상의 상태에 대해서는 예언되었다. 즉 발 사이에서 떠나는 지팡이[266]와 제4왕국.[267]

이 어둠 속에서 빛을 소유하는 것은 얼마나 복된 일인가!

다리우스와 고레스, 알렉산드로스, 로마인들, 폼페이우스, 그리고 헤롯이 그런 줄도 모르고 복음의 영광을 위해 행동하는 것을 신앙의 눈으로 바라보는 것은 얼마나 멋진 일인가!

595-(755) 복음서들 사이의 눈에 띄는 불일치.

596-(699) 유대교의 회당은 교회보다 앞서 있었고 유대인

---

265) 원문은 'Ad Caium'으로, 황제에게 보낸 대사(Legato ad Caium)에서 나왔다. 로마의 황제 칼리굴라는 예루살렘성전에 황제의 동상을 세우라고 명했는데 요세푸스와 필론은 당시의 유대인들의 반응을 전하면서 이들의 결사적인 반대를 증언했다.
266) 「창세」, 49:10 참조.
267) 「다니엘」, 7:23 참조.

은 기독교도보다 앞서 있었다. 예언자들은 기독교도들을 예언
했고 성 요한은 예수 그리스도를 예언했다.

597-(178) 마크로비우스.[268] 헤롯에 의해 살해된 죄 없는 어
린아이들에 관하여.

598-(600) 마호메트가 한 일은 누구나 할 수 있다. 그는 기
적을 행하지 않았고 또 예언되지도 않았기 때문이다. 예수 그
리스도가 한 일은 아무도 할 수 없다.

599-(802) 사도들은 속았거나 아니면 속였다. 그러나 어느
것도 성립되기 어렵다. 왜냐하면 사람이 부활했다고 생각하는
것은 가능하지 않기 때문이다……
　예수 그리스도가 그들과 함께 있을 때 그는 그들을 지원할
수 있었다. 그러나 그 후 그가 그들에게 나타나지 않았다면 누
가 그들을 행동하게 했겠는가.

**

600-(740) 두 성서는 예수 그리스도를 바라본다.『구약』은

---

268) 암브로시우스 테오도시우스 마크로비우스(Ambrosius Theodosius
Macrobius, ?~?). 5세기경의 로마 철학자. 그가 남긴『사투르날리아
(Saturnalia)』는 고대 연구에 있어 귀중한 문헌이다.

그의 대망(待望)으로, 『신약』은 그의 표본으로, 결국 둘 다 각각의 중심으로.

601-(546) 본성은 타락했다. 예수 그리스도가 없으면 인간은 악과 비참 속에 있을 수밖에 없다. 예수 그리스도와 함께 있으면 인간은 악과 비참에서 벗어난다. 그 안에 우리의 모든 덕과 모든 행복이 있다. 그 밖에는 악과 비참과 오류와 암흑과 죽음과 절망만이 있다.

602-(548) 우리는 오직 예수 그리스도를 통해 신을 알 뿐만 아니라 오직 예수 그리스도를 통해 우리 자신을 안다. 예수 그리스도 밖에서는 우리의 삶도, 우리의 죽음도, 신도, 우리 자신도 모른다.

이렇듯 예수 그리스도만을 목적으로 하는 성서가 없다면 우리는 아무것도 알지 못하고, 신의 본질과 우리 자신의 본성 가운데 모호함과 혼란만을 볼 것이다.

603-(714) 신의 증인 유대인들. 「이사야」, 43:9, 44:8.

604-(641) 그들은 분명히 메시아의 증인이 되기 위해 특별히 만들어진 민족이다(「이사야」, 43:9과 44:8). 이 민족은 성서를 보존하고 또 사랑하지만 그 뜻을 모른다. 이 모든 것은 예언되어 있다. 즉 신의 심판은 그들에게 위임되었으되 봉인된 책과도 같았다.[269]

605-(792) 그 어떤 사람이 더 많은 광채를 발했는가? 그의 강림에 앞서 유대 민족 전체가 그를 예언한다. 그가 온 후에는 이방 민족이 그를 경배한다. 유대와 이방의 두 민족이 그를 그들의 중심으로 바라본다.

그러나 그 어떤 사람이 이 광채를 이보다 덜 누렸는가? 33년 중 30년은 세상에 나타나지 않은 채 산다. 3년 후에는 사기꾼으로 간주된다. 제사장과 장로들은 그를 거부하고, 그의 친구들과 가장 가까운 사람들은 그를 업신여긴다. 끝내 한 제자에게 배반당하고 또 한 사람에게 부인당하며 모두에게 버림받아 죽는다.

그러니 그는 이 광채와 무슨 상관이 있었는가? 일찍이 이렇게 빛을 발한 사람도 없었고, 또 이렇게 치욕을 당한 사람도 없었다. 이 모든 광채는 우리가 그를 알아볼 수 있도록 우리에게만 유익했고, 그는 자기를 위해서는 아무런 광채도 없었다.

606-(700) 신앙의 눈으로 헤롯과 카이사르의 역사를 보는 것은 놀랍다.

607-(784) 예수 그리스도는 악마의 증언도, 신의 소명을 받지 않은 자들의 증언도 원치 않았다. 다만 신과 세례 요한의 증언을 원했다.

---

269) 「이사야」, 29:1 참조.

608-(768) 요셉에 의해 표징된 예수 그리스도. 아버지의 극진한 사랑을 받고 아버지의 명으로 형들을 만나러 간 죄 없는 요셉은 형들에 의해 20데나리우스에 팔린다. 그러나 이렇게 됨으로써 요셉은 그들의 주, 그들의 구원자가 되고 이방인들의 구주, 세계의 구주가 된다. 형들이 그를 죽이기로 계획하고 그를 팔아넘기지 않았더라면 이 일은 일어나지 않았을 것이다.

감옥에서 두 죄인 사이에 있는 요셉, 십자가 위에서 두 도둑 사이에 있는 예수 그리스도. 요셉은 같은 외모를 하고 있는데도 한 사람에게는 구원을, 다른 사람에게는 죽음을 예언한다. 예수 그리스도는 같은 범죄에 대해서도 선택된 자들은 구하고 버림받은 자들은 벌한다. 요셉은 예언할 뿐이지만 예수 그리스도는 행동한다. 요셉은 구원받을 자에게, 자기가 영광으로 돌아올 때 자기를 기억하라고 당부한다. 예수 그리스도가 구원해 준 사람은 그리스도가 그의 나라로 들어갈 때 자기를 기억해 달라고 부탁한다.

609-(440) 이성이 타락했다는 것은 그 많은 잡다하고 기괴한 풍습들을 보면 알 수 있다. 인간이 더 이상 제멋대로 살지 않도록 진리가 내려와야 했다.

610-(788) "나는 나를 위해 7,000명을 남겼다."[270] 나는 세

---

270) 「열왕기상」, 19:18.

상과 예언자들에게도 알려지지 않은 이 경배자들을 사랑한다.

611-(787) 요세푸스도 타키투스도 그 밖의 역사가들도 예수 그리스도에 대해 언급하지 않은 것에 관하여. 이것이 반증이 된다는 것은 어림도 없는 일이다. 오히려 확증이 된다. 왜냐하면 예수 그리스도가 실재했고 또 그의 종교가 세상을 떠들썩하게 했던 것은 확실하고, 역사가들이 이것을 모르지 않았다는 것도 확실하며, 따라서 그들은 고의로 이것을 숨겼거나 아니면 언급했지만 삭제되거나 수정되었음이 분명하기 때문이다.

612-(179) 아우구스티누스는 헤롯에게 살해된 두 살 미만의 유아들 가운데 헤롯 자신의 아들이 있었다는 것을 알았을 때, 헤롯의 아들이 되기보다 차라리 그의 돼지가 되는 것이 더 좋았다고 말했다. 마크로비우스, 『사투르날리아』, 2, 4.

613-(759) [유대인이 악하거나 아니면 기독교도가 악해야 한다.]

24편

예언

614-(773) 예수 그리스도에 의한 유대인들과 이교도들의 파멸: 이 세상 모든 족속이 주를 경배하리라.[271] (네가 나의 종이 되어 야곱의 지파들을 일으키고 이스라엘 가운데 살아남은 자들을 돌아오게 하는 것은) 오히려 가벼운 일이라[272] 등등. 내게 구하라……[273] 모든 왕이 그 앞에 엎드리게 하시고……[274] 사악한 증인이 일어나서……[275] 때리는 사람에 뺨을 대주고 욕을 하거든 기꺼이 들어라.[276] (배가 고파 먹을 것을 달라고 하면) 나에게 독약을 주고.[277]

---

271) "Omnes gentes venient et adorabunt eum"(「시편」, 22:27).

272) "Parum est ut"(「이사야」, 49:6).

273) "Postula a me……"(「시편」, 2:8).

274) "Adorabunt eum omnes reges……"(「시편」, 72:11).

275) "Testes iniqui……"(「시편」, 35:11).

615-(730) ……그때가 되면 우상숭배는 사라질 것이다. 메시아는 모든 우상들을 무너뜨리고 사람들을 참하느님의 예배로 인도할 것이다.

우상의 신전들은 쓰러지고, 세계의 모든 백성들에 의해 모든 곳에서 짐승의 제물이 아니라 순결한 제물이 메시아에게 바쳐질 것이다.

그는 유대인과 이방인의 왕이 될 것이다. 이 유대인과 이방인의 왕은 그의 죽음을 모의하는 이편과 저편의 사람들에 의해 핍박받되 이들을 다 제압하며, 모세 숭배를 이 숭배의 중심지였으나 그가 최초의 교회를 세울 예루살렘에서 무너뜨리고, 또한 우상숭배를 이 숭배의 중심지였으나 그의 주된 교회를 세울 로마에서 무너뜨린다.

616-(733) 그는 완전한 길을 사람들에게 가르칠 것이다.

그전에도 후에도 이와 비슷한 어떤 신적인 것을 가르친 사람은 아무도 없었다.

617-(694) ……그리고 이 모든 것을 완성시키는 것은 예언이다, 우연의 장난으로 그렇게 되었다는 말을 듣지 않기 위하여.

누구든지 일주일밖에 살날이 남지 않았을 때, 이 모든 것은 우연의 장난이 아니라고 믿는 쪽에 걸어야 한다고 생각하지

---

276) "Dabit maxillam percutienti"(「예레미야애가」, 3:30).
277) "Dederunt fel in escam"(「시편」, 69:21).

않는다면…….

그런데 만약 정념이 우리를 사로잡지 않는다면 일주일이건
백 일이건 마찬가지다.

618-(770) 수많은 사람들이 먼저 다녀간 후에 마침내 예수
그리스도가 나타나 말했다, "여기 내가 왔다. 때가 되었다. 예
언자들이 연속되는 세월 속에서 일어나리라고 예언했던 것을
내 사도들이 이루리라. 유대인들은 버림받고 예루살렘은 이윽
고 멸망하며 이교도들은 하느님을 알게 되리라. 너희가 포도
밭의 상속자를 죽인 후 내 사도들이 이것을 이루리라."

다음으로 사도들은 유대인들에게 말했다, "너희는 저주받
으리라"(켈수스는 이것을 비웃었다).[278] 또 이교도들에게 말했다,
"너희는 하느님을 알게 되리라." 이 말은 그때 성취되었다.

619-(732) "……그때가 되면 사람들은 이웃을 가르치며, 여
기 주 여호와가 있다고 하지 않으리라. 하느님께서 모든 사람에게
하느님을 느끼게 하시기 때문이다."[279] "네 자식들이 예언하리라."[280]
"내가 내 영과 두려움을 너희들의 마음속에 심으리라."[281]

이 모든 것은 같다. 예언하는 것은 신에 대해 말하되 외적 증

---

278) 푸블리우스 유벤티우스 켈수스(Publius Juventius Celsus, 67?~130?).
2세기경의 플라톤 철학자. 반기독교적 주장으로 유명하다.
279) 「예레미야」, 31:34 참조.
280) 「요엘」, 2:28 참조.
281) 「예레미야」, 31:30 참조.

거로서가 아니라 내적이고 직접적인 심정으로 말하는 것이다.

620-(734) ……예수 그리스도는 시작할 때는 작지만 후에 커질 것이다. 다니엘의 작은 돌.[282]

설사 내가 메시아의 이야기를 전혀 듣지 않았더라도 세계의 질서에 대한 이다지도 놀라운 예언들이 성취된 것을 본 다음에는 이것이 신의 역사라는 것을 나는 안다. 그리고 이 책이 메시아를 예언한다는 것을 내가 알게 되면 나는 이것이 확실하다고 믿을 것이다. 또 그 시기를 제2성전의 파괴 이전으로 이 책이 설정한 것을 알게 되면 나는 그가 이미 오셨다고 말할 것이다.

621-(725) 예언. 애굽 사람들의 회심(「이사야」, 19:19). 애굽에서 참하느님에게 바치는 제단.

622-(748) 메시아의 때에 이 백성은 갈라진다. 영적인 사람들은 메시아를 받아들였고, 육적인 사람들은 그대로 머물러 메시아의 증인이 되었다.

623-(710) 예언. 만약 단 한 사람이라도 예수 그리스도를 예언한 책을 써서 그 강림의 시기와 형태를 예고하고, 또 예수 그리스도가 그 예언대로 왔다면 이 일은 무한한 힘을 가질 것

---

282) 「다니엘」, 2:35 참조.

이다.

그러나 여기 이보다 더한 일이 있다. 대대의 사람들이 4,000 년 동안 끊임없이, 그리고 변함없이 잇달아 나타나 같은 강림을 예언한다. 이것을 예고하는 것은 한 민족 전체이고 그들은 그들이 가진 확신을 한 몸이 되어 입증하기 위해 4,000년에 걸쳐 존속하고 있으며 그들에게 가하는 어떤 협박이나 위협도 그들을 이 확신에서 돌아서게 하지 못한다. 이것은 참으로 엄청난 일이다.

624-(708) 예언. 그 시기는 유대 민족의 상태, 이교 민족의 상태, 성전의 상태, 연수(年數)로써 예언되었다.

625-(716) 「호세아」, 3장. 「이사야」, 42장, 48장, 60장, 61장과 끝. "내가 옛부터 이를 예고하여 그것이 나임을 사람들이 알게 하려 했다." 알렉산드로스에게 대항했던 야두스.[283]

626-(706) 예수 그리스도의 가장 큰 증거는 예언이다. 신이 가장 많이 준비한 것도 이것이다. 이 예언을 성취한 사건은 교회 탄생 이후 종말에 이르기까지 하나의 계속되는 기적이기 때문이다. 그렇기에 신은 1,600년 동안 예언자들을 일으켰고, 그 후 400년 동안 이 모든 예언들을 그 전달자인 유대인

---

283) 요세푸스, 『유대 고대사』, 11:8에 언급된 대제사장 야두스의 사건을 환기한 것으로 보인다.

들과 함께 세계 각처에 흩어지게 했다. 예수 그리스도의 탄생을 위한 준비는 이러했다. 그리고 예수 그리스도의 복음을 모든 사람들이 믿게 해야 하므로 그의 복음을 믿게 하는 예언들이 있어야 했을 뿐만 아니라 이것을 모든 사람들이 받아들이도록 온 세상에 널리 퍼트려야 했다.

627-(709) 같은 것을 그처럼 많은 형태로 예언하기 위해서는 대담해야 한다. 우상을 숭배하는 또는 이교적인 4왕국, 유다 치세의 종말, 70주(週)는 동시에 일어나야 했고 이 모든 일은 제2성전이 파괴되기 전에 일어나야 했다.

628-(753) 헤롯은 메시아를 믿었다. 그는 유대의 왕위를 빼앗았지만 유대 출신은 아니었다. 이로써 유력한 일파가 탄생했다. 그리고 바르 코크바[284]가 있고 유대인들이 받아들인 한 사람이 있다. 또한 당시 곳곳에 퍼졌던 소문. 수에토니우스.[285] 타키투스.[286] 요세푸스.[287]

시대의 기간을 계산하는 사람들에 대한 그리스인들의 저주.

---

284) 시몬 바르 코크바(Simon Bar Kokhbar, ?~135)는 130년경 자기를 왕 메시아라고 주장하며 로마에 대항했으나 전투 중에 죽었다.
285) 가이우스 수에토니우스(Gaius Suetonius, 69~130?). 『클라우디우스의 생애』, 25 참조.
286) 푸블리우스 코르넬리우스 타키투스(Publius Cornelius Tacitus, 55~117?). 『연대기』, 15 참조.
287) 여기 인용된 수에토니우스, 타키투스, 요세푸스는 그로티우스의 『진리에 관하여』, 3권, 2장과 4장, 5권 14장, 17장, 19장에서 빌려온 것이다.

메시아에 의해 왕권이 영원히 유대에 남아 있어야 하고 또 메시아의 도래와 함께 왕권이 유대에서 떠나야 한다면 그가 어떻게 메시아일 수 있겠는가.

그들이 보고도 보지 못하고 듣고도 듣지 못하게 하기 위해서는 이보다 더 좋은 수가 없었다.

629-(724) 예언. 제4왕국에서, 제2성전이 파괴되기 전에, 그리고 유대인들의 지배가 끝나기 전 다니엘이 말하는 70주(週)에, 그리고 제2성전이 존속하는 동안, 이교도는 가르침을 받고 유대인이 섬기는 신을 알게 될 것이며, 신을 사랑하는 사람들은 그들의 원수로부터 구원을 받고 신에 대한 두려움과 사랑으로 충만해질 것이다.

그리고 제4왕국에서, 제2성전이 파괴되기 전 등등에 수많은 이교도들은 신을 경외하고 천사 같은 삶을 산다. 처녀들은 그들의 정조와 생명을 신에게 바치고, 남자들은 모든 쾌락을 버린다. 플라톤이 소수의 선택된 교양인들에게도 납득시킬 수 없었던 것을, 은밀한 힘은 짧지만 효력 있는 말로 수백만의 무지한 사람들을 납득시킨다.

부자는 재산을 버리고 자식은 아늑한 아버지의 집을 떠나 광야의 고행으로 나아간다 등(유대인 필론을 보라). 이 모든 것은 어찌된 일인가. 이미 오래전에 예언된 것이다. 2,000년 동안 어느 이교도도 이 유일한 신을 경외하지 않았다. 그러나 예언된 때가 이르자 수많은 이교도가 이 유일한 신을 섬긴다. 신전들은 파괴되고 왕들도 십자가에 굴복한다. 이 모든 것은 어찌된 일인가. 신의 성령이 땅 위에 부어진 것이다.

랍비들 자신의 말에 의하면 모세에서 예수 그리스도에 이르기까지 이교도는 한 사람도 없었다. 예수 그리스도가 온 후로 수많은 이교도가 모세의 책을 믿고 그 본질과 정신을 지키며 무익한 것만을 버린다.

630-(738) 예언들은 메시아가 강림할 때 한꺼번에 나타날 여러 징후를 예고하고 있으므로 모든 징후는 동시에 나타나야 했다. 이렇듯 제4왕국은 다니엘의 70주가 끝날 때 나타나야 했고 또 왕권도 유대에서 떠나야 했는데 이 모든 일은 아무런 어려움 없이 이루어졌다. 그때 메시아가 강림해야 했는데 과연 스스로 메시아라 일컫은 예수 그리스도가 오셨다. 이 모든 것은 어려움 없이 이루어졌으니 이것은 예언의 진실성을 잘 나타낸다.

631-(720) 카이사르 외에는 우리에게 왕이 없나이다.[288] 그러므로 예수 그리스도는 메시아였다. 그들은 한 이방인 왕 외에는 왕이 없었고 또 다른 왕을 바라지도 않았기 때문이다.

632-(723) 예언. 다니엘의 70주는 예언[289]의 표현 때문에 시작하는 시기가 모호하고 또 그것을 기록한 사람들 사이의

---

288) "Non habemus regem nisi Caesarem"(「요한」, 19:15).
289) 「다니엘」, 9:25 참조.

상이한 의견 때문에 끝나는 시기도 모호하다. 그러나 아무리 차이가 있다 해도 200년을 넘지 않는다.

633-(637) 예언. 왕권은 바빌론의 포로 생활로 인해 중단되지 않았다. 그들의 복귀는 빨랐고 또 예언되었기 때문이다.

634-(695) 예언. 위대한 목신(牧神)은 죽었다.[290]

635-(756) 장차 일어날 일을 명확히 예언하고, 사람들을 눈멀게도 하고 또 눈뜨게도 할 의도를 공언하며, 또 장차 일어날 명백한 일들과 모호한 일들을 혼합시키는 사람에 대해 존경심 외에 무엇을 느낄 수 있겠는가.

636-(727, 2) "(네가 나의 종이 되어서 야곱의 지파들을 일으키고 이스라엘 가운데 살아남은 자들을 돌아오게 하는 것은) 오히려 가벼운 일이라."[291] 이방인들의 소명(「이사야」, 52:15).

637-(729) 예언. 예언되기를, 메시아의 때가 되면 그는 애굽에서의 탈출을 잊게 할 새 언약을 세우러 오리라(「예레미야」, 23:5, 「이사야」, 43:16), 그의 율법을 밖이 아니라 마음속에 두리

---

290) 피에르 샤롱(Pierre Charron, 1541~1603). 『세 개의 진리』, 2:8 참조. 아우구스투스 시대에 이르러 예수의 도래와 함께 신탁이 침묵하자 플루타르코스는 그 원인이 목신의 죽음이라고 말했다고 한다.
291) "Parum est ut……"(「이사야」, 49:6).

라, 그는 밖에만 있었던 두려움을 마음속 중심에 두리라. 이 모든 것 가운데 기독교의 법을 보지 않을 사람이 누가 있겠는가.

638-(735) 예언. 유대인은 예수 그리스도를 버리고 신에게서 버림받으리라, 선택된 포도나무가 설익은 포도만을 맺는다는 이유로. 선택된 백성이 신의를 저버리고 배은망덕해지고 믿음을 잃으리라, 순종치 않고 거역하는 백성.[292] 신이 그들을 벌하여 눈멀게 하고 그들은 백주에 소경처럼 더듬으리라. 한 선구자가 그보다 먼저 오리라.

639-(718) 다윗의 족속의 영원한 지배(「역대하」),[293] 모든 예언들과 서약으로써. 그러나 현세적으로는 전혀 성취되지 않았다(「예레미야」, 23:20).

**

640-(707) 그러나 예언들은 있는 것만으로는 충분하지 않았다. 사방에 전해져야 하고 모든 시대에 보존되어야 했다. 그리고 그의 강림이 우연의 결과로 잘못 인식되지 않도록 예고

---

292) "populum non credentem et contradicentem"(「로마」, 10:21).
293) "내가 네 아비 다윗과 언약하기를, 이스라엘을 다스릴 자가 네게서 끊어지지 아니하리라."(「역대하」, 7:18).

될 필요가 있었다.

신이 유대인을 예비한 것 외에도 그들이 관객이 되고 또 나아가서는 그의 영광의 도구가 되었다는 것은 메시아로서 한결 더 영광스러운 일이다.

641-(749) "만약 그것이 명백히 유대인에게 예언되었다면 어찌하여 그들은 이것을 믿지 않았고, 또 이처럼 명백한 일을 거역하고도 멸망하지 않았는가?"

나는 대답하겠다――첫째로, 유대인들이 그처럼 명백한 것을 믿지 않으리라는 것과 그들이 멸망하지 않으리라는 것은 예언되었다. 그리고 이보다 더 메시아에게 영광스러운 일은 없다, 예언은 있는 것만으로는 충분하지 않으며 그것들은 의심의 여지없이 보존되어야 했으므로. 그런데…….

642-(783) ……그때 예수 그리스도가 나타나 사람들에게 말했다. 그들은 그들 자신 외에 다른 적이 없다, 그들을 하느님과 분리시킨 것은 그들의 정념이다, 내가 온 것은 이 정념을 파괴하고 은총을 내려 그들로써 하나의 성스러운 교회를 만들기 위해서다, 그리고 이교도와 이방인들을 이 교회로 인도하고 이교도의 우상과 유대인의 미신을 타파하기 위해서다, 라고.

이에 모든 사람들이 대항한다. 단지 정욕의 자연적인 반발 때문만이 아니라 그 무엇보다도 지상의 왕들이 이 자라나는 종교를 멸하기 위해 합세한다, 예언된["어찌하여 뭇 나라가 공모하며 (어찌하여 뭇 민족이 헛된 일을 꾸미는가?) 어찌하여 세상의 임금들이 (나서며 관원들이 서로 꾀하여 여호와와) 그 기름부음 받은 분을 거역하며"]²⁹⁴⁾ 그대로.

지상의 모든 강한 자들, 학자, 현자, 왕들이 결속한다. 한편에서는 글을 쓰고 한편에서는 단죄하고 또 한편에서는 죽인다. 그러나 이 모든 반대에도 불구하고 순진하고 힘없는 사람들은 이 모든 세력에 저항하며 왕, 학자, 현자들까지도 굴복시키고 온 땅에서 우상숭배를 쓸어버린다. 이 모든 것은 이것을 예언한 힘으로써 이루어진다.

643-(717) [예언. 다윗은 항상 후계자가 있을 것이라는 약속. 예레미야.]

644-(713, 2) 「스바냐」, 3:9. "내 말을 이방인들에게 주어 그들로 마음을 합하여 나를 섬기게 하려 함이라."
「에스겔」, 27:25. "나의 종 다윗은 영원히 그들의 왕이 되리라."
「출애굽」, 4:22. "이스라엘은 나의 장자라."

645-(739) 예언자들은 예언했지만 예언되지는 않았다. 그후 성자들은 예언되었지만 예언하지 않았다. 예수 그리스도는

---

294) Quare fremuerunt gentes······ reges terrae······ adversus Christum(「시편」, 2:1).

예언되었고 또 예언한다.

646-(711) **특별한 일들의 예언.** 그들은 애굽에서 이방인이 었고 그 땅에서나 다른 곳에서나 그들만의 소유는 전혀 없었 다. [매우 오랜 후에 있게 된 왕위나, 모세에 의해 제정되어 예 수 그리스도의 때까지 유지되어 온, 70인의 심판관들로 구성 된 산헤드린이란 이름의 최고의회 등은 전혀 그림자조차 보이 지 않았다. 이 모든 것은 현재의 상태에서 그지없이 동떨어진 것이었다.] 이때 야곱은 죽음에 임하여 열두 아들을 축복하면 서 큰 땅의 소유자가 될 것이라고 말했다. 그리고 특히 유다의 가족을 향해서는 장차 그의 자손 중에서 그들을 다스릴 왕이 나고 형제들은 그의 신하가 될 것이며 [한편 온 백성들의 대 망이 될 메시아도 그에게서 나고 또 이 대망의 메시아가 그의 족속 가운데 나타날 때까지는 왕권이 유다의 땅에서 빼앗기 지 않을 것이고 또 통치자와 입법자가 그의 자손들에게서 떠 나지 않을 것이라고][295] 예언했다.

바로 이 야곱은 장차 소유할 땅을 마치 그 땅의 주인이기라 도 한 듯 분배하고 요셉에게는 다른 아들들보다 더 많은 몫을 주면서, "나는 네게 네 형제들보다 한 몫을 더 주리라."고 말했 다. 그리고 두 아들 에브라임과 므낫세를 축복할 때 요셉이 이 들을 야곱에게 데려와 형 므낫세는 오른편에, 아우 에브라임 은 왼편에 세우자, 야곱은 두 팔을 십자로 교차시켜 오른손

---

295) 「창세」, 49:8-10 참조.

은 에브라임의 머리 위에, 왼손은 므낫세의 머리 위에 얹고 그렇게 축복했다. 요셉이 아우를 더 좋아한다는 것을 그에게 나타내자 야곱은 놀랍게도 단호하게 "나는 안다, 아들아, 잘 알고 있다. 그러나 에브라임은 므낫세보다 더 크게 되리라."라고 대답했다(과연 이것은 그 후에 사실로 나타났다. 그래서 한 나라를 이룬 두 가계(家系)를 합한 것만큼이나 번성하여 이들은 보통 에브라임이라는 이름 하나만으로 불렸다).

바로 이 요셉이 죽음에 임하여 아들들에게 명하여, 그들이 이 땅으로 갈 때 그의 뼈를 메고 가라고 했는데 그들은 200년 후에야 그곳에 당도했다.

이 모든 일들이 이루어지기 전에 그것을 기록한 모세는 마치 그 땅의 주인이기라도 한 듯 그 땅에 들어가기도 전에 친히 각 가족들에게 땅을 나누어주었다. [그리고 그는 끝으로, 신은 그들의 나라와 백성에게서 한 예언자를 일으키실 터인데 자기는 바로 이 예언자의 표징이라고 말하고, 자기가 죽은 후 그들이 들어갈 땅에서 겪을 모든 것과 신이 그들에게 주실 승리, 신에 대한 그들의 배신과 그들이 받을 벌, 그 밖의 여러 사건들을 정확하게 예언했다.][296] 모세는 그 분배를 맡을 중재인을 그들에게 주었고 또 그들이 지켜야 할 정치적 통치의 모든 형태, 그들이 세워야 할 피난의 도시 등등을 정해주었다……[297]

---

296) 「신명」, 18:15-29 참조.
297) 「민수」, 34:18; 35:6 참조.

647-(727) 메시아가 세상에 있는 동안. 수수께끼[298] (「에스겔」, 17장).

그의 선구자(「말라기」, 3장).

아이로 태어나리라(「이사야」, 9장).

베들레헴 마을에서 태어나리라(「미가」, 5장). 그는 주로 예루살렘에 모습을 나타내며 유다와 다윗의 집안에서 태어나리라.

그는 지혜 있는 자들과 식자들을 눈멀게 하고(「이사야」, 6장, 8장, 29장 등), 가난하고 미천한 사람들을 복음을 전하며(「이사야」, 29장), 소경들의 눈을 뜨게 하고 병자들에게 건강을 주고 어둠 속에서 신음하는 사람들을 빛으로 인도하리라(「이사야」, 61장).

그는 완전한 길을 가르치고 이방인들의 스승이 되리라(「이사야」, 55장, 42:1-7).

예언은 불신자들에게는 이해되지 않으리라(「다니엘」, 12장과 「호세아」, 마지막 10장). 그러나 잘 배운 사람들에게는 이해되리라.

그를 가난한 자로 나타내는 예언들은 그를 모든 나라들의 주(主)로 제시한다(「이사야」, 52:14, 53장 등과 「스가랴」, 9:9).

때를 예고하는 예언들은 그를 단지 이방인의 주(主)로서 고통받는 모습으로 예언할 뿐이며, 구름을 타고 오지도 않고 또 심판자로서도 아니다. 그리고 그를 심판자와 영광의 주로 나타내는 예언들은 때를 예고하지 않는다.

---

298) "nigmatis"(「에스겔」, 17:2).

그는 세상의 죄로 인해 제물이 되어야 한다(「이사야」, 39장, 53장 등).

그는 귀한 초석이 되리라(「이사야」, 28:16).

그는 사람들이 걸려서 넘어지는 돌이 되리라(「이사야」, 8:14). 예루살렘도 이 돌에 걸려 넘어지리라.

집 짓는 사람들은 이 돌을 버리리라(「시편」, 117:22).

신은 이 돌을 모퉁이의 주춧돌로 삼으리라.

그리고 이 돌은 큰 산으로 자라 대지를 채우리라.

이와 같이 그는 버림받고 인정받지 못하고 배반당하리라(「시편」, 108:8). 그는 팔리고(「스가랴」, 11:12), 침 뱉음을 당하고 매맞고 모욕당하고 갖은 방법으로 고초를 당하고 쓰라림을 마시리라(「시편」, 68편). 찔리고(「스가랴」, 12장), 발과 손을 찔리고 죽임을 당하고 옷은 제비뽑기에 맡겨지리라.

그는 부활하리라(「시편」, 15편), 사흘 만에(「호세아」, 6:3).

그는 하늘로 올라가 우편에 앉으리라(「시편」, 110편).

왕들은 무기를 들고 그에게 대항하리라(「시편」, 2편).

그는 아버지 우편에 있으므로 원수들을 무찌르리라.

땅 위의 왕들과 모든 백성들이 그를 경외하리라(「이사야」, 60장).

유대인은 민족으로 존속하리라(「예레미야」).

그들은 떠돌아 다니리라, 왕도 없이 등등(「호세아」, 3장). 예언자도 없이(「아모스」). 구원을 바라되 얻지 못하리라(「이사야」).

예수 그리스도에 의한 이방인들의 소명(「이사야」, 52:15, 55:5, 60장 등과 「시편」, 81편).

「호세아」, 1:9-10.: "너희가 흩어져 번성한 후에는 너희는 더이상 내 백성이 아니요 나는 너희 하느님이 되지 아니할 것이라. 너희를 내 백성이라 부르지 않는 그곳에서 나는 저희를 내백성이라 부르리라."

648-(714) 이루어진 예언들. 「열왕기상」, 13:2. 「열왕기하」, 23:16. 「여호수아」, 6:26. ──「열왕기상」, 16:34. ──「신명」, 23장. 「말라기」, 1:12. 유대인들의 제물을 신은 용납하지 않았다. 그리고 이방인들의 제물도 (예루살렘 밖에서도) 또 어디서나.

모세는 죽기 전에 이방인들의 소명을 예언한다(「신명」, 32: 21), 그리고 유대인들이 버림받으리라는 것도.

모세는 각 종족에게 일어날 일을 예언한다.

649-(714) 예언. "너희 이름은 내가 택한 자들의 저주를 받을 것이요 나는 그들에게 다른 이름을 주리라."

650-(714) "그들의 마음을 둔하게 한다."[299] 어떻게? 그들의 정욕을 부채질하고 그것을 이룰 희망을 줌으로써.

651-(721) 가이사 외에 우리는 왕이 없다.

652-(715) 예언. 아모스와 스가랴. 그들은 의인을 팔았다.

---

299) 「이사야」, 6:9.

이로써 그들은 다시 부름을 받지 못하리라.──배반당한 예수 그리스도.

다시는 애굽을 기억하지 않으리라. 「이사야」, 43:16-19과 「예레미야」, 23:6-7을 보라.

예언. 유대인들은 사방에 흩어지리라(「이사야」, 27:6).── 새 율법(「예레미야」, 31:32).

말라기, 그로티우스.──영광의 제2성전. 예수 그리스도가 그곳에 오시리라. 「학개」, 2:7-10.

이방인들의 부르심(「요엘」, 2:28과 「호세아」, 2:24, 「신명」, 32:21 그리고 「말라기」, 1:11).

653-(778) 온 유대 지방과 예루살렘의 사람이 다 나아가 (자기 죄를 자백하고 요단 강에서 그에게) 세례를 받더라.[300] 그곳에 온 모든 신분의 사람들로 인해.

돌도 아브라함의 자식이 될 수 있다.[301]

654-(704) 악마는 예수 그리스도 이전에는 유대인들의 열성을 방해했다, 이 열성이 그들에게 유익할 수도 있었기 때문에. 그러나 그 후에는 그렇지 않다.

유대인들은 이방인의 멸시를 받았고, 기독교도는 박해를 받았다.

---

300) "Omnis judaea regio, et Jerosolomytae universi, et baptizabantur"(「마가」, 1:5).
301) 「마태」, 3:9 참조.

655-(760) 유대인은 예수 그리스도를 부인했지만 전부가 그런 것은 아니었다. 성스러운 사람들은 그를 받아들였고, 육적인 사람들은 그렇지 않았다. 이것은 그의 영광를 해치기는커녕 도리어 영광을 완성시키는 최후의 특징이다. 그들이 그를 받아들이지 않은 이유, 그리고 모든 책과『탈무드』와 랍비의 책에서 발견되는 유일한 이유는 단지 예수 그리스도가 손에 칼을 들고 온 나라를 정복하지 않았다는 것이다, 능한 자여, 칼을 허리에 차고.[302]

[그들이 할 말이란 고작 이것인가. 예수 그리스도는 죽임을 당했다, 굴복했다, 힘으로 이교도를 정복하지 않았다, 그들의 전리품을 우리에게 주지 않았다, 재물을 주지 않았다, 라고 그들은 말한다. 그들이 할 말이란 고작 이것인가. 내가 그를 사랑할 수 있는 것은 바로 이 점 때문이다. 그들이 상상하는 대로의 사람이라면 나는 원치도 않을 것이다.]

그를 받아들이지 못하게 그들을 가로막은 것이 단지 악이라는 점은 분명하다. 이 거부로써 그들은 흠잡을 데 없는 증인이 되고, 나아가서는 이로써 예언을 완성시킨다.

[이 백성이 그를 받아들이지 않은 그 방법으로 다음과 같은 놀라운 일이 일어났다. 즉 예언은 인간이 할 수 있는 유일한 영속적인 기적이지만 거부될 수도 있다는 것.]

656-(736) 예언. (그들이) 그 찌른 바 (그를 바라보고⋯⋯).(「스

---

302) "gladium tuum, potentissime"(「시편」, 45:3).

가랴」, 12:10).[303]

한 구주가 나타나 악마의 머리를 무찌르고 그의 백성을 죄에서 (저가 이스라엘을) 그의 모든 죄악에서 (구속하시리라)[304] 건지리라. 영원한 새 언약이 세워지리라. 멜기세덱의 명에 따라 또 하나의 사제직이 생겨나고 이것은 영원하리라. 그리스도는 영광에 넘치고 힘있고 강할 것이나 참으로 비참하여 사람들이 그를 알아보지 못하리라. 사람들은 그를 본래의 모습으로 받아들이지 않으리라. 그리고 그를 부인하고 그를 죽이리라. 그를 부인한 그의 백성은 더 이상 그의 백성이 되지 않으리라. 우상숭배자들이 그를 받아들이고 그에게 구원을 바라리라. 그는 시온을 떠나 바로 우상숭배의 중심지에서 지배하리라. 그러나 유대인들은 영원히 존속하리라. 그는 유대에서, 그리고 왕이 없어질 때 태어나리라.

657-(731) 예언. 예수 그리스도는 신이 그의 적을 굴복시키는 동안 그 오른편에 있으리라.

그러므로 예수 그리스도는 몸소 그들을 굴복시키지 않으리라.

658-(568) 복음서 안에 인용된 예언들이 당신들을 믿게 하려고 기록되었다고 생각하는가. 그렇지 않다. 오히려 당신들

---

303) "Transfixerunt."
304) "ex omnibus iniquitatibus"(「시편」, 13:8).

을 믿음에서 멀어지게 하기 위해서 기록되었다.

659-(712) 특별한 일들과 메시아의 일들이 섞여 있는 예언이 있는데, 이것은 메시아의 예언에 증거가 결여되는 일이 없고 또 특별한 예언이 성취되지 않는 일이 없게 하기 위해서이다.

660-(698) 예언은 그것이 이루어진 다음에야 비로소 이해된다. 그러므로 은신, 근신, 침묵 등의 증거는 이것들을 알고 믿는 사람들에게만 입증된다.

성 요셉은 전적으로 외적인 율법 안에서 그처럼 내적이었다.

외적인 참회는 내적인 것을 준비시킨다, 마치 굴종이 겸손을 준비시키는 것같이. 이렇듯……

661-(726) 예언. [애굽에서 『푸기오 피데이』[305]], 695쪽, 『탈무드』. "우리 가운데 전승된 것에 의하면 메시아가 오실 때 하느님의 말씀을 전파할 하느님의 성전은 더러움과 추잡함으로 가득 차고, 율법학자들의 지혜는 문란하고 부패할 것이라고 한다. 죄를 지을까 두려워하는 사람들은 백성에게 버림받고 어리석고 무도한 자로 취급받을 것이다."

「이사야」, 49장, 50장, 51장.

「아모스」, 8:4-14.

---

305) 단장 536, 주 203) 참조. 파스칼은 여기 수록된 예언에 관한 구절들을 『푸기오 피데이(Pugio Fidei)』에서 취했다.

「아모스」, 3:2.

「다니엘」, 12:7.

「학개」, 2:4-10.

「신명」, 18:16-19.

「창세」, 49:8-10.[306)

662-(722) 「다니엘」, 2:27-46.

「다니엘」, 8:8-25.

「다니엘」, 9:20-27.

「다니엘」, 11:2-24.[307)

663-(761) 유대인들은 그를 메시아로 받아들이지 않기 위해 죽임으로써 그가 메시아라는 결정적인 증거를 그에게 주었다.

그리고 그를 계속 부인함으로써 그들은 흠잡을 데 없는 증인이 되었다. 그를 죽이고 계속 부인함으로써 그들은 예언을 완성시켰다(「이사야」, 60장과 「시편」, 70편).

664-(713) 유대인들의 돌아올 수 없는 포로 생활. 「예레미야」, 11:11.: "내가 유대 땅에 재앙을 내리리니 그들이 피할 수 없을 것이라."

표징. 「이사야」, 5:1-7.

---

306) 파스칼은 여기 인용된 성서의 본문을 프랑스어 역으로 전부 수록했으나 우리는 출처를 밝히는 것으로 그친다.

307) 여기도 위의 경우와 같다.

「이사야」, 8:13-17.

「이사야」, 29:9-14. 「다니엘」, 12:10, 「호세아」, 마지막 장, 마지막 절.

예언. 신성(神性)의 증거. 「이사야」, 41:21-26.

「이사야」, 42:8-9, 43:8-27.

「이사야」, 44:6-8.

고레스의 예언. 「이사야」, 45:4.

「이사야」, 46:9-10.

「이사야」, 42:9.

「이사야」, 48:3-8.

유대인들의 배척과 이방인들의 회심. 「이사야」, 65:1-25.

「이사야」, 56:1-5.

「이사야」, 59:9-20.

「이사야」, 48:18.

「예레미야」, 7장. 성전에 대한 규탄.

「예레미야」, 7:22.

「예레미야」, 7:4.[308]

---

308) 여기도 위의 경우와 같다.

25편

특별한 표징들

665-(652) **특별한 표징들.** 두 율법, 두 십계, 두 성전, 두 포수(捕囚).

666-(623) [야벳에서 계보가 시작된다.]
요셉은 두 팔을 교차하여 아우를 택한다.

26편

기독교 도덕

667-(537) 기독교는 기묘하다. 기독교는 인간에게 자기가 천하고 가증스럽기까지 하다는 것을 인정하라고 명하는가 하면, 하느님과 같이 되기를 바라라고 명한다. 이와 같은 평형추가 없다면 이 상승이 인간을 끔찍이도 공허하게 만들거나, 이 하강이 끔찍이도 비천하게 만들 것이다.

668-(526) 비참은 절망을 갖게 한다.
교만은 자만심을 갖게 한다.
그리스도의 강생(降生)은 인간에게 필요한 구원의 크기로써 인간의 비참의 크기를 보여준다.

669-(529) ……309) 우리로 하여금 선을 이룰 수 없게 만드

는 타락도 아니고 또 악이 면제된 성스러움도 아니다.

670-(524) 인간은 절망 또는 교만이라는 이중의 위험에 항상 처해 있으므로 은총을 받을 수도 있고 잃을 수도 있다는 이중의 가능성을 가르치는 교리보다 인간에게 더 적합한 교리는 없다.

671-(767) 땅 위의 모든 것 중에서 그는 오직 고통스러운 일에만 관여했고 즐거운 일과는 상관이 없었다. 그는 이웃들을 사랑한다. 그러나 그의 사랑은 그 한계 안에 갇히지 않고 그의 원수들 그리고 신의 적들에게도 미친다.

672-(539) 병사와 수도사의 복종은 어떤 차이점이 있는가. 그들은 다 같이 복종하고 의존하고 고통스러운 단련을 하고 있기에 하는 말이다. 그러나 병사는 늘 윗사람이 되기를 희망하지만 그렇게 되지 못한다. 대장도, 제후들조차도 항상 노예들이고 예속되어 있기 때문이다. 그래도 병사는 항상 윗자리를 희망하고 그 자리에 오르려고 힘쓴다. 이에 반해 수도사는 오직 예속되기만을 서약한다. 이렇듯 양자는 그들이 항상 그런 영원히 예속된 처지라는 점에서 차이가 없지만, 전자는 항상 희망을 품지만, 후자는 전혀 그런 희망을 품지 않는다는

---

309) "기독교에서 볼 수 있는 것은"이라고 보충할 수 있다. 실제로 「사본」에는 니콜의 필적으로 보이는 이 말이 삽입되어 있다.

점에서 서로 다르다.

673-(541) 참된 기독교도처럼 행복하고 합리적이고 덕 있고 사랑할 만한 사람은 없다.

674-(538) 기독교도는 하느님과 하나 된 것을 믿되 얼마나 교만한 마음을 품지 않는가! 그리고 자기를 지렁이에 비교하되 얼마나 비천한 마음을 품지 않는가!

675-(481) 스파르타인과 또 다른 사람들의 고결한 죽음의 예는 별로 우리에게 감동을 주지 않는다. 도대체 이것이 우리에게 무엇을 가져다준단 말인가? 그러나 순교자들이 보인 죽음의 모범은 우리를 감동시킨다. 이들은 '우리의 지체(肢体)'이기 때문이다. 우리는 이들과 공동의 관계를 맺고 있다. 그들의 결심은 곧 우리의 결심이 될 수 있는데, 그것은 단순히 모범을 보여주어서가 아니라 그들의 결심이 아마도 우리를 결심하게 하기에 합당했기 때문일 것이다. 이교도들의 모범에서는 이런 것을 전혀 볼 수 없다. 마치 부자인 타인을 본다고 해서 내가 부자가 되지 않지만 부자가 된 아버지나 남편을 보면 나도 부자가 되는 것과 같다.

676-(482) 생각하는 지체의 서두. 도덕. 신은 존재의 행복을 전혀 느끼지 않는 하늘과 땅을 만든 다음 이 행복을 알고 또 생각하는 지체들로써 한 몸을 구성하는 존재들을 만들기

를 원했다. 왜냐하면 우리의 지체들은 각각 연합의 행복과 놀라운 지능의 행복을, 그리고 그 안에 정신을 불어넣어 성장시키고 존속시키는 자연의 보살핌에서 오는 행복을 전혀 느끼지 않기 때문이다. 이 지체들이 이것을 느끼고 또 볼 수만 있다면 얼마나 행복하랴! 그러나 이렇게 되기 위해서는 지체들이 이것을 인식하는 지능과, 보편적 영(靈)의 의지에 동의하는 선한 의지를 가져야 한다. 만약 지능이 주어졌더라도 양분을 다른 지체들에게 보내지 않고 자기 안에 간직하는 데 사용한다면 이 지체들은 단순히 불의(不義)할 뿐만 아니라 비참하게 되고, 또 서로 사랑하기보다 도리어 서로 증오하게 될 것이다. 자신이 속해 있는 전체의 혼, 지체들이 자신을 사랑하는 것보다 더 깊이 사랑하는 전체의 혼의 인도를 따르는 것은 지체들의 축복이자 의무이기 때문이다.

677-(209) 그대는 그대의 주인으로부터 사랑받고 칭찬받는다고 해서 노예가 아니기라도 하는가. 당신은 제법 재산이 많다, 노예여. 주인은 그대의 비위를 맞추어주겠지만 이윽고 그대를 매질할 것이다.

678-(472) 인간의 의지 자체는 원하는 모든 것을 얻을 능력이 있을 때에도 결코 만족을 주지 못할 것이다. 그러나 이것을 버리면 그 순간부터 만족하게 된다. 이것을 버리면 불만이 있을 수 없고, 이것에 의지하면 만족이 있을 수 없다.

679-(914) 그들은 정욕이 발동하게 내버려 두고 양심의 발동을 억제한다, 오히려 그 반대로 해야 하는데.

680-(249) 의식(儀式)에 희망을 두는 것은 미신이다. 그러나 의식에 복종하지 않으려는 것은 오만이다.

681-(496) 경험은 신앙과 선한 마음 사이에 엄청난 차이가 있음을 보여준다.

682-(747, 3) 종교마다 두 종류의 사람이 있다(영속성을 보라). 미신——정욕.

683-(672) 전혀 형식에 얽매이지 않았음. 성 베드로와 사도들이 할례 폐지를 논의했을 때, 이것은 다름 아닌 신의 법을 거역하는 것이 문제였지만, 그들은 예언자들의 의견은 고려하지 않고 단지 할례를 받지 않은 사람들도 성령을 받았다는 사실을 고려했다.
그들은 율법을 지키는 것보다 신이 성령으로 충만케 한 사람들을 인정하는 것이 더 확실하다고 판단한다. 율법의 목적은 오직 성령이고 따라서 할례 없이도 성령을 받을 수 있으므로 할례는 필요하지 않다는 것을 그들은 알았다.

684-(474) 지체. 여기서부터 시작함. 사람이 자기에 대해 가져야 할 사랑을 조절하기 위해서는 생각하는 지체들로 가득

한 몸을 상상해 보아야 한다.[310] 우리는 한 전체의 지체들이기 때문이다. 그리고 각 지체들이 어떻게 자기를 사랑해야 하는지를 보아야 한다 등등.

685-(611) 국가. 유대인 필론이 『왕국론』에서 지적하는 것처럼 기독교 국가는 물론 유대 국가까지도 오직 신만을 주인으로 섬겼다.

그들이 싸운 것은 오직 신만을 위해서였고, 그들은 주로 신만을 의지했으며, 그들의 도시를 신의 것으로 생각하고 신을 위해 지켰다(「역대상」, 19:13).

686-(480) 지체들이 행복하기 위해서는 각기 하나의 의지를 가져야 하고, 이 의지를 몸에 일치시켜야 한다.

687-(473) 생각하는 지체들로 가득한 몸을 상상해 보라.

688-(483) 지체가 된다는 것은 단지 몸의 정신에 의해, 그리고 몸을 위해 생명과 존재와 운동을 갖는 것이다.

지체가 분리되어 자기가 속해 있는 몸을 보지 않는다면 멸망하고 죽어가는 존재만을 갖게 된다. 그런데도 이 지체는 자기를 전체라고 생각하고 자기가 의존하는 몸을 보지 않기 때문에 오직 자기에게만 의존한다고 믿으며 자기가 중심이 되

---

310) 「고린도전」, 12:12 참조.

고 몸 자체이기를 원한다. 그러나 자신 안에 생명의 근원이 없기 때문에 그는 길 잃고 방황할 뿐이며, 또 자기가 몸이 아님을 느끼되 한 몸의 지체임을 보지 못하므로 자기 존재의 불확실성에 놀란다. 마침내 자신을 깨닫게 될 때는 마치 자기 집에 돌아온 것과 같아서 오직 몸을 위해서만 자신을 사랑한다. 그는 지난날의 탈선을 한탄한다.

지체는 본성적으로 자신을 위하고 또 자신에게 예속시키기 위해서가 아니면 다른 것을 사랑하지 못한다, 각각의 것은 전체보다 자신을 더 사랑하기 때문이다. 그러나 지체는 단지 몸 안에서, 몸에 의해, 그리고 몸을 위해 존재하므로 지체는 몸을 사랑함으로써 자신을 사랑하는 것이다. 주와 합하는 자는 한 영이니라.[311]

몸은 손을 사랑한다. 만약 손이 하나의 의지를 가지고 있다면 그 손은 영이 그것을 사랑하는 것과 똑같은 방식으로 자기를 사랑해야 할 것이다. 이것을 넘어서는 모든 사랑은 옳지 않다.

주와 합하는 자는 한 영이니라.[312] 우리는 우리 자신을 사랑한다. 우리는 예수 그리스도의 지체이기 때문이며, 예수 그리스도는 몸이고 우리는 이 몸의 지체이기 때문이다. 모든 것은 하나이고 하나는 다른 하나 안에 있다, 삼위일체와 같이.

---

311) "qui adhaeret Deo unus spiritus est"(「고린도전」, 6:17).

312) "Adhaerens Deo unus spiritus est."

689-(476) 하느님만을 사랑하고 자기 자신만을 미워해야 한다.

만약 발이 몸에 속한다는 것을, 그리고 그가 의존하는 한 몸이 있다는 것을 줄곧 모른 채 단지 자기만을 알고 자기만을 사랑했었다면, 자기가 의존하는 몸에 소속되어 있다는 것을 깨닫게 되었을 때, 자기에게 생명을 불어넣어 준 몸에게 자기가 무익했던 지난날의 삶을 얼마나 뉘우치고 부끄러워하겠는가!—만약 발이 몸으로부터 떠나갔던 것처럼 몸이 발을 버리고 자기로부터 분리시켰다면 발은 파멸되고 말았을 것이다. 그리고 또 그 몸속에 보존되기를 얼마나 간절히 기도하겠는가! 그리고 몸을 다스리는 의지에 자기도 다스려지기를 얼마나 순종하는 마음으로 바라겠는가, 필요하다면 절단되는 것도 받아들일 만큼! 그렇게 하지 않는다면 그는 지체의 자격을 잃을 것이다, 모든 지체는 만물이 존재하는 이유인 그 유일한 몸을 위해 기꺼이 죽기를 원해야 하므로.

690-(475) 만약 발과 손이 개별적인 의지를 가지고 있다면 몸 전체를 다스리는 기본 의지에 이것을 복종시키지 않는 한 그 지체들은 본래의 질서를 벗어나게 된다. 이 질서를 벗어날 때 그 지체들은 무질서와 불행 속에 빠진다. 그러나 몸 전체의 행복만을 추구할 때 그 지체들은 각자 행복을 얻는다.

691-(503) 철학자들은 악을 신의 탓으로 돌림으로써 악을 신성화했다. 기독교도들은 덕을 신성화했다.

692-(484) 기독교국 전체를 다스리기 위해서는 두 법[313]만 있으면 된다, 모든 정치적 법률보다 더 충분하다.

＊ ＊

693-(535) 우리는 결함을 지적해 주는 사람들에게 많은 은혜를 입고 있다. 그들은 우리를 단련시키기 때문이다. 그들은 우리가 멸시받고 있었음을 알려준다. 그러나 우리가 앞으로도 멸시받는 것을 막지는 못한다. 우리는 그렇게 될 만한 다른 결함들을 많이 가지고 있기 때문이다. 그들은 한 결함을 교정하고 제거하도록 이끌어준다.

694-(500) 선과 악이라는 말에 대한 이해.

695-(579) 신(과 사도들)은 교만이라는 씨앗이 이단을 탄생시킬 것임을 예견했기 때문에 이단이 적합한 말로써 싹트게 될 기회를 주지 않으려고 성서와 교회의 기도문 안에 반대의 말들과 반대의 씨앗을 두어 때에 따라 열매를 맺게 했다.

마찬가지로 신은 도덕 안에 정욕에 대항하여 열매 맺는 사랑을 두었다.

---

313) 「마태」, 22:35 이하 부분과 「마가」, 12:28 이하 부분 참조. 하느님을 사랑하고 이웃을 사랑하라는 가르침을 가리킨다.

696-(458) "이 세상에 있는 모든 것은 육신의 정욕, 안목의 정욕, 이 생의 자랑이다. 육신의 정욕과 안목의 정욕과 이 생의 자랑이니."[314] 불행하여라, 이 세 줄기 불의 강이 물로써 비옥하게 하기보다 도리어 불타오르게 하는 땅은! 그러나 행복하여라, 이 강 위에 있으되 빠져들지도 휩쓸리지도 않고 태연히 강 위에 자리 잡은 자들, 서 있지 않고 안전한 낮은 곳에 앉아 빛이 비치기 전에는 거기서 일어서지 않되 그 자리에서 평안히 안식한 다음 다시는 오만이 괴롭히거나 쓰러뜨리지 않을 성 예루살렘 성문 안에 흔들림 없이 굳건히 서도록 일으켜 주실 자에게 손을 내미는 자들, 그리고 멸망할 모든 것들이 급류에 휩쓸려 가는 것을 봐서가 아니라 기나긴 유배의 나날 끊임없이 마음속에 되새긴 그리운 조국, 성스러운 예루살렘을 추억하면서 눈물 흘리는 자들은!

697-(515) 선택받은 자들은 그들의 덕을 모르고, 버림받은 자들은 그들의 죄의 막중함을 모를 것이다. "주님, 저희가 언제 주의 주리신 것과 목마르신 것을 보고……"[315]

698-(779) 만약 사람이 마음을 돌이키고 믿으면 하느님이

---

314) "libido sentiendi, libido sciendi, libido dominandi"(「요한 1」, 2:16). 이것은 육(肉)과 지(知)와 의지와 관련된 인간의 자연적 욕망을 가리키는 말로서, 인간의 타락과 비참에 대한 기독교적 인식의 핵심이라 할 수 있다. 단장 721 참조.
315) 「마태」, 25:37.

고치시고 용서하시리라. 다시 돌아와 고침을 받지 못하게 함이라, 돌이켜 사죄함을 얻지 못하게 하려 함이라.[316)

699-(485) 그러므로 참되고 유일한 덕은 자신을 미워하는 데 있고(왜냐하면 정욕으로 인해 인간은 증오할 만하기에), 또 참으로 사랑할 만한 존재를 찾아 그를 사랑하는 데 있다. 그러나 우리는 우리 밖에 있는 것을 사랑할 수 없으므로 우리 안에 있으면서 우리가 아닌 존재를 사랑해야 한다. 이것은 모든 사람들 각자에게 진리이다. 그런데 이런 존재는 보편적 존재뿐이다. 하늘나라는 우리 안에 있다. 보편적 선은 우리 안에 있고 우리 자신이면서 또 우리가 아니다.

700-(534) 두 종류의 사람만이 있다. 하나는 자기를 죄인으로 믿는 의인들, 다른 하나는 자기를 의인으로 믿는 죄인들.

701-(502) 아브라함은 자기를 위해서는 아무것도 취하지 않고 다만 하인들을 위해 취했다. 이렇듯, 의인은 자기를 위해 세상에서 아무것도 취하지 않으며 세상의 칭찬도 취하지 않는다. 다만 자기의 정념을 위해서만 취한다. 그는 주인처럼 이것들을 부리며 어떤 것에는 "가라", 또 다른 것에는 "오라"고 말한다. 너는 죄를 다스릴지니라.[317) 이렇게 다스려진 정념들은

---

316) "Ne convertantur et sanem eos, et dimittantur eis peccata"(「마가」, 4:12). 「이사야」, 6:10 참조.
317) "Sub te erit appetitus tuus"(「창세」, 4:7).

덕이다. 인색함, 질투, 분노, 이런 것들은 신 역시 속성으로 가지고 있다. 그리고 이것들은 관용, 연민, 의연함과 같이 훌륭한 덕이 되는데 이것들도 실은 정념이다. 이것들을 노예같이 사용해야 하고 그것들에 먹이를 남겨주되 영혼이 거기서 먹이를 얻지 못하게 해야 한다. 정념이 주인이 될 때 그것들은 악이 되기 때문이다. 그때 정념은 영혼에 그들의 먹이를 주고 그래서 영혼은 그것을 먹고 자라며 중독된다.

702-(495) 인간이 무엇인지를 탐구하지 않고 사는 것이 초자연적 맹목이라면 신을 믿으면서 악하게 사는 것은 가공할 맹목이다.

703-(159) 아름다운 행위들은 숨어서 했을 때 가장 존경받을 만하다. 그런 행위들을 역사 속에서(가령 184쪽[318]) 발견할 때 그것들은 한없이 나를 기쁘게 한다. 그러나 결국 알려진 이상 완전히 숨겨진 것은 아니었다. 숨기기 위해 할 수 있는 일을 했더라도 조금이라도 새어나오면 이것이 전체를 해친다. 숨기려고 했다는 것, 이것이 가장 아름다운 일이다.

704-(911) 악인들이 존재하는 것을 막기 위해 죽여야 하는가. 이것은 한쪽 대신 양쪽을 악인으로 만든다. 선으로 악을 이겨라. 성 아우구스티누스.[319]

---

318) 몽테뉴, 『수상록』, 1635년판의 쪽수.

705-(906) 세상을 따라 살아가기에 가장 쉬운 조건들은 신을 따라 살아가기에 가장 어려운 조건들이다. 이와 반대로 세상을 따르면 종교적 삶보다 더 어려운 일이 아무것도 없고, 신을 따르면 종교적 삶을 사는 것보다 더 쉬운 일이 아무것도 없다. 세상을 따르면 높은 벼슬과 큰 재물을 누리면서 사는 것보다 더 쉬운 일은 아무것도 없고, 그 안에서 신을 따라 살아가며 세속적인 삶에 가담하지도 흥미를 느끼지도 않는 것보다 더 어려운 일은 아무것도 없다.

706-(383) 문란하게 사는 사람들은 질서 안에 있는 사람들에게, 본성을 따르지 않는 것은 당신들이라고 말하며 자기들은 본성을 따른다고 믿는다. 이것은 마치 배를 타고 있는 사람들이 멀리 떠나가는 것은 바닷가에 있는 사람들이라고 생각하는 것과 같다. 말은 어느 편에서나 같다. 이것을 판단하기 위해서는 고정된 한 점이 필요하다. 항구는 배 안의 사람들을 판단한다. 그러나 도덕에서는 어디에 항구를 두어야 할 것인가.

707-(382) 모든 것이 똑같이 움직일 때는 마치 배 안에서처럼 외견상으로는 아무것도 움직이지 않는다. 모두가 방종으로 흐를 때 아무도 방종으로 가는 것같이 보이지 않는다. 걸

---

319) "Vince in bono malum"(「로마」, 12:21). 아우구스티누스의 『로마서에서 발췌한 주제들의 해설』 가운데 나온 설명이다.

음을 멈추는 사람이 고정된 한 점같이 다른 사람들의 격한 움직임을 알아보게 한다.

708-(507) 은총. 은총의 움직임, 마음의 완악함, 외적 환경.

709-(923) 고해성사에서 죄를 사하는 것은 사죄 선언만이 아니라 참회하는 마음이다. 이 참회는 고해성사를 찾는 것이 아니면 진실되지 않다.

마찬가지로 성행위에 있어 죄를 막는 것은 혼배미사가 아니라 신에게 아이를 바치려는 마음이다. 이 마음은 결혼 안에서만 진실된다.

그리고 성사에 참여하지 않고 회개한 자가 성사에 참여하고 회개하지 않은 죄인보다 사면에 더 적합한 것같이, 자식을 바라는 마음만을 가졌던, 가령 롯의 딸들은 비록 결혼하지 않았어도, 결혼하고도 자식을 바라지 않은 사람들보다 더 순결했다.

710-(912) 보편적인 것. 도덕과 언어는 특수한 학문이지만 보편적이다.

711-(352) 한 인간의 덕의 능력은 그의 노력에 의해서가 아니라 그의 일상적 삶에 의해 측정되어야 한다.

712-(501) 제1단계, 악을 행함으로써 책망받고 선을 행함

으로써 칭찬받는다. 제2단계, 칭찬받지도 책망받지도 않는다.

713-(11) 모든 거창한 오락들은 기독교인의 삶에 위험하다. 그러나 인간이 고안한 모든 오락 중에서 연극보다 더 두려워 해야 할 것은 없다. 연극은 정념을 너무나도 자연스럽고 미묘하게 재현한 것이기 때문에 우리 마음속의 뭇 정념들, 특히 사랑의 정념을 자극하고 불러일으킨다. 특히 사랑을 매우 순결하고 성실하게 그려낼 때 그렇다. 왜냐하면 순수한 사람들에게 사랑이 순수하게 보이면 보일수록 그들은 더 깊은 감동을 받기 때문이다. 사랑의 격렬함은 우리의 자애심을 만족시켜주고 이 자애심은 그렇게 훌륭하게 묘사된 것과 똑같은 결과를 얻어내고 싶은 욕망을 품는다. 그리고 동시에 사람들은 연극에서 보는 감정들의 성실성을 근거로 어떤 생각을 갖게 되는데, 이 감정들은 순수한 사람들의 우려를 제거해 주며 이들은 그렇게 정숙해 보이는 사랑으로 사랑하는 것은 순결을 해치는 것이 아니라고 상상하게 되는 것이다.

이렇듯, 극장을 나설 때 사람들의 마음은 모든 아름다움과 감미로움으로 가득 차고 또 마음과 정신이 사랑의 순결을 굳게 믿는 나머지 그에게 먼저 다가올 어떤 감동이라도 받아들일 충분한 준비가 되어 있는 것이다. 아니, 차라리 극 중에 그처럼 훌륭히 묘사된 것과 똑같은 기쁨과 희생을 받아들이기 위해 누군가의 마음속에 그러한 감동을 낳게 할 기회를 찾을 태세가 되어 있는 것이다.

714-(103) 알렉산드로스가 정절을 지킴으로써 보여준 모범을 따라 사는 사람들은, 그의 과도한 음주의 본보기를 따라 무절제해진 사람들보다 많지 않다. 알렉산드로스만큼 덕성스럽지 못한 것은 부끄러운 일이 아니고 또 그보다 더 부도덕하지만 않으면 용서받을 수 있는 것 같다. 사람들은 이 위대한 인물들과 같은 악덕 속에 자기들이 빠져 있을 때 보통 사람과 같은 악덕을 저지르지는 않는다고 생각한다. 그러나 이 위인들도 이 점에 있어서는 보통 사람과 같다는 것을 이들은 미처 깨닫지 못하는 것이다. 사람들은 이 위인들이 민중과 연결되어 있는 그 고리로 이들과 연결되어 있다. 그들이 아무리 높이 올라간다 해도 어떤 지점에서는 가장 열등한 사람들과 결합되어 있기 때문이다. 그들이라고 해서 우리 사회에서 완전히 유리되어 공중에 떠 있는 것은 아니다. 결코 아니다. 그들이 우리보다 더 큰 것은 그들의 머리가 더 높은 데 있기 때문이지만 그들의 발은 우리와 같이 낮은 데 붙어 있다. 그들도 다 같은 높이에 있으며, 같은 대지에 발 딛고 서 있다. 그리고 이 끝자락에서는 그들도 우리만큼이나, 그리고 가장 왜소한 자들, 어린아이들, 짐승들만큼이나 비천하다.

715-(497) 신의 자비를 믿은 나머지 선한 일을 행하지 않고 방종 속에 머물러 있는 사람들에 대하여. 우리의 죄의 두 근원은 교만과 나태이므로 신은 이것들을 치유하기 위해 신의 두 성질, 그의 자비와 그의 의(義)를 우리에게 보여주셨다.

의의 본질은 사람의 행실이 아무리 성스러운 것일지라도

교만을 꺾는 데 있다. 주의 목전에는 의로운 사람이 하나도 없나이다[320] 등. 그리고 자비의 본질은 "신의 자비는 회개로 인도한다"[321]는 구절 또는 니느웨 사람들이 "회개하여 주께서 우리를 긍휼히 여기시는가를 보자"[322]고 한 구절대로 선한 행실로 인도함으로써 나태를 무찌르는 데 있다. 이렇듯, 신의 자비가 방종을 허락한다는 것은 당치도 않으며 도리어 방종과 결연히 싸우는 것이 자비의 특징이다. 따라서 "만약 하느님에게 자비가 없다면 덕을 위해 온갖 노력을 해야 할 것이다"라고 말하는 대신, 신의 자비가 있으므로 온갖 노력을 해야 한다고 말해야 한다.

716-(68) 사람들은 성실한 인간이 되라고 가르치지 않고 그 외의 모든 것을 가르친다. 그런데 인간은 그 외의 어떤 것을 안다고 해도 성실한 인간이 되는 것만큼 자랑스러워하지 않는다. 그들은 배우지 않은 단 하나의 것만을 앎으로써 자랑스러워한다.

717-(447) 의(義)가 땅에서 떠났다고 말함으로써 인간이 원죄를 깨달았다고 말할 수 있을까? ──죽을 때까지는 아무도 행복하지 않다.[323] ── 이것은 영원하고 본질적인 축복이 죽음

---

320) "et non intres in judicium"(「시편」, 143:2).

321) 「로마」, 2:4 참조.

322) 「요나」, 3:9 참조.

323) "Nemo ante obitum beatus"(오비디우스, 『변신 이야기』, 3:135). 몽테뉴,

에서 시작된다는 것을 그들이 깨달았음을 의미하는가?

718-(673) 성 바울은 사람들이 결혼을 금할 것이라고 직접 말하고 그 자신도 고린도 사람들에게는 올무와 같은 방식으로 결혼에 대해 말한다.[324]

왜냐하면 만약 한 예언자가 어떤 것을 말했는데 성 바울이 다른 말을 했다면 그는 규탄받았을 것이기 때문이다.

719-(533) 꺾인 마음(성 바울),[325] 이것이 곧 기독교적 특성이다. "알브는 당신을 지명했소. 나는 이제 당신을 알지 못하오"(코르네유),[326] 이것이 곧 비인간적 특성이다. 인간적 특성은 반대의 것이다.

720-(459) 바빌론의 강은 흐르고 떨어지고 휩쓸어 간다. 오오, 성스러운 시온이여, 그곳은 모든 것이 견고하고 무너지지 않도다!

강물 위에 앉아 있어야 한다. 그 아래도 그 안도 아니라 그 위에 말이다. 그리고 서 있지 말고 앉아 있어야 한다. 앉아 있

I, 18에서 인용.

324) 「고린도전」, 7:29와 35:37 참조.

325) 'Comminuentes cor'. 성 바울이 쓴 글에서 이와 똑같은 표현은 찾아볼 수 없다. 그러나 「빌립보」, 2:3의 '겸손한 마음' 또는 「로마」, 12:16의 "낮은 곳에 마음을 두라" 등을 상기할 수 있다.

326) 비극 『호라스(Horace)』, 2막 3장.

으므로 겸손해지고 또 그 위에 있으므로 안전해지기 위해서다. 그러나 예루살렘 성문 안에서 우리는 일어서리라.

이 기쁨이 지속적인지, 흘러가는지를 보라. 지나가는 것이라면 그것은 바빌론의 강이다.

721-(460) 육의 정욕, 눈의 정욕 자랑 등등. 사물에는 세 가지 질서, 즉 육체, 정신, 의지가 있다.

육적인 사람들은 부자와 왕들이다. 그들은 육체를 목적으로 삼는다.

탐구심을 가진 사람들과 학자들은 정신을 목적으로 삼는다.

지혜로운 사람들은 의(義)를 목적으로 삼는다.

신은 만물을 지배해야 하고, 만물은 신에게로 귀속되어야 한다.

육체에 있어서는 다름 아닌 육(肉)의 정욕이 지배한다.

정신적인 것들에 있어서는 다름 아닌 탐구심이 지배한다.

지혜에 있어서는 다름 아닌 자랑이 지배한다.

그렇다고 재물이나 지식으로 영광을 누리지 못하는 것은 아니다. 그러나 여기 자랑이 끼어들 자리는 아니다. 어떤 사람에게 그가 유식하다고 인정해 주더라도 그가 자랑하는 것은 잘못이라고 납득시키지 않을 수 없기 때문이다.

자랑이 차지할 고유한 자리는 지혜이다. 어떤 사람에게 그가 지혜로워졌다고 인정해 주면서 그가 자랑하는 것은 잘못이라고 할 수는 없기 때문이다, 그가 자랑하는 것은 정당한 일이니까.

그렇기에 신만이 지혜를 주신다. 또한 그렇기 때문에, 자랑하는 자는 주 안에서 자랑하라.[327]

722-(250) 신에게서 무엇인가를 받기 위해서는 외면이 내면과 합쳐져야 한다. 즉 무릎 꿇고 입으로 기도드리는 등의 일을 해야 한다. 신에게 순종하지 않으려 했던 교만한 인간을 피조물에게 복종시키기 위해서다. 외면에서 구원을 기대하는 것은 미신이다. 외면을 내면과 결합시키려 하지 않는 것은 교만이다.

723-(104) 우리의 정념이 우리에게 무엇인가를 하게 할 때 우리는 의무를 망각한다. 마치 다른 할 일이 있는데 책을 좋아하고 읽는 것과 같다. 그런데 의무를 기억하기 위해서는 무엇인가 싫은 일을 할 마음을 가져야 한다. 이때 해야 할 다른 일이 있다는 구실을 갖게 되고 이런 방법으로 자기의 의무를 기억하는 것이다.

724-(518) 성서에 의하면 어떤 신분의 사람도, 심지어 순교자도 두려움을 가져야 한다.
연옥의 가장 큰 고통은 심판의 불확실성이다.
숨어 계시는 하느님.[328]

---

327) "Qui gloriatur, in Domino gloriatur!"(「고린도전」, 1:31).
328) Deus absconditus.

725-(264) 사람은 매일 먹고 잠자는 일에 싫증을 느끼지 않는다. 굶주림과 잠이 되살아나기 때문이다. 그렇지 않으면 싫증날 것이다. 이렇듯, 영적인 것에 대한 굶주림이 없으면 사람은 그것에 대해 싫증을 느낀다. 의(義)에 대한 굶주림, 제8복(福).

726-(542) 인간을 사랑스럽고 동시에 행복하게 만들 수 있는 것은 기독교뿐이다. 세속적 도덕 안에서는 인간은 사랑받으면서 동시에 행복할 수 없다.

27편

결론

727-(280) 신을 아는 것에서부터 신을 사랑하기까지는 얼마나 먼가!

728-(470) "만약 기적을 보았더라면 나는 회심할 텐데"라고 그들은 말한다. 그들은 알지도 못하는 것을 할 것이라고 어떻게 장담하는 것일까. 그들은 이 회심이 그들이 으레 생각하는 것과 같은 교제나 대화처럼 신을 경배하는 것으로 성립되어 있다고 상상한다. 진정한 회심은 인간이 수없이 진노하게 했던, 그리고 인간을 어느 때나 정당하게 멸할 수 있는 보편적 존재 앞에 자기를 무(無)로 만드는 데 있으며, 그 존재 없이는 인간이 아무것도 할 수 없고 또 그에게서 그의 버림받음 외에 아무것도 받을 자격이 없음을 인정하는 데 있다. 진정한 회심

은 신과 우리 사이에 제거할 수 없는 대립이 가로놓여 있고 그래서 중보자 없이는 교제가 이루어질 수 없다는 것을 아는 데있다.

729-(825) 기적은 회심시키는 데 도움이 되는 것이 아니라 정죄하는 데 도움이 된다(Q. 113, A. 10, *Ad.* 2).[329]

730-(284) 단순한 사람들이 이론 없이 믿는 것을 보고 놀라지 마라. 신이 그들에게 신에 대한 사랑과 자기에 대한 미움을 주신 것이다. 신은 그들의 마음을 믿음으로 기울게 하신다. 만약 신이 그들의 마음을 기울게 하지 않으면 그들은 유익한 신뢰와 신앙으로 믿지 못할 것이다. 그리고 신이 그들의 마음을 기울게 하자마자 그들은 믿을 것이다. 이것이 곧 다윗이 잘 깨달았던 사실이다. 주여, 내 마음을 (주의 증거로) 기울게 하소서.[330]

731-(286) 성서를 읽지 않고도 믿는 사람들이 있는 것은 이들이 참으로 성스러운 마음가짐을 지녔기 때문이고, 우리의 종교에 대해 들은 이야기가 그것과 일치하기 때문이다. 그들은 신에 의해 자기가 만들어졌음을 느낀다. 그들은 오직 신

---

329) 토마스 아퀴나스, 『신학대전』, 113, 10, 제2반박에 대한 회답. 기적은 장세니스트들의 회심을 위한 것이라는 아나(Annat) 신부의 주장에 대해 파스칼은 아퀴나스의 말을 빌려, 기적은 예수회 또는 유대인을 정죄하기 위한 것이라고 반박한다.

330) "Inclina cor meum, Deus, in [testimonia tua]"(「시편」, 119:36).

만을 사랑하기 원하고 그들 자신만을 미워하기 원한다. 그들은 자신에게 그렇게 할 힘이 없음을 느끼고 또 신에게로 나아갈 능력도 없음을 느낀다. 그리고 신이 그들에게로 오지 않으면 신과의 어떤 교제도 불가능하다고 느낀다. 그런데 그들은 우리의 종교 가운데, 신만을 사랑하고 자신만을 미워해야 하되 모든 인간이 타락하여 신을 알 수가 없으므로 신이 몸소 인간이 되어 우리와 합했다는 말을 듣는다. 마음속에 이와 같은 성향을 가지고 있고 또 자기의 의무와 무능력을 이처럼 자각하고 있는 사람들을 설득하기 위해서는 이 이상의 것이 필요하지 않다.

732-(287) 예언과 증거를 모르고 기독교도가 된 사람들은 그래도 이것들을 아는 사람들에 못지않게 이 종교를 올바르게 판단한다. 이들은 심정으로 판단하는 것이다, 후자들이 정신으로 판단하는 것처럼. 그들을 믿음으로 기울게 한 것은 바로 신 자신이다. 그래서 이들은 매우 확실하게 믿고 있다.

[사람들은 종교를 판단하는 이 방법은 확실한 것도 아니고 또 이단자와 불신자들은 바로 이 방법을 따름으로써 오류에 빠진다고 말할 것이다.

불신자들도 같은 말을 할 것이라고 사람들은 대답할 것이다. 이에 대해 나는 다음과 같이 답하겠다, 우리는 신이 사랑하는 사람들의 마음을 실제로 기울게 하여 기독교를 믿게 한다는 증거를 가지고 있으나 불신자들은 그들이 말하는 것에 대해 아무 증거도 없다, 그리하여 우리가 주장하는 것은 표현

은 유사할지라도 하나는 증거가 없고 또 하나는 확고히 증명 된다는 점에서 차이가 있다, 라고.]

증거 없이 믿는 기독교도들이, 자신에 대해 같은 말을 하는 불신자들을 설득할 힘이 없다는 것을 나는 솔직히 인정한다. 그러나 종교의 증거를 아는 사람들은 이 신자가 신의 감화를 받았다는 점을 쉽게 증명할 것이다, 설사 그 자신은 그것을 증명할 수가 없을지라도.

왜냐하면 신은 예언자들(이들은 의심할 바 없이 예언자들이었다)을 통해 예수 그리스도의 대(代)에 이르러 온 백성에게 그의 성령을 부어줄 것이고, 교회의 아들딸들과 자녀들은 예언하리라고 말했으므로 신의 성령이 이들 위에 있고 다른 사람들 위에 있지 않다는 사실은 의심의 여지가 없기 때문이다.

[사랑하는 자들의…….]331)

[하느님은 그가 사랑하는 자들의 마음을 기울게 하사.]

[……자들의 마음을 기울게 하사.]332)

[그를 사랑하는 자. 그가 사랑하는 자.]

* *

733-(848) 신이 숨어 있을 때에도 그의 자비가 우리를 유

---

331) "Eorum qui amant"(「시편」, 119:36에서).
332) "Deus inclinat corda eorum"(같은 글).

익하게 가르칠 만큼 크다면 하물며 신이 스스로를 나타내실 때 그 어떤 빛을 기대하지 않을 수 있는가.

734-(584) 마치 인간들이 신의 손에서 빠져나와 세상에서 살고 있는 것이 아니라 신의 원수로서 세상에 있기라도 한 것처럼, 세상은 자비와 심판을 행하기 위해 존속한다. 신은 이들에게 은총으로 빛을 주시되 이들이 신을 찾고 따르기를 원하면 되돌아갈 수 있기에 충분한 빛을, 또 신을 찾거나 따르기를 거부하면 그들을 벌하기에 충분한 빛을 주신다.

735-(847) 성탄절 저녁 예배 때의 성가 중에서.
정직한 자에게는 암흑 중에 빛이 일어나나니.[333]

736-(564) 우리 종교의 증거, 예언, 나아가서는 기적까지도 절대적으로 설득력 있다고 말할 수 있는 성질의 것은 아니다. 그러나 이것들에 대한 믿음은 불합리하다고 말할 수 없을 만큼의 설득력은 있다. 이렇듯, 확실성과 모호함이 있어 어떤 사람들은 분명하게 보게 하는가 하면 또 어떤 사람들은 보지 못하게 한다. 그러나 이러한 확실성은 그 반대되는 것의 확실성을 넘어서거나 적어도 같은 정도의 것이다. 그래서 이 확실성을 따르지 못하게 막는 것은 이성이 아니며 따라서 정욕과 마음의 사악함일 수밖에 없다. 이런 방식으로 정죄하기에는 충

---

333) "Exortum est in tenebris lumen rectis corde"(앞의 글, 112:4).

분한 확실성이 있어도 설득하기에는 충분하지 않다. 이것은 확실한 것을 따르는 사람들의 경우, 이성이 아니라 은총으로 따르게 되었으며 또 이것을 피하는 자들의 경우에도 이성이 아니라 정욕의 탓으로 피하게 되었음을 나타나기 위해서이다.

"참 제자", "참 이스라엘 사람", "참으로 자유하리라", "참 양식".[334]

---

334) "Vere discipuli", "vere Israelita", "vere liberi", "vere cibus"(각각 「요한」, 8:31, 1:47, 8:36, 6:55).

2부

1편

개인적 수기

737-[1909년 판 142쪽][1]

✝

은총의 해 1654년,

11월 23일 월요일, 교황이자 순교자 성 클레멘스와 순교자 명부 안의 다른 성인들의 축일.

순교자 성 크리소고노와 다른 성인들의 축일 전야.

밤 10시 반경부터 12시 반경에 이르기까지.

---

1) 파스칼이 동의(胴衣) 안쪽에 지니고 다녔던 수기로서, 그가 죽은 후에 발견되었다. 제2의 회심 때의 신앙고백으로, 흔히 「메모리알(memorial)」이라 불린다.

불

철학자와 학자들의 신이 아니라,

"아브라함의 하느님, 이삭의 하느님, 야곱의 하느님."²⁾

확신, 확신, 심정, 기쁨, 평화.

예수 그리스도의 하느님.

나는 내 아버지이며 너희의 하느님이신 분께 (올라간다.)³⁾

"당신의 하느님이 내 하느님이 되시리라."⁴⁾

신을 제외한 세상과 모든 것의 망각.

하느님은 오직 복음서에서 가르친 길에 의해서만 발견된다.

　　　　　　인간 영혼의 위대함.

"의로우신 아버지여, 세상이 당신을 알지 못했어도 나는 당신을 알았습니다."⁵⁾

　　　　　기쁨, 기쁨, 기쁨, 기쁨의 눈물.

나는 그에게서 떠났었다.

그들이 생수가 솟는 샘인 나를 버리고.⁶⁾

나의 하느님, 나를 떠나시려나이까.⁷⁾

---

2) 「출애굽」, 3:6과 「마태」, 22:32.

3) "Deum meum et deum vestrum"(「요한」, 20:17).

4) 「룻」, 1:16.

5) 「요한」, 17:25. 파스칼은 루뱅 번역판을 그대로 옮겨놓고 있다.

6) "Dereliquerunt me fontem aquae vivae"(예레미야 2:13).

7) "예수께서 큰 소리로 '엘리 엘리 레마 사박다니' 하고 부르짖으셨다. 이 말씀은 곧 '나의 하느님, 나의 하느님, 어찌하여 나를 버리셨나이까?' 하는 뜻이다"(「마태」, 27:46).

영원히 그에게서 떠나지 않으리라.

"영원한 생명은 곧 참되시고 오직 한 분이신 하느님 아버지를 알고 또 아버지께서 보내신 예수 그리스도를 아는 것입니다."[8]

예수 그리스도.

예수 그리스도.

나는 그에게서 떠나고, 그를 피하고, 포기하고, 십자가에 매달았다.

결코 그에게서 떠나지 않으리라.

그는 오직 복음서에서 가르친 길을 통해서만 함께할 수 있다.

전적이고 평안한 포기

등등.

예수 그리스도와 나의 지도 신부에 전적으로 순종한다.

지상에서 하루의 정진(精進)으로 영원한 기쁨을 누리리라.

나는 당신의 말씀을 잊지 아니하리이다.[9]

**

738-[582] 인간은 진리 자체를 자기의 우상으로 삼는다. 왜냐하면 신의 사랑을 벗어난 진리는 신이 아니라 그의 영상

---

8) 「요한」, 17:3. 루벤 번역판.

9) "Non obliviscar sermones tuos. Amen"(「시편」, 119:16).

이며, 사랑해서도 경배해서도 안 될 우상이기 때문이다. 하물며 진리의 반대인 거짓은 더더구나 사랑하거나 경배해서는 안된다.

나는 전적인 어둠을 사랑할 수 있다. 그러나 신이 나를 어중간한 어둠의 상태 속에 두었다면, 나는 그 안에 있는 약간의 어둠을 싫어한다. 전적인 어둠이 가지는 이점을 거기서 발견할 수 없기 때문에 나는 그것을 좋아하지 않는다. 이것은 하나의 결함이고, 내가 신의 질서에서 분리된 어둠을 내 우상으로 만들고 있다는 표시이다. 오직 신의 질서 안에서만 사랑해야 한다.

739-[553] 예수의 신비. 예수는 수난 속에서 인간이 그에게 가하는 고통을 당한다. 그러나 임종에서는 몸소 자신에게 가하는 고통을 겪는다. 비통한 마음이 북받쳐 오르셨다.[10] 그것은 인간의 손이 아니라 전능한 손에 의한 고통이며 그렇기에 이 고통을 참기 위해서는 전능해야 한다.

예수는 약간의 위안을 적어도 세 사람의 가장 아끼는 친구들에게서 찾는다. 그러나 그들은 잠들어 있다. 예수는 자기와 함께 한동안 참고 견디라고 그들에게 청한다. 그러나 그들은 단 한순간 잠에서 깨어 있을 만큼의 동정심도 없이 완전한 무관심 속에 예수를 내버린다. 이렇듯, 예수는 신의 노여움에 홀로 버려진다.

---

10) "Turbare semetipsum"(「요한」, 11:33).

예수는 땅 위에 홀로 남아, 자기의 고통을 느끼고 당할 뿐만 아니라 이 고통이 무엇인지를 안다. 이것을 아는 것은 하늘과 그 자신뿐이다.

예수는 동산에 있다. 이곳은 그 자신과 함께 전 인류를 파멸시킨 최초의 사람 아담이 즐겼던 환희의 동산이 아니라, 예수가 자신과 더불어 전 인류를 구원하는 형벌의 동산이다.

그는 공포의 밤에 이 고통과 버림을 당한다.

예수가 탄식한 것은 오직 이때 한 번뿐이었다고 나는 믿는다. 그러나 이때 극도의 괴로움을 더 이상 참을 수 없기라도 한 듯 탄식했다, "내 마음이 죽도록 괴롭도다."[11]

예수는 사람들이 그와 동행하고 그를 위로해 주기를 구한다. 이것은 그의 전 생애에서 단 한 번뿐이었던 것 같다. 그러나 예수는 이것을 얻지 못한다, 제자들은 잠들었으므로.

예수는 이 세상 끝까지 임종의 고통 속에 있으리라. 그동안 잠들어서는 안 된다.

예수는 이 전체적인 버림받음 속에서, 그리고 그와 더불어 깨어 있도록 택한 친구들에게도 버림받는 가운데 그들이 잠든 것을 보고, 자신이 아니라 바로 그들이 처해 있는 위험으로 인해 상심하며, 그들이 은혜를 잊고 있는 동안 그들에 대한 깊은 사랑으로 그들 자신의 구원과 행복을 가르치며, 그들이 마음은 간절하나 몸이 말을 듣지 않는다[12]고 깨우쳐준다.

---

11) 「마가」, 14:34.
12) 「마태」, 26:41.

예수는 그들이 자기에 대한 생각이나 그들 자신에 대한 생각으로 깨어 있지 못하고 아직도 잠든 것을 보고, 다정하게도 그들을 깨우지 않고 휴식하도록 놓아둔다.

예수는 아버지의 뜻을 확실히 알지 못하는 가운데 기도하며 죽음을 두려워한다. 그러나 뜻을 알게 되자 앞으로 나아가 몸을 바친다. 일어나 함께 가자. 보라. 나를 파는 자가 가까이 와 있다.[13] (예수께서 신상에 닥쳐올 일을 다 아시고) 앞으로 나서시며.[14]

예수는 사람들에게 청했다. 그러나 받아들여지지 않았다.

예수는 제자들이 잠들어 있는 동안 그들의 구원을 이루었다. 예수는 의인(義人)들이 잠들어 있는 동안 그들 한 사람 한 사람에게 구원을 베풀었다. 태어나기 전에는 무(無) 속에서, 태어난 후에는 죄(罪) 속에서 그들이 잠자는 동안에.

예수는 단 한 번 이 잔이 지나가기를 기도한다, 그것도 순종의 마음으로. 그리고 꼭 필요하다면 이 잔이 오기를 두 번 기도한다.

비탄에 잠긴 예수.

예수는 모든 친구들이 잠들어 있고 모든 원수들이 깨어 있음을 보고 자신을 전적으로 아버지에게 내맡긴다.

예수는 유다의 마음속에서 적의(敵意)를 보지 않고 오히려 그가 사랑하는 하느님의 명령을 본다. 적의를 조금도 보지 않았기에 유다를 친구라고 부른다.

---

13) "Eamus"(「마태」, 26:46).
14) "Processit"(「요한」, 18:4).

예수는 죽음을 맞이하기 위해 제자들과 결별한다. 예수를 따르기 위해서는 가장 가깝고 가장 정든 사람들과 결별해야 한다.

예수는 죽음의 고통 속에, 그지없이 큰 고통 속에 있으니 더 오래 기도하자.

우리는 신의 자비를 강구한다, 우리를 죄악 속에 편히 있게 해주시라고가 아니라 이 죄악에서 우리를 구원해 주시라고.

만약 신이 몸소 우리에게 스승을 주었다면, 오오! 얼마나 즐거이 그들에게 복종해야 하는가! 궁핍과 사건들은 틀림없이 우리의 스승이다.

"스스로 위로받으라. 이미 나를 보지 않았다면 너는 나를 찾지 않으리라."

"나는 죽음의 고통 속에서 너를 생각했다. 나는 너를 위해 이렇듯 피 흘렸다."

"아직 있지도 않은 일을 잘할 수 있을까 미리 궁리하는 것은 너 자신을 시험하기보다 오히려 나를 시험하는 것이다. 그때가 되면 네 안에서 내가 이루리라."

"내 규칙에 따라 인도받아라. 나를 그들 가운데서 행하게 한 성도들과 성모를 내가 얼마나 훌륭히 인도했는지를 보라."

"아버지는 내가 하는 모든 것을 기뻐하신다."

"너는 눈물도 흘리지 않으면서 내가 항상 인간의 피를 흘리기를 바라는가."

"너의 회심, 이것이 곧 나의 일이다. 두려워 마라, 나를 위해 기도하듯 믿음을 가지고 기도하라."

"나는 성서 안의 내 말로써, 교회 안의 내 영(靈)으로써, 갖가지 계시와 사제 안의 내 힘으로써 그리고 신도 안의 내 기도로써 너와 함께 있다."

"의사는 너를 고치지 못하리라, 너는 결국 죽어야 하므로. 그러나 너를 고치고 너의 몸을 영생하게 하는 것이 바로 나다."

"육신의 쇠 사슬과 예속을 견디어라. 나는 지금 정신적 예속에서만 너를 구한다."

"나는 그 누구보다 너의 다정한 친구이다, 누구보다 더 너를 위해 일했으므로. 그들은 너를 위해 내가 당한 고통을 당하지 않을 것이고, 네가 배신하고 냉혹해질 때 너를 위해 죽지 않으리라. 마치 내가 선택받은 자들에게 성스러운 비적(秘蹟)과 함께 행한 것같이, 그리고 앞으로 할 것이고 또 지금 하고 있는 것같이."

"만약 너의 죄를 안다면 너는 낙담하리라.

— 그렇다면 주여, 저는 낙담할 수밖에 없습니다, 당신이 확언하시는 대로 이 죄의 사악함을 저는 믿으니까요.

— 아니다, 너에게 죄를 가르치는 나는 이 죄에서 너를 건질 능력이 있고, 또 죄를 알리는 것은 너를 구하기를 바란다는 징조이다. 너는 네 죄를 속죄함으로써 이것을 알게 되고, '보라, 네 죄는 용서받았다'는 말을 들으리라.

그러니 너의 숨은 죄와 네가 아는 죄의 보이지 않는 사악함에 대하여 회개하라.

— 주여, 저는 모든 것을 당신에게 바칩니다.

— 나는 네 더러움을 네가 사랑한 것보다 더 열렬히 너를

사랑한다, 진흙이 묻고 더러운."[15)

"영광을 나에게 돌리라, 벌레요 흙인 너에게가 아니라."

"내 자신의 말도 너에게는 악과 허영과 호기심의 동기가 될 수 있음을 네 지도자에게 고백하라."

——나는 내 안에 심연 같은 오만과 호기심과 정욕을 봅니다. 나와 하느님, 나와 의로우신 예수 그리스도와는 아무런 관계도 없습니다. 그러나 그리스도는 나를 위해 죄가 되었고, 당신이 내리신 모든 재앙은 그에게 떨어졌습니다. 그는 나보다 더 많은 증오를 받았습니다. 그러나 나를 미워하기는커녕 내가 그에게로 나아가 그를 돕는 것을 영예로 여기십니다.

그러나 그는 스스로를 구했으니 하물며 나를 구하지 않으시랴.

나의 상처를 그의 상처에 합하고, 나를 그에게 결합시켜야 한다. 그는 스스로를 구함으로써 나를 구하시리라. 그러나 이 이상 상처를 덧붙여서는 안 된다.

너희는 하느님과 같이 되어 선과 악을 알리라.[16)] 모든 사람이 '이것은 좋다 혹은 나쁘다'고 판단함으로써, 그리고 일어나는 일에 지나치게 슬퍼하거나 기뻐함으로써 신처럼 행세한다.

작은 일도 큰일같이 행해야 한다, 우리 안에서 이것을 행하시고 우리의 삶을 사시는 예수 그리스도의 위엄을 위하여. 또한 큰일도 작고 쉬운 일같이 행해야 한다, 그는 전능하시므로.

---

15) "Ut immundus pro luto"(호라티우스, 『서한집』, I, 2, V, 6).
16) "Eritis sicut dii scientes bonum et malum"(「창세」, 3:5).

빌라도의 거짓된 정의는 예수 그리스도를 고통당하게 할 뿐이다. 왜냐하면 이 거짓된 정의로 인해 그를 매로 치고 다음에는 죽게 하기 때문이다. 차라리 처음부터 죽인 것이 나을지도 모른다. 거짓된 의인도 이와 같다. 그들은 세상 사람들의 환심을 사고 또 그들이 전적으로 예수 그리스도의 편이 아님을 나타내기 위해 좋은 일도 하고 나쁜 일도 한다, 이들은 예수 그리스도를 수치로 여기기 때문에. 결국 커다란 유혹이나 기회가 다가오면 그들은 그를 죽인다.

740-[504] ⋯⋯다른 동기, 즉 신에 대한 믿음은 이것을 성령의 상실로, 그리고 그의 마음속에 성령의 결여 또는 중단으로 인한 사악한 행위로 보며, 괴로워하면서 뉘우친다.

의로운 사람은 극히 사소한 일도 믿음으로 행한다. 하인들을 책망할 때도 성령에 의해 그들이 개심하기를 바라고, 신이 그들을 바로잡아 주기를 강구한다. 그리하여 자신의 질책에 기대하는 만큼 신에게 기대하며, 자신이 바로잡으려는 것을 신이 축복해 주기를 기도한다. 다른 행동에 있어서도 마찬가지다.

741-[785] 25 Bb. 예수 그리스도를 모든 사람 속에서, 그리고 우리 자신 속에서 볼 것. 즉 아버지 가운데 아버지로서의 예수 그리스도를, 형제 가운데 형제로서의 예수 그리스도를, 가난한 자들 가운데 가난한 자로서의 예수 그리스도를, 부자들 가운데 부자로서의 예수 그리스도를, 사제들 가운데 박사

와 사제로서의 예수 그리스도를, 군주 가운데 군주로서의 예수 그리스도를 등등. 왜냐하면 그는 신이므로 그의 영광으로써 모든 위대함을 갖추었고 또 죽어야 할 생명으로서 모든 연약함과 비천함을 지녔기 때문이다. 이로 인해 그는 모든 사람 가운데 있을 수 있기 위해, 또 모든 신분의 모형이 되기 위해 이 불행한 신분을 택했다.

742-[554] 24 AA. 예수 그리스도는 부활한 후에 그의 상처만을 만지게 했다고 나는 생각한다. 나를 만지지 마라.[17] 우리는 그의 고통에만 결합되어야 한다.

그는 최후의 만찬에서는 죽을 몸으로, 엠마오 마을의 제자들에게는 부활한 몸으로, 온 교회에 대해서는 하늘에 오른 몸으로 자신과 합하도록 스스로를 내주었다.

743-[856] 기적에 대하여. 신은 어느 가족도 이보다 더 행복하게 하지 않으셨으니, 이보다 더 감사에 넘친 가족도 없게 하소서.

744-[498] 신앙을 갖는 데 처음에는 고통이 따른다는 것은 사실이다. 그러나 이 고통은 우리 안에 싹트기 시작한 신앙에서가 아니라 아직도 우리 안에 남아 있는 불신앙에서 비롯된다. 만약 우리의 감각이 참회를 가로막지 않고 또 우리의

---

17) "Noli me tangere"(「요한」, 20:17).

타락이 신의 성결(聖潔)을 가로막지 않는다면 우리에게 아무 런 괴로움도 있을 리 없다. 우리는 우리의 타고난 악이 초자연적 은총에 저항하기 때문에 고통을 느낄 뿐이다. 우리의 마음은 이 상반된 노력 사이에서 분열되는 것을 느낀다. 그러나 이 격렬함을, 우리를 붙잡고 있는 세상의 탓으로 여기지 않고 우리를 끌어당기는 신의 탓으로 돌린다면 이것은 참으로 부당한 일이다. 이것은 마치 어머니가 아이를 도둑의 손에서 구해 낼 때, 그 아이가 고통을 당하면서도 자기의 자유를 되찾아주는 다정하고도 정당한 어머니의 폭력을 반기고, 자기를 부당하게 얽매는 자들의 욕되고 포악한 폭력을 당연히 증오하는 것과 같다. 신이 이 삶 속에서 인간에 대해 할 수 있는 가장 가혹한 싸움은 그가 가져다주신 이 싸움에 인간을 부르지 않고 그대로 내버려 두는 일이다. "나는 싸움을 주려고 왔다."[18]고 그는 말한다. 그리고 이 싸움의 수단으로서, "나는 칼과 불을 주려고 왔다."[19]고도 했다. 그가 오기 전 세상 사람들은 이 거짓된 평화 속에 살고 있었다.

745-[668] 사람은 오직 신의 사랑에서 멀어짐으로써 자기에게서 멀어진다.

우리의 기도와 덕이 예수 그리스도의 기도와 덕이 아니면 신 앞에서 가증스러운 것이 된다. 또 우리의 죄가 예수 그리스

---

18) 「마태」, 10:34.
19) 「누가」, 12:49.

도의 [죄]가 아니면 결코 신의 [사랑]의 대상이 아니라 심판의 대상이 된다.

예수 그리스도는 우리의 죄를 담당했고, 우리가 그와 결합됨을 [허락]했다. 그에게 덕은 [본래]의 것이고 죄는 무관한 것인데, 우리에게는 덕이 무관하고 죄가 본래의 것이기 때문이다.

선한 것을 판단하기 위해 [지금]까지 우리가 채택했던 기준을 바꾸어보자. 우리는 우리의 의사를 기준으로 삼았지만 이제 [신]의 의지를 기준으로 삼자. 즉 신이 원하는 모든 것은 선이고 의다. 신이 원치 않은 모든 것은 [악이고 불의이다.]

신이 바라지 않는 모든 것은 금지되어 있다. 죄는, 신이 원치 않는다는 전반적인 선언에 의해 금지된 것이다. 전반적으로 금하지 않고 남겨둔, 그래서 허용되었다고 불리는 그 외의 것들도 반드시 허용된 것은 아니다. 왜냐하면 신이 그중 어떤 것을 우리에게서 멀어지게 할 때, 그리고 신의 의사를 명백히 나타내는 어떤 사건을 통해 우리가 이것을 갖는 것을 신이 원치 않음을 밝힐 때, 이것도 저것도 우리가 가져서는 안 된다는 것이 신의 뜻이기 때문이다. 이것은 우리에게 금지된 죄라는 것이다. 그러나 신이 그것을 바라지 않는 한 우리는 이것을 죄로 보아야 한다. 한편 유일하게 전적인 선이자 전적인 의이신 신의 의사가 결여되었을 때도 그것은 불의와 악이 된다.

746-[790] 예수 그리스도는 재판의 형식을 거치지 않고 죽기를 원치 않았다. 부정한 반란에 의해 죽는 것보다 재판에

의해 죽는 것이 더 큰 치욕이기 때문이다.

747-[540] 무한한 선을 갖기 원하는 기독교도들의 소망에는 두려움과 더불어 실제적인 기쁨도 섞여 있다. 왜냐하면 왕국을 소망하되 신하이기에 아무것도 얻지 못하는 사람들과는 다르기 때문이다. 기독교도들은 성결과, 불의로부터의 해방을 소망하며 이미 무엇인가를 얻고 있다.

748-[550] [나는 모든 사람을 형제같이 사랑한다, 그들은 다 구원받았기 때문이다.] 나는 가난을 사랑한다, 예수도 가난을 사랑했기 때문이다. 나는 부(富)를 사랑한다, 불쌍한 자를 도울 수 있는 수단을 제공하기 때문이다. 나는 모든 사람에게 신의를 지키고 나에게 악을 행한 사람들에게 악으로 갚지 않는다. 오히려 사람들에게서 악도 선도 받지 않는 나와 같은 상태에 그들도 있게 되기를 바란다. 나는 모든 사람에게 공정하고 진지하고 충실하기 위해 힘쓴다. 그리고 신이 더 가까이 결합하게 하신 사람들에 대하여 나는 깊은 애정을 느낀다. 그리고 혼자일 때나 남이 보는 앞에서나 나는 모든 행동에 대해 신의 시선을 의식한다. 신이야말로 이것들을 심판하실 분이고 나는 이 모든 행동을 그에게 바쳤던 것이다.

이것이 나의 마음이다. 그리고 나는 내가 살아 있는 동안 매일 이와 같은 마음을 허락하신 구속자를 찬양한다, 연약함과 비참과 정욕과 오만과 야심으로 가득 찬 한 인간을 은총의 힘으로써 이 모든 악에서 면제된 인간으로 만드신 구속(救

贖)의 주님을. 모든 영광은 이 은총에 돌아가야 하고 나에게
는 오직 비참과 오류만이 있을 뿐이다.

749-[505] 모든 것이 우리의 목숨을 앗아갈 수 있다, 우리
에게 유익하게 만들어진 사물까지도. 가령, 자연 속에서 담도
우리를 죽일 수 있고 계단도 정확히 발을 딛지 않으면 우리를
죽일 수 있다.

아무리 작은 운동도 전 자연에 영향을 준다. 돌 하나로 온
바다가 변한다. 이렇듯 은총에서도 극히 작은 행동의 결과가
모든 것에 영향을 미친다. 따라서 모든 것이 중요하다.

하나하나의 행동에서도 그 행동 외에 우리의 현재, 과거, 미
래의 상태와, 그 행동의 영향을 받는 다른 행동들의 상태들을
관찰하고 또 이 모든 것의 관련성을 보는 것이 필요하다. 이때
사람은 매우 신중해질 것이다.

750-[499] 외적 행위. 신도 인간도 다 같이 기쁘게 하는 일
처럼 위험한 것은 없다. 왜냐하면 신과 인간을 기쁘게 하는
상태에는 신을 기쁘게 하는 것과, 인간을 기쁘게 하는 다른
것이 있기 때문이다. 성 테레사의 위대함같이 신을 기쁘게 하
는 것은 신의 계시 안에 있는 그의 깊은 겸손이고, 인간을 기
쁘게 하는 것은 그의 지혜이다. 그래서 사람들은 그의 상태를
모방할 생각으로 그의 말을 모방하기 위해 죽어라 애쓰며 그
렇게 함으로써 신이 사랑하는 것을 사랑하고 신이 사랑하는
상태에 있으려고 한다.

단식하고 자기만족에 빠지는 것보다 단식하지 않고 스스로를 낮추는 것이 더 좋다.

바리새인, 세리(稅吏).

만약 이것을 기억하는 것이 나에게 똑같이 해로울 수도 있고 이로울 수도 있다면, 그리고 모든 것이 신의 축복에 달려 있다면 무슨 소용이 있겠는가. 신께서 오직 그를 위해 이루어진 것에 대해 그의 규율과 방법에 따라 복을 주실 뿐이라면 말이다. 신은 악에서 선을 끌어낼 수 있어도, 인간은 신 없이는 선에서도 악을 끌어내기 때문에 방법은 사물 자체만큼이나, 아니 아마도 그 이상으로 중요하다.

751-[555] "너를 다른 사람과 비교하지 마라, 나와 비교하라. 네가 비교하는 사람들 가운데 나를 보지 않는다면 너는 가증스러운 자와 비교하는 것이 된다. 만약 그곳에서 나를 보면 너를 나와 비교하라. 그러나 너는 거기서 무엇을 비교하는가? 너냐, 아니면 네 안의 나냐? 만약 그것이 너라면 너는 가증스럽다. 만약 나라면 너는 나를 나와 비교하는 것이 된다. 그런데 나는 모든 것 안에서 신이다."

"나는 종종 네게 말하고 충고한다, 너의 지도자가 네게 말할 수 없기 때문이다. 너에게 지도자가 없는 것을 나는 바라지 않기에 하는 말이다."

"아마도 나는 그의 기도에 답하여 그렇게 하는 것이리라. 결국 그는 네가 알지 못하는 사이에 너를 인도한다. 너는 나를 소유하고 있지 않다면 나를 찾지 않으리라."

"그러니 근심하지 마라."

752-[552] 예수 그리스도의 무덤. 예수 그리스도는 돌아가셨다, 그러나 십자가 위에서 사람들이 보는 가운데. 그는 돌아가셨고 무덤 안에 숨으셨다.

예수 그리스도는 오직 성자들에 의해 묻히셨다.

예수 그리스도는 무덤에서 아무런 기적도 행하지 않으셨다. 그 안에 들어간 것은 성자들뿐이다.

예수 그리스도가 새 생명을 취하는 곳은 바로 여기다. 십자가 위가 아니다.

이것은 수난과 속죄의 마지막 신비이다.

예수 그리스도는 땅 위에서 무덤 이외에 쉴 곳이 없으셨다.

그의 원수들은 무덤에 이르기까지 그를 끊임없이 괴롭혔다.

753-[107] 지상을 비추는 빛과 같이 우리의 기분도 변한다.[20] 날씨와 내 기분 사이에는 별로 관련이 없다. 나는 나 자신 속에 안개 낀 날씨와 맑은 날씨를 가지고 있다. 내 일이 잘되고 못 되는 것도 그것에 별 영향을 미치지 않는다. 이따금 나는 스스로 운명에 대항해 노력할 때도 있다. 운명을 극복하는 것은 영광스러운 일이기에 이따금 나는 즐거운 마음으로 이것을 극복한다. 그런가 하면 나는 행운 속에서도 투덜거릴 때가 있다.

---

20) "Lustravit lampade terras"(『오디세이아』, 18권, 135행).

754-[371] [나는 어렸을 때 내 책을 껴안곤 했다. 그런데 책을 껴안았다고 생각하는 동안 이따금 ……일이 있었으므로 나는 의심하기를…….]

755-[471] 사람이 나에게 애착을 느끼는 것은 비록 기쁜 마음으로 자진해서 하는 일이라 해도 옳지 않다. 사람들에게 그런 욕망을 일으키게 했다면 나는 그들을 기만한 것이 될 것이다. 왜냐하면 나는 그 누구의 목적도 아니고 그들을 만족시킬 아무것도 없기 때문이다. 나는 곧 죽을 몸이 아닌가. 그렇다면 그들의 애착의 대상도 죽을 것이다. 그러므로 가령 내가 그들에게 허위를 믿게 하면 아무리 내가 그들을 부드럽게 설득하고 그들도 기쁘게 이것을 믿으며 나도 그 가운데 기쁨을 느낀다 할지라도 결국 죄를 범하는 것같이, 사람들에게 나를 사랑하게 하는 것도 죄일 것이다. 만약 내가 사람들을 유인하여 나에게 애착을 느끼게 하고 있다면, 나는 거짓에 동의하려는 사람들을 향해, 비록 이 거짓이 어떤 이익을 내게 가져다준다 할지라도 이것을 믿어서는 안 된다고 경고해야 한다. 또한 마찬가지로 그들이 나에게 애착을 느껴서는 안 된다고 경고해야 마땅하다. 왜냐하면 그들은 신을 기쁘게 하기 위해 또는 신을 찾기 위해 그들의 생애와 마음을 바쳐 노력해야 하기 때문이다.

756-[144] 나는 추상적인 학문 연구로 오랜 세월을 보냈다. 그러나 이 연구를 나누는 것은 소수의 사람들뿐이라는 점

에 싫증을 느꼈다. 인간 연구를 시작했을 때 나는 추상적 학문이 인간에게 적합하지 않고 또 그 안에 깊이 들어감으로써 오히려 이것을 모르는 사람들보다 더 내 상태에 관해 혼미해져 있음을 깨달았다. 나는 그들이 이 학문을 몰라도 무방하다고 생각하게 되었다. 그러나 인간 연구를 하면 적어도 많은 친구들을 발견할 수 있고 또 이것이야말로 인간에게 적합한 참된 학문이라고 생각했다. 그러나 나는 속았다. 인간을 연구하는 사람들은 기하학을 연구하는 사람들보다도 그 수가 적다. 인간이 그 외의 것들을 찾는 것은 단지 인간을 어떻게 연구할지 모르기 때문이다. 그러나 이것도 인간이 마땅히 가져야 할 지식은 아니지 않은가. 그리고 행복하기 위해서는 차라리 자신을 모르는 것이 더 낫지 않은가.

757-[530] 어떤 사람이 어느 날 참회를 끝내고 나오면서 기쁨과 마음의 평안을 느꼈다고 나에게 말했다. 또 어떤 사람은 두려운 마음에서 벗어날 수 없다고 말했다. 이에 대해 이 둘을 합치면 훌륭한 한 사람이 될 것이라는 생각이 들었다. 그리고 또 이 두 사람의 결함은 각기 다른 사람의 감정을 느끼지 못하는 점에 있다는 생각도. 이것은 다른 일에서도 종종 일어난다.

758-[64] 내가 몽테뉴에게서 보는 모든 것을 나는 몽테뉴 안에서가 아니라 바로 나 자신 속에서 발견한다.

759-[506] 신께서 우리의 죄, 즉 우리 죄의 모든 결과와 연관된 것들을 우리의 잘못으로 돌리시지 않기를! 아무리 작은 과오라 해도 무자비하게 추궁당할 때 이것들은 끔찍하다.

760-[192] 미통의 마음이 움직이지 않는 것을 꾸짖을 것, 신이 그를 꾸짖을 때.[21]

21) 투르뇌르(Tourneur)는 "신이 그에게 가까이 올 때(quand Dieu le rapprochera)"라고 판독했다.

2편

『진공론』을 위한 수기

761-[75] (1부, 50. 2장, 100. 1, 4)[22] [추측. 한층 낮추어 그것을 웃음거리로 만드는 것은 어렵지 않다.]

무생물이 정념과 공포와 혐오를 가지고 있다고 말하는 것처럼 부조리한 일이 어디 있으며, 생명 없고 생명을 지닐 수도 없는 무감각한 물체들이 정념을 가지고 있다고 하는 것처럼 부조리한 일이 어디 있는가. 정념은 이것을 느끼는, 적어도 감각을 지닌 영혼을 전제로 하는 것이다. 그뿐 아니라 이 혐오의 대상이 진공(眞空)이라는 말인가.[23] 도대체 진공 안에 이 물체들에게 공포를 느끼게 하는 무엇이 있다는 것인가. 이보다

---

22) 『진공론』을 위한 분류 표시인 듯하다.
23) 모든 물체는 진공에 대한 혐오를 가지고 있다는 전통적 견해.

더 천박하고 가소로운 것이 어디 있는가.

　이것만이 아니다. 이 물체들은 진공을 피하기 위한 운동 원리를 자체 내에 가지고 있다는 것인가.

　도대체 그것들이 팔이 있는가, 발이 있는가, 근육이 있는가, 신경이 있는가.

3편

『은총론』을 위한 수기

762-[520] 율법은 본성을 파괴하지 않고 오히려 교육했다. 은총은 율법을 파괴하지 않고 오히려 행하게 한다.

세례에서 받은 믿음은 기독교도와 회심한 사람들의 전 생애의 근원이다.

763-[513] 신이 기도를 정하신 이유.

1. 그의 피조물에게 인과관계의 존엄성을 알려주기 위해.

2. 우리가 누구에게서 덕을 얻는지 가르치기 위해.

3. 우리가 노력하면 다른 덕을 가질 만한 사람으로 우리를 만들기 위해.

그러나 신은 우위(優位)를 유지하기 위해 자기 뜻에 합치한 자에게 기도를 주신다.

반론: 그러나 사람들은 스스로 우러나서 기도를 한다고 생각할 것이다.

이것은 터무니없는 생각이다. 왜냐하면 믿음을 갖고도 덕을 가질 수가 없는데 어떻게 믿음을 갖는단 말인가. 불신앙에서 믿음에 이르는 거리는 믿음에서 덕(德)에 이르는 거리보다 더 크지 않다는 것인가.

'합당하다'는 말은 모호하다.

나는 구속자에 합당하도다.[24]

그처럼 성스러운 지체에 손대기에 합당했다.[25]

그처럼 성스러운 지체를 만지기에 합당하도다.[26]

나는 감당치 못하겠나이다.[27]

(주님의 몸이 의미하는 바를) 깨닫지 못하고 먹고 마시는 사람.[28]

받으심이 합당하다.[29]

나를 합당한 자로 만드소서.[30]

신은 약속에 따라서만 의무를 지신다. 신은 기도에 의를 주겠다고 약속하셨다. 오직 약속의 자녀에게만 기도를 주겠다고 약속하셨다.

성 아우구스티누스는 의인(義人)도 능력을 잃게 되리라고

---

24) "Meruit habere Redemptorem"(성토요일, 즉 부활절 전날의 기도).

25) "Meruit tam sacra membra tangere"(성금요일의 기도).

26) "Digno tam sacra membra tangere"(성가 「왕의 깃발」).

27) "Non sum dignus"(「누가」, 7:6).

28) "Qui manducat indignus"(「고린도전」, 11:29).

29) "Dignus est accipere"(「계시」, 4:11).

30) "Dignare me"(성모 마리아의 기도).

명백히 말했다. 그러나 우연히 그렇게 말한 것이다. 그런 말을 할 기회가 주어지지 않을 수도 있었으니까. 그러나 그의 원리에 비추어보면 그럴 기회가 생길 때 그렇게 말하지 않거나 그 반대의 말을 한다는 것은 불가능하다는 것을 알 수 있다. 그러므로 기회가 주어졌기 때문에 그렇게 말한 것이 아니라 오히려 기회가 주어지면 그렇게 말할 수밖에 없었던 것이다. 전자는 우연이고 후자는 필연이다. 이 두 가지는 우리가 생각할 수 있는 전부이다.

764-[531] 주인의 뜻을 아는 사람은 더 많은 매질을 당할 것이다.

주인의 뜻을 앎으로써 갖게 되는 능력 때문에.

의로운 자는 그대로 의를 행하게 하고,[31]

의(義)로 인해 갖게 되는 능력 때문에.

가장 많이 받는 사람은 가장 많이 요구받을 것이다.

구원으로 인해 갖게 되는 능력 때문에.

765-[521] 은총은 항상 이 세상에 ─ 그리고 본성 안에도 ─ 있을 것이다. 그렇기에 은총은 어떤 의미에서 본성적인 것이다. 이래서 항상 펠라기우스파[32]가 있고, 항상 가톨릭이 있고, 항상 싸움이 있을 것이다.

---

31) "Qui justus est, justificetur adhuc"(「계시」, 22:11).
32) 아우구스티누스의 논적(論敵)으로서, 자유의지와 본성을 옹호한 이들은 인간이 선을 행할 능력을 자신 안에 가지고 있다고 주장했다.

왜냐하면 제1의 탄생은 펠라기우스파를 만들고, 제2의 탄생은 가톨릭을 만들기 때문이다.

766-[516] 「로마서」, 3:27. 자랑할 데가 없다. 무슨 법으로? 행위의 법으로? 아니, 오직 믿음으로써이다. 그러므로 믿음은 율법의 행위처럼 우리의 능력으로 되는 것이 아니다. 믿음은 다른 방법으로 우리에게 주어졌다.

767-[522] 율법은 자기가 주지 않은 것을 의무로 정했다. 은총은 자기가 의무 지우는 것을 준다.

768-[901] 겸손한 사람에게 은총을 주신다. 그렇다면 신은 겸손해지는 마음을 안 주셨다는 말인가?[33]
그분의 백성은 그분을 영접하지 아니했다. 그분을 영접하지 않은 자는 다 그분의 백성이 아니었다는 말인가?[34]

769-[508] 인간을 성자로 만드는 것은 정녕 은총이어야 한다. 이것을 의심하는 자는 성자가 무엇이고 인간이 무엇인지를 모른다.

---

33) "'Humilibus dat gratiam'; an ideo non dedit humilitatem?"(「야고보」, 4:6).
34) "'Sui eum non receperunt; quotquot autem non receperunt' an non erant sui?"(「요한」, 1:11).

770-[781] 속죄의 전체성을 나타내는 표징은 마치 태양이 만물을 비추는 것같이 전체성만을 표시한다. 그러나 제외의 표징들[35]은 이방인들을 제외하고 선택받은 유대인들같이, 제외를 표시한다.

771-[781] "예수 그리스도는 만인의 구속자(救贖者)." 그렇다. 왜냐하면 예수 그리스도는 그에게 돌아오기를 바라는 모든 사람들을 대속(代贖)해 주는 분이기 때문이다. 중도에서 죽는 사람들의 경우에는 그들의 불행이고, 예수 그리스도 편에서는 그들에게 이미 구원을 베풀어주었다. ─ 대속하는 자와, 죽음을 막아주는 자가 각기 다른 경우에는 과연 그것은 옳다. 그러나 양자를 겸하고 있는 예수 그리스도의 경우에는 옳지 않다. ─아니, 그렇지 않다. 왜냐하면 예수 그리스도는 구속자의 자격에 관한 한 아마도 만인의 주가 아닐지도 모른다. 그러므로 그가 본래의 그 자신으로서 존재하는 한 모든 사람의 구속자이다.

772-[781] 예수 그리스도는 모든 사람을 위해 죽은 것이 아니라고 말하면 사람은 곧바로 이 예외를 자기에게 적용하는 나쁜 버릇을 드러낸다. 이것은 절망을 조장하는 일이다. 그들을 이 버릇에서 벗어나게 하고 희망을 북돋아 주어야 하는

─────────

35) 필사본에는 '표징한다(elles figurent)'라고 되어 있으나 문맥상 '표징(les figurantes)'으로 수정하지 않을 수 없다(투르뇌르, 라퓌마 판).

데 말이다. 사람은 이와 같은 [외적 습관]에 의해 내면적 덕에 길들기 때문이다.

773-[636] '만일'은 무관심을 나타내지 않는다. 말라기,[36] 이사야.

이사야, (만일 너희가 기꺼이) 순종하면 땅에서 나는 좋은 것을 먹게 되리라[37] 등등.

(네가 그것을 따 먹는 날에는) 너는 반드시 죽으리라.[38]

774-[514] "두렵고 떨리는 마음으로 여러분 자신의 구원을 위해 힘쓰시오."[39]

은총이 가난한 자들.

구하는 자에게는 주시리라.[40]

그러므로 구하는 것은 우리의 능력으로 할 수 있다. 천만의 말이다, 그것은 우리 능력 밖의 일이다. 받는 것은 우리가 할 수 있지만 기도하는 것은 그렇지 않기 때문이다. 왜냐하면 구원은 우리 능력으로 할 수 없기 때문이고 또한 받는 것은 우리 능력으로 할 수 있지만 기도는 그렇지 않기 때문이다.

---

36) 「말라기」, 2:2 참조.
37) "Si volueris"(「이사야」, 1:19).
38) "In quacumque die"(「창세」, 2:17).
39) 「빌립보」, 2:12.
40) "Petenti dabitur"(「마태」, 7:7). 라틴어 원본은 이와 달리 "구하라 그러면 주시리라(Petite et dabitur)"이다.

그러므로 의인은 더 이상 신에게 바라서는 안 될 것이다. 바랄 것이 아니라 구하는 것을 얻도록 힘써야 하기 때문이다.

그러니 결론을 맺자. 인간은 이제 이 '가까운 능력'을 사용할 수가 없고 또 신은 인간이 이 능력으로 인해 신에게서 멀어지지 않기를 바라지 않으므로 인간이 신에게서 멀어지지 않는 것은 오직 '유효한 능력'[41]에 의해서이다.

그러므로 신에게서 멀어지는 자들은 이 능력을 가지고 있지 않다. 이 능력이 없으면 사람들은 신에게서 멀어지지 않는다. 그래서 멀어지지 않는 사람들은 이 유효한 능력을 가지고 있는 것이다.

그러므로 한동안 이 유효한 능력으로 끈기 있게 기도를 계속하던 사람이 기도를 중단할 때 그는 이 유효한 능력을 잃게 된다.

그렇기에 이런 의미에서 신이 먼저 떠나간다.

---

41) 신의 구원 능력은 항상 우리 가까이 있으나(가까운 능력) 이것이 유효하게 작용하는 것(유효한 능력)은 오직 신의 뜻에 달려 있다는 뜻. 은총의 보편성과 유효성을 나누어 생각한 당시의 신학적 개념이다.

4편

『프로뱅시알』을 위한 수기

775-[925] 나타난 현상들을 가지고 이단 판정[42]의 동기를 살펴볼 것.

모두에게 적합한 하나의 가설을 세울 것.

법의(法衣)가 교리(敎理)를 만든다.

당신들은 1년에 단 한 번 죄를 고백할 뿐인 수많은 사람들을 상대로 고해를 받는다.

---

42) 1656년 1월 29일, 「한 공작에게 부친 아르노의 두 번째 편지」가 불신앙, 이단, 교황과 사제들에 대한 모욕 등으로 이단 선고를 받았다. 파스칼이 한 지방인에게 편지를 쓰는 형식으로[바로 이것 때문에 「프로뱅시알(Provinciales)」, 즉 「한 지방인에게 부치는 편지」란 제목이 붙었다] 아르노와 장세니스트들을 옹호하기 위해 일련의 글을 발표한 것은 이 선고가 내려진 후의 일이다.

나는 의견과 의견 사이에 대립이 있다고 생각했었다.

사람이 너무나도 악해서 전혀 참회하지 않을 때는 죄를 짓는 것이 되지 않는다. 그러므로 당신들도 아르노 씨를 참회하는 마음 없이 박해하고 있다.

나는 이 교리를 믿을 수 없다. 사람들은 내 안에 사악한 마음이 있다고 말하는데, 그 악한 마음에 비추어볼 때 이 교리는 내게 너무나도 관대하기 때문이다.

그들의 개별적인 대립을 볼 때 나는 그들의 단합을 믿지 않는다.

나는 그들이 결정을 내리기 전에 의견이 일치되기를 기다릴 것이다. 친구 한 사람을 위해 나는 너무나도 많은 적을 갖게 될 테니 말이다. 그들에게 각기 답할 만큼 나는 유식하지 않다.

왜 당신들은 한 명백한 이단을 택하지 않는가?

내기[賭].

나는 사람이 옳은 생각을 갖지 않은 것으로 인해 정죄된다고 믿어왔다. 그러나 아무도 옳은 생각을 갖지 않는다고 믿는 것 때문에 정죄된다는 것은 내게는 새로운 일이다.

그것은 무슨 소용이 있는가? 의인을 위로하고 절망을 구하기 위해선가? 그렇지 않다, 아무도 자신을 의롭다고 믿을 만한 처지에 있지 않으므로.

샤미야르 씨[43]는 아르노 씨를 위해 글을 썼다고 해서 이단

---

43) M. Chamillard. 소르본 대학의 신학 교수로서 아르노의 주장의 정통성

이 된다는 것인가. 이것은 명백한 잘못이다.

죄를 지으면서 선을 행한다고 믿는 자들.

1647년, 모두에게 은총. 1650년에는 한결 드문 은총 등등.

코르네 씨[44] 그리고 ……씨[45]의 은총.

루터, 진실을 제외한 모든 것.

교회에 이와 같은 경우가 전혀 없었단 말인가! 그러나 나는 이에 대해 사제가 한 말을 믿는다!

단 한 사람만이 진실을 말한다.

은총이 그들에게 조금이라도 불편하면 그들은 다른 [은총]을 만들어낸다. 마치 그들 자신의 일을 다루기라도 하듯 그것을 마음대로 처분하니까 말이다. 기회마다, 사람마다 각기 다른 은총이 있고 귀족을 위한 은총, 미천한 자를 위한 은총이 있다.

요컨대 샤미야르 씨는 그것에서 매우 가까이에 있다. 그래서 만약 허무로 내려가는 계단이 있다면 이 '충족한 은총'[46]이 지금 그의 가장 가까이에 있는 셈이다.

을 인정했다.

44) 니콜라 코르네(Nicolas Cornet, 1572~1663). 파리 대학 전 신학부장. 얀선의 『아우구스티누스』에서 이른바 「5개 명제」를 뽑아내어 이를 규탄했다.

45) 르 무안(M. le Moine)인 듯하다. 르 무안의 은총에 대한 견해를 아르노가 반박한 일이 있다.

46) 구원을 위한 신의 은총은 본래 '충족한 은총(grace suffisante)'으로 모든 사람에게 주어져 있다. 그러나 이 은총이 '유효하게' 작용할 때 비로소 구원은 이루어진다. 이것이 곧 '유효한 은총(grace efficace)'이다. 단장 774의 주 41)에서 언급된 '가까운 능력'과 '유효한 능력'도 같은 개념이다.

그것으로 이단이라니, 가소롭다!

이것을 보고 놀라지 않은 사람은 아무도 없다. 성서 안에서도, 교부들에게서도 일찍이 이런 것을 본 적이 없었으니까…….

신부님, 도대체 언제부터 그것이 신앙 개조가 되었나요? 기껏해야 '가까운 능력'이란 말이 생긴 후부터겠죠. 이 말은 생겨나면서부터 이 이단을 만들어냈고, 또 이 목적만을 위해 생겨난 것이 아닌가 생각되는군요.

이단 판정은 단지 성 베드로에 대해 그렇게 말하는 것만을 금한다. 그 이상은 아무것도 없다.

나는 그들에게 많은 은혜를 입었다. 그들은 유식한 사람들이다. 그들이 두려워한 것은 지방인에게 쓴 편지가…….

말 한마디를 가지고 그렇게 법석을 떨 필요는 없었다. 유치한 순진함, 이해되지도 않은 채 찬양받은 말. 간악한 채권자들, 그들은 마술사가 아닌가 싶다. 루터, 진실을 제외한 모든 것. 이단적인 지체. 거룩한 하나의 교회.[47]

「채색 삽화」[48]는 우리에게 해를 끼쳤다.

한 명제가 어떤 저자에게는 좋은 것이 되고, 어떤 저자에게는 악한 것이 된다. 과연 그렇다. 그래서 다른 나쁜 명제들도

---

47) 「우남 상탐(Unam sanctam)」. 교황 보니파시오 8세(Boniface VIII, 1235?~1303)의 교서를 가리킨다. 교황은 영적 권세뿐만 아니라 세속적 권세도 장악하고 있다는 주장을 피력한 글이다.
48) 드 사시의 희곡 「소문난 예수회 연감의 채색 삽화」. 이 작품은 장세니스트들을 공격한 예수회 연감에 응수하기 위해 만들어진 것인데, 파스칼은 이 희곡의 지나친 익살을 못마땅하게 여긴 듯하다.

있다.

이단 판정을 중히 여기는 사람들이 있고 이성을 중히 여기는 사람들이 있다. 그러나 모든 사람들이 이성을 중히 여긴다. 나는 당신들이 특수한 길 대신 보편적인 길을 택하지 않은 것에, 적어도 특수를 보편에 결부시키지 않은 것에 놀란다.

나는 얼마나 마음이 가벼운지! 어떤 프랑스인도 착한 가톨릭이 아니란 말인가!

끝없는 푸념——클레멘스 8세, 바오로 5세——금지 결정.

신은 명백히 우리를 보호하신다.

인간이란 참으로 무분별한 존재이다. 진드기 한 마리도 만들지 못한다……

그곳에 이르기 위해서는 신 대신 은총이 있어야 한다. 다양한 은총.

장세니스트 번역자들.

성 아우구스티누스는 적들이 분열하는 바람에 가장 많은 적을 갖게 되었다. 그 외에도 우리가 고찰해야 하는 하나의 사실은, 1,200년 동안 중단되지 않고 이어진 정통이라는 것 외에도 교황들과 공의회 등이다.

그러므로 아르노 씨는 그가 포섭하는 사람들을 타락시키기 위해서 악한 생각들을 품었어야 한다.

이단 판정은 그들에게 다음과 같은 이득을 준다. 즉 그들이 이단이라는 판결을 받게 될 때, 그들은 장세니스트를 모방한다고 말함으로써 이에 대항할 수 있다.

776-[948] 사제들과 소르본 대학을 타락시킴으로써 그들 (예수회)은 자신들의 판정을 정당화하는 이점을 누리지 못하는 대신 그들의 심판관들을 부당하게 만드는 이점을 누렸다. 그래서 그들이 장차 규탄받게 될 때, 그들은 상대방의 논리나 행위 그 자체로써[49] 심판관들이 부당하다고 말할 것이고, 그럼으로써 저들의 판정을 거부할 것이다. 그러나 이것은 아무 소용도 없다. 왜냐하면 단지 장세니스트들이 정죄되었다는 이유만으로 충분히 정죄되었다고 결론지을 수 없는 것같이, 그들이 타락한 심판관들에 의해 정죄되었다는 이유로 잘못 정죄되었다고 결론지을 수 없기 때문이다. 왜냐하면 그들에 대한 유죄판결이 옳은 것은, 항상 심판관들이 정당하기 때문이 아니라 그 건에 있어서 정당했던 심판관들이 판결을 내렸기 때문이다. 이것은 다른 증거에서도 나타난다.

777-[902-2] 옛 친구가 이야기했다. "푀양회(會) 수도사들[50]에 관한 소문을 듣고 나는 그 사람을 만나러 갔었네. 신앙에 대해 이야기하던 중 그는, 내가 웬만큼 신앙심을 가지고 있으니까 푀양이 되려면 될 수도 있다고 생각한다더군. 특히 지금과 같은 시대에 개혁파를 논박하는 글을 쓴다면 내가 성공할 수도 있을 것이라고.

 ─ 우리는 얼마 전에 교황 칙서[51]에 서명하라는 총회 결정

---

49) ad hominen, 상대방의 감정, 편견, 모순 따위를 들어 반박하면서.
50) 장 드 라 바리에르에 의해 개혁된 시토(Citeaux) 수도회의 성직자들.

에 반하는 일을 했소.

신께서 나에게 계시를 주시도록 그 사람은 기도할 것이다.

──신부님, 서명해야 할까요?"

778-[902] 푀양 수도사는 말한다, '그것은 그렇게 확실한 것이 아니다. 반론이 있다는 것은 다름 아닌 불확실성의 표시다(성 아타나시우스, 성 크리소스토모스, 도덕, 불신자).'

예수회는 진리를 불확실한 것으로 만들지 않았다. 다만 그들의 불신을 확실한 것으로 만들었다.

반대는 악한 자들을 눈멀게 하기 위해 언제나 그대로 남겨졌다. 진리 또는 사랑에 대적하는 모든 것은 악이기 때문이다. 이것이 곧 참된 원리다.

779-[956] 당신은 예수회에 대해 올바른 인식을 가지고 있는가?

교회는 그런 문제들 없이 오랫동안 존속했다.

다른 교단들도 그렇게 한다. 그러나 같은 것은 아니다.

2만의 흩어진 사람들과, 서로를 위해 죽어가는 2억의 합치된 사람들 사이에 어떤 비교가 가능하다고 생각하는가? 불멸의 한 몸.

우리는 죽을 때까지 서로 돕는다. 라미.[52]

---

51) 「5개 명제」를 규탄한 교황 칙서(1654년 6월 19일 자).
52) 예수회 신학자로서 과격파.

우리는 우리의 적을 물리친다. 퓨이 씨.[53]

왕, 교황. 3, Reg., 246.[54]

모든 것은 개연성[55]에 의존한다.

세상은 자연적으로 하나의 종교를, 그러나 부드러운 종교를 원한다.

이 원칙을 인정해 주기 바란다. 그러면 나는 모든 것을 증명할 것이다. 즉 예수회와 교회는 같은 운명을 걸어가고 있다. 이 원칙 없이는 아무것도 입증하지 못한다.

사람은 공공연한 불신 속에서 오랫동안 살지 못하고 또 극심한 고행 속에서 자연스럽게 살지 못한다. 온화한 종교는 지속되기에 적합하다. 사람들은 무신앙으로 이런 종교들을 찾는다.

어떤 기묘한 가정(假定)으로 당신에게 이 사실을 보여주고 싶다는 욕망이 나를 사로잡는다. 그래서 말하지만…… 설사 신이 교회의 이익을 위해 각별한 은총으로 우리를 밀어주지

---

53) 예수회 신부 알지에 의해 이단으로 비난받은 생 니지에의 사제.

54) 호스피아누스(Hospianus), 『예수회의 역사(Historia Jesuitica)』(1619년), 246쪽. "교황 또는 교양과 권위를 갖춘, 가령 예수회원 같은 사람이 이단의 낙인이 찍힌 왕과 군주를 죽일 수 있다고 예수회가 생각하는 이유."

55) 「개연적인 의견(opinion probable)」과 관련된 것으로서, 이것은 인간의 행위를 엄격한 절대적 기준 대신 행위의 동기와 상황에 대한 갖가지 고려, 즉 「개연적인 의견」에 따라 유연하게 판정하는 것을 의미한다. 이 판정의 수많은 사례를 연구하는 것이 이른바 「결의론(決疑論, casuistique)」이다. 파스칼 및 장세니스트들은 도덕적 해이를 초래할 우려가 있는 「결의론」을 맹렬히 규탄했다.

않는다 할지라도 인간적으로 말해도 우리가 멸망할 수 없다는 것을 나는 당신에게 보여주고 싶다.

총칼로 지배하기를 원치 않은 사람들이 과연 그보다 더 잘할 수 있을지 나로서는 알지 못한다.

6.[56] 신앙생활의 권리와 성실성.——6. 452. 양육하는 왕들.——4. 그들의 행적으로 인해 증오받음.——대학의 변론, 159. 소르본 판결.——왕들, 241. 228. 목매어 죽은 예수회원, 112.——종교와 예수회.——예수회 수도사는 환경에 적응할 줄 알며.[57]——학교, 부모, 친구, 선택할 아이들.

예수회 규약.

253. 빈곤, 야심.

257. 해칠 수도 도움을 줄 수도 있는 주로 군주들과 제후들.

12[58] 쓸모없는 자, 버림받은 자, 훌륭한 외모, 부귀 등등.

그래! 그들을 더 빨리 포섭하지 못한 것이 두려웠던가.

27, 47 신의 영광을 위해 예수회에 자기 재산을 희사한다. [선언].

51, 52——마음의 합치. 「선언문」. 교단에 복종해 이로써 통일성을 유지한다. 그런데 오늘날 이 통일성은 다양성 가운데 있다, 교단에서 이것을 원하므로.

117. 「규약」. 복음서와 성 토마스.——「선언문」. 타협적인 신학.

65. 드문, 박식한, 믿음 깊은 사람들. 그러나 이제는 생각을

---

56) 여기 나오는 숫자들은 『예수회의 역사』의 쪽수를 가리킨다.
57) "Jesuita omnis homo"(『예수회의 역사』).
58) 앞으로 열거되는 숫자는 「예수회 규약」의 각 관련 항목 번호이다.

달리한다.

23, 74 동냥한다.

19 친척에게 주지 않는다. 그리고 수도원장이 정해준 지도 신부를 의지한다.

1 자유 검토를 실행하지 않는다. 「선언문」.

2 전적인 빈곤. 설교를 위해서나 보상 조의 보시(布施)에 의해서나 미사를 올리지 않는다.

4 「선언문」. 「규약」과 동일한 권위. 끝. 매달 「규약」을 읽는다.

149 「선언문」이 모든 것을 해친다.

154 끊임없이 증여하라고 권유하거나 권리로서 이것을 요구하거나 헌금을 강요하지 않는다. 「선언문」, "현금의 명목이 아닌 보답의 명목이다."[59]

220, 4 모든 일을 우리에게 알린다.

190 「규약」. 집단을 원치 않는다. 「선언문」. 집단이 해석되어 있다.

보편적인 불멸의 단체——양심의 가책 없는 거대한 교단에 대한 사랑, 이것은 위험한 사랑이다. 종교로 인해 우리는 다 부자가 될 수도 있으리라, 우리의 규약만 없다면. 그렇기에 우리는 가난하다. 참 종교에 의하여. 그리고 이 종교 없이도 우리는 강하다.

클레멘스 플라첸티누스……[60] —— 우리의 총회장들은 권

---

59) "Non tanquam Eleemozina,"

60) Cl…… Placent……. 클레멘스 플라첸티누스(Clemens Placentinus)는 예수회를 탈퇴한 줄리오 스코티(Giulio Scotti)의 별명으로서 그는 신랄하게

위의 실추를 두려워한다——밖에서 벌이는 일들로 인해, 208, 152, 150——궁정으로 인해, 209, 203, 216, 218——가장 확실하고 권위 있는 의견, 성 토마스 등을 사람들이 따르지 않음으로써, 215, 218——규약에 맞서는 영예,[61] 218——여자들, 225, 228——왕들과 정치, 227, 168, 177.

개연론, 새로운 학설, 279, 156——새로운 학설, 진리——영혼을 돕기 위해서보다 오히려 시간 때우기와 오락을 위해, 158——해이한 의견들, 160——죽을 죄를 가벼운 것으로. 회개, 162——정치, 162. 아첨,[62] 164 …… 또는 162.

생활의 안락은 예수회 수도사들에게서 증가한다, 166. 그들을 기만하는 명백하고 거짓된 재산, 192 부칙. 총회장들의 불평. 성 이그나티우스[63]도 레이네도 불평이 전혀 없었지만, 보르자와 아카비바에게는 약간 있었고, 뮤티우스는 끝없이 불평이 있었다. 르 무안 신부는 그의 구역 밖에도 1만 에퀴가 있었다.

인간의 예측이 얼마나 무력한지를 보라. 초대 총회장들이 예수회 파멸의 원인이 되리라 두려워했던 모든 일들이 다름아닌 교단의 발전을 가져왔고, 귀족들에 의해, 교단의 규약에

예수회를 비판했다.

61) Stipendium contra Consti.

62) Aulicismus. 파스칼은 스코티의 원문을 그대로 옮겼다.

63) Ignatius de Loyola(1491~1556). 예수회의 창시자. 뒤이은 레이네(Laynez, 1512~1565), 보르자(Borgia), 아카비바(Aquaviva), 뮤티우스(Mutius) 등은 예수회의 저명한 총회장들이다.

대한 반대에 의해, 많은 수의 수도사들과, 의견의 다양성과 새로움 등등에 의해 성장했다, 182, 157.

정치, 181.

교단의 초기 정신이 사라졌다, 170, 171 부칙, 174, 183 부칙, 187.

이제는 같은 것이 아니다.[64] 183.

780-[892] 만약 우리가 생각이 다르다는 이유로 정죄한다면 당신이 옳을지 모른다. 그러나 다양성 없는 통일은 외부의 사람들에게 무익하고, 통일 없는 다양성은 우리에게 파멸을 가져온다——전자는 외부에 해롭고, 후자는 내부에 해롭다.[65]

781-[918-3] 우리는 다양성으로써 하나를 이루었다, 왜냐하면 우리는 모두 하나가 된 점에서 모두 하나이기 때문에.

782-[953] 도처에 예수회의 과격한 조직에 관한 서한.

초자연적 맹목.

그 선두에 십자가에 달린 신을 모시고 있는 이 도덕.

마치 예수 그리스도에 대한 것같이[66] 복종하기로 맹세한 자들이 여기 있다.

예수회의 타락.

---

64) "Non e piu quella. Vittelescus."
65) 이것은 파스칼에 대한 예수회의 반박으로 보인다.
66) "Tanquam Christo."

전적으로 신성한 우리의 종교.

결의론자(決疑論者)는 거울이다.[67]

당신들이 그를 선하게 본다면 그것은 좋은 징조다.

그들에게 종교의 개념을 줄 수 있는 방도가 없다는 것은 기이한 일이다.

십자가에 달리신 하느님.

징벌받아야 할 이 사건을 교회 분립과 분리시킨다면 그들은 벌받을 것이다.

그러나 어찌된 도착인가! 아이들은 그것을 신봉하며 타락시키는 자들을 사랑한다. 적은 그들을 혐오한다. 우리가 증인이다.

수많은 결의론자들에게 그것은 교회를 비난하는 이유가 되기는커녕 도리어 교회의 번민(煩悶)의 이유가 된다.

『구약』을 보존한 유대인들이 이방인들에게 전혀 의심받지 않은 것같이 우리도 의심받지 않기 위해 그들은 우리에 대해 그들의 「규약」을 보존하고 있다.

783-[915] **몽탈트**[68] 해이한 의견은 너무나도 사람들의 환심을 사는 것이어서 그들의 의견이 마음에 거슬린다는 것은 오히려 이상한 일이다. 그것들은 온갖 한계를 넘어섰으니 말이

---

67) 예수회는 창립 100주년 즈음해 발표한 자체 평가 이마고 프리미 사에 쿨리(Imago primi Saeculi)에서 자신들을 '신의 거울'에 비유했다.
68) 예수회와의 논쟁 서한 「프로뱅시알」을 파스칼은 루이 드 몽탈트(Louis de Montalte)라는 가명으로 발표했다.

다. 그뿐 아니라 진리를 보고도 이에 도달하지 못하는 사람들이 많다. 그러나 순수한 종교가 우리의 타락과 반대된다는 것을 모르는 사람은 적다. 영원한 보상이 에스코바르[69]의 도덕에 주어졌다고 말하는 것은 우스꽝스럽다.

784-[913] 개연성. 누구나 만들어낼 수 있고 아무도 제거할 수 없다.[70]

785-[884-2] 참회 없는 죄인, 사랑 없는 의인, 인간의 의지에 대해 능력 없는 신, 신비 없는 예정!

786-[910] 당신들이 어떤 것을 개연적이라고 생각하는 것은 세상 사람들의 환심을 사려는 마음에서가 아니면 무엇이란 말인가. 당신들은 이것을 진실이라고 우리에게 믿게 하여, 가령 결투의 풍습이 애당초 없었더라도 문제를 그 자체로서 바라보면 사람들이 서로 싸우는 것은 개연적이라고 믿게 하려는 것인가.

787-[928] 디아나.[71] 이것이 곧 『디아나』의 용도이다.

---

69) 안토니오 에스코바르(Antonio Escobar, 1589~1669). 「결의론」으로 인해 파스칼의 신랄한 비난의 대상이 된 예수회 신학자.
70) 「결의론」에 의하면 어떤 행위가 정당화되기 위해서는, 즉 '개연적인 것'이 되기 위해서는 한 명의 권위 있는 신학자의 견해로 충분한 만큼, 누구나 정당화할 수 있고 또 아무도 금할 수 없다.

11. "영혼의 인도를 책임지지 않는 성직은 가장 합당한 자에게 맡기지 않아도 된다." 트리엔트공의회는 반대의 말을 하고 있는 듯하다. 그러나 그들은 이렇게 입증한다. "만약 그렇다면 모든 고위 성직자들은 정죄받아야 할 것이다, 그들은 다 그와 같이 성직을 처분하고 있으므로."

11. "왕과 교황은 가장 합당한 자들을 선택할 의무가 없다." 만약 그래야만 한다면 교황과 왕들은 끔찍한 짐을 지게 될 테니까.——21. 또 다른 곳에서, "만약 이 의견이 진실이 아니라면 회개하는 자와 고해 신부는 매우 분주해질 것이다. 그러므로 나는 실제에 있어서 이 의견을 따를 필요가 있다고 생각한다."

22. 어떤 죄가 사형에 해당되는 데 필요한 조건들을 나열하는 다른 곳에서는, 그 조건이 어찌나 까다로운지 사람은 죽어야 할 만큼 죄를 짓는 일이 거의 없다. 그리고 이를 나열한 다음 외친다, "오오! 주님의 멍에는 얼마나 부드럽고 가벼운지!"

11. 또 다른 곳에서, "가난한 자들의 공통적인 궁핍에 대해 굳이 자신의 여분을 바치지 않아도 된다. 만약 그 반대가 진실이라면 대부분의 부자들과 그들의 청죄 사제들을 정죄해야 하므로."

이런 이유들에 나는 짜증이 났고 그래서 신부에게 말했다. "하지만 그 누가 그들이 정죄된다고 말하지 못하게 하는가요?"

——그는 대답하기를, 저자는 이 질문을 예견했소. 즉 22에

---

71) 이탈리아 신학자 디아나의 저서 『도덕의 결정』(1634)을 말한다.

서, "만약 그것이 진실이라면 부자들은 지옥에 떨어질 것이다."라고 한 다음 이렇게 덧붙이고 있소, "이에 대해 아라고니우스는 부자들도 역시 지옥에 떨어진다고 대답하고, 예수회원 보네는 하물며 그들의 고해 신부들도 마찬가지로 지옥에 떨어진다고 덧붙인다. 그러나 나는 또 한 사람의 예수회원 바란티아와 다른 학자들과 더불어, 부자들과 그들의 고해 신부들을 용서할 만한 많은 이유가 있다고 대답하는 바이다."

내가 이 이론에 넋을 잃고 있을 때 그는 끝으로 이렇게 추론했다. "만약 복권에 대한 이런 의견이 진실하다면 그 얼마나 많이 복권시켜야 할 것인지!"

"아, 신부님, 훌륭한 이유군요!" 나는 그에게 말했다.

"아아, 당신은 참 상냥하기도 하군요!" 신부는 말한다.

──오오 신부님, 당신 같은 결의론자들이 없다면 얼마나 많은 사람들이 지옥에 떨어질까요! 오오, 신부님, 당신은 하늘로 인도하는 길을 그 얼마나 넓히시는지요! 오오, 이 길을 발견하는 사람들이 얼마나 많은지요! 여기 한 사람이······.

788-[897] 하인은 주인이 하는 일을 모른다, 주인은 하인에게 행동을 명할 뿐 목적을 말하지 않기 때문이다. 그래서 하인은 맹목적으로 복종하고 종종 목적에 어긋난 잘못을 저지르기도 한다. 그러나 예수 그리스도는 우리에게 목적을 말해주었다.

그런데 당신은 이 목적을 파괴한다.

789-[938] 탈선. 자잘한 책략들, 이것은 적합하다.

내가 잘 피한다고 [나]를 원망할 셈인가. 교부들과…….

그 후 나는 그것들을 지적했다. 왜냐하면 나는 그것들을 몰랐기 때문에…….

790-[260] 그들은 군중 속에 숨어 다수에 의지한다. 소란.

791-[926] 양쪽의 말을 들어야 한다. 내가 유의했던 것은 바로 이 점이다. 한 편 말만을 들을 때 사람은 항상 그쪽으로 치우치게 마련이다. 그러나 다른 편의 말은 변화를 가져온다. 이와는 반대로 예수회 사람들은 자기 생각을 굳힌다.

그들이 행하는 것이 아니라 말하는 것이 문제다.

그들이 소리치는 것은 오로지 나에 대항해서다. 이것은 내가 바라는 바다. 나는 누구를 상대해야 할지를 안다.

예수 그리스도는 걸려 넘어지게 하는 돌이었다. 규탄받아야 했고 또 규탄받았다.

정치. 사람들의 짐을 덜어주기 위한 계획에 두 가지 장애물이 있음을 우리는 발견했다. 하나는 복음서의 내적 규율이고, 또 하나는 국가와 종교의 외적 규율이다. 전자에 대해서는 우리가 마음대로 처분할 수 있고, 후자에 대해서는 다음과 같이 처리했다.

"확대했다가 축소한다", "큰 자로부터 작은 자로", "어린 자에게로."[72]

---

72) "Amplianda restrengenda", "A majori ad minus", "Junior". 이것들은 결의

개연적. 그렇게 간악한 이유들도 개연적이라면 어떤 것이나 개연적이 아닌 것이 없다.

그들은 대낮인데도 밤이라고 주장하는 자처럼 추리한다.

첫째 이유, "부부 관계의 주인."[73] 몰리나.

둘째 이유, "남편은 보상을 얻지 못한다." 레시우스.[74]

그들은 성스러운 원리 대신 가증스러운 원리를 내세운다.

곳간에 불 지르는 보니.[75]

마스카레나스. 중한 죄를 지은 사제들을 위한 트리엔트공의회. "가능한 한 빨리……."[76]

792-[922] 개연적. 사람들이 애호하는 사물들을 비교해 봄으로써 사람들이 진정으로 신을 찾는지를 살펴보자. 이 고기가 내게 독이 되지 않으리라는 것은 개연적이다. 내가 고소하지 않으면 소송에 지지 않으리라는 것은 개연적이다……

개연적. 권위 있는 저자들의 말이나 이유로써 충분하다는

론자들이 제시하는 몇 가지 지침이다.

73) "Dominus actum conjugalium."

74) "Non potest compensari." 주 77) 참조.

75) 보니 신부는 『죄의 대전』(1640년부터 금서 목록에 들어간 책이다) 속에서, 어떤 사람이 누군가에게 이웃집 곳간에 불 지르라고 부탁했다면 그는 속죄하지 않아도 된다고 주장했다. 그는 단지 부탁했을 뿐이지 그 자신이 방화한 것은 아니니까. 「제8프로뱅시알」을 참조하라.

76) "Quam primum……." 트리엔트공의회는 죄를 지은 상태에서 미사를 집전해야 할 사제에게 "가능한 한 빨리" 죄를 고백할 것을 명한다. 포르투갈 신학자 마스카레나스는 이 결정에 반대하는 주장을 펼쳤다.

것이 사실이라 해도 나는 그들이 권위 있는 것도, 그 이유들이 합리적인 것도 아님을 밝혀둔다. 그렇다! 몰리나에 의하면 남편은 자기 아내를 이용할 수도 있다고 한다! 그가 제시하는 이유는 과연 합리적인가? 그리고 레시우스가 말하는 강요도 합리적인가?[77]

그래, 당신은 들판에 가서 한 사람을 기다려도 결투를 하는 것이 아니라고 우기면서 왕의 칙령을 감히 우롱하는 것인가?

교회는 분명히 결투를 금했으나 산책을 금하지는 않았다고 할 셈인가?

또 사채놀이는 금했으나 ……은 아니고,

또 성직 매매는 금했으나 ……은 아니고,

또 복수는 금했으나 ……은 아니고,

또 남색은 금했으나 ……은 아니고,

또 가능한 한 빠르게[78] 금했으나 ……은 아니다.

793-[880] 교황. 사람은 확실성을 좋아한다. 사람은 교황이 신앙에 있어서 오류가 없기를, 그리고 권위 있는 신학 박사들이 도덕에 있어서 오류가 없기를 원한다, 확신을 갖기 위하여.

---

77) "한 유부녀가 간통을 하여 얻은 이득을 남편에게 돌려주어야 하는가?"라는 에스코바르의 설문에 몰리나(Molina)는 그렇다고 대답한다. '왜냐하면 남편은 자기 아내의 성생활의 주인이기 때문에." 레시우스(Lessius)는 이와 반대의 주장을 한다. "간통이라는 옳지 못한 행위는 금전으로 보상될 수 없기 때문이다. 이득은 불법이고, 자제(自制)는 합법이다."라고. 「제8프로뱅시알」 참조.

78) quam primum.

794-[918-2] 그들은, 교회가 말하지도 않는 것을 말한다고 하고 또 교회가 말하는 것을 말하지 않는다고 한다.

795-[934] 총회장. 그들에게는 우리의 성전 안에 그런 관습들을 도입하는 것으로 충분하지 않다, 성전 안에 관습들을 도입하는 것.[79] 그들은 교회에서 용인되기를 바랄 뿐만 아니라 오히려 제일 강한 자라도 된 것처럼 ……하지 않는 사람들을 교회에서 추방하려고 꾀한다.

모하트라.[80] 이에 놀란다고 해서 신학자가 되는 것은 아니다.

그 누가 당신들의 총회장들에게 말했는가, 이제 온 교회에 이런 관습들을 보급시켜야 할, 그리고 이로 인한 혼란을 거부하는 것을 전쟁이라고 "신의 지식에 관하여 그릇된 생각 속에 방황하는 것으로 그치지 않고 무지의 커다란 전쟁 속에 살았던 그들은) 수많은 큰 악을 (평화라 불렀다.)"[81] 규정할 때가 가까웠다고.

796-[883] 나에게 종교의 기초에 대해 말하지 않을 수 없게 한 가엾은 자들.

---

79) templis inducere mores.
80) "모하트라 계약이란, 옷감을 할부로 비싸게 사서 즉석에서 판 사람에게 현금으로 싸게 되파는 계약을 말한다"(「제8프로뱅시알」). 교회에 대한 결의론자들의 교활한 술책을 풍자한 말이다.
81) "et tanta mala pacem"(『구약외경』, 「솔로몬의 지혜」, 14:22).

797-[884] 회개 없이 성결함을 받은 죄인들, 사랑 없이 거룩함을 받은 의인들, 예수 그리스도의 은총 없는 모든 기독교도들, 인간의 의지에 대해 능력 없는 신, 신비 없는 예정, 확신 없는 구세주!

798-[832] 기적은 이미 있었기 때문에 더 이상 필요하지 않다.[82] 그러나 사람들이 전승(傳承)에 귀 기울이지 않게 될 때, 교황만을 내세우고 교황을 농락할 때, 전승이라는 진리의 참된 원천을 제거하고 이 전승의 수탁자인 교황에게 편견을 품게 해 결국 진리가 더 이상 자유로이 나타나지 못할 때, 이때 사람들이 진리를 말하지 않기 때문에 진리 자체가 사람들에게 말해야 한다. 이것이 다름 아닌 아리우스 시대에 일어났던 일이다(디오클레티아누스와 아리우스 시대의 기적).[83]

799-[30] [장세니스트의 제2, 제4, 제5논설을 보기 바란다. 이것은 드높고 진지하다.]
[나는 익살꾼도 멍청이도 다 같이 싫어한다.] 사람들은 어느 편도 친구로 삼지 않을 것이다.
사람들은 귀에만 의지한다, 심정이 없기 때문에.

---

82) 이것은 포르루아얄의 기적에 대한 예수회의 반박을 옮겨놓은 것이다. 파스칼은 이에 답변하고 있다.
83) 4세기경, 이단자 아리우스의 갑작스러운 죽음을 사람들은 기적과도 같은 하늘이 내린 벌로 생각했다. 파스칼은 아리우스와 아타나시우스와의 싸움을, 예수회와 장세니스트의 싸움과 비교하고 있다.

[나는 「제8프로뱅시알」 이후 충분히 대답했다고 생각한다.]

800-[918] 개연성(蓋然性)이 없는 예수회와 예수회 없는 개연성은 무엇이 되겠는가.

개연성을 제거해 보라, 사람들의 환심을 사지 못할 것이다. 개연성을 내세워 보라, 사람들을 더 이상 불쾌하게 할 리 없다. 과거에는 죄를 피하기도 어려웠고 속죄하기도 어려웠다. 지금은 수많은 구실로 죄를 피하기도 쉽고 속죄하기도 쉽다.

801-[904] 그들은 예외를 원칙으로 삼는다.

옛사람들은 참회 전에 사죄를 허락했는가. 사죄는 예외의 정신으로 해야 한다. 그러나 당신들은 예외를 예외 없는 원칙으로 삼고 있다. 그래서 이 원칙에 예외가 있는 것조차 바라지 않는다.

802-[364] 자신을 충분히 존중하는 일은 드물다.[84]

이토록 많은 신이 하나의 머리를 에워싸고 떠들고 있다.[85]

알기도 전에 주장을 내세우는 것보다 부끄러운 일은 없다.[86] 키

---

84) "Rarum est enim ut satis se quisque vereatur"[퀸틸리아누스, 『웅변교수론(Institutio Oratoria)』, 10, 7].

85) "Tot circa unum caput tumultuantes deos"[세네카, 『웅변 연습(Suasoriae)』, 1, 4].

86) "Nihil turpius quam cognitioni assertionem praecurrere."[키케로, 『아카데미아(Academia)』, 1, 13].

케로.

또한 나는 그들처럼 모르는 것을 모른다고 고백하는 것을 부끄럽게 생각하지 않는다.[87]

(중지하는 것보다) 시작하지 않는 것이 더 쉽다.[88]

803-[921/362] 당신들은 내가 성스러운 것을 조롱한다고 비난함으로써 무슨 이득을 얻었는가. 당신들은 내가 기만한다고 비난해 봤자 더 많은 이득은 얻지 못할 것이다.

나는 할 말을 다 하지 않았다, 보면 알 것이다.

나는 결코 이단이 아니다. 나는 「5개 명제」를 지지한 일이 없다. 당신들은 그렇다고 주장하지만 그것을 증명하지는 못한다. 나는 당신들이 그렇게 말했다고 주장하고 그것을 입증한다.

원로원의 결의와 국민 투표에 의해 (죄가 정해진다.)[89]

같은 구절들을 찾아볼 것.

당신들이 나와 같은 것을 공포하는 것은 만족스럽다. 커다란 등불.[90] 카라뮈엘.

당신들은 나를 협박하는가?

당신들은 사기꾼이라고 나는 말하겠다. 이것을 입증할 수

---

87) "Nec me pudet ut istos fateri nescire quid nesciam"(키케로, 『투스쿨룸 논쟁』, 1, 25).

88) "Melius non incipiet"(세네카, 『서한집』, 72).

89) "Ex senatus-consultis et plebiscitis……"(세네카, 『리키리우스에게 보내는 편지』, 15).

90) Elidere. 예수회의 '커다란 등불'.

있다. 그리고 당신들이 오만하게도 그것을 감추지 않는다는 것도.──브라자시에, 므니에, 달비.[91] 그리고 당신들이 이것을 인정한다는 것도, '커다란 등불'.

당신들이 퓨이 씨를 예수회의 적으로 생각했을 때 그는 그의 교회에서 무지하고 이단적이고 불성실하고 타락한, 합당치 않은 목자였다. 그 후 그는 성실하고 고결한, 합당한 목자가 되었다.

당신들은 이것만을 문제 삼았기 때문에 남은 모든 것을 시인하는 것이 된다. 그는 나의 정당함을 인정했다.[92]

비방하는 것, "이것은 마음의 큰 죄이다."[93] 그 악한 것을 보지 않는 것, "이것은 한층 큰 죄이다."[94] 이것을 죄로 고백하는 대신 오히려 변호하는 것, "이때 극도의 불의(不義)가 인간들을 에워싼다."[95]──230, 프로스페르.[96]

대영주들은 내란이 일어나면 서로 갈라선다. 이렇듯 당신들도 인간들의 내란 속에서 갈라선다.

이것이 더 힘을 갖도록 바로 당신들에게 이렇게 말하고 싶다.

책을 잘 살펴보는 사람들이면 반드시 찬동하리라고 나는

---

91) 브라자시에, 므니에, 달비는 장세니슴 비방의 기수들이다. 「제15프로뱅시알」 참조.
92) "Me casuam fecit"(출처 미상).
93) "haec est magna c citas cordis."
94) "haec est major c citas cordis."
95) "tunc homines concludit profunditas iniquitatis, etc."
96) Prosper. 아우구스티누스의 제자인 아키텐의 프로스페르(Prosper d'Aquitaine)를 가리킨 듯하다.

확신한다. 그러나 제목만을 읽는 사람들은, 이들이야말로 절대다수지만, 당신들의 말을 곧이곧대로 믿을지 모른다, 사제들이 사기꾼이라고 생각하는 것은 ……할 수 없으니까─이미 그들은 우리 편 사람들을 인증(引證)[의 힘]으로 깨우친 바 있다. 다른 편 사람들은 커다란 등불[97]로써 깨우쳐야 한다.

당신들이 얼마나 당황하고 있는지 내가 모르는 것은 아니다. 왜냐하면 당신들이 이것을 취소하려고 하면 그럴 수도 있지만, 등등.

……성자(聖者)들은 스스로를 죄인으로 보고 자신들의 최선의 행위도 비판하기 위해 세심하게 노력한다. 그런데 이자들은 가장 악한 행위도 용서하기 위해 세심하게 노력한다.

외양은 똑같이 아름답지만 나쁜 토대 위에 세워진 건물, 이교도들은 이런 건물을 세웠다. 그리고 악마는 전혀 다른 토대위에 세워진 유사한 외관으로 인간을 기만한다.

나만큼 좋은 명분을 가진 사람은 그 누구도 없었으며, 당신들만큼 좋은 공격 대상을 제공해 준 사람들도 없었다.

세상 사람들은 자기들이 올바른 길을 가고 있다고 믿지 않는다.

이것은 논쟁 안에서 일어난 일이라고 주장해서는 안 된다. 당신들의 작품들은 전부 프랑스어로 인쇄될 것이고 모든 사람이 심판자가 될 것이다.

제발 그들의 말을 곧이곧대로 믿지 말라는 내 주장을 인정

---

97) elidere.

해 주기 바란다.

그들이 나 개인의 약점을 지적하면 할수록 그들은 나의 입장을 더 정당화시킨다.

당신들은 나를 이단자라 규정한다. 그럴 수 있는 일인가. 당신들은 사람들이 인정하지 않는 것을 두려워하지 않는다고 치자. 신이 나를 인정해 주는 것도 두려워하지 않는단 말인가.

당신들은 진리의 힘을 느끼고 이에 굴복할 것이다…….

사람들에게 죽을 죄의 형벌이 두려워서 당신들의 말을 믿도록 강요해야만 할 것 같다. '커다란 등불'.

중상모략을 경솔하게 믿는 것은 죄다. "그는 경솔하게 중상을 믿지 않았다."[98] 성 아우구스티누스, "그는 사방으로 넘어지면서 나도 넘어뜨렸다."[99] 중상(中傷)의 원칙에 따라서.

이와 같은 맹목성에는 무엇인가 초자연적인 것이 있다. (왜냐하면) 합당한 필연성(은 믿지 않는 자들을 이 종국(악인의 징벌)으로 몰고 갔기 때문이다.)[100]

당신들은 파렴치하게 거짓말한다.[101]

230 극단의 죄, 이를 변호하는 것. ─ '커다란 등불'.

340-23 악한 자들의 행운.

"사람은 그 지혜대로 칭찬받으려니와."[102]

---

98) "Non credeba[nt] temere calumniatori."

99) "Fecitque cadendo undique me cadere"(출처 미상).

100) "Digna necessitas"(『구약외경』, 「솔로몬의 지혜」, 19:4).

101) "Mentiris impudentissime."

102) "Doctrina sua noscetur vir"(「잠언」, 12:8).

66 "(그 혀에) 거짓말하기를 가르치며 (악을 행하기에 수고했다.)"[103] ──80, 동냥.

거짓 신앙, 이중의 죄.

3만 명에 대항해 나는 혼자인가? 아니다. 당신들은 궁정을 지키고 허위를 지켜라. 나는 진리를 지키겠다. 이것이 나의 모든 힘이고, 이것을 잃으면 나는 끝장이다. 나에게는 비방자와 박해자가 그치지 않으리라. 그러나 진리는 나의 편에 있다. 승리는 누구의 것인지 보게 될 것이다.

나는 종교를 변호할 자격이 없다. 그러나 당신들은 오류를 변호할 자격이 없다. 그리고 나는 신에게 빈다, 신의 자비로써 내 안에 있는 악에 대해 눈감으시고 당신들 안에 있는 선을 보심으로써 우리 모두에게 은혜를 내리시며, 진리가 나의 수중에서 패배당하지 않게 해주시기를, 그리고 허위가…….

804-[937] 세상 사람들이 당신들을 믿는다면 그들은 정녕 눈이 멀었어야 한다.

805-[932] 에스코바르가 비난하는 자는 비난받고도 남는다.

806-[941] 끝. 그들은 확신이 있는가? 이 원리는 확실한가? 살펴보자. 자신에 대한 증언은 하나도 없다. 성 토마스.

---

103) "Labor mendacii"(「예레미야」, 9:5).

807-[939] 당신들은 에스코바르에 대해 내가 잘못 판단했다고 비난할 수 없다, 그는 알려져 있으니까.

808-[957] "우리 자신은 일반적인 규율을 지시받지 않았다. 당신들이 우리의 규약을 보면 아마 우리를 알아보지 못할 것이다. 규약은 우리를 탁발승으로 규정하고 궁정을 멀리하게 한다——그러나 등등. 그렇다고 이것을 어기는 것은 아니다. 왜냐하면 신의 영광은 미치지 않는 곳이 없으니까."

"목적에 도달하는 데 여러 가지 길이 있다. 성 이그나시우스는 그의 길을 택했고, 지금은 다른 길이 있다. 처음에 빈곤과 은신을 가르친 것은 더 좋은 일이었고, 그 후 그 밖의 것을 택한 것은 더 옳았다. 높은 곳에서부터 시작했다면 두려움을 주었을 것이기 때문이다. 이것은 자연에 어긋난다."

"교단의 결정을 따라야 한다는 일반적인 기준이 없는 것은 아니다, 그렇지 않으면 제각기 이것을 남용할 테니까. 우리같이 허영심 없이 자신을 높일 줄 아는 사람을 찾아보기는 힘들 것이다."

"두 장애물, 복음서와 국가의 법……." "큰 자로부터 작은 자로, 어린 자에게로."[104]——"거룩한 하나의 교회."[105] 장세니스트들은 그 고통을 지닐 것이다.

불순한 판단과 의혹에 대하여 신은 분명히 우리를 보호

---

104) 단장 791, 주 72) 참조.
105) Unam sanctam. 단장 775, 주 47) 참조.

하신다. 「교황 보니파시오 8세의 교서」.[106] 생존하기 위한 재주. —— 한쪽에 있는 모든 진리를 우리는 양쪽으로 확대시킨다.

생 주르 신부. —— 에스코바르. —— 탄토 비로.[107] —— 아카비바, 1621년 12월 14일. —— 탄네르, 9, 2. dub. 5; n. 86.[108] —— 클레멘스와 바오로 5세. —— 성녀 테레사, 474. —— 소설, 장미.

개개인의 악행을 이야기하기 위하여. —— 개연적인 의견을 규탄한 1611년 6월 18일의 아카비바의 훌륭한 서한. 성 아우구스티누스, 282. —— 성 토마스에 대해서는 그가 각별히 이 문제를 다룬 곳. —— 클레멘스 플라첸티누스,[109] 277. —— 신학설. —— 그것을 알지 못했다는 것이 수도원장들의 변명이 될 수 없다, 알고 있었음이 분명함으로. 279, 194, 192. —— 도덕에 관하여, 283, 288. —— 아코키에즈는 여자들의 고해를 들었다, 360. —— 예수회는 교회에 대해, 236, 선에 있어서나 악에 있어서나, 156, 영향을 미친다.

809-[886] 이단자들. 에스겔. 모든 이교도는 이스라엘을 헐뜯었고 이 예언자도 그러했다. 그러나 이스라엘 사람들이 그를 향해 "당신은 이교도처럼 이야기한다"고 말할 권리가 있다

---

106) '거짓 범죄'. 카라뮈엘에 의하면, "우리를 공격하는 자들을 중상과 거짓 범죄로써 파멸시키는 것은 용서받을 수 있는 죄다"(카라뮈엘, 『기초 신학』).
107) Tanto viro. "한 사제가 미천한 여인과 죄를 범했을 때, 그 여인이 이처럼 고귀한 사람에게 '몸을 내맡겼음(Tanto viro)'을 자랑삼아 떠벌이면 그를 죽여도 좋은가? 그렇다. 이 이론은 개연적이다"(카라뮈엘, 같은 책).
108) 예수회 아담 탄네르의 저서 표시.
109) Clamens Placentinus. 단장 779, 주 60) 참조.

는 것은 당치도 않다. 이 예언자는 이교도들이 자기처럼 말하는 것을 있는 힘을 다하여 막는다.

810-[927] 당신들은 교단을 중요하게 여기는 터무니없는 생각으로 이 끔찍한 방법들을 만들어냈다. 당신들이 중상모략이라는 방법을 취하게 된 것도 분명 그 생각 때문이다. 당신들은 자신을 향해서는 아무렇지도 않게 용서하는 기만을 저지르면서 나를 향해서는 끔찍한 것으로 비난하고 있으니 말이다. 당신들은 나를 한 특수한 자로, 그리고 자기들은 '성충(成虫)'으로 보고 있으니까.

당신들의 아이들이 교회에 봉사할 때 그들을 비난하는 것은 그들에게 용기를 북돋아 주는 일인가.

이 사람들이 이단과 싸우는 데 사용하는 무기를 다른 데로 향하게 하는 것은 악마의 장난이다.

당신들은 서툰 정치가들이다.

당신들의 자찬(自讚)은, 정죄되지 않는 자의 특권[110]같이 분명 웃음거리를 위한 철없는 이야기이다.

811-[924] 믿을 수 없고, 신앙도 명예도 진리도 없고, 이중의 마음에 이중의 혀를 가졌고, 과거 비난받은 그대로 물고기와 새 사이의 애매한 위치를 차지한 우화 속의 양서류 같은

---

110) '예수회 실천 도덕'의 제7특권. "예수회 사람은 아무도 정죄되지 않는다"는 것.

자들.

포르루아얄은 능히 볼티주로드에 비길 만하다.[111]

그 점에서 보면 당신들의 방법이 정당한 것같이, 기독교 신앙에서 바라보면 이것은 부당하다.

왕과 제후들에게 신앙의 평판을 얻는 것은 매우 중요하다. 그래서 그것을 위해 당신들에게 고해할 필요가 있다.

812-[958] (다른 사람[112]에 의한 주)

Ep. 16. 아카비바.

설교자의 훈련에 관하여.[113]

──373쪽. 물을 주는 사람들은 큰 착각을 하고 있다.[114]

(교부(敎父)의 생각을 본받아 자신의 생각을 키우는 대신 자신의 상상에 일치시키기 위해 교부의 글을 읽는 것.)

Ep. 1. 무티오 비텔레치.[115]

──389쪽. 나는 아주 잘 알고 있지만…… 그리고 절대적으로.[116]

---

111) 예수회는 1631년 시토 수도회 소속의 볼티주로드 수도원을 점령하려고 시도했었다.

112) 아르노로 추측된다. 라틴어 구절은 1635년 출판된 「예수회의 부모 형제들에게 보낸 총회장들의 편지(Lettres des generaux aux peres et freres de la Compagnie de Jesus)」에서 발췌된 것이며 파스칼은 이에 프랑스어로 주석을 붙이고 있다. 여기 괄호 안의 글이 파스칼의 주석이다. 아카비바(Aquaviva, 1542~1615)와 비텔레치(Mutio Vitelesci, 1563~1645)는 예수회 총회장.

113) De formandis concionatoribus.

114) Longe falluntur qui ad… irrigatur.

115) Mutii Vitelesci.

116) Quamvis enim probe norim… et absolutum.

——390쪽. 아프고 불만이고 …… 겸손.[117]

(겸허.)

——392쪽. 법은 어설프게 만들어서는 안 된다. ……라고 비판했다.[118]

(미사. 그가 무엇을 중얼거리는지 나는 모른다.)

——408쪽. 너무 거칠어서…… 너무 좋다.[119]

(정치.)

——409쪽. 결국 나는 다음과 같은 말을 하고 싶다.[120]

(예수회의 불행, 아니 차라리 야릇한 행운이랄까, 한 사람의 소행을 이 모든 사람의 탓으로 돌렸다.)

——410쪽. 물어보라. ……알게 될 것이다.[121] 412쪽.

(주교의 말에 빈틈없이 복종할 것. 혹시라도 우리 자신을 성 사비엘같이 주교들과 견주어볼 뜻이 있는 것처럼 보여서는 안 된다.)

——412쪽. 탐욕의 ……를 위해.[122]

(유언, 소송.)

——413쪽. 파트리스 보르기…… 그 미래.[123]

(그들은 거짓 이야기를 늘어놓고 꾸며내기까지 한다.)

---

117) Dolet ac queritur··· esse modestiam.
118) Lex ne dimidiata··· reprehendit.
119) Ita feram illam··· etiam irrumpat.
120) Ad extremum pervelim··· circumferatur.
121) Quaerimoni··· deprehendetis
122) Ad h c si a litibus··· aviditatis.
123) Patris Borgi ··· illam futuram.

——415쪽. 집안일에…… 이제 그만둬라, 등등.[124]

ep. 2. 무티오 비텔레치.[125]

——432쪽. 넷째로…… 가능한 한 열렬히 촉구합니다.[126]

(개연성. 독실한 이들은 신뢰할 만하다. 그는 믿어도 좋다. 그에게는 권위가 있다.[127])

——433쪽. 발언 허가를 요청하는 경우가 거의 없다는 것이 사실이기 때문이다.)[128]

(비방하는 자들을 벌하지 않는다.)

ep. 3. 무티오 비텔레치.[129]

——437쪽. 당연히 의심의 여지가 없다…… 어떠한 피해도 입지 않았다.[130]

(예수회가 해를 입지 않기를.)

——440쪽. 하느님께 간절히 기도하오니…… 그분은 아무 어려움 없이 일을 해내시기 때문이며, 그분의 아들도 그렇습니다. 「에스겔」, 37장.[131]

---

124) In res domesticas… nunc dimittis, etc.

125) Mutii Vitelesci.

126) Quarto nonnulorum… quam ardentissime possum urgere.

127) tueri potius potest‑probabilis est autore non caret.

128) Quoniam vero de loquendi licentia… aut raro plectatur.

129) Mutii Vitelesci.

130) Nec sane dubium… nihil jam detrimenti acceperit.

131) Ardentissime Deum exoremus… operari non est gravatus et tu fili, etc. Ezech., 37.

——441쪽. 지도자로서…… 많은 일을 한다.[132]

(자신의 평판을 얻기 위해 불복종한다.)

——442쪽. 시도하고 있는…… 이 일 등등이 실패한다면.[133]

(귀족들의 지지를 얻기 위해 불복종한다.)

——443쪽. 이 악덕 때문에…… 백성은 불행해진다.[134]

(그들은 무례한 짓을 하고 또 예수회의 신분에서 벗어나는 일을 한다. 그리고 말하기를, 대귀족들이 이 때문에 그들을 괴롭힌다고 한다. 그러나 그들이야말로 귀족들을 괴롭히며, 결국 귀족들을 거부함으로써 적을 삼거나 받아들임으로써 교단을 망하게 하기 마련이다.)

——443쪽. 3장에서 보게 될 것이다. ……색이 변했음을.[135]

(순결.)

——445쪽. 빈곤에 대해서…… 진리를 거스르지 않는.[136]

(빈곤. 진리에 어긋난 해이한 의견.)

——445쪽. 고귀한 로마서.[137]

——446쪽. 신이 우리를 만들었으니…… 용서받을 수 있다면.[138]

(포도밭 등등.)

---

132) Secumdum caput⋯ tanti facimus.

133) H c profecto una si deficiet⋯ qui hoec molitur, etc.

134) Ex hoc namque vitio⋯ importunum pr beas.

135) Spectabit tertium caput⋯ mutatus est color optimus.

136) De paupertate⋯ non adversentur veritati.

137) Nobilis quidam Rom ⋯ collocabit.

138) Faxit Deus⋯ atque si pr termitterentur.

813-[895] 사람은 양심에 따라 악을 행할 때 가장 마음껏 그리고 가장 즐거이 행한다.

814-[841] 이 수녀들[139]은 자기들이 멸망의 길에 있다거나, 그들의 고해 신부들이 제네바[140]로 그들을 인도해 간다거나, 이 고해 신부들이 예수 그리스도는 성찬 속에도, 하느님의 오른편에도 있지 않다고 가르친다는 따위의 말을 듣고 적이 놀란다. 그러나 이 수녀들은 이 모든 것이 거짓임을 알고 있으며, '내가 고통받을 길을 가고 있지나 않은지 살피시고'[141]와 같은 마음가짐으로 신에게 스스로를 바친다. 이에 무슨 일이 일어났는가. 악마의 전당이라 일컬어진 이곳을 신은 그의 성전으로 삼으셨다. 사람들은 그곳에서 자녀들을 내보내야 한다고 말한다. 그러나 신은 그곳에서 그들을 고치신다. 사람들은 그곳을 지옥의 병기창이라고 말한다. 그러나 신은 은총의 성지로 삼으신다. 끝으로 사람들은 하늘의 모든 노여움과 복수로써 그 수녀들을 위협한다. 그러나 신은 그의 은혜로써 그들을 채우신다. 어지간히 머리가 돈 사람이 아니고는 그들이 멸망의 길에 들어섰다고 결론 내릴 수 없으리라.

(우리는 분명히 성 아타나시우스[142]와 같은 표적들을 가지고 있다.)

---

139) 포르루아얄의 수녀들.
140) 칼뱅주의의 본거지.
141) "Vide si via iniquitatis in me est"(「시편」, 139:24).
142) 초대교회의 교부. 아리우스설에 대항해 그리스도의 신성을 주장했다.

815-[893] 사람은 진리를 보여줌으로써 진리를 믿게 할 수
있다. 그러나 지배자들의 부정을 지적한다고 해서 그 부정을
고칠 수는 없다. 허위를 지적하면 양심을 지킬 수 있지만 부정
을 지적하면 은급을 보장받을 수 없다.

816-[853] [신부님, 신의 계명을 소박하게 판단해야 하오.
마르다섬에서의 성 바울.]

817-[929] ……그리고 이 고백을 거부하는 사람들을 교회
에서 추방하려고 합니다. 그리고……
    누구나가 다 그것[143]은 이단이라고 선언합니다. 아르노 씨
는—그리고 그의 동료들도—항의하여 말하기를, 자기도 그
것을 그 자체로써 규탄하며 그것이 어디서 발견되든 간에 구
애치 않는다, 만약 얀선의 책 안에 있다면 그 안에서 규탄할
것이고 설사 얀선의 책 안에 그 명제가 있지 않다 해도 교황
이 규탄한 이 명제의 이단적인 의미가 그 안에서 발견된다면
얀선을 규탄할 것이라고 했습니다.
    그러나 당신은 이 항의에 만족하지 않고 있습니다. 당신은
이 명제들이 글자 그대로 얀선의 글 안에 있음을 아르노 씨
가 인정하기를 원합니다. 그는 그렇게 생각하지 않으므로 이
를 인정할 수 없으며, 자기도 그리고 수많은 다른 사람들도 그
안에서 찾아보았지만 발견할 수 없었다고 대답했습니다. 그는

---

143) 「5개 명제」를 가리킨다.

당신과 또한 다른 모든 사람들에게도 그 책 어느 쪽에 이 명제가 있는지를 지적해 달라고 부탁했습니다. 그러나 그렇게 한 사람은 아무도 없었습니다.

그럼에도 불구하고 당신은 교회가 규탄한 모든 것을 그도 규탄했건만, 어떤 말 또는 뜻이 그 책 안에 있음을 인정하지 않는다는 단 하나의 이유 때문에 그것을 구실 삼아 아르노 씨를 교회에서 추방하려고 합니다——그가 그 안에서 찾아볼 수도 없었고 또 아무도 그에게 그것을 보여주려고 하지도 않는데 말입니다. 신부님, 참으로 이와 같은 구실은 허망하기 그지없는 것으로, 일찍이 교회 안에 이처럼 해괴하고 불의하고 폭군적인 처사는 없었을 겁니다.

교회는 능히 명할 수 있습니다. 클레멘스 8세, 만약 누군가가 말하기를……[144] 한 이단자에게…….

그들의 이단이 단지 당신에게 반대한다는 뜻으로 성립되어 있음을 알기 위해서는 굳이 신학자가 될 필요도 없습니다. 나는 나 자신에게서 이 사실을 느끼고 있고, 당신을 공격한 모든 사람들에게서 전반적인 증거를 볼 수 있습니다. 루앙시(市)의 장세니스트 사제들.[145] 캉시(市)에서 있었던 서약.[146]

당신은 당신 자신의 계획들을 매우 성실하게 믿은 나머지 그것들을 서약의 자료로 삼고 있습니다.

---

144) "Si quis dixerit……." 파문(破門) 서식의 서두이다.
145) 「루앙의 사제들에 대한 공개장」 참조.
146) 캉시의 예수회 학교에서 장세니스트들에게 신의 저주가 내리기를 기원한 사건. 「제11프로뱅시알」 및 「어느 공작에게 보내는 서한」(아르노) 참조.

2년 전 그들이 이단이라는 근거는 교서였습니다. 작년에는 내적인 것이었습니다. 6개월 전에는 한 글자 한 글자[147]였고, 지금은 그 의미입니다.

당신이 오로지 그들을 이단자로 만들고 싶어 할 뿐이라는 것을 내가 잘 본 게 아닌가요? 성찬례(聖餐禮), 서문, 비유로앙.[148]

나는 다른 사람들을 위해 이야기하다가 당신과 싸우게 되었습니다.

그 명제로 인해 그처럼 소란을 떨다니 당신은 참으로 가소롭군요.

저자들의 이름도 없습니다. 그러나 당신의 흉계를 사람들은 알았으므로 70인이 이에 반대했고──판결이 내려진 날짜를 적을 것──당신이 그의 말을 구실 삼아 그를 이단자로 꾸며 댈 수 없었던 바로 그 사람이…… 등등.

이 모든 것이, 가장 끔찍한 것까지도 당신네 저자들에게서 나온 것임을 밝혔다고 해서 누가 나를 원망하겠습니까. 모든 것은 알려지게 마련이니까요.

당신의 대답, 그리고 그가 이단이라는 것을 증명하는 방법은 고작 이것뿐입니까.

그는 과연 그런지 아닌지 알고 있거나, 아니면 죄인인지 이단자인지 의심하고 있습니다──얀선──아우렐리우스──아

───────────────

147) totidem. 「제17프로뱅시알」에 이렇게 쓰여 있다. "이 명제가 얀선의 글 가운데 한 글자 한 글자 전부 그리고 그대로의 표현으로……."
148) 비유로앙의 수도사 드 마롤을 가리킨다. 그는 1653년 『신약성경』 번역서 「서문」 앞에 「장세니스트 변호」를 실었다.

르노——프로뱅시알.

이교도만을 고찰해 봅시다. 초자연적 진리를 밝히는 빛이 마찬가지로 이 진리에 과오가 없음을 밝힙니다. 이에 반하여 ……하는 빛은…… 등등.

펠라기우스[149] 이후. 따라서 그것은 이상한 일이 아닙니다. ——거짓 권리. 바로니우스.[150]——나라면 차라리 사기꾼이 되면 되었지 등등.

일단의 버림받은 자들.

성 마리아의 헌금함을 다 열어본다 해도 당신들의 결백이 손상되지는 않을 겁니다. 그리고…….

당신이 그렇게 한 이유가 무엇입니까? 당신의 말에 의하면 나는 장세니스트이고 포르루아얄은 「5개 명제」를 지지하고 있으니 나도 「5개 명제」를 지지한다는 겁니다. 이 세 가지는 모두 거짓말입니다.

이 모든 것을 조종하는 것은 당신이 아니라고 내게 와서 말하지 말기 바랍니다. 내가 대답할 필요가 없게 말입니다.

교황은 두 가지를 규탄하지 않았습니다. 그는 명제들의 의미만을 규탄했지요. 교황이 이것을 규탄하지 않았느냐고 당신은 물을지도 모르겠습니다. "그러나 얀선의 의미는 그 안에 포함되어 있다"고 교황은 말합니다. 교황이 당신의 이른바 한 글

---

149) Pelagius(354~418?). 인간의 우수성과 자유의지를 주창함으로써 아우구스티누스의 격렬한 비판을 받았으며 가톨릭교회로부터 이단 판정을 받았다.
150) Baronius(1538~1607). 교회사가이자 로마 가톨릭 변증가.

자 한 글자[151]로 인해 그렇게 생각했다는 것을 나는 잘 알고 있습니다. 그러나 파문과 관련해서 그가 그렇게 말한 것은 아닙니다.

어떻게 교황과 프랑스 사제들이 이것을 믿지 않을 수 있었겠습니까. 당신은 그들에게 그것이 '한 글자 한 글자'라고 말했는데, 당신은 실제로는 그렇지 않은데도 그렇다고 말할 수 있는 사람이라는 것을 그들은 모르고 있었던 것일 겁니다. 사기꾼들이여! 당신들은 나의 열다섯 번째 서한을 아직 읽지 않았군요.

어떻게 얀선의 의미가 그가 만들지도 않은 명제들 속에 있겠습니까.

그것이 얀선의 책 속에 있거나 아니면 없는 것입니다. 만약 있다면 그 자체로써 규탄을 받겠지요. 그러나 그렇지 않다면 무슨 이유로 그를 규탄하게 하려는 것입니까.

만약 사람들이 에스코바르 신부에게서 나온 명제들 중 단 하나라도 규탄한다면, 나는 한 손에는 에스코바르를, 또 한 손에는 유죄 선고를 들고 정식으로 의제로 삼겠습니다.

818-[882] 예수회가 교황을 농락할 때마다 기독교도 전체는 배교자가 된다.

교황은 그의 직함과 예수회에 대한 그의 신뢰로 인해 매우 농락당하기 쉽다. 한편 예수회 사람들은 중상모략으로 교황

---

151) totidem.

을 농락하는 데 매우 능수능란하다.

819-[942] ……개연성은 다른 원리, 가령 라미와 중상자의 원리를 위해 필요하다.

그들의 열매로써……[152] ── 그들의 도덕으로 그들의 믿음을 판단하라.

개연성은 그 방법이 타락하지 않으면 대수롭지 않다. 그리고 그 방법은 개연성이 없으면 아무것도 아니다.

잘할 수 있는 능력과 잘할 줄 아는 지식은 즐거움을 준다. 지식과 능력[153] 은총과 개연성도 이러한 즐거움을 준다. 왜냐하면 사람은 자신이 의지하는 저자들을 담보 삼아 신의 심판을 받을 수 있기 때문이다.

820-[849] 그렇기도 하고 그렇지 않기도 하다[154]는 것이 도덕에서처럼 신앙에서도 허용될 수 있을까? 그것이 인간의 행동에 있어서 서로 분리될 수 없는 것이라면 말이다.

성 사비에르가 기적을 행할 때.──[성 힐라리우스, 우리로 하여금 기적을 말하지 않을 수 없게 만드는 가엾은 사람들!] [만드는 자.][155]

---

152) "A fructibus eorum……"(「마태」, 7:16).

153) Scire et posse.

154) "Est et non est." 도덕판례학 또는 결의론의 한 원리로서, 어떤 행위에 대해 판단할 때 개연성에 의해 자기에게 유리한 견해를 택하는 것을 의미한다.

155) Vae qui conditis.

부정한 심판자들이여, 임시변통의 법을 만들지 마시오, 기존의 법으로 그리고 당신들 자신에 따라 심판하라. 불의한 법을 만드는 자에게 화 있을지어다.[156]

계속되는 기적은 거짓이다.

당신들은 논적(論敵)들을 약화시키기 위해 전 교회를 무력화시킨다.

그들이 우리의 구원은 신에게 달려 있다고 말해도 그들은 '이단'이 된다.

그들이 교황에게 복종한다고 말해도 그것은 '위선'이다.

그들이 교황의 모든 교서에 승복하려고 해도, 그것으로는 충분하지 않다.

그들이 사과 하나 때문에 사람을 죽여서는 안 된다고 말해도 "그들은 가톨릭의 도덕을 공격한다"고 한다.

그들 가운데 기적이 일어나면, 그것은 신성의 표적이 아니라 오히려 이단의 혐의가 된다.

교회가 존속해 왔던 것은 진리가 아무런 반대도 받지 않았기 때문이다. 그렇지 않고 진리가 반대에 직면했을 때는 교황이 있었거나 아니면 교회가 있었다.

821-[946] 그가 가지고 있다고 믿는 능력과 그의 어리석음 사이에는 너무나도 큰 불균형이 있어서 어떻게 그처럼 자신을 착각할 수 있는지 믿기지 않는다.

---

156) "Vae qui conditis leges iniquas"(「이사야」, 10:1).

822-[860] 이처럼 많은 믿음의 표적이 있은 후에도 그들은 여전히 박해를 받고 있다. 이것이야말로 믿음의 최선의 표적이다.

823-[945] 심판의 날.

당신이 얀선의 의미라 일컫는 것이 바로 이런 것이군요, 신부님. 당신이 교황과 사제들에게 설명하려는 것이 바로 이런 것이라니!

만약 예수회가 타락했다면, 그리고 우리만 남은 것이 사실이라면, 더더구나 우리는 머물러 있어야만 합니다.

전쟁으로 확립된 것은 거짓 화평에 의해 무너지지 않는다.[157]

나의 왕은 하느님의 천사와도 같아 축복에도 저주에도 변함이 없도다.[158]

기독교의 덕(德) 가운데 최대의 덕, 즉 진리에 대한 사랑이 공격받고 있습니다.

서명이 의미하는 바가 그것이라면, 조금도 모호한 점이 없도록 내가 설명하는 것을 용서하기 바랍니다. 왜냐하면 서명은 곧 동의라고 믿는 사람들이 꽤 있다는 사실에 대해서는 의견이 일치할 테니까요.

만약 주임 검사가 서명하지 않으면 판결은 무효가 될 겁니다. 교서는 서명되지 않아도 유효하겠지요. 따라서 ……은 아

---

157) "Quod bellum firmavit, pax ficta non auferat"(출처 미상).
158) "Neque benedictione, neque maledictione movetur, sicut angelus Domini"(「열왕기하」, 14:17).

닙니다.

"하지만 당신이 잘못 판단할 수도 있지 않을까요?" 단언하지만 내가 잘못 판단할 수도 있다고 생각합니다. 그러나 지금 잘못 판단했다고 생각한다고는 단언하지 않겠습니다.

믿지 않는 것은 죄가 되지 않습니다. 믿지 않으면서 맹세하면 죄가 될 테지요…… 희한한 문제들. 이것은…….

나는 여기서 당신에게 말하는 것을 유감으로 생각합니다, 단지 한 가지만을 이야기하고 있을 뿐이라고.

이것은 에스코바르와 함께 그들을 높은 자리에 위치시킵니다. 그러나 그들은 그렇게 생각하지 않습니다. 그리고 신과 교황 사이에서 자신들을 발견하는 불쾌감을 나타내면서…….

824-[936] 몰리니스트들[159]의 행동이 정당하게 보일지도 모른다는 두려움에서 그들이 의롭지 못한 일을 한 것은 좋은 일이다. 그러므로 그들을 봐주어서는 안 된다—그들은 그런 일을 범하기에 합당하다.

825-[946-2] 안나. 그는 모르는 것이 없는 제자가 되고, 오만함이 없는 스승이 된다.

826-[951] 1558년 공포된 바오로 4세의 교서 「사도직으로 인하여」[160] 중에. "우리는 명하고 법령으로 정하고 공표하고 규

---

159) 몰리나(Molina)를 추종한 사람들. 단장 867, 주 185) 참조.

정한다. 이단 또는 교회 분립에 잘못 인도되거나 이에 빠져든 자는 누구나, 그리고 각자 지위와 신분을 막론하고 평신도나 성직자나 사제나 주교나 대주교나 총대주교나 대사교나 추기경이나 자작이나 후작이나 공작이나 왕이나 황제나, 위에 말한 판결과 형을 받음은 물론, 이로 말미암아 법적 및 실제적 온갖 직무를 잃음으로써 모든 일에 있어서 그리고 모든 일에 대하여 영원토록 그의 교단과 대교구와 성직록과 성무(聖務)와 왕국과 제국을 박탈당하게 되려니와 결코 되돌아갈 수 없으리라."

"이들은 세속적 권력의 결정에 넘겨져 형벌을 받을 것이고, 참된 참회로써 자신의 과오에서 돌아나오는 자가 있다면 그들은 교황청의 너그러움과 관용으로 오직 한 수도원에 유폐되어 빵과 물로 영원한 회오의 삶을 영위토록 허용되는 은총이 주어질 따름이다. 그러나 그들은 모든 지위와 교단, 고위 성직, 백작령, 공작령, 왕국을 영원히 되찾지 못하리라. 또한 그들을 은닉하거나 변호하는 자는 이로써 파문과 치욕의 낙인이 찍히고, 모든 왕국과 공작령, 재산, 소유물을 박탈당하며, 먼저 점거한 자에게 권리 및 소유권이 돌아가리라."

"가톨릭교회를 위한 열성으로, 파문된 자에 대해 격분한 나머지 이들을 죽인 자는 살인자로 간주되지 않는다."[161] 우르바누스 2세,

---

160) Cum ex apostolatus officio. 「사도직으로 인하여」는 이단을 고의로 지지하는 교황 행세자 자동 파문 법령이다.

161) "Si hominem excommunicatum interfecerunt, non eos homicidas reputamus, quod adversus excommunicatos zelo catholic matris ardentes

『법령집』, 23: 9. 5.

827-[950] 그들을 몹시 괴롭히고 난 다음에야 당신들은 집으로 돌려보내질 것이다.

교회의 권력 남용에 대해 상소해 봤자 힘없는 위로밖에 되지 않는다. 왜냐하면 권력을 남용하는 커다란 방도는 제거되고…… 게다가 페리고르나 앙주와 같은 벽지에서 파리 최고법원에까지 나올 방도도 없고…… 또한 그들은 항상 이와 같은 권력 남용에 대한 상소를 금지하는 공의회의 결정에 부딪힐 것이다.

왜냐하면 설사 그들이 요구한 것을 얻지 못할지라도 이 요구는 그들의 힘을 나타내고야 말 테니까. 그들의 힘은, 그토록 부당한 것이기에 분명히 얻을 수 없는 것을 그들로 하여금 감히 요구하게 할 만큼 강력하다.

그러므로 이것은 그들의 의도와, 교서가 최고법원에 등기됨으로써 승인되어서는 안 될 필요성을 더 잘 인식시켜 줄 뿐이다. 그들은 이 교서로써 새로운 설립의 기초를 삼으려 하고 있다. 단순한 교서가 문제가 아니라 하나의 기초가…….

법원에서 나오는 길에…….

121. 교황은 자신의 승인 없이 왕이 왕자들을 결혼시키는 것을 금한다. 1294. 우리는 네가 알기를 원한다.[162] 124, 1302.

---

aliquem eorum trucidasse contigerit." 23, qu. 5 d'Urbain II."
162) "Scire te volumus."

유치한…….

828-[887] 장세니스트들은 도덕 개혁에 있어서 이단자를 닮았다. 그러나 당신들은 악에 있어서 이단자를 닮았다.

829-[933] 라틴어로 이것을 쓴 사람이 프랑스어로 말한다. 잘못은 이것들을 프랑스어로 옮긴 데 있는 만큼 이것들을 규탄하는 일을 해야 했다.

이단은 단 하나뿐이다. 그런데 학교와 사회에서 다르게 설명한다.

830-[920] 3. 그들이 개연성을 버리지 않는다면 그들의 좋은 규범도 나쁜 규범과 같이 신성한 것이 될 수 없다. 그것들은 인간적인 권위 위에 세워졌기 때문이다. 따라서 이 규범들이 더 옳은 것이라면 그것들은 더 합리적일 수는 있어도 더 신성한 것은 되지 않는다. 이것들은 야생의 줄기에 접목된 것과 같다.

내가 말하는 것이 당신들을 가르치는 데는 도움이 안 될지 몰라도 민중에게는 도움이 될 것이다.

저들이 침묵하면 돌이 외치리라.[163]

침묵하게 하는 것은 최대의 박해이다. 성자들은 결코 침묵하지 않았다. 신의 소명이 있어야 한다는 것은 사실이다. 그러

---

163) 「누가」, 19:40 참조.

나 과연 신의 부르심을 받았는지를 알려주는 것은 공의회의 결정이 아니라 말하지 않을 수 없는 필연성이다. 그런데 로마가 언명하고, 그(교황)가 진리를 유죄로 결정한 것을 알게 되고, 그것이 기록되고, 이 결정을 반박한 책들이 정죄된 지금에 이르러서는, 부당한 비난을 받으면 받을수록 그리고 언론을 폭력으로 억압하면 할수록 더 소리 높이 외쳐야 한다, 쌍방의 말을 듣고 옛날을 거울삼아 정당한 판단을 내릴 교황이 나타날 때까지.

그렇기에 교황들은 줄곧 교회가 소란스러운 것을 보게 될 것이다.

종교재판과 예수회는 진리의 두 재난이다.

왜 당신들은 그들을 아리우스주의자라고 규탄하지 않는가? 그들은 예수 그리스도를 신이라고 말했는데 말이다. 아마도 그들은 본성으로서가 아니라 이른바 '너희는 신들이다'라는 의미[164]로 이해하고 있는지 모른다.

만약 내 편지(『프로뱅시알』)가 로마에서 정죄된다면 내가 그 안에서 규탄하는 것은 하늘에서 정죄될 것이다.

주 예수여, 저는 당신의 법정에 상소합니다.[165]

당신들이야말로 타락할 소질이 있다.

나는 내가 정죄된 것을 보고 혹시 내가 잘못 쓴 것은 아닌가 걱정했다. 그러나 수많은 신앙서가 오히려 반대의 것을 확신

---

164) "Dii estis"(「시편」, 82:6).

165) "Ad tuum, Domine Jesu, tribunal appello"(성 베르나르두스, 『서한집』).

시켜 주었다. 이제는 올바르게 쓴다는 것이 허용되지 않는다!

이토록 종교 재판이 타락하고 무식할 줄이야!

사람보다 하느님을 순종하는 것이 더 마땅하다.[166]

나는 아무것도 두려워하지 않으며, 아무것도 바라지 않는다. 주교들은 그렇지 않다. 포르루아얄은 두려워한다.[167] 그러니 그들을 분산시키는 것은 서투른 정책이다. 왜냐하면 그들은 더 이상 두려워하지 않게 될 것이고 따라서 지금보다 더 두려운 존재가 될 것이기 때문이다.

나는 당신들의 유죄 선고도 두려워하지 않는다, 그 선고의 말들이 교회에 전승되어 온 말씀에 근거한 것이 아니라면.

당신들은 모든 것을 정죄하려는가? 그래! 나의 경의(敬意)까지도? 아니다. 그렇다면 무엇을 비난하는지 말하라. 만약 무엇이 악인지를 지적하지도 않고 또 그것이 왜 악인지를 말하지도 않는다면 당신들은 아무것도 이루지 못할 것이다. 그런데 이것이야말로 그들이 매우 하기 어려운 일이다.

개연성.——그들은 확실성을 우스꽝스럽게 설명했다. 왜냐하면 그들은 그들의 모든 길이 확실하다고 설정한 다음, 그곳에 이르지 못할 위험 없이 하늘나라로 인도하는 것을 확실하다고 부르지 않고, 도리어 이 길에서 빠져나갈 위험 없이 그곳으로 인도하는 것을 확실하다고 불렀으니 말이다.

---

166) 「사도행전」, 5:29.
167) 포르루아얄을 보존하기 위해 양보하기로 결정한 아르노, 니콜 등에 대한 파스칼의 비판.

831-[894] 교회를 사랑하는 사람들은 도덕을 타락시키는 것을 보고 개탄한다. 그러나 최소한 법은 존속한다. 그런데 이 자들[168]은 법을 타락시킨다. 원형이 손상된 것이다.

832-[907] 결의론자들은 타락한 이성에 결정을 맡기고 타락한 의지에 이 결정의 선택을 맡긴다, 인간의 본성 가운데 모든 타락한 것을 인간의 행위에 참여시키기 위하여.

833-[868] 교회에서 과거 일어났던 일과 현재 진행되는 일을 비교하는 데 저지르는 오류는 흔히 성 아타나시우스와 성녀 테레사 그리고 그 외의 사람들을 마치 영광과 연륜으로 빛나는 인물로 여기고 이미 우리 이전에 오랜 세월에 걸쳐 있어 온 신과 같은 존재로 바라보는 일이다. 세월이 모든 것을 훤히 드러낸 오늘에 와서는 그렇게 보일 듯도 하다. 그러나 그들이 박해를 받고 있을 때 이 위대한 성자는 아타나시우스라는 이름의 한 사나이였고, 성 테레사도 한 소녀였다. "엘리야도 우리와 같은 사람이요, 우리와 같이 정념에 사로잡힌 사람이다." 이렇게 성 [야곱]은 말했다. 이것은 성자들의 본보기를 우리의 상태와 완전히 다른 사람처럼 멀리하게 하는 그릇된 관념에 대해 기독교도들을 깨우치기 위한 말이었다. "그들은 성자였다, 우리와 같지 않다"고 우리는 말한다. 그렇다면 당시 어떤 일이 일어났던가? 성 아타나시우스는 아타나시우스라는 이름

---

168) 결의론자들을 가리킨다.

의 한 사나이였고 갖가지 죄상으로 고발당하여 이런저런 공
의회에서 이런저런 죄목으로 규탄받았으며 모든 사제들이 이
에 동의하고 마침내 교황도 승인했다. 이에 항변한 사람들은
무슨 말을 들었는가? 화평을 어지럽힌다, 교회 분열을 꾀한다
등등의 말을 들었다.

열성, 지식. 네 부류의 사람들이 있다. 즉 지식 없는 열성을
지닌, 열성 없는 지식을 지닌, 지식도 열성도 없는, 열성과 지
식을 겸유한 사람들이. 처음 세 부류의 사람들은 그를 규탄한
다. 최후의 사람들은 그를 용서하고 교회에서 파문당하며 그
럼에도 불구하고 교회를 구한다.

834-[930] 진리에 대한 사랑과 자비의 의무 사이에서 중
용을 지키기 위해 가능한 한 그들을 인간적으로 대했다.

신앙은 형제들에 대항하여 결코 일어서지 않는 것과는 다
르다. 그렇게 하는 것은 쉬운 일일 것이다 등등. 진리가 손상되
는 것을 무릅쓰면서까지 평화를 지키려 하는 것은 거짓된 믿
음이다. 사랑을 해치면서까지 진리를 지키려는 것도 그릇된
열성이다. 그렇기에 그들은 그 일에 불평하지 않았다.

그들의 원리에는 그것들을 지켜야 할 때와 장소가 있다.

그들의 허영심은 그들의 오류에서 생겨나게 마련이다.

그들은 그들이 저지른 잘못으로 인해 유대인과 같고, 그들
이 당한 형벌로 인해 순교자와 같다.

그럼에도 그들은 그 어떤 ……도 부인하지 않는다. 그중에
서 발췌하여 그것을 부인하기만 하면 되는데도——(예언자라는

것들, 입에 먹을 것만 물려주면 만사 잘되어 간다고 떠들다가도 입에
아무것도 넣어주지 않으면) 트집을 잡는다[169] —— 부르세이 씨.[170]
최소한 그가 유죄 판결에 반대한다는 것만은 그들도 부인하
지 못할 것이다.

835-[949] 국가의 경우, 평화의 유일한 목적은 백성들의
재산을 안전하게 보존하는 것이듯이, 교회의 평화를 추구하
는 유일한 목적은 교회의 재산인 진리와 교회의 마음이 깃들
어 있는 보배로운 것을 보호하는 것이다. 한 국가 안에 적이
침범해 약탈하는 것을 보고도 평안을 어지럽힐까 두려워 이
에 대항하지 않는다면 도리어 평화를 거역하는 일이 되는 것
같이(평화란 오로지 재산을 안전하게 지킬 때 정당하고 유익한 일
이므로 일단 평화가 재산의 손실을 방임할 때는 부당하고 유해한 일
이 되며, 오히려 이것을 지킬 수 있는 전쟁이 정당하고 필요한 일이
되기 때문이다), 교회에 있어서도 진리가 원수에 의해 공격당하
고 신도들의 마음에서 진리를 앗아가 오류가 그들의 마음을
지배하게 한다면, 이때 평화 속에 머물러 있는 것은 과연 교
회에 봉사하는 일인가, 교회를 배반하는 일인가? 교회를 지키
는 일인가, 파멸시키는 일인가? 진리가 다스리는 평화를 어지
럽히는 것이 죄라면, 진리가 파괴될 때 평화 속에 머물러 있
는 것도 죄라는 점은 명백하지 않은가? 그렇다면 평화가 정

169) "Sanctificant proelium"(「미가」, 3:5).
170) Bourseys 신부. 그는 1653년까지는 아우구스티누스 신학의 열렬한 신
봉자였다.

당한 때가 있고, 평화가 부당한 때가 있다. 그렇기에 "평화의 때가 있고 전쟁의 때가 있다."[171]고 적혀 있으며, 이것을 판가름하는 기준은 바로 진리의 이익이다. 결코 진리의 때와 오류의 때가 있는 것이 아니다. 도리어 "하느님의 진리는 영원하리라."[172]고 적혀 있다. 그렇기에 예수 그리스도는 평화를 가지고 왔다고 말하면서[173] 한편 전쟁을 가지고 왔다고 말한다.[174] 결코 진리와 허위를 가지고 왔다고 말하지 않는다. 그러므로 진리는 사물의 제일원리이고 궁극의 목표이다.

836-[905] 참회의 표시 없는 고해와 용서에 관하여. 신은 내면만을 보고, 교회는 외면으로만 판단한다. 신은 마음속에서 참회하는 것을 보기만 하면 곧 죄를 사하신다. 교회는 행위 가운데 참회가 나타나 보일 때 사한다. 신은 마음속에 순수한 교회를 세워, 그 내면적이고 그지없이 영적인 성스러움으로 오만한 현자들과 바리새인들의 내적 불신을 부끄럽게 만드신다. 교회는 이교도들의 도덕을 무색하게 할 만큼 순결한 외적 도덕을 가진 사람들의 집단을 이룬다. 만약 그곳에 위선자가 있는데 그들이 너무나 잘 위장해서 교회가 그 해로운 독을 알아차리지 못하면 교회는 그들을 받아들인다. 비록 그들은 속일 수 없는 신에게는 받아들여지지 않을지라도 그들이 속이는

---

171) 「전도」, 3:8.
172) 「시편」, 116:2.
173) 「요한」, 14:27.
174) 「마태」, 10:34.

사람들에게는 받아들여지기 때문이다. 이렇게 해서, 성스럽게 보이는 그들의 행위로 인해 교회가 더럽혀지지는 않는다.

그러나 당신들은 인간의 내면이 오직 신의 것이라는 이유로 교회가 이것을 판단하기를 원치 않고 또 신이 내면만을 살핀다는 이유로 교회가 외면을 판단하기를 원치 않는다. 그리고 당신들은 신도를 택하는 교회의 모든 권리를 박탈하면서 가장 부도덕한 자들과, 또 유대인의 회당이나 철학의 학파들도 합당하지 않은 자로써 추방하고 불경건한 자로써 혐오할 만큼 교회를 극도로 욕되게 하는 자들만을 그곳에 잡아둔다.

837-[935] 예수회. 예수회는 신을 세상과 연합시키고자 했다. 그러나 얻은 것은 신과 세상의 멸시뿐이다. 왜냐하면 신앙의 면에서 이것은 자명하고, 세상의 면에서 그들은 훌륭한 책략가는 아니기 때문이다. 누차 내가 말한 것처럼 그들은 권력을 가지고 있지만 다른 사제들에 대해서 그러하다. 그들은 분회당이나 사면을 위한 순례용 숙소를 세울 만한 힘은 몰라도 사교구나 현지의 행정권을 가질 힘은 없다. 그들 자신이 고백하는 것처럼 그들이 차지하는 수도사의 지위는 세상에서 보잘것없는 것이다(브라자시에 신부, 『베네딕트회』). 그럼에도……당신들은 더 강한 자들에게는 몸을 굽히고, 세상에서 당신들만큼 간계를 부릴 줄 모르는 사람들을 그 보잘것없는 세력으로 짓누르고 있다.

838-[889] ……그래서 한편으로 성직(聖職)에 속해 있지 않

은 방종한 수도사나 타락한 결의론자들이 이와 같은 타락에 젖어 있는 것이 사실이라면, 다른 편으로는 신의 말씀의 참된 수탁자인 교회의 참된 목자들이 그것을 파괴하려고 꾀하는 자들의 노력에 대항하여 단호히 신의 말씀을 지켜왔다는 것도 변함없는 사실이다.

따라서 신도들은 그들 자신의 목자들의 자비로운 손으로 제공되는 건전한 가르침을 물리치고 대신 결의론자들의 낯선 손으로 제시되는 문란한 도덕을 따라야 할 아무런 이유도 없다.

또한 불신자와 이단자들은 이와 같은 오류들을 교회에 대한 신의 섭리의 결여로 제시할 아무런 근거도 없다. 왜냐하면 교회는 본래 성직 조직 가운데 존재하는 것이므로 현 사태에서 신이 교회를 타락에 내맡겼다는 결론을 끌어내기는커녕, 도리어 신이 교회를 분명히 타락으로부터 보호하고 있다는 것이 오늘처럼 확실히 나타난 적은 일찍이 없었다고 보아야 하기 때문이다.

특별한 소명을 받아 세상을 등지고 수도원에 들어가 일반 기독교도보다 더 완전한 삶을 살아가기로 맹세한 사람들 중 일부가 일반 기독교도가 보기에도 민망스러운 타락에 빠져들어, 옛날 유대인들 사이에 있었던 거짓 예언자들같이 우리 사이에 나타난다면, 이것은 특수하고 개인적인 불행으로서 정녕 개탄할 일이로되 그것만 가지고 결론을 내려 교회에 대한 신의 배려를 부정할 수는 없기 때문이다. 이 모든 것은 명백히 예언되었고 또 유혹이 그런 부류의 사람들에게 있으리라는 것도 이미 오래전부터 예고되었던 것으로, 올바르게 가르침을 받은 사람들이라면 그로부터 신이 우리를 망각했다는 표시보다 오히려 신이 우리를 인도한다는 표시를 볼 것이다.

839-[891] 예수회의 교리에 의존하는 이단자들에게 알려주어야 할 점은 그것이 교회의 가르침…… 교회의 교리가 아니라는 것, 우리의 분열은 우리를 전체에서 분리시키지 않는다는 사실이다.

840-[940] 삼위일체 가운데 세 사람을 믿거나 네 사람을 믿거나 사람의 마음과는 상관없는 일이다. 그러나 그렇지 않은 것은, 등등. 그들이 이것을 고집하는 데는 열렬하되 다른 것에 대해서는 그렇지 않은 것은 여기서 연유한다.[175]
이것을 지키는 것은 좋은 일이다. 그러나 다른 것을 버려서는 안 된다. 같은 신이 우리에게 말하기를 등등.
따라서 이것만을 믿고 다른 것을 믿지 않는 자는 신이 그렇게 말했기 때문이 아니라 그의 탐욕이 이것을 부인하지 않기 때문이고, 이에 동의하고 또 그렇게 함으로써 양심의 증거를 쉽사리 얻어, 그에게…… 그러나 이것은 거짓 증거이다.

841-[952] 교회의 주된 두 가지 관심사는 신도들의 신앙의 보존과 이단자들의 회심이므로, 오늘날 이단자들이 우리와

---

175) '이것'은 신앙, '다른 것'은 도덕을 말하는 것으로 보인다.

하나가 될 길을 영영 가로막는 한편, 우리에게 남아 있는 믿음 깊은 가톨릭 신앙인들을 치명적으로 파멸시키는 데 가장 유효한 오류를 도입하려고 꾀하는 무리가 형성됨을 볼 때 우리는 쓰라린 마음을 금할 수 없다. 오늘날 이처럼 공공연히 종교의 진리, 구원을 위한 가장 중요한 진리에 대항해 꾸며진 기도(企圖)는 우리의 마음을 슬픔으로 채울 뿐만 아니라 공포와 두려움으로 가득하게 한다. 왜냐하면 모든 기독교도들이 이 혼란에 대해 가져야 할 각오 외에도 우리는 당연한 의무로써 이에 대처해 신이 우리에게 부여한 권위를 행사하고 우리에게 맡긴 백성들이, 등등.

842-[888] 만약 당신들이 이 모든 일, 즉 (타락한) 왕후(王侯), 예언자, 교황, 그리고 사제들까지도 나타나리라는 것을 모르고 있다면, 당신들은 예언을 모르는 것입니다. 그럼에도 불구하고 교회는 존속할 것입니다.

신의 은총으로 우리는 그 지경에까지 이르지는 않았습니다. 저 사제들에게 화 있으라! 그러나 우리가 그렇게 되지 않도록 신이 자비를 베푸시기를 희구합니다.

「베드로후」, 2장. 과거의 거짓 예언자들은 장래 나타날 예언자들의 상징이다.

843-[908] 그러나 개연성이 확실하다는 것은 과연 개연적일까?

평안과 마음의 확신 사이의 차이. 진리 외에 확신을 주는

것은 아무것도 없고, 진리의 성실한 추구 외에 평안을 주는
것은 없다.

844-[909] 그들 결의론자 전체를 모아도 오류 속에서 헤
매는 마음에 확신을 줄 수는 없다. 좋은 지도자를 택하는 것
이 중요한 것은 바로 이 때문이다.

이렇듯 그들은 이중으로 죄를 짓고 있다. 그들이 따라가서
는 안 될 길을 따라간 죄와, 그들이 들어서는 안 될 신학자들
의 말을 들은 죄를.

* *

845-[869] 만약 성 아우구스티누스가 오늘 나타난다면,
그리고 그의 변호자들과 마찬가지로 그도 권위가 인정되지
않는다면, 그는 아무 일도 하지 못할 것이다. 신은 권위와 함
께 그를 앞서 보냄으로써 교회를 잘 인도하신다.

846-[874] 교황이 어떤 사람인가를 판단하는 데 있어 교
부(敎父)들이 어떤 말(그리스인들이 어느 공의회에서 말한 것과
같은, 중요한 규칙들)을 했는지가 아니라, 교회와 교부가 어떤
행동을 하고 정경에 어떤 말이 있는지로 해야 한다.

(하느님의 말씀을 받아서 전하는 사람도) 둘이나 셋만 (말하고 다
른 사람들은 그것을 잘 새겨들으십시오.)[176] (그러므로 온 교회가)

하나로 (모여······).[177] 하나와 다수. 둘 중 하나를 배제하는 잘
못, 마치 다수를 배제하는 교황주의자나 하나 됨을 배제하는
위그노들과 같이.

847-[872] 교황은 머리이다. 다른 누가 모든 사람들에게
알려져 있는가. 다른 누가 전체로 뻗어나가는 힘을 가졌다고
모든 사람들에게 인정받는가, 그는 사방으로 퍼져나가는 주된
가지를 지니고 있기에.

이 힘을 압제로 타락시키는 것은 얼마나 쉬운 일인가! 그렇
기에 예수 그리스도는 그들에게 이 가르침을 주었다. (이 세상
의 왕들은 강제로 백성을 다스린다. 그리고 백성들에게 권력을 휘두
르는 사람들은 백성의 은인으로 행세한다.) 그러나 너희는 그래서는
안 된다.[178]

848-[871] 교회, 교황. 하나, 여럿. 교회를 하나로 보면 교회
의 머리인 교황은 전체에 해당한다. 교회를 여럿으로 보면 교
황은 그 일부에 불과하다. 교부들은 교회를 전자의 것으로도
생각하고 후자의 것으로도 생각했다. 그리하여 교황에 대하
여 각기 다르게 말했다(성 키푸리아누스, 하느님의 제사장.[179]) 그

---

176) "Duo aut tres"(「고린도전」, 14:29).
177) "in unum"(「고린도전」, 5:23).
178) "Vos autem non sic"(「누가」, 22:25-26).
179) Sacerdos Dei. 키푸리아누스는 한 편지에서 예수 그리스도를 그렇게
표현했다.

러나 교부들은 이 두 진리 중 하나를 내세우되 다른 것을 배제하지 않았다. 하나로 환원되지 않은 여럿은 혼란이고, 여럿에 의존하지 않은 하나는 압제이다.

공의회가 교황 위에 있다고 말할 수 있는 나라는 이제 아마 프랑스뿐일 것이다.

849-[896] 교회는 파문, 이단 등등의 말을 만들었지만 헛된 일이다. 이 말들은 교회에 대적하는 말로 사용되고 있다.

850-[873] 교황은 그에게 복종을 서약하지 않는 학자들[180]을 증오하고 두려워한다.

851-[877] **교황들.** 왕은 그들의 왕국을 마음대로 다룬다. 그러나 교황은 그들의 나라를 마음대로 다룰 수 없다.

852-[876] **교황들.** 신은 교회의 평상적인 운영 가운데 기적을 행하지 않는다. 만약 단일함 속에 무류성(無謬性)이 있다면 그것은 기묘한 기적이리라. 그러나 그것이 여럿 가운데 있는 것은 너무나도 자연스러운 일이라, 신의 행하심은 다른 모든 일과 마찬가지로 자연 아래 숨겨져 있다.

---

180) 포르루아얄의 은자들을 가리킨다. 그들은 수도원에서 은거하며 살았지만 정규의 수도사는 아니었다.

853-[870] 묶는 것과 푸는 것. 신은 교회와 관계없이 죄를 사하는 것을 원치 않으셨다. 교회가 죄에 관여하고 있기 때문에 사면에도 관여하기를 신은 원하신다. 신은 교회를 이 권능에 결부시키신다, 마치 왕이 의회에 권한을 부여하는 것과 같이. 그러나 교회가 신과 관련 없이 풀거나 묶거나 하면 그것은 더 이상 교회가 아니다. 마치 의회의 경우와도 같다. 왕이 어떤 사람을 특사했다고 해도 그 특사는 당연히 승인되어야 한다. 그런데 의회가 왕을 제쳐놓고 승인하거나 왕명을 어기고 승인을 거부한다면 그것은 더 이상 왕의 의회가 아니고 반란 조직이 되기 때문이다.

854-[875] 교황은 그의 지혜를 신과 전승되어 온 것에서 받으면 명예가 손상되기라도 하는가? 도리어 그를 이 성스러운 결합에서 분리시키는 것이야말로 명예를 손상시키는 것이 아닌가 등등.

855-[890] 테르툴리아누스.[181] 교회는 결코 개혁되지 않으리라.[182]

856-[881] 교회는 가르치고 신은 계시한다, 어느 편도 그릇됨이 없이.

---

181) 퀸투스 셉티미우스 플로렌스 테르툴리아누스(Quintus Septimius Florens Tertullianus(160~220). 3세기 로마의 기독교 사상가.
182) "Nunquam Ecclesia reformabitur."

교회의 활동은 은총 또는 정죄를 준비하는 데 기여할 뿐이다. 교회가 행하는 것은 단죄하기에는 충분하되 계시를 주기에는 충분하지 않다.

857-[861] 교회는 신만을 의지하게 될 때 좋은 상태에 있다.

**

858-[954] 베네치아. 당신들이 이것으로 얻는 이점은 군주들의 욕구와 민중의 혐오 말고 그 무엇인가. 만약 이 민중이 당신들에게 요구하고 또 요구를 관철하기 위해 기독교 군주들의 도움을 간청했다면 당신들은 이 소원을 이용할 수 있을 것이다. 그러나 50년 동안 모든 군주들의 노력은 허사로 돌아갔고 또 이것을 관철하기 위해서는 그처럼 강력한 요청이 필요했으니…….[183)

859-[896] 그들은 영속성을 가질 수 없고 그래서 보편성을 추구한다. 이를 위해 그들은 온 교회를 타락시키고 스스로 성자가 되려고 한다.

---

183) 예수회는 1606년 베네치아에서 추방당했다. 그들의 복귀가 허용된 것은 1658년경이다.

860-[944] 교황. 거기에는 모순이 있다. 왜냐하면 그들은 한편으로는 전통을 따라야 한다고 말하며 감히 이것을 부인 못한다. 또 한편으로는 자기들이 좋아하는 것을 말한다. 사람들은 항상 전자를 믿으려 할 것이다, 그것을 믿지 않는 것은 곧 그것에 반대하는 것이 되므로.

861-[917] 개연성. 만약 개연성이 확실하다면 진실을 추구하는 성자들의 열의는 무용한 것이 되었을 것이다. 항상 가장 확실한 것을 따른 성자들의 두려움(성녀 테레사는 항상 고해 신부를 따랐다).

862-[931] 결의론자들. 많은 헌금, 합당한 회개.
설사 의로움을 확정지을 수는 없다 할지라도 의롭지 않음은 명백히 알 수 있다. 결의론자들이 자신들이 하는 대로 이것을 해석할 수 있다고 믿는 것은 가소롭다.
잘못 말하고 잘못 생각하는 데 길든 사람들.
그들이 다수라는 것은 그들의 완전함을 표시하기는커녕 그 정반대임을 표시한다. 단 한 사람의 겸손이 여러 사람의 오만을 낳는다.

863-[864] 오늘날 진리는 너무나도 흐려지고 허위는 너무나도 확고히 세워진 나머지, 진리를 사랑하지 않는 한 진리를 알 도리가 없다.

864-[866] 두 부류의 사람들이 만사를 동일시한다, 마치 축제일과 일하는 날, 신도와 사제, 그들 사이의 죄 등을 같은 것으로 보는 것같이. 이런 관점에서 어떤 사람들은 사제에게 나쁜 것은 신도에게도 나쁘다고 결론짓는가 하면, 또 어떤 사람들은 신도에게 나쁘지 않은 것은 사제에게도 나쁘지 않다고 결론짓는다.

865-[903] 이 세상의 모든 종교와 교파는 자연적 이성을 지도 원리로 삼아왔다. 오직 기독교도만이 자신의 규율을 스스로의 밖에서 구하고 또 예수 그리스도가 신도들에게 전하기 위해 옛사람들에게 남겨준 규율을 배워야 하는 의무를 지녀왔다. 이 속박을 저 신부들은 따분한 것으로 생각한다. 그들은 다른 백성들같이 자유로이 자기들의 상상을 따르고 싶어 한다. 옛날 예언자들이 유대인들에게 말한 것같이, "교회 안으로 들어가라. 옛사람들이 남긴 규범을 배우고 그 길을 따르라."고 그들에게 외쳐본들 헛된 일이다. 그들은 유대인들처럼 "우리는 그 길을 걷지 않겠다. 우리 마음의 생각을 따르겠다."고 대답했는가 하면, "우리도 다른 백성같이 되겠다."고 말했다.[184]

866-[(?)] 영속성. 당신들의 성격은 에스코바르에 기반을 두고 있는가?

---

184) "우리도 다른 나라처럼 되지 않겠습니까?"(「사무엘상」, 8:20).

아마도 당신들은 그들을 비난하지 않을 이유들이 있을 것이다. 내가 그들에 대해 말하는 것을 당신들이 들으면 충분하다.

867-[844-2] 영속성. 몰리나,[185] 새로운 주장.

868-[916] 개연성. 그들은 몇 가지 참된 원리를 가지고 있다. 그러나 그것들을 잘못 사용한다. 그런데 진리의 오용은 허위의 도입과 마찬가지로 벌 받아야 한다.

마치 두 종류의 지옥이 있어, 하나는 사랑을 거스른 죄를 위해, 또 하나는 의(義)를 거스른 죄를 위해 있다고 한 것 같다!

869-[919] 이것은 민중과 예수회가 범한 죄의 결과다. 즉 귀족들은 아첨받기를 좋아하고 예수회는 귀족들에게 사랑받기를 좋아한다. 그들은 모두, 한편은 속이기 위해 또 한편은 속임을 당하기 위해 마땅히 기만의 정신에 빠져들 만했다. 그들은 인색하고 야심적이고 향락적이었다. (자기네 귀를 만족시키기 위해서 마음에 맞는) 교사들을 끌어들일 것이다.[186] 그와 같은 스승에 적합한 제자로서 가치가 있는[187] 그들은 아첨배를 찾았고 또 얻었다.

---

185) 인간의 자유의지와 신의 전능을 조화시키는 새로운 방법으로 주목을 끈 16세기 말의 예수회 신학자.
186) "Coacervabunt sibi magistros"(「디모데후」, 4:3).
187) digni sunt.

870-[216] 갑작스러운 죽음만이 두렵다. 청죄사들이 귀족들의 집에 머무는 것은 이 때문이다.

5편

「페리에 양의 기적에 관하여」를 위한 수기

871-[App. XIII] 생 시랑 신부에게 내가 문의하려는 요점
은 주로 다음과 같다. 그러나 나에게 이 글의 사본이 없으니
회답과 아울러 이 질의서도 같이 보내주기 바란다.

1. 어떤 결과가 기적으로 간주되기 위해서는 인간과 마귀,
천사 그리고 모든 피조물의 능력을 초월하는 것이어야 하는가?
    신학자들은 말하기를, 기적은 그 **본질에 있어서**[188] — 가령 두
육체에 침투하거나 또는 동일한 육체가 동시에 두 장소에 있는 것
과 같은 경우에 초자연적이라고 한다. 혹은 또 기적이 성취되는
방법에 있어서[189] — 가령 기적을 이룰 아무런 자연적 능력이 없

---

188) quoad substantiam.

는 수단으로써 기적이 이루어질 경우, 마치 예수 그리스도가 진흙으로 눈을 고치고, 몸을 그 위에 기울임으로써 베드로의 장모를 고치며, 자기의 옷자락을 만짐으로써 여인의 혈루병을 고칠 때 기적은 초자연적이라고 말한다……. 예수께서 복음서 가운데 행한 기적의 대부분은 후자에 속한다. 성유물(聖遺物)에 손을 댐으로써 혹은 신의 이름을 부름으로써 순식간에 그리고 자연에 의한 것보다 더 완전하게 열병이나 다른 병에서 치유되는 것도 이와 마찬가지이다. 따라서 이러한 어려운 일을 청하는 사람의 생각은 참된 것이고 모든 신학자, 오늘의 신학자들의 생각과도 일치한다.

2. 어떤 결과가 사용된 수단의 자연적 능력을 초월하면 기적으로 충분하지 않은지? 내 생각으로는 어떤 결과든 사용된 수단의 자연적 힘을 초월할 때 기적이 된다. 그래서 나는 성유물에 손을 댐으로써 이루어진 병의 치유, 예수의 이름을 부름으로써 이루어진 악마 들린 자의 치유를 기적이라고 생각한다. 왜냐하면 이와 같은 결과는 신을 부르는 말이나 성유물의 자연적 힘을 초월하기 때문이다. 그 말이나 성유물 자체는 병을 고칠 수도 마귀를 쫓을 수도 없는 것이니 말이다. 그러나 악마의 재주로 마귀를 쫓을 경우 나는 이것을 기적이라 부르지 않는다. 마귀를 쫓기 위해 악마의 재주를 사용할 때 그 결과는 이에 사용된 수단의 자연적 힘을 초월하지 않기 때문이다. 따라서 기적의 참된 정의는 방금 내가 말한 것이 아닌가

---

189) quoad modum.

생각한다.

악마가 할 수 있는 것은 기적이 아니다. 짐승이 할 수 있는 것도 마찬가지다, 비록 인간 자신이 할 수 없는 것일지라도.

3. 성 토마스는 이 정의에 반대하지 않는지? 그리고 어떤 결과가 기적이 되기 위해서는 모든 피조물의 능력을 초월해야 한다고 생각하는 것은 아닌지?

성 토마스도 다른 사람들과 같은 의견이다. 단 후자의 기적을 두 가지, 즉 **주체와 관계된**[190] 기적과 **자연적 가능성과 관계된**[191] 기적으로 나눈다. 그는 말하기를, 전자는 자연이 절대적으로 이루는 기적이지만 어떤 특정한 주체 안에서는 이루어지지 않는다. 자연이 생명을 만들어내되 죽은 육체 안에서는 그렇지 않은 것같이. 후자는 어떤 주체 안에서 자연이 이룰 수 있는 기적이다. 그러나 가령 순식간에 그리고 단순한 접촉으로 열병이나 다른 병 — 비록 불치의 것이 아니더라도 — 에서 치유되는 것과 같이, 그러한 수단으로 신속하게 이루어지는 것은 아니다.

4. 자타가 공인하는 이단자들도 어떤 오류를 확증하기 위해 참된 기적을 행할 수 있는지?

어떤 오류를 확증하기 위해서는 그 누구도, 가톨릭이나 이단자나 거룩한 자나 사악한 자나 결코 참된 기적을 행할 수 없다. 왜냐

---

190) quoad subjectum.
191) quoad ordinem naturae.

하면 신은 오류를 거짓 증인으로, 혹은 오히려 거짓 심판자로 확고히 자신의 이름을 걸고 단언할 것이기 때문이다. 이것은 확실하고 불변한다.

5. 스스로 이단자임을 공언하고 또 그렇게 알려진 사람들도 불치병이 아닌 병을 치유하는 것과 같은 기적을 행할 수 있는지? 예를 들어서 랭장드 신부가 '그렇다'고 설교하는 것과 같은 잘못된 명제를 확정짓기 위해 열병을 고칠 수 있는지?
　[이 질의에는 회답이 없다.]

6. 스스로 이단자임을 공언하고 또 그렇게 알려진 사람들도 신의 이름으로 또는 성유물을 가지고 모든 피조물을 초월하는 기적을 행할 수 있는지?
　그들은 진리를 확정짓기 위해 이것을 행할 수 있고, 역사에서 그와 같은 예들을 볼 수 있다.

7. 정체를 숨긴 이단자들이 교회와 분리되지는 않았지만 오류에 빠져 있고 또 더 용이하게 신도들을 유혹하고 자기 파를 강화하기 위해 교회에 대한 반대의 뜻을 나타내지 않을 때, 그들도 예수의 이름과 성유물로 온 자연을 초월하는 기적을 행할 수 있는지? 아니면 불치병은 아닌 병을 순식간에 치유하는 것과 같은, 단순히 인간의 힘을 초월할 뿐인 기적을 행할 수 있는지?
　정체를 숨긴 이단자라고 해서 공공연한 이단자보다 기적에 대해 더 많은 능력을 가지는 것은 아니다. 신 앞에 숨겨지는 것은 아무것도 없으며 신이야말로 기적의—참된 기적이기만 하다면 그 어떤 것을 막론하고—유일한 창조자요 집행자이기 때문이다.

8. 신의 이름으로 또는 성물(聖物)의 간섭으로 이루어진 기적은 참된 교회의 표적이 아닌지? 모든 가톨릭 신도는 이단자들에 대항해 확고한 입장을 견지하고 있지 않은지?

모든 가톨릭 신도, 특히 예수회 학자들은 이것을 인정한다. 벨라르미노[192]를 읽어보기만 하면 된다. 이단자가 기적을 행했을 때도—아주 이따금 있는 일이지만—이 기적은 교회의 표적이었다. 왜냐하면 이것들은 오직 교회가 가르치는 진리를 확인하기 위하여 성취되었을 뿐, 이단자의 오류를 위해서가 아니었기 때문이다.

9. 이단자가 기적을 행한 일은 일찍이 없었는지? 이것들은 어떤 종류의 것이었는지?

확실한 기적은 극히 드물다. 그러나 여기서 말하는 기적은 단지 **방법에 있어서** 기적일 뿐이다. 즉 기적적으로 성취된 자연적 결과와 자연의 질서를 넘어선 방식을 말한다.

10. 예수 그리스도의 이름으로 마귀를 쫓은 복음서의 그 사람, 예수 그리스도가 "우리에게 대적하지 않는 자는 우리의 친

---

192) 로베르토 벨라르미노(Roberto Bellarmino, 1542~1621). 예수회 신학자로 후에 추기경에 이른다.

구다."라고 말한 대상인 바로 그 사람은 예수 그리스도의 친구였는지 아니면 원수였는지? 그리고 복음서 주해자들은 이에 대해 무엇이라 말하는지? 랭장드 신부가 이 사람은 예수 그리스도의 적이었다고 말하기 때문에 질의하는 것이다.

복음서는 그가 예수의 적이 아니었음을 충분히 밝히고 있고, 교부들과 거의 모든 예수회 학자들도 이렇게 주장한다.

11. 적그리스도도 예수 그리스도의 이름으로 혹은 그 자신의 이름으로 표적을 나타내는지?

복음서에 의하면 그는 예수 그리스도의 이름이 아니라 그 자신의 이름으로 올 것이므로 예수 그리스도의 이름으로 기적을 행하지 않을 것이고, 오히려 믿음과 교회를 파괴하기 위해 그 자신의 이름으로 예수 그리스도에 대적하여 그 일을 행할 것이다. 따라서 그것은 참된 기적이 아니다.

12. 신탁(神託)은 기적이었는지?

이교도와 우상들의 기적은 마귀와 마술사들의 다른 행적과 마찬가지로 기적은 아니었다.

872-[810] 제2의 기적[193]은 제1의 기적을 예상할 수 있다. 그러나 제1의 기적은 제2의 기적을 예상하지 못한다.

---

193) 단장 883의 끝부분 참조.

873-[803] 서두. 기적은 교리를 식별하고, 교리는 기적을 식별한다.

참된 기적이 있고 거짓 기적이 있다. 이것들을 알기 위해서는 어떤 표식이 있어야 한다. 그렇지 않으면 기적들은 무용한 것이 될 것이다. 그런데 그것들은 무용한 것이 아니고 오히려 종교의 기반이 된다. 그런데 그것을 알기 위해 제공되는 기준은 참된 기적이 제공하는 진리의 증거를 파괴하지 않는 것이어야 한다. 이 진리야말로 기적의 주된 목적이다.

모세는 그 표식의 두 가지 기준을 제시했다. 즉 예언이 성취되지 않은 경우(「신명」 18장),[194] 기적이 우상숭배로 이끌어가지 않은 경우(「신명」 13장).[195] 예수 그리스도는 단 하나의 기준을 제시했다.[196]

만약 교리가 기적을 규제한다면 기적은 교리를 위해 쓸모없는 것이 된다.

만약 기적이 ……을 규제한다면.

기준에 대한 반론. 시대 구분. 모세 시대의 다른 기준, 현재 달라진 기준.[197]

874-[826] 믿지 않는 이유.

「요한」 12:37. 예수께서 그렇게도 많은 기적을 사람들 앞에서 행

---

194) 「신명」, 18:22 참조.
195) 「신명」, 13:1-3 참조.
196) 「마가」, 9:38 참조.
197) 단장 878 참조.

하셨건만 그들은 예수를 믿으려 하지 않았다. 등등.[198]

이것은 이사야가 예수의 영광을 보았기 때문에 말한 것이며 또 예수를 가리켜서 한 말이었다.[199]

유대인은 기적을 구하고 그리스인은 지혜를 찾으나 우리는 십자가에 못 박힌 그리스도를 전할 뿐이다.[200] 그러나 충분한 표적, 충분한 지혜가 있다. 그대들이 원하는 것은 십자가에 못 박히지 않은 그리스도, 기적도 지혜도 없는 종교다.[201]

참된 기적을 믿지 않는 것은 사랑이 없기 때문이다. 「요한」, 그래도 너희는 믿지 않는다, 나의 양이 아닌 까닭에.[202] 거짓 기적을 믿는 것도 사랑이 없기 때문이다. 「데살로니가후」, 2장.

종교의 기반, 그것은 기적이다. 무슨 소리냐고? 도대체 신이 기적에 반대해, 그리고 그를 믿는 신앙의 기반에 반대해 말한 일이 있었는가.

만약 신이 있다면 땅 위에 신에 대한 믿음이 있어야 한다. 그런데 예수 그리스도의 기적은 적그리스도에 의해 예언되지 않았지만 적그리스도의 기적은 예수 그리스도에 의해 예언되

---

198) "Cum autem tanta signa fecisset, non credebant in eum, ut sermo Isaiae impleretur. Excaecavit, etc.

199) "Haec dixit Isaias, quando vidit gloriam ejus et loctus est de eo"(「요한」, 12:41).

200) "'Judaei signa petunt et Greci sapientiam quaerunt, nos autem Jesum cruxifixum'"(「고린도전」, 1:22).

201) "Sed plenum signis, sed plenum sapientia; vos autem Christum non cruxifixum et religionem sine miraculis et sine sapientia."

202) "Sed vos non creditis, quia non estis ex ovibus"(특히 「요한」, 2:9-10 참조).

었다.[203] 따라서 만약 예수 그리스도가 메시아가 아니었다면 그는 정녕 사람들을 오류로 이끌어갔을 것이다. 그러나 적그리스도는 오류로 유인할 수가 없다. 예수 그리스도가 적그리스도가 보일 기적을 예언하면서 그 자신의 참된 기적에 대한 사람들의 믿음을 파괴한다고 생각했겠는가.

모세는 예수 그리스도를 예언하고 그를 따르라고 명했다. 예수 그리스도는 거짓 그리스도를 예언하거나 그를 따르는 것을 금했다.

모세의 시대에는 아직 알려지지도 않은 적그리스도에 대해 믿음을 간직한다는 것은 불가능한 일이었다. 그러나 적그리스도의 시대에 이미 알려진 예수 그리스도를 믿는 것은 극히 쉬운 일이다.

적그리스도를 믿는 이유 중에 예수 그리스도를 믿지 말아야 할 이유가 되는 것은 하나도 없다. 그러나 예수 그리스도를 믿는 이유 중에는 적그리스도를 믿어야 할 이유가 될 수 없는 것들이 있다.

875-[855] 나는 사람들이 기적을 믿는다고 생각한다. 당신들은 동료를 위해 또는 적에 대항하기 위해 종교를 타락시킨다. 당신들은 종교를 제멋대로 다룬다.

876-[823] 거짓 기적이 전혀 없다면 모든 것이 확실해질

---

203) 「마태」, 24:24 참조.

것이다. 기적을 식별할 기준이 전혀 없다면 기적은 쓸모없는 것이 되고 믿을 이유도 전혀 없어질 것이다.

그런데 인간적으로는 인간적인 확실성은 없다. 다만 이성이 있을 뿐이다.

877-[827] 「사사기」, 13:23.: "여호와께서 우리를 죽이려 하셨다면 ......이 모든 일을 보이지 않으셨을 것이며."

히스기야, 산헤립.[204]

예레미야, 거짓 예언자 하나냐는 7월에 죽는다.[205]

「마카베오 2」 3장. 막 유린당하려던 성전이 기적적으로 보호받는다——「마카베오 2」 15장.

「열왕기상」 17장. 과부는 아들을 되살려준 엘리야를 향하여 말했다, "이로써 당신의 말씀이 진실임을 아나이다."

「열왕기상」 18장. 엘리야와 바알의 예언자들. 참된 신과 종교의 진리에 관한 논쟁에 있어서 오류의 편, 즉 진리가 아닌 편에서 기적이 일어난 적은 결코 없었다.

878-[843] 여기는 진리의 나라가 아니다. 진리는 알려지지 않은 채 사람들 사이를 헤맨다. 신은 진리를 베일로 덮어, 그의 음성을 듣지 않는 자들에게는 진리를 알지 못하게 했다. 독신(瀆神)의 길이 열려 있으며, 더욱이 매우 명백한 진리에 대해

---

204) 「열왕기하」, 19장 참조.
205) 「예레미야」, 28:16.

서까지도 그러하다. 복음의 진리를 공포하면 사람들은 그 반대의 것을 공포해 문제를 모호하게 함으로써 사람들이 진리를 식별할 수 없게 만든다. 그들은 묻는다, "당신들은 남들보다 당신들을 더 믿어달라고 하는데 무슨 이유라도 있는가? 무슨 표적이라도 있는가? 당신들이 가지고 있는 것은 말뿐이고, 우리도 마찬가지이다. 만약 당신들에게 기적이라도 있다면 좋겠지만!" 교리가 기적에 의해 뒷받침되어야 한다는 것은 진리이다. 그러나 사람들은 진리를 모독하려고 기적을 남용하고 있다. 한편 막상 기적이 일어나면 그들은 교리 없이는 기적만으로 충분하지 않다고 말한다. 이것은 기적을 모독하기 위한 또 다른 진리이다.

예수 그리스도는 안식일에 나면서부터 눈먼 사람을 고치고 또 수많은 기적을 행했다. 이로써 그는, 교리로 기적을 판단해야 한다는 바리새인들을 눈멀게 했다.

"우리에게는 모세가 있다. 그런데 이자는 어디서 왔는지 우리는 알지 못한다."[206] 그가 어디서 왔는지 당신들이 모른다는 것은 놀랄 일이다. 그런데도 그 사람은 그와 같은 기적을 행했다.

예수 그리스도는 신을 거역하는 말도, 모세를 거역하는 말도 하지 않았다.

『신·구약성서』에 예고된 적그리스도와 거짓 예언자들은 공공연하게 신과 예수 그리스도를 거역하는 말을 한다. ⋯⋯에

---

206) 「요한」, 9:29.

거역하지 않지만…… 스스로 위장한 적이 되는 사람이 공공
연히 기적을 행하는 것을 신은 허용하지 않을 것이다.

두 파가 각기 신과 예수 그리스도와 교회에 속한다고 주장
하는 공적인 논쟁에 있어서, 기적이 거짓 기독교도들 편에서
일어난 적은 없었으며 참된 교도들의 편에 기적이 일어나지
않은 적도 없었다.

"그는 마귀 들렸다." 「요한」 10:2. 또 다른 사람들은 "마귀가
소경의 눈을 뜨게 할 수 있느냐?"고 말했다.

예수 그리스도와 사도들이 성서에서 끌어내는 증거들은 논
증적인 것은 아니다. 왜냐하면 한 예언자가 오리라고 모세가
말한 것을 그들은 밝힐 뿐이며, 그 예언자가 바로 그 사람이라
는 것을 증명하지는 않기 때문이다. 사실 이것이야말로 중대
한 문제점이다. 그러므로 이 구절들은 사람들이 성서에 반대
하지 않는다는 것, 그리고 아무런 반감도 없다는 것을 나타내
는 데 기여할 뿐이며 사람들이 성서에 찬성한다는 것을 나타
내지는 않는다. 그런데 이것으로 충분하다, 기적과 더불어 반
감은 사라진다.

신과 인간 사이에는 상호적인 의무가 있다. 이런 말을 쓴 것
을 용서해 주기 바란다. (내가 내 포도원을 위하여 행한 것 외에)
무엇을 더 할 것이 있었으랴?[207] "나를 책망하라."[208] 신은 「이사
야」에서 말했다.

---

207) "Quid debui?"(「이사야」, 5:4).
208) "오라, 우리 서로 변론하자"(「이사야」, 1:18). "Et venite et arguite me"를
파스칼은 이렇게 번역했다.

신은 그의 약속을 이루어야 한다 등등.

인간은 신이 보낸 종교를 받아들일 의무를 신에 대해 지고 있다. 신은 인간을 잘못으로 인도하지 않을 책임을 인간에 대해 지고 있다. 그런데 만약 기적을 행한 자들이 이성의 빛에 비추어 명백하게 거짓된 것으로 보이지 않는 교리를 가르친다면, 그런데 기적을 행한 더 위대한 사람이 그들을 믿지 말라고 미리 경고하지 않았을 경우에는, 인간은 오류로 인도되었을지 모른다.

이렇듯, 교회에 분열이 일어났을 때, 가령 아리우스파가 가톨릭처럼 성서 위에 서 있다고 자칭하며 기적을 행했는데 가톨릭에서는 그렇게 하지 못했다면, 사람들은 오류에 빠져들고 말았을 것이다.

왜냐하면 신의 비밀을 우리에게 전하는 어떤 사람이 신임받기에 합당하지 않을 때 불신자들이 그를 의심하는 것과 같이, 만약 누군가가 신과의 교제의 표적으로 죽은 자를 부활시키고 앞일을 예언하며 바다를 옮기고 병자를 고친다면, 이에 머리 숙이지 않을 불신자는 없을 것이기 때문이다. 그러니 파라오들과 바리새인들의 불신은 초자연적인 무감각의 결과라 할 것이다.

그러므로 어느 한편에서 기적과 의심의 여지없는 교리를 동시에 본다면 아무런 문젯거리도 없다. 그러나 기적과 [의아스러운] 교리를 어느 한편에서 본다면, 그때 어느 것이 더 명백한가를 살펴볼 필요가 있다. 예수 그리스도는 의심을 받았었다.

장님이 된 바예수.[209] 신의 능력은 적의 능력을 능가한다.

"나는 예수와 바울을 알고 있다. 그런데 너희는 누구인가."[210] 마귀들은 이렇게 말하면서 유대인 마술사들을 쳤다.

기적이 교리를 위한 것이지, 교리가 기적을 위한 것은 아니다.

만약 기적이 참된 것이라면 모든 교리를 납득시킬 수 있을까? 그렇지 않다. 그런 일은 있을 수 없으니까. (우리나 혹) 하늘에서 온 천사나 (우리가 너희에게 전한 복음 외에 다른 복음을 전하면 저주를 받으리라)…….[211]

기준. 기적으로 교리를 판단해야 하고, 교리로 기적을 판단해야 한다. 이것은 모두 진실이다. 서로 모순되는 것은 아니다.

때를 구분할 필요가 있기 때문이다.

당신은 일반적 규칙들을 알고 사뭇 만족하시는군요, 이로써 혼란을 일으켜 이 모든 것을 헛되게 하리라 생각하면서! 그러나 신부님,[212] 당신은 그렇게 못 하도록 제지당할 겁니다. 진리는 오직 하나이고 확고한 것이니까요.

어떤 사람이 나쁜 교리를 숨기고 좋은 것만을 드러내며 스스로 신과 교회에 합치된다고 자처하면서 거짓된 교묘한 교리를 남몰래 주입시키기 위해 기적을 행하는 것은 불가능하며, 신은 책임지고 그것을 막아낸다. 있을 수 없는 일이다.

---

209) 「사도행전」, 13:11. 사도 바울은 거짓 선지자의 눈을 멀게 했다.
210) 「사도행전」, 19:13-16.
211) "Si angelus"(「갈라디아」, 1:8).
212) 아마도 『장세니스트들의 근심거리(Rabat-Joie des Jansenistes)』의 저자 안나 신부인 듯하다.

하물며 사람의 마음을 통찰하는 신이 이런 자를 위해 기적을 행한다는 것은 더더욱 있을 수 없는 일이다.

879-[829] 예수 그리스도는 성서가 자기를 증거한다고 말한다. 그러나 어떤 점에서 그러한가는 밝히지 않는다.

예언조차도 예수 그리스도가 살아 있는 동안 그를 증거하지 못했다. 따라서 교리 없이 기적만으로 충분하지 않았다면 그가 죽기 전에 믿지 않은 것은 죄가 되지 않았을 것이다. 그런데 그가 살아 있는 동안 그를 믿지 않은 사람들은 예수 자신이 말한 대로[213] 죄인이 되고, 그에 대해 변명의 여지가 없다. 그러니 이들은 하나의 확증이 주어졌음에도 이에 거역한 것임에 틀림없다. 그런데 그들에게는 성서가 없었고 단지 기적만이 있었다. 따라서 기적은 교리와 상반되지 않을 때 충분하고 이것을 반드시 믿어야 한다.

「요한」 7:40. 오늘의 기독교도들 사이와 같은 유대인들 사이의 논쟁. 어떤 사람들은 예수 그리스도를 믿었고, 또 어떤 사람들은 그가 베들레헴에서 태어난다고 한 예언 때문에 믿지 않았다. 이들은 그가 메시아가 아닌지 좀 더 주의할 필요가 있었던 것이다. 예수가 행한 기적들은 충분히 납득할 만한 것이었던 만큼 그의 가르침이 성서와 모순된다고 일컬어지는 것들에 대해 충분히 알아볼 필요가 있었기 때문이다. 이 불명료함은 그들의 불신의 변명이 되지 않았고 오히려 그들을 눈멀게 했다. 이

213) 「요한」, 7:41-43.

렇듯, 근거도 없는 이른바 모순을 이유 삼아 오늘날의 기적을 믿는 것을 거부하는 사람들은 변명의 여지가 없다.

기적으로 인해 그리스도를 믿는 사람들에게 바리새인들은 말했다. "율법을 모르는 이 백성은 저주받았다. 도대체 왕이나 바리새인 중 그를 믿는 자가 한 사람이라도 있는가. 우리는 어떤 예언자도 갈릴리에서 나오지 않음을 알고 있으니까 말이다." 니고데모가 대답하기를, "우리의 율법은 한 사람을 심판할 때 그의 말을 들어보기도 전에 하는가, [더욱이 이와 같은 기적들을 행하는 사람을.]"214)

880-[836] 예수 그리스도의 편이 아니면서 그 사실을 공언하는 것과, 예수 그리스도의 편이 아니면서 마치 그의 편인 양 가장하는 것 사이에는 큰 차이가 있다. 전자는 기적을 행할 수 있으되 후자는 그렇지 않다. 전자가 진리에 대적하는 것은 확실하지만 후자의 경우는 그렇지 않기 때문이다. 이래서 기적은 더 명확한 증거이다.

881-[837] 유일한 신을 사랑해야 함은 너무나도 분명하므로 이것을 증명하기 위해 굳이 기적이 필요하지 않다.

882-[821] 시험하는 것과 오류로 인도하는 것 사이에는 큰 차이가 있다. 신은 시험하되 오류로 인도하지 않는다. 시험

---

214) 「요한」, 7:51.

한다는 것은 사람들이 신을 사랑하지 않을 때 부득이한 경우가 아닌데도 어떤 일을 하게 되는 기회를 제공하는 것을 의미한다. 오류로 인도한다는 것은 사람이 허위를 결론짓고 필연적으로 이것을 따르게 하는 것을 말한다.

883-[808] 예수 그리스도는 자신이 메시아라는 것을 결코 성서나 예언에 입각한 가르침으로 입증하지 않고 항상 기적을 통하여 입증했다.

그리스도는 자신이 죄를 사한다는 것도 기적으로써 증명한다.

"너희들은 기적을 보고 기뻐하지 말고 너희 이름이 하늘에 기록된 것을 기뻐하라."[215] 이렇게 예수는 말했다.

만약 저들이 모세를 믿지 않으면 죽은 자 가운데 살아나는 자도 믿지 않으리라.[216]

니고데모는 예수의 기적을 보고 그의 가르침이 신의 것임을 깨닫는다. 선생님, 우리는 선생님을 하느님께서 보내신 분으로 알고 있습니다. 하느님께서 함께 계시지 않고서야 누가 선생님처럼 그런 기적들을 행할 수 있겠습니까.[217] 그는 교리로써 기적을 식별하지 않고 기적으로써 교리를 식별한다.

우리에게 예수의 가르침이 있는 것처럼 유대인들에게는 신

---

215) 「누가」, 10:20.

216) 「누가」, 16:31.

217) "Scimus quia venisti a Deo magister; nemo enim potest haec signa facere quae tu facis nisi Deus fuerit cum illo"(「요한」, 3:2).

의 가르침이 있었다. 그들의 가르침은 기적에 의해 확인되었지만, 그들은 기적을 행하는 모든 사람들을 믿지 말라는 것과 나아가서는 대사제들에게 구원을 청하고 그들에게 의지하라는 명을 받들고 있었다.

이렇듯, 기적을 행하는 자들을 믿지 않아야 할 이유로 우리가 가지고 있는 모든 것들을 그들은 그들의 예언자들에 대해 가지고 있었다.

그렇다 해도 예언자들을 그들의 기적 때문에 거부하고 또 예수 그리스도까지 거부함으로써 그들은 매우 큰 죄를 범했다. 만약 그들이 기적을 전혀 보지 않았더라면 그들은 조금도 죄인이 되지 않았을 텐데 말이다. 내가 일찍이 아무도 못 한 일을 그들 앞에서 하지 않았던들 그들에게는 죄가 없었을 것이다.[218] 그러므로 모든 신앙은 기적을 바탕으로 하고 있다.

예언은 기적이라 불리지 않았다. 가령, 성 요한이 가나안에서의 첫 번째 기적과, 다음으로 자기의 숨겨진 생활을 고백하는 사마리아 여인에게 예수가 말한 것에 대해 이야기하고, 또한 영주의 아들을 고친 것에 대해 이야기할 때와 같다. 성 요한은 이것을 '제2의 표적'[219]이라 부른다.

884-[806] 기적과 진리는 필요하다. 인간 전체를 육체적으로 그리고 영적으로 설득해야 하므로.

---

218) "Nisi fecissem……, peccatum non haberent."(「요한」, 15:24).
219) 「요한」, 4:46 참조.

885-[842] 당신이 정말 그리스도라면 그렇다고 분명히 말해주시오.[220]

내가 이미 말했는데도 너희는 내 말을 믿지 않는구나. 내가 내 아버지의 이름으로 행하는 일들이 바로 나를 증명해 준다. 그러나 너희는 내 양이 아니기 때문에 나를 믿지 않는다. 내 양들은 내 목소리를 알아듣는다.[221]

무슨 기적을 보여 우리로 하여금 믿게 하시겠습니까?(「요한」 6:30).[222] ──그들은 어떤 가르침을 주시느냐고 묻지 않는다.[223]

하느님께서 함께 계시지 않고서야 누가 선생님처럼 그런 기적들을 행할 수 있겠습니까.[224]

명백한 표적으로 자신의 약속을 지키신 하느님.(「마카베오 2」 14:15).[225]

예수를 시험하기 위하여 하늘에서 오는 표적을 구한다.[226] 「누가」 9:16.

악하고 절개 없는 이 세대가 기적을 요구하지만 예언자 요나의 기

---

220) "Si tu es Christus, dic nobis"(「요한」, 10:24).

221) "Opera quae ego facio in nomine patris mei, haec testimonium perhibent de me. Sed vos non creditis quia non estis ex ovibus meis. Oves meae vocem meam audjunt"(「요한」, 10:25-27).

222) "Quod ergo tu facis signum ut videamus et credamus tibi?"

223) "Non dicunt: Quam doctrinam praedicas?"(파스칼 자신의 주석).

224) "Nemo potest facere signa quae tu facis nisi Deus fuerit cum eo"(「요한」, 3:2).

225) "Deus qui signis evidentibus suam portionem protegit."

226) "Volumus signum videre de caelo, tentantes eum."

적밖에는 따로 보여줄 것이 없다.[227]

예수께서 마음속으로 깊이 탄식하시며 '어찌하여 이 세대가 기적을 보여달라' 하는가.(「마가」 8:12).[228] 바리새파는 악한 의도로 기적을 구했다.

다른 기적은 행하실 수 없었다.[229] 그러나 그리스도는 요나의 표적, 크고도 비할 데 없는 부활의 표적을 약속한다.

너희는 기적이나 신기한 일을 보지 않고서는 믿지 않는다.[230] 그들이 기적 없이는 믿지 않는 것을 그는 탓하지 않는다. 그들 자신이 목격자가 되지 않고서는 믿지 않는 것을 탓한다.

거짓 기적을 행하는.[231] 적그리스도. 성 바울은 이렇게 말했다. 「데살로니가후」 2장.

사탄의 힘을 빌려 ……사람들을 멸망시킬 것입니다. 그 사람들은 진리를 받아들이지도 않고 사랑하지도 않기 때문에 구원을 얻지 못할 것입니다. 하느님께서는 그런 자들에게 혼미한 마음을 주시어 거짓된 것을 믿도록 하셨습니다.[232]

모세가 남긴 말 중에, 너희가 ……너희 하느님 야훼를 사랑하는지 시험해 보시려는 것이다.[233]

---

227) "Generatio prava signum quaerit; et non dabitur"(「마태」, 12:39).

228) "Et ingemiscens ait: Quid generatio ista signum quaerit?"

229) "Et non poterat facere"(「마가」, 6:5).

230) "Nisi videritis signa, non creditis"(「요한」, 4:48).

231) In signis mendacibus.

232) "Secundum operationem Satan, in seductione iis qui pereunt eo quod charitatem veritatis non receperunt ut salvi fierent, ideo mittet illis Deus optationes erroris ut credant mendacio"(「데살로니가후」, 2:9~11).

보라, 내가 너희에게 미리 말했노라…… 그러므로 너희도 보거든.[234]

886-[835] 『구약성서』에서는 우리를 신에게서 등 돌리게 만들 때. 『신약성서』에서는 우리를 예수 그리스도에게서 등 돌리게 만들 때.

나타난 기적에 대해 믿음을 거부해야 할 예외의 경우는 이 상과 같다. 그 밖의 다른 예외는 없다.

그러니 그들에게 나타난 모든 예언자들을 거부할 권리를 그들이 갖게 된 것은 바로 이 때문이란 말인가? 그렇지 않다. 신을 부인하는 예언자들을 거부하지 않았다면 죄가 되었을 것이고, 신을 부인하지 않는 예언자들을 거부했다면 이것도 죄가 되었을 것이다.

그러므로 어떤 기적을 보면 우선 이것을 받아들이거나, 그렇지 않으면 그것에 반대되는 특이한 표시들이 있어야 한다. 이 기적이 신을 혹은 예수 그리스도를, 혹은 교회를 부인하는 지를 살펴보아야 한다.

887-[839] "너희가 나를 믿지 아니할지라도 기적만은 믿으라."[235] 그는 가장 강력한 것이기라도 한 듯 기적을 그들 앞에 내세운다.

유대인과 기독교도 둘 모두에게, 예언자들을 항상 믿어서

---

233) "tentat enim vos Deus, utrum diligatis eum" (「신명」, 13:3).
234) "Ecce praedixi vobis:vos ergo videte"(「마태」, 24:25-33).
235) 「요한」, 10:38.

는 안 된다는 경고가 있었다. 그러나 그럼에도 불구하고 바리새파와 율법 학자들은 예수의 기적을 매우 중요시하면서 그 기적들이 거짓된 것 또는 악마의 것임을 보이려고 노력했다, 만약 그것들을 신의 것으로 인정하면 믿지 않을 수 없으므로.

오늘날 우리는 이런 구별을 하기 위해 고심할 필요가 없다. 이것은 극히 쉬운 일이다. 즉 하느님도 예수 그리스도도 부인하지 않는 사람들은 확실하지 않은 기적을 결코 행하지 않는다. 내 이름으로 기적을 행한 사람이 그 자리에서 나를 욕하지는 못할 것이다.[236]

그러나 우리는 이런 구별을 할 필요가 없다. 여기 하나의 성스러운 유물이 있다.[237] 여기 이 세상의 왕의 권력이 미치지 않는, 구세주가 썼던 가시면류관이 있다. 이것은 우리를 위해 그리스도가 흘린 피의 고유한 힘으로 기적을 이룬다. 이제 신은 그곳에서 그의 권능을 빛내기 위하여 몸소 이 집을 택하신다.

알 수 없는 수상한 힘으로 기적을 행하여 까다로운 구별을 요구하는 이들은 인간이 아니다. 기적을 바로 하느님이 행하시는 것이다. 이것은 그의 독생자의 수난의 도구이다. 그것은 여러 곳에 있으되 이곳을 택하고, 사방에서 사람들을 불러들

---

236) "Nemo facit virtutem in nomine meo, et cito possit de me male loqui"(「마가」, 9:38).
237) 1656년 3월 24일 포르루아얄에서 파스칼의 조카 마르그리트 페리에에게 일어났던 기적. 그곳에 보관되어 있던 예수의 성가시관의 일부에 손을 대자마자 조카의 불치병이 완치되었다.

여 그들의 무기력 속에서 기적의 위안을 받게 했다.

888-[834] 「요한」 6:26. 너희가 나를 찾아온 것은 내 기적의
뜻을 깨달았기 때문이 아니라 빵을 배불리 먹었기 때문이다.[238]

예수 그리스도를 그의 기적 때문에 따르는 사람들은 그의
권능이 이루는 모든 기적 가운데서 그 권능을 영광되게 한다.
그러나 기적으로 인해 예수를 따른다고 공언하지만 실은 자
신들을 위로하고 세상의 재물로 배를 채워주기 때문에 따를
뿐인 사람들은 그들의 안락에 어긋나는 기적이 일어나면 이
기적들을 욕되게 한다.

「요한」 9장 "그가 안식일을 지키지 않는 것을 보면 하느님에게서
온 사람이 아니오" 하는 사람도 있었고, "죄인이 어떻게 이와 같은
기적을 보일 수 있겠소?" 하고 맞서는 사람도 있었다.[239]

어느 것이 더 명백한가?

이 집은 신의 것이다, 신이 이곳에서 기이한 기적들을 행했
기 때문에. 다른 사람들은, 여기서는 「5개 명제」가 얀선에게
있음을 믿지 않기 때문에 이 집은 신의 것이 아니라고 한다.

어느 것이 더 명백한가?

눈멀었던 사람에게 "그가 당신의 눈을 뜨게 해주었다니 당신은 그
를 어떻게 생각하오?" 하고 다시 묻자, 그는 "그분은 예언자이십니
다." 하고 대답했다.[240] "그분이 만일 하느님께서 보내신 분이 아니라

---

238) "Non quia vidistis signa, sed quia saturati estis"
239) "Non est hic homo a Deo, qui sabbatum non custodit:Alii: Quomodo
potest homo peccator haec signa facere?"(「요한」, 9:16).

면 이런 일은 도저히 하실 수가 없을 것입니다."[241]

889-[828] 반론. 아벨과 가인. 모세와 마술사들. 엘리야와
거짓 예언자들. 예레미야와 하나냐. 미가와 거짓 예언자들. 예
수 그리스도와 바리새파들, 성 바울과 바예수. 사도들과 무당
들. 기독교도들과 불신자들. 가톨릭과 이단자들, 엘리야와 에
녹. 적그리스도.

진실은 항상 기적에 있어 승리한다. 두 개의 십자가.

890-[819] 「예레미야」 23:32, 거짓 예언자들의 기적. 히브
리어와 바타블어(Vatable) 성경에서는 그것이 경솔이라는 말로
적혀 있다.

기적이란 말이 반드시 기적을 의미하지는 않는다, 「열왕기
상」 14:15. 기적은 두려움을 의미하고, 히브리어 성경에서도 동
일하다. 「욥」에서도 명백히 이와 마찬가지다, 33:7. 그리고 「이
사야」 21:4. 「예레미야」 44:12.

징조[242]는 형상[243]을 뜻한다. 「예레미야」 50:38. 히브리어나
바타블어에 있어서도 동일하다.

「이사야」 8:18에 예수 그리스도는 말씀하셨다, 그와 그의
제자들은 기적으로 존재할 것이라고.

---

240) "Tu quid dicis? Dico quia propheta est"(「요한」, 9:17).
241) "Nisi esset hic a Deo, non poterat facere quidquam"(「요한」, 9:33).
242) Portentum.
243) simulacrum.

891-[840] 교회에는 세 종류의 적이 있다. 아직 교회 몸에 속하지 않은 유대인들, 그 몸에서 떨어져 나간 이단자들, 내부에서 교회를 분열시키는 악한 기독교도들.

이 세 종류의 상이한 적들은 대개 상이한 방법으로 교회를 공격한다. 그러나 여기 그들이 똑같은 방법으로 공격하는 경우가 있다. 그들에게는 기적이 없기 때문에 그들은 기적을 회피하는 데 공통적으로 관심을 가지고 있으며 다 같이 이 패배를 이용하곤 했다. 즉 기적에 의해 교리를 식별할 것이 아니라 교리에 의해 기적을 식별해야 한다고 주장하는 것이다. 예수 그리스도의 말을 따른 사람들은 두 파가 있었다. 하나는 그의 기적을 보고 가르침을 따른 사람들, 또 하나는 ……244)라고 말하는 사람들. 칼뱅의 시대에도 두 파가 있었다……245) 지금은 예수회 등등이 있다.

892-[852] 신이 분명히 보호하는 사람들을 박해하는 불의한 자들!

당신들의 지나침을 책망하면 "그들은 이단자같이 말한다"고 하고, 예수 그리스도의 은총이 우리를 구별한다고 말하면, "그들은 이단자"라고 하며, 기적이 일어나면, "이것은 이단의 표적이다"라고 한다.

"교회를 믿으라"고는 적혀 있어도 "기적을 믿으라"고는 적혀

---

244) "그는 마귀의 두목 바알세불의 힘을 빌려 마귀를 쫓아내고 있다"(「마태」, 12:24)고 보충할 수 있을 것이다.
245) 칼뱅파는 보로메오와 사비에르의 기적을 부인했다.

있지 않다. 후자는 자연적인 것이고 전자는 그렇지 않기 때문이다. 교회는 계율을 필요로 했지만, 기적은 그렇지 않았다.

「에스겔」——사람들은 여기 하느님의 백성이 이렇게 말한다고 한다.

유대인의 회당은 표징이었다. 그래서 멸망하지 않았다. 그것은 또 표징에 불과했다. 그래서 망했다. 그것은 진리를 품은 표징이었다. 그래서 진리를 잃어버릴 때까지는 존속했다.

경애하는 신부님들이여, 이 모든 것은 표징으로서 나타났습니다. 다른 종교들은 멸망합니다. 그러나 이 종교는 망하지 않습니다.

기적은 당신들이 생각하는 것보다 더 중요합니다. 기적은 교회의 창설에 기여했고 적그리스도와 종말에 이르기까지 교회의 존속에 이바지할 겁니다.

두 증인.

『구약성서』에서나 『신약성서』에서나 기적은 표징과 관련되어 이루어졌다. 그것들은 구원을 나타내거나 아니면 피조물에 복종해야 함을 나타내는 경우를 제외하고는 무용한 것이었다. 성사(聖事)의 표징.

893-[807] 어느 때나 인간이 참된 신에 대해 말하거나, 참된 신이 인간에게 말했다.

894-[814] 기적을 부정한 몽테뉴.

기적을 인정한 몽테뉴.

895-[824] 신은 거짓 기적들을 무력하게 만들었거나 아니면 거짓 기적들을 예고했다. 이 두 가지 방법으로 신은 우리에게는 초자연적인 것으로 보이는 영역 너머로 자신을 높이셨고 또 우리 자신도 그곳으로까지 높여주셨다.

896-[845] 이단자들은 그들에게 없는 이 세 표적을 항상 공격했다.

897-[813] 기적. 기적을 의심하게 만드는 자들을 나는 얼마나 증오하는지! 몽테뉴는 두 곳에서 기적에 대해 그럴싸하게 말한다. 한 곳에서는 그가 얼마나 신중한가를 보여준다. 그러나 다른 곳에서는 그 자신이 기적을 믿으면서 믿지 않는 자들을 비웃고 있다.
어쨌든, 이 믿지 않는 자들이 옳은지에 대해 교회는 증거가 없다.

898-[820] 예수 그리스도가 말한 것처럼, 만약 악마가 자기를 파괴하는 교리를 두둔한다면 악마는 분열을 일으킬 것이다. 만약 신이 교회를 파괴하는 교리를 두둔한다면 신 자신이 분열될 것이다. 스스로 분쟁하는 나라마다……[246]
왜냐하면 예수 그리스도는 신의 왕국을 세우기 위해 악마에 대항해 행동했고 또 사람의 마음을 지배하는 악마의 권세

------

246) "Omne regnum divisum."(「마태」, 12:25).

를 파괴했기 때문인데, 마귀를 내쫓은 것은 곧 이런 행동의 상징이었다. 그렇기에 덧붙여 말하기를, 나는 하느님의 능력으로 (마귀를 쫓아내고 있다. 그렇다면) 하느님의 나라는 이미 너희에게 와 있을 것이다.[247]

899-[300] "강한 자가 무장하고 자기 집을 지킬 때에는 그 소유가 안전하다."[248]

900-[846] 첫 번째 반론. "하늘의 천사. 진리를 기적으로 판단해서는 안 된다. 오히려 기적을 진리로 판단해야 한다. 따라서 기적은 쓸모가 없다."

그러나 기적은 유익하며 진리에 반대될 리가 없다. 그러므로 랭장드 신부가 "신은 어떤 기적이 사람들을 오류로 인도하도록 허락하지 않으시리라"고 말한 것은…….

하나의 교회 안에서 분쟁이 일어날 때 기적이 결정을 내릴 것이다.

두 번째 반론. "그러나 적그리스도도 표적을 행한다."

파라오의 마술사들은 사람을 오류로 인도하지 않았다. 따라서 적그리스도로 인하여 예수 그리스도에게 "당신은 나를 오류로 인도했다"고 말할 수는 없다. 왜냐하면 적그리스도는 예수 그리스도에 반대하여 표적을 행하기 때문이며, 그러니

---

247) "In digito Dei…… regnum Dei ad vos."(「누가」, 11:20).
248) 「누가」, 11:21.

그 표적이 잘못으로 인도할 리가 없다.

신은 결코 거짓 기적을 용서하지 않거나 더 큰 기적을 주시거나 할 것이다.

[세상의 시초부터 예수 그리스도는 존재한다. 이것은 적그리스도의 모든 기적보다 더 힘 있는 기적이다.]

만약 같은 교회 안에서 탈선한 자들의 편에 기적이 일어난다면 사람들은 오류로 이끌려갈 것이다. 교회 분립은 명백하고 기적도 명백하다. 그러나 기적이 진리의 표적인 이상으로 교회 분립은 오류의 표적이다. 따라서 기적은 잘못으로 인도하지 않는다.

그러나 교회 분립을 제외하면 오류는 기적이 명백한 것만큼 그렇게 명백하지는 않다. 그러므로 기적은 잘못으로 인도할지 모른다.

너의 하느님이 어디 있느냐[249] 기적이 신을 보여준다, 기적은 하나의 번갯불이다.

901-[831] 「5개 명제」는 모호했다. 이제는 그렇지 않다.

902-[850] 「5개 명제」가 정죄되었는데 기적이 없다. 진리가 공격받은 것은 아니기 때문이다. 그러나 소르본은…… 그러나 교서는……[250]

---

249) "Ubi est Deus tuus?"(「시편」, 42:3).
250) 1656년 1월 29일 포르루아얄의 신학자 아르노가 소르본에서 유죄 판결을 받았고, 같은 해 10월 16일 「5개 명제」를 규탄하는 교황의 교서가 공

마음을 다하여 신을 사랑하는 사람들이 교회를 알아보지 못한다는 것은 있을 수 없다. 그만큼 교회는 명백한 것이다.──신을 사랑하지 않는 자들이 교회에 대해 확신을 갖는 것은 있을 수 없다.

기적은 그처럼 강한 힘을 가지고 있으므로, 신은 자신의 존재가 아무리 분명하다 해도 인간이 자칫 기적에 미혹되어 신을 거역하지 않도록 경고해야만 했다. 그렇지 않았다면 기적은 혼란을 일으켰을 것이다.

그렇기에 「신명」 13장과 같은 구절들은 기적의 권위를 해친다는 것은 당치도 않다. 그 어떤 것도 이보다 더 기적의 힘을 나타내는 것은 없다. 적그리스도도 이와 마찬가지이다. "할 수만 있다면 택함을 받은 자들을 미혹하려 하기까지 한다."[251]

903-[844] 종교의 세 표적, 즉 영속성, 선한 생활, 기적. 그들은 개연성으로 영속성을 파괴하고, 그들의 도덕으로 선한 생활을 파괴하고, 기적의 진실성 또는 결과를 파괴함으로써 기적을 파괴한다.

만약 그들의 말을 믿는다면 교회는 영속성도 선한 삶도 그리고 기적도 필요하지 않을 것이다. 이단자들은 기적을 부인하거나 그 결과를 부인한다. 그들도 마찬가지다. 그러나 성실성을 잃지 않고서는 기적을 부인할 수 없고, 양식을 잃지 않

포되었다.
251) 「마가」, 13:22.

고서는 그 결과를 부인할 수 없다.

사람들은 자기가 보았다고 말하는 기적을 위해 순교하지는 않았다. 전통적으로 믿는 기적의 경우도 튀르키예인들이 혹 인간의 광기로 인해 순교에까지 이를지 모르지만 자기가 본 기적을 위해서는 그럴 수가 없기 때문이다.

904-[804] 기적. 기적은 사용된 수단의 자연적 힘을 초월하는 하나의 결과이다. 그리고 거짓 기적은 사용된 수단의 자연적 힘을 초월하지 않는 하나의 결과이다. 따라서 마귀의 힘으로 병을 고치는 사람은 기적을 행하는 것이 아니다. 왜냐하면 마귀의 자연적 힘을 초월하지 않기 때문이다.

905-[573] 성서의 맹목성. 유대인들은 말하기를, "그리스도가 어디서 오는지 사람들은 모를 것이라고 성서는 말한다"(「요한」7:27과 12:34). "그리스도는 영원히 머물러 계신다고 성서는 말하는데 이 사람은 자기가 죽으리라고 말한다."

그러나 성 요한은 말하기를, 이렇듯 많은 기적을 행했으되 그들은 예수를 믿지 아니하니 이는 예언자 이사야가 한 말을 이루려 한 것이다. 주께서 그들을 눈멀게 하사 등등.[252]

906-[822] 아브라함, 기드온, 계시 이상의 [징조]. 유대인들은 기적을 성서에 의해 판단함으로써 스스로 눈먼 자들이

---

252) 「요한」, 12:37-40 참조.

되었다. 신은 참되게 자기를 찬양하는 자들을 결코 버리지 않았다.

나는 누구보다도 예수 그리스도를 따르는 것을 좋아한다. 그에게는 기적, 예언, 가르침, 영속성 등등이 있기 때문이다.

도나투스파(派),[253] 그들에게는 기적이 없다. 이로써 그들이 행한 것은 마귀의 짓이라고 말할 수밖에 없다.

신, 예수 그리스도, 교회를 상세하게 살펴보면 살펴볼수록……

907-[841] 기적은 유대 민족과 이민족, 유대인과 기독교도, 가톨릭과 이단자, 비방당한 자와 비방하는 자 그리고 두 개의 십자가 등의 사이에서 의아한 문제들을 판별한다.

그러나 이단자들에게는 기적이 쓸모없는 것이 될 것이다. 왜냐하면 인간의 믿음을 차지한 기적들 때문에 권위를 인정받고 있는 교회가 그들은 참된 신앙을 가지고 있지 않다고 우리에게 말해주기 때문이다. 그들이 참된 신앙 가운데 있지 않다는 것은 의심할 여지가 없다. 왜냐하면 교회의 최초의 기적들을 보면 그들의 기적에서는 신앙이 빠져 있기 때문이다. 이렇듯 기적에 반대되는 기적이 있다. 그러나 최초의 그리고 더 큰 기적들은 교회의 편에 있다.

---

253) 4세기 카르타고의 주교 도나투스(Donatus)를 따른 사람들. 도나투스는 로마 교회에 대항함으로써 교회의 분리를 야기시켰으며, 훗날 아우구스티누스의 맹렬한 비판을 받았다.

908-[851] 장님으로 태어난 사람의 이야기.[254]

성 바울은 무엇을 말하는가? 항상 예언의 이야기를 하는
가? 아니다, 그의 기적을 말했다. 예수 그리스도는 무엇을 말
하는가? 예언의 이야기를 하는가? 아니다, 그의 죽음은 예언
을 성취하지 않았다. 예수는 말하기를, 내가 아무도 하지 못한
일을.[255] 그가 행하신 일들을 믿으라.

참으로 초자연적인 우리의 종교의 초자연적인 두 기반. 보
이는 기반과 보이지 않는 기반. 은총이 함께하는 기적, 은총이
없는 기적.

교회의 표징으로써 사랑으로 인정받았고, 표징에 불과했기
에 증오로써 다루어진 유대인들의 회당은 신과 올바른 관계
를 맺었을 때 파멸에 처해 있었지만 다시 세워졌다. 그렇기에
표징이었다.

기적은 인간의 마음에 미치는 신의 능력을 인간의 육체에
행하는 능력으로써 증명한다.

교회는 이단자들 가운데 이루어진 기적을 결코 기적이라
인정하지 않았다.

종교의 지주인 기적. 기적은 유대인을 구별했고, 기독교도
와 성서와 죄 없는 자와 참 믿음 있는 자를 구별했다.

교회 분리자들 사이에 일어나는 기적은 그다지 두려워할
것이 없다. 교회 분립은 기적보다 더 명백한 것으로 그들의 잘

---

254) 「요한」, 9:1 참조.
255) "Si non fecissem"(「요한」, 15:24).

못을 명백히 나타내기 때문이다. 그러나 분립이 없고 오류가 논의될 때는 기적이 구별한다.

내가 아무도 하지 못하는 일을 그들 가운데서 하지 아니했더라면 (그들에게 죄가 없었을 것이다).[256] 우리로 하여금 기적을 말할 수밖에 없게 한 가엾은 자들.

아브라함, 기드온은 기적으로 신앙을 확실하게 한다.

유디트.[257] 마침내 신은 최후의 핍박 속에서 말씀하신다.

만약 사랑이 얼어붙어 교회에 참된 신도들이 없게 되면 기적이 이들을 일으킬 것이다. 이것이 은총의 마지막 결과이다.

기적이 단 하나라도 예수회 편에서 일어났다면!

기적이 그것을 눈앞에서 보는 사람들의 기대에 어긋난다면, 그리고 그들의 믿음의 상태와 기적의 수단 사이에 불균형이 있다면, 그때 기적은 그들을 변화시킬 것이다. 그러나 당신들의 경우는 다르다. 만약 성찬이 죽은 자를 부활시킨다면 가톨릭으로 남아 있으니 차라리 칼뱅주의자가 되어야 하리라는 말에는 그만한 이유가 있을 것이다. 그러나 기적이 기대를 채울 때, 그리고 신이 약을 축성해 주기를 바랐던 사람들이 약 없이 치유된 것을 볼 때……

불신자들. 신의 편에 더 강한 표적이 없이, 적어도 그런 것이 일어나리라는 예고 없이 악마의 편에서 표적이 일어난 적은 결코 없었다.

---

256) "Si non fecissem quae alius non fecit"(「요한」, 15:24).
257) 『구약외경』, 「유디트」의 주인공.

6편

『기하학 또는 논리학 개론』의 서문을 위한 수기

909-[2] 여러 종류의 바른 판단력. 어떤 사람들은 어떤 범주의 사물들에 있어서는 바르게 판단하지만 다른 범주에 있어서는 그렇지 못하다. 그들은 그곳에서 엉뚱한 짓을 한다.

어떤 사람들은 소수의 원리로부터 정확히 결론을 이끌어낸다. 이것은 판단의 올바름이다.

어떤 사람들은 많은 원리로 구성된 사물에서 정확히 결론을 이끌어낸다.

가령, 어떤 사람들은 물의 작용을 잘 이해하는데 거기에는 원리가 많지 않다. 그러나 그 결과는 매우 미묘해서 정신이 극도로 올바르지 않고는 이에 도달할 수 없다.

그렇다고 해서 이들이 위대한 기하학자가 되지는 않을 것이다. 기하학에는 수많은 원리들이 포함되어 있는데, 어떤 종류의 정신은 소수의 원리를 궁극에까지 파고들어 가기는 하되 원리가 여럿인 사물은 전혀 깨닫지 못하기 때문이다.

그러므로 두 종류의 정신이 있다. 하나는 원리의 결과를 생생하고 깊이 있게 꿰뚫어 본다. 이것이 곧 올바른 정신이다. 다른 하나는 수많은 원리들을 혼동하지 않고 파악한다. 이것이 곧 기하학의 정신이다. 전자는 정신의 힘과 올바름을 나타내고 후자는 정신의 폭을 나타낸다. 그런데 정신은 강하고 좁을 수도 있고 또 넓고 약할 수도 있으므로, 한쪽의 정신은 다른 쪽의 정신 없이도 존재할 수 있다.

910-[1] 기하학의 정신과 섬세의 정신의 차이. 전자에 있어서는 원리들은 손으로 만질 수 있을 만큼 명백하지만 일상적 용도에서는 동떨어져 있다. 그래서 사람들은 습관이 안 된 탓으로 그쪽으로 머리를 돌리기가 힘들다. 그러나 조금이라도 머리를 돌리기만 하면 원리들은 넘치도록 잘 보인다. 그리고 완전히 그릇된 정신을 가지고 있지만 않다면 이 원리들에 대해 잘못 추론할 수가 없다. 이 원리들은 너무나도 굵직하기 때문에 빠져나가기가 불가능한 것이다.

그러나 섬세의 정신에 있어서는, 원리들이 일상적으로 사용되고 또 모든 사람의 눈앞에 있다. 굳이 머리를 돌릴 필요도 없고 억지를 쓸 필요도 없다. 다만 좋은 눈, 진정 좋은 눈을 갖는 것만이 문제다. 왜냐하면 이 원리들은 너무나도 섬세하고 수가 많은 탓으로 그중 어떤 것들을 빠뜨리지 않는다는 것은 거의 불가능하기 때문이다. 그런데 단 하나의 원리라도 놓치면 필시 오류를 범하게 마련이다. 그러니 모든 원리들을 보기 위해 참으로 명확한 눈을 가져야 하고, 다음으로는 알게된 원리에 대해 그릇되게 추론하지 않기 위해 바른 정신을 가져야 한다.

그러므로 기하학자들이 좋은 눈을 가지고 있다면 모두 섬세해질 것이다. 그들은 알고 있는 원리에 대해 그릇되게 추론하지 않기 때문이다. 한편, 섬세한 정신의 소유자들은 길들지 않은 기하학의 원리로 눈을 돌릴 수만 있다면 기하학자가 될 것이다.

그러므로 어떤 종류의 섬세한 정신의 소유자들이 기하학자가 되지 못하는 것은 그들이 기하학의 원리 쪽으로 전혀 눈을 돌릴 수 없기 때문이다. 그러나 기하학자들이 섬세하지 않은 것은 그들이 눈앞에 있는 것을 보지 않기 때문이고, 오직 기하학의 명확하고 투박한 원리에 길들고 또 이 원리들을 잘 보고 다루고 난 다음에나 추리하는 데 길든 탓으로, 그렇게 원리들이 다루어질 수 없는 섬세한 사물에 있어서는 그만 갈팡질팡하는 것이다. 이 원리들은 거의 보이지 않는다. 보인다기보다 오히려 느껴진다. 이것들을 직접 느끼지 못하는 사람들에게 느끼게 하기란 무한히 힘든 일이다. 이 원리들은 너무나도 미묘하고 수가 많으므로 이것을 느끼기 위해서는 그리고 기하학에서처럼 순서에 따라 증명하지 않고 — 왜냐하면 이원리들은 그런 방식으로 소유되는 것도 아니고 또 그렇게 하려고 하면 끝이 없으므로 — 이 느낌(직관)을 따라 정확하게 판단하기 위해서는 참으로 섬세하고 명철한 감각을 가져야 한다. 적어도 어느 단계까지는 단숨에 한눈으로 사물을 보아야 하되 결코 추리를 진행시킴으로써가 아니다. 그래서 기하학자가 섬세해지거나 섬세한 사람이 기하학자가 되는 일은 드물다. 왜냐하면 기하학자는 섬세한 사물들을 기하학적으로 다루려 하기 때문인데, 처음에는 정의(定義)로부터, 다음에는 원리로부터 시작하려고 하다가 그 자신 웃음거리가 되고 만다. 이런 종류의 추론에서는 그런 식으로 행동하는 법이 아니다. 물론 정신이 추론을 하지 않는 것은 아니다. 다만 소리 없이 자연적으로 그리고 기교 없이 한다. 왜냐하면 그것을 표현하는 것은 모든 사람들의 능력을 초월하는 것이고, 또 이것을 느끼는 것은 소수의 사람에게만 허용되어 있기 때문이다.

이와 반대로 섬세한 사람들은 단 한 번 보고 판단하는 데 길든 탓으로—그들이 전혀 이해하지 못하는 명제들, 그리고 그 안에 들어가기 위해서는 그들이 이렇게 상세히 관찰하는 습관이 전혀 없었던 몹시 딱딱한 정의(定義)와 원리들을 통과해야만 하는 그런 명제들이 제시될 때—그들은 크게 놀란 나머지 거부감과 혐오감을 느낀다.

그러나 그릇된 정신의 소유자들은 결코 섬세하지도 기하학적이지도 않다.

단지 기하학적이기만 한 기하학자는 따라서 올바른 정신을 소유하고 있으되 모든 것이 오직 정의와 원리로써 설명될 때에만 그러하다. 그렇지 않으면 그들은 잘못을 저지르고 끔찍해진다. 그들은 명확한 원리들에 대해서만 바른 정신을 발휘하기 때문이다.

그리고 섬세하기만 한 섬세한 사람들은 세상에서 본 일이 없고 또 일상적으로 전혀 사용되지 않는, 순리적이고 상상적인 사물의 기본 원리까지 내려가는 인내력을 가질 수가 없다.

911-[4] 기하학. 섬세. 참된 웅변은 웅변을 비웃고, 참된 도덕은 도덕을 비웃는다. 다시 말해 판단의 도덕은 정신의 도덕을 비웃는다, 규칙이 없는 정신의 도덕을.

왜냐하면 지식이 정신에 속해 있듯 판단에는 직관이 속해 있기 때문이다. 섬세함은 판단의 몫이고, 기하학은 정신의 몫이다.

철학을 비웃는 것, 이것이 바로 진정으로 철학하는 것이다.

912-[40] 어떤 일을 증명하기 위해 사람들은 예를 드는데, 이 예를 증명하고자 할 때면 이번에는 (예로 삼았던) 그 일들을 예로 든다. 왜냐하면 사람들은 증명하려고 하는 일에 어려움이 있다고 항상 믿고 있기 때문에 예로 든 것들은 더 명료하고 증명에 도움이 된다고 생각하는 것이다.

이렇듯 일반적인 일을 증명하려고 할 때 어떤 경우의 특수한 기준을 적용해야 한다. 그러나 어떤 특수한 경우를 증명하려고 하면, [일반적인] 기준에서 시작해야 할 것이다. 사람들은 증명하려고 하는 일은 항상 모호하다고 생각하고, 증명에 사용되는 것은 분명하다고 생각하기 때문이다. 그 이유는 증명해야 할 사물이 제시되면 사람들은 우선, 이것은 그래서 모호하다. 그러나 이것을 입증할 사물은 명백하다는 상상에 사로잡히게 된다. 이렇게 해서 결국 사람들은 그것을 쉽게 이해하게 된다.

913-[380] 세상에는 모든 훌륭한 규범들이 있다. 다만 그것들을 적용하는 데 실수를 범할 뿐이다. 가령, 공공의 이익을 위해 목숨을 걸어야 한다는 것에 대해서는 아무도 의심하지 않는다. 그러나 종교를 위해서는 그렇게 하지 않는다.

인간들 사이에 불평등이 있는 것은 필연적 사실, 이것은 진실이다. 그러나 이것이 인정되자 최고의 지배뿐만 아니라 최고의 폭정으로 가는 길까지도 열린다.

정신을 다소 풀어주는 것은 필요하다. 그러나 이것은 가장 큰 방종으로 가는 길도 연다. 그러니 그 한계를 정해야 한다.

사물에는 어떤 한계도 없다. 규범은 한계를 정하려고 하고 정신은 이것을 용인하지 못한다.

914-[95] 심정. 기억, 기쁨은 심정이다. 기하학의 명제까지도 심정이 된다. 이성은 심정을 자연적인 것으로 만들지만 본래의 자연적인 심정은 이성에 의해 지워지기 때문이다.

915-[3] 심정(직관)으로 판단하는 데 길든 사람들은 추리를 요하는 사물들에 대해서는 아무것도 이해하지 못한다. 그들은 먼저 한눈에 꿰뚫어 보려고 하고 원리를 찾는 데 길들지 않았기 때문이다. 이와 반대로 원리에 따라 추리하는 데 길든 사람들은 심정을 요하는 사물들에 대해서는 아무것도 이해하

지 못한다. 그 안에서 원리를 찾으려 하고 한눈에 꿰뚫어 보지 못하기 때문이다.

916-[568] 그릇된 정신의 소유자들이 많다.

7편

『귀족의 신분에 관한 세 담론』을 위한 수기

917-[314] 신은,

자신을 위해 만물을 창조하셨고,

자신을 위해 고통과 행복의 힘을 주셨다.

당신은 이 힘을 신에게나 당신에게 적용할 수 있다.

신에게 적용하면 복음서가 기준이 된다.

당신에게 적용하면 당신은 신의 지위를 차지하게 된다.

신이 그의 권능 안에 있는 사랑의 복을 갈구하는, 사랑에 넘친 사람들로 에워싸여 있는 것같이……258)

그러니 당신 자신을 깨달아라. 자신이 정욕의 왕일 뿐임을

---

258) "당신은 당신의 권능 안에 있는 정욕의 복을 갈구하는, 정욕에 넘친 무리들로 에워싸여 있다."고 보충할 수 있다.

알고 정욕의 길을 택하라.

918-[310] 왕과 폭군. 나도 나의 생각을 머릿속에 숨길 것
이다.

나는 여행할 때마다 주의할 것이다.

제도적인 위대, 제도적인 존경.

권력자들의 즐거움은 사람들을 행복하게 만들 수 있는 데
있다.

부의 특성은 아낌없이 주어지는 데 있다.

각각의 사물의 특성이 탐구되어야 한다. 권력의 특성은 사
람들을 보호하는 데 있다.

힘이 가면[259]을 공격할 때, 한 졸병이 최고법원장의 각모(角
帽)를 빼앗아 창밖으로 내던질 때······.

**

919-[155] 참된 친구는 가장 지체 높은 귀족들에게도 너
무나 유익하기 때문에 그들은 이런 친구를 얻기 위해 무엇이
든 다 해야 한다. 참된 친구는 이들에 대해 좋게 말하고 또 이
들이 없을 때에도 이들을 지지해 줄 수 있다. 그러나 잘 선택

---

259) 파스칼에 따르면 모든 권위는 권위를 가장하고 있을 뿐이며 그런 점에
서 권위는 곧 가면이 된다.

해야 한다, 만약 어리석은 자들을 얻기 위해 노력을 다한다면 그런 자들이 제아무리 그들을 감싸준다 해도 무익할 테니까. 그뿐 아니라 이 어리석은 친구들은 권위가 없기 때문에, 스스로가 약자의 입장에 처하게 될 때는 그들을 감싸주지 않을 것이다. 그래서 그자들은 입을 모아 그들에 대해 악담할 것이다.

8편

잡록

920-[321] 아이들은 그들의 친구가 존경받는 것을 보고 놀란다.

921-[356] 몸의 양식은 조금씩 조금씩. 양식은 풍족해도 양분은 없다.

921-[91] 태양의 흑점.[260] 항상 같은 결과가 나오는 것을 보면 우리는 그것에 자연적 필연성이 있다고 결론짓는다. 가령, 내일도 해가 뜬다 등등을. 그러나 자연은 종종 우리를 속이고 고유한 규칙들을 따르지 않는다.

---

260) Spongia solis.

923-[44] 당신은 남들이 잘 보아주었으면 하는가. 그런 말은 하지 마라.

924-[123] 그는 10년 전에 사랑하던 사람을 지금은 사랑하지 않는다. 그럴 것이라고 나는 생각한다. 이제 여자도 예전 같지 않고 남자도 마찬가지다. 그는 젊었었고 그녀도 젊었었다. 그녀는 지금 완전히 달라졌다. 그녀가 그때 그대로의 모습이라면 아마도 그는 계속 사랑할 텐데 말이다.

925-[17] 강은 흘러가는 길이고, 이 길은 사람들을 가고 싶은 곳으로 싣고 간다.

926-[18] 어떤 일의 진실이 무엇인지를 모를 때 사람들의 마음을 고정시키는 어떤 공통된 오류가 있는 것은 좋은 일이다. 가령, 달을 계절의 변화, 병의 경과 등의 원인으로 삼는 경우와 같이. 왜냐하면 인간의 커다란 병폐는 자신이 알 수 없는 것들에 대한 불안한 호기심을 갖는 것이기 때문이다. 오류에 빠져 있는 것은 이 쓸데없는 호기심에 사로잡히는 것만큼 그렇게 인간에게 나쁜 것은 아니다.

927-[18-2] 에픽테토스, 몽테뉴, 살로몽 드 튈티[261] 등의

---

261) 파스칼은 루이 드 몽탈트라는 가명으로 『프로뱅시알』을 발표한 것같이, '호교론'을 출판할 때는 살로몽 드 튈티라는 가명을 사용하려고 했다.

글쓰기 방식은 가장 널리 사용되는 것으로, 가장 잘 이해되고 기억 속에 더 오래 남으며 가장 많이 인용된다. 이 방식은 삶 속의 일상적인 대화에서 비롯된 생각들로 구성되어 있기 때문이다. 가령, 달이 모든 것의 원인이라는 따위의 흔한 공통된 세상의 오류에 관해 이야기하게 되면, 사람들은 필시, 살로몽 드 튈티는 어떤 것이 진리인지 모를 때 공통된 오류가 있는 편이 좋은 일이라는 식으로 이야기할 것이다. 이것은 다른 쪽의 생각이다.

**

독서에 관하여

928-[512] 이것은, 그의 고유한 어법으로는, 전부가 예수 그리스도의 몸이다.[262] 그러나 예수 그리스도의 몸 전체라고 말할 수는 없다.

두 개의 사물이 변하지 않고 결합할 때 하나가 다른 것이 된다고 말할 수 없다.

이렇듯 영혼은 육체에, 불은 나무에 결합하지만 변하지 않는다.

---

262) 여기서 파스칼은 성찬(성체)에 관한 데카르트의 견해를 논하고 있다. '그'는 데카르트를 가리킨다.

그러나 하나의 형태가 다른 형태로 되기 위해서는 변화가 있어야 한다.

신의 말씀과 인성(人性)의 결합은 이런 경우이다.

내 육체는 내 영혼 없이는 인간의 육체가 될 수 없으므로 그 어떤 물질에라도 내 영혼이 결합되면 그것은 내 육체가 될 것이다.

그는 필요조건과 충분조건을 구별하지 않는다. 결합은 필요하지만 충분하지는 않다.

왼팔은 오른팔이 아니다.

비침투성은 육체의 한 특징이다.

'수(數)'의 동일성은 같은 시간에 대해서는 물질의 동일성을 요구한다.[263]

그러므로 만약 신이 나의 영혼을 중국에 있는 한 육체에 결합시킨다면 이 동일한 육체[264]는 중국에 있을 것이다.

저기서 흐르는 저 강은 같은 시간에 중국에 흐르는 강과 '동일하다'.[265]

929-[775] omnes를 항상 '모두'라고 해석하는 것은 이단

---

263) 데카르트는 물질을 '수(numero)'의 개념으로 파악한다. 이 개념에는 질, 양, 형태가 포함된다.

264) idem numero.

265) idem numero. 파스칼은 데카르트가 "루아르강은 비록 그 물이 같은 것이 아닐지라도 10년 전과 똑같은 강이다."라고 말한 것에 대해, 그가 같은 시간 속의 동일성의 조건과, 시간의 흐름 속의 동일성의 조건을 혼동하고 있다고 비판한다.

이다. 때때로 '모두'라고 해석하지 않는 것도 이단이 된다. 모두 이 잔을 마셔라.[266] 이것을 '모두'라고 해석하기 때문에 위그노[267]는 이단이 된다. 모든 사람이 죄를 지었으므로,[268] 여기서 신도들의 자녀들을 제외하기 때문에 위그노는 이단이 된다. 그러므로 언제 그렇게 하는가를 알기 위해서는 교부와 교회의 전승을 따를 필요가 있다. 어느 편이라도 이단에 떨어질 우려가 있으니까.

930-[744] "시험에 들지 않도록 기도하라."[269] 시험에 드는 것은 위험하다. 시험에 드는 것은 그들이 기도하지 않기 때문이다.

네가 돌아올 때에는 네 형제들을 굳세게 하여라.[270] 그러나 그 전에, 주께서 돌아서서 베드로를 보시니.[271]

성 베드로는 말고를 쳐도 되는가를 묻고, 대답을 듣기 전에 친다. 예수 그리스도는 그 후에 대답한다.[272]

유대인들 무리가 빌라도 앞에서 예수 그리스도를 비난할 때 우연이기라도 한 듯 '갈릴리'라는 말을 외쳤다. 빌라도는 이 말을 구실로 예수 그리스도를 헤롯에게 넘겼다. 이로써 예

---

266) "Bibite ex hoc omnes"(「마태」, 26:27).

267) Huguenot. 프랑스의 칼뱅파 신교도를 가리키는 말.

268) "In quo omnes peccaverunt"(「로마」, 5:12).

269) 「누가」, 22:40.

270) "Et tu conversus confirma fratres tuos"(「누가」, 22:32).

271) "Conversus Jesus respexit Petrum"(「누가」, 22:61).

272) 「누가」, 22:49 참조.

수가 유대인들과 이방인들에게 심판받으리라는 비의(秘義)는 성취되었다. 겉으로는 이 우연이 비의를 성취시키는 원인이 되었다.

931-[32] 즐거움과 아름다움의 어떤 모형이 있는데, 그것은 약하기도 하고 강하기도 한 있는 그대로의 우리의 본성과, 우리를 기쁘게 하는 사물 사이에 존재하는 어떤 관련성으로 성립된다.

이 모형에 따라 만들어진 모든 것이 우리를 즐겁게 한다. 집, 노래, 연설, 시, 산문, 여인, 새, 강, 나무, 방, 옷 등등.

이 모형에 따라 만들어지지 않은 모든 것은 좋은 감각을 가진 사람들에게 불쾌감을 준다.

이 좋은 모형에 따라 만들어진 집과 노래는, 각기 그 자신의 양식(樣式)에 의한 것이지만 이 유일한 원형을 닮은 점에서 그 사이에 완전한 연관성이 있는 것과 같이, 나쁜 원형에 따라 만들어진 사물들 사이에도 완전한 연관성이 있다. 나쁜 모형이 하나뿐이라는 것은 아니다. 실은 무수히 많다. 그러나 가령 빗나간 시는 그 어떤 그릇된 모형에 따라 만들어졌건 간에 이 모형대로 옷을 차려입은 여인과 빼닮았다.

빗나간 시가 얼마나 우스꽝스러운지를 알기 위해서는 그 성질과 모형을 살펴보고 이 모형에 따라 만들어진 여인이나 집을 상상해 보는 것보다 더 좋은 수는 없다.

932-[33] 시적(詩的) 아름다움. 시적 아름다움을 말하는 것

같이 기하학적 아름다움 또는 의학적 아름다움을 말해야 할 것이다. 그러나 사람들은 그렇게 말하지 않는다. 그 이유는 기하학의 목적이 무엇인지 그리고 그것이 증명에 있다는 것을 알기 때문이며, 의학의 목적이 무엇인지 그리고 그것이 치료에 있다는 것을 알기 때문이다. 그러나 시가 목적으로 삼은 즐거움이 무엇으로 성립되었는지 사람들은 알지 못한다. 모방해야 할 그 자연스러운 모형이 무엇인지를 모르는 것이다. 그래서 이것을 모르기에 사람들은 묘한 표현들을 지어냈다. "황금 세기, 현대의 경이, 숙명적인" 등등. 그리고 이 특유한 말들을 시적 아름다움이라 부른다.

그러나 하찮은 것들을 거창한 말로 표현하는 것으로 성립된 이 모형에 따라 한 여인이 치장한 것을 상상하는 사람은 거울과 구슬로 온통 몸을 휘감은 한 아름다운 여인을 볼 것이며 그만 웃음을 터뜨리고 말 것이다. 왜냐하면 사람들은 시의 즐거움보다 한 여인의 즐거움이 무엇인지를 더 잘 알기 때문이다. 그러나 그런 것을 모르는 사람들은 이렇게 치장한 여인도 찬양할 것이다. 그리고 이 여인을 여왕으로 착각하는 마을도 적지 않을 것이다. 우리가 이 모형에 따라 지어진 시를 "마을의 여왕"이라 부르는 것은 이런 이유에서이다.

933-[885] 여로보암 치하에서처럼 누구나 원하면 사제가 된다.[273]

---

273) 「열왕기상」, 12:31 참조.

오늘날의 교회 규율을 그지없이 훌륭한 것으로 우리에게 제시하는 것은 끔찍한 일이다. 그리고 이것을 바꾸려는 시도를 죄악이라고 단정하는 것도. 옛날에는 나무랄 데 없이 훌륭한 규율이었음에도 이것을 바꾸는 것이 죄가 되지 않았다. 그런데 지금은 이 모양이면서도 바꾸기를 바랄 수조차 없다니!

사제가 되기에 합당한 사람이 거의 없을 정도로 극도로 신중하게 사제를 임명하던 과거의 관습은 바꾸려고 하면 바꿀 수도 있었다. 그런데 이제는 이처럼 자격 없는 사제들을 수없이 만들어내는 관습을 개탄하는 것조차 허용되지 않다니!

934-[13] 사람들은 클레오뷰린[274]의 실수와 정열을 보기를 원한다. 그녀는 이 열정이 잘못되었다는 것을 모르기 때문이다. 만약 그녀가 속지 않았다면 그녀는 사람들의 마음에 들지 않았을 것이다.

935-[65] 몽테뉴. 몽테뉴의 좋은 점은 단지 어렵게 터득될 수밖에 없다. 그러나 그가 가지고 있는 나쁜 점은——그의 품행은 제외하고——순식간에 고쳐질 수 있었을 것이다, 만약 너무 수다를 떨고 자기 이야기를 너무 많이 한다고 그에게 경고해 주었더라면.

---

274) 스퀴데리 부인(Madeleine de Scudery, 1607~1701)의 소설 『키루스 대왕 (Le Grand Cyrus)』에 나오는 코린트의 여왕.

936-[63] 몽테뉴. 몽테뉴의 결점은 크다. 음란한 말들. 구르네 양[275]의 변명에도 불구하고 이것은 아무런 가치도 없다. 쉽게 믿는 고지식한 사람, 곧 눈 없는 사람.[276] 무지한 사람, 곡선형구적법(曲線形求積法),[277] 더 큰 세계.[278] 고의적 살인과 죽음에 관한 그의 의견.[279] 그는 구원에 대한 무관심을 불어넣는다, 두려움도 뉘우침도 없이.[280] 그의 책은 믿음으로 인도하기 위한 것이 아니었던 만큼 반드시 이에 구애될 것은 없었다. 그러나 항상 믿음에서 이탈하지 않게 할 의무는 누구에게나 있다. 생애의 어떤 국면에서 그가 다소 자유롭고 향락적인 생각을 갖는 것은 용서받을 수 있다(730, 321).[281] 그러나 죽음에 대한 전적으로 이교도적인 생각은 묵과할 수 없다. 적어도 기독교적으로 죽기를 원치 않는다면 사실상 신앙 전체를 포기해야 하기 때문이다. 그런데 그는 책에서 줄곧 비열하고 나약하게 죽을 생각만 한다.

937-[368] 열은 어떤 구상분자(球狀分子)의 운동일 뿐이고 빛은 우리가 느끼는 원심력이라고 누군가[282]가 말할 때 우

275) 몽테뉴의 유고를 정리하여 『수상록』 증보판(1595년)을 출판한 몽테뉴의 수양딸.

276) 몽테뉴, I, 12 참조.

277) 몽테뉴, II, 14 참조.

278) 몽테뉴, III, 12 참조.

279) 몽테뉴, II, 3 참조.

280) 몽테뉴, III, 2 참조.

281) 1652년 판 『수상록』의 참조 항목을 가리킨다.

리는 놀라움을 느낀다. 그래! 쾌감은 다름 아닌 정기(精氣)의 춤일 뿐이라는 말인가. 우리는 이것들에 대해 전혀 다른 생각을 품고 있었다! 그리고 이런 느낌은 우리가 그것과 비교해 별로 다르지 않다고 생각하는 다른 느낌과 사뭇 동떨어져 있는 듯이 보인다! 불의 느낌, 그리고 촉각과는 전혀 다른 방식으로 우리에게 전해지는 열과 음, 빛의 느낌, 이 모든 것은 우리에게 신비하게 보인다. 그러나 이것은 돌멩이로 맞는 것과 같이 명백하다. 털구멍으로 스며드는 극히 작은 정기들이 다른 신경에 충격을 주는 것은 과연 사실이다. 그러나 여전히 충격받은 신경들이다.

938-[568] 데오니시오[283]는 하느님의 사랑을 가지고 있다. 그는 그 자리에 있었다.

939-[41] 마르티알리스[284]의 풍자시. 인간은 짓궂음을 좋아한다. 그러나 이 짓궂음은 애꾸눈이나 불행한 사람들에 대해서가 아니라, 오만한 행복한 사람들에 대해 그래야 한다. 그렇지 않으면 잘못이다.

왜냐하면 정욕은 우리의 모든 움직임의 원동력이고, 인간

---

282) 데카르트를 가리킨다.
283) 「사도행전」, 17:34의 디오누시오인 듯하다. 그러나 이 구절의 의미는 불명확하다.
284) 마르쿠스 발레리우스 마르티알리스(Marcus Valerius Martialis, 40~104). 로마 시인.

성은 등등.

다정하고 인간적인 감정을 가진 사람들을 기쁘게 해야 한다.

두 애꾸눈을 노래한 시는 아무 가치도 없다. 이 시는 그들을 위로하지도 않고 단지 시인의 명예에 약간 보탬이 될 뿐이기 때문이다. 저자만을 위하는 것은 모두 가치가 없다. 그는 야심적인 장식을 잘라내리라.[285]

940-[160]   재채기는 성행위와 마찬가지로 정신의 모든 기능을 흡수한다. 그러나 이것에서 인간의 위대함을 반박하기 위한 결론을 이끌어내지는 못한다. 왜냐하면 재채기는 자신의 뜻에 반해서 하는 것이기 때문이다. 비록 사람들이 재채기를 인위적으로 하게 되더라도, 그렇게 하는 것도 자기의 의사에 반하는 일이다. 이것은 그 자체를 위해서가 아니라 다른 목적을 위해서 하는 것이다. 그러므로 재채기는 인간의 약점의 표시가 아니라 그 행동에 대한 인간의 예속의 표시이다.

사람이 고통에 굴하는 것은 수치가 아니다. 쾌락에 굴하는 것이 수치다. 이것은 고통이 밖으로부터 우리에게 가해지기 때문도 아니고 또 우리 자신이 쾌락을 추구하기 때문도 아니다. 왜냐하면 인간은 고의로 고통을 추구하고 또 고통에 굴복하고도 이런 비굴함을 갖지 않을 수도 있기 때문이다. 그렇다면 이성이 고통의 압력에 굴하는 것은 영광이 되고, 쾌락의 굴레에 굴하는 것은 수치가 되는 이유는 무엇인가? 그 이유

---

285) "Ambitiosa recident ornamenta"[호라티우스, 『시학(Ars Poetica)』, 447].

는 이러하다──고통이 우리를 유혹하고 우리를 유인하는 것이 아니라 바로 우리 자신이 그것을 택하고 그것에 지배되기를 바란다. 그래서 우리는 그 일에 있어 주인이고, 바로 그렇기에 인간은 고통이 아니라 자기 자신에게 굴복하는 것이다. 그러나 쾌락에 있어서는 인간이 그것에 굴복한다. 지배와 통제력만이 명예를 가져오고 굴종만이 수치를 가져온다.

**

외면상의 모순들

941-[754] "당신은 사람이면서 자기를 하느님이라고 했소."[286] 너희의 율법서를 보면 하느님께서 '내가 너희를 신이라 불렀다' 하신 기록이 있지 않느냐. ……성경 말씀은 영원히 참되시다.[287]

"그 병은 죽을 병이 아니다. 그것은 오히려 하느님의 영광을 드러낼 병이다."[288]

나사로가 잠들었다 ……이에 예수께서 분명히 말씀하셨다. "나사로는 죽었다."[289]

---

286) C. C. "Homo existens te Deum facis"(「요한」, 10:33).

287) "Scriptum est 'Dii estis' et non potest solvi Scriptura"(「요한」, 10:34~35).

288) C. C. "Haec infirmitas non est ad vitam et est ad mortem"(「요한」, 11:4 참조).

289) "'Lazarus dormit', et deinde dixit: Lazarus mortuus est"(「요한」, 11:11-

942-[266] 망원경은 옛날의 철학자들에게는 존재하지도 않았던 그 얼마나 많은 실체들을 우리에게 보여주었는가! 그들은 수많은 별을 얘기하는 성서를 공공연히 비웃으면서, "우리가 알기에 별은 1,022개밖에 없다."고 말했다.

지상에는 풀이 있고 우리는 이것들을 본다──달에서는 이것들이 보이지 않을 것이다. 풀에는 잔털이 있고 잔털에는 벌레들이 있지만 그 이상은 아무것도 없다.──오오, 오만한 자들이여!──혼합물은 부분들로 구성되어 있지만 부분은 그렇지 않다.──오오, 오만한 자들이여! 이것이 바로 미묘한 점이다.──보이지 않는 것을 있다고 말해서는 안 된다.──그러니까 다른 사람들처럼 말은 해야 하지만 그들처럼 생각해서는 안 된다.

943-[357] 덕을 어느 쪽이든 극단으로까지 추구하려고 하면, 갖가지 악덕이 작은 무한 쪽으로 알 수 없는 과정을 따라 무의식중에 스며들고, 또한 큰 무한 쪽에도 수많은 악덕이 떼지어 나타난다. 그 결과 사람들은 악덕 한가운데에서 헤매고 덕을 더 이상 보지 못하게 된다. 사람들은 완전한 것까지도 공격한다.

944-[23] 말들을 다르게 배열하면 다른 뜻을 나타내고,

---

14 참조). 여기 열거된 구절들은 예수의 말의 모순, 외견상 모순의 예로 제시된 것이다.

뜻을 다르게 배열하면 다른 결과를 불러일으킨다.

945-[776] 두려워 마라, 작은 무리여.[290] 두려움과 떨림으로.[291] ──그럼 어쩌란 말인가? 두렵다면 두려워하지 말라?[292] 너희가 두려워하고 있다면 두려워하지 마라. 그러나 두려워하지 않고 있다면 두려워하라.

누구든지 나를 영접하면 나를 영접함이 아니요 나를 보내신 이를 영접함이니라.[293]

아무도 모르나니 ……아들도 모르고.[294]

빛나는 구름이 저희를 덮으며.[295]

성 요한은 아버지들의 마음을 자식들에게로 돌아오게 해야 했고, 예수 그리스도는 불화를 일으켜야 했다. 모순은 없다.

946-[627] 여호수아는 신의 백성 가운데서 이 이름[296]을 가진 최초의 사람이라고 나는 생각한다. 마치 예수 그리스도가 신의 백성 중 최후의 사람인 것같이.

---

290) "Ne timeas pusillus grex"(「누가」, 12:32).
291) "Timore et tremore"(「빌립보」, 2:12).
292) "Quid ergo? Ne timeas, [modo] timeas."(「빌립보」, 2:12).
293) "Qui me recipit, non me recipit, sed eum qui me misit"(「마가」, 9:36).
294) "Nemo scit, neque Filius"(「마가」, 13:32).
295) "Nubes lucida obumbravit"(「마태」, 17:5).
296) '여호수아'와 '예수'는 히브리어에서는 동의어이며 '구세주'를 뜻한다.

947-[865] 두 개의 상반된 것들을 동시에 주장해야 할 때가 있다면 이것은 그중 하나를 망각한 것을 비난할 때이다. 그러므로 예수회나 장세니스트는 상반된 것들을 숨김으로써 잘못을 범하고 있다. 그러나 장세니스트들에게 더 큰 잘못이 있다. 왜냐하면 예수회는 상반된 두 가지를 더 명백히 주장하고 있기 때문이다.

948-[943] 드 콩드랭 씨, "성자들의 연합과 삼위일체의 연합은 전혀 비교가 되지 않는다."고 말한다.
예수 그리스도는 반대되는 말을 한다.[297]

949-[486] 인간의 존엄은 죄 없는 상태에서는 피조물을 이용하고 지배하는 데 있었다. 그러나 지금은 피조물로부터 분리되고 또 그것들에 예속되는 데 있다.

950-[50] 의미. 같은 의미도 이것을 설명하는 말에 따라 달라진다. 의미는 말에 존엄성을 주는 것이 아니라 말로부터 존엄성을 받는다. 그 예를 찾아야 한다…….

951-[777] 일반적[298] 현상과 특정적[299] 현상. 반(半)펠라기우스파는 '특정적'으로만 진실된 것을 '일반적'이라고 주장함

---

297) 「요한」, 17:21-23 참조.
298) in communi.
299) in particulari.

으로써 과오를 범하고, 칼뱅주의자들은 '일반적'으로 진실된 것을 '특정적'이라고 말함으로써 과오를 범한다(내 생각에는 그렇다).

＊＊

수사학

952-[370]　[우연이 생각을 낳고 또 우연이 그것을 빼앗아 간다. 생각을 유지할 방도도, 획득할 방도도 없다.

빠져나간 생각, 나는 이렇게 쓰고 싶었다. 그 대신 나는, 생각이 내게서 빠져나갔다, 라고 쓴다.]

953-[120]　자연은 다양화시키고 모방한다.

인공은 모방하고 다양화시킨다.

954-[119]　자연은 서로 모방한다. 자연은 서로 모방한다. 좋은 땅에 던져진 한 알의 씨는 열매를 맺는다. 좋은 정신 속에 뿌려진 원리는 열매를 맺는다.

수는 공간을 모방한다, 실은 전혀 다른 성질의 것들인데.

만물은 같은 지배자에 의해 만들어지고 인도된다, 뿌리와 가지와 열매 그리고 원리와 귀결.

**

955-[26] 웅변은 사고가 그려내는 그림이다. 그래서 그린 다음에 다시 덧붙이는 사람들은 초상화 대신 보통의 그림을 그리고 만다.

956-[15] 강압에 의해, 즉 왕으로서가 아니라 폭군으로서 설득하지 않고 부드러움으로써 설득하는 웅변.

957-[14] 자연스러운 이야기가 어떤 정념이나 결과를 묘사할 때 사람들은 듣고 있는 이야기의 진실─실은 자기 안에 있었지만 알지 못했던 진실을 자신 속에서 발견한다. 그래서 사람들은 이것을 느끼게 해준 사람을 자연스럽게 사랑하게 마련이다. 그가 우리에게 보여준 것은 그 자신의 것이 아니라 바로 우리의 소유물이기 때문이다. 이렇듯 그가 베푼 이 은혜는 우리로 하여금 그를 사랑하게 하고, 우리가 그와 공유하는 이해의 공감대는 필연적으로 우리의 마음을 그에 대한 사랑으로 기울게 한다.

958-[25] 웅변. 즐거움과 현실성이 다 있어야 한다. 그러나 그 즐거움은 진실에서 취해진 것이어야 한다.

959-[188] 대화와 담론에 있어서 이에 불쾌감을 느끼는 사람들에게, "무엇이 불만이십니까?"라고 말할 수 있어야 한다.

960-[8] 저녁 기도를 듣는 것같이 설교를 듣는 사람들이 많다.

961-[355] 계속되는 웅변은 지루하다.

영주나 왕들도 때로는 오락을 즐긴다. 그들은 항상 왕좌에 앉아 있지는 않는다. 그곳에서 권태를 느끼기도 한다. 위대함을 느끼기 위해서는 그것에서 떠나 있을 필요가 있다. 지속되는 것은 그 무엇이든 불쾌감을 준다. 우리 몸을 덥히기 위해서는 추위도 기분 좋다.

자연은 점진적으로 움직인다, 갔다가 돌아온다.[300] Aa. 자연은 갔다가 돌아오고, 다시 더 멀리 갔다가 그 두 배만큼 돌아오며, 또다시 더 멀리 나아간다 등등.

바다의 밀물도 이런 식으로 움직이고 태양도 이렇게 운행하는 것 같다. AAAAAAAA.

962-[106] 각자가 지닌 지배적인 정열이 무엇인지를 알면 확실히 그의 환심을 살 수 있다. 그러나 사람은 제각기 행복에 대한 생각 속에 그 자신의 행복과는 어긋나는 변덕스러움을 지니고 있다. 참으로 당황하게 만드는 기이한 사실이다.

963-[47] 말은 잘하는데 글은 잘 못 쓰는 사람들이 있다. 이것은 장소와 청중이 그들을 열띠게 해서, 그 열기가 없을 때

---

300) itus et reditus.

정신 속에서 그들이 발견하는 것보다 더 많은 것을 거기서 이끌어내기 때문이다.

964-[12] 스카라무슈,[301] 그는 하나만을 생각한다.
박사,[302] 할 말을 다 한 다음에도 15분 동안이나 떠들어댄다. 이처럼 그는 말하고 싶은 욕망으로 가득 차 있다.

965-[46] 재치 있는 익살꾼, 나쁜 성격.

966-[31] 키케로의 작품에서 우리가 비난하는 모든 그릇된 아름다움들을 찬양하는 사람들이 있고 그 수도 많다.

967-[39] 만약 벼락이 낮은 곳에 떨어진다면 등등, 시인들과, 이런 종류의 일밖에는 논할 줄 모르는 사람들은 증거를 제대로 제시하지 못할 것이다.

**

968-[49] 자연을 가리고 위장하는 것. 더 이상 왕, 교황, 주

---

301) 이탈리아 배우. 티베리오 피오렐리(Tiberio Fiorelli, 1608~1694)를 가리킨다. 1653년부터 1659년까지 프티부르봉 극장에 출연했다.
302) 이탈리아 연극 코메디아 델라르테(Comedia dell'arte)에 나오는 그라치아노 박사. 스카라무슈와 학자는 이탈리아 극의 전통적 인물들이다.

교가 아니라──위엄 있는 군주 등등. 파리가 아니라──왕국의 수도. 파리를 파리라 불러야 할 곳이 있고, 왕국의 수도라 불러야 할 곳이 있다.

969-[48] 잡록. 어떤 글 가운데 반복된 말이 있어 이것을 수정하려고 하는데 오히려 수정하면 글을 해치게 될 정도로 그 반복이 적절하게 보일 때는 그대로 두어야 한다, 바로 그렇게 하라는 표시이므로. 그리고 이것은 반복이 이 경우에는 결함이 되지 않는다는 것을 모르는 맹목적인 우리의 욕망의 산물이다. 일반적인 규칙 따위는 없으니까 말이다.

970-[57] 다음과 같은 인사는 나를 거북하게 만들었다. "폐를 끼쳤습니다, 혹시 방해가 되는 건 아닌지요? 시간이 오래 걸릴까 두렵군요." 결국 강요하거나 화나게 만든다.

971-[27] 잡록. 언어. 말을 무리하게 다루면서 대구(對句)를 만드는 사람들은 균형을 위해 봉창(封窓)을 만드는 사람들과 같다.
그들의 규칙은 올바르게 말하는 것이 아니라 올바른 형상을 만드는 데 있다.

972-[54] 잡록. 이야기하는 방식, "나는 이 일에 전념하고 싶었었다."

973-[53] 의도에 따라 '쓰러진' 또는 '뒤집힌' 마차가 된다. 의도에 따라 '뿌리다' 또는 '쏟아붓다'가 된다. (강제로 프란체스코 수도사가 된 자에 대한 르 메트르 씨의 변론.)[303]

974-[28] 균형. 이것은 한눈으로 볼 수 있는 것 속에 있다. 다르게 만들어야 할 이유가 없다는 사실에 근거한 것이고, 또 인간의 용모에 근거한 것이다. 그렇기에 높이와 깊이에 있어서가 아니라 오직 넓이에 있어서만 균형이 요청된다.

975-[56] 당신이 느끼는 불쾌감에 내가 얼마나 동감하는지 짐작한다.[304] 추기경은 자신의 마음을 남들이 들여다보는 것을 원치 않았다.

"내 마음은 불안으로 가득 차 있다." "나는 불안으로 가득 차 있다."는 표현이 더 좋다.

976-[59] "반란의 횃불을 끄다." 너무나 거창하다.

"그의 천재의 불안." 대담한 두 낱말이 불필요하게 결합되어 있다.

977-[42] 왕을 공(公)이라 부르는 것은 마음에 든다, 그의

---

303) 변호사 앙투안 르 메트르(Antoine Le Maistre, 1608~1658)는 「변론과 연설」 속에서 「강제로 수도사가 된 아들을 위하여」라는 변론을 썼다.
304) 이것은 파스칼이 우스꽝스러운 표현의 예로써 든 것이다. 그의 친구 메레(Mere)도 「대화에 관한 담론」 속에서 같은 생각을 밝혔다.

급을 낮추는 것이므로.

978-[58] 당신이 "용서하세요, 제발."이라고 말하는 것은 옳지 않다. 이렇게 변명하지 않았더라면 나를 욕되게 하는 일이 있었음을 나는 몰랐을 것이다. "실례입니다만……." 그들의 변명 외에 나쁜 것은 아무것도 없다.

979-[52] 궁정인이 아닌 사람들 외에는 아무도 '궁정인'이라 말하지 않는다. 현학자가 아닌 사람들 외에는 아무도 '현학자'라 말하지 않고, 지방인이 아닌 사람들 외에는 아무도 '지방인'이라 말하지 않는다. 「지방인에게 보내는 편지」라는 제목에 이 말을 붙인 것은 인쇄인이었다고 나는 단언한다.

980-[55] 열쇠의 '여는' 힘. 갈고리의 '끌어당기는' 힘.

＊＊

981-[7] 더 많은 지적 능력을 가진 사람일수록 더 많은 독창적인 사람들이 있다는 것을 발견한다. 보통의 사람들은 인간들 사이에 아무런 차이도 발견하지 못한다.

982-[5] 기준 없이 한 작품을 판단하는 사람들과 그렇지 않은 사람들과의 관계는, 마치 시계를 가진 사람과 그렇지 않

은 다른 사람들과의 관계와 같다. 한 사람은 "두 시간이 지났다."고 말하고 또 한 사람은 "45분밖에 지나지 않았다."고 말한다. 나는 시계를 보고 전자에게는, "당신은 지루해하시는군요."라고 말하고, 후자에게는 "당신은 시간이 길게 느껴지지 않는가 보군요. 벌써 한 시간 반이나 지났는데 말입니다."라고 말한다. 그리고 내가 시간을 길게 느낀다거나 일시적인 기분에 따라 시간을 제멋대로 판단한다고 말하는 사람들에 대해 나는 개의치 않는다. 그들은 내가 내 시계를 보고 판단하는 것을 모른다.

983-[114] 다양성은 너무나 광범해서 모든 음색, 모든 걸음걸이, 기침, 코 풀기, 재채기는……. 사람들은 과일 중에서 포도를 구별하고, 포도 중에서는 뮈스카, 콩드리외, 데자르그를 그리고 접붙인 가지를 구별한다. 이것이 전부인가? 한 가지에서 두 개의 똑같은 포도송이가 열린 적이 있는가? 그리고 한 포도송이에는 두 개의 똑같은 포도 알이 맺힌 적이 있는가? 등등.

나는 같은 일에 대해 정확히 동일하게 판단한 적이 없다. 나는 내 작품을 쓰면서 그것을 판단할 수 없다. 나는 화가들이 하는 것처럼 해야 하고 작품에서 떨어져 있어야 한다. 그러나 너무 멀리 떨어져서는 안 된다. 그러면 어느 정도? 알아맞혀 보라.

984-[34] 시인, 수학자 등등의 간판을 내걸지 않으면 세상에서 시에 조예가 깊은 사람으로 통하지 않는다. 그러나 보편

인(普遍人)은 간판을 원치 않으며 시인이라는 직업과 자수공이라는 직업 사이에 차별을 두지 않는다.

보편인은 시인, 기하학자 등으로 불리지 않는다. 그들은 그 모든 것이고, 그 모든 사람들을 판단한다. 사람들은 그들이 누구인지 알아보지 못한다. 그들은 방 안에 들어섰을 때 사람들이 이야기하고 있던 것에 대해 같이 이야기할 것이다. 그들의 재능 중 유별나게 어떤 것이 사람의 눈에 띄는 일도 없다, 그 재능을 꼭 사용해야 할 때는 예외지만. 그때서야 사람들은 그 재능을 기억하게 된다. 언변이 전혀 문제 되지 않을 때는 그들의 말재주가 훌륭하다는 이야기가 나오지 않지만, 언변이 문제 될 때 그들이 말을 잘한다는 이야기가 나오는 이유는 전부 다 그들의 이러한 성격에서 비롯된다.

그러므로 누군가가 들어올 때 그가 시에 매우 능하다는 말을 듣게 되면 그는 그릇된 칭찬을 듣는 것이다. 그러나 어떤 시를 평가하는 자리에서 그 누군가에게 도움을 청하지 않는다면 이것은 좋지 않은 징조이다.

985-[36] 인간은 욕구로 가득 차 있다. 인간은 그 모든 욕구를 채워줄 수 있는 사람들만을 좋아한다. "그는 훌륭한 수학자다."라고 사람들은 말할 것이다. ── 그러나 나는 수학에는 흥미가 없다. 그는 나를 하나의 명제로 취급할지도 모른다. ── "이 사람은 훌륭한 군인이다." ── 그는 나를 공격받는 요새로 볼지도 모른다. 그러므로 필요한 것은 나의 모든 욕구에 전반적으로 응할 수 있는 교양인이다.

986-[30] 그의 기준은 교양이다.

시인이되 교양인은 아니다.

생략의 아름다움, 판단의 아름다움.

987-[35] 교양인. 그는 수학자다, 설교자다, 웅변가다, 라는 말을 듣지 말아야 한다. 다만, 그는 교양인이라는 말을 들어야 한다. 이 보편적인 성격만이 나를 만족시킨다. 어떤 사람을 볼 때 그의 저서를 머릿속에 떠올리는 것은 좋지 않은 징조이다. 나는 우연히, 그리고 이것을 사용해야 할 기회가 주어질 때를 제외하고는 모든 일에 지나치지 말 것.[305] 그 재능이 눈에 띄는 것을 원치 않는다. 한 재능이 두드러지게 나타나서 그것으로만 이름이 불릴까 두렵기 때문이다. 말재주가 문제 될 때가 아니라면 말을 잘하는 사람이라고 기억되어서는 안 된다. 그때가 되면 (마땅히) 그렇게 기억되어야 한다.

988-[38] 시인이되 교양인은 아니다.

**

989-[45] 언어는 문자가 문자로 변하는 것이 아니라 말이 말로 변하는 부호이다. 그래서 모르는 언어는 판독할 수가 없다.

---

305) "Ne quid nimis." 고대 그리스의 격언이다.

990-[24] 언어. 정신의 피로를 풀기 위해서가 아니라면 정신을 다른 데로 돌려서는 안 되며 그것이 적절한 때에만 그렇게 해야 한다. 휴식이 필요할 때 휴식하게 하되 그 외에는 안 된다, 왜냐하면 적당한 한도를 넘어 휴식하면 오히려 피로해지니까. 그런데 지나치게 피로하게 만들면 완전 휴식을 주는 셈이 된다, 그때 사람들은 모든 것에서 떠나버리기 때문에. 이처럼 심술궂은 인간의 정욕은 사람들이 우리에게 쾌락은 주지 않은 채 우리에게서 얻어내려 하는 것과 정반대되는 것을 하기 좋아한다. 이 쾌락이야말로 사람들이 원하는 모든 것을 우리가 내주고서라도 갖고 싶어 하는 화폐와 같은 것이다.

991-[6] 우리는 지성을 해치는 것처럼 감성도 해친다.

지성과 감성은 대화에 의해 길러진다. 또 지성과 감성은 대화에 의해 망가진다. 이렇듯 좋은 대화나 나쁜 대화는 지성과 감성을 기르거나 망가뜨린다. 이것들을 기르고 망가뜨리지 않기 위해서는 대화를 선택하는 것이 무엇보다도 중요하다. 그러나 이미 길러지고 망가지지 않은 지성과 감성이 없으면 그러한 선택을 할 수가 없다. 결국 하나의 악순환이 일어나는데 여기서 빠져나오는 자는 행복하다.

인간 실존의 위대한 증언

파스칼(1623~1662)은 39세의 젊은 나이로 생을 마쳤다. 그러나 그의 생애와 작품에서 우리가 받는 인상은 무엇인가 벅차고 충일된 것이다. 삶의 도전을 열정적으로 받아들인 한 심혼의 격동하는 설렘 앞에 압도당하는 느낌이다. 만약 그를 하나의 범주, 하나의 방정식 안에 담으려 한다면 이것은 헛된 시도가 될 것이다. 그러므로 우리는 연대순으로 평면적으로 추적하는 대신 몇 가지 특징적인 활동의 범주를 설정함으로써 다층적으로 파스칼의 정신의 여정을 재현해 볼까 한다.

1 과학

이 분야에서 파스칼은 단연 그 이름에 합당한 천재였다. 그의 업적은 현란하고 또 그의 천재성을 입증하는 일화들도 많다. 그의 나이 열두 살 때 있었던, 유클리드 정리(定理) 32번 명제와 관련된 일화는 그중에서도 널리 알려져 있다. 그의 아버지 에티엔은 아들의 교육에 각별한 관심을 가졌는데(그래서 지방의 세무원장직을 포기하고 파리로 이주하기까지 했다), 그는 지능 수준에 적합한 지식만을 가르쳐야 한다는 원칙하에서 수학은 뒤로 미루고 먼저 어학 교육을 시작했다. 그러던 어느 날 아들이 원과 선을 그리며 놀고 있는 것을 살펴본 아버지는 그것이 유클리드 기하학의 32번 명제와 일치하는 것을 알고 놀라움을 금치 못했다고 한다.

아들의 뛰어난 재능과 비상한 탐구심을 확인한 에티엔은 이제 더 이상 주저할 것이 없었다. 그는 아들에게 『유클리드 기하학』을 내주었고, 당시 과학자들의 모임인 메르센 학회(후일 과학 학사원의 모체)에 출입하는 것도 허락했다. 그 후 파스칼은 명석성을 갈망하고 사물의 원인을 규명하려는 그의 재능에 가장 적합한 이 논리 형식에 모든 정열과 힘을 기울였다. 아르키메데스 이래의 대업적이라고 격찬받은 『원추곡선론』(1640), 2년여의 고심 끝에 제작에 성공한 '계산기'(이것이 오늘날 컴퓨터로까지 발전하리라고 그 누가 상상했겠는가), 3년여에 걸친 『진공에 관한 토리첼리 실험』(1646~1649) 등, 그의 과학적 업적은 열거하기가 바쁘다.

이른바 사교(社交) 시대에도 그의 과학 연구는 중단되지 않았다. 과학 살롱에서 강연하는 등 다분히 사교적인 분위기 속에서도 그의 연구는 계속되었으며 기하학, 수학, 물리학 등 각 분야에 걸쳐 여러 논문들이 발표된 것도 이 시절의 일이다. 『액체 평형론』, 『수삼각형론』 등은 그중 대표적인 것들로 그의 사후에 출판되었다.

제2의 회심 후 한동안 뜸했던 연구는 1657년에 다시 열기를 되찾았다. 회심으로 인해 활동이 억제된 것은 사실이지만 그렇다고 과학자들과의 교류가 끊어진 것은 아니었다. 1657년에는 곡선 기하학의 문제로 슬뤼즈(Sluse)와 자주 서신을 교환했고, 1658년에는 더 적극적으로 연구에 참여하여 시클로이드 문제로 전 유럽의 과학자들에게 도전하기도 했다. 그뿐 아니라 단순히 학문의 영역에만 머무는 것이 아니라 실용적 기획에도 관심을 보였다. '승합마차' 계획이 바로 그것이다. 이것은 로안네 공(公)과 공동 출자해 이루어진 일로, 일정한 시간에 정해진 노선에 따라 마차를 달리게 함으로써 파리 시민들에게 교통 편의를 제공한다는 발상이었다. 처음으로 계산기를 제작한 파스칼은 역시 근대적 대중교통을 최초로 착안한 사람이기도 했다.

과학과 관련된 파스칼의 활동은 대충 이상과 같다. 순수 기하학에서부터 실용 과학에 이르기까지 다양하고도 폭이 넓다. 그러나 이 다양성보다 더 놀라운 것은 과학 탐구에 대한 그의 지속적 열정이다. 실상 이 정열에는 두 개의 큰 장애가 있었다. 건강 문제와 회심이 바로 그것이다.

파스칼은 어려서부터 매우 허약했던 것으로 알려져 있다. 파스칼 자신의 고백에 따르면, 열여덟 살에 이름 모를 중병을 앓은 후로는 단 하루도 평안한 날이 없었다고 한다. 그러나 이런 육체적 고통을 무릅쓰고 그는 연구에 몰두했고 계산기, 토리첼리 실험, 훗날의 시클로이드 연구 등은 바로 그러한 고통 속에서 진행되었다.

이 육체적 악조건이 학문 연구에 대한 외적 위협이었다면 그의 회심은 내적 장애에 속한다. 질베르트는 『파스칼의 생애』에서 최초의 회심 이후 그는 모든 연구를 그만두었고, "예수 그리스도가 필요하다고 인정하는 유일한 일에 전념하기 위해 기타의 모든 지식을 포기했다."고 기록하고 있다. 우리는 이것이 사실과 다르다는 것을 이미 확인했다. 그러나 여러 가지 정황으로 미루어볼 때 비록 학문을 포기하는 결단에까지 이르지는 않았다 해도 그의 회심은 신의 부름에 더 충실하기 위해 적어도 그래야 한다는 필요성을 그가 느끼게 했을 것으로 보인다.

결국 파스칼은 스스로 억누르기에 벅찬 과도한 지적 호기심에 시달렸던 것이 아닌가 싶다. 심정의 열정이 있다면 지성에도 열정이 있다. 그의 지성은 어떤 가공할 무기로 무장되어 있었으며 항상 전투적이고, 자신감과 야망에 불타오르고, 우월감에 도취되어 있었다. 겸손을 미덕으로 하는 기독교도로서 이런 태도는 빈축을 살 만도 하다. 그러나 파스칼을 성자로 꾸며내려는 시도에 나는 동의하고 싶지 않다. 여기 파스칼의 인간적인 모습이 있으며 그것으로써 그는 우리에게 더 친

근하게 다가온다. 한편, 폴 발레리가 푸념한 것처럼 회심으로 인해 그의 지성이 제약을 받았다고 생각하고 싶지도 않다. 파스칼의 지성은 지성으로서 충분히 피어올랐고 회심은 이 극한에 달한 지성에 비약의 새 동기를 마련한 것뿐이다.

대체 그에게 기하학이란 무엇인가? 『기하학적 정신』에서 밝히고 있듯이 그것은 사고와 논리의 가장 순수한 형식을 의미한다. 다시 말해 사고의 한 방법론으로서 논리의 엄정성을 본질로 삼은 형식이다. 구체적으로 기하학적 방법은 모든 말의 정확한 '정의(定義)', 이 정의에 입각한 모든 명제의 '증명(證明)', 그리고 이 정의와 증명을 바탕으로 다시 새 명제를 이끌어내는 '논증(論證)'으로 성립된다. 어느 대상에 대해서나 그 방법론과 기능을 최대한 발휘할 수 있도록 훈련된, 충일하고 세련된 논리의 메커니즘──파스칼이 기하학에서 배운 것은 바로 이것이다.

그가 기하학에서 배운 것이 또 하나 있다. 다름 아닌 기하학적(즉 이성적) 사고의 한계이다. 정교하고 엄정한 이 논리의 메커니즘은 기능적으로 아무리 유효하다 해도 뛰어넘을 수 없는 한계가 있으며 이 한계를 정직하게 인식하는 것은 이성에 부과된 최후의 의무와 같은 것이다. 독자적 논리와 그것에 대한 긍지를 가지고 있는 이성은 그 어떤 외부의 압력에도 굴하지 않을 것이다. 그러나 이성은 그 자신의 반성적 성찰에 의해 자신을 부인할 수 있다. "이성의 최후의 한걸음은 자신을 초월하는 무한한 사물들이 있다는 것을 인정하는 것이다."(단장 373). 이성에 대한 이 변증법적 비판을 통해 비로소 파스칼은 초월성으로 이행한다.

이렇듯, 이성에 대한 파스칼의 인식에는 긍정과 부정의 양면이 있다. 이성은 그것의 한계 안에서 탁월한 분석과 논증의 도구가 될 것이다. 그러나 그것이 초월적 세계를 가로막는 장애물이 되어서는 안 되며 반대로 자신을 낮추고 부인함으로써 초월적 세계로의 길을 터주어야 한다. 바로 이런 인식 가운데 우리는 『팡세』의 방법론의 한 축을 발견하기를 원한다. 그는 인간 존재와 인간의 삶을 이해하고 설명하는 데 있어 이성과 함께 갈 수 있는 데까지 가며 이성으로 하여금 할 수 있는 모든 일을 하게 한다. 그러나 문제는 이 이성적 사고가 끝내 한계에 부딪히는 데 있다. 결국 파스칼은 이성에 충분한 기회를 주되 그렇게 함으로써 그 스스로가 자신의 한계를 인식하고 초월성 앞에 자신의 무기를 내려놓게 되기를 바라는 것이다. 파스칼이 이성에 위탁한 역할은 이런 것이다. 그것은 신앙의 초월성을 수용하게 하는 데 있어 피할 수 없이 겪어야 할 과정이며, 말하자면 일종의 정지 작업과 같은 것이다.

이렇게 볼 때 파스칼의 기하학은 결코 그 자체로서 유리된 지적 유희는 아니다. 물론 파스칼이 지성의 찬란한 축제에 매료되었던 것은 사실이다. 그러나 이에 이끌리면 이끌릴수록 더욱더 지성의 좌절을 통감했던 그는 더 높은 차원으로의 비약을 그 안에서 꿈꾸고 있었다.

2 사교 시대

파스칼의 생애 가운데 가장 모호한, 그러나 학문 연구에 못지않게 중요한 의미를 갖는 시기가 있다. 아버지 에티엔의 죽음(1651)을 전후한 이른바 사교 생활이 바로 그것이다. 질베르트의 전기에 의하면, 고된 계산기 제작 작업으로 악화된 건강을 회복하기 위해 의사들의 권고대로 정신의 긴장을 피할 수 있는 사교 생활에 들어간 것이라 한다. "그의 생애 가운데 가장 소모적인 시기였다."고 그녀는 덧붙인다.

이 시기와 관련해 우리가 알고 있는 것은 극히 단편적이고 모호한 것들뿐이다. 특히 아버지가 타계한 후부터 제2의 회심에 이르는 3년여의 생활은 거의 안개 속에 가려져 있어 온갖 억측을 낳게 하고 있다. 그러나 하나하나의 지엽적인 사실보다 더 중요한 것은 이 사교 생활의 성격, 특히 그의 기독교 신앙과의 관계일 것이다.

먼저 아버지와 사별하기 전까지의 생활을 잠시 살펴보자. 1647년 자클린과 함께 루앙에서 파리로 돌아온 것을 기점으로 할 때 이 기간의 파스칼의 활동은 비교적 알려져 있는 편이다. 그중 대표적인 자료들은 1647년에서 1649년에 걸친 토리첼리 진공 실험과 관련된 논문들과 논쟁 그리고 누이 질베르트와 주고받은 편지들이다.

다분히 세속적인 분위기 속에서 학문 연구의 열정을 불태웠던 이 시절에 파스칼은 자신의 신앙에 과연 충실할 수 있었을까? 그러나 그의 신앙생활은 결코 과소평가할 성질의 것은 아니었다. 아버지의 반대에도 불구하고 수녀가 되려고 한 자클린을 격려하고 수녀원의 출입을 도와준 것도 파스칼이었고, 생 탕주라는 이단적 사제를 끝까지 추궁하여 교회로부터 단죄받게 한 것도 파스칼이었다. 질베르트와의 서신은 그가 성서 읽기와 명상을 게을리하지 않았음을 입증하고 있으며 그의 지식이 단순히 교리적이고 외적인 것이 아님을 보여준다. 이미 그는 몇몇 기본적인 신앙의 개념들을 확실히 파악한 것으로 보이며, 특히 아버지의 죽음을 알리는 10월 17일의 편지는 신앙의 내적인 설렘에 넘치는 아름다운 명상의 기록이다. "만약 6년 전(제1의 회심 전)에 아버지를 잃었더라면 나는 파멸했을 것이다."라는 말은 깊은 여운을 남기는 비통한 신앙고백이다.

그렇다면 어찌하여 질베르트는 이러한 파스칼을 세속적 정신에 사로잡힌 것으로 판단했을까? 확실한 것은 그가 전적으로 신앙에 헌신하지 않았다는 것과 학문 연구에 대한 미련을 버리지 못했다는 것이다. 그러나 이것으로 파스칼의 신앙의 깊이를 측정하는 것은 편협한 일이다. 그런데 여기 이보다 더 심각한 일이 있다. 그가 자신의 천재성에 대해 가지고 있었던 의식은 마침내 오만에까지 이르렀고 정신의 왕자로서 갖는 긍지는 지나친 우월감으로 표출되곤 했다. 거듭된 성공은 그에게 명예의 매력을 맛보게 했고, 이로써 활짝 열린 사교계 안에서 그는 유유자적한 듯 보였다.

아버지와 사별한 후 파스칼의 삶은 더한층 따라가기가 힘들다. 별다른 저술도 없고 질베르트와의 서신도 끊어졌다. 파스칼의 또 하나의 전기를 쓴 조카 마르그리트 페리에는 "재산을 차지한 파스칼은 자유로운 사교계 생활을 계속했다"고 전한다. 그는 끝내 신앙의 동요를 느낀 것일까? 여기 하나의 암시적인 사건이 있다. 수녀가 되기를 원했던 누이 자클린은 유일한 반대자였던 아버지가 세상을 뜨자 더 이상 주저할 이유가 없었다. 그런데 이번에는 파스칼 자신이 맹렬히 반대하고 나섰다. 이 반대를 무릅쓰고 자클린은 끝내 수녀가 되고 말았지만 파스칼은 이에 말할 수 없는 비통함을 느꼈다. 이와 같은 파스칼의 태도의 변화는 무엇을 의미하는 것일까? 우리는 여기에서 신앙의 문제보다 인간적 비극을 읽기를 원한다. 어머니 없이 자랐고 정신적 지주였던 아버지마저 잃은 파스칼이, 이제는 자랄 때부터 정신적 쌍둥이와도 같았던 자클린마저 잃게 되었을 때 그는 이 세상에 홀로 남겨진 고아와도 같은 심정이었을 것이다. 이렇게 생각할 때 이때의 일을 단순히 파스칼의 약점으로 매도할 수만은 없다.

어쨌든 이 시기와 관련해서는 그 어떤 것도 단정적으로 이야기하기가 어렵다. 그러나 한 가지 확실한 것은 이 시절에 이른바 사교인들, 더 넓게는 교양인들과 상당한 교류가 있었다는 사실이며 우리는 이것에 커다란 중요성을 인정하기를 원한다.

파스칼이 귀족인 로안네 공을 위시하여 사교계의 교양인들과 친밀한 관계를 유지한 것은 이들의 이름이 이따금 『팡세』 안에 등장하는 것만으로도 알 수 있다. 이 시대의 교양인들이란 어떤 사람들인가? 이들은 각기 신분이나 개성의 차이를 넘어 그들 나름의 삶의 미학을 지향하는 데 있어 일치된 경향을 보이고 있다. 그들은 정신의 자유와 다양성을 믿으며 그 가운데서 인간이 자신을 규제하고 타인들과 조화롭게 교류할 수 있는 어떤 우아하고 세련된 삶의 유형을 추구한다. 다분히 몽테뉴의 회의주의에 경도된 이들은 '교양인'이라는 하나의 보편적 인간상을 꿈꾸었던 것이다. 모든 것은 인간적 차원에서 이루어지며 그 저변에는 인간성에 대한 신뢰가 깔려 있다. 학문의 좁은 세계에서 자란 파스칼이 이들에게서 깊은 인상을 받았으리라는 점은 짐작하기 어렵지 않다. 이들의 자유분방하면서도 그 나름의 절도와 우아함을 지닌 삶은 정녕 그에게는 새로운 발견이었을 것이다.

파스칼은 이 세속과의 만남에서 마음의 동요를 얼마나 느꼈을까? 과거, 『팡세』의 몇몇 부정적인 구절들을 과장한 나머지 파스칼을 불안과 우수의 시인, 심지어는 회의와 절망의 햄릿으로 그려낸 사람들도 있었다. 오늘날 이와 같은 해석은 더 이상 통용되지 않는다. 그렇다고 파스칼의 사상에 감도는 비극적 기류를 부인하거나, 파스칼을 고뇌의 그림자도 없는 평안의 스승으로 받드는 것도 허용되지 않는다. 그의 비극성은 결코 낭만주의자들의 감상적인 비애나 현대 작가들의 음울한 절망과는 다르다. 그것은 신 앞에서의 비통한 호소이고 구원을 갈구하는 애절한 몸부림이다. 이 호소와 몸부림을 파스칼은 이들 안이한 낙관주의자들의 잠자는 의식 속에 불어넣으려고 시도할 것이다. 그는 이들에게 결여된 것이 무엇인지를 꿰뚫어 보았기 때문이다.

여기서 우리가 확실히 말할 수 있는 것은 그가 신 없는 인간, 무종교의 세계에 대한 직접적인 지식을 이들을 통해 얻을 수 있었다는 점이다. 이 교양인들의 세계는 일찍이 그가 몸담았던 학자들의 세계와는 다르다. 이들은 관대하고 재치 있고 사교적이며 타인들의 의견과 종교를 존중한다. 이들이 기피하는 것은 모든 종류의 광신과 독단이며 이들이 믿는 것은 인간이라는 가치와 그 다양성이다. 파스칼은 분명 이들의 탄력 있는 정신에 매혹을 느꼈을 것이다. 그러나 매혹만 느낀 것은 아니다. 그는 이들의 정신과 삶의 태도 안에 숨겨져 있는 모순과 위선을 꿰뚫어 보았으며 그들이 고집하는 인간적 범주 안에서 인간은 질식할 수밖에 없음을 깨달았다. 이들과 한때 함께 했던 파스칼은 이들과 결별할 수밖에 없었다. 그리하여 "인간은 무한히 인간을 넘어선다"는 것을 이들에게 보여주며 더 높은 곳을 향해 나아가라고 강력히 권유하는 것이다. 파스칼의 인간학은 필연적으로 인간을 넘어서는 초월성으로 연결된다.

요컨대 파스칼은 보다 많이, 보다 깊이 인간을 배웠다. 『팡세』 안에 펼쳐지는 놀라운 인간학은 이 현실 세계와의 직접적인 만남, 인간 실존 안에서의 편력이 없었다면 상상하기 어려운 것이다. 그의 사교 생활은 그의 생애 가운데 '가장 소모적인 시기'가 아니라 그의 성찰과 깨달음의 가장 소중한 밑거름이었다.

3 신앙

파스칼 일가가 루앙에 체류하던 때(1639~1648), 그들에게 일대 사건이 일어났다. 그들 모두가 기독교 신앙으로 회심한 것이다. 당시 노르망디 지방에는 깊은 종교적 변화의 기운이 싹트고 있었다. 루빌의 사제 기유베르가 이 움직임의 중심이었다. 장세니슴의 열렬한 투사 생 시랑의 제자이자 저명한 신학자 아르노의 친구였던 기유베르는 피폐하고 가난에 허덕이던 이 지방에 신앙의 참신한 바람을 일으켰다.

파스칼 일가가 이 새바람에 직접 영향을 받은 것으로는 보이지 않는다. 그러나 1646년 1월, 아버지 에티엔이 빙판에서 넘어져 발을 삐었을 때 그것은 놀라운 기회로 나타났다. 그는 장세니슴으로 회심한 두 젊은 형제 의사에게 치료를 받게 되었는데 이들은 3개월간 파스칼가에 머무는 동안 신의 은총의 사자가 되었다. 제일 먼저 회심한 것은 블레즈 파스칼이었고 자클린과 아버지가 그 뒤를 따랐다. 그해 말에는 루앙에 찾아온 페리에 부부(누이 질베르트 부부)가 회심했다.

이때 파스칼이 경험한 회심은 어떤 성격의 것이었을까? 우리는 이것을 생 시랑의 가르침에서 발견할 수 있을 것이다. 파리와 루뱅에서 신학을 공부한 생 시랑은 얀선(장세니우스)과 친교를 맺었는데 이들은 당시의 가톨릭교회의 무력하고 해이된 상태를 개탄하며 아우구스티누스의 정신으로 되돌아가야 한다고 주장했다. 생 시랑의 『서한집』, 『새 마음』 등은 그의 신앙과 가르침의 심오함을 역력히 보여준다. '새 마음'이라는 표제가 암시하는 바와 같이 회심이란 새 마음으로 거듭나는 것을 의미하며 온 존재의 재생이야말로 기독교 신앙의 본질이다. 다시 말해 인간의 자연적 마음이 이끌리는 '감각적 사물에 대한 애착'에서 죽고 '신에 대한 사랑' 속에 되살아나는 것이다. 여기 신의 은총이 개입한다. 이 은총, 신의 소명이 없는 한 그 어떤 행위도, 영성체까지도 선한 것이 될 수 없다.

가톨릭 내부에서 이 신앙의 내면화는 하나의 도전으로 받아들여졌다. 원시 기독교의 순수성, 아우구스티누스의 영적 신앙의 회복을 지향한 이 움직임이 점차 보수파들의 공격과 탄압의 대상이 된 것은 우연한 일이 아니다.

이 회심은 파스칼에게 어떤 변화를 가져왔을까? 한때 이 최초의 회심을 단순한 지적 동의로 해석하는 생각하는 사람들이 있었다. 그러나 이 주장은 별 설득력이 없는 것으로 판정된 지 오래다. 그의 회심은 정녕 회심이라는 이름에 합당한 것이었으며 이것은 그에게 새로운 영적 세계가 열렸음을 의미한다. 물론 그는 그 안에 몰입하기 위해 모든 것을 포기하지는 않았다. 학문 연구는 계속되었고 지성의 매혹은 여전히 그를 사로잡고 있었으며 때로는 세속적 영예에 눈이 어두워지기도 했다.

결국 그는 신의 부름을 받아 이에 응답했지만 그것으로 모든 것이 완성된 것은 아니었다. 그는 이제 막 첫발을 내딛었을 뿐이며 그가 가야 할 길은 아득히 멀었다. 그는 이 길목 어디선가 또 한 번 신의 강한 음성을 들을 수도 있을 것이다. 어떤 의미에서 제2의 회심은 필연적이다. 아니, 신에게로 더 가까이

다가가는 여정에서 끊임없이 반복되는 회심은 기독교 신앙의 한 속성일 수도 있다.

1653년, 당시의 파스칼은 나이 서른으로 건강은 뚜렷이 회복되었고 어릴 때부터 내재했던 정신적 활력과 고귀함이 어떤 절정에 달한 것처럼 보인다. 신앙을 버린 것은 아니었지만 그의 마음가짐이나 생활로 보아 기독교도라기보다 차라리 교양인에 더 가까웠다고 말하는 것이 옳다. 자클린은 이때의 파스칼을 가리켜 "뒤끓는 감정"이라 표현했고, 질베르트는 "벅찬 그의 지성은 그를 초조하게 만든 나머지 아무도 그를 만족시킬 수 없었다."고 증언하고 있다.

그런데 1654년 초 이러한 생활과 정신의 기류에 어떤 심각한 변화가 일기 시작했다. 이에 관해 질베르트와 주고받은 자클린의 서신은 귀중한 암시를 제공한다. 가령, 1654년 1월 25일자의 편지는 파스칼이 지난해 9월 말 그녀를 찾아왔을 때 그녀에게 한 고백을 전하고 있다. 그는 연구 활동, 사교계 사람들과의 교제 가운데서 극도의 혐오감을 느끼고 있었지만 신에게서 아무런 부름도 들을 수 없었다는 것이다. 현실의 삶에 대한 혐오, 그러나 계속되는 신의 침묵——이 고뇌를 안고 파스칼은 빈번히 자클린을 찾았고 명상과 기도를 계속했다. 마침내 1654년 11월 23일 밤, 그는 뜨거운 감격과 환희 속에서 신의 구원의 손을 붙잡았고 은총의 세례를 받았다. 그는 이 밤의 경험을 황급히 양피지에 적었고 그것을 죽을 때까지 남몰래 몸에 지니고 다녔다. "기쁨, 기쁨, 기쁨, 기쁨의 눈물", "예수 그리스도에 대한 전적인 복종……", 이것은 무슨 신비주의자의 환각도 아니고 정신착란도 아니다. 「메모리알」 가운데 정확히 적혀 있는 여러 성서의 구절들은 이것이 진지한 명상과 기도에 대한 신의 응답이었음을 말해준다.

파스칼은 다음해 1월 7일, 포르루아얄을 찾아가 약 2주일간 그곳에 머문다. 이때 그는 드 사시를 만나 일련의 대화를 나눴는데, 「드 사시 씨와의 대화」는 파스칼의 몇몇 기본적인 사상들을 밝혀주는 매우 귀중한 자료이다. 우리는 그 글에서, 장차 파스칼이 준비하게 될 '호교론'의 주도적 관념들이 어떻게 태어났는가를 점쳐볼 수도 있다.

제2의 회심이 파스칼에게 아무리 결정적인 사건이었다 해도 과거와의 단절을 지나치게 강조하는 것은 위험하다. 회심 후에 그가 한동안 학문 연구를 멀리한 것은 사실이다. 그러나 그는 사교계와 완전히 결별하지도 않았고 더더구나 포르루아얄의 '사나운 은사(隱士)'가 되지도 않았다. 1655년 봄은 로안네 공의 저택에서 보냈는가 하면, 가까운 친구들과의 교우도 계속되었다. 아마도 그는 포르루아얄에서 고독한 명상의 삶을 사는 것보다 이 세상 한복판에서 무엇인가 할 일이 있다고 생각했던 것 같다. 그리고 그 기회는 의외로 빨리 찾아왔다.

1656년 1월, 포르루아얄에 잠시 머물렀을 때 파스칼은 당국의 눈을 피해 그곳에서 숨어 지내던 아르노를 만났으며, 이로써 그는 장세니스트들의 변호를 위해 논쟁의 소용돌이 속으로 휘말려 들어갔다. 「제1프로뱅시알(한 지방인에게 보내는 편지)」이 나온 것은 1656년 1월 말의 일이었다.

예수회와 장세니스트와의 대립은 새삼스러운 일은 아니다. 그것은 좁은 의미의 교리적인 대립이라기보다 기독교 신앙 안에서 전통적으로 이어져 내려온 상이한 두 경향 사이의 갈등이라 하는 것이 옳다. 예수회가 인본주의의 영향을 받아 교리를 근대화하고 인간의 자유의지에 입각한 유연한 도덕을 표방한 데 반해 장세니스트들은 초대 신앙의 영적 순수성과 내면적 도덕의 엄격성으로 돌아갈 것을 주장했다. 이미 16세기에 갈등을 빚은 바 있는 이들은 1640년대에 이르러 얀선의 유작 『아우구스티누스』를 계기로 격돌하기에 이르렀다. 예수회에서는 이 책의 내용을 이단이라고 몰아붙였고 이에 대해 생 시랑의 제자들, 특히 소르본의 신학 교수 아르노가 반격에 나섰다. 이들과 포르루아얄과의 깊은 관계는 마침내 이 수도원을 장세니슴의 총본산으로 만들었다. 그러나 교황과 왕을 등에 업은 예수회의 공세는 날이 갈수록 거세졌으며 불리한 입장에 몰리게 된 포르루아얄의 운명은 풍전등화처럼 위태로워졌다. 파스칼이 아르노의 요청을 받아 여론에 호소하는 대 캠페인에 나선 것은 이런 상황에서였다.

1656년 1월 23일, 「제1프로뱅시알」이 발표된 후 1년여에 걸쳐 18편의 서한을 (처음에는 익명으로) 발표한 파스칼은 살벌하기까지 한 논쟁을 도맡아 장세니스트 변호의 선봉에 섰다. 사태의 추이와 돌발 사건들(그중 대표적인 것은 마르그리트의 성가시관의 기적)로 인해 『프로뱅시알』은 주제나 어조에 있어서나 전략에 있어서 많은 변화를 겪었다. 문제 제기의 교묘한 방식, 적의 허위와 기만을 파헤치고 그 정체를 폭로하는 치밀한 논리, 일격에 위장된 권위와 허세를 무너뜨리는 신랄한 풍자와 야유, 그런가 하면 진지하고 심도 있는 신학적 논의 등, 『프로뱅시알』은 가히 사상과 문학과 설득술의 보고이다.

그러나 이와 같은 노력에도 불구하고 사태는 갈수록 악화되었고 포르루아얄은 궁지에 몰리게 되었다. 1657년, 예수회는 『아우구스티누스』에서 「5개 명제」를 끌어내어 그것을 이단으로 규정하는 「신앙 선언문」을 작성했고 이 선서문에 프랑스의 전 성직자들이 서명하도록 강요하기에 이르렀다. 이 서명은 장세니스트 사제들과 수녀들에게 매우 고통스러운 시련이었으며 그들 사이에 적지 않은 의견 대립을 불러일으키기도 했다. 결국 그들은 상급자에게 복종하는 뜻에서 서명했으나 진리의 요청 앞에서 극심한 내적 갈등을 겪어야 했다. 파스칼의 누이 자클린은 이로 인해 상심한 나머지 세상을 뜨고 말았다. 처음에는 서명에 찬성했던 파스칼도 제2의 선언문에 대한 서명이 결정되자 이에 강력히 반발했다. "신이 진리를 알게 한 사람들, 진리의 수호자여야 할 사람들이 발뺌하는 것을 보았을 때 나는 참을 수 없는 고통에 사로잡혔다." 이것은 파스칼이 포르루아얄에서 아르노, 니콜 등과 격론을 벌이고 난 후에 적은 글이다.

그러나 파스칼이 세상 속에 머문 것은 예수회와 싸우기 위해서만은 아니었다. 그에게는 더 큰 싸움이 있었고 이것이야말로 그가 포르루아얄에 은거할 수 없었던 진짜 이유이다. 그는 기독교를 등지고 살아가는 사람들, 그의 표현을 빌리자면,

'신 없는 인간'을 향해 외쳐야 하고 가능하면 신과 함께하는 축복으로 인도해야 했던 것이다. 예수회와의 논쟁을 끝으로 그는 죽는 날까지 '호교론'을 구상하고 집필을 준비하는 일에 전념한다.

파스칼의 건강은 1659년 이래 현저하게 악화되었다.『병의 선용을 위한 기도』는 이때의 작품으로 짐작된다. 그의 신앙의 깊이를 느끼게 하는 이 내적인 호소는 또 하나의 회심을 생각하게 할 만하다. 그 후 그의 관심은 신에 합당한 자가 되기 위한 경건하고 금욕적인 삶에 집중되었다. 그렇다고 전적으로 세상을 버린 것은 아니다. 포르루아얄의 동조자였던 사블레 부인의 살롱에도 계속 출입했고, 이때 귀족의 교육과 관련하여『귀족의 신분에 관하여』라는 세 편의 논문을 쓴 것으로 알려져 있다. 그는 빈민 구제에도 적극적으로 참여했는데 가까운 사람들을 설득해 기금을 모으기도 했다. 그것은 어디까지나 '가난한 자들에게 가난한 자의 태도로 봉사하는' 개인적인 사업이었다.

1662년 6월, 집에 기거하던 가난한 일가의 어린이가 천연두에 걸리자 파스칼은 이들을 내보내는 대신 그 자신이 질베르트의 집으로 옮겨 갔다. 그 후 그는 줄곧 병상에서 떠날 수 없었다. 8월 17일, 심한 고통 끝에 경련을 일으켰다. 다시 의식을 회복한 파스칼은 임종의 종부성사를 받고 스물네 시간 후 숨을 거두었다. 1662년 8월 19일 새벽 1시의 일이다.

4 『팡세』

파스칼이 죽은 후 많은 유고가 발견되었다. 몇 편의 과학 논문, 『은총론』을 위한 수기, 소품들 등. 그러나 가장 중요한 것은 그가 오래전부터 준비해 오던 '기독교 호교론'을 위한 수기들이다. 1669년의 포르루아얄 판(版) 이래 『팡세』라는 이름으로 불리게 될 그의 작품은 이 단장들을 모아 편집한 것이다.

호교론의 구상

파스칼은 언제부터 호교론을 구상하고 작업에 들어갔을까? 이 물음에 정확하게 답하기는 어렵다. 누이 질베르트는 전기에서 파스칼의 호교론의 탄생을 1656년 3월의 '성가시관의 기적'과 결부시키고 있다. 이 기적은 장세니스트들에 대한 박해가 극에 달했던 때 일어난 것으로, 포르루아얄은 이에 커다란 위안과 힘을 얻었고, 특히 파스칼은 이 기적이 자신의 집안에서 일어난 것에 대해 감격했다. 이것을 계기로 그는 기적에 대해, 나아가서는 신이 자신을 나타내는 방식에 대해 깊이 생각했고, 마침내 교회 내부의 적에 대해서뿐만 아니라 교회 밖의 불신자들에 대해서도 종교적 진리를 옹호할 결심을 했다는 것이다.

그러나 호교론을 이 돌발적인 사건에만 결부시키는 것은 편협한 일이다. 우리는 그가 주변의 사람들에게 매우 탁월한 전도자의 역할을 했던 것을 알고 있다. 그는 최초로 회심한 후 누이들과 아버지를 신앙으로 이끌었고 제2의 회심 후에는 로안네 공과 그의 누이 샤를로트를 회심시켰다. 또한 그의 종교적 열기와 진리에 대한 사랑은 교리에서 빗나간 설교승들을 끝까지 추궁하여 침묵하게 했는가 하면 예수회를 상대로 치열한 싸움을 도맡아 벌이게 했다. 파스칼은 불의와 오류 앞에서 참지 못하는, 그리고 자신의 확신에 대해 침묵하지 못하는 행동적이고 적극적인 사람이었던 것 같다. 그가 교회 안의 적들에 대해 발휘했던 비판과 설득의 힘이 교회 밖의 더 많은 불신의 무리를 향해 발휘되는 것은 하나의 필연이었다.

또 한 가지 간과할 수 없는 것은 그가 무종교의 세계에 대해 직접적이고 구체적인 지식을 가지고 있었다는 사실이다. 우리는 이 부분에 대해 이미 언급했으므로 여기서 되풀이하지는 않을 것이다. 그가 아는 세속의 삶은 약간의 매력과 더 많은 비참으로 채워져 있었다. 이 작은 매력에 현혹된 나머지 자신들의 비참을 망각하거나 외면한다면 이것이야말로 최대의 비참이 될 것이다. 그는 사람들이 이 비참 앞에 정직하게 서기를, 그리고 그것을 넘어설 수 있는 길이 있는지를 탐구하고 마침내는 그 길로 들어서기를 원했다. 이 일에 그는 자기가 적임자라고 생각했을지도 모른다. 그는 세상 사람들을 잘 알았고 그들의 희구와 꿈과 그리고 좌절이 무엇인지를 알았다. 이것은 바로 그들을 설득하는 방법으로 이어진다. 그가 『설득술』이란 소품 안에서 다루고 있는 설득의 출발점은 한마디로 '눈높이' 전략이라 할 수 있다. 설득하고자 하는 상대의 자리에까지 내려가 그들의 눈으로 보고 생각하고 판단하는 것에서부터 시작하는 것, 이것이 바로 이 전략의 기본 원리이다.

물론 이것은 그들의 생각과 판단에 동조하기 위해서가 아니다. 오히려 그들의 허점과 오류의 틈새를 파고들며 그들로 하여금 스스로를 부정하게 하고 끝내 변신하게 하는 데 목적이 있다. 파스칼이 호교론을 인간학적 성찰에서 시작한 것은 참으로 의미 있는 일이다. 그는 인간이 누구인지를, 그들의 삶이 어떠한지를 그들의 '눈높이에서' 함께 보고 생각한다. 그가 초월성을 개입시키는 것은 그 후의 일이며 그것은 이 인간학의 필연적인 연장으로서 제기된다.

이렇게 볼 때 그의 호교론을 특정한 사건이나 시기와 결부시키는 것은 별 의미가 없다. 그것은 어떤 의미에서 자연발생적인 것이며 파스칼의 삶 전체와 연결되어 있다. 그의 기질과 사고의 방법론, 그의 삶의 복합적인 경험들, 그의 신앙적 열정이 자연스레 호교론으로 이어져 있다. 그는 마치 한 편의 호교론을 쓰기 위해 이 세상에 태어났고 살았고 죽어간 것만 같다.

『팡세』의 편찬

그러나 파스칼은 호교론을 완성하지 못한 채 죽었고 남겨진 것은 900여 개에 달하는 단장들뿐이다. 그중에는 내용이나 형태가 비교적 다듬어진, 마치 한 편의 논설과도 같은 단장들도 있지만 대부분은 짤막한 메모 형태의 단편들이다. 생트뵈브가 말한 것처럼, 파스칼이 완성할 시간을 갖지 못한 채 작업 중의 생생한 형태로 남겨놓은 것을 다행으로 여길 수도 있다. 말하자면 파스칼은 작업장을 기습받은 격이 되었는데 그럼으로써 우리는 완성된 일에 있어서보다 한결 내밀하고 소박한 그의 손길을 접할 수 있기 때문이다. 그러나 이런 낭만적인 생각과는 달리 이 미완성의 원고 상태는 현실적으로 많은 문제를 야기하는 것이 사실이다. 원본의 판독이라는 기술적 문제는 차치하고라도 각 단장들을 한 권의 책으로 편집하려 할 때 그것들의 배열과 분류, 나아가서는 각 단장들의 해석 등 문제가 꼬리에 꼬리를 물고 이어진다.

20세기 중반에 투르뇌르(Z. Tourneur), 라퓌마 등의 문헌학적 연구는 전체 작품의 구성과 관련하여 전적으로 새로운 해결의 길을 열었다. 2세기에 걸친 기나긴 망각 그리고 1세기 남짓한 동안의 각종의 연구 끝에 오늘날 우리는 파스칼이 죽었을 때 남겨놓은 상태 그대로의 것을 복원하는 데 성공했다. 그것은 다름 아닌 「사본(寫本)」에 보존된 구성 방식인데, 라퓌마는 이것이 파스칼 자신에 의해 실현된 단장들의 분류 방식이라는 것을 성공적으로 입증했다. 이 사실이 밝혀진 이상 편찬에 있어 파스칼 자신의 구도를 따라야 한다는 것은 더 이상 이론의 여지가 없다. 투르뇌르가 먼저 사본에 입각한 『팡세』를 내놓았고, 그 후 라퓌마가 뒤따랐으며 이 시도는 오늘날까지 이어지고 있다. 그런데 파스칼은 스물일곱 편으로 분류된 전체 구도 속에 그의 모든 단장들을 분류하지는 않았다. 약 절반가량이 분류되었을 뿐이고 나머지는 작업에서 제외된 채 남겨졌다. 투르뇌르는 「분류된 단장들」과 「분류되지 않은 단장들」을 원형 그대로 출판했고(1938), 라퓌마는 미분류의 단장들을 자기 나름대로 분류하여 각각 해당되는 장 속에 편입시키는 독창적인 방식을 취했다(1947). (라퓌마도 그 후 사본의 원형 그대로 「분류된 단장들」과 「분류되지 않은 단장들」로 나누어 출판했지만(1951) 우리가 대본으로 선택한 것은 전자라는 것을 밝혀둔다. 분류되지 않은 단장들을 편찬자가 분류할 때 그것은 어쩔 수 없이 자의적인 작업일 수밖에 없지만 독서의 일관성을 위해서는 이 방식이 더 유익할 것으로 판단되었기 때문이다.)

이 새로운 『팡세』를 대할 때 우리는 놀라움과 찬탄을 금치 못한다. 종래의 갖가지 배열에 비해 이것은 극히 개성적이고 독창적이다. 물론 대체적으로는 필로 드 라 셰즈가 그의 『회고록』에서 약술한 호교론의 구도를 따르고 있다(1657년 가을, 파스칼은 작업 중인 호교론의 개요를 포르루아얄에서 발표한 일이 있다. 『회고록』에 담겨 있는 것은 바로 이 강연의 개요이다). 그러나 이 스물일곱 편의 새 구도에 비추어볼 때 그는 파스칼의 진정한 뜻을 이해하지 못했던 것이 분명하다. 아마도 가장 독창적인 것은 이 전체 구도보다 각각의 장(章)에 단장들을 배치한 분류 방식일 것이다. 가령, 「두 무한」(390)은 「생각하는 갈대」(391)와 나란히 15편에 수록되어 있다. 내용으로 볼 때 전자는 「인간의 비참」 안에 그리고 후자는 「인간의 위대」 안에 편입되는 것이 더 합당하다. 그런데 파스칼은 둘을 나란히 배치함으로써 보다 고차원적인 논의에 이것들을 동원한다. 그는 인간학적 성찰 속에서 인간의 비참을 이야기하기도 하고 또 반대로 인간의 위대를 이야기하기도 한다. 그러나 이 담론들은 파스칼의 인간학 속에서 각기 분리되어 있는 것이 아니라 하나로 통합됨으로써 결국 인간을 비참과 위대의 혼합, 모순의 덩 어리로 인식하는 것으로 귀착된다. 파스칼은 두 단장을 병치시킴으로써 그의 인간학의 한 본질적 주제를 상징적으로 부각시키고 있는 것처럼 보인다.

일반적으로 인간의 공허, 비참, 숨은 신과 같은 중심적 주제들 가운데 한데 묶일 수 있는 단장들은 『팡세』 안에 폭넓게 분산됨으로써 다른 차원의 논의와 연계되고 새로운 의미를 부여받는다. 체계적이고 경직된 구성 대신 주제들의 미묘한 교차, 섬세하고 율동적인 사고의 흐름, 준엄하면서도 유연성을 잃지 않은 논리를 우리는 그 안에서 발견한다. 파스칼이 '심정의 질서'라고 일컬은 것은 바로 이런 것이 아닌지 모른다. "이 질서는 주로 목적과 관련된 개개의 문제에 대한 탈선적 논의로 성립되는데 이것은 이 목적을 항상 나타내기 위해서이다."(단장 575)라고 그는 설명한다. 그의 목표는 하나이다. 그러나 그는 이 목표를 향해 직선적으로 달려가지 않는다. 그는 이 길에서 기꺼이 탈선하며 수많은 우회 도로를 거쳐간다. 왜냐하면 목표에서 이탈한 무수한 무리와 함께 가야 하므로.

호교론

호교론은 크게 두 부분으로 나뉘어 있다. 1부는 「신 없는 인간의 비참」이고 2부는 「신을 믿는 인간의 복됨」인데, 전반부는 '인간성이 타락했음'을 보여주고, 후반부는 인간을 구원할 '구속자가 있음'을 입증하는 것이 주된 내용이다. 그리고 인간성의 타락을 주제로 하는 1부는 인간성 그 자체에 대한 인간학적 고찰을, 인간 구속(救贖)을 주제로 하는 2부는 인류 역사 가운데 나타난 구원의 진실에 대한 성서학적 고찰을 그 방법론으로 삼을 것이다(단장 29).

파스칼은 단장 35에서 이 방법론의 청사진을 한층 명료하게 그려 보여준다.

> 사람들은 종교를 멸시한다. 그들은 종교를 혐오하고 그것이 진실된 것일까 두려워한다. 이것을 치유하기 위해서는 먼저 종교가 결코 이성에 어긋나지 않음을 밝히는 것에서 시작해야 한다. 존경할 만한 것이므로 마땅히 존경심을 갖게 한다.
>
> 다음으로 종교가 사랑할 만한 것임을 보여주고 선한 사람들에게 그것이 진실된 것이기를 소망하게 한다. 그런 후에 종교가 사실상 진실된 것임을 보여준다.
>
> 종교는 존중할 만하다, 인간을 올바르게 알았으므로.
>
> 종교는 사랑할 만하다, 참된 행복을 약속하므로.

파스칼의 호교론은 종교가 결코 '이성에 어긋나지 않음'을 밝히는 것에서부터 시작한다. 사람들은 종교가 반이성적인 것이라는 이유로 이를 멸시하는데, 실은 종교야말로 인간을 가장 합리적으로 이해한다는 점에서 오히려 존경스러운 것이다. 이 멸시의 마음을 존경심으로 되돌려 놓는 것, 이것이 호교론자의 첫 번째 과제이다. 사람들은 또 종교가 행복의 추구를 가로막기 때문에 이를 혐오하지만, 실은 종교야말로 진정한 행복을 보장한다는 점에서 오히려 사랑할 만하다. 종교에 대한 존경의 마음에 뒤이어 사랑의 마음을 불어넣는 것, 이것이 호교론자의 두 번째 과제이다. 이 새로운 마음가짐을 갖게 된 사람들은 종교가 단순한 희구의 대상만이 아니라 실재하는 것, 즉 '진실된' 것이기를 간절히 바랄 것이다. 종교를 배척할 때 사람들은 혹시나 그것이 진실된 것일까 두려워했지만 이제는 반대로 그것이 진실된 것이 아닐까 더 두려워지는 것이다. 마지막으로 호교론자는 한 걸음 더 나아가 진실된 것이기를 바라는 이 종교가 과연 진실된 것임을 밝힐 것이다.

다시 부연 설명하면 파스칼은 기독교가 인간성을 가장 합리적으로 이해하고 설명한다는 점에서 존경할 만하고, 뒤이어 인간이 희구하는 최고선을 약속한다는 점에서 사랑할 만하다는 것을 밝힌다. 기독교가 인간성에 대해 이론적으로는 납득할 만한 설명을 제공하고 실천적으로는 최고선을 보장한다는 것, 이것이 전반부의 결론이다. 그러나 인간학적 고찰에 입각한 이와 같은 이론적 합리화로서는 충분하지 않다. 이것은 논리상 하나의 가설일 뿐이며 이 모든 것을 입증할 사실의 검증이 필요하다. 이것이 후반부의 성서에 입각한 역사적 증명이다. 전체 구성을 보면 2편에서 11편까지가 1부에 해당하고, 12편에서 17편까지 예비적 고찰을 거쳐 후반부가 전개된다. 한마디로 『팡세』는 전반부의 인간학과 후반부의 신학(더 정확하게는 성서학), 두 부분으로 구성되어 있으며 그 중간에 이 이질적인 양자를 접합하기 위한 연결 부분이 있다. 전체적으로 이것은 인간의 현상 세계에서 초월적 세계에까지 이르는 거대한 지적, 영적 모험의 기록이며, 파스칼 자신이 15편에 붙인 제목 '인간을 아는 지식에서 신을 아는 지식으로'는 그대로

『팡세』의 부제가 되기에 손색이 없다.

1부

이리하여 먼저 폭넓고 다양한 인간학이 전개된다. 인간의 삶의 모든 현상들이 문제된 이 고찰에 대해 '인간 현상학'이라 이름 붙인 것은 지극히 타당하다. 1편 '순서'는 작품의 전체적 구성을 다루고 있는데 이것은 파스칼이 호교론을 구상하면서 설득의 방법론에 얼마나 큰 관심을 가졌었는가를 잘 보여주는 대목이다. 그 후 2편에서 7편까지는 인간의 인식의 문제를 중심으로 진리의 개념, 법과 정의의 개념 등을 다루고 있고, 그 후 10편까지는 최고선, 즉 행복의 문제를 다루고 있다. 마지막 11편에서는 이 모든 고찰에서 도출할 수 있는 결론을 제시하며 다른 차원으로의 이행을 암시한다.

파스칼은 1부에 '신 없는 인간의 비참'이란 제목을 붙였는데 여기서 '신 없는 인간'이란 표현은 특별히 주목할 만하다. 이것은 그가 고찰의 대상으로 삼은 인간이 누구인가를 명시한다. 신이 없다는 것은 문자 그대로 자신의 삶 속에서 신의 존재를 인정하지 않는 무종교, 무신앙의 상태를 의미하며 결과적으로는 오직 인간 스스로의 자연적 조건과 능력으로 살아가는 것을 의미한다. 말하자면 단순히 인간일 뿐인 인간, 자신의 자연적 운명을 살아가는 실존적 인간이 대상이다. 파스칼은 자신의 주변에서 더 이상 신의 간섭을 받지 않으려는, 그래서 인간으로서의 주체성과 자유를 누리려는 많은 사람들을 보았을 것이다. 중세의 영적 억압에서 풀려난 16~17세기의 서구인들은 바야흐로 인간의 시대를 구가하며 자신들의 의지와 욕망과 능력만을 믿는 인간적 모험을 펼치려 했다. 신 없는 인간은 무슨 가공의 대상이 아니다. 이들은 바로 17세기 프랑스 사회의 주축을 이루고 있었고 파스칼의 눈앞에 실존하고 있었다. 내일의 세계는 우리의 세계라고 아직은 크게 외치지 못하지만(당시의 정치적, 사회적 상황은 이를 허락하지 않았다. 그들은 적어도 한 세기는 더 기다려야 했다), 이미 그렇게 믿고 있는 이들, 과거의 사람들과 분명히 구별되는 이른바 '근대인들'—신 없는 인간은 바로 이들이고 파스칼은 이들에게 도전하는 것이다.

1부에 펼쳐지는 그의 인간 묘사는 극도로 부정적이고 암울하다. '공허', '비참', '권태' 등 신 없는 인간의 삶의 양태들은 어둡고 절망적이다. 진리에 대한 열의에도 불구하고 인간이 낳는 것은 허위와 오류뿐이다. 이성을 자신의 시녀로 삼을 만큼 강력한 상상력은 이성의 판단을 교란하는가 하면, 맹목적이고 집요한 자애심(自愛心)은 자신의 이익만을 구함으로써 진리에서 멀어지게 한다. 또한 인간은 사회적 삶 속에서 정의에 입각한 질서를 추구하지만 진정한 정의가 무엇인지를 모르는 그들은 우연과 습관을 따를 뿐이며 이 가공의 질서를 정의로 착각한다. 이렇듯 인간은 진리의 추구에 있어서 개인적 차원에서나 사회적 차원에서나 실패와 좌절만을 맛본다.

그토록 열렬한 행복의 추구에 있어서도 결과는 마찬가지다. 행복을 바라지 않는 사람은 아무도 없지만 진정 행복을 누리는 사람도 아무도 없다. 그 어떤 방법으로도 행복에 도달할 수 없는 인간은 한 묘수를 고안했는데 그것은 불행과 비참을 망각하고 사는 것이다. 다름 아닌 '위락'이 바로 이 일에 동원된다. 위락은 인간에게 불행을 일시나마 잊게 함으로써 행복하다는 환상을 안겨준다. 위락은 이를테면 의식의 마취제와 같은 것인데 실은 이것이야말로 가장 큰 비참이다. 왜냐하면 그 속에서 마비되어 살아가는 동안 그는 영영 구원의 가능성에서 멀어질 것이기 때문이다.

인간의 비참을 삶의 모든 층위에서 예리하게 추적한 파스칼은 여기서 새로운 주제를 개입시킨다. 인간이 자신의 상태를 비참으로 느끼는 이 의식이 바로 인간의 위대를 반증한다는 것이다. 이것은 놀라운 역설적 반전이다. 위대의 관념은 사실 이것 외에도 다른 근거가 있기는 하다. 그러나 파스칼에게 있어 인간은 비참하기 때문에 위대하다는 역설이 그것의 핵심인 것만은 틀림없다. 더 정확히 말하자면 인간이 비참하다는 것보다 이 비참을 '아는' 것이 더 중요하다. 가령, 짐승들은 비참하지만 자신들의 비참을 느끼지 않는다. 그것을 자연적인 상태로 알고 살아가기 때문이다. 그런데 인간은 짐승들이 자연적인 것으로 받아들이는 상태를 참을 수 없는 비참으로 느끼며 괴로워한다. 인간의 위대는 바로 이 비참의 의식과 맞물려 있다. 그것은 '폐위된 왕'의 경우와 같다. 평민으로 태어나 살아가는 사람은 자기가 평민이라는 것을 불행으로 여기지 않을 것이다. 그러나 왕위에서 쫓겨나 평민으로 강등된 사람이 있다면 그는 이 신분을 참지 못할 것이다, 그가 당연히 누렸어야 할 지위는 왕이었으므로. 왕위에서 추락한 왕, 이 일그러진 영웅——이것이 인간이고 그의 비참이고 그의 위대이다.

　이렇듯 인간은 비참과 위대의 풀 수 없는 혼합, 경멸과 동시에 존경의 대상, 모순과 역설의 존재이다. 그 누가 이 혼돈에 빛을 비추겠는가? 인간을 모순적 존재로 인식한 파스칼은 이렇게 물음을 던진다. 그리고 먼저 이 세상의 지혜에서 답을 구한다. 인간의 사고가 구축한 가장 완벽한 체계들, 즉 철학과의 만남은 이렇게 해서 이루어진다. 파스칼은 먼저 고대로부터 이어져 내려오는 여러 철학적 담론들이 인식에 있어서는 회의론과 독단론으로, 그리고 윤리에 있어서는 쾌락주의와 금욕주의로 양분되는 것을 보며 각각의 담론들을 그 자체로써 분석하고 비판한다. 그의 비판의 핵심은 그것들이 각기 인간 모순의 한 축에 의지하고 있다는 사실을 밝히는 데 있다. 회의주의와 쾌락주의는 인간의 비참에, 그와 반대로 독단론과 금욕주의는 인간의 위대에 일방적으로 의지함으로써 그것들은 모순을 해소하기는커녕 오히려 극단화시킨다. 사실 이 상반된 두 철학은 상호 의존하고 있다고 말할 수 있다. "한편에서 위대를 밝히기 위해 진술한 모든 것은, 다른 편에서는 비참을 결론짓기 위한 논리로서 이용될"(단장 237) 것이기 때문이다. 그 반대의 경우도 마찬가지다. 그래서 "이것들은 서로 원을 그리며 상호 관련을 맺고 있다"(237). 이렇게 되는 데에는 다른 이유가 없다. 인간 존재가 본래 그렇게 만들어져 있는 것이다. "인간은 높은 곳에서 떨어지면 떨어질수록 더 비참하고 비참하면 비참할수록 더 높은 곳에서 떨어진 것이 되는"(237) 데 문제가 있다. 더 큰 문제는 철학적 담론이 모순의 해소에 전혀 도움이 되지 않는다는 점이다. 이것들이 "서로 원을 그리며 상호 관련을 맺고 있다"는 것은 모순의 고리로 연결된 악순환에서 결코 벗어날 수 없다는 것을 의미한다.

그렇다면 어떻게 할 것인가? 파스칼은 철학의 차원을 넘어서라고 권유한다. 철학의 원초적 오류는 "인간이 인간을 무한히 넘어선다"는 사실을 인정하지 않은 데 있다. 인간을 단지 인간적 범주 안에서 설명하려고 한 모든 철학적 시도가 실패로 돌아간 지금 파스칼은 겸허히 머리 숙여 초월자의 목소리에 귀 기울이라고 말한다. 기독교는 가르친다──인간은 창조되었을 때 위대한 상태에 있었다. 그는 신의 형상대로 만들어졌고 신의 위엄과 영광에 참여할 수 있었다. 그러나 이 영광을 끝내 감당하지 못한 인간은 신에 거역함으로써 이 자리에서 추락했다. 만약 그가 타락하지 않았다면 완전한 진리와 행복을 누렸을 것이고, 애당초 타락한 존재였다면 진리와 행복에 대해 아무런 관념도 없었을 것이다. "그러나 불행한 우리, 우리의 신분 안에 위대가 전혀 없느니보다 더 불행한 우리는 행복의 관념을 가지고 있으되 이에 도달할 수 없고, 진리의 영상을 느끼되 오직 허위만을 가지고 있다"(단장 246).

기독교의 인간 인식은 이렇듯 '원죄'의 교리에 바탕을 두고 있다. 파스칼은 원죄설이 '이성에 충격적인 것'임을 인정한다. 그러나 "우리의 인식에서 가장 멀리 떨어진 이 신비, 즉 죄의 계승이라는 이 신비가, 이것 없이는 우리 자신에 대해 아무런 인식도 가질 수 없는 것이라는 사실은 참으로 놀랍다"(236).

인간학에서 신학으로

전반부의 논증은 여기서 일단락지어진다. 그의 인간 탐구는 인간의 이중성을 확인한 다음 이것에 대한 가장 납득할 만한 설명의 원리를 기독교에서 구하고 또 만인이 열망하는 최고선을 기독교 안에서 발견하는 것으로 끝을 맺는다. 이것으로 인간은 기독교에 대해 존경하는 마음과 사랑하는 마음을 동시에 갖게 될 것이고 나아가 이 모든 것들이 과연 '진실된 것'이기를 바라게 될 것이다. 여기까지가 1부이고 이로써 파스칼은 단장 35에서 제시했던 목표를 달성한 셈이다.

그러나 파스칼은 더 중요한 일이 남아 있다는 것을 안다. 그는 인간을 설명하기 위해 궁극적으로 기독교에 의지했지만 이것은 하나의 설명의 원리일 뿐 그 이상도 그 이하도 아니다. 다시 말해 그것은 이론으로 제시된 가설과 같은 것이며 따라서 객관적 사실들로써 검증될 필요가 있다. 기독교에서 말하는 모든 것은 참으로 훌륭하고 납득할 만하다, 그러나 이것들은 과연 사실일까?——이 물음에 답해야 하는 것이다. 이 논리적 요청에 심정적 요청도 가세한다. 아, 진정 아름답고 희한하다, 꼭 그렇게 되었으면 좋겠다——이 간절한 소망에도 답해야 한다.

이렇게 해서 파스칼의 호교론은 2부로 넘어간다. 그런데 여기 문제가 하나 있다. 그가 검증해야 할 사실들은 지금까지 논의되었던 것과는 그 성질이 다르다. 1부의 인간학적 성찰에서 그는 눈에 보이고 확인되는 자연학적 또는 사회학적 대상들을 다루었다. 이것은 그가 학문을 연구할 때 대했던 대상들과 본질적으로 다르지 않다. 그는 마치 실험실 안에서 반응하고 변화하는 사물들의 양태를 관찰하듯이 인간이 처한 상황 안에서 자신을 표현하고 행동하는 모습들을 관찰하고 기록했다. 이것들은 모두가 객관적 접근과 논리적 추론이 가능한 대상들이다. 그런데 여기 종교적 차원에서 검증하려는 사실들은 눈으로 보고 이성으로 분석할 수 있는 자연적 사실과는 다르다. 이것들은 눈과 이성을 뛰어넘은 초월성과 관련되어 있으며 파스칼의 말대로 아마도 심정의 눈으로 볼 때만 그 뜻이 명료해질 것이다.

요컨대 여기서는 새로운 접근 방식이 요구된다. 그러기에 파스칼은 사실들의 검증에 들어가기에 앞서 어떻게 그것들에 다가갈 것인지를 생각해야만 했다. 이것은 심정의 눈에만 보이고 실천적으로는 경험될 수 없는 것들을 받아들이도록 사람들을 준비시키는 과정이기도 하다. 12편에서 17편에 이르는, 분류하기 어려운 일련의 단장들은 바로 이러한 필요에 대응하는 것으로 보인다.

파스칼은 먼저 초월성을 앞에 두고 결단을 망설이는 경우를 상정한다. 사실 사람들은 경험과 이성적 사고로써 확인할 수 있는 한도까지는 기꺼이 동행한다. 그러나 그 너머로 나아가려 할 때 그들은 불안해하며 머뭇거린다. 이들의 마음을 움직여 결단으로 한 걸음 내딛게 하기 위해서는 무엇인가 비상한 수단이 강구되어야 한다. 이것이 곧 '내기'의 이론이다.

파스칼은 인간적 사고에서 초월성으로의 이행에 있어 근원적으로 제기되는 것은 신의 존재에 관한 문제라고 생각한다. '신이 있다'와 '신이 없다' 사이에서 선택하는 것이 문제인 것이다. 이에 대해 파스칼은 상당히 파격적인 입장을 취한다. 그는 불신자와 더불어 종교는 완전히 명료한 것이 아니며 인간의 이성은 신의 본질은 물론 존재 여부도 알지 못한다고 단언한다. 다시 말해 이성의 원리에 입각할 때 우리는 신이 있다고도 또 신이 없다고도 확언할 수 없으며 이 점에서 유신론자와 무신론자는 피장파장이다. 그렇다면 어떻게 할 것인가. 사람들은 이성으로 판가름할 수 없는 선택이 문제될 때 차라리 선택하지 않는 것이 상책이라고 생각한다. 그 어느 것을 선택한 것이 아니라 선택한 것 그 자체가 잘못이라는 것이다. 그리고 머릿속에서 문제를 지워버린다. 그러나 파스칼은 이 선택을 모면할 길은 없다고 힘주어 말한다. 그의 설명은 지극히 간단하다. "우리는 배에 올라타 있다."고 말하는 것이 거의 전부다. 이것은 이미 삶의 바다를 항해하는 배에 올라타 있는 우리는 시시각각 필연적인 선택 앞에 서 있다는 것을 의미한다. 다시 말해 선택은 운명적인 것이고 삶이 지속되는 한 필연적이다. '신이 있다'와 '신이 없다'의 갈림길에서도 이 법칙은 동일하게 적용된다. 인간은 삶의 여정에서 언젠가 이 갈림길에 서게 되고 그 어느 것을 택하지 않을 수 없을 것이다(선택 자체를 회피할 수도 있지만 이것은 신이 없다를 택한 것과 같아진다). 그리고 이 선택의 결과는 그의 삶을 결정지을 것이다. 그런데 우리는 이미 이성의 원리가 이 선택의 기준이 될 수 없다는 것을 확인했다. 이에 파스칼은 하나의 현실적인 원리, 즉 인간의 가장 기본적인 욕구와 관련된 이해(利害)와 득실(得失)의 기준에 따라 선택하자고 제안한다. 신이 있다와 신이 없다 둘 중에 어느 편이 우리에게 더 '수지맞는'가를 따져보자는 것이다. 이것은 지극히 타산적인 계산 방법이며 파스칼은 내기의 확률론을 동원하여 '신이 있다'가 압도적으로 이롭다는 결론을 도출한다.

결국 내기 이론은 인간의 타산적 원리에 근거한 것으로 이것은 주저하는 불신자들의 마음을 뒤흔들기 위한 호교론자의 필사적인, 아마도 최후의 시도라 할 수 있다. 그는 이들이 가장 집착하는 자애심의 원리에 동조함으로써 최대의 양보를 한 셈이다. 그리고 그들의 이해타산의 기준에서도 '신이 있다'고 믿는 것이 그들에게 무한히 더 이롭다는 것을 납득시키기에 힘쓴다. 그러나 그것뿐이다. 파스칼 자신도 확률론에 의한 수학적 결론에 대해 환상을 갖지 않았다. 수학이 숫자의 추상적 놀음인 데 반해 우리를 얽매는 정념의 속박은 너무나도 현실적이고 강력하다. 우리의 머리가 수긍한다고 해서 우리의 몸도 같이 움직이지는 않는다. 그렇다면 문제는 더 많은 이유로써 설득하는 데 있지 않고 우리의 몸(파스칼은 이것을 '자동 기계'와 같은 것이라고 생각한다)을 훈련시킴으로써 마음을 기울게 하는 데 있다. 말하자면 마치 신이 있다고 믿는 것처럼 행동하고 이러한 행동을 습관적으로 몸에 익히게 하는 것이다. 그러나 이것이 진정한 신앙이 될 수 없다는 것은 자명하다. 신앙은 궁극적으로 신의 선물이며, 우리는 겸허하게 은총의 개입을 기다릴 수밖에 없다.

파스칼이 내기 이론 끝에 습관의 효용과 은총의 절대성을 언급한 것은 크게 주목할 만하다. 우리도 내기의 성격과 한계에 대해 더 이상 환상을 가져서는 안 된다. 사람들은 그것을 미화한 나머지 신앙을 낭만적인 내기에 비유하기도 했다. 그러나 '모 아니면 도' 식의 내기가 신앙적 행위가 아니라는 것은 이제 명백해졌다. 이것은 신 없는 인간의 눈높이까지 자신을 낮춤으로써 그들의 최후의 저항을 무찌르려는 하나의 전략적 논의이며 일종의 '탈선적 논의'일 뿐이다.

그런데 내기에 의한 것이든 다른 어떤 것에 의한 것이든 초월성으로의 진입은 비약임에 틀림없다. 그리고 비약은 그 어떤 종류의 것이든 이성에 대한 배반을 의미한다. 파스칼은 내기 이론을 전개하면서 이성을 애당초 배제했지만 이성은 이렇게 배제되는 것을 수락하지 않으며 이 소외 자체를 자신에 대한 배신으로 간주할 것이다. 그래서 파스칼은 신앙으로의 이행에 있어 다시 한번 이성과 진지하게 마주 선다.

이 문제에 대한 그의 답은 간단명료하다. 신앙적 결단은 분명히 이성을 초월하지만 결코 이성에 어긋나는 것은 아니다. 진정한 이성은 그 자신의 논리에 의해 자신을 넘어서는 무한한 세계가 있다는 것을 인정해야 하기 때문이다. "이 이성의 부인보다 이성에 더 합치되는 것은 없다"(단장 367). 이성이 참으로 이성다울 수 있는 것은 자신의 한계를 정확히 인식하고 자신을 넘어서는 것에 스스로를 복종시키는 데 있다. 그러므로 참된 종교는 이성을 초월하되 반이성적인 것은 아니며 이성을 복종시켜 사용하되 맹목적으로 굴종시키지 않는다. 이성에만 의존하는 종교는 이신론이고 이성을 버린 종교는 미신이다.

이성을 올바르게 사용할 때 신을 향한 길을 가로막기는커녕 오히려 열어준다면 인간과 신의 관계는 어떤 것이 되겠는가? 여기서 파스칼은 신을 증거하고 신과의 결합을 가능하게하는 중보자 예수 그리스도에 주목하며 기독교가 신앙의 근본원리를 중보자에 둔 사실을 경탄의 눈으로 바라본다. 그러나 그는 이 문제에 깊이 들어가기 전에 자연 안에서의 인간의 위치를 다시 한번 고찰함으로써 인간과 신의 관계를 재조명한다. 15편 「인간을 아는 지식에서 신을 아는 지식으로」 안에 수록된 몇몇 단장들의 주제는 바로 이런 것이다. 그는 1부의 인간학적 성찰을 통해 부각시켰던 인간 존재의 근원적 모순을 여기서 종교와의 관련하에서 다시 한번 환기시킨다. 그가 '인간의 인식'이라 한 것은 비참과 위대의 이중적 존재로서의 인간을 의미하며 결국 인간은 이 모순을 안고 신에게로 나아가는 것이다.

이 인간성의 확인은 진정한 종교의 성격을 이해하는 데 중요한 요소가 된다. 진정한 종교는 무엇보다 먼저 이렇게 밝혀진 인간의 모순에 대해 납득할 만한 설명을 제공해야 한다. (그래서 종교를 존경하는 마음을 심어줄 수 있어야 한다.) 다음으로 인간의 사욕과 무력함을 알고 이것에 대한 구제책을 제시하며 진정한 행복의 길을 가르쳐야 한다. (그래서 종교를 사랑하는 마음을 갖게 한다.) 끝으로 종교는 자신의 진정성을 입증해야 한다. 이 원리들에 비추어 파스칼은 다른 종교와 신도들을 비교하고 비판한다.

신학 또는 인류 구속(救贖)의 역사

이상과 같이 몇 가지 문제점에 대해 예비적으로 고찰한 다음에야 파스칼은 2부의 본론에 들어간다. 그는 먼저 앞으로 그가 기독교를 입증하기 위해 제시할 사실들이 어떤 성격의 것인지를 밝히는 것으로부터 시작한다. 이미 위에서 언급한 바와 같이 이 사실들은 자연학적 사실과는 다르며 객관적 명료성이 결여되어 있다. 그런데 파스칼은 이 명료성의 결여야말로 기독교의 본질이라고 강조한다. 이것이 바로 그의 성서학의 핵심이 될 '숨은 신'의 원리이다. 즉 신은 숨어 있는 신이므로 많은 사람들에게는 보이지 않는다. 그러나 이것은 소수의 선택된 사람들에게는 신이 나타나 보인다는 것을 의미하기도 한다. 만약 진리가 절대적으로 명료하게 나타난다면 인간은 자신의 힘으로 이것을 소유하게 됨으로써 오만에 떨어질 것이고, '떨리는 마음'으로 신을 추구하는 것은 무의미해질 것이다. 그러기에 신은 사욕에 눈먼 자들을 그들이 택한 암흑 속에 버려두기 위해 스스로를 숨겼다. 반대로, 진리가 절대적 암흑 속에 묻혀 있다면 진리를 향한 어떤 움직임도 있을 수 없을 것이고 불신자들의 주장은 옳은 것이 될 것이다. 그러나 신은 측량할 수 없는 섭리로써 "택함을 받은 자들을 눈뜨게 하기에 충분한 빛"을 주었는가 하면, "버림받은 자들을 눈멀게 하기에 충분한 어둠"을 두었다(단장 443). "만약 하느님이 어떤 사람들은 눈멀게 하고 어떤 사람들은 눈뜨게 하고자 원했다는 것을 원리로 삼지 않는다면 우리는 신의 역사에 대해 아무것도 이해하지 못하게 된다"(단장 439).

이 관점에서 볼 때 성서는 거의 전체가 '표징(表徵)'이라는 것을 알 수 있다. 유대인들이 신에게 바친 제물은 그리스도에 의한 영적 제물의 표징이고, 그들에게 베푼 물질적 은혜는 영적 은혜의 표징이며, 그들이 기다리던 현세적 정복자로서의 메시아는 영적 왕국의 왕이다. 그러나 육적인 유대인들은 표징으로 나타난 신의 뜻을 이해하지 못하고 지금도 방황하고 있다. 표징은 '숨은 신'과 마찬가지로 눈뜬 자에게만 보이고 눈먼 자에게는 보이지 않기 때문이다. 그러나 그리스도의 왕림으로 봉인은 뜯어졌고 부호(符號)의 참뜻은 백일하에 드러났다.

그렇다면 그리스도에 의해 표징의 비밀이 드러날 때까지 모든 것은 어둠 속에 묻혀 있었던 것인가? 그렇지는 않다. 『구약성서』의 성스러운 기록은 아브라함, 야곱, 모세, 예언자들로 이어지는 영적 유대인들을 통해 신의 섭리의 일관성을 보여주고 있으며, 마침내 『신약성서』로 이어져 예수 그리스도에 의해 구원이 완성됨으로써 『신·구약』을 일관하는 기독교의 '영속성'은 웅변으로 입증된다. 그뿐 아니라 끊임없이 다른 종교들의 도전과 뭇 권력들의 위협을 받아왔음에도 불구하고 태초부터 면면이 전승되어 왔다. 이것은 참으로 놀라운 초자연적 기적이며 '연속적 기적'임에 틀림없다. 영속성, 이것은 기독교의 성스러움과 진정성의 또 하나의 증거이다.

기독교에 대한 이 모든 성찰은 마침내 예수 그리스도로 귀착된다. 23편은 파스칼의 다분히 개인적이고 신비적인 체험의 고백으로서 그리스도와의 만남이 그에게 어떤 의미를 갖는가를 감동적으로 증언한다. 그리스도는 창세 이래 4,000년에 걸쳐 예언되었으나 육적인 유대인들은 그를 알아보지 못하고 십자가에 못 박았다. 그러나 이것이야말로 예언의 마지막 성취였으며 이로써 그리스도는 구세주임을 스스로 나타내었고 구원을 완성시켰다. 그러나 예수 그리스도의 증거는 예언이나 기적과 같은 외적 증거로 그치지 않는다. 사실 이런 것 없이 내적 위대성만으로도 그의 성스러움은 놀랍도록 드러난다. 단장 585는 그리스도의 영적 위대에 대한 파스칼의 깊은 명상을 담고 있다. 이것은 그가 『팡세』 안에서 펼친 정신적, 영적 모험의 축소판과 같은 것이며 우리는 그 안에서 인간과 신에 대한 그의 가장 내밀한 비전을 읽는다.

이로써 신에게 돌아온 자의 삶의 태도와 의무는 분명해진다. 그리스도의 신비체인 교회 안에서 신에게 복종하는 것, 다시 말해 신만을 사랑하고 자신만을 증오하는 것, 바로 여기에 인간의 참된 행복이 있다. 더 구체적으로 기독교도는 교회의 머리인 예수에게 순종하고 그를 통해 구현되는 신의 의지에 복종한다. 이것이 사랑이고 사랑 없는 곳에 믿음은 없다.

파스칼은 겸허한 마음으로 호교론의 결론을 맺는다. 이 모든 증거들은 아무리 명료한 것이라 해도 그것으로 충분하지 않다. 신 앞에 스스로를 낮추고 그의 은총을 빌자. 이제 이성은 할 바를 다했다. 그것은 신을 향한 길을 가로막는 장애물들을 제거하는 것이 고작이며 그 자체가 신앙을 불어넣지는 못한다. 이 길을 걸어가는 데에는 신의 은총이 필요하다. 우리의 이성이 아니라 마음을 감동시키는 은총. "영원하신 존재자에게 기도하기 위해 그전과 그 후에 무릎 꿇은" 사람에 의해 구상된 호교론은 이렇듯 은총을 비는 기도로 끝을 맺는다.

맺음말

우리는 파스칼 자신의 구도와 분류 방식에 따라 『팡세』의 흐름을 개관했다. 그가 우리에게 전하고자 한 메시지는 무엇인가?

첫째로, 『팡세』는 인간 실존에 대한 놀라운 증언이다. 그가 대상으로 한 인간은 '신 없는 인간', 다시 말해 모든 선험적 규정에서 벗어난 있는 그대로의 인간, 자연적 상태의 인간이다. 파스칼의 실증주의적 사고, 과학적 실험 정신은 여기서도 유감없이 발휘된다. 그의 인간학은 한마디로 인간에 대한 실험의 한 보고서이다.

우리는 이 환상 없는 인간 실험의 결과가 무엇인지를 잘 알고 있다. 그는 '신 없는 인간의 비참'이라는 제목으로써 그의 결론을 사전에 명시했지만 그의 성찰의 전개는 비참이 '대립', '모순'의 개념으로 보완되는 것을 보여준다. 표면적으로 부각된 비참의 양상에 위대의 개념이 덧입혀짐으로써 인간은 비참과 위대의 풀 수 없는 혼합, 모순적 존재로 그려지는 것이다.

그러나 파스칼의 인간학은 이 숙명적인 모순을 확인하는 것으로 끝나지 않는다. 왜냐하면 논리적 필연성과 심정적 요청은 초월성을 개입시키기에 이르기 때문이다. 그는 "인간은 무한히 인간을 넘어선다"는 선언과 더불어 새로운 차원으로 이행한다. 인간을 오직 인간의 범주 안에서 탐구하는 것에서 시작한 그의 인간학은 인간과 자연을 넘어서는 것과 만나며 이 만남으로 인해 모든 것은 새롭게 구성되고 재해석된다. 즉 인간의 지상의 운명은 신적 운명과 교차됨으로써 여기 자연과 초자연, 속(俗)과 성(聖), 인간과 신의 영원히 분리될 수 없는 이중적 구조가 형성된다. 『팡세』 안에서 '인간극'과 '신곡(神曲)'은 하나이다.

이 모든 것이 성서적 인간학과 일치한다는 것은 너무나도 명백하다. 그는 인간을 비참과 위대의 양면으로 관찰하고 이 이중성을 인간 존재의 원형으로 설정함으로써 마치 고전적 이원론을 대변하는 듯 보인다. 그러나 파스칼의 인간학은 한 주체 속에 상반된 두 실체, 영혼과 육체, 정신과 감각, 선과 악의 의지를 수평적으로 대립시킨 고전적 이원론을 거부한 데 그 특성이 있다. 그것은 반대로 인간이라는 자연과, 이것을 넘어서는 초자연 또는 은총의 대립, 다시 말해 명백히 갈라선 두 주체 사이의 수직적 대립으로 성립되는 이원론이다. 인간과 신, 자연과 은총, 대립되는 두 질서 사이의 불가분의 관계를 설정함으로써 파스칼은 성서적 인간학과 합류한다.

그러나 이 초월성의 개입은 인간을 올바르게 인식하게 하는 설명적 원리로 그치지 않는다. 신과 분리됨으로써 타락과 비참 속에 떨어진 인간은 지난날의 위대와 영광에 복귀하기를 열망하며 이를 위해 신과의 재결합을 꿈꾼다. 그러나 단지 위대의 허상만을 안고 있는 인간은 이것을 성취할 능력이 없다. 신의 개입은 보다 근원적으로 인간 구원의 형식으로 임한다. 초월성은 절박한 심정적 요청과 연결되어 있다.

파스칼은 이것을 가리켜 "인간을 아는 지식에서 신을 아는 지식으로"라고 불렀다. 물론 이 이행은 위로부터의 개입에 의해 가능해진다. 그러나 인간의 위치에서 볼 때 그것은 인간의 자연 상태에서 신의 질서 속으로의 이행일 수밖에 없다. 이 이행은 과연 어떻게 이루어지며 이때 인간에게 야기되는 문제는 어떤 것들인가? 인간과 신, 이 이중적 질서로써 인간의 운명을 재구성한 파스칼이 피할 수 없이 스스로에게 제기한 물음은 바로 이런 것이다. 신의 개입으로 인해 완성되는, 즉 위에서 아래로 임하는 구속(救贖)을 자연으로서의 인간에서 은총으로서의 신에게로, 즉 아래에서 위로의 이행의 문제로 전환하고 이에 답하고자 시도한 것, 이것이야말로 『팡세』의 가장 주목할 만한 독창성이다.

결국 파스칼은 인간의 편에 설 것을 선택한 사람이다. 우리는 '인간의 눈높이'라는 표현을 어디선가 사용했지만 그것도 같은 의미이다. 그는 인간이 구원받아야 할 존재이고 이 구원은 위에서부터 임할 수밖에 없다는 점을 모르지 않는다. 그러나 인간이 구원받는다면 그 역사는 바로 그가 서 있는 자리에서 또 타락한 인간으로서 시작될 것이다. 파스칼은 이 자리에 같이 서기를 원하며 바로 거기서부터 시작하기를 원한다. 구원의 신비에 입문시키기 위해 고답적으로 신학적 교리에 의지하거나 율법적 도덕을 설교하는 것은 그가 할 일이 아니다. 그는 많은 사람들이 악전고투하는 나날의 삶의 현장에까지 내려가 그들의 슬픔과 절망, 꿈과 환상을 공유하기를 원한다. 그러나 그는 그것들을 함께 나누는 것으로 그치지 않는다. 그는 그들로 하여금 그들의 진실과 열망을 말하게 하지만 그것은 이 모든 것이 공허와 허위 위에 서 있음을 그들 스스로 고백하게 하기 위해서이다. 이 고백은 참된 영원한 진리에 대한 갈망을 낳게 하고 이 갈망은 조만간 놀라운 응답을 경험하게 할 것이다.

파스칼은 신적 진리를 증언하기 위해 호교론을 구상했다. 그러나 이 목적을 위해 그는 어떤 선험적 원리나 신학적 개념도 원용하지 않는다. 그는 다만 인간의 유일한 현실인 삶과 그를 에워싼 세계를 탐색할 뿐이다. 그가 신과 만나는 것은 이 인간적 성찰의 연장선상에서이며 우리는 이 사실에 특별한 의미를 부여하기를 원한다.

이것은 그가 신적 언어를 인간적 언어로 풀이했음을 의미한다. 그는 인간의 자연적 위치에서 신에게까지 이르는 기나긴 여정을 간다. 그의 궁극의 목적지는 신이고 신의 은총에 의한 구원임에 틀림없다. 그러나 그는 이 여정에서 인간의 편에 서서 끝까지 인간과 동행하기를 택했다. 이 여정의 하나하나의 단계에서 그는 인간의 언어로써 말하고 생각하고 의문을 제기하고 답을 찾기에 힘쓴다. 구원하는 주체가 아니라 구원받아야 할 주체의 목소리를 대변하기를 원하기 때문이다.

흔히 파스칼을 '교회 밖의' 호교론자라고 부른다. 그가 지금도 우리의 심령을 두드리는 것은 그가 교회 밖에, 다시 말해 우리와 함께 있기 때문이다. 『팡세』는 궁극적으로 신의 메시지를 전한다. 그러나 그것은 우리의 언어, 인간의 언어로 번역된 메시지이며 우정에 넘치는 메시지이다.

이환

작가 연보

1623년   6월 19일, 오베르뉴의 클레르몽 페랑에서 고등 세무원
장이었던 아버지 에티엔 파스칼과 어머니 앙투아네트
사이에서 출생한다(누나인 질베르트는 3년 전인 1620년
에 출생).

1625년   누이동생 자클린이 태어난다.

1626년   어머니 앙투아네트 파스칼이 사망한다.

1631년   11월, 파스칼 일가가 파리로 이주한다(아버지는 1634년
까지 클레르몽 고등 세무원장으로 일했으나 파리에서 자
녀 교육에 전념하기를 원했다).

1635년   혼자서 유클리드 32명제를 풀고 있는 블레즈의 모습을
목격한 아버지 에티엔이 블레즈의 재능에 주목해, 아
들에게 수학과 기하학을 가르치기 시작함. 1637년부터

는 당대 과학자들의 모임인 메르센 아카데미에 출입하게 한다.

1638년 3월, 아버지 에티엔이 시청의 연금 지불과 관련된 항의 시위에 가담했다가 당국의 추궁을 받고 한동안 오베르뉴로 피신한다.

1639년 2월, 리슐리외 재상 앞에서 공연된 연극에 출연한 자클린이 아버지의 사면을 얻어낸다.

11월, 에티엔 파스칼이 특명 징세관으로 임명되어 루앙에 부임한다.

1640년 1월, 파스칼 일가가 루앙으로 이주. 블레즈 파스칼은 『원추곡선론(Essai pour les Coniques)』을 발표한다. [이프르의 주교 얀선의 유작 『아우구스티누스(Augustinus)』가 발간된다.]

1641년 1월 13일, 누나 질베르트가 클레르몽 조세 재판소의 법률 고문 플로랭 페리에와 결혼한다.

1643년 1645년까지 계산기 제작에 전념해 마침내 성공한다.

1645년 세기에 대법관에게 계산기를 바치며 「헌사(Lettre dedicatrice de la machine arithmetique)」를 쓴다.

1646년 4월, 블레즈의 회심. 뒤이어 파스칼 일가가 모두 회심.

8월, 물리학자 피에르 프티와 함께 루앙에서 진공에 관한 토리첼리 실험을 실시한다.

1647년 1월, 이신론적 경향의 생 탕주(Sieur de Saint-Ange)와 논쟁한다.

6월, 지병의 악화로 파리로 돌아온다. 9월, 데카르트의 문병으로 그와 두 차례 대면한다. 9월 19일, 파스칼의 부탁으로 플로랭 페리에가 대기의 압력에 관한 실험을 퓨이 드 돔에서 실시한다.

파스칼이 그 결과를 『진공에 관한 새 실험(Experiences nouvelles touchant le vide)』에서 발표하고, 이를 계기로 노엘 신부와 일련의 논쟁을 벌인다.

1648년 6월, 아버지가 파리로 돌아온다.

11월, 『액체 평형에 관한 대실험담(Recit de la grande experience de l'equilibre des liqueurs)』을 발표한다.

1649년 5월, 프롱드의 난을 피해 일가가 클레르몽으로 피신했다가 다음 해 9월에 파리로 돌아온다.

1651년 9월 24일, 아버지 에티엔이 사망한다.

10월 17일, 페리에 부부에게 아버지의 죽음에 관해 다분히 종교적인 위로의 편지를 쓴다.

1652년 1월 4일, 누이동생 자클린이 블레즈의 반대를 무릅쓰고 포르루아얄 수녀원에 들어간다.

5월부터 살롱과 궁정에 출입하기 시작하며 사교 생활에 나선다.

10월, 클레르몽을 여행하며 한동안 그곳에 체류한다.

1653년 5월, 파리로 돌아온다.

6월 4일, 자클린이 포르루아얄에서 신앙 선서를 하고 수녀로 입적.

9월, 로안네 공과 푸아투 지방을 여행한다.

이 무렵 『액체 평형론(Traite de l'equilibre des liqueurs)』,

『대기 압력론(Traite de la pesanteur de la masse d'air)』
을 저술한다(이 작품들은 1663년 유작으로 출판된다).

1654년　　『수삼각론(Traite du triangle arithmetique)』 저술(역시
　　　　　유작으로 1665년에 출판된다.)

　　　　　11월 23일, 제2의 회심(흔히 '대회심'이라 불림). 파스칼
　　　　　은 이때의 체험을 「메모리알(Memorial)」에 기록했고
　　　　　이를 죽을 때까지 동의 속에 간직한다.

1655년　　1월 7일에서 21일까지 포르루아얄 데 샹에 체류. 이
　　　　　때 드 사시와 철학 및 종교에 관한 대화를 주고받는다
　　　　　[이 대화는 「드 사시 씨와의 대화(Entretien de Pascal
　　　　　avec M. de Sacy)」라는 제목으로 퐁텐의 『회고록』 속에
　　　　　전해진다]. 『그리스도의 생애 약전(Abrege de la vie de
　　　　　Christ)』과 『기하학적 정신(De l'Esprit geometrique)』이
　　　　　쓰인 것도 이 시기로 추정된다(장 메나르).

1656년　　장세니스트들에 대한 예수회의 비난이 점차 격화되는
　　　　　가운데 특히 아르노에게 공격이 집중된다. 파스칼이
　　　　　편지 형태의 『한 지방인에게 보내는 편지(Lettres a un
　　　　　provincial)』(일명 『프로뱅시알』)를 통해 아르노 및 장세
　　　　　니슴 변론의 선봉에 나선다.

　　　　　1월 23일에 「제1프로뱅시알」이 나온 후로 1657년 1월
　　　　　까지 모두 18편의 글이 발표된다.

　　　　　3월 24일, 포르루아얄에서 파스칼의 조카 마르그리트
　　　　　페리에가 예수의 가시관에 손을 대자마자 불치의 눈병
　　　　　이 완치된 사건인 '성 가시관의 기적'이 일어난다. 이 무

렵 로안네 공의 누이동생 샤를로트와 기독교 신앙에 관해 서신을 교환하는데 그중 9편이 보존되었다.

1657년   3월, 「5개 명제」를 정죄하는 교황 알렉산데르 7세의 교서가 프랑스 국왕에게 전달된다. 그 후 성직자 총회에서 반장세니스트 선언문에 모든 성직자들이 서명할 것을 결정.

5월, 마지막 「제18프로뱅시알」이 발표된다.

1658년   6월, 시클로이드에 관한 문제로 현상 공모를 준비한다.

10월(또는 11월), 구상 중인 '기독교 호교론'의 개요를 설명하기 위해 포르루아얄에서 강연을 한다[이 내용은 필로 드 라 셰즈가 1672년에 발표한 『담론(Discours)』에 요약되어 있다].

1659년   건강 상태가 현저하게 악화된다. 이 무렵 『병의 선용을 위한 기도(Priere pour le bon usage des maladies)』가 쓰인 것으로 보인다.

1660년   5월에서 9월까지 비앙 아시에 있는 질베르트의 집에 체류.

10월, 『귀족 신분에 관한 세 논문(Trois discours sur la condition des grands)』을 쓴다.

1661년   2월, 공의회에서 얀선의 「5개 명제」를 규탄한 1657년의 「선언문(Formulaire」에 모든 성직자의 서명을 재결의.

8월, 「서명에 관한 논의(Ecrit sur la signature)」 발표.

10월 4일, 서명 문제로 자클린이 극심한 고뇌 끝에 죽음을 맞는다. 이 무렵 파스칼은 「선언문」에 조건 없이 재서명하는 문제와 관련하여 서명에 동의한 아르노, 니콜 등과 격렬하게 대립한다.

1662년   3월 21일, 파스칼이 고안한 최초의 대중교통 수단인 승합마차가 파리 시내에서 운행된다.

6월 29일, 병세의 악화로 질베르트의 집으로 거처를 옮긴다.

8월 17일, 임종의 종부성사를 받고 8월 19일 오전 1시, 39세를 일기로 생을 마감한다.

1670년   1667년부터 준비해 오던 파스칼의 유고 출판이 성사된다.

1월 2일, 에티엔 페리에가 서문을 쓴 『종교 및 기타 주제에 관한 파스칼의 사상(Pensees de M. Pascal sur la religion et sur quelques autres sujets)』이 출간된다.

세계문학전집 **83**

팡세

1판 1쇄 펴냄 2003년 8월 25일
1판 60쇄 펴냄 2024년 8월 12일

지은이 파스칼
옮긴이 이환
발행인 박근섭, 박상준
펴낸곳 (주)민음사

출판등록 1966. 5. 19. (제 16-490호)
서울특별시 강남구 도산대로1길 62(신사동) 강남출판문화센터 5층 (우편번호 06027)
대표전화 02-515-2000 팩시밀리 02-515-2007
www.minumsa.com

ISBN 978-89-374-6083-8 04800
ISBN 978-89-374-6000-5 (세트)

* 잘못 만들어진 책은 구입처에서 교환해 드립니다.

세계문학전집 목록

세계문학전집은 계속 간행됩니다.